HEYNE BÜCHER

Das Buch

Harry Boschs Leben ist ein einziger Trümmerhaufen: Er darf sein neues Haus nicht mehr betreten, weil nach einem Erdbeben Einsturzgefahr besteht. Seine Freundin hat ihn verlassen, er trinkt zuviel und obendrein ist seine Dienstmarke erst mal futsch. Er hatte sich ausgerechnet an seinem Vorgesetzten vergriffen und muß nun eine psychiatrische Untersuchung über sich ergehen lassen. Zunächst weigert er sich, die obligatorische Psychotherapie zu machen. Aber dann erkennt er selbst, daß ihn tatsächlich etwas quält – eine Erfahrung, die sein ganzes Leben bestimmt haben mag. Als Harry zwölf war, im Jahre 1961, war seine Mutter ermordet worden. Zu einer Anklage ist es nie gekommen. In seiner Situation des persönlichen Zerrissenseins durchstöbert Harry nun die alten Akten und wird von einer Vergangenheit gefangengenommen, der er immer ausgewichen war: Seine Mutter war eine Prostituierte – und aus den Akten ist deutlich zu ersehen, daß man den Fall absichtlich so schnell geschlossen hatte. Irgend jemand mit viel Einfluß muß die Beamten damals von den Hauptverdächtigen abgelenkt haben. Harry taucht immer tiefer ein in seine eigene Vergangenheit und ist entschlossen, jetzt nach dreißig Jahren den Mörder seiner Mutter zu finden …

Der Autor

Michael Connelly war Gerichtsreporter für die *Los Angeles Times* und gehört zu den mit dem Pulitzerpreis ausgezeichneten Journalisten, die über die Los-Angeles-Unruhen von 1992 berichteten. Auch für seine *Harry-Bosch*-Romane erhielt Connelly mehrere Auszeichnungen. Er lebt in Los Angeles. Im Wilhelm Heyne Verlag liegt vor: *Schwarzes Eis* (01/9930).

MICHAEL CONNELLY

# DER LETZTE COYOTE

*Roman*

Aus dem Amerikanischen
von Norbert Puszkar

WILHELM HEYNE VERLAG
MÜNCHEN

HEYNE ALLGEMEINE REIHE
Nr. 01/10511

Besuchen Sie uns im Internet:
**http://www.heyne.de**

Titel der Originalausgabe
THE LAST COYOTE

*Umwelthinweis:*
Dieses Buch wurde auf
chlor- und säurefreiem Papier gedruckt.

3. Auflage

Der Titel erschien bereits in der Allgemeinen Reihe
mit der Band - Nr. 01/9987.

Redaktion: Gisela Klemt


Printed in Germany 2002
Umschlagillustration: Imagine Fotoagentur/Westlight, Hamburg
Umschlaggestaltung: Nele Schütz Design, München
Druck und Bindung: Elsnerdruck, Berlin

ISBN: 3-453-13094-4

# 1

»Worüber möchten Sie zuerst sprechen?«

»Worüber ich sprechen möchte?«

»Ja. Wollen Sie mit dem Vorfall anfangen?«

»Mit dem Vorfall? Nun, natürlich hab' ich mir so meine Gedanken darüber gemacht.«

Sie wartete, aber er sprach nicht weiter. Noch bevor er in Chinatown angekommen war, hatte er einen Entschluß gefaßt. Er würde sie zwingen, ihm jedes Wort einzeln aus der Nase zu ziehen.

»Könnten Sie mir sagen, was Sie denken, Detective Bosch?« fragte sie endlich. »Das ist der Zweck der ...«

»Ich denke, daß das Ganze eine Scheißfarce ist – reines Theater. Aber das scheint ja der Zweck der Übung zu sein. Mehr hab' ich nicht zu sagen.«

»Halt, warten Sie. Was meinen Sie mit ›Theater‹?«

»Ich gebe zu, daß ich den Typen gestoßen habe. Wahrscheinlich habe ich ihm auch eine verpaßt. Was genau passiert ist, weiß ich nicht mehr. Aber ich streite nichts ab. Also gut, man kann mich suspendieren, versetzen, oder es vor den Disziplinarausschuß bringen – was weiß ich. Aber dieses Verfahren ist eine Scheißfarce. ZBwS ist eine Scheißfarce. Warum muß ich dreimal die Woche hierherkommen, als ob ich ein ... Sie kennen mich nicht einmal! Sie wissen nichts von mir. Warum muß ich mit Ihnen reden? Warum müssen Sie Ihre Zustimmung geben?«

»Nun, Sie haben gerade selbst die formale Begründung dafür gegeben. Die Polizeibehörde hat sich gegen Disziplinarmaßnahmen und für Therapie entschieden. Sie sind wegen Streß zwangsbeurlaubt worden, was bedeutet ...«

»Ich weiß, was es bedeutet. Und deshalb ist es reines Theater. Jemand entscheidet arbiträr, daß ich total gestreßt bin. Und das gibt meinen Vorgesetzten das Recht, mich für unbefristete Zeit zu suspendieren – oder wenigstens so lange, bis ich für Sie brav Männchen mache.«

»An dieser Entscheidung ist nichts arbiträr. Sie gründet sich auf Ihr Verhalten, welches meiner Ansicht nach klar zeigt ...«

»Was passiert ist, hatte nichts mit Streß zu tun. Es hatte mit ..., ach, egal. Wie gesagt, wir spielen hier Theater. Also warum kommen wir nicht ohne weitere Umschweife auf den springenden Punkt? Was muß ich tun, um wieder arbeiten zu können?«

Er konnte sehen, wie Zorn in ihren Augen aufleuchtete. Seine totale Ablehnung ihres Berufs und ihrer Fähigkeiten traf sie in ihrem Stolz. Sogleich jedoch verlosch ihr Zorn wieder. Sie hatte ständig mit Polizisten zu tun und war vermutlich dergleichen gewohnt.

»Können Sie nicht einsehen, daß es um Ihr Wohl geht? Ich gehe davon aus, daß die Polizeiführung Sie eindeutig als wertvolle Kraft ansieht. Andernfalls wären Sie nicht hier. Man hätte ein Disziplinarverfahren einleiten und Sie zum Abschuß freigeben können. Statt dessen tut man alles mögliche, um Ihre Karriere zu retten sowie deren Funktionswert für die Polizei zu erhalten.«

»Wertvolle Kraft? Ich bin Polizist und keine Wertanlage. Wenn ich draußen auf der Straße bin, denkt niemand an meinen *Funktionswert.* Was soll das überhaupt bedeuten? Muß ich mir so ein hochgestochenes Zeug hier anhören?«

Sie räusperte sich und begann dann in energischem Ton: »Sie haben ein Problem, Detective Bosch. Und es beschränkt sich nicht allein auf den Vorfall, der zu Ihrer Beurlaubung führte. Darum geht es in diesen Sitzungen. Kapieren Sie das? Es handelt sich nicht um einen einmaligen Vorfall. Sie hatten schon vorher Probleme. Was ich zu tun versuche, was ich zu tun *habe,* bevor ich meine Zustimmung gebe, daß Sie Ihren Dienst in irgendeiner Funktion wieder aufnehmen können, ist, Sie zur Selbsterkenntnis zu führen. Was tun Sie? Was macht das Wesen ihrer Persönlichkeit aus? Warum passieren Ihnen solche Sachen? Ich möchte, daß diese Sitzungen ein offener Dialog sind, bei dem ich ein paar Fragen stelle und Sie Ihre Meinung frei äußern. Aber mit einem Ziel. Und zwar nicht, mich und meinen Beruf oder die Polizeiführung anzugreifen, sondern über Sie zu sprechen. Hier drinnen geht es um Sie, um niemand sonst.«

Harry Bosch sah sie nur schweigend an. Er sehnte sich nach einer Zigarette, aber er würde sie nie fragen, ob er rauchen könne. Ihr gegenüber würde er nie zugeben, daß er rauchte. Wenn er es täte, würde sie eventuell anfangen, über Oralfixierung oder Nikotinkrücken zu reden. Statt dessen atmete er tief ein und betrachtete die Frau auf der anderen Seite des Schreibtisches. Carmen Hinojos war eine kleine Frau mit einem freundlichen Gesicht und freundlichem Auftreten. Bosch wußte, daß sie keine üble Person war. Von anderen, die man hierhergeschickt hatte, hatte er sogar Gutes über sie gehört. Sie tat nur ihre Arbeit hier, und seine Wut richtete sich nicht direkt gegen sie. Ihm war klar, daß sie wahrscheinlich intelligent genug war, auch das zu wissen.

»Hören Sie, es tut mir leid«, sagte sie. »Ich hätte nicht mit so einer allgemeinen Frage beginnen sollen. Ich weiß, daß es für Sie ein emotionales Thema ist. Versuchen wir, noch einmal von vorne anzufangen. Übrigens können Sie rauchen, wenn Sie wollen.«

»Steht das auch in der Akte?«

»Nein, das steht nicht dort. Das ist auch nicht nötig. Man kann es Ihrer Hand ansehen – wie Sie sie zum Mund führen. Versuchen Sie aufzuhören?«

»Nein. Aber wir befinden uns hier in städtischen Räumlichkeiten. Sie kennen die Vorschriften.«

Es war eine lahme Entschuldigung. Er übertrat diese Verordnung tagtäglich auf dem Hollywood-Revier.

»Diese Vorschrift gilt hier nicht. Ich möchte nicht, daß Sie das hier als Teil des Parker Centers oder der Stadtverwaltung ansehen. Das ist der Hauptgrund, warum diese Büros außerhalb liegen. Hier gibt es solche Vorschriften nicht.«

»Ganz egal, wo wir sind. Sie arbeiten trotzdem für die Polizei.«

»Versuchen Sie zu vergessen, daß Sie sich hier bei einer

Polizeistelle befinden. Wenn Sie hier sind, versuchen Sie sich vorzustellen, daß Sie einen Freund besuchen. Um zu reden. Sie können hier alles sagen.«

Er wußte jedoch, daß er sie nicht als Freund betrachten könnte. Nie. Es stand zuviel auf dem Spiel. Gleichwohl nickte er, um ihr eine Freude zu machen.

»Das sieht nicht sehr überzeugend aus.«

Er zuckte mit den Schultern, als wollte er sagen, daß er nicht mehr tun könne. Und das war die Wahrheit.

»Übrigens, wenn Sie wollen, kann ich Sie hypnotisieren, um Sie von Ihrer Nikotinsucht zu heilen.«

»Wenn ich aufhören wollte, könnte ich es auch. Man ist entweder Raucher oder nicht. Ich bin's.«

»Nun, manchmal ist Rauchen das offensichtlichste Symptom einer selbstzerstörerischen Persönlichkeit.«

»Wie bitte? Bin ich beurlaubt, weil ich rauche? Geht es darum?«

»Ich glaube, Sie wissen, worum es geht.«

Er erinnerte sich an seine Entscheidung, so wenig wie möglich zu reden, und sagte nichts mehr.

»Also, fahren wir fort«, sagte sie. »Sie sind … Augenblick mal … Dienstag eine Woche beurlaubt?«

»Richtig.«

»Was haben Sie seitdem mit Ihrer Zeit angefangen?«

»Hauptsächlich habe ich FEMA-Formulare ausgefüllt.«

»FEMA?«

»Staatliche Katastrophenhilfe. Mein Haus steht auf der Abrißliste.«

»Das Erdbeben war doch vor drei Monaten. Warum haben Sie so lange gewartet?«

»Ich hatte zu tun. Ich habe gearbeitet.«

»Ich verstehe. Waren Sie versichert?«

»Sagen Sie nicht ›Ich verstehe‹. Sie sind überhaupt nicht in der Lage, Dinge so zu sehen wie ich. Die Antwort lautet nein, ich war nicht versichert. Wie die meisten Leute habe ich die Realität verdrängt. Würde man es in Ihren Fachkreisen so nennen? Ich wette, Sie waren versichert.«

»Ja. Wie schwer wurde Ihr Haus beschädigt?«

»Kommt drauf an, wen Sie fragen. Die Bauaufsicht behauptet, es sei Totalschaden und ich dürfte nicht einmal hinein. Meiner Ansicht nach ist es okay. Ein paar Sachen müssen gemacht werden. Im Baumarkt kennen Sie mich schon mit Namen. Für einige Arbeiten habe ich Handwerker angestellt. Bald ist alles fertig, und dann werde ich gegen den Abrißentscheid Einspruch einlegen. Ich habe einen Rechtsanwalt.«

»Sie leben immer noch da?«

Er nickte.

»Das ist nun wirklich Verdrängung, Detective Bosch. Meiner Ansicht nach sollten Sie das nicht tun.«

»Meiner Ansicht nach fällt es nicht in Ihren Verantwortungsbereich, was ich außerhalb meiner Arbeitszeit tue.«

Sie hob ihre Arme, als wolle sie sich nicht einmischen.

»Wenn ich es auch nicht gutheißen kann, so erfüllt es doch einen Zweck. Ich finde es gut, daß Sie eine Beschäftigung haben. Obwohl mir Sport, ein Hobby oder Reisepläne lieber wären. Ich glaube, es ist wichtig, daß Sie etwas tun, damit Sie nicht an den Vorfall denken.«

Bosch schnitt eine Grimasse.

»Was ist?«

»Ich weiß nicht. Alle nennen es den Vorfall. Irgendwie erinnert mich das daran, wie die Leute vom *Vietnamkonflikt* sprachen statt vom *Krieg*.«

»Wie würden Sie dann bezeichnen, was passiert ist?«

»Ich weiß nicht. Aber Vorfall ... hört sich so ... ich weiß nicht ... antiseptisch an. Hören Sie zu, Doktor. Spulen wir noch mal zurück. Ich habe keine Lust zu verreisen, okay? Mein Job ist es, Morde aufzuklären. Das ist meine Arbeit. Und die möchte ich gern wieder aufnehmen. Schließlich könnte ich da Gutes tun.«

»Wenn Sie die Polizeibehörde läßt.«

»Wenn *Sie* mich lassen. Sie wissen, daß es von Ihnen abhängt.«

»Vielleicht. Merken Sie, daß Sie von Ihrer Arbeit sprechen, als wäre es eine Mission?«

»So ungefähr. Wie die Suche nach dem Heiligen Gral.«

Sein Ton war sarkastisch. Die Sitzung wurde allmählich unerträglich, und es war erst die erste.

»Stimmt das? Glauben Sie, Sie seien dazu berufen, Morde aufzuklären und schlechte Menschen hinter Gitter zu bringen?«

Er zuckte wieder mit den Schultern, um auszudrücken, daß er es nicht wisse. Er stand auf und ging zum Fenster und schaute auf die Hill Street hinunter. Auf den Bürgersteigen wimmelte es von Menschen. In der Menge von asiatischen Gesichtern entdeckte er ein paar weiße Frauen, die wie Rosinen im Reis hervorstachen. Sie gingen an einer chinesischen Metzgerei vorbei, in deren Fenster geräucherte Enten an den Hälsen aufgehakt waren.

Weiter oben auf der Straße sah er die Überführung des Hollywood Freeways, die dunklen Fenster des alten Sheriff-Gefängnisses und dahinter das Gebäude des Kriminalgerichts. Links davon konnte er den Turm des Rathauses sehen. Schwarze Plastikplanen hingen vor den obersten Etagen. Es sah aus wie eine Trauerbinde. Er wußte jedoch, daß die Planen verhindern sollten, daß während der Reparaturen an den Erdbebenschäden Schutt herunterfiel. Er schaute am Rathaus vorbei und konnte das Glashaus ausmachen: Parker Center, das Polizeipräsidium.

»Sagen Sie mir, was Ihre Mission ist«, sagte Hinojos mit ruhiger Stimme hinter ihm. »Ich möchte es gern in Ihren eigenen Worten hören.«

Er setzte sich wieder hin und suchte nach einer Möglichkeit, es zu erklären. Schließlich schüttelte er jedoch den Kopf.

»Ich kann nicht.«

»Ich möchte, daß Sie darüber nachdenken. Über Ihre Mission. Worin besteht sie eigentlich? Denken Sie darüber nach.«

»Was ist Ihre Mission, Doktor?«

»Das ist hier nicht von Interesse.«

»Das finde ich aber doch.«

»Hören Sie zu, Detective. Das ist die einzige persönliche Frage, die ich beantworten werde. In diesen Gesprächen geht es nicht um mich. Es geht um Sie. Meine Mission besteht darin, den Männern und Frauen bei der Polizei zu helfen. So sehe ich es. Auf diese Rolle konzentriere ich mich. Und indem ich das tue, helfe ich der Gesellschaft, den Menschen in dieser Stadt. Je besser die Polizisten in dieser Stadt sind, desto besser geht es uns allen. Desto sicherer sind wir. Okay?«

»Hört sich gut an. Wenn ich über meine Mission nachdenke, soll ich es dann auch in ein paar Sätzen zusammenfassen und einstudieren, bis es sich so anhört, als läse ich aus einem Lexikon vor?«

»Mr. ... eh, Detective Bosch. Wenn Sie sich über alles lustig machen und sich ständig quer stellen, kommen wir nicht weiter. Und das heißt, daß Sie in naher Zukunft nicht wieder arbeiten werden. Wollen Sie das?«

Er hob die Arme, wie um sich zu ergeben. Sie sah auf ihren gelben Block. Jetzt, da sie ihre Augen von ihm abgewandt hatte, konnte er sie betrachten. Carmen Hinojos hatte winzige Hände, die vor ihr auf dem Schreibtisch ruhten. An beiden Händen keine Ringe. In der rechten Hand hielt sie einen teuer aussehenden Kugelschreiber. Bosch hatte immer geglaubt, das so etwas von Leuten benutzt wurde, die allzusehr auf ihr Image achteten. Aber vielleicht irrte er sich bei ihr. Ihr dunkelbraunes Haar war hinten zusammengebunden, und sie trug eine Brille mit einem dünnen Schildpattgestell. Sie hätte als Kind eine Zahnklammer tragen sollen. Sie sah von ihrem Block auf, und ihre Blicke trafen sich.

»Mir wurde gesagt, dieser Vor... diese Auseinandersetzung fiel in die Zeit, in der eine Zweierbeziehung gelöst wurde.«

»Wer hat das gesagt?«

»Das steht in den Unterlagen zu Ihrer Person, die ich bekommen habe. Die Quellen sind nicht relevant.«

»Sie sind sehr wohl relevant, weil sie schlecht sind. Es hatte nichts mit dem zu tun, was passiert ist. Es ist schon fast drei Monate her, daß sie *gelöst wurde.*«

»Der Trennungsschmerz kann viel länger dauern. Mir ist

bewußt, wie persönlich das ist und daß es eventuell schwierig für Sie ist. Aber ich glaube, wir sollten darüber reden. Und zwar, weil es mir hilft, Ihre Gefühlslage zum Zeitpunkt der Körperverletzung einzuschätzen. Ist das ein Problem für Sie?«

Bosch bedeutete mit der Hand, daß sie fortfahren sollte.

»Wie lang dauerte diese Beziehung?«

»Ungefähr ein Jahr.«

»Ehe?«

»Nein.«

»Kam das Thema zur Sprache?«

»Nein, eigentlich nicht. Nicht explizit.«

»Haben Sie zusammengelebt?«

»Manchmal. Wir haben aber beide unsere Häuser behalten.«

»Ist die Trennung endgültig?«

»Ich glaube.«

Indem er es zum erstenmal aussprach, gestand Bosch sich ein, daß Sylvia Moore für immer aus seinem Leben verschwunden war.

»War die Trennung in gegenseitigem Einverständnis?«

Er räusperte sich. Er wollte nicht darüber sprechen, aber er wollte es auch hinter sich bringen.

»Ich schätze, man könnte es gegenseitiges Einverständnis nennen. Allerdings hatte ich keine Ahnung, bis sie die Koffer packte. Drei Monate vorher haben wir uns noch aneinander festgehalten, während das Haus auf dem Fundament hin und hergeschüttelt wurde. Man könnte sagen, sie hat sich aus dem Staub gemacht, bevor die Nachbeben endeten.«

»Sie sind immer noch nicht vorbei.«

»Das war nur so eine Redensart.«

»Wollen Sie damit sagen, daß Ihre Beziehung wegen des Erdbebens in die Brüche ging?«

»Nein, das will ich damit nicht sagen. Ich sage nur, daß es damals passiert ist. Gleich danach. Sie ist Lehrerin oben im Valley, und ihre Schule wurde zerstört. Die Schüler wurden auf andere Schulen verteilt und der Bezirk brauchte weniger Lehrkräfte. Man bot den Lehrern an, sich für ein Semester beurlauben zu lassen. Sie nahm die Gelegenheit wahr und fuhr weg.«

»Hatte sie Angst vor einem anderen Erdbeben oder vor Ihnen?«

Sie sah ihn absichtlich direkt an.

»Warum sollte sie vor mir Angst haben?«

Er war sich bewußt, daß er verunsichert klang.

»Ich weiß nicht. Ich stelle nur die Fragen. Haben Sie ihr einen Grund gegeben, Angst zu haben?«

Bosch zögerte. Es war eine Frage, die ihm beim Nachdenken über die Trennung im Grunde nie gekommen war.

»Wenn Sie es im physischen Sinn meinen, nein. Sie hatte keine Angst, und ich gab ihr keinerlei Grund dazu.«

Hinojos nickte und machte sich eine Notiz auf dem Block. Es gefiel ihm nicht, daß sie es notierte.

»Hören Sie, es hat nichts damit zu tun, was letzte Woche auf dem Revier passiert ist.«

»Warum hat sie Sie verlassen? Was war der wirkliche Grund?«

Er schaute weg. Er war wütend. So würde es ablaufen. Sie fragte, was sie wollte, und stieß nach, wo es eine Lücke in seinem Panzer gab.

»Ich weiß nicht.«

»Das ist keine akzeptable Antwort. Ich glaube, Sie wissen oder vermuten, warum sie wegging. Es kann nicht anders sein.«

»Sie hat herausgefunden, wer ich war.«

»Sie hat herausgefunden, wer Sie waren. Was bedeutet das?«

»Das müssen Sie *sie* fragen. Sie hat es gesagt. Aber sie ist in Venedig. In Italien.«

»Was glauben Sie denn, was sie damit meinte?«

»Es kommt nicht darauf an, was ich glaube. Sie ist diejenige, die es gesagt hat und die gegangen ist.«

»Wehren Sie sich nicht so gegen mich, Detective Bosch. Ich wünsche mir nichts lieber, als daß Sie wieder Ihre Arbeit machen können. Wie ich sagte, das ist meine Mission: Sie wieder an Ihren Arbeitsplatz zu schicken, falls das möglich ist. Aber Sie machen es mir schwer, sehr schwer.«

»Vielleicht ist es das, was sie herausfand. Vielleicht bin ich so.«

»Ich zweifle, daß es so einfach ist.«

»Manchmal glaube ich das aber.«

Sie sah auf ihre Uhr und beugte sich nach vorne. Die Frustration über die Sitzung stand ihr im Gesicht geschrieben.

»Okay, Detective. Ich verstehe, wie unbehaglich Sie sich fühlen. Machen wir weiter. Aber ich fürchte, wir werden auf dieses Thema zurückkommen müssen. Ich möchte, daß Sie darüber nachdenken. Versuchen Sie Ihre Gefühle zu verbalisieren.«

Sie wartete darauf, daß er etwas sagte. Er sagte jedoch nichts.

»Versuchen wir darüber zu reden, was sich letzte Woche ereignet hat. Meines Wissens ging es um den Fall eines Prostituiertenmordes.«

»Ja.«

»War er brutal?«

»Das ist bloß ein Wort. Es bedeutet für jeden etwas anderes.«

»Stimmt. Aber gemäß Ihrem Verständnis: War es ein brutaler Mord?«

»Ja, er war brutal. Meiner Ansicht nach sind es die meisten. Jemand stirbt. Das ist brutal. Für das Opfer.«

»Und Sie haben den Verdächtigen verhaftet?«

»Ja, mein Partner und ich. Das heißt nein. Er kam freiwillig aufs Revier, um Fragen zu beantworten.«

»Hat Sie dieser Fall mehr betroffen als – sagen wir – andere Fälle in der Vergangenheit?«

»Vielleicht, ich weiß nicht.«

»Warum?«

»Meinen Sie, warum mich das Schicksal einer Nutte berührte? Es hat mich nicht berührt. Nicht mehr als das irgendeines anderen Opfers. Bei Mord habe ich jedoch eine Regel, was die Fälle angeht, die ich bekomme.«

»Wie lautet Ihre Regel?«

»Jeder zählt, oder niemand zählt.«

»Erklären Sie mir das.«

»Wie ich gesagt habe. Jeder zählt, oder niemand zählt. Das ist alles. Es bedeutet, daß ich mich voll ins Zeug lege, ob es eine Prostituierte ist oder die Frau des Bürgermeisters. Das ist meine Regel.«

»Ich verstehe. Lassen Sie uns jetzt über diesen spezifischen Fall sprechen. Ich würde gern von Ihnen hören, was nach der Verhaftung passiert ist und welche Gründe Sie wohl für Ihr gewalttätiges Handeln auf dem Hollywood-Revier hatten.«

»Wird dies auf Band aufgenommen?«

»Nein, Detective, was Sie mir sagen ist vertraulich. Am Ende der Sitzungen werde ich nur eine Empfehlung für Assistant Chief Irving schreiben. Die Details unserer Gespräche wird nie jemand erfahren. Meine Empfehlungen sind gewöhnlich nicht einmal eine halbe Seite lang und enthalten keinerlei Einzelheiten.«

»Mit der halben Seite üben Sie viel Macht aus.«

Sie erwiderte nichts. Bosch überlegte einen Moment, während er sie ansah. Er glaubte, daß er ihr vertrauen könne, aber sein Instinkt und seine Erfahrung sagten ihm, daß er niemandem trauen sollte. Sie schien sein Dilemma zu kennen und wartete ab.

»Sie möchten meine Version hören?«

»Ja, das möchte ich.«

»Okay, ich werde Ihnen erzählen, was passiert ist.«

## 2

Bosch rauchte auf dem Nachhauseweg. Allerdings hätte er noch lieber einen Drink gehabt, um seine Nerven zu betäuben. Er sah auf die Uhr und entschied, daß es zu früh war, um bei einer Bar Zwischenstation zu machen. Also begnügte er sich mit einer weiteren Zigarette und fuhr heim.

Nachdem er sich durch die Kurven des Woodrow Wilson Drives nach oben gewunden hatte, parkte er einen halben Block von seinem Haus am Straßenrand und ging zurück. Leise Klaviermusik kam aus einem der Nachbarhäuser – irgend etwas Klassisches –, aber er konnte nicht feststellen, aus welchem. Er kannte seine Nachbarn nicht besonders gut und wußte nicht, in welcher Familie es einen Klavierspieler gab. Er schlüpfte unter dem gelben Plastikband vor seinem Grundstück hindurch und trat durch die Seitentür vom überdachten Parkplatz aus ein.

Er hatte es sich angewöhnt, weiter unten auf der Straße zu parken, damit man nicht merkte, daß er in seinem eigenen Haus wohnte. Das Haus war nach dem Erdbeben für unbewohnbar erklärt und später von der Bauaufsicht auf die Abrißliste gesetzt worden. Bosch hatte jedoch beide Verfügungen ignoriert und die Plombe am Stromkasten geknackt. Inzwischen lebte er seit drei Monaten wieder hier.

Es war ein kleines, mit Redwood verkleidetes Haus, das auf Stahlpfeilern stand. Sie waren in das Grundgestein getrieben, das sich während des Mesozoikums und Känozoikums gebildet und aufgefaltet hatte, als sich die Santa Monica Mountains aus der Wüste erhoben. Die Stahlpfeiler hatten dem Erdbeben in ihren Verankerungen standgehalten, das darüberliegende Haus hatte sich jedoch verschoben und sich teilweise von den Pfeilern und den Erdbebenbolzen losgerissen. Es war gerutscht. Ganze fünf Zentimeter. Aber das reichte aus. Die Distanz war minimal, der Schaden jedoch groß. Die Holzrahmenkonstruktion des Hauses hatte sich verzogen, und Fenster und Türen waren nicht mehr rechteckig. Das Glas war zersprungen, und die Vordertür ließ sich nicht mehr öffnen, festgeklemmt in einem Rahmen, der sich mit dem gesamten Haus nach Norden geneigt hatte. Um die Tür aufzubrechen, hätte Bosch wahrscheinlich einen Polizeipanzer mit Rammbock ausleihen müssen. Also hatte er nur die Seitentür mit der Brechstange geöffnet. Diese Tür diente jetzt als Haupteingang zu seinem Heim.

Bosch hatte einem Unternehmen fünftausend Dollar gezahlt, damit sie das Haus anhoben und die fünf Zentimeter wieder zurückschoben. Danach war es mit Bolzen wieder an den Stahlpfeilern verankert worden. Je nachdem wie er Zeit fand, hatte Bosch begonnen, neue Fenster- und Türrahmen selbst einzusetzen. Die Glasarbeiten hatte er als erstes in Angriff genommen. Danach hatte er die Innentüren neu gerahmt und eingehängt. Für die Arbeiten konsultierte er Bücher, und gewisse Reparaturen mußte er drei- oder viermal machen, bis das Resultat einigermaßen passabel war. Aber die Arbeit machte ihm Spaß und hatte einen therapeutischen Effekt. Wenn er mit seinen Händen arbeitete, spannte er von seinem Job aus. Die Vordertür ließ er so, wie sie war, ein Denkmal der Naturgewalten. Es machte ihm nichts aus, die Seitentür zu benutzen.

Trotz aller Mühen erreichte er jedoch nicht, daß das Haus von der Abrißliste der städtischen Bauaufsicht gestrichen wurde. In den Augen des Inspectors, der für diesen Bereich in den Hügeln zuständig war, war es trotz Boschs Reparaturen weiterhin abbruchreif. Und damit begann das Versteckspielen. Bosch betrat und verließ das Haus so unauffällig wie ein Spion eine ausländische Botschaft. Er nagelte schwarze Plastikplanen von innen an die Fenster, damit kein verräterisches Licht nach draußen drang. Und er hielt immer nach Inspector Gowdy Ausschau. Gowdy war seine Nemesis.

Mittlerweile hatte sich Bosch einen Anwalt genommen, um gegen den Abrißbescheid Einspruch einzulegen.

Die Tür vom überdachten Abstellplatz für seinen Wagen führte direkt in die Küche, wo Bosch den Kühlschrank öffnete und eine Dose Coca-Cola herausnahm. Dann stand er vor dem alten Kasten, ließ sich von dessen Atem kühlen und untersuchte seinen Inhalt nach Dingen, die sich für ein Abendessen verwenden ließen. Obwohl er genau wußte, was sich in den Fächern und Schubladen befand, inspizierte er trotzdem alles. Als hoffe er auf den Überraschungsfund eines vergessenen Steaks oder einer Hühnerbrust. Er stand oft so vor dem Kühlschrank. Es war das Ritual eines Mannes, der allein lebte. Auch das war ihm bewußt.

Auf der hinteren Veranda trank Bosch die Cola und aß ein Sandwich, das aus fünf Tage altem Brot und plastikverpacktem Aufschnitt bestand. Er wünschte, er hätte noch ein paar Kartoffelchips. Nach einem einzigen Sandwich würde er zweifellos später wieder Hunger bekommen.

Er trat ans Geländer und sah auf den Hollywood Freeway hinab, über den sich an diesem Montagabend die Autos Stoßstange an Stoßstange schoben. Er selbst war noch vor dem stärksten Berufsverkehr aus Downtown herausgekommen. In Zukunft würde er darauf achten müssen, die Sitzungen bei der Polizeipsychologin nicht zu überziehen. Sie waren für montags, mittwochs und freitags 15.30 Uhr angesetzt. Er fragte sich, ob Carmen Hinojos je eine Sitzung hatte länger laufen lassen. Oder beschränkte sich ihre Mission auf die Vierzigstundenwoche?

Von da wo er stand konnte er fast alle Fahrbahnen in nördlicher Richtung verfolgen. Wie sie durch den Cahuenga Paß ins San Fernando Valley drangen. Er dachte darüber nach, was er während der Sitzung gesagt hatte, und versuchte zu entscheiden, ob sie gut oder schlecht verlaufen war. Aber seine Gedanken schweiften ab, und er begann die Stelle zu beobachten, wo der Freeway auf dem Paß in Sicht kam. Geistesabwesend wählte er jeweils zwei Autos aus, die ungefähr gleichzeitig über den Paß kamen, und beobachtete sie auf dem meilenlang sichtbaren Abschnitt des Freeways. Er setzte auf einen der Wagen und verfolgte das Rennen, von dem die Fahrer nichts ahnten, bis zum Ziel, dem Lankershim Boulevard.

Nach ein paar Minuten wurde ihm bewußt, was er tat. Er drehte sich abrupt um, weg vom Freeway.

»Jesus«, stieß er hervor.

Es war ihm nun klar, daß handwerkliche Beschäftigung allein während seiner Suspendierung nicht reichen würde. Er ging hinein und holte sich eine Flasche Henry's aus dem Kühlschrank. Als er das Bier geöffnet hatte, klingelte das Telefon. Sein Partner Jerry Edgar war am Apparat, und der Anruf war eine willkommene Ablenkung von der Stille.

»Na, Harry, wie läuft's in Chinatown?«

Weil jeder Polizist insgeheim fürchtete, eines Tages unter dem Druck seines Jobs zusammenzubrechen und Patient der polizeilichen Abteilung für Verhaltenstherapie zu werden, wurde der offizielle Name selten ausgesprochen. Therapiesitzungen wurden daher meistens als ›Gang nach Chinatown‹ bezeichnet, weil sich die Abteilung dort in der Hill Street befand, mehrere Straßen vom Parker Center entfernt. Falls von einem Cop bekannt wurde, daß er dorthin ging, hieß es, er hatte den ›Hill Street Blues‹. Das sechsstökkige Bankgebäude, in dem die VTh untergebracht war, war auch unter der Bezeichnung ›Einundfünfzig-Fünfzig‹ bekannt. Dabei handelte es sich nicht um die Adresse, sondern um den Polizeifunkcode für Geisteskranke. Der Berufsjargon war Teil eines Schutzpanzers. Man machte sich über die Sache lustig und verdrängte so die eigenen Ängste leichter.

»Chinatown war großartig«, sagte Bosch sarkastisch. »Du solltest es mal selbst versuchen. Mich hat es dazu gebracht, hier zu sitzen und die Autos auf dem Freeway zu zählen.«

»Wenigstens läufst du nicht wild in der Gegend herum.«

»Stimmt. Was gibt's Neues?«

»Pounds hat es nun doch getan.«

»Was getan?«

»Mich mit einem Neuen verkuppelt.«

Bosch schwieg für einen Moment. Die Nachricht schien etwas Endgültiges zu bedeuten. Der Gedanke, daß er eventuell nie an seinen Arbeitsplatz zurückkehren würde, machte sich in seinem Bewußtsein breit.

»Tatsächlich?«

»Ich habe heute morgen einen neuen Fall bekommen. Also hat er mir einen seiner Arschkriecher verpaßt. Burns.«

»Burns? Von *Autodiebstahl?* Er hat noch nie einen Mord untersucht! Hat er wenigstens schon mal irgendein anderes Gewaltverbrechen bearbeitet?«

Bei der Polizei gab es zwei Laufbahnen für Detectives: Eigentumsdelikte oder Gewaltverbrechen. In der zweiten spezialisierte man sich auf Mord, Vergewaltigung, Körperverletzung oder Raub. Kollegen, die diese Fälle bearbeiteten, erregten meistens mehr Aufmerksamkeit, und sie betrachteten die mit der anderen Laufbahn als Bürohengste. Da es so viele Eigentumsdelikte gab, verbrachten diese ihre Zeit überwiegend damit, Berichte zu schreiben und ab und zu eine Verhaftung vorzunehmen. Ermittlungen im eigentlichen Sinne führten sie nicht durch. Sie hatten keine Zeit dafür.

»Nein, Papiertiger von Geburt an«, sagte Edgar. »Aber Pounds ist das egal. Er will nur jemanden am Mord-Tisch haben, der ihm keine Widerworte gibt. Und Burns ist genau sein Typ. Er hat sich wahrscheinlich um den Job beworben, sowie deine Suspendierung bekannt wurde.«

»Arschloch. Aber ich kehr' an den Mord-Tisch zurück, und er kann sich dann wieder zu seinen gestohlenen Autos verpissen.«

Edgar ließ sich mit seiner Antwort Zeit, als ob Bosch etwas gesagt hätte, was für ihn keinen Sinn ergab.

»Glaubst du das wirklich, Harry? Pounds wird es nicht zulassen, daß du zurückkommst. Nicht nach dem, was du getan hast. Als er mir erklärte, daß Burns mein neuer Partner ist, habe ich ihm gesagt: ›Nichts für ungut, aber ich warte lieber, bis Harry Bosch wiederkommt.‹ Darauf hat er erwidert, daß ich dann bis zu meiner Pensionierung warten könnte.«

»Das hat er gesagt? Er ist ein noch größeres Arschloch als Burns. Ich hab' aber immer noch Freunde bei der Polizei.«

»Du hast immer noch was gut bei Irving, nicht wahr?«

»Das kann ich jetzt vielleicht herausfinden.«

Er ging nicht weiter darauf ein, er wollte das Thema wechseln. Edgar war sein Partner, allerdings hatten sie nie den Punkt erreicht, daß sie einander alles sagten. Bosch spielte den Mentor, und er vertraute Edgar sein Leben an. Dieser Bund galt jedoch nur auf der Straße. Innerhalb des Polizeiapparats lag die Sache anders. Bosch hatte nie jemandem getraut, sich nie auf jemanden verlassen – und er würde nicht gerade jetzt damit anfangen.

»Also, was ist das für ein Fall?« fragte er, um das Gespräch in andere Bahnen zu lenken.

»Ach ja, davon wollte ich erzählen. Total abartig. Ein

ganz verrückter Tod, und was danach passierte, ist ebenso verrückt. Der Anruf kam von einem Haus in der Sierra Bonita Avenue. Ungefähr fünf Uhr morgens. Der Anrufer berichtet, daß er ein Geräusch wie von einem gedämpften Schuß gehört hat. Er holt seine Jagdflinte aus dem Schrank und geht nach draußen, um nachzusehen. Die Junkies sind in letzter Zeit in der Gegend auf Beutezug gegangen. Vier Einbrüche allein in seinem Block. Er war also vorbereitet. Nun, er geht mit dem Gewehr die Auffahrt runter – die Garage ist hinten – und sieht ein Paar Beine, die aus der offenen Tür seines Wagens hängen, der vor der Garage geparkt war.«

»Er erschießt ihn?«

»Nein, das ist das Verrückte. Er geht mit dem Gewehr zum Auto, aber der Typ ist schon tot. Mit einem Schraubenzieher in die Brust gestochen.«

Bosch kapierte es nicht. Er kannte nicht alle Details. Aber er sagte nichts.

»Der Airbag hat ihn getötet, Harry.«

»Was soll das heißen, der Airbag hat ihn getötet?«

»Der Airbag. Der gottverdammte Junkie wollte den Airbag aus dem Steuer stehlen, und irgendwie explodierte das Ding. Es blies sich auf – wie vorgesehen – und trieb ihm den Schraubenzieher ins Herz. Ich habe so was noch nie gesehen. Er muß den Schraubenzieher umgedreht gehalten haben, oder er hat mit dem Griff auf die Steuersäule gehämmert. Das haben wir noch nicht geklärt. Wir haben mit einem Typ von Chrysler gesprochen. Wenn man die Abdekkung entfernt, wie es dieser Junkie getan hat, dann kann das Ding schon wegen statischer Elektrizität losgehen. Unser Toter trug einen Pullover. Vielleicht war das die Ursache. Burns meint, es sei das erstemal, daß ein geladener Pullover jemanden getötet hat.«

Während Edgar über den Witz seines neuen Partners lachte, dachte Bosch über den Vorfall nach. Er erinnerte sich an ein polizeiliches Rundschreiben, das letztes Jahr zum Thema Airbag-Diebstahl herausgekommen war. Sie waren zu einem begehrten Artikel auf dem Schwarzmarkt geworden. Diebe bekamen bis zu dreihundert Dollar von skrupellosen Reparaturwerkstätten, die sie dann für neunhundert Dollar einbauten. Wenn sie sie vom Hersteller bezogen, war ihr Profit nur halb so hoch.

»Also ist es damit ein Unfall?« fragte Bosch.

»Ja, Tod durch Unfall. Aber die Geschichte ist noch nicht zu Ende. Beide Türen des Wagens waren offen.«

»Der Tote hatte einen Komplizen.«

»Genau. Und wenn man ihn findet, kann man Anklage erheben. Nach dem Gesetz, das Tötung beim Begehen schwerer Straftaten betrifft. Also hat die Spurensicherung alle Abdrücke im Auto mit dem Lasergerät sichergestellt. Ich hab' sie dann zur Abteilung für Fingerabdrücke gebracht und einen der Techniker überredet, sie zu scannen und in den AFIS-Computer einzugeben. Und voilà!«

»Du hast den Partner?«

»Volltreffer. AFIS hat eine ziemliche Reichweite. Zum Netz gehört das Identifizierungszentrum des U. S. Militärs in St. Louis. Dort haben wir unseren Typen gefunden. Er war vor zehn Jahren in der Armee. Mit dem Namen haben wir dann beim Kfz-Amt die Adresse bekommen. Wir haben ihn heute festgenommen. Auf dem Weg zum Revier hat er ein Geständnis abgelegt. Er wird für eine Weile aus dem Verkehr sein.«

»Anscheinend hattest du einen guten Tag.«

»Es geht noch weiter. Du kennst den wirklich verrückten Teil noch nicht.«

»Ich höre.«

»Ich hab' doch eben erzählt, daß wir mit dem Laser alle Fingerabdrücke im Auto sichergestellt haben.«

»Ja.«

»Also, wir haben noch einen Treffer. Diesmal im Verbrechensindex. Ein Fall in Mississippi. Mann, ich wünschte, alle Tage wären so.«

»Was war der zweite Treffer?« fragte Bosch. Er verlor allmählich die Geduld mit Edgars Fortsetzungsstil.

»Abdrücke, die vor sieben Jahren vom Südstaatenzentrum für Verbrechensbekämpfung ins System eingespeichert wurden. Das umfaßt fünf Staaten, in denen wahrscheinlich noch nicht einmal halb so viel Menschen leben wie in L.A. Egal ... einer der Abdrücke, die wir eingegeben haben, stimmt mit dem eines Doppelmörders aus Biloxi überein. Die Zeitungen haben ihn den Feiertagsschlächter genannt, weil er zwei Frauen am vierten Juli sechsundsiebzig getötet hat.«

»Der Besitzer des Wagens? Der Typ mit dem Gewehr?«

»Du hast's erfaßt. Seine Fingerabdrücke waren auf dem Hackbeil, das in dem Schädel eines der Mädchen steckte. Er war ein bißchen erstaunt, als wir heute nachmittag zurückkamen. Wir sagten zu ihm: ›Wir haben den Komplizen von dem Typen geschnappt, der in deinem Auto abgekratzt ist. – Ach übrigens, Mr. Motherfucker, wir nehmen dich jetzt in Haft wegen eines Doppelmords.‹ Er war total platt, Harry. Du hättest dabei sein sollen.«

Edgar lachte laut ins Telefon, und Bosch merkte, wie sehr er seinen Job nach nur einer Woche Zwangsbeurlaubung vermißte.

»Hat er gestanden?«

»Nein, er hat den Mund gehalten. Man muß schon clever sein, wenn man als Doppelmörder zwanzig Jahre ungeschoren bleibt. Das ist echt eine Leistung.«

»Stimmt. Was hat er die ganze Zeit getan?«

»Unauffällig gelebt. Er besitzt einen Eisenwarenladen am Santa Monica Boulevard. Verheiratet, zwei Kinder, ein Hund. Komplette Resozialisation. Aber jetzt geht es zurück nach Biloxi. Hoffentlich mag er die Südstaatenküche, er wird so bald nicht zurückkommen.«

Edgar lachte wieder. Bosch sagte nichts. Die Geschichte deprimierte ihn. Sie erinnerte ihn an den Beruf, den er nicht mehr ausübte. Sie erinnerte ihn auch an Hinojos' Bitte, seine Mission zu definieren.

»Morgen kommen ein paar Leute von der Mississippi-Staatspolizei«, sagte Edgar. »Ich habe eben mit ihnen gesprochen. Die Jungs haben sich echt gefreut.«

Bosch sagte eine Weile nichts.

»Harry, bist du noch da?«

»Ja, ich hab' nur an etwas gedacht ... Das hört sich an wie ein Wahnsinnstag in den Annalen der Verbrechensbekämpfung. Wie hat unser wackerer Führer reagiert?«

»Pounds? O Gott, er hat eine Mordserektion vor Stolz. Weißt du, was er jetzt tut? Er versucht die Sache so zu deichseln, daß ihm alle drei Aufklärungen angerechnet werden, indem er die Biloxi-Morde in unserer Statistik aufführt.«

Das überraschte Bosch nicht. Es war eine weitverbreitete Praxis in der Polizei, jeden möglichen gelösten Fall für die Aufklärungsrate anzurechnen. Im Airbag-Fall handelte es sich eigentlich nicht um Mord. Es war ein Unfall. Aber weil sich der Tod bei der Ausübung eines Verbrechens ereignet hatte, konnte dem Komplizen der Tod seines Partners nach kalifornischem Recht zur Last gelegt werden. Da der Komplize wegen Mordes verhaftet worden war, wußte Bosch, daß Pounds vorhatte, die Zahl der geklärten Morde um einen zu erhöhen. In der Spalte der geschehenen Morde würde er allerdings nicht das gleiche tun, weil der Airbag-Tod ein Unfall war. Dieser kleine statische Zweisatz würde der allgemeinen Mordaufklärungsrate des Hollywood-Reviers Auftrieb geben. In den letzten Jahren drohte sie immerhin ständig unter fünfzig Prozent zu sinken.

Aber die geringfügige Verbesserung durch den Buchführungstrick reichte Pound wohl nicht, und er plante offensichtlich dreist, die zwei Biloxi-Morde ebenfalls in der Aufklärungsstatistik aufzuführen. Schließlich konnte man ja argumentieren, daß seine Mordeinheit zwei weitere Fälle geklärt hatte. Indem er also drei gelöste Fälle hinzurechnete, verbesserte er sowohl die allgemeine Aufklärungsrate immens – als auch sein Image als Commander einer Ermittlungsabteilung. Bosch ahnte, daß Pounds über sich und seine Tagesleistung entzückt war.

»Er sagte, unsere Rate würde um sechs Punkte steigen«, fuhr Edgar fort. »Der Mann ist rundum zufrieden, Harry. Und mein neuer Partner ist glücklich, daß er seinen Boß befriedigen konnte.«

»Ich will nichts mehr hören.«

»Das dachte ich mir. Also, was machst du, um dich zu

beschäftigen – außer Autos auf dem Freeway zu zählen? Du mußt dich zu Tode langweilen, Harry.«

»Eigentlich nicht«, log Bosch. »Letzte Woche habe ich die Veranda repariert. Diese Woche werde ich …«

»Harry, glaub mir, du verschwendest Zeit und Geld. Das Bauamt wird dich in dem Haus entdecken und mit einem Tritt hinausbefördern. Dann reißen sie es ein und schicken dir die Rechnung. Dein Haus und deine Veranda werden am Ende vom Sperrmüll abgeholt.«

»Ich habe mir einen Anwalt genommen.«

»Und was kann er tun?«

»Weiß ich nicht. Ich lege gegen den Abrißbescheid Einspruch ein. Er macht Grundstücksrecht und sagt, er kann es richten.«

»Hoffentlich. Trotzdem meine ich, du solltest es abreißen und von vorne anfangen.«

»Ich habe noch nicht im Lotto gewonnen.«

»Es gibt Katastrophenhilfe von der Bundesregierung. Du könntest ein Darlehen beantragen und …«

»Ich habe einen Antrag gestellt, Jerry. Aber mir gefällt mein Haus, wie es ist.«

»Okay, Harry. Ich hoffe, dein Anwalt kann was ausrichten. Also, ich muß jetzt los. Burns will ein Bier im Short Stop trinken. Er wartet dort.«

Das letztemal, als Bosch im Short Stop war – einer Kaschemme für Polizisten in der Nähe der Polizeischule und des Dodger Stadions – hingen noch die Aufkleber ›ICH UNTERSTÜTZE CHIEF GATES‹ an der Wand. Für die meisten Cops war Gates Schnee vom vergangenen Jahr, aber im Short Stop tranken die Oldtimer und erinnerten sich an eine Polizei, wie sie nicht mehr existierte.

»Viel Spaß, Jerry.«

»Mach's gut, Mann.«

Bosch lehnte sich gegen einen Unterschrank und trank sein Bier. Er kam zu dem Schluß, daß Edgar ihm durch die Blume mitgeteilt hatte, daß er sich für die andere Seite entschieden hatte und Bosch seinem Schicksal überließ. Das war okay. Edgar war sich selbst am nächsten. Er mußte in einer gefährlichen Welt überleben. Bosch konnte ihm das nicht übelnehmen.

Bosch betrachtete sich im Glas der Backofentür. Sein Spiegelbild war dunkel, er konnte jedoch seine Augen und seine Kinnlade erkennen. Er war vierundvierzig und sah in mancher Hinsicht älter aus. Sein lockiges braunes Haar war noch voll, aber wie sein Schnurrbart ergraute es allmählich. Seine schwarzbraunen Augen wirkten müde und stumpf. Seine Haut hatte den käsigen Teint eines Nachtwächters. Noch war er nur schlank, aber manchmal hingen ihm die Kleider am Leib, als hätte er sie von der Heilsarmee bekommen oder gerade eine schwere Krankheit durchgemacht.

Er riß sich von seinem Spiegelbild los und holte sich noch ein Bier aus dem Kühlschrank. Draußen auf der Veranda sah er, daß der Himmel schon in den Pastelltönen der Dämmerung schimmerte. Bald würde es dunkel sein, aber der Freeway unten war wie ein Fluß glitzernder Lichter, dessen Strömung keinen Moment nachließ.

Er sah auf den abendlichen Pendlerverkehr hinab, und es kam ihm wie ein Ameisenhaufen vor, auf dem sich die Arbeiter in Kolonnen bewegten. Irgend jemand oder irgendeine Macht würde bald abermals daherkommen und in den Hügel treten. Dann würden die Freeways und die Häuser einstürzen. Und die Ameisen würden wieder alles aufbauen und hintereinander hermarschieren.

Irgend etwas störte ihn, er war sich jedoch nicht sicher, was es war. Alles mögliche ging ihm durch den Kopf. Er begann, Edgars Geschichte vor dem Hintergrund seines Gesprächs mit Hinojos zu betrachten. Irgendwo gab es eine Verbindung, eine Brücke, er konnte sie jedoch nicht entdekken.

Er trank sein Bier aus und entschied, daß zwei genug seien. Dann setzte er sich auf einen der Liegestühle und legte die Beine hoch. Er wollte Körper und Geist ausruhen. Die Wolken am Himmel wurden jetzt von der untergehenden Sonne orange gefärbt. Sie glühten wie flüssige Lava, die sich langsam über den Himmel wälzte.

Kurz bevor er einnickte, tauchte ein Gedanke aus der Lavaflut auf. Jeder zählt, oder niemand zählt. Und dann, mit dem letzten klaren Gedanken vor dem Schlaf, wurde ihm klar, was der rote Faden war, der sich durch seine Überlegungen gezogen hatte. Und er wußte, was seine Mission war.

## 3

Ohne geduscht zu haben, zog sich Bosch am Morgen an. Er wollte sofort mit der Arbeit am Haus beginnen und die Gedanken von gestern durch Schweiß und Konzentration vertreiben.

Es war jedoch nicht so einfach. Als er seine farbbefleckten Jeans anzog, erblickte er sich im zersprungenen Spiegel über der Kommode und sah, daß er sein weißes T-Shirt verkehrt herum anhatte. Auf seiner Brust stand das Motto des Morddezernats.

**UNSER TAG BEGINNT, WENN IHR TAG ENDET.**

Es sollte auf dem Rücken stehen. Er zog das Hemd aus, drehte es um und zog es wieder an. Jetzt sah er im Spiegel, was er sehen sollte. Die Abbildung einer Polizeidienstmarke auf der linken Brust und darunter kleingedruckt: LAPD MORD.

Er setzte eine Kanne Kaffee auf, nahm sich einen Becher und ging auf die Veranda. Dann schleppte er seinen Werkzeugkasten nach draußen sowie die neue Schlafzimmertür, die er im Baumarkt gekauft hatte. Als er endlich bereit war und den Becher mit dampfendem schwarzen Kaffee gefüllt hatte, setzte er sich auf das Fußteil des Liegestuhls und stellte die Tür auf einer Kante vor sich hin.

Die ursprüngliche Tür war während des Erdbebens an den Angeln zersplittert. Vor ein paar Tagen hatte er versucht, die neue Tür einzuhängen, aber sie war für den Türpfosten zu breit gewesen. Er schätzte, er mußte ungefähr drei Millimeter von der Schloßseite abschleifen, damit sie paßte. Mit dem Hobel machte er sich an die Arbeit, schob das Werkzeug langsam auf der Kante hin und her. Die Holzspäne fielen in papierdünnen Locken auf den Boden. Manchmal hielt er inne, strich mit der Hand über die bearbeitete Fläche und überprüfte seine Arbeit. Es gefiel ihm, daß er den Fortschritt sehen konnte. Es gab wenige Aufgaben in seinem Leben, bei denen das möglich war.

Trotzdem konnte er seine Konzentration nicht lange aufrechterhalten. Immer wieder wurde sie von dem störenden Gedanken unterbrochen, der ihn gestern abend verfolgt hatte. Jeder zählt, oder niemand zählt. Er hatte es zu Hinojos gesagt. Es sei sein Kredo, hatte er behauptet. Glaubte er wirklich daran? Was bedeutete es für ihn? War es bloß ein Motto wie der Spruch auf seinem T-Shirt, oder lebte er danach? Diese Fragen vermischten sich mit der Erinnerung an sein Gespräch mit Edgar und mit einem tief verborgenen Gedanken, von dem er wußte, daß er schon immer da gewesen war.

Er nahm den Hobel von der Türkante und fuhr mit der Hand wieder über das glatte Holz. Es würde jetzt wahrscheinlich passen. Er trug die Tür hinein. Über einer Abdeckplane im Wohnzimmer schmirgelte er die Türkante mit einem Stück feinem Sandpapier ab, bis sie perfekt glatt war.

Die Tür senkrecht auf einem Holzklotz balancierend ließ er sie in die Angeln gleiten und setzte dann die Stifte ein. Mit dem Hammer klopfte er sie mühelos ganz hinein. Er hatte die Angeln und Stifte vorher geölt, und die Tür öffnete und schloß sich fast lautlos. Noch wichtiger war, daß sie mit dem Türpfosten abschloß. Er machte sie mehrere Male auf und zu und betrachtete sie, zufrieden mit seiner Leistung.

Das Glücksgefühl des Erfolgs war kurzlebig. Da er jetzt mit seiner Arbeit fertig war, war er geistig nicht mehr abgelenkt. Beim Zusammenfegen der Hobelspäne auf der Veranda kehrten die lästigen Gedanken zurück.

Hinojos hatte ihm geraten, sich zu beschäftigen. Jetzt wußte er, was er tun würde. Er hatte erkannt, daß es eine Aufgabe gab, die er tun mußte – egal, wieviel Projekte ihm sonst noch einfielen, um Zeit totzuschlagen. Er lehnte den Besen an die Wand und ging hinein, um sich fertig zu machen.

# 4

Das Archiv der Polizei von Los Angeles sowie die Zentrale ihrer Flugstaffel, bekannt unter dem Spitznamen Piper Tech, befand sich in der Ramirez Street in Downtown, nicht weit vom Parker Center. Bekleidet mit Anzug und Schlips stoppte Bosch kurz vor elf seinen Wagen vor dem Tor. Er hielt seinen Polizeiausweis aus dem Fenster und wurde durchgewunken. Man hatte seinen Ausweis, seine goldene Dienstmarke und seine Waffe einkassiert, als er in der vorherigen Woche suspendiert worden war. Später hatte man ihm jedoch seinen Ausweis wiedergegeben, damit er für die Streßtherapie bei Carmen Hinojos Zutritt zu den VTh-Räumen hatte.

Nachdem er geparkt hatte, ging er an dem beige gestrichenen Lagerhaus vorbei, in dem die städtische Geschichte der Gewalt archiviert wurde. Das Gebäude mit einer Grundfläche von tausend Quadratmetern enthielt die Akten sämtlicher Fälle, aufgeklärte und unaufgeklärte. Hier landeten sie, wenn sich niemand mehr für sie interessierte.

Am Eingangsschalter lud eine Büroangestellte Akten auf einen Wagen, damit sie wieder zu den endlosen Regalen zurückgebracht und vergessen werden konnten. Bosch merkte an der Art und Weise, wie sie ihn musterte, daß selten jemand persönlich hierherkam. Es wurde alles über Telefon und Botendienst abgewickelt.

»Wenn Sie nach den Sitzungsprotokollen des Stadtrats suchen, das ist gegenüber, Gebäude A, das mit den braunen Verzierungen.«

Bosch hielt seinen Ausweis hoch.

»Nein, ich will eine Akte ansehen.«

Er griff in seine Jackentasche, während sie zum Schalter

kam und sich über seinen Ausweis beugte. Sie war schwarz und klein, mit grauen Haaren und einer Brille. An ihrer Bluse war ein Namensschild befestigt: Geneva Beaupre.

»Hollywood«, sagte sie. »Warum haben Sie es sich nicht per Boten kommen lassen? Diese Fälle haben doch keine Eile.«

»Ich war in Downtown, im Parker Center ... Ich wollte die Akte so schnell wie möglich sehen.«

»Nun, haben Sie eine Nummer?«

Aus seiner Tasche holte er einen Zettel mit der Nummer 61-743. Sie beugte sich nach vorne, um zu lesen, dann schnellte ihr Kopf wieder hoch.

»Neunzehnhunderteinundsechzig? Sie wollen eine Akte von ... Ich weiß nicht einmal, wo Einundsechzig ist.«

»Sie ist hier. Ich habe sie schon einmal eingesehen. Damals hat wohl jemand anders hier gearbeitet. Aber sie war hier.«

»Nun gut, ich werde nachsehen. Wollen Sie warten?«

»Ja, ich warte.«

Das schien sie zu enttäuschen, aber Bosch schenkte ihr das freundlichste Lächeln, das ihm zur Verfügung stand. Sie nahm den Zettel und verschwand zwischen den Regalen. Bosch ging ein paar Minuten in dem kleinen Warteraum vor dem Schalter auf und ab und trat dann nach draußen, um eine Zigarette zu rauchen. Er war nervös, ohne genau zu wissen warum. Er ging weiterhin auf und ab.

»Harry Bosch.«

Er drehte sich um und erblickte einen Mann, der sich von einem Helikopterhangar näherte. Er kannte ihn, wußte aber im Moment nicht, wo er ihn hinstecken sollte. Dann fiel es ihm ein: Captain Dan Washington, ehemals Chef des Streifendiensts in Hollywood und jetzt Commander der Flugabteilung. Sie schüttelten sich herzlich die Hände, und Bosch hoffte sogleich, daß Washington nichts von seiner Zwangsbeurlaubung wußte.

»Wie geht's in Hollywood?«

»Alles beim alten, Captain.«

»Wissen Sie, mir fehlt die alte Gegend.«

»Ihnen entgeht nicht viel. Wie läuft's hier?«

»Kann mich nicht beschweren. Die Position ist ganz gut, ich bin jedoch mehr Flughafendirektor als Polizist. Aber nicht schlecht, wenn man sich zurückziehen muß.«

Bosch erinnerte sich, daß Washington mit der Polizeiführung aneinandergeraten war und sich dann hatte versetzen lassen, um zu überleben. Bei der Polizei gab es Dutzende solcher Jobs, wo man im Hintergrund abwarten konnte, bis man wieder bessere Karten hatte.

»Was machen Sie hier?«

Er hatte die Frage befürchtet. Falls Washington wußte, daß er suspendiert war, würde das Eingeständnis, daß er eine alte Akte einsehen wollte, bedeuten, daß er die Bestimmungen seiner Zwangsbeurlaubung verletzte. Andererseits bewies Washingtons Posten in der Flugabteilung, daß er selbst manchmal aus der Reihe tanzte. Bosch beschloß, es zu riskieren.

»Ich seh' mir hier eine alte Akte an. Ich hatte gerade etwas Zeit und dachte, ich überprüf' mal ein paar Punkte.«

Washington zog die Augen zusammen, und Bosch wußte, daß er wußte.

»Ja ... also, ich muß jetzt los. Verlieren Sie nicht den Mut. Und lassen Sie sich nicht von den Paragraphenreitern unterkriegen.«

Er zwinkerte Bosch zu und ging weiter.

»Werd' mich bemühen, Captain. Sie auch nicht.«

Bosch war sich ziemlich sicher, daß Washington niemandem von dem Zusammentreffen erzählen würde. Er trat auf seine Zigarette und ging wieder hinein an den Schalter – insgeheim auf sich fluchend, daß er nach draußen gegangen war und sich gezeigt hatte. Fünf Minuten später hörte er ein quietschendes Geräusch aus einem der Regalgänge, und im nächsten Moment erschien Geneva Beaupre, einen Wagen mit einem blauen Ringbuch vor sich schiebend.

Es war das Mordbuch. Es war mindestens fünf Zentimeter dick, staubig und wurde von einem Gummiband zusammengehalten, in dem eine grüne, alte Leihkarte steckte.

»Gefunden.«

In ihrer Stimme klang Triumph mit. Es war vermutlich die Krönung ihres Arbeitstages, schätzte Bosch.

»Großartig.«

Sie ließ das schwere Ringbuch auf den Schalter fallen.

»Marjorie Lowe. Mord, 1961. Nun ...« Sie zog die Karte aus dem Gummiband und sah sie an. »Ja, Sie waren der letzte, der es ausgeliehen hat. Ah, das war vor fünf Jahren. Damals waren Sie bei Raub-Mord ...«

»Stimmt. Und jetzt bin ich in Hollywood. Muß ich die Karte unterschreiben?«

Sie legte sie vor ihm hin.

»Ja. Schreiben Sie bitte Ihre Dienstnummer daneben.«

Er tat schnell, wie ihm geheißen, und merkte, daß sie ihn beim Schreiben musterte.

»Linkshänder.«

»Ja.«

Er schob ihr die Karte auf dem Schalter zurück.

»Danke, Geneva.«

Er sah sie an und wollte noch etwas sagen, entschied aber, daß es ein Fehler sein könnte. Sie erwiderte seinen Blick, und ein großmütterliches Lächeln breitete sich auf ihrem Gesicht aus.

»Ich weiß nicht, was Sie tun, Detective Bosch, aber ich wünsche Ihnen viel Glück. Ich kann mir denken, daß es wichtig ist, da Sie nach fünf Jahren wieder darauf zurückkommen.«

»Es ist noch viel länger her, Geneva. Viel länger.«

## 5

Bosch räumte alte Post sowie seine Handwerksbücher vom Eßtisch und legte das Ringbuch und sein Notizheft darauf. Dann ging er zur Stereoanlage und schob ›Clifford Brown with Strings‹ in den CD-Spieler. Schließlich holte er sich aus der Küche einen Aschenbecher und setzte sich vor das blaue Mordbuch. Er betrachtete es lange, ohne sich zu rühren. Beim letztenmal hatte er sich die Akte kaum ernsthaft angesehen, während er die vielen Seiten überflog. Damals war er noch nicht bereit gewesen und hatte sie zum Archiv zurückgebracht.

Dieses Mal wollte er sich sicher sein, daß er der Sache gewachsen war, bevor er das Ringbuch aufschlug. Also saß er lange Zeit da und studierte den rissigen Plastikeinband, als suche er nach einem Zeichen, daß der richtige Zeitpunkt gekommen war. Eine Erinnerung stieg in ihm auf. Ein Junge von elf Jahren, der sich an die Stahlleiter am Rande eines Schwimmbeckens klammerte, nach Atem ringend und weinend, seine Tränen getarnt durch das Wasser, das aus seinem nassen Haar tropfte. Der Junge hatte Angst gehabt. Er fühlte sich allein auf der Welt. Das Schwimmbecken war ihm wie ein Ozean erschienen, den er überqueren mußte.

›Willow Weep for Me‹ erklang. Brownies Trompete skizzierte behutsam die traurige Melodie. Bosch griff nach dem Gummiband, das er vor fünf Jahren um das Ringbuch gezogen hatte – es riß unter seiner Berührung. Er zögerte nur noch einen kurzen Moment, bevor er das Mordbuch aufschlug und den Staub wegpustete.

Der Ringhefter enthielt die Akten zu dem am 28. Oktober 1961 geschehenen Mord an Marjorie Phillips Lowe, seiner Mutter.

Nach all den Jahren waren die Seiten vergilbt und steif. Beim ersten Durchlesen stellte er fest, wie wenig sich in fast fünfunddreißig Jahren geändert hatte. Viele der Ermittlungsformulare im Ringbuch wurden immer noch verwendet. Der ›Vorläufige Bericht‹ und die ›Chronologie der laufenden Ermittlungen‹ waren die gleichen wie heute – bis auf einige Formulierungsänderungen, die durch Gerichtsentscheide und ›politische Korrektheit‹ notwendig geworden waren. Das Kästchen ***Neger*** war in ***Schwarze*** und später ***Afro-Amerikaner*** umgeändert worden. Im vorläufigen Ermittlungsgutachten waren ***Gewalttätige Auseinandersetzungen im Haushalt*** und ***Vorurteile/Rassismus*** noch nicht als mögliche Motive aufgeführt, und Vernehmungsprotokolle enthielten nicht das Kästchen, daß der Verhörte über seine Rechte belehrt worden war.

Abgesehen von diesen Unterschieden waren es die gleichen Formulare, und Bosch kam zu dem Schluß, daß sich nicht viel bei der Untersuchung von Morden geändert hatte. Natürlich hatte es große wissenschaftliche Fortschritte in den letzten fünfunddreißig Jahren gegeben, aber er war der Ansicht, daß sich manche Dinge nie ändern würden. Die Lauferei, die Kunst des Zuhörens und Verhörens sowie die Erfahrung, wann man seinen Instinkten und Gefühlen trauen sollte. Das könnte und würde sich nicht ändern.

Der Fall war zwei Detectives vom Hollywood Mord-Tisch übergeben worden. Claude Eno und Jake McKittrick. Ihre Berichte waren in chronologischer Folge abgeheftet. In den ersten ›vorläufigen Berichten‹ wurde das Opfer bereits mit Namen erwähnt – Indiz dafür, daß sie sofort identifiziert worden war. Die ersten Seiten berichteten, daß das Opfer in einer Hintergasse, parallel zum Hollywood Boulevard, zwischen Vista und Gower Street gefunden worden war. Rock und Unterwäsche waren vom Täter zerrissen worden. Man nahm an, daß sie vergewaltigt und erwürgt worden war. Die Leiche war in einen offenen Müllcontainer geworfen worden, der neben der Hintertür eines Hollywood-Souvenirladens namens Startime Gifts & Gags stand. Ein Polizist, der am Boulevard Streife ging und zu Schichtbeginn gewöhnlich die Hintergäßchen überprüfte, hatte sie morgens um 7.35 Uhr entdeckt. Man fand keine Handtasche bei der Leiche, aber sie wurde schnell identifiziert, da sie dem Streifenpolizisten bekannt war. Der Grund dafür war in einem späteren Bericht zu lesen.

*Das Opfer wurde mehrmals wegen unbefugten Herumlungerns in Hollywood verhaftet (siehe VH 55-002, 55-913, 59-056, 60-815, und 60-1121). Detectives Gilchrist und Stano vom Sittendezernat beschrieben das Opfer als Prostituierte, die von Zeit zu Zeit in Hollywood auf den Strich ging und mehrmals verwarnt worden war. Das Opfer wohnte in einem der Einzimmerapartments des El Rios, zwei Blocks nördlich vom Tatort. Es wird ver-*

*mutet, daß sie z. Z. für einen Callgirl-Ring arbeitete. MP 1906 war in der Lage, das Opfer zu identifizieren, da er die Person in den letzten Jahren des öfteren in der Gegend gesehen hatte.*

Bosch schaute auf die Dienstnummer des Meldung erstattenden Polizisten. Der Streifenpolizist 1906 war inzwischen einer der mächtigsten Personen im Polizeiapparat, Assistant Chief Irvin S. Irving. Irving hatte Bosch einmal anvertraut, daß er Marjorie Lowe gekannt hatte und daß er derjenige gewesen war, der ihre Leiche gefunden hatte. Bosch steckte sich eine Zigarette an und las weiter. Die Berichte waren schlampig und nur der Form halber geschrieben worden. Sie steckten voller Flüchtigkeitsfehler. Beim Lesen merkte Bosch, daß Eno und McKittrick nicht viel Zeit in den Fall investiert hatten. Prostituiertenmord fiel unter Berufsrisiko. Es gab Wichtigeres. Auf dem ›Todesfallbericht‹ entdeckte er einen Kasten, in dem der nächste Familienangehörige aufgeführt wurde.

*Hieronymus Bosch (Harry), Sohn, Alter 11, McClaren Kinderheim. Benachrichtigung erfolgte am 28. 10., 15.00 Uhr. Erziehungsberechtigter: Sozialamt seit Juli '60 (EuM – siehe Verhaftungsprotokolle des Opfers 60-815 und 60-1121). Vater unbekannt. Sohn bleibt in der Obhut des Kinderheims, bis ein Platz bei Pflegeeltern gefunden wird.*

Bosch konnte leicht alle Abkürzungen entschlüsseln und übersetzen. EuM bedeutete ›Erziehungsunfähige Mutter‹. Selbst nach so vielen Jahren schmerzte ihn die grausige Ironie. Man hatte den Jungen einer angeblich untauglichen Mutter weggenommen und einer Institution ausgeliefert, die gleichermaßen unfähig war. Am deutlichsten erinnerte er sich an den Lärm im Heim. Es war immer laut, wie in einem Gefängnis.

Bosch erinnerte sich, daß es McKittrick gewesen war, der es ihm gesagt hatte, während der Schwimmstunde. Das Hallenbad schäumte: Hundert Jungen schwammen, planschten und schrien. Nachdem man ihn aus dem Wasser geholt hatte, hatte Harry sich ein ausgebleichtes und verwaschenes Handtuch um die Schultern gelegt, das sich wie Pappe anfühlte. McKittrick sagte ihm, was passiert war, und er ging zurück ins Schwimmbecken, um seine Schreie unter den Wellen zu ersticken.

Die ergänzenden Berichte zu den vorherigen Verhaftungen des Opfers blätterte er schnell durch, bis er zu dem Autopsiebericht kam. Er übersprang das meiste – die Details waren nicht so wichtig – und hielt sich an die Zusammenfassung, die eine Reihe Überraschungen enthielt. Die Todeszeit war auf sieben bis neun Stunden vor der Entdekkung der Leiche festgesetzt worden. Um Mitternacht. Überraschend war die offizielle Todesursache: Kopfverletzung durch einen stumpfen Gegenstand. Der Bericht beschrieb eine tiefe Kontusion ohne Platzwunde über dem rechten Ohr, die eine tödliche Gehirnblutung verursacht hatte. Laut Bericht hatte der Mörder vermutlich geglaubt, daß er das Opfer erwürgte, nachdem er es anscheinend bewußtlos geschlagen hatte. Aber der Gerichtsmediziner war zu dem Schluß gekommen, daß Marjorie Lowe bereits tot war, als der Mörder ihr den eigenen Gürtel um den Hals legte und zuzog. Im Bericht stand außerdem, daß man Sperma in der Vagina gefunden, aber sonst keine der mit Vergewaltigung verbundenen Verletzungen festgestellt hatte.

Als Bosch die Zusammenfassung noch einmal mit professionellen Augen las, erkannte er, daß das Ergebnis der Autopsie mehr Fragen aufgeworfen als geklärt hatte. Das Aussehen der Leiche hatte darauf schließen lassen, daß Marjorie Lowe Opfer eines Sexualverbrechens gewesen sei. Das schien auf eine Zufallsbegegnung hinzudeuten – zufällig wie die Paarungen in ihrem Beruf –, die zu ihrem Tod führte. Aber der Umstand, daß sie erst nach dem Tod erwürgt wurde und daß man keine überzeugenden Indizien für eine Vergewaltigung entdeckt hatte, eröffnete noch eine andere Möglichkeit. Einige Faktoren schienen darauf hinzudeuten, daß sie von jemandem ermordet worden war, der seine Täterschaft und sein Motiv als Sexualverbrechen getarnt hatte.

Bosch konnte sich nur einen Grund für solch eine Irreführung denken. Der Mörder kannte das Opfer. Beim Weiterblättern fragte er sich, ob McKittrick und Eno zu dem gleichen Schluß gekommen waren.

Als nächstes kam ein großer, brauner Umschlag, auf dem vermerkt war, daß er Fotos vom Tatort und der Autopsie enthielt. Bosch zögerte lange und legte ihn dann beiseite. Wie beim letztenmal, als er das Mordbuch aus dem Archiv geholt hatte, fühlte er sich nicht in der Lage, sie anzusehen.

Ein weiterer Umschlag kam zum Vorschein, an den eine Inventarliste der Beweisstücke geheftet war. Sie war nicht umfangreich.

*SICHERGESTELLTE BEWEISMITTEL*
*Fall 61-743*

*Fingerabdrücke, sichergestellt auf Ledergürtel mit silbernen Muscheln,*
*Laborbericht, Nr. 1114 6. 11. 61.*

*Tatwaffe: schwarzer Ledergürtel mit Muscheln (Eigentum des Opfers).*

*Kleidung und Eigentum des Opfers. Hinterlegt in Schließfach 73B, Asservatenkammer, Polizeipräsidium.*
*1 Bluse, weiß – Blutflecken*
*1 Rock, schwarz – entlang der Naht zerrissen*
*1 Paar Schuhe, schwarz, hohe Absätze*
*1 Paar Nylonstrümpfe, schwarz, zerrissen*
*1 Damenschlüpfer, zerrissen*
*1 Paar Ohrringe, Goldimitation*
*1 Armreifen, Goldimitation*
*1 Halskette mit Kreuz, Gold*

Das war alles. Bosch studierte die Liste lange, bevor er die Einzelheiten in sein Notizbuch eintrug. Irgend etwas stimmte nicht, aber er konnte nicht sagen, was. Noch nicht. Er nahm zuviel Information auf und mußte warten, bis sich alles setzte. Dann würden die Unstimmigkeiten sichtbar werden.

Er zerbrach sich nicht weiter den Kopf und öffnete den

Umschlag mit den Beweistücken, indem er ein brüchig gewordenes, rotes Klebeband aufriß. Zum Vorschein kam eine gelbe Karte, auf die zwei komplette Fingerabdrücke, Daumen und Zeigefinger, und mehrere Teilabdrücke geklebt waren, nachdem man sie vom Gürtel mit schwarzem Pulver abgezogen hatte. Dann eine rosa Inventarkarte für die Kleider des Opfers, die in einem Fach der Asservatenkammer aufbewahrt wurden. Die Kleider waren nie entfernt worden, da der Fall nie zur Anklage gekommen war. Bosch legte beide Karten zur Seite und fragte sich, was mit den Kleidern passiert war. Parker Center war Mitte der sechziger Jahre entstanden und die Polizei war aus dem alten Präsidium ausgezogen. Es stand schon lange nicht mehr, zerstört von der Abrißbirne. Was passierte mit den Beweisstücken ungelöster Fälle?

Die nächsten Seiten der Akte brachten Zusammenfassungen von Vernehmungen während der ersten Tage der Ermittlungen. Die meisten Personen kannten das Opfer oberflächlich oder wußten etwas, die Tat betreffend – Bewohner der El-Rio-Apartments oder Berufskolleginnen. Ein Bericht zog seine Aufmerksamkeit auf sich. Er betraf die Vernehmung einer Frau namens Meredith Roman – drei Tage nach dem Mord. Laut Bericht war sie Prostituierte und hatte zeitweilig mit dem Opfer die Wohnung geteilt. Zur Zeit des Mords lebte sie im El Rio, eine Etage höher als das Opfer. Der Bericht war von Eno getippt worden, der seinem Partner haushoch überlegen war, was die Produktion von Rechtschreibfehlern anging.

*Meredith Roman (9. 10. 30) wurde am heutigen Tag des längeren in ihrem Apartment im El Rio vernommen, wo sie einen Stock über dem Opfer wohnte. Miß Roman konnte nur wenig brauchbare Information mitteilen über die Aktivitäten von Marjorie Lowe in der letzten Woche ihres Lebens.*

*Miß Roman gab zu, daß sie in Begleitung des Opfers der Prostitution in zahlreichen Fellen während der letzten acht Jahre nachging, ohne aber je verhaftet worden zu sein. (Später bestätigt) Sie erklärte dem unterzeichnenden Detective, daß ihre Engasch-*

*ments von einem Mann Namens Johnny Fox (2. 2. 33) vereinbahrt wurden, wohnhaft 1110 Ivar Avenue in Hollywood. Fox, Alter 28, wurde bisher nicht verhaftet, war aber laut Sittendezernat tatverdächtig in Fellen von Zuhelterei, schwerer Körperverletzung und Heroinhandel.*

*Miß Roman erklärt, daß sie das Opfer zum leztenmal bei einer Party am 21. 10. im ersten Stock des Roosevelt Hotels gesehen hat. Miß Roman nahm selbst nicht an der Party teil, sprach aber dort kurz mit dem Opfer.*

*Miß Roman erklärt, daß sie die Absicht hat, sich von der Prostitution zurückzuziehen und Los Angeles zu verlassen. Sie erklärte, daß sie dem Detective ihre zukünftige Adresse und Telefonnummer geben wird, damit man sie erreichen kann falls nötig. Ihr Verhalten bei der Vernehmung war kooperativ.*

Bosch sah sofort die Berichte nach der Vernehmung von Johnny Fox durch. Es gab keinen. Er schlug das Ringbuch vorne bei der Ermittlungschronologie auf und suchte nach einem Hinweis, ob sie überhaupt mit Fox gesprochen hatten. Die Chronologie war ein Logbuch mit einzeiligen Einträgen und Verweisen zu Berichten. Auf der zweiten Seite fand er einen einzelnen Vermerk.

*3. 11., 8.00–20.00: Fox Apt. observiert. Nicht aufgetaucht.*

Sonst wurde Fox nicht weiter erwähnt. Aber beim Durchlesen fiel ihm noch ein Eintrag auf.

*5. 11., 9.40: A. Conklin rief an, um eine Besprechung zu vereinbahren.*

Der Name war ihm bekannt. Arno Conklin war in den sechziger Jahren der Bezirksstaatsanwalt von Los Angeles gewesen. Seines Wissens hatte Conklin 1961 noch nicht diese Position innegehabt, aber er mußte zu jener Zeit einer der fähigsten Anklagevertreter der Staatsanwaltschaft gewesen sein. Sein Interesse an einem Prostituiertenmord kam Bosch eigenartig vor. Das Ringbuch enthielt jedoch keine Erklärung. Es gab keinen Bericht über das Treffen mit Conklin. Nichts.

Er stellte fest, daß ›vereinbahren‹ in der Chronologie mit dem gleichen Fehler stand wie in dem Bericht zur Roman-

Vernehmung, der von Eno getippt worden war. Bosch schloß daraus, daß Conklin Eno wegen der Besprechung angerufen hatte. Er wußte nicht, was oder ob es was bedeutete, und schrieb Conklins Namen oben auf eine Seite seines Notizbuchs.

Es war ihm schleierhaft, warum Eno und McKittrick Fox nicht gesucht und verhört hatten. Fox war der Zuhälter des Opfers und schien sich geradezu als Verdächtiger anzubieten. Falls man ihn allerdings doch vernommen hatte, war es unverständlich, warum in dem Mordbuch kein Bericht über einen derart wichtigen Teil der Ermittlungen zu finden war.

Bosch lehnte sich zurück und steckte sich eine Zigarette an. Inzwischen war er von dem Verdacht erfüllt, daß einiges an dem Fall faul war. Wut stieg in ihm auf. Je mehr er las, desto sicherer war er, daß man den Fall von Anfang an verschlampt hatte. Er beugte sich wieder über den Tisch und blätterte durch das Ringbuch, während er rauchte. Weitere sinnlose Vernehmungen und Berichte, die die Seiten füllten. Jeder halbwegs gute Detective konnte solche Berichte dutzendweise absondern, um Akten zu füllen und den Anschein zu erwecken, daß gründlich ermittelt wurde. Wie es schien, waren McKittrick und Eno Virtuosen in dem Fach gewesen. Aber jeder halbwegs gute Detective erkannte Füllmaterial sofort. Und das war es, was Bosch vor sich sah. Das mulmige Gefühl in seinem Magen wurde stärker. Schließlich kam er zum ersten ›Bericht über die laufenden Ermittlungen‹ – datiert eine Woche nach dem Mord und geschrieben von McKittrick.

*Der Mord an Marjorie Phillips Lowe bleibt weiterhin ungelöst, keine Verdächtigen.*

*Die Ermittlungen haben ergeben, daß das Opfer der Prostitution in Hollywood nachging und eventuell von einem Kunden ermordet wurde.*

*Der anfänglich verdächtigte John Fox stritt jegliche Beteiligung ab und konnte durch Vergleich der Fingerabdrücke und Bestätigung seines Alibis durch Zeugen entlastet werden.*

*Zur Zeit gibt es keine Verdächtigen. John Fox erklärte, daß das*

*Opfer am Freitag, dem 27.10., ihre Wohnung in den El-Rio-Apartments ungefähr um 21.00 Uhr verließ, um sich zum Zwecke der Prostitution an einen unbekannten Ort zu begeben. Fox erklärte, daß das Opfer die Verabredung getroffen und ihm nichts darüber mitgeteilt hatte. Fox sagte, daß das Opfer häufiger Rendezvous ohne sein Wissen vereinbart hatte.*

*Die Schlüpfer des Opfers wurden in zerrissenem Zustand bei der Leiche gefunden. Zu beachten ist allerdings, daß die Strümpfe des Opfers unversehrt waren und wahrscheinlich freiwillig ausgezogen wurden.*

*Erfahrung und Instinkt legen den Ermittlern den Schluß nahe, daß das Opfer an dem unbekannten Ort ermordet wurde, nachdem sie freien Willens dorthin gegangen war und sich eventuell teilweise ausgezogen hatte. Die Leiche wurde dann in das Gäßchen zwischen Vista und Gower Street gebracht und in den Müllcontainer geworfen, wo sie am folgenden Morgen gefunden wurde.*

*Die Zeugin Meredith Roman wurde heute nochmals vernommen und aufgefordert, ihre frühere Aussage zu ergänzen. Roman teilte mit, daß das Opfer in der Nacht des Mordes ihrer Ansicht nach zu einer Party in Hancock Park gegangen war. Sie konnte weder die Adresse noch den Namen des Gastgebers angeben. Miß Roman sagte aus, daß sie vorgehabt hatte, mit dem Opfer zu der Party zu gehen. Am Abend vorher ist sie aber von John Fox bei einem Streit über Geld geschlagen worden. Sie konnte an der Party nicht teilnehmen, weil sie wegen eines Blutergusses nicht präsentabel war. (Fox gab in einer anschließenden telefonischen Vernehmung bereitwillig zu, Roman geschlagen zu haben. Roman weigerte sich, Anzeige zu erstatten.)*

*Die Ermittlungen haben einen toten Punkt erreicht, da es z. Z. keine weiteren Fährten gibt. Ermittler des Sittendezernats wurden um Amtshilfe ersucht, betreffs ähnlicher Vorfälle und/oder möglicher Tatverdächtiger.*

Bosch las die Seite noch einmal und versuchte zu interpretieren, was wirklich gesagt wurde. Eine Sache war klar, John Fox war offensichtlich von Eno und McKittrick vernommen und von der Liste der Verdächtigen gestrichen worden. Ganz egal, ob es einen Vernehmungsbericht gab oder nicht. Jetzt fragte Bosch sich, warum sie keinen Bericht getippt hatten. Oder war ein Bericht getippt worden und später aus dem Mordbuch entfernt worden? Falls ja, wer hatte es getan und warum?

Zu guter Letzt hätte Bosch gern gewußt, warum Arno Conklin in diesem oder irgendeinem anderen Bericht nicht erwähnt wurde – abgesehen von der Chronologie. Vielleicht war nicht nur die Fox-Vernehmung aus dem Ringbuch genommen worden …

Bosch stand auf, ging zu seiner Aktentasche, die immer auf der Arbeitsfläche neben der Küchentür stand, und holte sein persönliches Adreßbuch heraus. Da er nicht die Nummer des Polizeiarchivs hatte, wählte er die Nummer der Aktenregistratur und ließ sich verbinden. Nachdem es neunmal geläutet hatte, meldete sich eine Frau.

»Oh, Mrs. Beaupre? Geneva?«

»Ja?«

»Hallo, hier ist Harry Bosch. Ich war heute früh bei Ihnen, um eine Akte abzuholen.«

»Ja, von Hollywood. Dieser alte Fall.«

»Liegt die Leihkarte noch bei Ihnen auf dem Tisch?«

»Augenblick. Ich habe sie schon einsortiert.«

Einen Moment später war sie wieder da.

»Ja, ich hab' sie hier.«

»Könnten Sie mir sagen, wer außer mir das Ringbuch in der Vergangenheit ausgeliehen hat?«

»Warum müssen Sie das wissen?«

»Einige Seiten fehlen in der Akte, Mrs. Beaupre. Ich würde gerne wissen, wer sie haben könnte.«

»Nun, Sie haben sie als letzter ausgeliehen, wie ich schon …«

»Ich weiß. Vor fünf Jahren. Gibt es irgendeine Eintragung davor? Mir ist nichts aufgefallen, als ich die Karte heute unterschrieb.«

»Augenblick, ich werde nachsehen.« Er wartete, und sie kam sofort zurück. »Okay, ich habe sie. Der Leihkarte nach wurde die Akte nur ein weiteres Mal ausgeliehen. 1972. Also schon vor langer Zeit.«

»Wer hat sie damals ausgeliehen?«

»Es ist gekritzelt. Ich kann es nicht ... sieht so aus wie Jack ... ah, Jack McKillick.«

»Jake McKittrick.«

»Könnte sein.«

Bosch wußte nicht, was er davon halten sollte. McKittrick hatte die Akte als letzter gehabt, aber das war mehr als zehn Jahre nach dem Mord gewesen. Was hatte es zu bedeuten? Bosch fühlte, wie seine Verwirrung wuchs. Er wußte nicht, was er erhofft hatte. Er hatte jedoch etwas anderes erwartet als einen vor mehr als zwanzig Jahren hingekritzelten Namenszug.

»Okay, Mrs. Beaupre. Vielen Dank.«

»Also falls Ihnen Seiten fehlen, muß ich Mr. Aguilar darüber Bericht erstatten.«

»Ich glaube, das wird nicht nötig sein, Ma'am. Vielleicht irre ich mich. Ich meine, wie können Seiten fehlen, wenn niemand die Akte hatte, seitdem ich sie das letztemal ausgeliehen habe?«

Er dankte ihr noch einmal und legte dann auf. Hoffentlich hielt seine beschwichtigende Bemerkung sie davon ab, etwas wegen der fehlenden Seiten zu unternehmen. Er öffnete den Kühlschrank und schaute hinein, während er über den Fall nachdachte. Dann schloß er ihn wieder und ging zurück zum Tisch.

Mit dem ›Ermittlungsgutachten‹, datiert vom 3. November 1962, endete das Mordbuch. Die polizeilichen Richtlinien verlangten, daß ungelöste Mordfälle nach einem Jahr von einem neuen Team Detectives untersucht wurden, um zu überprüfen, ob etwas übersehen worden war. In der Praxis zeichnete man jedoch automatisch ab. Kein Detective hatte große Lust, seinen Kollegen Fehler nachzuweisen. Wenn man mit EG beauftragt war, beschränkte man sich darauf, das Mordbuch zu lesen und ein paar Zeugen anzurufen. Danach schickte man die Akte ins Archiv zurück.

In diesem Fall kam das EG der Detectives Roberts und Jordan zu dem gleichen Schluß wie die Berichte von Eno und McKittrick. Nachdem sie zwei Seiten lang die gleichen

Beweisstücke und Vernehmungen aufgeführt hatten, wie die ursprünglichen Ermittler, kamen sie abschließend zu dem Urteil, daß es keine brauchbaren Fährten gebe und daß keine Aussicht auf einen ›erfolgreichen Abschluß‹ der Ermittlungen bestehe. Damit hatten sie ihre Pflicht erfüllt.

Bosch schlug das Mordbuch zu. Er wußte, daß man die Akte nach Roberts' und Jordans EG als ›toten Fall‹ ins Archiv geschickt hatte. Dort war sie allmählich verstaubt, bis sie McKittrick laut Leihkarte 1972 aus unbekannten Gründen ausgeliehen hatte. Bosch schrieb McKittricks Namen unter den von Conklin in sein Notizbuch. Dann trug er die Namen von anderen Personen ein, bei denen es sich lohnen könnte, sie zu befragen. – Falls sie noch lebten und zu finden waren.

Bosch lehnte sich in seinem Stuhl zurück und merkte, daß die CD abgelaufen war, ohne daß er es bemerkt hatte. Er sah auf die Uhr. Es war halb drei. Er hatte noch den ganzen Nachmittag, er wußte jedoch nicht, was er mit ihm anfangen sollte.

Er ging im Schlafzimmer in den begehbaren Wandschrank und nahm einen Schuhkarton vom Regal. Er enthielt seine Korrespondenz: Briefe, Karten und Fotos, die er über die Jahre aufbewahrt hatte. Manche Sachen stammten aus seiner Vietnamzeit. Er sah selten in die Schachtel, aber sein Gedächtnis enthielt eine fast perfekte Inventarliste des Inhalts. Für jedes Objekt gab es einen Grund, warum er es behalten hatte.

Oben lag der neueste Eingang. Eine Postkarte aus Venedig. Von Sylvia. Abgebildet war ein Gemälde im Dogenpalast: ›Die Glückseligen und die Verdammten‹ von Hieronymus Bosch. Ein Engel führte einen der Seligen durch einen Tunnel zum Licht des Himmels. Sie schwebten beide nach oben. Die Karte war die letzte Nachricht, die er von ihr bekommen hatte. Er las die Rückseite:

*Harry,*
*ich dachte mir, Du würdest Dich für ein Werk Deines Namensheiligen interessieren. Ich habe es im Palast gesehen. Es ist schön.*

*Übrigens, ich liebe Venedig! Ich glaube, ich könnte für immer hierbleiben!*

*S.*

Aber mich liebst du nicht, dachte Bosch, als er die Karte beiseite legte. Er begann, konzentriert in der Schachtel zu kramen. Nachdem er den Inhalt zur Hälfte durchgesehen hatte, fand er, was er suchte.

## 6

Die mittägliche Fahrt nach Santa Monica zog sich in die Länge. Bosch mußte einen Umweg machen, die 101 bis zur 405 und dann südlich, da die 10 erst in einer Woche wieder offen sein würde. Als er Sunset Park erreichte, war es nach drei. Das Haus, nach dem er suchte, befand sich in der Pier Street. Es war ein kleines Holzhaus auf der Kuppe des Hügels. Eine Veranda erstreckte sich die ganze Vorderseite entlang, und Bougainvillea hing über das Geländer. Er verglich die Adresse auf dem Briefkasten mit der auf dem Kuvert der Weihnachtskarte, die auf dem Beifahrersitz lag. Nachdem er am Straßenrand geparkt hatte, betrachtete er noch einmal die Karte, die vor fünf Jahren an die Adresse des Reviers geschickt worden war. Er hatte nie darauf geantwortet. Bis jetzt nicht.

Als er ausstieg, roch er das Meer. Wahrscheinlich konnte man aus den Westfenstern des Hauses einen Teil des Ozeans sehen. Es war hier ungefähr fünf Grad kühler als bei ihm zu Hause, und er holte sein Sportjacket aus dem Wagen. Während er es anzog, ging er zur Vorderveranda.

Der Frau, die die weiße Tür nach einmaligem Klopfen öffnete, konnte man ihr Alter ansehen. Sie war Mitte Sechzig, dünn mit dunklem Haar. Die grauen Wurzeln verrieten jedoch, daß es wieder gefärbt werden mußte. Ihr Lippenstift war dick aufgetragen, und sie trug eine weiße Seidenbluse mit blauen Seepferdchen sowie dunkelblaue Hosen. Sie lächelte und Bosch erkannte sie, merkte aber, daß ihr seine Erscheinung völlig fremd war. Es war fast fünfunddreißig Jahre her, daß sie ihn gesehen hatte. Er erwiderte ihr Lächeln.

»Meredith Roman?«

Ihr Lächeln verschwand so schnell, wie es erschienen war.

»So heiße ich nicht«, sagte sie in gezwungenem Ton. »Sie haben die falsche Adresse.«

Sie wollte die Tür wieder schließen, aber Bosch hielt sie mit der Hand auf. Er bemühte sich, es so sanft wie möglich zu tun. Gleichwohl erkannte er die Panik in ihren Augen.

»Ich bin's, Harry Bosch«, sagte er schnell.

Sie erstarrte und schaute ihm in die Augen. Er sah, wie die Panik sich legte. Wiedererkennen und Erinnerungen füllten ihre Augen mit Tränen. Ihr Lächeln kehrte zurück.

»Harry, der kleine Harry?«

Er nickte.

»Ach, Schatz, komm her.« Sie umarmte ihn innig und sprach dicht an seinem Ohr. »Oh, es ist so schön, dich zu sehen nach … Laß dich ansehen.«

Sie schob ihn zurück und breitete ihre Arme aus, als wollte sie einen Raum voller Gemälde auf einmal betrachten. Ihr Blick war lebhaft und aufrichtig. Ihm war wohl und traurig zugleich zumute. Er hätte nicht so lange warten sollen. Er hätte sie nicht aus dem Grund besuchen sollen, der ihn heute zu ihr führte.

»Komm rein, Harry. Komm rein.«

Bosch betrat ein schön möbliertes Wohnzimmer. Der Fußboden war rote Eiche, und die verputzten Wände waren weiß und sauber. Die Möbel größtenteils aus weißem Rattan. Das Zimmer wirkte hell und freundlich, aber er wußte, daß er die Dunkelheit mitgebracht hatte.

»Du heißt nicht mehr Meredith?«

»Nein, schon lange nicht mehr, Harry.«

»Wie soll ich dich nennen?«

»Ich heiße jetzt Katherine. Mit einem K. Katherine Register. Es wird geschrieben wie das Amtsregister, aber ausgesprochen wie das *Ree* in Reefer. Mein Mann pflegte das zu sagen. Er war ein absolut braver Bürger. Abgesehen von mir hatte der gute Mann keinen Kontakt mit dem Illegalen.«

»Er *pflegte* das zu sagen?«

»Setz dich endlich, Harry. Ja, *pflegte*. Er ist letztes Thanksgiving vor fünf Jahren verschieden.«

Bosch nahm auf dem Sofa Platz, und sie setzte sich auf den Sessel auf der anderen Seite des Couchtisches.

»Entschuldige.«

»Es ist okay, du kannst es ja nicht wissen. Du kanntest ihn schließlich nicht einmal, und ich bin seit langem eine andere Person. Kann ich dir etwas anbieten? Kaffee oder vielleicht etwas Stärkeres?«

Ihm kam der Gedanke, daß sie ihm die Weihnachtskarte kurz nach dem Tod ihres Gatten geschickt hatte. Seine Gewissensbisse, darauf nicht geantwortet zu haben, meldeten sich wieder.

»Harry?«

»Oh, äh, nein danke. Ich … Soll ich dich bei deinem neuen Namen nennen?«

Sie begann über die Komik der Situation zu lachen, und er stimmte in ihr Gelächter ein. »Du kannst mich nennen, wie du willst.« Ihr mädchenhaftes Lachen war das gleiche wie vor langer Zeit – er erinnerte sich wieder. »Es ist schön, dich zu sehen. Zu sehen, was aus … äh …«

»Mir geworden ist?«

Sie lachte wieder.

»Ja. Ich wußte ja, daß du bei der Polizei bist, weil ich deinen Namen in der Zeitung gelesen hatte.«

»Das dachte ich mir. Ich hab' die Weihnachtskarte bekommen, die du zum Revier geschickt hast. Das muß kurz nach dem Tod deines Mannes gewesen sein. Es … äh … tut mir leid, daß ich nicht geantwortet oder dich besucht habe. Ich hätte es tun sollen.«

»Das ist okay, Harry. Ich weiß, daß du beruflich sehr beschäftigt bist und … Schön, daß du meine Karte bekommen hast. Hast du Familie?«

»Hm, nein. Und Du? Kinder?«

»O nein. Keine Kinder. Aber ein so gutaussehender Mann wie du hat sicher eine Frau, nicht wahr?«

»Nein, ich bin zur Zeit allein.«

Sie nickte. Sie schien zu spüren, daß er nicht hier war, um ihr seine Lebensgeschichte zu offenbaren. Einen Moment lang saßen sie da und schauten sich nur an, und Bosch fragte sich, was ihre wirkliche Meinung über seinen Beruf war. Die anfängliche Freude des Wiedersehens wurde von einem Gefühl der Unbehaglichkeit verdrängt, das hervorgerufen wird, wenn man an alte Geheimnisse rührt.

»Ich bin wohl ...«

Er beendete seinen Satz nicht. Er suchte nach einem Anfangspunkt für das Gespräch. Sein routiniertes Können bei Vernehmungen ließ ihn im Stich.

»Weißt du, wenn es dir nicht zuviel Mühe macht, hätte ich gern ein Glas Wasser.«

Das war alles, was ihm einfiel.

»Ich bin gleich zurück.«

Sie stand schnell auf und ging in die Küche. Er hörte, wie sie Eis aus einer Schale nahm. Es gab ihm etwas Zeit, um nachzudenken. Er hatte eine Stunde gebraucht, um hierher zu fahren, aber er hatte sich nicht überlegt, wie es sein würde – oder wie er das Thema anschneiden sollte. Nach ein paar Minuten kam sie mit einem Glas Wasser zurück. Sie reichte es ihm und legte einen runden Korkuntersetzer auf die Glasfläche des Tisches.

»Wenn du hungrig bist, kann ich dir Cracker und Käse holen. Ich weiß nicht, wieviel Zeit du ...«

»Nein, danke. Das Wasser reicht, danke.«

Er prostete ihr mit dem Glas zu und trank es halb aus. Dann setzte er es auf den Tisch.

»Harry, benutz den Untersetzer. Wasserringe ruinieren den Tisch.«

Bosch sah, was er getan hatte.

»Entschuldigung.«

Er korrigierte seinen Fehler.

»Du bist Detective.«

»Ja. Ich arbeite jetzt in Hollywood ... Äh, im Moment arbeite ich allerdings nicht. Ich habe sozusagen Urlaub.«

»Ah, das ist gut.«

»Mer... Katherine, ich muß dir ein paar Fragen stellen.«

»Worüber, Harry?«

»Wenn ich mich hier umschaue, sehe ich, daß du ein schönes Heim hast, einen anderen Namen, ein anderes Leben. Du bist nicht mehr Meredith Roman – das brauch' ich dir nicht zu sagen. Du hast ... Ich meine, vielleicht ist es für dich schwer, über die Vergangenheit zu sprechen. Für mich ist es jedenfalls schwer. Glaub mir, ich will dir nicht weh tun.«

»Du bist hier, um über deine Mutter zu sprechen.«

Er nickte und betrachtete das Glas auf dem Korkuntersetzer.

»Deine Mutter und ich waren die besten Freundinnen. Manchmal glaube ich, ich war fast genausoviel an deiner Erziehung beteiligt wie deine Mutter. Bis sie dich ihr wegnahmen – *uns* wegnahmen.«

Er schaute sie wieder an. Ihr Blick war nach innen gerichtet – auf weit zurückliegende Ereignisse.

»Ich glaube, kein Tag vergeht, an dem ich nicht an sie denke. Weißt du, wir waren jung und hatten Spaß. Wir hätten nie geglaubt, daß uns etwas passieren könnte.«

Sie stand plötzlich auf.

»Harry, komm mit. Ich möchte dir etwas zeigen.«

Er folgte ihr einen mit Teppichen ausgelegten Flur entlang ins Schlafzimmer, in dem ein Pfostenbett mit hellblauer Bettdecke, eine Eichenkommode und dazu passende Nachttische standen. Katherine Register deutete auf die Kommode, wo mehrere Fotos in kunstvollen Rahmen standen. Die meisten zeigten Katherine und einen Mann, der auf den Fotos viel älter als sie aussah. Ihr Gatte, riet Bosch. Sie deutete jedoch auf ein Foto, das auf der rechten Seite stand. Es war alt, die Farben verblichen. Zwei junge Frauen mit einem kleinen Jungen von drei oder vier Jahren.

»Es stand schon immer hier, Harry. Sogar als mein Mann lebte. Er kannte meine Vergangenheit. Es spielte keine Rolle. Wir hatten dreiundzwanzig wunderbare Jahre zusammen. Weißt du, die Vergangenheit ist, was du aus ihr machst. Du kannst dir oder anderen damit weh tun, oder du kannst sie dazu benutzen, stark zu werden. Ich bin stark, Harry. Also erzähl mir, warum du heute zu mir gekommen bist.«

Bosch nehm das gerahmte Foto in die Hand.

»Ich will ...« Sein Blick wandte sich von dem Foto zu ihr hin. »Ich werde herausfinden, wer sie umgebracht hat.«

Ihr Gesicht erstarrte einen Moment lang zu einem rätselhaften Ausdruck, dann nahm sie wortlos den Rahmen aus seinen Händen und stellte ihn auf die Kommode zurück. Sie zog Harry wieder eng an sich und umarmte ihn. Ihr Kopf ruhte an seiner Brust. Er konnte in dem Spiegel über der Kommode sehen, wie er sie hielt. Als sie ihn wieder losließ und ihn anschaute, sah er, daß ihr Tränen über die Wangen liefen. Ihre Unterlippe zitterte leicht.

»Setzen wir uns«, sagte er.

Sie nahm zwei Papiertaschentücher aus einer Schachtel auf der Kommode, und er führte sie zu ihrem Sessel im Wohnzimmer zurück.

»Soll ich dir etwas Wasser holen?«

»Nein, es geht schon. Ich werde gleich aufhören zu weinen. Es tut mir leid.«

Sie trocknete ihre Tränen mit den Taschentüchern. Er setzte sich wieder auf die Couch.

»Wir haben immer gesagt, wir sind die zwei Musketiere. Einer für beide, beide für einen. Es war dumm. Aber wir waren so jung und so vertraut miteinander.«

»Ich werde mit den Ermittlungen wieder ganz von vorne anfangen, Katherine. Ich habe die alte Akte. Sie ...«

Sie schnaubte verächtlich und schüttelte den Kopf.

»Es gab keine Ermittlungen. Es war ein Witz.«

»Das sehe ich auch so, allerdings verstehe ich nicht den Grund.«

»Hör zu, Harry. Du weißt, was deine Mutter war.« Er nickte, und sie fuhr fort. »Sie war ein Party-Girl. Ich auch. Du weißt, das war damals die höfliche Bezeichnung. Und den Cops war es egal, daß eine von uns starb. Sie kümmerten sich nicht weiter darum. Ich weiß, daß du jetzt Polizist bist, aber damals lagen die Dinge so. Sie war ihnen egal.«

»Ich verstehe. Heute ist es wahrscheinlich nicht viel anders, ob du's glaubst oder nicht. Aber das kann nicht die ganze Erklärung sein.«

»Harry, ich weiß nicht, wieviel du über deine Mutter wissen willst.«

Er sah sie an.

»Die Vergangenheit hat auch mich stark gemacht. Ich kann es ertragen.«

»Das glaube ich dir ... Ich erinnere mich an dieses Heim, in das sie dich steckten. McEvoy oder so ähnlich ...«

»McClaren.«

»Richtig, McClaren. Was für ein deprimierender Ort. Wenn deine Mutter von ihren Besuchen zurückkam, saß sie nur da und weinte sich die Augen aus.«

»Bleiben wir beim Thema, Katherine. Was sollte ich von ihr wissen?«

Sie nickte, zögerte jedoch einen Moment, bevor sie weitersprach.

»Marjorie kannte einige Polizisten. Verstehst du?«

Er nickte.

»Wir beide kannten Polizisten. Man mußte sich arrangieren, wenn man keine Probleme wollte. So haben wir's wenigstens gesehen. Und wenn jemand bei solchen Verhältnissen eines Tages tot aufgefunden wird, dann ist es für die Cops am sichersten, wenn alles unter den Teppich gekehrt wird. Schlafende Hunde soll man nicht wecken. Sie wollten einfach nicht, daß jemand in Verlegenheit gebracht wird.«

»Soll das heißen, du glaubst, es war ein Cop?«

»Nein, das will ich damit nicht sagen. Ich habe keine Ahnung, wer es getan hat, Harry. Es tut mir leid. Wenn ich es nur wüßte! Aber ich glaube, die beiden Detectives wußten, wohin die Untersuchung führen könnte. Also ermittelten sie erst gar nicht in diese Richtung, weil sie als Polizisten nicht ins Fettnäpfchen treten wollten. In der Hinsicht waren sie nicht dumm. Wie ich schon sagte, sie war ein Party-Girl, und sie interessierten sich nicht für sie. Niemand interessierte sich für den Mord. Sie wurde umgebracht, und damit war der Fall erledigt.«

Bosch sah sich im Zimmer um, unsicher, was er als nächstes fragen sollte.

»Weißt du, welche Polizisten sie kannte?«

»Es ist lange her.«

»Du kanntest auch einige von ihnen, nicht?«

»Ja. Ich mußte. Die Verhältnisse waren so. Du hast deine Beziehungen spielen lassen, um nicht ins Gefängnis zu kommen. Jeder war käuflich. Damals wenigstens. Die Form der Bezahlung wechselte. Manche Leute wollten Geld, manche anderes.«

»Im Mor... in der Akte stand, daß nie ein Haftbefehl gegen dich erlassen wurde.«

»Ja, ich hatte Glück. Ich wurde ein paarmal festgenommen, aber man hat mich nie verhaftet. Sie ließen mich immer wieder laufen, nachdem ich irgend jemand anrief. Ich habe eine weiße Weste, weil ich viele Polizisten kannte, Schatz. Verstehst du?«

»Stört es dich, wenn ich rauche, Katherine?«

»Nein, wenn ich es auch darf.«

Sie nahmen sich Zigaretten, und Bosch stand auf, um ihre anzustecken.

»Du kannst den Aschenbecher auf dem Beistelltisch benutzen. Paß auf, daß keine Asche auf den Teppich fällt.«

Sie deutete auf eine kleine Glasschale auf dem Tisch am anderen Ende des Sofas. Bosch griff danach und hielt sie dann in einer Hand, während er mit der anderen rauchte. Er senkte seinen Blick auf den Aschenbecher, als er sprach.

»Die Polizisten, die du kanntest und die sie wohl auch kannte ... Kannst du dich an keine Namen mehr erinnern?«

»Wie gesagt, es ist lange her. Ich bezweifle, daß sie etwas mit dem Mord an deiner Mutter zu tun hatten.«

»Irvin S. Irving. Erinnerst du dich an den Namen?«

Sie zögerte einen Moment und ließ sich den Namen durch den Kopf gehen.

»Ich kannte ihn. Ich glaube, sie auch. Er hatte Streife am

Boulevard. Man mußte ihn wohl kennen, nehme ich an ... aber ich weiß nicht genau. Vielleicht irre ich mich.«

Bosch nickte.

»Er war es, der sie gefunden hat.«

Sie zuckte ihre Schulter, als wolle sie sagen ›Na und?‹.

»Nun, jemand mußte sie ja schließlich dort finden.

»Wie steht's mit zwei Typen von der Sitte, Gilchrist und Stano?«

Sie zögerte einen Moment, bevor sie antwortete.

»Ja, ich kannte sie ... Sie waren bösartig.«

»Hat meine Mutter sie auch gekannt?«

Sie nickte.

»Was meinst du mit bösartig? In welcher Hinsicht?«

»Sie ... sie scherten sich einen Dreck um uns. Wenn sie etwas wollten, ob es sich um Informationen handelte, die wir von einem Freier hatten, oder etwas ... Persönlicheres, nahmen sie es sich einfach. Sie konnten auch brutal sein. Ich habe sie gehaßt.«

»Könnten sie ...?«

»Ob sie Mörder gewesen sein könnten? Meinem Gefühl nach – damals und heute – nein. Sie waren keine Mörder, Harry. Sie waren Cops. Es stimmt, sie waren korrupt, aber das war anscheinend jeder. Es war nicht wie heute, wo man in der Zeitung liest, daß ein Polizist angeklagt wird, weil er jemand geschlagen hat oder so. Es ist ... Entschuldigung.«

»Es macht nichts. Jemand anders, an den du dich erinnern kannst?«

»Nein.«

»Keine Namen?«

»Ich habe sie mir vor langer Zeit alle aus dem Kopf geschlagen.«

»Okay.«

Bosch hätte gern sein Notizbuch herausgeholt, wollte jedoch nicht, daß es wie eine Vernehmung wirkte. Er versuchte sich zu erinnern, was er noch in dem Mordbuch gelesen hatte und worüber er sie befragen konnte.

»Was war mit diesem Typen Johnny Fox?«

»Ich habe den Detectives von ihm erzählt und sie wurden ganz aufgeregt. Aber es ist nie etwas passiert. Er wurde nie verhaftet.«

»Ich glaube, er wurde verhaftet, dann jedoch wieder freigelassen. Seine Fingerabdrücke stimmten nicht mit denen des Mörders überein.«

Sie hob ihre Augenbrauen.

»Das ist mir neu. Sie haben mir nie etwas von Fingerabdrücken erzählt.«

»Bei der zweiten Vernehmung ... mit McKittrick, erinnerst du dich an ihn?«

»Nicht genau. Weißt du, ich erinnere mich nur, daß es Polizisten waren. Zwei Detectives. Einer war schlauer als der andere, daran erinnere ich mich. Aber nicht, wer wer war. Ich glaube, der Dümmere leitete die Ermittlungen, wie es damals so üblich war.«

»Egal ... McKittrick hat mit dir beim zweiten Mal gesprochen. In seinem Bericht steht, daß du deine Aussage geändert und ihm von dieser Party in Hancock Park erzählt hast.«

»Ja, die Party. Ich ging nicht hin, weil ... Johnny Fox mich am Abend vorher geschlagen hatte und ich einen Bluterguß auf der Wange hatte. Großartig. Ich habe alles mögliche mit Make-up versucht, aber an der Schwellung konnte man nichts machen. Mit so einem Veilchen konnte man in Hancock Park nicht ins Geschäft kommen.«

»Wer hat die Party gegeben?«

»Ich erinnere mich nicht an den Namen. Ich weiß nicht einmal, ob ich es damals wußte.«

Irgend etwas störte Bosch an dem Ton, mit dem sie die Frage beantwortete. Es hörte sich fast wie eine einstudierte Antwort an.

»Du erinnerst dich ganz sicher nicht?«

»Bestimmt, ich bin mir sicher.« Katherine stand auf. »Ich glaube, ich hole mir jetzt etwas Wasser.«

Sie nahm sein Glas, um es auch wieder zu füllen und verließ das Zimmer. Bosch merkte, wie seine persönliche Beziehung zu der Frau, die Gefühle beim Wiedersehen, seine Instinkte fast völlig betäubt hatten. Er hatte keine Nase mehr für die Wahrheit und wußte nicht, ob sie etwas verbarg oder nicht. Er beschloß, das Gespräch irgendwie wieder auf die Party zu bringen. Seiner Ansicht nach wußte sie mehr, als sie damals gesagt hatte.

Sie kam zurück mit zwei Gläsern, die mit Eis gefüllt waren, und stellte seins wieder auf den Korkuntersetzer. Die Art und Weise, wie sie das Glas vorsichtig absetzte, verriet ihm etwas über sie, das ihre Worte nicht zum Ausdruck gebracht hatten. Und zwar, daß sie hart gearbeitet hatte, um ihre jetzige Position zu erreichen. Diese Position und die materiellen Güter, die damit verbunden waren – gläserne Couchtische und tiefe Teppiche –, bedeuteten ihr viel und mußten mit Sorgfalt behandelt werden.

Als sie saß, nahm sie einen großen Schluck von dem Wasser.

»Paß auf, Harry«, sagte sie. »Ich habe ihnen nicht alles erzählt. Ich habe nicht gelogen, aber auch nicht alles gesagt. Ich hatte Angst.«

»Angst wovor?«

»Ich bekam Angst an dem Tag, als man sie fand. Weißt du, ich hatte an dem Morgen einen Anruf bekommen. Bevor ich überhaupt wußte, was mit ihr geschehen war. Es war ein Mann, dessen Stimme ich jedoch nicht erkannte. Er drohte, falls ich etwas sagen würde, wäre ich die nächste. Ich erinnere mich an seine Worte: ›Meine werte Dame, ich gebe Ihnen den Rat, so schnell wie möglich Dodge City zu verlassen.‹ Dann hörte ich, daß die Polizei im Gebäude war, in ihrem Apartment. Als nächstes, daß sie tot war. Also tat ich, was er mir gesagt hatte. Ich verschwand, nachdem die Polizei mir eine Woche später sagte, daß man mich nicht mehr benötigte, und zog nach Long Beach. Ich änderte meinen Namen und mein Leben. Dort unten traf ich meinen Mann, und Jahre später zogen wir hierher ... Weißt du, ich war nie wieder in Hollywood, ich bin noch nicht einmal durchgefahren. Es ist ein fürchterlicher Ort.«

»*Was* hast du Eno und McKittrick nie erzählt?«

Katherine sah auf ihre Hände hinab, während sie sprach. »Ich hatte Angst, verstehst du, also habe ich nicht alles erzählt … Aber ich wußte, wen sie dort treffen würde auf der Party. Wir waren wie Schwestern. Wir lebten in dem gleichen Haus und teilten Kleider, Geheimnisse, alles miteinander. Jeden Morgen sprachen wir miteinander, tranken Kaffee. Es gab keine Geheimnisse zwischen uns. Und wir wollten zusammen auf die Party gehen. Natürlich, nachdem … Johnny mich geschlagen hatte, mußte sie allein gehen.«

»Wen wollte sie dort treffen, Katherine?«

»Weißt du, das ist die richtige Frage, aber die Detectives haben sie nie gestellt. Sie wollten nur wissen, wessen Party es war und wo sie war. Aber das war irrelevant. Wichtig war, wen sie dort treffen wollte. Und danach haben sie nie gefragt.«

»Wer war es?«

Sie wandte den Blick von ihren Händen und schaute auf den Kamin. Sie starrte auf die kalten, verkohlten Holzscheite vom letzten Feuer, hypnotisiert wie andere Leute von lodernden Flammen.

»Der Mann hieß Arno Conklin. Er war eine sehr wichtige Person in …«

»Ich weiß, wer er war.«

»Du weißt es?«

»Sein Name wurde in den Akten erwähnt. Allerdings nicht in dem Zusammenhang. Wie konntest du das den Cops vorenthalten?«

Sie drehte sich um und sah ihn schroff an.

»Schau mich nicht so an. Ich habe dir gesagt, daß ich Angst hatte. Man hatte mir gedroht. Außerdem hätten sie damit nichts angefangen. Conklin war ein einflußreicher Staatsanwalt. Sie tanzten nach seiner Pfeife. Sie hätten ihm nicht auf die Füße getreten, nur weil ein … Callgirl, das nichts gesehen hatte, einen Namen wußte. Ich mußte an mich denken. Deine Mutter war tot, Harry. Ich konnte nichts daran ändern.«

Der Zorn leuchtete in ihren Augen auf. Er wußte, daß er gegen ihn gerichtet war, mehr jedoch gegen sie selbst. Sie konnte immer wieder all ihre Gründe aufzählen, aber im

Innersten büßte sie jeden Tag für das, was sie unterlassen hatte.

»Glaubst du, Conklin war's?«

»Ich weiß nicht. Ich weiß nur, daß sie vorher mit ihm zusammengewesen war und er nie gewalttätig geworden war. Die Frage kann ich nicht beantworten.«

»Hast du eine Ahnung, wer dich angerufen hat?«

»Nein, keine.«

»Conklin?«

»Ich weiß es nicht. Ich kannte seine Stimme nicht.«

»Hast du sie je zusammen gesehen, meine Mutter und ihn?«

»Einmal bei einem Tanz im Freimaurertempel. Ich glaube, das war der Abend, als sie sich kennenlernten. Johnny Fox machte sie miteinander bekannt. Ich glaube nicht, daß Arno … etwas über sie wußte. Wenigstens damals nicht.«

»Könnte Fox der Anrufer gewesen sein?«

»Nein. Ich hätte seine Stimme erkannt.«

Bosch dachte einen Moment nach.

»Hast du Fox nach diesem Morgen je wiedergesehen?«

»Nein. Ich bin ihm eine Woche aus dem Weg gegangen. Es war leicht, weil er sich vor den Cops versteckt hatte. Danach verschwand ich. Wer immer der Anrufer war, er hat mir Todesangst eingejagt. An dem Tag, als die Polizei sagte, daß sie mit mir fertig sei, bin ich nach Long Beach. Ich habe einen Koffer gepackt und den Bus genommen … Deine Mutter hatte ein paar Kleider von mir in ihrem Apartment, die sie sich geliehen hatte. Ich hab' nicht einmal versucht, sie wiederzubekommen. Ich hab' genommen, was ich hatte, und bin weg.«

Bosch schwieg. Er hatte keine weiteren Fragen mehr.

»Ich denke oft an diese Zeit, weißt du«, sagte Katherine. »Letztendlich war es ein dreckiges Geschäft. Aber deine Mutter und ich waren gute Freundinnen und wir hatten trotz allem Spaß.«

»Weißt du, alle meine Erinnerungen … du kommst oft darin vor. Du warst immer bei ihr.«

»Trotz allem haben wir viel gelacht«, sagte sie wehmütig. »Und du warst wie ein Sonnenstrahl. Weißt du, als sie dich ihr wegnahmen, hat es sie fast umgebracht … Sie hat nie aufgehört zu versuchen, dich wiederzubekommen, Harry. Ich hoffe, du weißt das. Sie hat dich geliebt. Ich hab' dich geliebt.«

»Ja, das weiß ich.«

»Aber nachdem du weg warst, war sie nicht mehr dieselbe. Manchmal glaube ich, daß ihr Tod zwangsläufig war. Als ob sie seit langem auf diese Gasse zugesteuert wäre.«

Bosch stand auf und sah die Trauer in ihren Augen.

»Ich muß los. Ich werde dich auf dem laufenden halten.«

»Das wäre schön. Ich möchte mit dir in Verbindung bleiben.«

»Ja, das möchte ich auch.«

Er ging zur Tür, wohl wissend, daß sie den Kontakt nicht aufrechterhalten würden. Die Zeit hatte das Band zwischen ihnen gelöst. Sie waren Fremde, die eine Geschichte miteinander teilten. Draußen auf der Treppe drehte er sich um und schaute zu ihr zurück.

»Die Weihnachtskarte, die du geschickt hast … Du wolltest schon damals, daß ich mir den Fall ansehe, nicht wahr?«

Auf ihrem Gesicht erschien wieder das entrückte Lächeln.

»Ich weiß nicht. Mein Mann war gerade gestorben, und ich zog Bilanz. Ich dachte an sie. Und an dich. Ich bin stolz auf das, was ich erreicht habe, Little Harry. Und deshalb frage ich mich, was das Leben ihr und dir noch alles hätte bieten können. Ich bin immer noch wütend. Wer immer das getan hat …«

Sie beendete den Satz nicht, aber Bosch nickte.

»Good bye, Harry.«

»Weißt du, meine Mutter hatte eine gute Freundin.«

»Das hoffe ich.«

# 7

Im Auto holte Bosch sein Notizbuch heraus und studierte die Liste.

Conklin
McKittrick & Eno
Meredith Roman
Johnny Fox

Meredith Romans Namen strich er durch und betrachtete dann die anderen. Die Reihenfolge der Namen war nicht die Reihenfolge, in der er die Personen aufsuchen würde. Er brauchte mehr Informationen, bevor er Conklin befragen konnte. Selbst für ein Gespräch mit McKittrick und Eno wußte er noch nicht genug.

Er holte aus der Jackentasche sein Adreßbuch und das Handy aus der Aktentasche. Dann wählte er die Polizeinummer des Kfz-Amtes in Sacramento und stellte sich als Lieutenant Harvey Pounds vor. Er gab dessen Dienstnummer an und bat, die Angaben für Johnny Fox herauszusuchen. Aus seinem Notizbuch las er dessen Geburtsdatum vor. Er überschlug die Zahlen im Kopf und rechnete aus, daß Fox jetzt einundsechzig war.

Während er wartete, grinste er. Pounds würde in circa einem Monat einiges zu erklären haben. Die Polizei hatte vor kurzem damit begonnen, die Benutzung der Datenbank des Kfz-Amtes zu überprüfen. Die *Daily News* hatten berichtet, daß viele Polizisten für befreundete Reporter sowie für Detektive mit fetten Spesenkonten insgeheim Recherchen anstellten. Der neue Chief hatte dem einen Riegel vorgeschoben, indem alle Anfragen per Telefon oder Computer jetzt ein Formular mit der Angabe eines spezifischen Falls oder Zwecks erforderten. Die Formulare wurden zum Parker Center geschickt und mit der monatlichen Liste des Kfz-Amtes verglichen. Wenn der Name des Lieutenants bei der nächsten Überprüfung auftauchte, ohne daß ein entsprechendes Formular vorlag, würde er einen Anruf von den Buchprüfern bekommen.

Bosch hatte die Dienstnummer in sein Adreßbuch eingetragen, als Pounds einmal die Ausweiskarte an seiner Jacke gelassen hatte, die an der Garderobe vor seinem Büro hing. Er hatte sie in der Vorahnung notiert, daß sie einmal nützlich sein könnte.

Endlich meldete sich die Beamtin wieder und teilte ihm mit, daß zur Zeit kein Führerschein auf den Namen Johnny Fox ausgestellt sei, der das von Bosch angegebene Geburtsdatum habe.

»Irgend etwas, was dem nahekommt?«

»Nein, mein Schatz.«

»Die Anredeform lautet Lieutenant, Miß«, sagte Bosch streng. »Lieutenant Pounds.«

»Die Anredeform lautet Ms., Lieutenant. Ms. Sharp.«

»Ich wette, Sie sind auch scharf. Sagen Sie, Ms. Sharp, wie weit reichen die Computerdaten zurück?«

»Sieben Jahre. Noch etwas?«

»Wie überprüfe ich die Jahre davor?«

»Am besten nicht. Falls Sie wollen, daß jemand die Karteikarten durchsieht, schicken Sie uns einen Brief, Loo-ten-ANT. Das dauert zehn bis vierzehn Tage. In Ihrem Fall, stellen Sie sich auf vierzehn ein. Noch was?«

»Nein, aber mir gefällt Ihr Ton nicht.«

»Dann sind wir ja quitt. Good bye.«

Bosch lachte laut, nachdem er das Telefon zugeklappt hatte. Diese Anfrage würde bestimmt nicht unter den Tisch fallen. Dafür würde Ms. Sharp sorgen. Pounds' Name würde sicher oben auf der monatlichen Liste stehen, die ans Parker Center ging. Als nächstes wählte er Edgars Nummer am Mord-Tisch und erwischte ihn, kurz bevor er nach Hause gehen wollte.

»Harry, was ist los?«

»Bist du beschäftigt?«

»Nein. Kein neuer Fall.«

»Kannst du einen Namen für mich überprüfen? Ich habe schon beim Kfz-Amt angefragt. Jetzt brauche ich jemanden, der's im Polizei-Computer versucht.«

»Hm …«

»Kannst du's oder nicht? Falls du Angst hast wegen Pounds, dann ...«

»He, immer mit der Ruhe. Was ist los mit dir, Harry? Ich habe nicht nein gesagt. Gib mir den Namen.«

Bosch verstand nicht, warum er sich über Edgars Verhalten aufgeregt hatte. Er atmete tief ein und versuchte sich zu beruhigen.

»Der Name lautet John Fox. Johnny Fox.«

»Scheiße, es gibt sicher Hunderte. Hast du ein Geburtsdatum?«

»Ja, hab' ich.«

Bosch sah wieder im Notizbuch nach und gab ihm die Daten.

»Was hat er dir getan? Sag mal, wie geht's dir?«

»Komisch. Ich erzähl's dir später. Erledigst du's für mich?«

»Ja. Das habe ich doch gesagt.«

»Okay, du hast die Nummer von meinem Handy. Falls du nicht durchkommst, hinterlaß eine Nachricht bei mir zu Hause.«

»Wenn ich Zeit dafür habe.«

»Was? Du hast doch gesagt, daß im Moment nichts los ist.«

»Es ist nichts los, aber ich arbeite. Ich kann nicht andauernd irgendwelchen Kram für dich erledigen.«

Bosch verschlug es für einen Moment die Sprache.

»Fuck you, Jerry. Ich werd' es selbst tun.«

»Hör zu, Harry, ich habe nicht gesagt, ich ...«

»Nein, ich meine es ernst. Laß es. Ich will nicht, daß du gegenüber deinem neuen Partner oder deinem furchtlosen Führer kompromittiert wirst. Darum geht es doch wohl, nicht wahr? Erzähl mir nicht, du würdest arbeiten. In ein paar Minuten gehst du nach Hause, das weißt du genau. Das heißt, vielleicht gehst du heute abend wieder mit Burnsie einen trinken.«

»Harry ...«

»Mach's gut.«

Bosch klappte das Telefon zu. Dann saß er da, und ließ

seinen Zorn verrauchen. Das Telefon klingelte, als er es noch in der Hand hielt, und er fühlte sich gleich wieder besser. Er klappte es auf.

»Hör zu, es tut mir leid. Okay?« sagte er. »Vergiß es.«

Langes Schweigen.

»Hallo?«

Es war eine Frauenstimme. Sofort war es ihm peinlich, einfach losgeredet zu haben.

»Ja?«

»Detective Bosch?«

»Ja, tut mir leid, ich dachte, es sei jemand anders.«

»Wer?«

»Wer sind Sie?«

»Dr. Hinojos.«

»Oh.« Bosch schloß die Augen und seine Wut kehrte zurück. »Was kann ich für Sie tun?«

»Ich rufe nur an, um Sie an unsere Sitzung morgen zu erinnern. Halb vier. Sie kommen doch?«

»Ich habe keine Wahl. Haben Sie das vergessen? Und Sie brauchen mich nicht daran zu erinnern. Ob Sie's glauben oder nicht, ich habe einen Terminkalender, eine Uhr und einen Wecker.«

Sofort dachte er, daß er den Sarkasmus übertrieben hatte.

»Anscheinend habe ich Sie zum falschen Zeitpunkt erwischt. Ich werde Sie ...«

»Das haben Sie.«

»... in Ruhe lassen. Bis morgen, Detective Bosch.«

»Good bye.«

Er schlug das Telefon wieder zu und ließ es auf den Sitz fallen. Dann ließ er den Wagen an und fuhr über Ocean Park Boulevard und Bundy Drive zur 10. Als er sich der Überführung näherte, sah er, daß es auf dem Freeway in Richtung Osten einen Stau gab und die Auffahrt mit Autos verstopft war.

»Scheiße«, sagte er laut.

Er fuhr an der Auffahrt vorbei und unter der Überführung hindurch, bis zum Wilshire Boulevard. Dann fuhr er westlich, zum Zentrum von Santa Monica. Es dauerte fünfzehn Minuten, bis er einen Parkplatz auf der Straße fand. Seit dem Erdbeben hatte er Parkhäuser vermieden.

Was für ein absurder Widerspruch, dachte Bosch, während er nach einem Parkplatz spähte. Du wohnst in einem abbruchreifen Haus, das nach Meinung der Bauaufsicht jeden Moment den Hang hinunterrutschen kann, aber du fährst nicht in ein Parkhaus. Endlich fand er einen Platz einen Block von der Promenade entfernt.

Bosch verbrachte die Stunden des Berufsverkehrs, indem er die drei Straßenblocks mit Restaurants im Freien, Kinos und Geschäften auf und ab ging. Er ging ins King George am Santa Monica Boulevard, eine Stammkneipe der Detectives vom West-L.A.-Revier, sah jedoch niemanden, den er kannte. Danach aß er ein Stück Pizza aus der Hand und beobachtete die Menschen. Er schaute einem Artisten zu, der mit fünf Fleischermessern jonglierte, und glaubte zu wissen, wie der Mann sich dabei fühlte.

Schließlich setzte er sich auf eine Bank und beobachtete die Leute, die vorbeigingen. Die einzigen, die stehenblieben und ihm Aufmerksamkeit schenkten, waren die Obdachlosen. Bald hatte er kein Kleingeld und keine Dollarscheine mehr. Bosch fühlte sich einsam. Er dachte an Katherine Register und das, was sie über die Vergangenheit gesagt hatte. Sie hatte erklärt, daß sie stark sei. Er wußte jedoch, daß einem Trost und Stärke aus Traurigkeit erwachsen konnte. Das war anscheinend bei ihr der Fall.

Er dachte darüber nach, was sie vor fünf Jahren getan hatte. Ihr Mann war tot, sie hatte Bilanz gezogen und die Wunde in ihren Erinnerungen entdeckt. Den Schmerz. Sie hatte ihm die Karte in der Hoffnung geschickt, daß er etwas unternehmen würde. Und es hätte beinahe geklappt. Er hatte das Mordbuch ausgeliehen. Dann war er aber nicht stark – oder schwach – genug gewesen, es anzusehen.

Als es dunkel war, ging er den Broadway hinunter zu Mr. B., fand einen Barhocker und bestellte ein Bier sowie einen Jack Daniels. Hinten auf dem kleinen Podium spielte ein Quintett, das von einem Tenorsaxophon angeführt wurde. Sie beendeten ›Do Nothing Till You Hear from Me‹ und

Bosch hatte den Eindruck, daß es das Ende eines langen Sets war. Das Saxophon spielte schleppend. Der Sound war nicht sauber.

Enttäuscht wandte er sich von der Gruppe ab und nahm einen großen Schluck. Er sah auf die Uhr und wußte, er würde jetzt freie Fahrt haben. Aber er blieb. Er griff nach dem Whiskey, kippte ihn ins Bierglas und schüttete sich die brutale Mischung den Hals hinunter. Die Band begann ›What a Wonderful World‹. Aber keiner der Musiker trat nach vorne, um zu singen. Schließlich konnte niemand Louis Armstrong das Wasser reichen. Es war okay. Bosch kannte den Text.

I see trees of green
Red roses, too
I see them bloom
For me and you
And I think to myself
What a wonderful world

Der Song stimmte ihn traurig, und er fühlte sich einsam. Aber das war okay. Einsamkeit war wie eine ramponierte Parkbank, auf der er den größten Teil seines Lebens verbracht hatte. Er gewöhnte sich wieder an sie. So war sein Leben vor Sylvia gewesen und so könnte es wieder werden. Es erforderte nur Zeit und Trennungsschmerz.

In den drei Monaten, seit sie weg war, hatte er eine Postkarte erhalten – sonst nichts. Ihre Abwesenheit hatte seinen Sinn für Kontinuität zerstört. Vor ihr hatte sich sein Leben auf den eisernen Schienen seines Berufs bewegt. So zuverlässig wie der Sonnenuntergang über dem Pazifik. Mit ihr hatte er versucht, sein Leben auf ein anderes Gleis zu bringen. Die mutigste Veränderung, die er je gewagt hatte. Irgendwie hatte er jedoch versagt. Es hatte nicht gereicht, sie zu halten, und sie war gegangen. Jetzt fühlte er sich, als sei er aus den Schienen gesprungen. In seinem Inneren war er zersplittert wie diese Stadt. Zerborsten durch geologische und andere Erdbeben.

Er hörte in seiner Nähe eine weibliche Stimme, die den Text sang. Als er sich umdrehte, sah er ein paar Barhocker entfernt eine junge Frau, die mit geschlossenen Augen leise mitsang. Sie sang nur für sich, aber Bosch konnte sie hören.

I see skies of blue
And clouds of white
The bright blessed day
The dark sacred night
And I think to myself
What a wonderful world

Sie trug einen kurzen, weißen Rock, ein T-Shirt und eine bunte Weste. Bosch schätzte sie auf höchstens fünfundzwanzig Jahre und es gefiel ihm, daß sie das Lied überhaupt kannte. Sie saß aufrecht, ihre Beine übereinandergeschlagen. Ihr Rücken bewegte sich im Rhythmus des Saxophons. Ihr Gesicht war eingerahmt von braunem Haar und nach oben gerichtet, die Lippen leicht geöffnet – einem verzückten Engel gleich. Sauber oder nicht, der Sound trug sie fort, und er bewunderte sie, daß sie sich so ganz in der Musik verloren hatte. Ein Mann, dem sie sich ganz hingeben würde, sähe dasselbe in ihrem Gesicht. Cops sagten von solch einem Gesicht, daß es besser als ein Fluchtauto sei. Es würde sie immer schützen. Egal was sie tat oder was man ihr antat, ihr Gesicht würde sie retten. Es würde Türen für sie öffnen und hinter ihr schließen – und sie entkommen lassen.

Der Song endete, sie öffnete die Augen und klatschte. Niemand hatte applaudiert, bis sie begann. Dann klatschte jeder in der Bar, Bosch eingeschlossen. So groß war die Macht ihres Gesichts. Bosch wandte sich um und gab dem Barkeeper ein Zeichen, ihm noch ein Bier und einen Whiskey zu bringen. Als die Getränke vor ihm standen, schaute er wieder zu der Frau hinüber, aber sie war weg. Er drehte sich um und sah noch, wie die Tür zufiel. Er hatte sie verpaßt.

# 8

Um nach Hause zu gelangen, fuhr er zum Sunset Boulevard hinauf und auf diesem zurück in die Stadt. Der Verkehr floß spärlich. Er war länger in Santa Monica geblieben, als er geplant hatte. Er rauchte und hörte einen Nachrichtensender im Radio. Es gab einen Bericht über die Wiedereröffnung der Grant High School im Valley. Sylvia hatte dort unterrichtet. Bevor sie nach Venedig gegangen war.

Bosch war müde und schätzte, daß er einen Alkoholtest wohl nicht bestehen würde, falls man ihn stoppte. Während der Sunset Boulevard sich durch Beverly Hills zog, fuhr er unterhalb des Tempolimits. Die Cops in Beverly Hills würden kein Auge zudrücken. Während seiner Suspendierung konnte er kein Protokoll brauchen.

Beim Laurel Canyon Boulevard bog er links ab und wand sich den Hügel hinauf. Am Mulholland Drive wollte er bei Rot rechts abbiegen und schaute gerade links nach anderen Autos, als er erstarrte. Ein Coyote kam aus dem Gebüsch längs eines ausgetrockneten Bachbettes und sah sich vorsichtig um. Kein anderer Wagen war da, nur Bosch sah ihn.

Das Tier war dünn und ausgemergelt vom Überlebenskampf in den Hügeln. Der Nebel, der aus dem Bachbett aufstieg, reflektierte die Straßenbeleuchtung und warf ein schwach blaues Licht auf den Coyoten. Für einen Moment schien er Bosch zu betrachten, seine Augen reflektierten das Stopplicht und glühten. Einen Augenblick lang glaubte Bosch, daß er ihn direkt ansah. Dann drehte er sich um und verschwand wieder in den blauen Nebelschwaden.

Ein Auto kam von hinten und hupte. Bosch hatte Grün. Er winkte und bog in den Mulholland Drive ein. Dann hielt er jedoch am Straßenrand an und stieg aus.

Der Abend war kühl und ihn fröstelte leicht, während er über die Kreuzung zu der Stelle ging, wo er den Coyoten gesehen hatte. Er war sich nicht sicher, was er tat, hatte aber keine Angst. Er wollte nur das Tier wiedersehen. Am Rand des Bachbettes hielt er inne und schaute ins Dunkle hinunter.

Der blaue Nebel umhüllte ihn ganz. Ein Wagen fuhr hinter ihm vorbei, und als das Geräusch sich entfernte, horchte und schaute er angestrengt. Nichts war zu sehen. Der Coyote war verschwunden. Er ging zurück zu seinem Auto und fuhr zum Woodrow Wilson Drive und dann nach Hause.

Später, als er nach ein paar weiteren Drinks im Bett lag und die letzte Zigarette des Abends rauchte, starrte er zur Decke. Er hatte das Licht angelassen. Seine Gedanken jedoch kreisten um die Dunkelheit, die heilige Nacht, den blauen Coyoten und die Frau mit dem Gesicht, das sie unantastbar machte. Bald verschwanden alle seine Gedanken mit ihm in der Dunkelheit.

## 9

Bosch schlief wenig und war vor Sonnenaufgang wieder auf den Beinen. Die letzte Zigarette am Abend zuvor wäre beinahe die letzte seines Lebens gewesen. Er war beim Rauchen eingeschlafen und wurde von dem scharfen Schmerz der Verbrennung aus dem Schlaf gerissen. Nachdem er die Brandwunden an beiden Fingern verbunden hatte, versuchte er wieder einzuschlafen. Ohne Erfolg. Seine Finger pochten, und die ganze Zeit mußte er an die zahlreichen Fälle denken, die er gesehen hatte, bei denen betrunkene Pechvögel eingeschlafen waren und sich eingeäschert hatten. Er fragte sich, was Carmen Hinojos von seiner Nummer halten würde. Gab es ein noch deutlicheres Symptom von Selbstzerstörung?

Als das Morgengrauen mit seinem Licht ins Zimmer drang, gab er endlich auf und erhob sich. Während der Kaffee in der Küche aufgebrüht wurde, ging er ins Badezimmer und verband die Wunden neu. Beim Festkleben des Verbandmulls erblickte er sich im Spiegel und sah die tiefen Furchen unter den Augen.

»Scheiße«, sagte er zu sich selbst. »Was ist bloß mit mir los?«

Er trank schwarzen Kaffee auf der Veranda hinterm Haus und beobachtete, wie die noch stille Stadt erwachte. Die Luft war frisch und kühl, und der Duft der Eukalyptusbäume stieg unten vom Paß auf. Morgennebel lag dort unten, und die Hügel ragten als mysteriöse Silhouetten empor. Er schaute fast eine Stunde lang zu, wie der Tag anbrach – fasziniert von dem Schauspiel, das sich ihm von der Veranda aus bot.

Erst als er hineinging, um sich eine zweite Tasse Kaffee einzugießen, sah er das blinkende Licht auf seinem Anrufbeantworter. Es gab zwei Nachrichten, die wahrscheinlich am Vortag hinterlassen worden waren, was er aber beim Heimkommen gestern nicht bemerkt hatte. Er drückte auf den Abspielknopf.

»Bosch, hier spricht Lieutenant Pounds. Es ist Dienstag, 15 Uhr 35. Ich habe Ihnen mitzuteilen, daß Sie – für die Zeit der Suspendierung und bis zur Klärung Ihres Beschäftigungsstatus – Ihren Dienstwagen in der Garage des Hollywood-Reviers abgeben müssen. Laut Unterlagen haben Sie einen vier Jahre alten Chevrolet Caprice, Nummernschild: eins-Adam-Adam-drei-vier-null-zwei. Bitte übergeben Sie ihn sofort der zuständigen Stelle zur Inspektion. Dieser Befehl erfolgt gemäß Paragraph drei, Strich dreizehn des Diensthandbuchs. Verstoß dagegen kann Suspendierung oder Entlassung zur Folge haben. Ich wiederhole: Dies ist ein Befehl von Lieutenant Pounds, es ist jetzt 15 Uhr 36, Dienstag. Bitte setzen Sie sich mit mir in Verbindung, falls Sie etwas nicht verstanden haben.«

Der Anrufbeantworter zeigte an, daß die Nachricht tatsächlich um 15 Uhr 36 am Dienstag hinterlassen worden war. Wahrscheinlich kurz bevor Pounds nach Hause gegangen war. Scheiß auf ihn, dachte Bosch. Der Wagen ist sowieso ein Schrotthaufen. Meinetwegen kann er ihn haben.

Die zweite Nachricht war von Edgar.

»Harry, bist du da? Hier Edgar ... Was heute passiert ist ... Schwamm drüber, okay? Ich habe mich wie ein Arschloch benommen und du auch. Vergessen wir das Ganze. Ob du nun mein Partner bist oder warst, ich verdanke dir viel,

Mann. Und wenn ich das mal vergesse, dann hau mir eins über den Kopf wie heute. Nun zu den schlechten Nachrichten. Ich habe diesen Johnny Fox auf alle mögliche Weise überprüfen lassen. Resultat Null. Das schließt die Datenbanken von NCIC, DOJ, DPP, Strafvollzugsanstalten, Bundeshaftbefehle ein. Ich habe alle Geschütze aufgefahren. Sieht aus, als sei der Typ sauber – falls er lebt. Du hast gesagt, er hätte keinen Führerschein. Ich würde schätzen, entweder hast du einen falschen Namen, oder er ist tot. Also, das wär's. Ich weiß nicht, was du untersuchst. Wenn du aber noch etwas brauchst, ruf mich an ... Oh, und halt die Ohren steif, Kumpel. Ich geh jetzt auf Zehn-Sieben. Du kannst mich zu Hause erreichen, wenn ...«

Die Nachricht brach ab. Edgar hatte die Zeit überzogen. Bosch ließ das Band zurücklaufen und goß sich Kaffee ein. Als die Nachfrage beim Kfz-Amt nichts ergeben hatte, hatte Bosch angenommen, daß Fox im Gefängnis sei, wo Führerscheine nicht ausgestellt oder gebraucht wurden. Aber Edgar hatte ihn weder im Strafvollzug noch in einer der nationalen Computerdateien für Verbrecher gefunden. Das legte die Vermutung nahe, daß Johnny Fox tatsächlich ein braver Bürger geworden oder gestorben war. Wenn Bosch ein Spieler gewesen wäre, hätte er Geld auf die letztere Möglichkeit gesetzt. Typen wie Johnny Fox änderten sich nicht.

Da er aber nicht wettete, konnte er nur zum Standesamt von Los Angeles County fahren und nach einer Todesurkunde suchen. Ohne Sterbedatum wäre das allerdings die sprichwörtliche Suche nach der Nadel im Heuhaufen. Es könnte Tage dauern. Bevor er das tat, würde er es auf einem leichteren Weg versuchen. Bei der *L.A. Times.*

Er ging wieder ins Haus und wählte die Nummer einer Polizeireporterin. Keisha Russel war neu und mühte sich noch ab, Fuß zu fassen. Vor einigen Monaten hatte sie einen Versuch gestartet, ihn als Quelle zu rekrutieren. Die übliche Methode war, daß Reporter mehrere Artikel über ein Verbrechen schrieben, das eigentlich gar nicht so viel Aufmerksamkeit verdiente. Die Berichterstattung verschaffte ihnen ständigen Kontakt mit den zuständigen Detectives und gab ihnen eine Chance, sich bei ihnen einzuschmeicheln und sie möglicherweise als dauerhafte Quellen anzuzapfen.

Russel hatte in einer Woche fünf Stories über einen seiner Fälle geschrieben. Es ging um einen Ehemann, der seine Frau geschlagen und sich anschließend über eine Gerichtsverfügung, sich von ihr fernzuhalten, hinweggesetzt hatte. Er war zu der neuen Wohnung der von ihm getrennt lebenden Ehefrau gegangen, hatte sie auf den Balkon im vierten Stock geschleppt und hinuntergeworfen. Dann war er selbst gesprungen. Russel hatte wiederholt mit Bosch gesprochen. Die veröffentlichten Artikel waren gründlich und umfassend. Es war gute Arbeit, und sie hatte seinen Respekt gewonnen. Ihm war jedoch klar, daß sie hoffte, die Berichte und ihre Aufmerksamkeit würden die Grundlage für eine lange Beziehung zwischen Reporter und Detective bilden. Seitdem war keine Woche vergangen, in der sie ihn nicht ein- oder zweimal wegen irgendwelchem Kram angerufen hatte. Sie erzählte ihm Klatsch, den sie aus anderen Quellen gehört hatte, und stellte ihm dann die journalistische Gretchenfrage: »Gibt es irgend etwas Neues?«

Sie meldete sich nach dem ersten Klingeln, und Bosch war überrascht, daß sie schon so früh da war. Er hatte vorgehabt, eine Nachricht auf ihrem Anrufbeantworter zu hinterlassen.

»Keisha, hier Bosch.«

»He, Bosch, wie geht's?«

»Okay. Wahrscheinlich haben Sie gehört, was passiert ist.«

»Nicht alles. Nur daß Sie vorläufig suspendiert sind. Aber niemand wollte mir sagen, warum. Wollen Sie darüber sprechen?«

»Nein, eigentlich nicht. Ich meine, nicht jetzt. Ich wollte Sie um einen Gefallen bitten. Wenn etwas daraus wird, bekommen Sie die Story. So habe ich es bisher mit Reportern gehalten.«

»Was muß ich tun?«

»Gehen Sie ins Archiv.«

»Was brauchen Sie?«

»Ich habe einen Namen. Es ist eine alte Sache. Der Typ war ein dreckiger, kleiner Gauner in den fünfziger und frühen sechziger Jahren. Danach habe ich seine Spur verloren. Ich vermute, daß er tot ist.«

»Sie wollen den Nachruf.«

»Nun, ich glaube nicht, daß die *Times* so etwas zu seinem Ableben veröffentlicht. Er war ein kleiner Fisch. Aber ich hoffe, daß es vielleicht einen Artikel gibt, falls er nicht eines natürlichen Todes gestorben ist.«

»Sie meinen, falls man ihn umgebracht hat.«

»Genau.«

»Okay, ich werde nachsehen.«

Sie schien begierig zu sein, ihm zu helfen. Sicher dachte sie, daß dieser Gefallen ihre Beziehung weiter festigen und sich später einmal auszahlen würde. Er sagte nichts, was sie in ihrem Glauben erschüttern würde.

»Wie lautet der Name?«

»John Fox. Er ließ sich Johnny nennen. Letztes Lebenszeichen 1961. Er war Zuhälter, ein echtes Schwein.«

»Weiß, schwarz, gelb oder braun?«

»Ein weißes Schwein.«

»Haben Sie ein Geburtsdatum? Falls es mehr als einen Johnny Fox im Archiv gibt.«

Er gab es ihr.

»Okay, wo kann ich Sie erreichen?«

Bosch gab ihr die Nummer seines Handys. Das war der Köder. Sie würde sie im Computer auf ihrer Informantenliste speichern, ihrem elektronischen Schatzkästchen. Die Telefonnummer zu haben, unter der er jederzeit erreichbar war, war die Suche im Archiv wert.

»Okay, passen Sie auf, ich habe eine Besprechung mit meinem Redakteur – deshalb bin ich schon so früh da. Danach werde ich nachsehen. Ich rufe an, sobald ich etwas habe.«

»Falls es etwas gibt.«

»Richtig.«

Nachdem Bosch aufgelegt hatte, aß er ein paar Corn-flakes aus einer Packung, die er aus dem Kühlschrank geholt hatte, und stellte die Radionachrichten an. Er hatte seine Zeitung nach dem Erdbeben für den Fall abbestellt, daß Gowdy von der Bauaufsicht eines Morgens vorbeikam und an diesem Indiz sah, daß immer noch jemand im Haus wohnte. Es gab nichts in den Hauptnachrichten, was ihn interessierte. Kein Mord in Hollywood. Er verpaßte nichts.

Nach dem Verkehrsbericht kam eine Nachricht, die seine Aufmerksamkeit erregte. Ein Oktopus im städtischen Aquarium von San Pedro hatte sich anscheinend umgebracht, indem er mit einem Arm eines der Rohre für die Wasserzirkulation herausgerissen hatte. Das Aquarium war leergelaufen und der Oktopus gestorben. Umweltschützer nannten es Selbstmord, einen verzweifelten Protest gegen die Gefangenschaft. So was gibt es nur in L.A., dachte Bosch. Ein Ort, wo sogar Meerestiere so verzweifelt sind, daß sie sich umbringen.

Er duschte lange, schloß die Augen und hielt den Kopf direkt unter den Wasserstrahl. Als er sich danach vor dem Spiegel rasierte, konnte er es nicht vermeiden, die Ringe unter seinen Augen zu studieren. Sie erschienen ihm jetzt noch ausgeprägter und paßten gut zu seinen vom Trinken rot unterlaufenen Augen.

Er legte den Rasierapparat auf den Waschbeckenrand und beugte sich näher zum Spiegel. Seine Haut war bleich wie ein Pappteller. Während er sich betrachtete, dachte er daran, daß man ihn früher für gutaussehend gehalten hatte. Vorbei. Er sah kaputt aus. Das Alter schien ihn gepackt und in die Mangel genommen zu haben. Er ähnelte den alten Männern, die er gesehen hatte, nachdem man sie tot in ihren Betten aufgefunden hatte. Die in den billigen Absteigen. Die, die in Verpackungskartons lebten. Sein Aussehen erinnerte ihn mehr an die Toten als an die Lebenden.

Er öffnete den Arzneischrank, damit sein Spiegelbild verschwand, durchsuchte den Inhalt und nahm ein Fläschchen Murine heraus. Nachdem er sich eine starke Dosis der Tropfen in die Augen geträufelt hatte, wischte er, was herunterlief, mit einem Handtuch aus dem Gesicht. Dann verließ er das Badezimmer, ohne das Schränkchen zu schließen und ohne sich noch einmal anzusehen.

Er zog seinen besten sauberen Anzug an, einen grauen Zweiteiler, ein weißes Hemd und seine rötlichbraune Krawatte mit den Gladiatorenhelmen. Es war seine Lieblingskrawatte. Und seine älteste. Ein Saum war ausgefranst, aber er trug sie zwei- oder dreimal die Woche. Er hatte sie vor zehn Jahren gekauft, als er ins Morddezernat versetzt wurde. Mit einer goldenen Nadel, die die Zahl 187 zeigte, dem Paragraphen für Mord, befestigte er sie auf seinem Hemd. Allmählich kehrte das Gefühl zurück, daß er sein Leben unter Kontrolle hatte. Er fühlte sich besser und wiederhergestellt – und er spürte seinen Zorn zurückkehren. Jetzt war er bereit, hinaus in die Welt zu gehen. Egal, ob die Welt für ihn bereit war oder nicht.

## *10*

Bosch zog den Knoten seiner Krawatte fest, bevor er die Hintertür des Polizeireviers öffnete. Er ging durch den Flur zum Großraumbüro und dann den Gang zwischen den Tischen der Detectives entlang nach vorne, wo Pounds in seinem Kasten hinter Glasscheiben saß, die ihn von den Leuten abschotteten, die er befehligte. Köpfe hoben sich am Einbruchs-Tisch, als man ihn bemerkte, dann am Raub-Tisch und am Mord-Tisch. Bosch nickte niemandem zu – beinahe wäre er jedoch aus dem Tritt geraten, als er jemanden auf seinem eigenen Stuhl sitzen sah. Burns. Edgar saß mit dem Rücken zu ihm und sah ihn nicht kommen.

Aber Pounds hatte ihn erblickt. Durch die Glaswand sah er Bosch auf sein Büro zusteuern und erhob sich vom Schreibtisch.

Das erste, was Bosch auffiel, war, daß die Scheibe, die er vor einer Woche zerbrochen hatte, schon wieder ersetzt worden war. Es war bemerkenswert, daß es so schnell geschehen war, da doch wichtigere Reparaturen – wie das

Auswechseln einer von Kugeln durchlöcherten Windschutzscheibe eines Streifenwagens normalerweise einen Monat Papierkrieg erforderten. Aber so lagen eben die Prioritäten im Polizeirevier.

»Henry!« kommandierte Pounds. »Komm herein.«

Ein alter Mann, der am Eingangsschalter saß, Anrufe auf der öffentlichen Leitung entgegennahm und Auskunft gab, sprang auf und tapste ins Glasbüro. Er war einer der Freiwilligen, die hier Dienst taten. Die meisten waren Rentner und wurden von den Cops kollektiv Schnarchdezernat genannt.

Bosch folgte dem alten Mann hinein und stellte seine Aktentasche auf den Boden.

»Bosch!« jaulte Pounds. »Ich habe einen Zeugen hier!«

Er deutete auf den alten Henry und dann nach draußen. »Und da ebenfalls Zeugen.«

Bosch stellte fest, daß die Blutergüsse unter Pounds' Augen noch nicht ganz verschwunden waren. Die Schwellungen waren jedoch abgeklungen. Bosch trat zum Schreibtisch und griff in seine Jackentasche.

»Zeugen wofür?«

»Was immer du hier vorhast.«

Bosch wandte sich an den alten Mann: »Henry, du kannst gehen. Ich werde nur mit dem Lieutenant sprechen.«

»Henry, du bleibst«, befahl Pounds. »Ich möchte, daß du alles hörst.«

»Woher weißt du, daß er sich erinnern wird, Pounds? Er kann noch nicht einmal einen Anruf richtig verbinden.«

Bosch schaute wieder Henry an und fixierte ihn mit einem Gesichtsausdruck, der keinen Zweifel ließ, wer hier das Kommando hatte.

»Mach die Tür hinter dir zu.«

Henry warf Pounds noch einen ängstlichen Blick zu, verließ dann aber eilig das Büro und schloß die Tür wie geheißen. Bosch wandte sich wieder Pounds zu.

Mit der Geschmeidigkeit einer Katze, die sich an einem Hund vorbeidrückt, glitt der Lieutenant in seinen Sessel, von dem er sich wohl etwas Sicherheit erhoffte, da er nun

Bosch nicht mehr von Angesicht zu Angesicht gegenüberstand. Bosch schaute auf den Schreibtisch und entdeckte ein offenes Buch. Er griff danach und drehte es um, weil er den Titel erkennen wollte.

»Studierst du für die Captain-Prüfung?«

Pounds zuckte zurück. Bosch sah, daß es nicht das Prüfungshandbuch war, sondern eine Anleitung zur Motivierung von Angestellten, geschrieben von einem Basketballtrainer. Bosch mußte lachen. Dann schüttelte er den Kopf.

»Pounds, du bist echt eine Type. Ich meine, wenigstens sorgst du für Unterhaltung. Das kann man nicht abstreiten.«

Pounds ergriff hastig das Buch und schob es in eine Schublade.

»Was willst du hier, Bosch? Du weißt, daß du nicht kommen solltest. Du bist suspendiert.«

»Aber du hast mich hergebeten. Erinnerst du dich?«

»Das habe ich nicht.«

»Wegen des Wagens. Du wolltest ihn zurück.«

»Du solltest ihn in der Garage abgeben. Ich habe nicht gesagt, daß du hierher kommen sollst. Also verschwinde.«

Bosch sah, wie sich Zornesröte über das Gesicht des anderen ausbreitete. Er selbst blieb gelassen und nahm das als Zeichen, daß er nicht mehr so leicht in Streß geriet. Aus der Jackentasche holte er die Autoschlüssel und legte sie vor Pounds auf den Tisch.

»Er steht vor der Tür zu den Ausnüchterungszellen. Wenn du ihn zurückhaben willst, dann hol ihn dir. Aber du kannst ihn selbst zur Inspektion in die Garage bringen. Das ist kein Job für Polizisten, das ist ein Job für Bürokraten.«

Bosch drehte sich um und hob seine Aktentasche auf. Dann öffnete er die Tür mit solcher Wucht, daß sie gegen eine der Glasscheiben krachte. Das Büro bebte, aber es zerbrach nichts. Er ging um den Schalter herum, sagte »Tut mir leid, Henry«, ohne den alten Mann eines Blickes zu würdigen, und ging dann durch den vorderen Flur zum Ausgang.

Ein paar Minuten später stand er am Straßenrand der Wilcox Avenue und wartete auf das Taxi, das er mit seinem

Handy bestellt hatte. Ein grauer Caprice, fast ein Duplikat des Wagens, den er gerade abgegeben hatte, hielt vor ihm an, und er beugte sich vor, um hineinzusehen. Es war Edgar. Er grinste. Das Fenster glitt herunter.

»Kann ich dich irgendwohin fahren, einsamer Streiter?«

Bosch stieg ein.

»In der La Brea Avenue, Nähe Boulevard, ist eine Hertz-Vertretung.«

»Ja, kenn' ich.«

Sie fuhren ein paar Minuten schweigend, dann lachte Edgar auf und schüttelte den Kopf.

»Was?«

»Nichts ... Burns ... Mann, ich dachte, er macht sich in die Hosen, als du bei Pounds drinnen warst. Er dachte, du würdest rauskommen und ihm den Stuhl unter dem Arsch wegreißen. Man konnte direkt Mitleid bekommen.«

»Scheiße, daran habe ich nicht gedacht. Ich hätte es tun sollen.«

Sie schwiegen wieder. Mittlerweile waren sie auf dem Sunset Boulevard und näherten sich La Brea.

»Harry, du kannst es nicht lassen, oder?«

»Anscheinend nicht.«

»Was ist mit deiner Hand passiert?«

Bosch hielt sie hoch und betrachtete den Verband.

»Ach, ich hab' mir draufgeschlagen, als ich letzte Woche an der Veranda gearbeitet habe. Tut teuflisch weh.«

»Du solltest aufpassen, oder Pounds wird hinter dir hersein wie ein bissiger Köter.«

»Ist er schon.«

»Mann, er ist nur ein Erbsenzähler, ein Arschloch. Warum kannst du ihn nicht in Ruhe lassen? Weißt du, du ...«

»Weißt du, du hörst dich allmählich so an wie die Seelenklempnerin, zu der ich gehe. Vielleicht sollte ich mich heute bei dir auf die Couch legen. Was meinst du?«

»Vielleicht bringt sie dich ja zur Vernunft.«

»Vielleicht hätte ich mir ein Taxi nehmen sollen.«

»Ich meine, du solltest dir überlegen, wer deine Freunde sind, und ihnen mal zuhören.«

»Hier ist es.«

Edgar verlangsamte das Tempo vor dem Autoverleih. Bosch stieg aus, bevor der Wagen richtig hielt.

»Harry, warte einen Moment.«

Bosch drehte sich um und sah in den Wagen.

»Was ist das für eine Sache mit Fox? Wer ist der Typ?«

»Das kann ich dir jetzt nicht sagen, Jerry. Es ist besser so.«

»Bist du sicher?«

Bosch hörte das Telefon in seiner Aktentasche läuten. Er sah erst sie an und dann Edgar.

»Danke fürs Herbringen.«

Er schloß die Wagentür.

## 11

Keisha Russel von der *Times* war am Apparat. Sie hatte im Archiv einen kurzen Artikel zu Fox' Namen gefunden, wollte sich aber mit Bosch treffen, um ihn zu übergeben. Es war Teil ihrer Strategie, eine Beziehung zu etablieren. Er sah auf die Uhr. Die Story konnte noch warten. Er sagte, er würde sie zum Mittagessen in die Pantry einladen.

Als er vierzig Minuten später dort eintraf, saß sie schon in einer Nische in der Nähe der Kasse. Er setzte sich ihr gegenüber auf die andere Bank.

»Sie kommen spät«, sagte sie.

»Entschuldigen Sie, ich habe erst noch ein Auto gemietet.«

»Was, Sie haben Ihnen den Wagen weggenommen? Die Sache muß ernst sein.«

»Dazu werde ich nichts sagen.«

»Verstanden. – Wissen Sie, wem das Lokal gehört?«

»Ja, dem Bürgermeister. Deshalb ist das Essen noch lange nicht schlecht.«

Sie verzog den Mund und sah sich um, als wimmele es hier von Ameisen. Der Bürgermeister war Republikaner. Die *Times* hatte sich für den demokratischen Kandidaten stark gemacht. In ihren Augen war noch schlimmer, daß er die Polizei unterstützte. Reportern gefiel das nicht, es war langweilig. Sie wollten Intrigen, Streit und Skandale im Rathaus. Das machte das Leben interessanter.

»Tut mir leid«, sagte er. »Ich hätte wohl besser das Gorky oder ein anderes Szenelokal vorschlagen sollen.«

»Es ist okay, Bosch. Ich zieh' Sie nur auf.«

Er schätzte, daß sie nicht älter als fünfundzwanzig war. Sie war eine dunkelhäutige Frau mit Anmut und Grazie. Bosch wußte nicht, woher sie kam, bezweifelte aber, daß sie aus L.A. stammte. Sie hatte einen leichten Akzent und sprach mit einem singenden karibischen Tonfall, der sich etwas abgeschliffen hatte. Aber er war noch zu hören. Ihm gefiel es, wie sie seinen Namen aussprach. In ihrem Mund klang er exotisch, wie eine Welle, die sich bricht. Es machte ihm nichts aus, daß er fast doppelt so alt war wie sie und sie ihn nur beim Nachnamen ansprach.

»Woher kommen Sie, Keisha?«

»Warum?«

»Warum? Weil es mich interessiert. Sie schreiben Polizeiberichte, und ich möchte wissen, mit wem ich es zu tun habe.«

»Ich bin von hier, Bosch. Als ich fünf war, kam ich von Jamaika hierher. Ich ging zur University of Southern California. Wo sind Sie her?«

»Von hier. Bin immer hier gewesen.«

Er beschloß, die fünfzehn Monate Einsatz als Tunnelratte in Vietnam sowie die neun Monate Ausbildung in North Carolina nicht zu erwähnen.

»Was ist mit Ihrer Hand passiert?«

»Ich habe mich beim Arbeiten geschnitten. Jetzt, wo ich suspendiert bin, repariere ich einiges zu Hause. – Wie ist es, Bremmers Nachfolgerin zu sein? Er war lange da.«

»Ja, ich weiß. Es ist schwierig. Aber ich mache langsam Fortschritte, finde neue Freunde. Ich hoffe, wir werden auch Freunde, Bosch.«

»Ich werde Ihr Freund sein – wenn es geht. Zeigen Sie mal, was Sie haben.«

Sie legte einen Aktendeckel auf den Tisch. Bevor sie ihn jedoch öffnen konnte, kam der Kellner, ein alter Mann mit einem gewichsten Schnauzbart. Sie bestellte ein Sandwich mit Eiersalat und er einen Hamburger, durchgebraten, mit Pommes frites. Sie runzelte die Stirn, und er wußte warum.

»Sie sind Vegetarierin richtig?«

»Ja.«

»Tut mir leid. Das nächstemal wählen Sie das Lokal aus.«

»Werde ich tun.«

Sie öffnete den Aktendeckel, und er bemerkte an ihrem linken Handgelenk mehrere Armbänder, die aus bunten Fäden geflochten waren. Er schaute in die Akte und sah die Fotokopie eines Zeitungsausschnittes. An dem Format war zu erkennen, daß es eine der Stories war, die irgendwo hinten in der Zeitung abgedruckt werden.

»Ich glaube, das ist Ihr Johnny Fox. Das Alter stimmt, Ihre Beschreibung jedoch nicht. Dreckiger, kleiner Gauner, sagten Sie.«

Bosch las den Artikel, datiert vom 30. September 1962.

**Wahlkampfhelfer stirbt nach Autounfall, Fahrer flüchtet**

Von Monte Kim, *Los Angeles Times*

Ein neunundzwanzigjähriger Wahlkampfhelfer eines Kandidaten für das Amt des District Attorneys wurde gestern in Hollywood von einem Auto erfaßt und getötet, das die zulässige Höchstgeschwindigkeit überschritten hatte.

Das Opfer wurde identifiziert als Johnny Fox, wohnhaft Ivar Street, Hollywood. Laut Polizei verteilte Fox Wahlkampfzettel an der Ecke Hollywood Boulevard und La Brea Avenue für den Kandidaten Arno Conklin, als er gegen 14 Uhr beim Überqueren der Straße von dem Wagen angefahren wurde.

Die Polizei vermutet, daß Fox beim Aufprall getötet und danach mehrere Meter mitgeschleift wurde.

Der Wagen verlangsamte kurz seine Fahrt und entfernte sich dann mit hoher Geschwindigkeit vom Unfallort. Zeugen sagten gegenüber der Polizei aus, daß der Wagen auf der La Brea Avenue weiter in Richtung Süden fuhr. Das Auto konnte von der Polizei nicht gefunden werden, und die Zeugenaussagen ergaben keine klare Beschreibung der Marke und des Modells. Die Polizei ließ verlauten, daß die Ermittlungen weitergehen.

Gordon Mittel, Conklins Wahlkampfmanager, erklärte, daß Fox erst seit einer Woche beim Wahlkampf mitgeholfen habe.

Conklin konnte telefonisch im Büro der Staatsanwaltschaft erreicht werden, wo er die Abteilung für Spezialermittlungen unter dem vom Amt zurücktretenden District Attorney Charles Stock leitet. Er äußerte, daß er Fox nie persönlich kennengelernt habe, aber den Tod seines Wahlhelfers bedauere. Darüber hinaus wollte er keine Kommentare abgeben.

Bosch studierte den Ausschnitt noch lange, nachdem er ihn gelesen hatte.

»Dieser Monte Kim, ist er noch bei der Zeitung?«

»Soll das ein Witz sein? Das ist schon wahnsinnig lange her. Damals haben weiße Männer in weißen Hemden und mit Krawatte in der Redaktion gesessen.«

Bosch schaute sein Hemd an und dann sie.

»Entschuldigung«, sagte sie. »Auf alle Fälle ist er nicht mehr da. Conklin kenn' ich nicht, das war vor meiner Zeit. Hat er gewonnen?«

»Ja. Er war für zwei Amtsperioden District Attorney. Danach hat er für das Amt des Generalstaatsanwaltes kandidiert und ist baden gegangen – soweit ich mich erinnern kann. Ich war nicht hier.«

»Sie sagten doch, daß Sie immer hier gelebt haben.«

»Ich war eine Weile weg.«

»Vietnam, stimmt's?«

»Stimmt.«

»Viele Polizisten Ihrer Generation waren dort. Muß ein ziemlicher Trip gewesen sein. Sind Sie deshalb alle Cops geworden? Damit Sie weiter mit Waffen herumlaufen dürfen?«

»So ähnlich wird's wohl sein.«

»Egal. – Wenn Conklin noch lebt, ist er wahrscheinlich alt. Mittel ist auf jeden Fall noch nicht tot. Das wissen Sie sicher. Wahrscheinlich sitzt er in einer dieser Nischen und ißt mit dem Bürgermeister.«

Sie lächelte. Er ignorierte es.

»Ja, er ist ein hohes Tier. Was erzählt man sich so?«

»Über Mittel? Weiß nicht. Sein Name steht an erster Stelle einer großen Anwaltskanzlei in Downtown. Befreundet mit Gouverneuren, Senatoren und anderen mächtigen Leuten. Zuletzt habe ich gehört, daß er Gelder für den Wahlkampf von Robert Shepard sammelt.«

»Robert Shepard? Meinen Sie den Computertypen?«

»Eher Computerkönig. Lesen Sie nicht die Zeitung? Shepard will kandidieren, aber nicht sein eigenes Geld ausgeben. Mittel leitet die Geldbeschaffung für einen Testversuch.«

»Wofür kandidiert er?«

»Mein Gott, Bosch, Sie lesen wohl weder die Zeitung noch sehen Sie fern!

»Ich war beschäftigt. Also, wofür kandidiert er?«

»Nun, ich schätze, daß er wie jeder Egomane Präsident werden will. Aber im Moment hat er den Senat im Visier. Shepard will für eine dritte Partei kandidieren. Er sagt, die Republikaner sind zu rechts und die Demokraten zu links – er selbst sei in der Mitte. Wie ich so höre, kann nur einer das Geld für einen Kandidaten einer dritten Partei beschaffen: Mittel.«

»Mittel will sich also einen Präsidenten großziehen.«

»Das nehme ich an. Aber warum fragen Sie mich danach? Ich schreibe nur die Polizeiberichte. Sie sind Cop. Was hat das Ganze mit Gordon Mittel zu tun?«

Sie deutete auf die Fotokopie. Bosch wurde bewußt, daß er vermutlich zu viele Fragen gestellt hatte.

»Ich versuche nur auf den neuesten Stand zu kommen«, sagte er. »Wie gesagt, lese ich keine Zeitungen.«

»Das heißt *Zeitung*, nicht *Zeitungen*«, sagte sie lächelnd. »Lassen Sie sich nicht von mir beim Lesen der *Daily Snews* erwischen. Und erst recht nicht mit einem ihrer Schreiberlinge.«

»Es gibt nichts Schlimmeres als eifersüchtige Reporter.«

»So ist es.«

Er war sich sicher, ihren Argwohn beschwichtigt zu haben. Er hielt die Fotokopie hoch.

»Gibt es keine weiteren Artikel? Es wurde nie jemand gefaßt?«

»Ich glaube nicht. Sonst hätte ich etwas darüber gefunden.«

»Kann ich das behalten?«

»Natürlich.«

»Haben Sie Lust, dem Archiv noch einen Besuch abzustatten?«

»Wozu?«

»Stories über Conklin.«

»Davon wird es Hunderte geben, Bosch. Sie haben gesagt, daß er für zwei Amtsperioden Bezirksstaatsanwalt war.«

»Ich möchte nur Stories aus der Zeit davor. Und wenn Sie Zeit haben, Stories über Mittel.«

»Wissen Sie, Sie möchten ganz schön viel. Ich könnte Ärger bekommen, wenn herauskommt, daß ich für einen Cop im Archiv recherchiere.«

Sie zog einen Schmollmund, und er ignorierte das ebenfalls. Er wußte, worauf sie hinauswollte.

»Erzählen Sie mir, worum es dabei geht, Bosch?«

Er sagte immer noch nichts.

»Das habe ich mir gedacht. Passen Sie auf, ich habe heute nachmittag zwei Interviews und werde unterwegs sein. Ich kann es von einem Praktikanten zusammensuchen und für Sie beim Pförtner im Globus-Foyer hinterlassen. Ich stecke es in einen Umschlag, damit niemand sieht, was es ist. Einverstanden?«

Er nickte. Er war schon einige Male am *Times* Square gewesen – meistens, um sich mit Reportern zu treffen. Das Gebäude nahm einen ganzen Straßenblock ein und hatte zwei Foyers. Im Zentrum der Eingangshalle an der First und Spring Street stand ein riesiger Globus, der sich endlos drehte – wie die Nachrichten, die auch nie endeten.

»Sie hinterlegen es einfach unter meinem Namen? Bekommen Sie da nicht den Ärger, den Sie erwähnten? Wenn Sie einem Polizisten eine Gefälligkeit erweisen? Das muß doch gegen Ihre Vorschriften sein.«

Sie lächelte über seine sarkastische Bemerkung.

»Machen Sie sich keine Sorgen. Falls ein Redakteur oder jemand anders fragt, sage ich, daß es eine Investition ist. Ich hoffe, Sie vergessen das nicht. Freundschaft beruht auf Gegenseitigkeit.«

»Keine Angst. Das vergesse ich nie.«

Er beugte sich nach vorne über den Tisch, nahe an ihr Gesicht.

»Ich möchte, daß Sie sich ebenfalls etwas merken. Einer der Gründe, warum ich Ihnen nicht sage, weshalb ich dieses Zeug brauche, ist, daß ich mir nicht sicher bin, was es bedeutet. *Falls* es etwas bedeutet. Aber werden Sie nicht zu neugierig und forschen Sie nicht nach. Sonst vermasseln Sie alles. Dann könnte ich zu Schaden kommen – und Sie auch. Kapiert?«

»Kapiert.«

Der Mann mit dem gewichsten Schnauzer erschien mit ihren Tellern.

## 12

»Sie sind heute aber schon früh da! Ist das ein Zeichen, daß Sie gerne hierherkommen?«

»Nicht unbedingt. Ich war mit einer Bekannten zum Mittagessen in Downtown. Danach bin ich gleich hierhergefahren.«

»Nun, es freut mich zu hören, daß Sie mit jemandem aus waren. Das ist gut.«

Carmen Hinojos saß hinter ihrem Schreibtisch. Ihr Block lag aufgeschlagen da, aber sie hielt ihre Hände gefaltet vor sich. Als bemühe sie sich, alles zu vermeiden, was das Gespräch gefährden könnte.

»Was ist mit Ihrer Hand passiert?«

Bosch hielt sie hoch und schaute auf seine bandagierten Finger.

»Ich habe mit dem Hammer draufgeschlagen. Ich habe am Haus gearbeitet.«

»Das tut mir leid. Ich hoffe, es ist nicht schlimm.«

»Ich werd's überleben.«

»Warum haben Sie sich so fein angezogen? Hoffentlich glauben Sie nicht, daß Sie zu den Sitzungen so kommen müssen.«

»Nein. Ich … behalte nur meine Gewohnheiten bei. Auch wenn ich nicht arbeite, ziehe ich mich wie immer an.«

»Ich verstehe.«

Nachdem sie ihm Kaffee oder Wasser angeboten und Bosch abgelehnt hatte, begann sie mit der Sitzung.

»Sagen Sie mir, worüber Sie heute sprechen wollen.«

»Das ist mir egal. Sie sind der Boß.«

»Ich würde mir wünschen, daß Sie unsere Beziehung nicht so betrachten. Detective Bosch, ich bin nicht Ihr Boß. Ich bin nur ein Katalysator. Jemand, der Ihnen hilft, über alles mögliche zu sprechen. Ganz egal, was Sie loswerden wollen.«

Bosch schwieg. Ihm fiel nichts ein, was er vorschlagen konnte. Carmen Hinojos schlug ein paarmal mit dem Bleistift auf ihren Schreibblock, bevor sie das Schweigen brach.

»Nichts, rein gar nichts?«

»Mir fällt nichts ein.«

»Warum sprechen wir dann nicht über gestern? Als ich Sie anrief, um Sie an unsere heutige Sitzung zu erinnern, waren Sie offensichtlich wegen irgend etwas verärgert. Hatten Sie sich da gerade auf die Finger geschlagen?«

»Nein, das war's nicht.«

Er brach ab, aber sie sagte nichts, und so beschloß er, etwas nachzugeben. Er mußte sich eingestehen, daß ihm einiges an ihr gefiel. Es schien keine Bedrohung von ihr auszugehen, und er glaubte ihr, wenn sie sagte, daß sie ihm nur helfen wolle.

»Ich hatte erfahren, daß mein Partner, das heißt der, der vor dieser ganzen Geschichte mein Partner war, jetzt mit einem neuen Mann zusammenarbeitet. Man hat mich schon ersetzt.«

»Was für Gefühle verursacht das in Ihnen?«

»Sie haben mich gestern gehört. Ich war wütend. Jeder würde wütend sein. Ich habe meinen Partner später angerufen, und er hat mich behandelt, als wäre ich weg vom Fenster. Der Typ hat eine Menge von mir gelernt und ...«

»Und was?«

»Ich weiß nicht. Es schmerzt, würde ich sagen.«

»Ich verstehe.«

»Nein, das glaube ich nicht. Dann müßten Sie in meinen Schuhen stecken.«

»Da haben Sie wohl recht. Aber ich kann mitfühlen. Drücken wir es so aus. Ich möchte Sie etwas fragen. Hätten Sie nicht erwarten sollen, daß man Ihrem Partner einen neuen Mann zuteilt? Ist das nicht eine Dienstvorschrift, daß Detectives zu zweit arbeiten? Sie sind auf unbegrenzte Zeit beurlaubt. Passierte es da nicht automatisch, daß man ihm einen neuen Partner gegeben hat? Sei es jetzt für immer oder nicht?«

»Kann sein.«

»Ist es nicht sicherer, zu zweit zu arbeiten?«

»Möglich.«

»Was ist Ihre Erfahrung? Fühlten Sie sich sicherer, wenn Sie mit einem Partner zusammenarbeiteten und nicht allein waren?«

»Ja, ich fühlte mich sicherer.«

»Was geschehen ist, war also unabwendbar und sinnvoll. Trotzdem machte es Sie wütend.«

»Das war es nicht, was mich wütend machte ... Es war eher die Art und Weise, wie er es sagte und wie er sich verhielt, als ich ihn anrief. Ich fühlte mich ausgeschlossen. Ich bat ihn um einen Gefallen und er ... Ach, ich weiß nicht.«

»Er tat was?«

»Er zögerte. Partner tun so was nicht. Man ist füreinander da. Es heißt immer, daß es wie eine Ehe ist. – Allerdings war ich nie verheiratet.«

Sie hielt inne, um ein paar Notizen zu machen. Bosch fragte sich, was wohl so wichtig an dem war, was er gesagt hatte.

»Sie scheinen«, sagte sie beim Schreiben, »nicht viel Frustration aushalten zu können.«

Ihre Bemerkung machte ihn wütend. Falls er es zeigte, würde er jedoch ihre Meinung nur bestätigen. Vielleicht war es ein Trick, um eine Reaktion zu provozieren. Er versuchte, seine Ruhe wiederzugewinnen.

»Trifft das nicht auf jeden zu?«

»Ja, in einem gewissen Grad. Beim Durchsehen Ihrer Unterlagen sah ich, daß Sie während des Vietnamkrieges in der Armee waren. Hatten Sie Kampfeinsatz?«

»Hatte ich Kampfeinsatz? Ja, das hatte ich. Ich war mittendrin, ich war sogar mittendrunter. Warum sprechen Leute eigentlich von Kampfeinsatz, als wäre es ein gottverdammtes Fußballspiel?«

Sie schwieg lange, hielt ihren Stift in der Hand, schrieb aber nichts. Es schien, als ob sie abwarte, daß seine Wut verrauchte. Er machte mit der Hand eine Geste, von der er hoffte, sie drücke aus, daß er um Entschuldigung bat, daß er darüber hinweg war und daß sie jetzt weitermachen konnten.

»Tut mir leid«, sagte er der Deutlichkeit halber.

Sie sagte immer noch nichts, und es wurde immer schwerer, ihren Blick zu ertragen. Er sah zum Bücherregal, das eine Wand des Büros einnahm und mit dicken, in Leder gebundenen psychiatrischen Fachbüchern vollgestellt war.

»Es tut mir leid, solch ein emotional heikles Thema anzusprechen«, sagte sie endlich. »Der Grund ...«

»Aber das ist doch der Sinn der Übung, nicht wahr? Sie haben einen Freibrief, alles anzusprechen, und ich kann nichts dagegen tun.«

»Dann akzeptieren Sie es«, sagte sie in bestimmtem Ton.

»Wir haben es schon mal besprochen. Um Ihnen zu helfen, müssen wir über Sie sprechen. Akzeptieren Sie es. Vielleicht kommen wir dann weiter. – Ich habe den Krieg erwähnt, weil ich Sie fragen wollte, ob Ihnen der Begriff posttraumatischer Streß bekannt ist. Haben Sie je davon gehört?«

Er schaute sie wieder an. Er wußte, was kommen würde.

»Ja, natürlich hab' ich davon gehört.«

»In der Vergangenheit diagnostizierte man es hauptsächlich bei Kriegsveteranen. Aber es ist nicht allein ein Problem, das mit Krieg oder seinen Folgen zu tun hat. Jedes Umfeld, das viel Streß produziert, kann es erzeugen. Und meiner Ansicht nach sind Sie ein Bilderbuchbeispiel dafür.«

»O Gott ...« Er schüttelte den Kopf und drehte sich auf seinem Stuhl, so daß er weder sie noch das Bücherregal, sondern den Himmel ansah. Keine Wolken. »Ihr sitzt hier in euren Sprechzimmern und habt keinen blassen Schimmer ...«

Er beendete seinen Satz nicht. Er schüttelte nur den Kopf und griff nach seiner Krawatte, um sie zu lockern – als bekäme er nicht genug Luft.

»Lassen Sie mich zu Ende reden, Detective. Okay? Betrachten Sie die Fakten. Gibt es zur Zeit eine Tätigkeit in dieser Stadt, die mehr Streß erzeugt, als Polizist zu sein? Nach Rodney King und den Folgen, den Aufständen, Feuern, Überschwemmungen und Erdbeben könnte jeder Cop ein Buch darüber schreiben, wie man mit Streß fertig beziehungsweise *nicht* fertig wird.«

»Sie haben die Killerbienen ausgelassen.«

»Ich meine es ernst.«

»Ich auch. Es war in den Nachrichten.«

»Wer steckte bei all diesen Krisen und Katastrophen mittendrin im Geschehen? Die Polizei. Die Leute, die rausfahren müssen. Sie können nicht zu Hause bleiben und in Deckung gehen, bis alles vorbei ist. – Sprechen wir jetzt über Sie als Individuum. Sie waren bei all diesen Ereignissen an der Front. Außerdem werden Sie tagtäglich von Ihrem Job gefordert. Mordermittlungen. Eine der aufreibendsten Tätigkeiten bei der Polizei. – Wieviel Morde haben Sie in den letzten drei Jahren untersucht?«

»Hören Sie zu, ich suche nicht nach einer Entschuldigung. Was ich getan habe, habe ich getan, weil ich es tun wollte. Es hatte nichts mit Aufständen oder …«

»Wie viele Leichen haben Sie gesehen? Bitte, beantworten Sie mir nur diese Frage. Wie viele Leichen? Wie viele Witwen mußten Sie benachrichtigen? Wie vielen Müttern mußten Sie sagen, daß ihre Kinder tot sind?«

Er hob seine Hände auf und rieb sich das Gesicht. Sein einziger Gedanke war, daß er sich vor ihr verstecken wollte.

»Viele«, flüsterte er endlich. »Zu viele …«

Er atmete tief aus.

»Ich möchte Ihnen für die Antwort danken. Ich versuche nicht, Sie in die Ecke zu treiben. Der Grund für meine Frage und für meinen Vortrag über die soziale, kulturelle und auch geologische Zersplitterung dieser Stadt ist, daß ich glaube, daß Sie mehr als die meisten Menschen durchgemacht haben. Und das schließt noch nicht einmal Ihr emotionales Gepäck von Vietnam oder Ihrer Zweierbeziehung ein. Was auch immer die Gründe sein mögen, die Streßsymptome sind deutlich zu erkennen. Ihre Überempfindlichkeit, Ihre Unfähigkeit, Frustration zu verarbeiten und der Angriff auf Ihren Vorgesetzten.«

Sie machte eine Pause, aber Bosch sagte nichts. Er hatte das Gefühl, daß sie noch nicht fertig war. Er hatte recht.

»Außerdem gibt es andere Anzeichen«, fuhr sie fort. »Die Weigerung, Ihr vom Erdbeben beschädigtes Haus zu verlassen, kann als Verdrängung der Sie umgebenden Wirklichkeit interpretiert werden. Physische Symptome sind ebenfalls evident. Haben Sie in letzter Zeit mal in den Spiegel gesehen? – Ich glaube, ich brauche Sie wohl nicht zu fragen, ob Sie zuviel trinken. Und Ihre Hand. Sie haben sich nicht mit einem Hammer verletzt. Sie sind mit einer Zigarette in der Hand eingeschlafen. Das ist eine Verbrennung. Ich würde mein Diplom dafür wetten.«

Sie öffnete eine Schublade und holte zwei Plastikbecher

und eine Wasserflasche heraus. Nachdem sie die Becher gefüllt hatte, schob sie einen zu ihm hinüber. Eine Versöhnungsgeste. Er beobachtete sie schweigend. Er fühlte sich erschöpft und kaputt. Gleichzeitig bewunderte er sie, weil sie ihn so geschickt auseinandernahm. Nach einem Schluck fuhr sie fort.

»Diese Symptome weisen alle auf posttraumatischen Streß hin. Dabei gibt es allerdings ein Problem. Das Wort post bedeutet, daß die ursächliche Streßepisode vorbei ist. Das ist hier nicht der Fall. Nicht in L.A. Nicht in Ihrem Job, Harry. Sie stehen ständig unter Druck. Sie brauchen Zeit zum Atem holen. Das ist der Zweck Ihrer Suspendierung. Atemholen, Kräfte sammeln, Erholung. Widersetzen Sie sich also nicht. Ergreifen Sie die Chance. Das ist der beste Rat, den ich Ihnen geben kann. Nutzen Sie die Chance, um sich zu retten.«

Bosch atmete tief aus und hielt seine Hand hoch.

»Sie können Ihr Diplom behalten.«

»Danke.«

Sie erholten sich einen Moment, bis sie in einem besänftigenden Ton fortfuhr.

»Sie sollten auch wissen, daß Sie nicht der einzige sind. Es gibt keinen Grund, sich zu schämen. In den letzten drei Jahren sind die Fälle von Streßüberlastung bei Polizisten gestiegen. Die Abteilung für Verhaltenstherapie hat gerade beim Stadtrat fünf weitere Planstellen beantragt. Unsere Auslastung stieg von achtzehnhundert Sitzungen 1990 auf mehr als das Doppelte im letzten Jahr. Wir haben sogar einen Namen für dieses Phänomen. Die blaue Angst. Und die haben Sie, Harry.«

Bosch lächelte und schüttelte den Kopf. Er klammerte sich immer noch an den Glauben, daß mit ihm alles in Ordnung sei.

»Die blaue Angst. Hört sich wie ein Wambaugh-Roman an, nicht wahr?«

Sie antwortete nicht.

»Das heißt also, daß ich meinen Job nicht wiederbekomme.«

»Nein, das habe ich überhaupt nicht gesagt. Ich sage nur, daß es viel Arbeit erfordern wird.«

»Ich fühle mich, als wäre ich vom Nobelpreisträger für Psychologie in Stücke zerlegt worden. Könnte ich Sie anrufen, wenn ich mal aus einem sturen Typen, der nicht mit mir reden will, ein Geständnis herausquetschen muß?«

»Glauben Sie mir, allein *das* zu sagen, ist ein Anfang.«

»Was soll ich tun?«

»Ich möchte, daß Sie hierher kommen. Das ist alles. Sehen Sie es nicht als Strafe an. Ich will mit Ihnen arbeiten, nicht gegen Sie. Wenn wir sprechen, dann möchte ich, daß Sie über alles mögliche reden. Woran Sie gerade denken. Halten Sie nichts zurück. Und noch etwas. Ich sage nicht, daß Sie nichts trinken dürfen, aber Sie müssen Ihren Alkoholkonsum einschränken. Sie müssen einen klaren Kopf haben. Wie Sie wissen, verschwinden die Effekte nicht mit dem nächsten Morgen.«

»Ich werde es versuchen. Alles werde ich versuchen.«

»Das ist alles, was ich von Ihnen will. Und da Sie im Moment so bereitwillig sind, habe ich noch eine Idee. Jemand hat eine Sitzung für morgen um drei abgesagt. Können Sie kommen?«

Bosch zögerte und sagte nichts.

»Wir scheinen endlich gute Arbeit zu leisten, und ich glaube, es würde helfen. Je eher wir unsere Arbeit getan haben, desto früher können Sie zu Ihrem Job zurück. Was meinen Sie?«

»Drei?«

»Ja.«

»Okay, ich komme.«

»Gut. Kehren wir also zu unserem Dialog zurück. Fangen Sie an. Worüber Sie sprechen wollen.«

Er beugte sich nach vorne und griff nach dem Wasserbecher. Er sah sie beim Trinken an, dann stellte er den Becher auf den Tisch zurück.

»Irgendwas?«

»Irgendwas. Was immer in Ihrem Leben passiert ist oder woran Sie gerade denken.«

Er dachte einen langen Moment nach.
»Ich habe gestern abend einen Coyoten gesehen. In der Nähe meines Hauses. Ich ... ich schätze, ich war betrunken. Aber ich weiß, daß ich ihn sah.«
»Weshalb ist das bedeutend für Sie?«
Er versuchte, eine passende Antwort zu formulieren.
»Ich bin mir nicht sicher ... Wahrscheinlich gibt es nicht mehr so viele in den Hügeln, hier in der Stadt. Wenigstens nicht da, wo ich wohne. Jedesmal, wenn ich einen zu Gesicht bekomme, denke ich, daß es vielleicht der letzte da draußen ist. Der letzte Coyote. Und ich nehme an, es würde mir leid tun, wenn ich nie wieder einen sehen würde.«
Sie nickte, als hätte sie gerade einen Punkt in einem Spiel erzielt, von dem er nicht genau wußte, wie man es spielt.
»Es gab mal einen im Canyon, unterhalb meines Hauses. Ich habe ihn manchmal dort gesehen und ...«
»Woher wissen Sie, daß es ein Er ist? Ich glaube, Sie haben auch den von gestern abend als männlich bezeichnet. Weshalb sind Sie so sicher?«
»Ich bin mir nicht sicher. Eigentlich weiß ich es nicht. Ich rate nur.«
»Okay. Fahren Sie fort.«
»Hm, er ... oder sie ... lebte unterhalb meines Hauses, und ich sah ihn ab und zu. Nach dem Erbeben war er weg. Ich weiß nicht, was aus ihm geworden ist. Dann sah ich letzte Nacht diesen Coyoten. Der Nebel und die Laternen ließen sein Fell irgendwie blau schimmern. Irgendwie ... wirken sie gleichzeitig traurig und bedrohlich. Verstehen Sie?«
»Ja, ich verstehe.«
»Egal ... Ich dachte an ihn, als ich später ins Bett ging. Das war, als ich meine Hand verbrannte. Ich schlief mit der Zigarette ein. Aber bevor ich aufwachte, hatte ich einen Traum. Ich glaube, es war ein Traum. Vielleicht ein Tagtraum, falls ich noch wach war. Und in dem Traum tauchte der Coyote wieder auf. Er war bei mir. Wir waren im Canyon oder auf einem Hügel oder so ... Ich bin mir nicht sicher.«
Er hielt die Hand hoch.

»Und dann fühlte ich das Feuer.«

Sie nickte, sagte jedoch nichts.

»Also, was denken Sie?« fragte er.

»Ich deute eigentlich nicht oft Träume. Ehrlich gesagt, ich weiß nicht, ob es etwas nützt. Der wirkliche Nutzen dieser Geschichte ist, daß Sie willens waren, Sie mir zu erzählen. Es zeigt, daß Sie in bezug auf diese Sitzungen eine Kehrtwendung von einhundertachtzig Grad gemacht haben. Falls Sie meine Meinung interessiert ... Ich glaube, es ist klar, daß Sie sich mit dem Coyoten identifizieren. Vielleicht weil es nicht mehr so viele Cops wie Sie gibt und Sie Ihre Existenz und Ihre Mission in gleicher Weise bedroht sehen. Ich bin mir nicht sicher. Aber denken Sie an Ihre Worte. Sie sagten, sie seien traurig und bedrohlich zugleich. Trifft das auch auf Sie zu?«

Er nahm einen Schluck aus dem Becher, bevor er antwortete.

»Es ist nicht das erstemal, daß ich traurig bin. Ich finde Trost darin.«

Sie saßen einen Moment schweigend da und verarbeiteten das Gesagte. Dann sah sie auf ihre Uhr.

»Nun, wir haben noch etwas Zeit. Gibt es noch irgend etwas, worüber Sie sprechen wollen? Vielleicht etwas, das mit dieser Geschichte zusammenhängt?«

Er ließ sich die Frage durch den Kopf gehen und nahm sich eine Zigarette.

»Wieviel Zeit haben wir?«

»Soviel Sie wollen. Machen Sie sich deswegen keine Sorgen.«

»Sie haben von meiner Mission gesprochen. Sie haben gesagt, ich soll darüber nachdenken. Und Sie haben das Wort vor einer Minute abermals erwähnt.«

»Ja.«

Er zögerte.

»Was ich hier sage, ist vertraulich und bleibt unter uns, nicht?«

Sie zog ihre Augenbrauen zusammen.

»Ich meine nichts Illegales ... nur, daß Sie niemandem

berichten, was ich Ihnen hier erzähle. Irving wird nichts davon erfahren, oder?«

»Nein. Was Sie mir sagen, bleibt unter uns. Ohne Ausnahme. Ich schreibe nur eine Empfehlung, die sich allein darauf bezieht, ob Sie Ihren Dienst wieder aufnehmen sollten oder nicht. Das ist alles, was Assistant Chief Irving bekommt.«

Er nickte, zögerte wieder und entschloß sich dann. Er würde es ihr erzählen.

»Nun, Sie sprachen von meiner Mission und Ihrer Mission und so weiter und ... nun, ich denke, daß ich schon seit langem eine Mission habe. Nur wußte ich es nicht ... oder ich akzeptierte es nicht. Ich weiß nicht, wie ich es erklären soll. Vielleicht hatte ich Angst oder etwas Ähnliches. Seit vielen Jahren. Egal ... Ich will damit sagen, ich habe es jetzt akzeptiert.«

»Ich bin mir nicht sicher, ob ich Ihnen folgen kann, Harry. Sie müssen aussprechen, was Sie mir sagen wollen.«

Er sah auf den grauen Teppich hinunter. Er erzählte es ihm, weil er nicht wußte, wie er es ihr ins Gesicht sagen konnte.

»Ich bin Waise ... Meinen Vater habe ich nie gekannt und meine Mutter wurde in Hollywood ermordet, als ich noch ein Kind war. Niemand wurde je deshalb verhaftet.«

»Sie suchen den Mörder, stimmt's?«

Er sah zu ihr auf und nickte.

»Das ist jetzt meine Mission.«

Es schien sie nicht zu schockieren, was ihn wiederum überraschte. Es war, als ob sie es erwartet hätte.

»Erzählen Sie mir mehr darüber.«

## 13

Bosch saß mit seinem Notizbuch am Eßtisch. Die Zeitungsausschnitte, die ein Praktikant bei der *Times* im Auftrag von Keisha Russel für ihn herausgesucht hatte, lagen in zwei Stapeln vor ihm. Der eine enthielt Stories über Conklin, der andere über Mittel. Auf dem Tisch stand eine Flasche Henry's, die er sich im Laufe des Abends schlückchenweise eingetrichtert hatte. Mehr als ein Bier würde er sich nicht erlauben. Der Aschenbecher hingegen quoll über, und blaue Rauchschwaden hingen über dem Tisch. Vom Rauchen hatte Hinojos nichts gesagt.

Allerdings hatte sie viel über seine Mission zu sagen gehabt. Sie hatte ihm kurz und bündig geraten, nicht weiterzumachen, bis er emotional besser auf das vorbereitet wäre, was er herausfinden könnte. Er hatte erwidert, daß er sich schon zu weit in den Fall eingearbeitet habe, um aufzuhören. Ihre Antwort darauf war ihm noch auf dem Heimweg durch den Kopf gegangen, und auch jetzt mußte er von Zeit zu Zeit daran denken.

»Überlegen Sie es sich gut, ob es das ist, was Sie wollen«, hatte sie gesagt. »Unbewußt oder nicht sind Sie vielleicht Ihr ganzes Leben darauf zugesteuert. Vielleicht hat es Sie zu dem gemacht, was Sie sind. Ein Polizist. Jemand, der Morde untersucht. Wenn Sie den Mord an Ihrer Mutter lösen, eliminieren Sie eventuell Ihr Bedürfnis, Polizist zu sein. Sie könnten Ihren Antrieb, Ihre Mission verlieren. Sie müssen darauf vorbereitet sein oder die Sache aufgeben.«

Bosch glaubte, daß sie die Wahrheit gesagt hatte. Er wußte, daß es sein ganzes Leben wie ein roter Faden durchzogen hatte. Was mit seiner Mutter geschehen war, hatte ihn geprägt. Es war immer dagewesen, in den dunklen Höhlen seines Bewußtseins. Das Versprechen, es herauszufinden. Das Versprechen, sie zu rächen. Er hatte es nie ausgesprochen, nicht einmal explizit gedacht. Sonst hätte er schon früher einen Plan gemacht. Aber es gab keinen großen Plan. Trotzdem war er von dem Gefühl erfüllt, daß es unvermeidlich und von verborgener Hand vor langer Zeit festgesetzt worden war.

Seine Gedanken lösten sich von Hinojos Bemerkung und konzentrierten sich auf eine Erinnerung. Er war unter Wasser, seine Augen waren geöffnet und blickten auf das Licht über dem Schwimmbecken. Dann wurde das Licht von einer Gestalt verdunkelt, einem unscharfen Umriß, einem düsteren Engel, der über ihm schwebte. Bosch drückte sich vom Boden ab und stieg zu der Gestalt hinauf.

Bosch nahm die Bierflasche und leerte sie in einem Zug. Dann versuchte er sich auf die Zeitungsausschnitte vor ihm zu konzentrieren.

Am Anfang war er überrascht gewesen, wie viele Artikel es über Conklin gab, bevor er überhaupt Bezirksstaatsanwalt geworden war. Als er sie jedoch durchlas, sah er, daß es sich meist um banale Berichte von Prozessen handelte, bei denen Conklin der Anklagevertreter gewesen war. Trotzdem vermittelten sie Bosch anhand der Fälle und des Stils des Anklägers ein Bild. Es war offensichtlich, wie Conklins Ruf bei der Staatsanwaltschaft und in den Augen der Öffentlichkeit durch diese namhaften Fälle gestiegen war.

Die Artikel waren chronologisch geordnet. Der erste betraf die erfolgreiche Anklage einer Frau im Jahr 1953, die ihre Eltern vergiftet und dann in Schrankkoffern in der Garage aufbewahrt hatte, bis sich die Nachbarn einen Monat später bei der Polizei über den Gestank beschwerten. Conklin wurde in mehreren Artikeln lang und breit zitiert. Einmal wurde er als ›der flotte Staatsanwalt‹ bezeichnet. Es war einer der ersten Fälle, in denen auf geistige Unzurechnungsfähigkeit plädiert wurde. Nach der Menge der Artikel zu urteilen, war die Öffentlichkeit aufgebracht, und die Jury brauchte nur eine halbe Stunde für den Schuldspruch. Die Angeklagte erhielt die Todesstrafe, und Conklins Image als Streiter für Sicherheit und Ordnung war damit gesichert. Es gab ein Foto, das ihn nach dem Urteil mit Reportern zeigte. Er war tatsächlich ein ›flotter‹ junger Mann gewesen. Die Beschreibung paßte haargenau. Er trug einen dunklen, dreiteiligen Anzug, hatte kurzes, blondes Haar und war gut rasiert. Er war schlank, groß und sah wie das Musterexemplar eines Amerikaners aus, wofür Schauspieler Tausende an Schönheitschirurgen zahlten. Arno war auf seinem Gebiet ein Star.

Es gab noch mehr Stories über weitere Mordprozesse. Conklin gewann sie alle. Und er beantragte jedesmal die Todesstrafe – ebenfalls immer erfolgreich. Bosch sah anhand der Artikel aus den späten fünfziger Jahren, daß er zum Senior Deputy District Attorney befördert worden war und danach zum Assistant District Attorney, einem der höchsten Posten. Es war ein kometenhafter Aufstieg in nur einem Jahrzehnt.

Es gab einen Bericht über eine Pressekonferenz, in der District Attorney Charles Stock mitteilte, daß er Conklin mit der Leitung der Sonderkommission beauftragt habe, die Los Angeles von Prostitution, Drogen und Glücksspiel säubern und dem sittlichen Verfall Einhalt gebieten solle.

»Ich habe Arno Conklin immer die schwierigsten Aufgaben gegeben«, sagte der Bezirksstaatsanwalt. »Und ich wende mich wieder an ihn. Die Menschen in Los Angeles wollen eine saubere Stadt und, Gott sei mein Zeuge, wir werden diese Stadt säubern. Den Leuten, denen wir jetzt das Handwerk legen, kann ich nur sagen: Verlaßt die Stadt. San Francisco wird euch aufnehmen und San Diego. Aber die Stadt der Engel will euch nicht.«

Danach gab es aus den folgenden Jahren mehrere Artikel mit reißerischen Schlagzeilen über Razzien in Spielhöllen, Opiumhöhlen, Bordellen und auf dem Straßenstrich. Conklin leitete ein Aufgebot von vierzig Polizisten, die von verschiedenen Polizeiabteilungen im County abgestellt worden waren. Hollywood war das Hauptziel des ›Conklin Commandos‹, wie die *Times* die Truppe nannte. Aber die Geißel des Gesetzes traf alle Übeltäter im County. Von Long Beach bis zur Wüste gerieten alle in Panik, die einer sündhaften Tätigkeit nachgingen, wenigstens laut Zeitung. Bosch hatte keine Zweifel, daß die Bosse der Unterwelt weiterhin ihre Geschäfte gemacht hatten, daß man nur die kleinen Fische fing, die leicht zu ersetzen waren.

Die letzte Conklin-Story in dem Stapel, datiert vom 1. Februar 1962, berichtete von seiner Kandidatur für das Amt des District Attorneys und seinem Wahlversprechen, wieder verstärkt den Kampf gegen den sittlichen Verfall der Stadt aufzunehmen. Bosch stellte fest, daß die Rede, die er auf den Stufen des alten Gerichtsgebäudes gehalten hatte, sich auf eine bekannte Theorie der Kriminalsoziologie stützte, die sich Conklin oder der Verfasser seiner Rede zu eigen gemacht hatte.

»Manchmal sagen Leute zu mir: ›Wozu die ganze Aufregung, Arno? Es gibt keine Opfer bei diesen Verbrechen. Was ist so schlimm, wenn ein Mann wetten will oder einer Frau Geld bezahlt, damit sie mit ihm schläft? Wer ist dabei das Opfer?‹

Nun, meine Freunde, ich sage Ihnen, was daran so schlimm ist und wer das Opfer ist. Wir sind das Opfer. Wir alle. Wenn wir so etwas erlauben, wenn wir einfach wegsehen, dann schwächt uns das alle. Jeden von uns.

Meiner Ansicht nach sind diese sogenannten Sittlichkeitsdelikte wie ein zerbrochenes Fenster in einem leerstehenden Haus. Scheint kein großes Problem zu sein. Richtig? Falsch! Wenn niemand das Fenster repariert, kommen irgendwann Jungen vorbei und denken, daß es keinen kümmert. Und sie werfen noch ein paar Fenster ein. Bald darauf fährt ein Einbrecher durch die Straße, sieht das Haus und denkt, niemand kümmert sich um das Haus. Also zieht er ein und bricht in die Häuser der Nachbarschaft ein, wenn die Besitzer bei der Arbeit sind.

Als nächstes kommt ein anderer Gesetzesbrecher und stiehlt die Autos. Und so weiter und so weiter. Die Bewohner sehen jetzt ihre Straße mit anderen Augen. Sie denken, niemand kümmert sich mehr um die Nachbarschaft. Warum soll ich mich dafür interessieren? Sie warten einen Monat länger mit dem Rasenmähen. Sie sagen den Halbstarken, die an der Ecke stehen, nicht mehr, daß sie die Zigaretten ausmachen und zur Schule gehen sollen. Es ist ein allmählicher Verfall, meine Freunde. Und er passiert überall in diesem unserem Land. Es schleicht sich ein wie das Unkraut in Ihrem Garten. Wenn ich Bezirksstaatsanwalt bin, werde ich es mit der Wurzel ausrotten.«

Der Artikel endete mit der Nachricht, daß Conklin einen jungen ›Hitzkopf‹ bei der Staatsanwaltschaft zu seinem Wahlkampfmanager ernannt hatte. Gordon Mittel würde seine Stelle aufgeben und sofort mit der Arbeit beginnen. Bosch las den Artikel noch einmal und zuckte zusammen, als er etwas sah, das er beim erstenmal überlesen hatte. Es stand im zweiten Absatz.

Dies ist für den allseits bekannten und keineswegs pressescheuen Conklin der erste Wahlkampf. Der 35jährige Junggeselle, der in Hancock Park wohnt, erklärte, daß die Kandidatur schon lange geplant sei und die Unterstützung des aus dem Amt scheidenden District Attorneys Charles Stock habe, der bei der Pressekonferenz anwesend war.

Bosch schlug die Seite mit der Namensliste in seinem Notizbuch auf und schrieb hinter Conklins Namen ›Hancock Park‹. Es war nur ein kleines Detail, aber es stimmte mit Katherine Registers Story überein. Und es reichte aus, um sein Blut in Wallung zu bringen. Er hatte jetzt zumindest seine Angel ausgeworfen.

»Verdammter Heuchler«, flüsterte er vor sich hin.

Er zog einen Kreis um Conklins Namen. Während er zu entscheiden versuchte, was er als nächstes tun sollte, fuhr er geistesabwesend fort, Kreise um den Namen zu zeichnen.

Marjorie Lowes letztes bekanntes Ziel war eine Party in Hancock Park gewesen. Genauer gesagt hatte sie laut Katherine Register vorgehabt, Conklin zu treffen. Nach ihrem Tod hatte Conklin die zuständigen Detectives angerufen und einen Termin mit ihnen verabredet. Von der Vernehmung, falls eine stattgefunden hatte, fehlten jegliche Aufzeichnungen. Bosch war sich bewußt, daß dies nur die Auflistung einiger Fakten war, aber der Verdacht, der ihm beim ersten Lesen der Mordakte gekommen war, vertiefte und erhärtete sich. Irgend etwas stimmte an dem Fall nicht. Irgendwas paßte nicht. Je länger er darüber nachdachte, desto mehr glaubte er, daß es mit Conklin zu tun hatte.

Er griff in seine Jacke, die über dem Stuhl hing, und holte sein kleines Adreßbuch heraus. Dann ging er in die Küche und wählte die Privatnummer des Deputy District Attorneys Roger Goff.

Roger Goff war ein Freund, der Boschs Liebe fürs Tenorsaxophon teilte. Sie hatten nebeneinander viele Tage im Gericht und viele Nächte in Jazzbars verbracht. Goff war ein Ankläger der alten Schule und schon fast dreißig Jahre bei der Staatsanwaltschaft. Er hatte weder dort noch außerhalb irgendwelche politischen Ambitionen. Sein Job gefiel ihm ganz einfach. Er war eine Rarität, weil ihm seine Arbeit nie zuviel wurde.

Im Laufe der Jahre kamen Hunderte junge Staatsanwälte, übernahmen sich und suchten sich dann eine Stelle in der Wirtschaft – Goff blieb. Er arbeitete jetzt im Kriminalgerichtsgebäude mit Staatsanwälten und Pflichtverteidigern, die zwanzig Jahre jünger waren als er. Aber er war immer noch einer der Besten. Wenn er vor den Geschworenen stand und den Zorn Gottes und der Gesellschaft auf den Kopf des Angeklagten herabrief, hatte er nach wie vor Feuer in seiner Stimme. Mit einer Mischung von Zähigkeit und Fairneß war er zu einer Legende bei Polizisten und Juristen in Los Angeles geworden. Und er war einer der wenigen Anklagevertreter, die Boschs uneingeschränkten Respekt hatten.

»Roger, Harry Bosch.«

»He, verdammt, wie geht's?«

»Es geht. Was machst du im Moment?«

»Fernsehen, wie alle. Und du?«

»Nichts. Mir fiel nur gerade ein ... erinnerst du dich an Gloria Jeffries?«

»Glo... Mann, natürlich! Augenblick ... Ihr Mann wurde bei einem Motorradunfall querschnittsgelähmt, richtig?«

Goff erinnerte sich an den Fall, als würde er von seinem Notizblock ablesen.

»Sie hatte es satt, ihn zu pflegen. Eines Morgens also – liegt im Bett – setzt sie sich auf sein Gesicht, bis er erstickt. Es wäre als natürlicher Tod ad acta gelegt worden. Wenn nicht ein mißtrauischer Detective namens Harry Bosch weitergebohrt hätte. Er fand eine Zeugin, der Gloria alles erzählt hatte. Was für die Jury den Ausschlag gab, war die Bemerkung, daß das arme Schwein ihr beim Ersticken den ersten Orgasmus überhaupt verschafft hatte. Vorzügliches Gedächtnis, nicht wahr?«

»Verdammt, du bist gut.«

»Was ist mit ihr?«

»Sie ist in Frontera. Hat bald eine Bewährungsanhörung. Hast du Zeit, einen Brief zu schreiben?«

»Scheiße, schon. Wie lange ist es her, drei, vier Jahre?«

»Fast fünf. Sie liest jetzt die Bibel. Nächsten Monat hat sie den Termin vor dem Ausschuß. Ich werde einen Brief schreiben, aber es ist immer besser, wenn es auch einen vom Staatsanwalt gibt.«

»Mach dir keine Sorgen. Ich habe einen Standardbrief im Computer. Ich ändere nur den Namen, das Verbrechen und spicke ihn mit ein paar grausigen Einzelheiten. Als Fazit schreibe ich, daß wegen der Abscheulichkeit des Verbrechens Bewährung zu diesem Zeitpunkt nicht in Frage kommt. Der Brief ist gut. Ich schicke ihn morgen raus. Er wirkt Wunder.«

»Gut. Danke.«

»Weißt du, sie sollten den Frauen nicht die Bibel geben. Wenn sie vor den Bewährungsausschuß kommen, sind sie alle gläubig geworden. Warst du schon mal dabei?«

»Bei einigen.«

»Falls man Zeit hat und augenblicklich nicht an Selbstmord denkt, kann man damit einen halben Tag vergeuden. Sie haben mich nach Frontera geschickt, als eines von den Manson-Girls ihre Anhörung hatte. Bei so bekannten Fällen schicken Sie einen warmen Körper, keinen Brief. Ich fahr' also rauf und muß mir zehn von diesen Fällen anhören, bevor mein Mädchen drankommt. Ich sag' dir, sie zitieren alle die Korinther, die Offenbarung, Matthäus, Paul, Johannes 3, 16, Johannes dies, Johannes das. Und es funktioniert! Diese alten Knacker im Ausschuß fressen den Scheiß. Außerdem wird ihnen bestimmt die Hose im Schritt enger, wenn diese Frauen vor ihnen zu Kreuze kriechen. Egal. Du hast das Thema angeschnitten, Harry. Du bist schuld, nicht ich.«

»Tut mir leid.«

»Macht nichts. Also, was gibt's Neues? Ich habe dich

schon lange nicht mehr im Gericht gesehen. Irgendwelche Fälle für mich?«

Auf diese Frage hatte Bosch gewartet, um das Gespräch ganz nonchalant auf Arno Conklin zu bringen.

»Nicht viel. Im Moment ist nichts los. Ich hab' aber noch eine Frage. Kanntest du Arno Conklin?«

»Arno Conklin? Natürlich kannte ich ihn. Er hat mich eingestellt. Weshalb fragst du?«

»Nichts. Ich habe einige Akten durchgesehen – ich versuche gerade aufzuräumen – und habe dabei alte Zeitungen entdeckt. Sie steckten hinten im Schrank. Es waren ein paar Artikel über ihn dabei, und ich dachte an dich. Daß du damals angefangen hast.«

»Ja, Arno. Er hat sein Bestes versucht. Vielleicht etwas zu despotisch für meinen Geschmack. Ich glaube aber, daß er alles in allem ein anständiger Kerl war. Besonders wenn man bedenkt, daß er Politiker und Rechtsanwalt war.«

Goff lachte über seinen eigenen Witz, Bosch schwieg jedoch. Goff hatte die Vergangenheitsform verwendet. Bosch fühlte, wie es ihm in der Brust eng wurde. Erst jetzt merkte er, wie stark das Verlangen nach Rache sein konnte.

»Er ist tot?«

Er schloß die Augen und hoffte, daß Goff an seinem Ton nicht gemerkt hatte, wie wichtig die Frage für ihn war.

»Oh nein, er ist nicht tot. Ich meinte, als ich ihn kannte. Er war damals ein anständiger Mensch.«

»Ist er noch tätig als Rechtsanwalt?«

»Nein, er ist alt. Pensioniert. Einmal im Jahr schieben sie ihn beim Jahresbankett der Staatsanwälte raus. Er händigt dann persönlich den Arno-Conklin-Preis aus.«

»Was ist das?«

»Ein Stück Holz mit einer Bronzetafel für den administrativen Staatsanwalt des Jahres. Kaum zu glauben. Das ist sein Erbe, einen jährlichen Preis für sogenannte Staatsanwälte, die nie einen Fuß in einen Gerichtssaal setzen. Es ist immer ein Sektionschef, der ihn bekommt. Ich weiß nicht, was ausschlaggebend ist. Wahrscheinlich, wer dem District Attorney am tiefsten in den Arsch gekrochen ist.«

Bosch lachte. Die Pointe war zwar nicht lustig, aber er war erleichtert zu hören, daß Conklin noch lebte.

»Es ist nicht lustig, Bosch. Es ist verdammt traurig. Administrativer Staatsanwalt. Wo gibt's denn so was? Ein Oxymoron. Andrew hat mit seinen Drehbüchern das gleiche Problem. Er muß mit diesen Mackern vom Film verhandeln, die sich – paß auf – Kreativdirektoren nennen. Das ist ein klassischer Widerspruch. Egal ... du hast mich wieder auf achtzig gebracht, Bosch.«

Bosch wußte, daß Andrew mit Goff zusammenwohnte, hatte ihn jedoch nie kennengelernt.

»Entschuldigung, Roger. Aber was meinst du mit ›sie schieben ihn raus‹?«

»Arno? Nun, sie schieben ihn raus. Er sitzt im Rollstuhl. Wie ich gesagt habe, er ist alt. Letztens habe ich gehört, er wohnt in einem Pflegeheim. Eines von den noblen in Park La Brea. Ich nehme mir immer vor, ihn mal zu besuchen, um mich zu bedanken, daß er mich eingestellt hat. Wer weiß, vielleicht könnte ich mich auch für den Preis bewerben.«

»Du hast deinen Sinn für Humor noch nicht verloren. Weißt du, ich habe gehört, daß Gordon Mittel seine rechte Hand war.«

»O ja, er war die Bulldogge vor der Tür. Hat seine Wahlkämpfe geleitet. So hat Mittel angefangen. Das ist wirklich ein übler ... Ich bin froh, daß er nicht mehr Strafverteidiger ist und in die Politik gegangen ist. Als Gegner vor Gericht ist er ein verdammter Motherfucker.«

»Das hab' ich gehört«, sagte Bosch.

»In Wirklichkeit ist er noch schlimmer, als man es sich erzählt.«

»Du kennst ihn?«

»Weder jetzt noch damals. Ich habe es verstanden, ihm aus dem Weg zu gehen. Er war schon nicht mehr Staatsanwalt, als ich anfing. Aber es gab Stories. Aus den Anfangsjahren, als Arno der designierte Nachfolger war und alle es wußten und um seine Gunst buhlten. Es gab einen Typen – Sinclair, hieß er wohl –, der Arnos Wahlkampf führen sollte. Eines Abends fand eine Putzfrau Pornofotos unter seiner

Schreibunterlage. Es gab eine interne Untersuchung, und man fand heraus, daß sie aus den Akten eines anderen Staatsanwalts gestohlen worden waren. Sinclair wurde wie eine heiße Kartoffel fallengelassen. Er hat immer behauptet, daß Mittel das Ganze inszeniert hätte.«

»Glaubst du das?«

»Ja, das war Mittels Stil ... aber wer weiß.«

Bosch spürte, daß er nicht noch mehr sagen oder fragen durfte. Wenn er weiterbohrte, würde Goff mißtrauisch werden und es nicht mehr für Klatsch und Tratsch halten.

»Also, hast du schon den Schlafanzug an oder gehst du mit ins Catalina?« fragte er. »Ich habe gehört, Redman ist hier für die Leno-Show. Ich wette ein Gedeck, daß er und Branford hinterher vorbeikommen und beim letzten Set mitspielen.«

»Hört sich verlockend an, Harry. Aber Andrew macht gerade Abendessen, und wir werden wohl heute abend zu Hause bleiben. Das hatten wir verabredet. Tut mir leid.«

»Macht nichts. Ich versuche sowieso im Moment, weniger Gläser zu stemmen. Ich muß etwas kürzertreten.«

»Nun, mein Herr, das ist wirklich bewundernswert. Dafür sollten Sie ein Stück Holz mit Bronze bekommen.«

»Oder einen Whiskey.«

Nachdem er aufgelegt hatte, setzte Bosch sich wieder an den Schreibtisch und notierte die wichtigsten Punkte ihres Gesprächs. Dann nahm er sich Mittels Stapel vor. Die Zeitungsausschnitte waren jünger als Conklins, da Mittel sich erst in letzter Zeit einen Namen gemacht hatte. Conklin war die erste Stufe auf seiner Karriereleiter gewesen.

Die meisten Artikel erwähnten Mittel lediglich, entweder als Gast bei einem der Galaabende in Beverly Hills oder als Gastgeber von festlichen Diners, bei denen Geld für Wahlkampagnen oder wohltätige Zwecke gesammelt wurde. Von Anfang an war er der Mann fürs Geld. Jemand, an den sich Politiker und karitative Organisationen wandten, wenn sie ihre Netze in den reichen Fanggründen der Westside auswerfen wollten. Er agierte auf beiden Seiten. Es war ihm egal, ob er mit Republikanern oder Demokraten zu tun hatte. Sein Einfluß wuchs, als er für bedeutendere Kandidaten zu arbeiten begann. Zu seinen Klienten gehörten der augenblickliche Gouverneur sowie einige Kongreßabgeordnete und Senatoren von anderen westlichen Staaten.

Ein Porträt, das vor ein paar Jahren – anscheinend ohne seine Mithilfe – geschrieben worden war, hatte die Titelzeile: ›**Der Mann mit dem Klingelbeutel**‹. Darin stand, daß Mittel den Auftrag bekommen habe, Geld bei kalifornischen Spendern für die Kriegskasse des Präsidenten zu sammeln. Der Staat sei die Hauptquelle für den nationalen Wahlkampffond.

Der Artikel erwähnte auch den Widerspruch, daß Mittel das öffentliche Interesse scheute und zurückgezogen lebte. Er arbeitete hinter den Kulissen und vermied das Rampenlicht. Und zwar so sehr, daß er wiederholt Posten ablehnte, die ihm von gewählten Klienten angeboten wurden.

Statt dessen blieb Mittel in Los Angeles, wo er einer der Gründungspartner der im Finanzviertel mächtigen Anwaltskanzlei Mittel, Andersen, Jennings & Rountree war. Trotzdem schien dieser an Yale ausgebildete Jurist ein Recht zu praktizieren, mit dem Bosch wenig vertraut war. Er bezweifelte, daß Mittel in den letzten Jahren einen Gerichtssaal betreten hatte. Das erinnerte ihn an den Conklin-Preis und er lächelte. Schade, daß Mittel aus dem Dienst geschieden war, vielleicht hätte er den Preis eines Tages erhalten.

Oberhalb des Artikels war ein Foto abgedruckt. Es zeigte, wie Mittel unten vor der Gangway der Air Force One den damaligen Präsidenten in Los Angeles willkommen hieß. Obwohl das Foto einige Jahre alt war, war Bosch erstaunt, wie jung Mittel aussah. Er las den Artikel noch einmal durch und errechnete sein Alter. Mittel konnte heute höchstens sechzig Jahre alt sein.

Bosch schob die Zeitungsausschnitte beiseite und stand auf. Lange Zeit lehnte er an der Schiebetür zur Veranda und betrachtete die Lichter auf der anderen Seite des Passes. Er begann zu überlegen, was er über die Umstände wußte, die dreiunddreißig Jahre zurücklagen. Laut Katherine Register kannte Conklin Marjorie Lowe. Aus der Mordakte war ersichtlich, daß er sich aus unbekannten Gründen in die Ermittlungen eingemischt hatte. Sein Eingriff war dann aus ebenfalls unbekannten Gründen vertuscht worden. Das hatte sich nur drei Monate vor der Ankündigung seiner Kandidatur für das Amt des District Attorneys und weniger als ein Jahr vor dem Tod einer Schlüsselfigur bei den Ermittlungen ereignet. Johnny Fox war als Wahlkampfhelfer Conklins gestorben.

Bosch hielt es für offensichtlich, daß Mittel, der Wahlkampfmanager, Fox kannte. Er schloß weiter, daß Mittel als rechte Hand wahrscheinlich über alles unterrichtet gewesen war, was Conklin tat oder wußte.

Bosch ging zum Tisch zurück und schlug die Seite mit der Namensliste auf. Dann nahm er seinen Stift und zog um Mittels Namen ebenfalls einen Kreis. Er hätte gerne noch ein Bier getrunken, begnügte sich jedoch mit einer Zigarette.

## *14*

Am nächsten Morgen rief Bosch die Personalabteilung der Polizei von Los Angeles an und bat sie nachzusehen, ob Eno und McKittrick noch im Dienst waren. Zwar bezweifelte er das, aber es mußte überprüft werden. Schließlich wäre es peinlich, eine Suchaktion zu starten, um am Ende herauszufinden, daß sie noch auf der Gehaltsliste standen. Der Sachbearbeiter sah nach und teilte ihm dann mit, daß zur Zeit keine Personen mit diesen Namen Polizeikräfte seien.

Er beschloß wieder seine Harvey-Pounds-Nummer abzuziehen und wählte die Nummer des Kfz-Amtes in Sacramento. Er gab Pounds Namen an und ließ sich mit Ms. Sharp verbinden. An dem Ton, mit dem sie »Hallo« sagte, konnte Bosch zweifellos erkennen, daß sie sich an ihn erinnerte.

»Spreche ich mit Ms. Sharp?«

»Nach der haben Sie doch gefragt, oder?«

»Das habe ich in der Tat.«

»Dann sprechen Sie also mit Ms. Sharp. Was kann ich für Sie tun?«

»Nun, ich wollte sozusagen die Friedenspfeife mit Ihnen rauchen. Ich habe ein paar Namen und brauche die Adressen. Und da dachte ich mir, wenn ich mich direkt an Sie wende, ginge es schneller und wir könnten vielleicht unsere berufliche Beziehung wieder kitten.«

»Schatz, wir haben keine berufliche Beziehung. Ein Moment bitte.«

Sie drückte auf den Knopf, bevor er etwas sagen konnte. In der Leitung regte sich lange nichts, und er dachte allmählich, daß es nicht der Mühe wert sei, sich auf diese Weise an Pounds zu rächen. Endlich meldete sich eine andere Frau und erklärte, sie habe von Ms. Sharp den Auftrag erhalten, ihm zu helfen. Bosch gab ihr Pounds Dienstnummer sowie die Namen Gordon Mittel, Arno Conklin, Claude Eno und Jake McKittrick. Er bat sie, ihm die Adressen auf ihren Führerscheinen zu geben.

Während er wartete, den Hörer zwischen Schulter und Ohr festgeklemmt, briet er sich auf dem Herd ein Spiegelei. Er legte es zwischen zwei weiße Toastbrotscheiben, goß kalte Salsa-Sauce aus dem Kühlschrank darüber und aß das tropfende Sandwich über dem Spülbecken. Als er sich den Mund abgewischt und eine zweite Tasse Kaffee eingegossen hatte, meldete sich die Sachbearbeiterin endlich wieder.

»Tut mir leid, daß es so lange gedauert hat.«

»Kein Problem.«

Dann erinnerte er sich, daß er Pounds war, und wünschte, er hätte es nicht gesagt.

Sie teilte ihm mit, daß sie von Eno oder McKittrick keine Adresse oder sonstige Daten habe, und gab ihm dann Conklins und Mittels Adressen. Goff hatte recht gehabt. Conklin lebte in Park La Brea. Mittel wohnte oberhalb des Hollywood Boulevard auf dem Hercules Drive in einem neuen Viertel namens Mount Olympus.

Bosch war schon in Gedanken woanders und zog die Pounds-Nummer nicht weiter durch. Ohne weitere Konfrontation bedankte er sich und legte auf. Er überlegte, was er als nächstes tun sollte. Eno und McKittrick waren entweder tot oder lebten in einem anderen Staat. Er konnte die Adressen vom Personalbüro bekommen, aber das würde den ganzen Tag beanspruchen. Statt dessen wählte er die Nummer von Raub-Mord und fragte nach Detective Leroy Ruben. Ruben war schon fast vierzig Jahre bei der Polizei, die Hälfte davon bei RM. Vielleicht wußte er etwas von Eno und McKittrick. Vielleicht wußte er auch von Boschs Suspendierung.

»Ruben. Kann ich Ihnen helfen?«

»Leroy, hier Harry Bosch. Hast du schon gehört?«

»Nicht viel, Harry. Genießt du den Urlaub?«

Er hatte Bosch sofort wissen lassen, daß er seine Situation kannte. Bosch wußte, daß er jetzt nur die Möglichkeit hatte, ihm die Wahrheit zu sagen – bis zu einem gewissen Punkt.

»Es ist nicht schlecht. Aber ich stehe trotzdem jeden Tag früh auf.«

»Tatsächlich? Warum?«

»Ich untersuche gerade einen Fall auf eigene Faust. Deshalb rufe ich dich an. Ich muß ein paar alte Veteranen finden. Ich dachte, vielleicht kennst du sie. Sie waren in Hollywood.«

»Wie heißen sie?«

»Claude Eno und Jake McKittrick. Erinnerst du dich an sie?«

»Eno und McKittrick. Nein ... das heißt, ich erinnere mich an McKittrick. Pensioniert ... vor zehn, fünfzehn Jahren. Er ist zurück nach Florida, glaube ich. Ja, Florida. Er war ein Jahr hier in RM. Von dem anderen, Eno, hab' ich nie was gehört.«

»Nun, es war einen Versuch wert. Mal sehen, was ich in Florida finde. Danke, Leroy.«

»He, Harry. Worum geht's? «

»Es ist nur ein alter Fall, der noch in meiner Schublade lag. So hab' ich was zu tun, während ich abwarte, wie es weitergeht.«

»Gibt's was Neues?«

»Noch nicht. Sie haben mich zur Therapeutin geschickt. Wenn ich mich da herausquatschen kann, bekomme ich meine Stelle wieder. Wir werden sehen.«

»Okay, und viel Glück. Weißt du, wir haben uns hier beinahe in die Hosen gemacht vor Lachen, als wir die Geschichte hörten. Wir kennen Pounds, er ist ein Arschloch. Du hast ein gutes Werk getan.«

»Ich hoffe, es war nicht so gut, daß ich meinen Job verliere.«

»Ach, dir passiert schon nichts. Die schicken dich ein paar Mal nach Chinatown, halten dir eine Standpauke und lassen dich dann wieder an die Front.«

»Danke, Leroy.«

Nachdem er aufgelegt hatte, zog Bosch sich ein frisches Hemd und den Anzug vom Vortag an.

Er fuhr mit seinem gemieteten Mustang Richtung Downtown und verbrachte die nächsten zwei Stunden in einem bürokratischen Labyrinth. Zuerst ging er ins Personalbüro im Parker Center, erzählte einer Angestellten, was er wollte, und wartete dann eine weitere halbe Stunde auf einen Vorgesetzten, um es noch einmal zu erzählen. Von ihm erfuhr er, daß er seine Zeit verschwendet habe, weil er die gesuchte Information nur im Rathaus erhalten könne.

Er überquerte die Straße zum Neubau der Stadtverwaltung, stieg die Stufen hinauf und fuhr mit der Straßenbahn über die Main Street zum weißen Turm des Rathauses. Mit dem Aufzug fuhr er dann in den achten Stock zur Finanzabteilung, zeigte einer Beamtin am Schalter seinen Ausweis und – um den Prozeß zu beschleunigen – fragte sofort nach dem Abteilungsleiter.

Auf einem Plastikstuhl sitzend wartete er zwanzig Minuten auf dem Gang, bis er in ein kleines Büro geführt wurde, in das man zwei Schreibtische, vier Karteischränke und mehrere Kisten gezwängt hatte. Eine korpulente Frau mit käsiger Haut, schwarzem Haar, Koteletten und einem Anflug von Schnurrbart saß hinter einem der Schreibtische. Bosch bemerkte einen alten Essensfleck auf ihrer Schreibunterlage, auf der eine große Trinkflasche aus Plastik mit Dekkel und Trinkhalm stand. Ein Plastikschild auf dem Schreibtisch trug ihren Namen; Mona Tozzi.

»Ich bin die Vorgesetzte von Carla. Sie sind Polizist?«

»Detective.«

Er nahm den Stuhl von dem anderen Schreibtisch und setzte sich vor die fette Frau.

»Entschuldigen Sie, aber Cassidy wird den Stuhl brauchen, wenn sie zurückkommt. Es ist ihr Schreibtisch.«

»Wann kommt sie zurück?«

»Jede Minute. Sie holt Kaffee.«

»Wenn wir uns beeilen, sind wir bis dahin fertig und ich verschwinde wieder.«

Sie gab ein kurzes Sie-sind-mir-aber-einer-Lachen von sich, sagte jedoch nichts.

»Ich habe die letzte Stunde damit verbracht, ein paar Adressen von der Stadt zu bekommen, mit dem Ergebnis, daß man mich von Pontius zu Pilatus schickt oder auf dem Gang warten läßt. Das Komische daran ist, daß ich selbst für die Stadt arbeite und für die Stadt eine Arbeit zu erledigen versuche. Trotzdem behandelt man mich wie einen dahergelaufenen Störenfried. Wissen Sie, meine Psychiaterin sagt, ich leide an posttraumatischem Streß und sollte mich nicht aufregen. Aber ich sage Ihnen eins, Mona, diese Scheiße frustriert mich wahnsinnig.«

Sie starrte ihn einen Moment an und überlegte sich wahrscheinlich, ob sie entkommen könnte, falls er einen Anfall bekäme. Dann zog sie einen Schmollmund, wodurch ihr Oberlippenbart in voller Pracht aufblühte, und saugte kräftig am Trinkhalm ihrer Plastikflasche. Bosch verfolgte, wie eine blutrote Flüssigkeit durch den Schlauch in ihren Mund stieg. Nachdem sie sich geräuspert hatte, sprach sie in besänftigendem Ton.

»Ich mache Ihnen einen Vorschlag, Detective. Sagen Sie *mir* doch, was Sie suchen.«

Bosch setzte sein hoffnungsvolles Gesicht auf.

»Wunderbar. Ich wußte, es gibt jemanden, der mir hilft. Ich brauche die Adressen, an die zwei pensionierten Polizisten monatlich ihr Geld überwiesen wird.«

Ihre Augenbrauen stießen zusammen, als sie die Stirn runzelte.

»Es tut mir leid, aber diese Adressen sind vertraulich. Selbst innerhalb der Stadtverwaltung. Ich könnte nicht …«

»Mona, lassen Sie mich etwas erklären. Ich bin für Mordfälle zuständig. Wie Sie arbeite ich für die Stadt. Ich verfolge eine Spur in einem ungelösten Fall und muß mit den ehemals zuständigen Detectives sprechen. Der Mord ist vor mehr als dreißig Jahren geschehen. Eine Frau wurde umgebracht, Mona. Ich kann die beiden nicht finden, und die Personalabteilung der Polizei schickt mich hierher. Ich brauche die Adressen. Werden Sie mir helfen?«

»Detective … Borsch?«

»Bosch.«

»Detective Bosch, lassen Sie mich etwas erklären. Nur weil Sie für die Stadt arbeiten, haben Sie noch lange nicht Zugang zu vertraulichen Akten. Ich arbeite auch für diese Stadt und ich gehe auch nicht zum Parker Center rüber und verlange dies oder das zu sehen. Bürger haben ein Recht auf Privatsphäre. Was ich tun kann, ist, den beiden einen Brief zu schicken und sie zu bitten, Sie anzurufen. Auf diese Weise bekommen Sie Ihre Information und ich breche nicht die Datenschutzgesetze. Wären Sie damit zufrieden? Ich verspreche Ihnen, sie gehen noch heute mit der Post raus.«

Sie lächelte, aber es war das künstlichste Lächeln, das Bosch seit Tagen gesehen hatte.

»Nein, das würde mich nicht zufriedenstellen, Mona. Im Gegenteil, ich bin tief enttäuscht.«

»Da kann ich Ihnen nicht helfen.«

»Doch das können Sie, verstehen Sie das nicht?«

»Ich habe zu tun, Detective. Wenn Sie wollen, daß ich die Briefe schreibe, geben Sie mir die Namen. Wenn nicht, ist das Ihre Entscheidung.«

Er nickte, daß er verstanden habe, und hob seine Aktentasche vom Boden auf. Als er wütend die Schlösser aufschnappen ließ, fuhr sie zusammen. Er öffnete die Tasche, holte sein Telefon heraus und wählte seine Privatnummer. Dann wartete er, daß sich der Anrufbeantworter meldete.

Mona war verärgert.

»Was tun Sie?«

Er hielt die Hand hoch, um sie zum Schweigen zu bringen.

»Hallo, könnten Sie mich bitte mit Whitney Springer verbinden?« sprach er auf sein Band.

Er beobachtete versteckt ihre Reaktion. Es war offensichtlich, daß sie den Namen kannte. Springer schrieb eine Kolumne über das Rathaus in der *Times*. Mit Vorliebe schrieb er über alltägliche bürokratische Alpträume. Der kleine Mann gegen den übermächtigen Apparat. Bürokraten konnten wegen ihres Beamtenstatus weitestgehend ungestraft den Bürgern das Leben schwer machen, aber Politiker lasen Springers Kolumne, und sie hatten immense Macht, wenn es um bequeme Pöstchen, Versetzungen und Degradierungen ging. Ein Bürokrat, der von Springer an den Pranger gestellt wurde, würde zwar nicht seinen Job verlieren, aber wohl auch nicht mehr befördert werden. Mitglieder des Stadtrats konnten außerdem jederzeit die Bücher überprüfen lassen oder einem für ein paar Wochen einen Aufpasser ins Zimmer setzen. Wer schlau war, vermied es, von Springer erwähnt zu werden. Das war allen bekannt, einschließlich Mona.

»Ja, ich kann warten«, sagte Bosch ins Telefon – und zu Mona: »Das wird ein Leckerbissen für ihn sein. Jemand versucht einen Mord aufzuklären, worauf die Angehörigen seit dreiunddreißig Jahren warten, und eine Bürokratin nuckelt in ihrem Büro an ihrem Fruchtsaft und will die Adressen von zwei Polizisten nicht rausrücken, mit denen er sprechen muß. Ich bin zwar kein Journalist, aber so würde ich es aufziehen. Er wird sich freuen. Was meinen Sie?«

Er lächelte und beobachtete, wie ihr Gesicht die Farbe des Fruchtsaftes annahm. Es hatte funktioniert.

»Okay, legen Sie auf«, sagte sie.

»Was, warum?«

»LEGEN SIE AUF! Legen Sie auf und Sie bekommen die Information.«

Bosch klappte das Telefon zu.

»Geben Sie mir die Namen.«

Nachdem er ihr die Namen gegeben hatte, stand sie wütend auf und verließ wortlos das Zimmer. Sie hatte kaum Platz, um aus ihrer Ecke herauszukommen, aber sie bewegte sich mit der Präzision einer Ballerina. Das Manöver war ihr durch wiederholte Übung in Fleisch und Blut übergegangen.

»Wie lange wird es dauern?«

»So lange wie nötig.« Sie hatte ihren bürokratischen Befehlston wiedergefunden.

»Nein, Mona, Sie haben zehn Minuten. Nicht mehr. Danach kommen Sie besser nicht zurück, denn dann wartet Whitney hier auf Sie.«

Sie hielt inne und sah ihn an. Er zwinkerte ihr zu.

Nachdem sie gegangen war, stand er auf und ging auf die andere Seite des Schreibtisches. Dann schob er ihn fünf Zentimeter zur anderen Wand und verengte dadurch den Pfad zu ihrem Stuhl.

Nach sieben Minuten kam sie mit einem Stück Papier zurück. Bosch konnte jedoch sehen, daß es Probleme gab. Sie blickte ihn triumphierend an. Er dachte an die Frau, die angeklagt worden war, weil sie ihrem Mann den Penis abgeschnitten hatte. Vielleicht hatte sie den gleichen Gesichtsausdruck gehabt, als sie damit zur Tür hinausspazierte.

»Nun, Detective Bosch, Sie haben ein kleines Problem.«

»Welches?«

Sie begann, um den Tisch herumzugehen – und rammte unvermeidlich ihr dickes Bein gegen die mit Resopal verkleidete Ecke. Es sah eher peinlich als schmerzhaft aus. Sie ruderte mit den Armen in der Luft, um das Gleichgewicht wiederzuerlangen, und stieß dabei ihre Plastikflasche um. Die rote Flüssigkeit ergoß sich auf die Schreibunterlage.

»Scheiße!«

Sie bewegte sich schnell um den Tisch herum und richtete die Plastikflasche auf. Bevor sie sich hinsetzte, betrachtete sie mißtrauisch den Schreibtisch.

»Alles in Ordnung?« fragte Bosch. »Was für ein Problem gibt es mit den Adressen?«

Sie ignorierte seine erste Frage, vergaß ihr Malheur und

schaute Bosch lächelnd an. Dann setzte sie sich und öffnete eine Schublade, um einen Packen Servietten herauszuholen, die sie aus der Cafeteria hatte mitgehen lassen.

»Nun, das Problem ist, daß Sie so bald nicht mit Claude Eno sprechen werden. Wenigstens bezweifle ich das.«

»Er ist tot.«

Sie begann die Flüssigkeit aufzuwischen.

»Ja. Die Schecks gehen an die Witwe.«

»Was ist mit McKittrick?«

»Nun, McKittrick ist eine Möglichkeit. Ich habe seine Adresse hier. Er lebt in Venice.«

»Venice? Worin besteht das Problem?«

»Es handelt sich um Venice in Florida.«

Sie lächelte, entzückt über sich selbst.

»Florida«, wiederholte Bosch. Er hatte nicht gewußt, daß es ein Venice in Florida gab.

»Das ist ein Staat am anderen Ende des Landes.«

»Ich weiß wo es ist.«

»Oh, und noch eins. Ich habe nur ein Postfach als Adresse. Tut mir herzlich leid.«

»Das kann ich mir denken. Gibt es eine Telefonnummer?«

Sie warf die nassen Servietten in den Papierkorb, der in der Ecke stand.

»Eine Telefonnummer haben wir nicht. Versuchen Sie's doch bei der Auskunft.«

»Werd' ich tun. Steht da, wann er pensioniert wurde?«

»Danach haben Sie mich nicht gefragt.«

»Dann geben Sie mir, was Sie haben.«

Bosch wußte, daß er mehr herausbekommen könnte. Sie mußten irgendwo eine Telefonnummer haben. Aber er mußte sich zurückhalten, seine Ermittlungen waren nicht autorisiert. Wenn er es zu weit trieb, würde man von seinen Aktivitäten hören und ihnen ein Ende machen.

Sie ließ den Zettel über den Schreibtisch schweben. Er studierte ihn. Es standen zwei Adressen darauf: McKittricks Postfach und die Adresse von Enos Witwe. Ihr Vorname lautete Olive.

Bosch fiel etwas ein.

»Wann gehen die Schecks raus?«

»Komisch, daß Sie fragen.«

»Warum?«

»Weil heute der letzte Tag im Monat ist. Sie gehen immer am Monatsende raus.«

Das war ein glücklicher Zufall. Er fühlte, daß er ihn verdiente, weil er dafür gearbeitet hatte. Den Zettel, den sie ihm gegeben hatte, steckte er in seine Aktentasche und stand auf.

»Es ist immer ein Vergnügen, mit Angestellten des öffentlichen Dienstes zusammenzuarbeiten.«

»Ganz meinerseits. Und, Detective, könnten Sie den Stuhl wieder an den alten Platz zurückstellen? Wie ich schon sagte, Cassidy braucht ihn.«

»Natürlich, Mona. Entschuldigen Sie meine Vergeßlichkeit.«

## *15*

Nach seinem Kampf mit dem Drachen der Bürokratie brauchte Bosch frische Luft zur Erholung. Er fuhr mit dem Aufzug zur Eingangshalle hinunter und ging durchs Hauptportal auf die Spring Street. Als er hinaustrat, wies ihn ein Wachmann an, die rechte Seite der großen Freitreppe zu benutzen, weil auf der linken Seite ein Film gedreht wurde. Bosch verfolgte das Geschehen, während er die Treppe hinunterging, und beschloß, eine Pause einzulegen.

Er setzte sich auf die Begrenzungsmauer der Treppe und steckte sich eine Zigarette an. An der Szene war eine Gruppe von Schauspielern als Reporter beteiligt, die die Treppe hinunterstürmten, um zwei Männer zu befragen, die unten gerade aus dem Auto stiegen. Sie probten die Szene zweimal und drehten zwei Aufnahmen, während Bosch dasaß und zwei Zigaretten rauchte. Jedesmal schrien die Reporter das gleiche:

»Mr. Barrs, Mr. Barrs, waren Sie der Täter?«

Die zwei Männer weigerten sich zu antworten, drängten sich durch die Gruppe und eilten dann mit den Reportern im Schlepptau die Treppe hinauf. Bei einer der Aufnahmen stolperte ein Reporter beim Rückwartsgehen und fiel hin. Die anderen trampelten über ihn her. Der Regisseur ließ die Szene weiterlaufen. Vielleicht dachte er, daß sie durch den Sturz realistischer wurde.

Bosch schätzte, daß das Filmteam die Treppe und die Fassade des Rathauses als Gerichtskulisse benutzten. Bei den Männern, die aus dem Auto stiegen, handelte es sich anscheinend um einen Angeklagten und seinen prominenten Anwalt. Das Rathaus wurde oft für solche Szenen benutzt, weil es mehr wie ein Gericht aussah als jedes echte Gerichtsgebäude in der Stadt.

Nach der zweiten Aufnahme verlor Bosch das Interesse, obwohl es sicher noch mehr geben würde. Er stand auf und ging zur First Street hinunter und dann zur Los Angeles Street, die zum Parker Center führte. Unterwegs wurde er nur viermal um Kleingeld angebettelt, was für Downtown wenig und eventuell ein Zeichen war, daß es mit der Konjunktur wieder aufwärts ging. In der Lobby des Polizeipräsidiums kam er an den Münztelefonen vorbei und wählte aus einer Augenblickslaune heraus die Nummer der Auskunft in Miami. Im Laufe der Jahre hatte er mehrmals mit der Polizei von Miami zu tun gehabt. Daher war 305 die einzige Vorwahl, die er in Florida kannte. Als er nach Venice fragte, wurde ihm gesagt, daß 813 die korrekte Vorwahl sei.

Er wählte nochmals, und die Information in Venice meldete sich. Zuerst fragte er die Frau vom anderen Ende der Leitung, was die nächstgrößte Stadt sei. Als sie ihm antwortete »Sarasota«, fragte er, welche noch größere Stadt in der Nähe liege. Sie antwortete »St. Petersburg«, und er bekam eine genauere Vorstellung. Er wußte, daß St. Petersburg an der Westküste von Florida lag, weil die Dodgers manchmal während des Frühjahrstrainings dort spielten, und er es einmal auf der Karte nachgesehen hatte.

Schließlich gab er der Frau McKittricks Namen und erhielt prompt die Tonbandansage, daß die Nummer auf Wunsch des Teilnehmers nicht im Verzeichnis stehe. Er fragte sich, ob einer der Detectives in Miami, mit denen er früher mal telefoniert hatte, ihm die Nummer besorgen könne. Aber er wußte immer noch nicht genau, wo und wie weit von Miami entfernt Venice war. Dann entschloß er sich, es zu lassen. McKittrick hatte es schwergemacht, ihn zu erreichen. Er hatte ein Postfach und eine Nummer, die nicht im Verzeichnis stand. Bosch wußte nicht, warum ein pensionierter Polizist, der dreitausend Meilen von seinem alten Arbeitsplatz entfernt lebte, solche Maßnahmen ergreifen sollte. Er war sich jedoch sicher, daß es am besten wäre, McKittrick persönlich aufzusuchen. Ein Telefonanruf – falls Bosch die Nummer hätte – wäre leicht abzuwimmeln. Anders wäre es, wenn jemand vor der Tür stände. Außerdem hatte ihm das Glück einen Zufall beschert. Er wußte, daß McKittricks Scheck auf dem Weg zum Postfach war. Auf diese Weise konnte er den alten Cop finden.

Er befestigte seinen Dienstausweis am Anzug und fuhr zu den kriminalwissenschaftlichen Labors hinauf. Der Frau am Schalter sagte er, daß er mit jemandem in der Abteilung für Fingerabdrücke sprechen müsse. Dann stieß er die Schranke auf und ging den Flur zum Labor entlang – wie immer, ohne erst auf ihre Erlaubnis zu warten.

Das Labor war ein großer Raum mit Arbeitstischen, die in zwei Reihen unter Neonlampen standen. Hinten gab es zwei Schreibtische mit AFIS-Computer-Monitoren. Hinter einer beschlagenen Glaswand befand sich ein Großrechner in einem speziellen Raum, der kühler als der Rest des Labors gehalten wurde.

Es war Mittagspause und nur ein technischer Assistent anwesend. Bosch kannte ihn nicht und wollte sich gerade umdrehen, um später wiederzukommen, wenn jemand da war, den er kannte, als der technische Assistent vom Computer-Monitor aufschaute und ihn sah. Er war groß und dünn, hatte eine Brille und ein von Akne vernarbtes Gesicht, was ihm einen permanent mürrischen Ausdruck gab.

»Ja?«

»Hallo, wie geht's?«
»Mir geht's gut. Was kann ich für Sie tun?«
»Harry Bosch, Hollywood-Revier.«
Er streckte seine Hand aus, der andere Mann zögerte und schüttelte sie dann zurückhaltend.
»Brad Hirsch.«
»Ich glaube, ich habe Ihren Namen schon gehört. Wir haben noch nicht zusammengearbeitet, aber das wird sich sicher bald ändern. Ich arbeite am Mord-Tisch, und im Laufe der Zeit lerne ich hier jeden kennen.«
»Wahrscheinlich.«
Bosch setzte sich auf einen Stuhl neben den Monitor und legte die Aktentasche auf seinen Schoß. Er merkte, daß Hirsch es vermied, ihn anzusehen und auf den blauen Bildschirm starrte. Anscheinend schien er sich bei dessen Anblick wohler zu fühlen.
»Ich bin hier, weil im Moment in Hollywood nicht viel los ist. Also habe ich mir ein paar alte Akten angesehen. Dabei bin ich auf einen Fall von 1961 gestoßen.«
»Neunzehnhunderteinundsechzig?«
»Ja, uralt. Weibliches Opfer ... Todesursache: Schädelverletzung durch stumpfen Gegenstand. Um es als Sexualdelikt erscheinen zu lassen, wurde sie nachträglich erwürgt. Niemand wurde je deswegen belangt. Die Ermittlungen verliefen im Sand. Ich glaube, niemand hat sich den Fall nach dem Ermittlungsgutachten 1962 mehr angesehen. Lange her. Nun, ich bin hier, weil die Kollegen damals einige gute Fingerabdrücke am Tatort sicherstellen konnten. Ein paar Teilabdrücke und ein paar vollständige. Ich habe sie dabei.«
Bosch holte die gelbe Karte mit den Abdrücken aus der Tasche und hielt sie dem Mann hin. Hirsch sah sie an, nahm sie aber nicht in die Hand. Er schaute wieder auf den Monitor, und Bosch legte sie ihm auf die Tastatur.
»Wie Sie sicher wissen, war das, bevor wir diese Wundercomputer und diese ganze neue Technologie hatten. Damals hat man sie nur mit denen eines bestimmten Verdächtigen verglichen. Wenn sie nicht übereinstimmten, ließ man den Typen laufen und steckte sie in einen Umschlag. Diese

Abdrücke haben die ganze Zeit in der Akte gelegen. Also dachte ich, wir könnten ...«

»Sie wollen sie durchs AFIS schicken.«

»Genau. Nur ein Versuch, ein Schuß ins Blaue. Vielleicht haben wir Glück und gabeln einen Tramper auf der Datenautobahn auf. Alles schon vorgekommen. Edgar und Burns vom Mord-Tisch in Hollywood haben diese Woche einen alten Fall mit AFIS gelöst. Ich habe mit Edgar gesprochen, und er sagte mir, jemand – ich glaube, es war Donovan – hat ihm erzählt, daß in dem System Millionen Abdrücke aus dem ganzen Land eingespeichert sind.«

Hirsch nickte ohne jeden Enthusiasmus.

»Und das sind nicht nur die Daten von Kriminellen, nicht wahr?« fragte Bosch. »Außerdem sind dort die Fingerabdrücke von jedem, der beim Militär, der Polizei oder im öffentlichen Dienst war. Stimmt das?«

»Ja, das stimmt. Aber, hören Sie, Detective Bosch, wir ...«

»Harry.«

»Okay, Harry. Das ist ein wunderbares Werkzeug, das immer besser wird. Sie haben recht, aber Sie dürfen nicht die Faktoren Mensch und Zeit vergessen. Die Abdrücke müssen erst von einem Scanner erfaßt und kodiert werden. Dann müssen die Kodierungen eingegeben werden. Im Moment sind wir zwölf Tage im Rückstand.«

Er deutete auf die Wand über dem Computer. Dort hing eine Tafel mit auswechselbaren Zahlen. Wie das Schild im Büro der Polizeigewerkschaft: X Tage, seit dem letzten Tod eines Kollegen.

**Automatisiertes Fingerabdruck-Identifikations-System**
12 Tage Bearbeitungszeit
Keine Ausnahmen!

»Sie sehen also, es kann sich nicht einfach jeder, der hier reinkommt, vordrängen. Wenn Sie ein Anfrageformular ausfüllen, dann kann ich ...«

»Hören Sie, ich weiß, daß es Ausnahmen gibt. Besonders bei Mord. Jemand hat kürzlich Burns und Edgar geholfen.

Die haben keine zwölf Tage gewartet. Ihre Abdrücke wurden sofort eingespeichert, und sie haben drei Fälle *so* gelöst.«

Bosch schnippte mit den Fingern. Hirsch schaute ihn an und wandte sich dann wieder dem Computer zu.

»Ja, es gibt Ausnahmen. Aber so was kommt von oben. Wenn Sie mit Captain LeValley sprechen, gibt sie vielleicht ihre Zustimmung. Wenn Sie ...«

»Burns und Edgar haben auch nicht mit ihr gesprochen. Jemand hat es ganz einfach so für sie erledigt.«

»Nun, das verstieß dann aber gegen die Vorschriften. Sie müssen jemanden gekannt haben.«

»Und ich kenne Sie, Hirsch.«

»Warum füllen Sie nicht das Formular aus, und ich sehe ...«

»Wie lang würde es überhaupt dauern? Zehn Minuten?«

»Nein, in Ihrem Fall länger. Diese Karte ist eine Antiquität. Veraltet. Ich müßte sie erst durch einen speziellen Scanner schicken, der die Abdrücke kodiert. Dann müßte ich es per Hand eingeben. Je nachdem wie Sie Ihre Suche einschränken, könnte es ...«

»Ich will keine Einschränkungen. Es soll mit allen Datenbanken verglichen werden.«

»Dann könnte der Computer dreißig, vierzig Minuten brauchen.«

Hirsch schob die Brille mit einer entschlossenen Geste hoch, als ob er damit unterstreichen wollte, daß er die Vorschriften einzuhalten gedachte.

»Brad«, sagte Bosch, »ich habe das Problem, daß ich nicht weiß, wieviel Zeit ich für den Fall habe. Bestimmt nicht zwölf Tage. Ich arbeite im Moment daran, weil ich Zeit habe. Sowie es jedoch einen neuen Mord gibt, muß ich es fallenlassen. So läuft es nun mal. Sind Sie sicher, daß Sie jetzt nichts machen können?«

Hirsch rührte sich nicht. Er starrte gebannt auf den blauen Bildschirm. Er erinnerte Bosch an das Waisenhaus. Wenn Schlägertypen kleinere Jungen verhöhnten, schalteten diese einfach geistig ab.

»Was machen Sie im Moment, Hirsch? Wir könnten es gleich jetzt tun.«

Hirsch sah ihn lange an, bevor er sprach.

»Ich habe zu tun, Bosch. Ich kenne Sie, okay? Das ist eine interessante Story mit dem alten Fall, aber ich weiß, daß es eine Lüge ist. Sie sind vom Dienst suspendiert. So was spricht sich rum. Sie sollten nicht einmal hier sein, und ich sollte nicht mit Ihnen sprechen. Könnten Sie mich also bitte allein lassen? Ich möchte keine Probleme bekommen. Verstehen Sie? Ich will nicht, daß jemand einen falschen Eindruck bekommt.«

Bosch sah ihn an, Hirsch hatte sich jedoch wieder dem Monitor zugewandt.

»Okay, Hirsch, ich werde Ihnen eine wahre Geschichte erzählen. Vor ...«

»Ich will keine Geschichten mehr hören, Bosch. Warum gehen ...«

»Ich werde diese Geschichte erzählen und dann verschwinden, okay? Nur eine Geschichte.«

»Okay, Bosch, okay. Erzählen Sie.«

Bosch schaute ihn an und wartete darauf, mit Hirsch Blickkontakt herstellen zu können. Aber der technische Assistent starrte weiter auf den Bildschirm, als sei er sein Rettungsanker. Bosch fing trotzdem an.

»Vor langer Zeit – ich war damals zwölf – schwamm ich in einem Schwimmbecken. Ich war unter Wasser, hatte aber meine Augen offen. Ich schaute hoch und sah durch das Wasser zum Beckenrand. Ich sah eine dunkle Gestalt. Es war schwer zu erkennen, was es wirklich war. Die Konturen verschwammen. Aber ich dachte, es sei ein Mann. Es war seltsam, daß dort oben ein Mann sein sollte. Also tauchte ich auf. Es stimmte. Es war ein Mann, der einen dunklen Anzug trug. Er streckte seinen Arm aus und ergriff mich beim Handgelenk. Ich war nur eine kleine magere Ratte. Er zog mich also ohne Mühe heraus und legte mir ein Handtuch um die Schultern. Dann führte er mich zu einem Stuhl und sagte mir ... Er sagte mir, daß meine Mutter tot sei. Ermordet. Er sagte, er wisse nicht, wer es getan habe, aber der

Täter hätte Fingerabdrücke zurückgelassen. Er sagte: ›Mach dir keine Sorgen, Junge, wir haben die Fingerabdrücke. Die sind Gold wert. Wir werden ihn schnappen.‹ Ich erinnere mich genau an diese Worte. ›Wir werden ihn schnappen.‹ Sie haben es jedoch nie getan. Aber jetzt werde ich es tun. Das ist meine Story, Hirsch.«

Hirsch schaute auf die gelbe Karte hinunter, die auf der Tastatur lag.

»Verstehen Sie bitte, das ist eine traurige Geschichte, aber ich kann es nicht tun. Tut mir leid.«

Bosch starrte ihn einen Moment an und stand dann langsam auf.

»Vergessen Sie nicht die Karte«, sagte Hirsch.

Er nahm sie in die Hand und hielt sie Bosch hin.

»Ich lasse sie hier. Sie werden tun, was Ihnen Ihre Moral gebietet, Hirsch. Das sehe ich Ihnen an.«

»Nein, nehmen Sie die Karte. Ich kann nicht ...«

»Ich lasse sie hier. »

Die Gewalt seiner Stimme schockte Bosch selbst, und sie schien Hirsch Angst einzujagen. Der Techniker legte die Karte wieder auf die Tastatur. Nach einigen Sekunden des Schweigens beugte sich Bosch hinunter und sprach leise.

»Jeder will tun, was moralisch richtig ist. Man fühlt sich gut hinterher, Hirsch. Auch wenn es nicht ganz mit den Vorschriften übereinstimmt. Manchmal muß man auf sein Gewissen hören.«

Bosch stand auf und holte seine Brieftasche sowie einen Stift heraus. Er schrieb ein paar Nummern auf eine Geschäftskarte und legte sie ebenfalls auf die Tastatur.

»Das sind die Nummern von meinem Handy und von zu Hause. Rufen Sie nicht im Büro an. Sie wissen, daß ich nicht dasein werde. Ich warte auf Ihren Anruf, Hirsch.«

Dann verließ er langsamen Schrittes das Labor.

# 16

Während Bosch auf den Aufzug wartete, kam er zu der Ansicht, daß sein Versuch, Hirsch zu überreden, auf taube Ohren gefallen war. Seine äußeren Narben verbargen vermutlich tiefere innere Wunden. Es gab viele Leute wie Hirsch bei der Polizei. Er war mit einem Gesicht aufgewachsen, das ihn selbst einschüchterte. Wahrscheinlich war er der letzte, der sich über Vorschriften hinwegsetzen würde. Seine Moralvorstellungen geboten ihm, Bosch zu ignorieren – oder ihn zu melden.

Er drückte wieder auf den Aufzugknopf und fragte sich, was er noch tun könnte. Die AFIS-Suche war ein Schuß ins Blaue, aber er wollte es trotzdem versucht haben. Eine gründliche Untersuchung ging jeder Spur nach. Er beschloß, Hirsch einen Tag in Ruhe zu lassen und es dann noch einmal zu versuchen. Wenn er keinen Erfolg hätte, würde er es bei einem anderen Labortechniker probieren. Solange, bis die Fingerabdrücke des Mörders im Computer waren.

Der Aufzugtür ging auf, und er zwängte sich hinein. Das war eine der wenigen Sachen, auf die man sich hier verlassen konnte. Polizisten, Vorgesetzte und politischer Filz wechselten, aber die Aufzüge fuhren immer langsam und waren immer voll, wenn man einstieg. Bosch drückte auf den Knopf für das Untergeschoß und die Kabine begann sich gemächlich nach unten zu bewegen. Während jeder mit leerem Blick auf die Etagennummern über der Tür starrte, schaute Bosch auf seine Aktentasche. Niemand in dem beengten Raum sprach. Als der Aufzug beim nächsten Stop zum Halten kam, hörte Bosch jedoch seinen Vornamen. Er drehte seinen Kopf leicht zur Seite – nicht sicher, ob er oder jemand anders gemeint war.

Sein Blick fiel auf Assistant Chief Irvin S. Irving, der hinten im Aufzug stand. Sie nickten sich zu, und die Tür öffnete sich zum Erdgeschoß. Bosch fragte sich, ob Irving gesehen hatte, daß er eigentlich den Knopf fürs Untergeschoß gedrückt hatte. Wenn man suspendiert war, gab es keinen Grund, dort hinzufahren.

Bosch schätzte, daß der Aufzug zu voll gewesen war und Irving es nicht gesehen hatte. Er stieg aus, Irving folgte ihm und holte ihn in der Eingangshalle ein.

»Chief.«

»Was führt Sie hierher, Harry?«

Die Frage klang beiläufig, trotzdem war Irvings Interesse offenkundig. Sie gingen auf den Ausgang zu, und Bosch schusterte schnell eine Geschichte zusammen.

»Ich mußte sowieso nach Chinatown, also bin ich zur Gehaltsabteilung, damit sie mir meinen Gehaltsscheck nach Hause schicken statt nach Hollywood. Ich weiß ja nicht, wann ich zurückkomme.«

Irving nickte, und Bosch war sich sicher, daß er ihm glaubte. Er war ungefähr so groß wie Bosch, fiel aber mit seinem glattrasierten Schädel auf. Der Glatze und seinem Ruf, keine korrupten Cops bei der Polizei zu dulden, verdankte er den Spitznamen Meister Proper.

»Sie sind heute in Chinatown? Ich dachte, Ihre Termine seien montags, mittwochs, freitags. Das hatte ich abgezeichnet.«

»Ja, das sind die normalen Termine. Aber sie hatte heute eine freie Stunde und wollte, daß ich komme.«

»Freut mich zu hören, daß Sie so kooperativ sind. Was ist mit Ihrer Hand passiert?«

»Ach das?« Bosch hielt seine Hand hoch, als ob er sie erst jetzt bemerkt hätte und sie nicht zu ihm gehöre. »Ich habe ein paar Reparaturen am Haus gemacht und mich an einem Glassplitter geschnitten. Ist immer noch nicht alles aufgeräumt nach dem Erdbeben.«

»Ach so.«

Irving schien es nicht zu glauben, aber das war ihm egal.

»Ich will schnell was zu Mittag essen an der Federal Plaza«, sagte Irving. »Wollen Sie mitkommen?«

»Nein danke, Chief. Ich habe schon gegessen.«

»Okay, passen Sie gut auf sich auf. – Ich mein' das ernst.«

»Mach' ich. Danke.«

Irving machte ein paar Schritte und blieb dann noch mal stehen.

»Wir gehen in Ihrer Angelegenheit anders vor, weil ich hoffe, daß Sie ohne Versetzung oder Degradierung wieder nach Hollywood zurückkehren können. Ich warte auf die Empfehlung von Dr. Hinojos. Wie ich jedoch höre, dauert es mindestens noch ein paar Wochen.«

»Das hat sie mir auch gesagt.«

»Wissen Sie, es wäre hilfreich, falls Sie sich schriftlich bei Lieutenant Pounds entschuldigen würden. Wenn es hart auf hart kommt, muß ich es ihm irgendwie schmackhaft machen, Sie an Ihren Arbeitsplatz zurückzulassen. Das wird schwer sein. Meiner Ansicht nach werden Sie ohne Probleme ein Attest von der Therapeutin bekommen. Ich kann dann einfach einen Befehl geben, und Pounds müßte Sie akzeptieren. Das wird jedoch nicht die Atmosphäre entspannen. Ich würde es vorziehen, wenn er es von sich aus akzeptiert und jeder glücklich ist.«

»Ich habe gehört, er hat schon Ersatz für mich gefunden.«

»Pounds?«

»Er hat meinem Partner jemand von der Abteilung für Autodiebstähle zugeteilt. Sieht nicht so aus, als würde er mich zurückerwarten, Chief.«

»Nun, das ist mir neu. Ich werde mit ihm darüber sprechen. Was halten Sie von dem Entschuldigungsschreiben? Es würde Ihnen sehr helfen.«

Bosch zögerte, bevor er antwortete. Er wußte, daß Irving ihm helfen wollte. Ein unsichtbares Band verband sie. Vor Jahren waren sie verfeindet gewesen. Verachtung hatte sich dann in gegenseitiges Tolerieren verwandelt – inzwischen respektierten sie sich sogar mit Vorbehalt.

»Ich werde es mir durch den Kopf gehen lassen, Chief«, sagte Bosch endlich. »Ich sage es Ihnen dann.«

»Nun gut. Wissen Sie, Harry, man kann manchmal aus Stolz die falsche Entscheidung treffen. Tun Sie' s nicht.«

»Ich werde darüber nachdenken.«

Bosch beobachtete Irving, wie er um den Gedenkbrunnen für gefallene Polizisten zur Temple Street hinunterging. Als er die Los Angeles Street zur Federal Plaza überquerte, wo es eine Reihe Imbißlokale gab, fühlte Bosch sich sicher und ging wieder hinein.

Er beschloß, nicht auf den Aufzug zu warten, und begab sich zu Fuß in das Untergeschoß.

Den größten Teil des Kellers nahm das Archiv für Beweismaterial ein. Es gab noch einige andere Büros, wie zum Beispiel die Abteilung für flüchtige Personen, aber im allgemeinen war es ruhig hier. Bosch sah niemanden auf dem langen Gang mit dem gelben Linoleumboden und erreichte die doppelten Stahltüren des Archivs, ohne weitere Bekannte zu treffen. Die Polizei bewahrte Beweisgegenstände auf, die nicht zur Eröffnung eines Verfahrens an die Anklagevertretung gegangen waren. Beweismaterial, das einmal bei der Staatsanwaltschaft war, blieb gewöhnlich dort.

Die Asservatenkammer war also das Endlager aller Mißerfolge. Hinter den Stahltüren befanden sich die Beweisstücke Tausender ungelöster Verbrechen. Fälle, die nie zur Anklage gekommen waren. Ein dumpfer Geruch von Feuchtigkeit verbreitete sich hier im Kellergeschoß. Bosch war der Ansicht, daß es der Verwesungsgeruch von Vernachlässigung und Verfall war – und von Hoffnungslosigkeit.

Er trat in einen kleinen Raum, der eigentlich eher ein Drahtkäfig war. Auf der anderen Seite gab es eine Tür, an der ein Schild hing: **Zutritt nur für Archivmitarbeiter.** Zwei Fenster waren in den Maschendraht geschnitten. Das eine war geschlossen, hinter dem anderen saß ein Polizist und löste ein Kreuzworträtsel. Hinter den Fenstern war ein weiteres Schild angebracht: **Schußwaffen nicht geladen aufbewahren!** Bosch trat an das geöffnete Fenster und lehnte sich auf den Schalter. Der Mann sah auf, nachdem er ein Wort eingetragen hatte. Auf seinem Namensschild stand Nelson. Nelson las Boschs Dienstausweis, so daß er sich nicht vorstellen mußte. Praktisch.

»Her… on… wie spricht man das aus?«

»Hieronymus. Reimt sich mit Anonymus.«

»Heißt nicht eine Rockband so?«

»Vielleicht.«

»Was kann ich für Sie tun, Hieronymus von Hollywood?«

»Ich habe eine Frage.«

»Schießen Sie los.«

Bosch legte den rosa Lagerzettel für Beweismaterial auf den Schalter.

»Ich möchte die Schachtel für diesen Fall. Ist schon ziemlich alt. Ist sie noch hier?«

Der Polizist nahm den Zettel, studierte ihn und pfiff, als er die Jahreszahl las. Während er die Fallnummer in eine Kladde eintrug, sagte er: »Sollte eigentlich hier sein. Warum auch nicht. Hier wird nichts weggeworfen. Wenn Sie sich die Sachen vom Schwarzen-Dahlien-Fall ansehen wollen, auch die sind hier. Das ist … fünfundfünfzig Jahre her. Es gibt sogar noch älteres Zeug hier. Wenn ein Fall nicht gelöst wurde, haben wir die Sachen.«

Er sah auf und zwinkerte Bosch zu.

»Ich bin gleich zurück. Füllen Sie bitte das Formular aus.«

Nelson zeigte mit seinem Stift auf ein Pult an der Rückwand, auf der die Standardformulare lagen. Er stand auf und verschwand. Bosch hörte, wie er zu jemandem nach hinten rief.

»Charlie! He, Charlie!«

Eine Stimme rief irgendeine unverständliche Antwort zurück.

»Übernimm das Fenster«, rief Nelson zurück. »Ich schwing' mich auf die Zeitmaschine.«

Bosch hatte von der Zeitmaschine gehört. Es war ein Golfwagen, mit dem man in die äußersten Ecken des Archivs fahren konnte. Je älter der Fall, desto weiter weg lag er. Die Zeitmaschine transportierte die Schalterbeamten dorthin.

Bosch ging zum Pult und füllte einen Leihschein aus. Dann ging er wieder zum Fenster und legte ihn auf das Kreuzworträtsel. Während er wartete, sah er sich um und entdeckte noch ein Schild an der Wand: **Aushändigung von Rauschgift-Beweismaterial nur mit Formular 492.** Bosch hatte noch nie davon gehört. Ein Detective trat durch die Stahltür ein. Bosch kannte ihn nicht. Er hatte eine Mordakte bei sich, die er auf dem Pult aufschlug. Nachdem er die Fallnummer nachgesehen hatte, füllte er ein Formular aus und ging zum Fenster. Von Charlie keine Spur. Nach ein, zwei Minuten drehte sich der Detective zu Bosch um.

»Arbeitet jemand hinten?«

»Ja, er holt eine Schachtel für mich. Er hat einen Kollegen gebeten, so lange an den Schalter zu kommen. Ich weiß nicht, wo er bleibt.«

»Scheiße.«

Er trommelte mit den Knöcheln auf den Schalter. Nach ein paar Minuten erschien ein anderer Polizist in Uniform am Fenster. Ein altes Arbeitspferd mit weißen Haaren und breiten Hüften – und der bleichen Haut eines Vampirs. Wahrscheinlich arbeitete er schon seit Jahren hier im Keller. Er nahm den Leihschein und ging wieder. Der andere Detective und Bosch warteten. Bosch spürte, daß der andere ihn in Augenschein nahm, tat aber so, als merke er es nicht.

»Sie sind Bosch, stimmt's?« fragte er endlich. »Von Hollywood?«

Bosch nickte. Der andere streckte seine Hand aus und lächelte.

»Tom North, Pacific. Wir kennen uns nicht.«

»Nein.«

Bosch schüttelte seine Hand, ohne jedoch enthusiastisch auf die Vorstellung zu reagieren.

»Wir kennen uns zwar nicht, aber ich war sechs Jahre im Diebstahl im Devonshire-Revier, bevor ich meine Stelle am Mord-Tisch in Pacific bekam. Wissen Sie, wer mein Vorgesetzter dort war?«

Bosch schüttelte seinen Kopf. Er wußte es nicht, und es interessierte ihn nicht. North schien das nicht zu merken.

»Pounds. Lieutenant Harvey ›Achtundneunzig‹ Pounds. Das Arschloch war mein Vorgesetzter. Ich hab' gehört, daß Sie sein Gesicht durch die verdammte Glaswand geknallt haben. Wunderbar, alle Achtung! Sie sind mein Mann. Ich bin vor Lachen vom Stuhl gefallen, als ich das hörte.«

»Schön, daß ich zu Ihrer Unterhaltung beitragen konnte.«

»Nein, ehrlich. Ich weiß, daß Sie jetzt dafür eins übergezogen bekommen. Aber ich wollte Ihnen sagen, daß Sie mir und vielen Leuten eine Freude gemacht haben.«

»Danke.«

»Also, was tun Sie hier unten? Ich habe gehört, man hat Sie auf die Einundfünfzig-Fünfzig-Liste gesetzt.«

Es ärgerte Bosch, daß es Polizisten gab, die er nicht einmal kannte, die von seiner Situation wußten. Er bemühte sich, die Ruhe zu bewahren.

»Hören Sie, ich ...«

»Bosch! Ihr Päckchen!«

Es war Nelson, der Zeitreisende. Er schob eine hellblaue Schachtel durch das Fenster. Sie hatte die Größe eines Kartons für Stiefel, war mit feinem Staub bedeckt und mit einem roten Band zugeklebt, das inzwischen rissig geworden war. Bosch ließ seinen Satz unbeendet. Er verabschiedete sich mit einer Handbewegung und trat ans Fenster.

»Hier unterschreiben«, sagte Nelson.

Er legte einen gelben Zettel auf die Schachtel und wirbelte eine kleine Staubwolke auf, die er mit der Hand wegwedelte. Bosch unterschrieb und nahm die Schachtel in beide Hände. Als er sich umdrehte, sah er, daß Nelson ihn beobachtete. Nelson nickte einmal. Er wußte, daß jetzt nicht der richtige Zeitpunkt für Fragen war. Bosch nickte zurück und ging zur Tür.

»Äh, Bosch«, sagte North. »War nicht so gemeint, mit der Liste. Okay?«

Bosch starrte ihn wortlos an, während er mit seinem Rükken die Tür aufstieß. Dann trug er die Schachtel den Gang entlang, als enthielte sie etwas sehr Wertvolles.

## 17

Carmen Hinojos saß in ihrem Wartezimmer. Als er sich entschuldigen wollte, weil er ein paar Minuten zu spät kam, winkte sie ab und bat ihn herein. Sie trug heute ein dunkelblaues Kostüm, und als er an ihr vorbeiging, nahm er einen leichten Geruch von Seife wahr. Wie bei den vorigen Malen setzte er sich rechts vom Schreibtisch ans Fenster.

Hinojos lächelte, und Bosch fragte sich, warum. Es gab zwei Stühle auf seiner Seite. Bisher hatte er sich jedesmal auf den gleichen gesetzt – auf den, der näher am Fenster stand. Er fragte sich, ob es ihr aufgefallen war und was es bedeutete. Falls es etwas bedeutete.

»Sind Sie müde?« fragte sie. »Sie sehen nicht aus, als ob Sie letzte Nacht viel geschlafen hätten.«

»Hab' ich wohl auch nicht. Aber es geht.«

»Haben Sie Ihre Meinung über das, was wir gestern besprochen haben, geändert?«

»Nein, eigentlich nicht.«

»Sie führen Ihre privaten Ermittlungen fort?«

»Im Moment ja.«

Sie nickte, als habe sie das erwartet.

»Ich möchte heute über Ihre Mutter sprechen.«

»Warum? Es hat nichts mit dem zu tun, warum ich hier bin, warum ich suspendiert wurde.«

»Ich glaube, es ist wichtig. Es wird uns helfen herauszufinden, was in Ihnen vorgeht, warum Sie diese Privatermittlungen machen. Es könnte vieles erklären, was Sie in der letzten Zeit getan haben.«

»Das bezweifle ich. Was wollen Sie wissen?«

»Gestern haben Sie mehrmals angedeutet, was Ihre Mutter getan hat. Sie haben jedoch nie ausgesprochen, was sie tat und was sie war. Ich habe gestern nach unserer Sitzung darüber nachgedacht und frage mich, ob Sie Schwierigkeiten haben, es zu akzeptieren. So, daß Sie sogar nicht aussprechen können, daß sie …«

»… eine Prostituierte war. Da, ich hab's gesagt. Sie war eine Prostituierte. Frau Doktor, ich bin erwachsen. Ich kann die Wahrheit akzeptieren. Ich kann alles akzeptieren, wenn es die Wahrheit ist. Meiner Ansicht nach kommen wir vom Thema ab.«

»Vielleicht. Was für Gefühle haben Sie hinsichtlich Ihrer Mutter?«

»Was meinen Sie?«
»Wut? Haß? Liebe?«
»Darüber denke ich nicht nach. Sicherlich nicht Haß. Ich habe sie damals geliebt. Das hat sich nicht geändert, als sie nicht mehr da war.«
»Und das Gefühl, verlassen worden zu sein?«
»Dafür bin ich zu alt.«
»Aber damals, als es geschah?«
Bosch dachte einen Moment nach.
»Wahrscheinlich. Ihr Lebensstil, ihr Beruf haben sie umgebracht. Und ich blieb eingesperrt. Ich schätze, ich war deshalb wütend und fühlte mich verlassen. Ich war verwundet. Der Schmerz war das Schlimmste. Sie liebte mich.«
»Sie blieben eingesperrt. Was meinen Sie damit?«
»Ich erzählte es gestern. Ich war im McClaren, dem Waisenheim für Jungen.«
»Richtig. Und ihr Tod verhinderte, daß Sie dort rauskamen.«
»Für eine Weile.«
»Wie lange?«
»Mit Unterbrechungen war ich dort, bis ich sechzehn war. Ich hab' zweimal für einige Monate bei Pflegeeltern gelebt. Aber sie haben mich immer zurückgeschickt. Als ich sechzehn war, hat mich ein Ehepaar aufgenommen. Ich habe bei ihnen gelebt, bis ich siebzehn war. Hinterher habe ich erfahren, daß sie noch ein weiteres Jahr Geld von der Fürsorge bekommen haben.«
»Fürsorge?«
»Städtisches Fürsorgeamt. Heute heißt es Jugend- und Sozialamt. Wenn man ein Pflegekind aufnahm, bekam man monatlich einen Pflegesatz. Viele Leute haben Kinder nur wegen des Geldes genommen. Ich sage nicht, daß meine Pflegeeltern es deswegen getan haben. Aber sie haben später der Fürsorge nicht mitgeteilt, daß ich nicht mehr bei ihnen lebte.«
»Ich verstehe. Wo gingen Sie hin?«
»Vietnam.«
»Augenblick, gehen wir noch mal zurück. Sie sagten, daß

Sie schon vorher zweimal bei Pflegeeltern waren, aber zurückgeschickt wurden. Was passierte? Warum wurden Sie zurückgeschickt?«

»Ich weiß nicht. Sie mochten mich nicht. Sie meinten, es habe keinen Zweck. Ich ging zurück ins Waisenhaus und wartete. Wahrscheinlich konnte man einen Teeneger genauso schwer an den Mann bringen wie ein Auto ohne Räder. Pflegeeltern wollten immer jüngere Kinder.«

»Sind Sie jemals aus dem Waisenheim weggelaufen?«

»Ein paarmal. Sie haben mich immer in Hollywood wieder geschnappt.«

»Wenn es so schwer war, Teenager unterzubringen, wie kam es dann, daß sie mit sechzehn noch Pflegeeltern fanden?«

Bosch lachte zynisch und schüttelte den Kopf.

»Die Geschichte wird Ihnen Spaß machen. Der Typ und seine Frau haben mich genommen, weil ich Linkshänder war.«

»Linkshänder? Ich kann Ihnen nicht folgen.«

»Ich war Linkshänder, und ich hatte einen knallharten Wurf.«

»Was bedeutet das?«

»Nun, hm ... das war ... Damals war Sandy Koufax bei den Dodgers. Er war Linkshänder und hat einen Haufen Geld als Pitcher verdient. Earl Morse, mein Pflegevater, hatte als Halbprofi Baseball gespielt, aber nie in der ersten Liga. Also wollte er ein linkshändiges Talent aufbauen. Gute Linkshänder waren wohl damals rar. Wenigstens dachte er das. Auf alle Fälle wurden sie gut bezahlt. Earl dachte, er schnappt sich irgendeinen Jungen mit Talent, trainiert ihn und wird dann sein Manager oder Agent. Für ihn war es eine zweite Chance. Es war verrückt. Wahrscheinlich waren seine eigenen Träume von der ersten Liga nicht in Erfüllung gegangen. Er ging also zum McClaren und nahm ein paar von uns mit aufs Spielfeld. Wir hatten eine Mannschaft, die gegen andere Heime oder manchmal gegen Schulen im Valley spielte. Egal ... Earl ging mit uns raus, und wir warfen uns den Ball zu. Es war eine Probe.

Damals wußte ich das nicht, ich wäre nie darauf gekommen. Erst später ging es mir auf. Sowie er sah, daß ich mit links warf und gut war, waren die anderen abgemeldet.«

Bosch schüttelte wieder den Kopf.

»Was passierte dann? Sind Sie mit ihm gegangen?«

»Ja, er hat mich mit nach Hause genommen. Seine Frau sprach fast nie. Er ließ mich jeden Tag hundertmal den Ball auf einen Reifen im Garten werfen. Am Abend hat er dann an meiner Technik gefeilt. Ich habe es ein Jahr ausgehalten, und dann bin ich abgehauen.«

»Sie sind weggelaufen?«

»So ungefähr. Ich bin zur Armee. Allerdings brauchte ich Earls Unterschrift dafür. Zuerst wollte er nicht. Er hatte große Pläne mit mir. Aber dann habe ich ihm gesagt, daß ich nie mehr einen Baseball in die Hand nehmen würde. Er unterschrieb. Dann kassierten er und seine Frau weiter das Geld von der Fürsorge für mich, während ich in Übersee war. Wahrscheinlich hat ihn das Geld entschädigt – als Ablösesumme sozusagen.«

Sie schwieg lange. Es sah so aus, als würde sie ihre Notizen lesen, aber er hatte nicht bemerkt, daß sie heute etwas aufgeschrieben hatte.

»Zehn Jahre später«, brach er das Schweigen, »als ich noch Streife fuhr, habe ich einmal einen betrunkenen Fahrer auf dem Sunset Boulevard angehalten. Er kam gerade vom Hollywood Freeway herunter und fuhr Schlangenlinien. Als er stoppte und ich ans Fenster trat und hineinsah, erkannte ich Earl. Es war Sonntag. Er kam gerade von einem Dodgers-Spiel. Das Programm lag auf dem Beifahrersitz.«

Sie sah ihn an, sagte aber nichts. Sein Blick war noch nach innen gewandt.

»Er hat wohl nie den Linkshänder gefunden, den er gesucht hat. Egal ... Er war so betrunken, daß er mich nicht erkannt hat.«

»Was haben Sie getan?«

»Ich habe ihm die Schlüssel abgenommen und seine Frau angerufen ... Es war wohl das einzige Mal, daß ich ihm einen Gefallen getan habe.«

»Was ist mit Ihrem biologischen Vater?«

»Was soll mit ihm sein?«

»Haben Sie je erfahren, wer er ist? Hatten Sie eine Beziehung zu ihm?«

»Ich traf ihn einmal. Es hat mich nie interessiert, bis ich von Vietnam zurückkam. Dann habe ich ihn aufgespürt. Es stellte sich heraus, daß er der Rechtsanwalt meiner Mutter war. Er hatte Familie und so. Als ich ihn besuchte, lag er im Sterben. Er sah aus wie ein Skelett ... Ich habe ihn eigentlich nicht gekannt.«

»Er hieß Bosch?«

»Nein. Das war die Idee meiner Mutter. Sie kennen den Maler, nicht wahr? L.A. hat sie sehr stark an seine Bilder erinnert. Angst und Schrecken. Sie gab mir einmal ein Buch mit seinen Gemälden.«

Sie schwieg wieder eine Weile, während sie darüber nachdachte.

»Diese Geschichten, Harry, sind alle auf ihre Weise herzzerreißend«, sagte sie endlich. »Sie zeigen mir den Jungen, aus dem ein Mann wurde, und die große Lücke, die Ihre Mutter hinterließ. Wissen Sie, Sie könnten ihr die Schuld an vielem geben, und niemand würde Sie deswegen kritisieren.«

Er sah sie bewußt an und formulierte eine Antwort.

»Ich gebe ihr für nichts die Schuld. Schuldig ist der Mann, der sie mir genommen hat. Verstehen Sie, das sind Geschichten über mich, nicht über sie. Sie haben keine Ahnung, was für ein Mensch sie war. Sie kannten sie nicht wie ich. Ich weiß nur, daß sie mich da rausholen wollte. Sie hörte nie auf, mir das zu sagen, es zu versuchen. Am Ende lief die Zeit für sie ab.«

Sie nickte, akzeptierte seine Antwort. Ein paar Augenblicke vergingen.

»Gab es einen Zeitpunkt, an dem sie Ihnen gesagt hat, was sie tat ... beruflich?«

»Eigentlich nicht.«

»Wie haben Sie es erfahren?«

»Ich kann mich nicht erinnern. Ich glaube, ich wußte es

nicht so genau, bis sie nicht mehr da war und ich älter war. Man trennte uns, als ich zehn war, und ich wußte nicht warum.«

»Hatte sie Männerbesuch, während Sie bei ihr waren?«

»Nein, das ist nie vorgekommen.«

»Aber Sie müssen irgendeine Vorstellung über das Leben gehabt haben, das sie führte, das sie beide führten.«

»Sie erzählte mir, daß sie Kellnerin sei und abends arbeite. Sie ließ mich bei einer Frau, die ein Zimmer in dem Apartmentgebäude hatte. Mrs. DeTorre. Sie beaufsichtigte vier oder fünf Kinder, deren Mütter alle der gleichen Tätigkeit nachgingen. Keiner von uns wußte etwas.«

Er hörte auf zu sprechen, aber sie sagte nichts, und er begriff, daß er fortfahren sollte.

»Eines Abends habe ich mich davongemacht, als die alte Frau einschlief, und ging zu dem Restaurant, wo sie angeblich arbeitete. Sie war nicht da. Ich fragte, aber niemand kannte sie.«

»Fragten Sie Ihre Mutter?«

»Nein … Am nächsten Abend folgte ich ihr. Sie hatte ihre Kellnerinnensachen an und ging nach oben zu ihrer besten Freundin, Meredith Roman. Als sie herauskamen, trugen sie beide Kleider, Make-up und so weiter. Sie nahmen dann ein Taxi, und ich konnte ihnen nicht folgen.«

»Aber Sie wußten.«

»Ich wußte etwas. Allerdings war ich neun oder so. Was konnte ich groß wissen?«

»Waren Sie wütend auf sie, weil sie Ihnen etwas vormachte, indem sie sich jeden Abend als Kellnerin verkleidete?«

»Nein. Im Gegenteil. Ich hielt es … ich weiß nicht … irgendwie für nobel, daß sie das für mich tat, um mich zu beschützen.«

Hinojos nickte, sie verstand sein Argument.

»Schließen Sie Ihre Augen.«

»Ich soll meine Augen schließen?«

»Ja, ich möchte, daß Sie Ihre Augen schließen und sich in die Zeit zurückversetzen, als Sie ein Junge waren.«

»Was soll das?«

»Tun Sie's mir zuliebe. Bitte.«

Bosch schüttelte irritiert den Kopf, tat jedoch wie geheißen. Er kam sich dumm vor.

»Okay.«

»Okay, ich möchte, daß Sie mir etwas von Ihrer Mutter erzählen. Und zwar das Bild oder die Episode, an die Sie sich am besten erinnern können. Das möchte ich von Ihnen hören.«

Er dachte angestrengt nach. Bilder tanzten ihm durch den Kopf und verschwanden wieder. Schließlich tauchte eins in seiner Erinnerung auf und blieb.

»Okay.«

»Okay, erzählen Sie.«

»Es war im McClaren. Sie war zu Besuch da, und wir standen am Zaun des Spielfeldes.«

»Warum erinnern Sie sich an diese Episode?«

»Ich weiß nicht. Weil sie da war. Dann fühlte ich mich immer wohl. Auch wenn wir am Ende weinten. Sie hätten das Heim am Besuchstag sehen sollen. Alle weinten ... Und ich erinnere mich auch daran, weil es kurz vor ihrem Tod war. Vielleicht ein paar Monate vorher.«

»Erinnern Sie sich, worüber Sie sprachen?«

»Über vieles ... Baseball. Sie war ein Dodgers-Fan. Einer der älteren Jungen hatte mir die neuen Turnschuhe weggenommen, die ich von ihr zum Geburtstag bekommen hatte. Sie merkte, daß ich sie nicht trug und wurde deswegen wütend.«

»Warum hat Ihnen der ältere Junge die Turnschuhe weggenommen?«

»Sie fragte das gleiche.«

»Was haben Sie ihr gesagt?«

»Ich sagte ihr, daß er es tat, weil er es konnte. Ganz egal, was die offizielle Bezeichnung war, im Grunde war es ein Gefängnis für Kinder, und es gab die gleichen Strukturen: die herrschenden Cliquen, die Schwächlinge und so weiter.«

»Wozu gehörten Sie?«

»Ich weiß nicht. Ich war ein Einzelgänger. Aber wenn ein älterer Junge meine Schuhe nahm, dann wehrte ich mich nicht. So überlebte man.«

»War Ihre Mutter deswegen unglücklich?«

»Ja, aber sie kannte nicht das ungeschriebene Gesetz im Heim. Sie wollte sich beschweren oder so. Sie wußte nicht, daß sie es nur noch schlimmer für mich machen würde. Dann begriff sie und begann zu weinen.«

Bosch schwieg, ganz in seinen Erinnerungen versunken. Er spürte die feuchte Luft auf der Haut und roch die Orangenblüten von den nahen Obstplantagen.

Hinojos räusperte sich, bevor sie ihn aus seinen Erinnerungen riß.

»Was taten Sie, als sie zu weinen begann?«

»Wahrscheinlich begann ich auch zu weinen. Das tat ich meistens. Ich wollte nicht, daß sie sich schlecht fühlte, aber es tröstete mich, daß sie wußte, was im Heim passierte. Nur Mütter schaffen das, daß man sich wohl fühlt, wenn man traurig ist ...«

Bosch hatte seine Augen immer noch geschlossen, sah nur das Bild seiner Erinnerung.

»Was sagte sie Ihnen?«

»Sie ... sie sagte nur, daß sie mich rausholen würde. Daß ihr Anwalt Berufung gegen das Vormundschaftsurteil einlegen würde. Sie sagte, es gebe noch andere Sachen, die sie tun könnte. Sie unternahm alles mögliche, mich herauszuholen.«

»Der Rechtsanwalt war Ihr Vater?«

»Ja, aber das wußte ich nicht. Was ich sagen will ... Das Gericht irrte sich, und darüber komme ich nicht hinweg. Sie war so gut zu mir, und sie haben es nicht eingesehen. Egal ... Ich erinnere mich, daß sie mir versprach, alles Nötige zu tun, um mich herauszuholen.«

»Aber sie tat es nicht.«

»Nein. Wie ich schon sagte, ihre Zeit lief ab.«

»Das tut mir leid.«

Bosch öffnete die Augen und sah sie an.

»Mir auch.«

# 18

Bosch hatte auf einem bewachten Parkplatz an der Hill Street geparkt und mußte dafür zwölf Dollar bezahlen. Er verließ Downtown auf der 101 in Richtung Norden und fuhr auf die Hügelkette zu. Unterwegs sah er ab und zu auf die blaue Schachtel, die auf dem Beifahrersitz lag, öffnete sie jedoch nicht. Früher oder später würde er es tun müssen, aber er wollte warten, bis er zu Hause war.

Er stellte das Radio an und hörte, wie der DJ einen Song von Abbey Lincoln ankündigte. Bosch kannte das Stück nicht, aber der Text und die rauchige Stimme der Frau gefielen ihm sofort.

Bird alone, flying high
Flying through a clouded sky
Sending mournful, soulful sounds
Soaring over troubled grounds

Nachdem er wie üblich den Wagen einen halben Block von seinem Haus entfernt geparkt hatte, trug Bosch die Schachtel hinein und legte sie auf den Eßtisch. Er steckte sich eine Zigarette an und ging unruhig im Zimmer auf und ab. Manchmal schaute er zur Schachtel. Er wußte, was sie enthielt. Die Inventarliste war in der Mordakte abgeheftet. Aber er konnte das Gefühl nicht loswerden, daß er im Begriff war, die Privatsphäre seiner Mutter zu verletzen und ein unbekanntes Tabu zu brechen.

Schließlich holte er seine Schlüssel heraus. Am Bund war ein kleines Taschenmesser, mit dem er jetzt das rote Klebeband aufschlitzte. Er legte das Messer hin und hob ohne weiter nachzudenken den Deckel hoch.

Die Kleider des Opfers und ihr sonstiges Eigentum waren in Plastiktüten verpackt, die Bosch einzeln herausnahm und auf den Tisch legte. Das Plastikmaterial hatte sich gelb verfärbt, aber Bosch konnte hindurchsehen. Er hielt jedes Beweisstück hoch und studierte es in seiner sterilen Hülle.

Er schlug die Akte bei der Inventarliste auf und versicherte sich, daß nichts fehlte. Er hielt den kleinen Beutel mit den goldenen Ohrringen gegen das Licht. Sie sahen aus wie gefrorene Tränen. Er legte den Beutel hin. Unten in der Schachtel lag die Bluse, sauber aufgefaltet in Plastik. Der Blutfleck befand sich an der beschriebenen Stelle. Links auf der Brust, ungefähr fünf Zentimeter neben dem mittleren Knopf.

Bosch strich mit seinem Finger über den Flecken unter der Plastikhülle. Dann fiel ihm etwas auf. Es gab sonst kein Blut.

Schon beim Lesen der Akte hatte das irgendwie nicht ins Bild gepaßt, aber er hatte den Gedanken nicht weiter verfolgt. Jetzt war es offensichtlich. Das Blut. Kein Blut auf der Unterwäsche, dem Rock, den Strümpfen oder den Schuhen. Nur auf der Bluse.

Bosch wußte auch, daß die Leiche laut Autopsiebericht keine Fleischwunde aufgewiesen hatte. Woher kam dann das Blut? Er hätte sich die Fotos vom Tatort und der Autopsie ansehen müssen, wußte jedoch, daß er dazu nicht imstande war. Er konnte den Umschlag unmöglich öffnen.

Bosch nahm die Tüte mit der Bluse aus der Schachtel und las die Anhänger und anderen Vermerke. Nichts schien darauf hinzuweisen, daß man das Blut analysiert hatte.

Dies gab ihm neuen Mut. Es war gut möglich, daß das Blut nicht von seiner Mutter stammte, sondern vom Mörder. Er hatte keine Ahnung, ob das Blut noch untersucht werden oder sogar eine DNS-Analyse gemacht werden konnte. Aber er würde es herausfinden.

Er wußte, daß das Problem die Vergleichsprobe war. Es nutzte nichts, wenn man das Blut analysieren konnte, es jedoch keine Vergleichsprobe gab. Um Blut von Conklin, Mittel oder irgend jemand anderem zu bekommen, brauchte er einen Gerichtsbeschluß. Und für den brauchte er Beweise. Verdachtsmomente und Ahnungen reichten nicht aus.

Er hatte gerade die Plastiktüten geordnet, um sie wieder in die Schachtel zu legen, als er innehielt, um sich ein Beweisstück anzusehen, das er bisher nicht besonders beachtet hatte. Der Gürtel, mit dem das Opfer erwürgt worden war.

Bosch beäugte ihn einige Augenblicke, als wollte er eine Schlange identifizieren, bevor er ihn wieder aus der Schachtel herausholte. Man hatte den Faden für den Inventaranhänger durch eines der Gürtellöcher gezogen. Schwarzes Pulver bedeckte die glatte Schnalle in der Form einer Silbermuschel. Einige gewellte Linien eines Daumenabdrucks waren noch zu erkennen.

Er hielt die Tüte ins Licht. Es war schmerzhaft, aber er schaute hin. Der Gürtel war drei Zentimeter breit und aus schwarzem Leder. Die Muschelschnalle war das größte Ornament, aber kleinere Silbermuscheln verzierten den Gürtel über die ganze Länge. Er rief eine Erinnerung in ihm wach. Eigentlich hatte nicht er ihn ausgesucht. Meredith Roman war mit ihm ins May auf dem Wilshire Boulevard gegangen. Sie hatte den Gürtel dort entdeckt und gesagt, daß er seiner Mutter gefallen würde. Bezahlt hatte sie, aber er durfte ihn seiner Mutter zum Geburtstag geben. Meredith hatte recht gehabt. Seine Mutter hatte ihn oft getragen. Sie hatte ihn jedesmal getragen, wenn sie ihn im Heim besuchte. Und sie hatte ihn in der Nacht getragen, als sie ermordet wurde.

Auf dem Anhänger stand nur die Fallnummer und McKittricks Name. Bosch bemerkte, daß das zweite und vierte Loch des Gürtels ausgeweitet waren. Wahrscheinlich hatte ihn seine Mutter manchmal enger getragen – vielleicht um jemanden zu beeindrucken – oder weiter, über schwerere Stoffe. Er wußte jetzt alles über den Gürtel – außer, wer sie damit erwürgt hatte.

In dem Moment wurde ihm mit aller Deutlichkeit bewußt, daß die Person, die diesen Gürtel, diese Waffe, *vor* den Polizisten in der Hand gehalten hatte, seiner Mutter das Leben genommen und damit sein Leben für immer verändert hatte. Er legte ihn vorsichtig in die Schachtel zurück und packte die andere Kleidung darauf. Dann verschloß er sie mit dem Deckel.

Bosch konnte unmöglich zu Haus bleiben. Er mußte hinaus. Ohne sich umzuziehen stieg er in den Mustang und fuhr los. Es war jetzt dunkel, und er fuhr auf dem Caduenga

Boulevard nach Hollywood hinunter. Er sagte sich, daß es egal sei, wohin er führe. Aber das war gelogen. Er wußte, wohin er fahren mußte. Als er den Hollywood Boulevard erreichte, fuhr er nach Osten.

Sein Wagen brachte ihn zur Vista Street, wo er nach Norden abbog und dann in das erste Hintergäßchen fuhr. Die Scheinwerfer drangen durch die Dunkelheit und beleuchteten ein Schlaflager von Obdachlosen. Ein Mann und eine Frau saßen unter einem großen Stück Karton, das gegen eine Wand gelehnt war. Zwei andere Körper lagen in Decken und Zeitungen gehüllt daneben. Das schwache Glühen eines erlöschenden Feuers erhellte den Rand einer Abfalltonne. Bosch fuhr langsam vorbei, seine Augen waren weiter nach vorne auf die Stelle gerichtet, wo nach der Zeichnung in der Akte der Fundort der Leiche gewesen sein mußte.

Das Hollywood-Souvenirgeschäft war jetzt ein Pornoladen. Für schüchterne Kunden gab es hier einen Hintereingang. Mehrere Autos parkten an der Rückseite des Gebäudes. Bosch hielt an und schaltete die Scheinwerfer aus. Er blieb im Wagen sitzen, ohne das Bedürfnis zu haben auszusteigen. Nie zuvor war er hier gewesen. Wo man die Leiche seiner Mutter gefunden hatte. Er wollte nur ein paar Augenblicke stillsitzen und sehen und fühlen.

Er zündete sich eine Zigarette an und beobachtete, wie ein Mann mit einer Tüte aus dem Pornoladen kam und schnell zu seinem Wagen lief, der am Ende der Gasse stand.

Bosch erinnerte sich an die Zeit, als er ein kleiner Junge war und noch mit seiner Mutter zusammenlebte. Sie hatten damals ein winziges Apartment auf dem Camrose Drive. Im Sommer saßen sie oft hinten im Garten – an den Abenden, an denen sie nicht arbeitete, oder an Sonntagnachmittagen. Dort hörten sie der Musik zu, die von der Hollywood Bowl über den Hügel zu ihnen getragen wurde. Aber nicht die Musik war es, die ihm besonders gefiel, sondern die Gegenwart seiner Mutter – die Zeit, die sie miteinander verbrachten. Sie sagte oft, daß sie mit ihm eines Tages zur Bowl gehen würde, um ›Sheherazade‹ zu hören. Es war ihr Lieblingsstück. Dazu kam es nicht mehr. Das Gericht entzog ihr das Sorgerecht, und sie war tot, bevor sie ihren Sohn wiederbekommen konnte.

Bosch hörte schließlich ›Sheherazade‹, gespielt von der Philharmonie, in dem Jahr, in dem er mit Sylvia zusammen war.

Sie dachte, daß die Tränen in seinen Augen von der reinen Schönheit der Musik herrührten. Er hatte ihr nie den wahren Grund erzählt.

Aus den Augenwinkeln bemerkte er, daß sich etwas bewegte. Dann klopfte jemand mit der Faust auf das Seitenfenster. Seine Hand fuhr instinktiv unter die Jacke, fand aber keine Waffe. Er drehte sich um und sah eine alte Frau, der die Jahre tiefe Falten ins Gesicht gekerbt hatten. Sie schien drei Schichten von Kleidern zu tragen. Als sie aufhörte zu klopfen, streckte sie ihre Hand geöffnet aus. Noch ganz aufgeschreckt griff Bosch in die Tasche und zog einen Fünfer heraus. Er ließ den Motor an, damit er das Fenster herunterlassen konnte, und gab ihr das Geld. Sie nahm es wortlos und ging. Bosch sah ihr nach und fragte sich, wie sie in dieser Gasse gelandet war.

Und er?

Bosch fuhr aus dem Gäßchen zurück zum Hollywood Boulevard. Wieder ließ er sich ziellos in der Gegend herumtreiben. Dann kam ihm jedoch ein Gedanke. Er war noch nicht bereit, Conklin oder Mittel gegenüberzutreten, aber er wollte sehen, wie sie wohnten, wie sie lebten, wozu sie es gebracht hatten.

Er blieb auf dem Boulevard bis zur Alvarado Street, fuhr südlich bis zur Third Street, dann nach Westen. Die Fahrt ging von einem ärmlichen Viertel, das Little Salvador genannt wurde, über den alten Villen von Hancock Park und dann nach Park La Brea, einem riesigen Komplex von Apartments, Eigentumswohnungen und Pflegeheimen.

Bosch erreichte den Ogden Drive und fuhr langsam, bis er das Park La Brea Lifecare Center fand.

›Lifecare‹, das war wohl ein Witz. Hier sorgte man sich wahrscheinlich nur, daß die Leute starben, damit man ihre Wohnung dem nächsten verkaufen konnte.

Es war ein unauffälliges, zwölfstöckiges Gebäude aus Beton und Glas. Durch die Glasfassade der Eingangshalle sah Bosch einen Wachmann. In dieser Stadt waren sogar die Alten und Schwachen nicht sicher. Er sah an der Fassade hoch und stellte fest, daß die meisten Fenster dunkel waren. Erst neun Uhr und schon wie ausgestorben. Jemand hupte hinter ihm, und er gab wieder Gas. Er fragte sich, wie Conklin lebte. Ob der alte Mann in seinem Zimmer nach so vielen Jahren noch manchmal an Marjorie Lowe dachte?

Seine nächste Station war Mount Olympus, eine Ansammlung von geschmacklosen Häusern im römischen Stil in den Hügeln von Hollywood. Die Architektur war angeblich neoklassisch, er hatte jedoch mehr als einmal die Bezeichnung neokitschig gehört. Die riesigen, teuren Häuser standen dicht nebeneinander.

Bosch bog vom Laurel Canyon Boulevard auf den Mount Olympus Drive, fuhr zum Electra Drive und erreichte schließlich den Heranles Drive. Er fuhr langsam und schaute auf den Bordsteinen nach der Hausnummer, die er am Morgen in sein Notizbuch geschrieben hatte.

Als er vor Mittels Haus anhielt, war er wie vor den Kopf geschlagen. Er kannte das Haus. Zwar war er nie drinnen gewesen, aber jeder kannte es. Es war eine kreisförmige Villa auf einem der sichtbarsten Vorsprünge der Hollywood Hills. Bosch betrachtete das Gebäude mit Ehrfurcht und stellte sich vor, wie groß es innen sein mußte und welche Aussicht man von den Bergen bis zum Ozean haben würde. Die runden Außenwände wurden weiß angestrahlt. Es sah aus wie ein Raumschiff, das hier gelandet war, bereit, wieder abzuheben. Klassischer Kitsch war dies nicht. Es war ein Symbol der Macht und des Einflusses des Besitzers.

Am Fuß einer langen Auffahrt, die den Hügel hinauf zum Haus führte, befand sich ein eisernes Tor, das geöffnet war. Bosch sah, daß mehrere Autos und mindestens drei Limousinen entlang der Auffahrt geparkt waren. Andere Wagen standen oben am Rondell. Er begriff erst, daß da oben eine Party im Gang war, als sich eine rote Gestalt näherte und seine Wagentür aufging. Bosch wandte sich um und sah in das Gesicht eines dunkelhäutigen Latinos, der ein weißes Hemd und eine rote Weste trug.

»Guten Abend, Sir. Wir übernehmen das Auto hier. Wenn Sie die Auffahrt links hinaufgehen, kommen Sie zu den Leuten vom Empfang.«

Bosch starrte den Mann an, ohne sich zu rühren.

»Sir?«

Bosch stieg zögernd aus. Der Mann in der Weste gab ihm einen Zettel mit einer Nummer, stieg ein und fuhr davon. Bosch war bewußt, das er im Begriff war, die Kontrolle der Ereignisse dem Zufall zu überlassen – und daß er so etwas vermeiden sollte. Er sah den Rücklichtern des Mustangs nach. Dann gab er der Versuchung nach. Bosch schloß den obersten Hemdknopf und zog den Knoten seiner Krawatte wieder hoch. Oben angelangt, bot sich ihm ein überwältigendes Panorama der Lichterstadt. Er hielt inne und schaute. Die Sicht reichte vom Pazifik, der vom Mondlicht illuminiert wurde, bis zu den Türmen von Downtown. Die Aussicht allein rechtfertigte den Preis des Hauses, ganz egal wie viele Millionen es waren.

Von links waren leise Musik, Gelächter und Stimmen zu hören. Er ging auf einem Steinweg in Richtung der Geräusche um das Haus herum. Der Abhang zu den Häusern unterhalb war steil und lebensgefährlich. Schließlich gelangte er zu einer beleuchteten, flachen Terrasse. Unter einem Zelt, das so weiß glänzte wie der Mond, war eine Menschenmenge in ständiger Bewegung – mindestens hundertfünfzig Gäste, die Cocktails schlürften und sich Horsd'œuvres von Tabletts nahmen, welche junge Frauen in kurzen schwarzen Kleidern, hauchdünnen Nylons und weißen Schürzen herumtrugen. Bosch fragte sich, wo die Rotwesten die ganzen Autos geparkt hatten.

Er fühlte sich nicht passend angezogen und war sicher, man würde ihn sofort als ungebetenen Gast identifizieren. Aber die Szene war so unwirklich, daß er wie gebannt stehenblieb.

Ein Surfer-Typ im Anzug näherte sich ihm. Er war ungefähr fünfundzwanzig, mit sonnengebräunter Haut und gebleichtem, kurzem Haar. Er trug einen Maßanzug, der aussah, als würde er mehr kosten als der ganze Inhalt von Boschs Kleiderschrank. Die Farbe des Stoffes war hellbraun, aber der Träger würde es als ›Cacao‹ bezeichnen. Er lächelte feindselig.

»Guten Abend, mein Herr! Wie geht es Ihnen?«

»Gut. Allerdings weiß ich noch nicht, was Sie von mir wollen.«

»Mein Name ist Johnson, und ich bin für die Sicherheit der Veranstaltung zuständig. Dürfte ich fragen, ob Sie die Einladung dabeihaben?«

Bosch zögerte einen Moment.

»Oh, tut mir leid. Ich wußte nicht, daß ich sie hätte mitbringen sollen. Daß Gordon Wachschutz für so etwas braucht, hätte ich nicht gedacht.«

Er hatte Mittels Vornamen fallenlassen, damit er nicht gleich hinausgeworfen würde. Der Surfer runzelte einen Moment die Stirn.

»Dürfte ich Sie dann bitten, sich einzutragen?«

»Natürlich.«

Bosch wurde zu einem Tisch neben dem Eingang geführt. Ein Plakat hing vorne herunter. Darauf stand: UNSER KANDIDAT: ROBERT SHEPHERD! Bosch war nun im Bilde.

Auf dem Tisch lag eine Gästeliste, und dahinter saß eine Frau in einem Cocktailkleid aus schwarzem Samt, welches ihre Brüste kaum bedeckte. Mr. Johnson schien sich dafür mehr zu interessieren als für Bosch, der sich als Harvey Pounds eintrug.

Beim Schreiben bemerkte Bosch einen Stapel Spendenkarten und einen Champagnerkelch, der mit Bleistiften gefüllt war. Er nahm sich ein Informationsblatt über den Kandidaten und begann es zu lesen. Johnson riß sich endlich vom Anblick der Wahlkampfhelferin los und sah nach, was Bosch geschrieben hatte.

»Vielen Dank, Mr. Pounds. Und viel Vergnügen.«

Er verschwand in der Menge – wahrscheinlich um zu überprüfen, ob ein Harvey Pounds auf der Einladungsliste stand. Bosch entschloß sich, ein paar Minuten zu bleiben und zu sehen, ob er Mittel entdecken würde. Dann würde er verschwinden, bevor der Surfer ihn suchte.

Er trat unter dem Zelt hervor und überquerte einen kleinen Rasen zur Stützmauer. Dabei tat er so, als genieße er einfach die Aussicht. Sie war wirklich atemberaubend.

Bosch drehte sich um und sah wieder zu der Menge unter dem Zelt hinüber. Er studierte die Gesichter, konnte aber Gordon Mittel nicht entdecken. Keine Spur. Eine Menschentraube hatte sich in der Mitte versammelt, und Bosch begriff, daß es Leute waren, die dem Kandidaten die Hand geben wollten – oder zumindest dem Mann, den Bosch für Shepherd hielt. Harry stellte fest, daß sie alle gleichermaßen reich schienen, sich altersmäßig jedoch unterschieden. Er schätzte, daß viele von ihnen genauso dringend Mittel wie Shepherd treffen wollten.

Eine der Frauen in Schwarz und Weiß kam mit einem Champagnertablett unter dem weißen Zeltdach hervor und schritt auf ihn zu. Er nahm ein Glas und dankte ihr. Dann wandte er sich wieder der Aussicht zu und nippte am Glas. Er nahm an, daß der Champagner von höchster Qualität war, obwohl er selbst den Unterschied nicht schmecken konnte. Er hatte sich gerade entschlossen, auszutrinken und zu gehen, als er eine Stimme von links hörte.

»Wunderbare Aussicht, nicht wahr? Besser als ein Film. Ich könnte hier stundenlang stehen.«

Bosch drehte den Kopf zur Seite, wie um die Anwesenheit des Sprechers zur Kenntnis zu nehmen, sah ihn aber nicht an. Er wollte nicht in ein Gespräch verwickelt werden.

»Ja, es ist schön. Aber ich ziehe *meine* Berge vor.«

»Wirklich? Wo ist das?«

»Auf der anderen Seite. Woodrow Wilson Drive.«

»O ja, da gibt es auch ein paar schöne Grundstücke.«

Meines gehört nicht dazu, dachte Bosch. Es sei denn, Sie mögen neoklassisches Erdbeben-Ambiente.

»Die San Gabriel Mountains leuchten fantastisch in der Sonne«, sagte der Mann. »Ich habe mich dort auch umgesehen, aber dann doch hier gekauft.«

Bosch drehte sich um und schaute Gordon Mittel an. Der Gastgeber streckte seine Hand aus.

»Gordon Mittel.«

Bosch zögerte. Aber Mittel war es wohl gewohnt, daß er Leute sprachlos machte oder zum Stottern brachte.

»Harvey Pounds«, sagte Bosch und reichte ihm die Hand.

Mittel trug einen schwarzen Smoking. Im Gegensatz zu Bosch, war er sogar noch feiner als die Gäste angezogen. Sein graues Haar war kurz geschoren, und seine Bräune kam von der Sonnenbank. Er war schlank, voll angespannter Energie, wie ein Gummiband um einen Packen Hunderter, und sah fünf bis zehn Jahre jünger aus als er war.

»Es freut mich, Sie kennenzulernen. Schön, daß Sie kommen konnten«, sagte er. »Haben Sie Robert schon gesprochen?«

»Nein, er steht dort mitten in einer Gruppe.«

»Ja, das ist wahr. Er wird sich freuen, Sie kennenzulernen, wenn sich die Möglichkeit ergibt.«

»Wahrscheinlich wird er sich auch über meinen Scheck freuen.«

»Das auch.« Mittel lächelte. »Aber ernsthaft. Er kann uns helfen. Er ist ein guter Mann, und wir brauchen Leute wie ihn.«

Sein Lächeln war so fadenscheinig, daß Harry sich fragte, ob Mittel wußte, daß er keine Einladung hatte. Bosch lächelte zurück und klopfte sich rechts auf die Brust seines Jacketts.

»Ich habe mein Scheckbuch dabei.«

Ihm fiel ein, was er wirklich in der Tasche hatte, und hatte eine Idee. Der Champagner – auch wenn es nur ein Glas war – machte ihn waghalsig. Er wollte versuchen, Mittel aus der Fassung zu bringen. Vielleicht würde er sein wahres Gesicht zeigen.

»Ist Shepherd wirklich der richtige Mann?« fragte er.

»Ich verstehe Sie nicht ganz.«

»Wird er eines Tages im Weißen Haus sitzen? Ist er derjenige, der Sie ganz nach oben bringen wird?«

Mittel runzelte die Stirn, vielleicht als Zeichen, daß er leicht verstimmt war.

»Wir werden sehen. Zuerst muß er in den Senat. Das ist im Moment das Wichtigste.«

Bosch nickte und tat so, als studiere er die Menge.

»Nun, es sieht aus, als ob Sie die richtigen Leute eingeladen hätten. Ich sehe jedoch Arno Conklin nicht. Sind Sie noch mit ihm befreundet? Er war Ihr erster, nicht wahr?«

Eine tiefe Falte zog sich jetzt über Mittels Stirn.

»Nun …« Mittel schien sich unbehaglich zu fühlen – aber nur für einen Moment. »Ehrlich gesagt, ich habe schon lange nicht mehr mit ihm gesprochen. Er ist jetzt im Ruhestand, ein alter Mann im Rollstuhl. Kennen Sie Arno?«

»Ich habe noch nie mit ihm gesprochen.«

»Warum fragen Sie dann nach solch alten Geschichten?«

Bosch zuckte mit den Achseln.

»Ich studiere Geschichte, das ist alles.«

»Auf welchem Gebiet sind Sie tätig, Mr. Pounds? Oder sind Sie als Vollzeitstudent eingeschrieben?«

»Recht.«

»Dann haben wir etwas gemeinsam.«

»Das bezweifle ich.«

»Ich war an der Stanford Universität. Und Sie?«

Bosch dachte einen Moment nach.

»Vietnam.«

Mittel runzelte wieder die Stirn, und Bosch erkannte, daß sein Interesse verflog.

»Nun, ich sollte mich auch um die anderen Gäste kümmern. Passen Sie mit dem Champagner auf. Falls Sie nicht nach Hause fahren wollen, kann einer der Jungs Sie nach Hause bringen. Fragen Sie nach Mannel.«

»Der in der roten Weste?«

»Äh, ja. Einer von ihnen.«

Bosch hielt sein Glas hoch.

»Machen Sie sich keine Sorgen. Das ist erst mein drittes.«

Mittel nickte und tauchte wieder in der Menge unter. Bosch beobachtete, wie er unter dem Zelt hindurchging, ein paar Hände schüttelte und schließlich durch eine der verglasten Verandatüren ins Haus trat. Der Raum schien ein Wohnzimmer oder eine Art Aussichtsgalerie zu sein. Mittel ging zu einer Couch und beugte sich zu einem Mann im Anzug hinab, und schien ihm leise etwas zuzuflüstern. Der Mann war ungefähr genauso alt wie Mittel, hatte aber härtere Züge. Obwohl er nicht stand, war zu erkennen, daß er einen massiven Körper besaß. Als junger Mann hatte er wahrscheinlich mehr seine Muskeln als seinen Kopf benutzt. Mittel richtete sich auf und der andere nickte. Dann verschwand Mittel in der Tiefe des Hauses.

Bosch trank sein Glas aus und drängte sich durch die Menge unter dem Zelt zum Haus. Als er sich den Verandatüren näherte, fragte ihn eine der Kellnerinnen, ob sie ihm helfen könne. Er antwortete, er suche eine Toilette, und sie zeigte auf eine Tür links. Die Tür war verschlossen, und er wartete ein paar Momente. Dann öffnete sie sich, und ein Mann und eine Frau kamen heraus. Sie kicherten, als sie Bosch sahen, und kehrten zum Zelt zurück.

In der Toilette öffnete Bosch seine Jacke und holte ein gefaltetes Stück Papier aus der Innentasche. Es war die Fotokopie der Johnny-Fox-Story, die Keisha Russel ihm gegeben hatte. Er faltete sie auf und kreiste mit seinem Stift die Namen Johnny Fox, Arno Conklin und Gordon Mittel ein. Dann schrieb er unter den Artikel: »Welche Berufserfahrung qualifizierte Johnny für den Job?«

Er faltete die Fotokopie zweimal und strich sie mit den Fingern glatt. Dann schrieb er auf die Außenseite: »Gordon Mittel, persönlich!«

Draußen gab er das gefaltete Papier einer Kellnerin.

»Sie müssen Mr. Mittel sofort finden und ihm dies Schreiben geben. Er wartet darauf.«

Er sah ihr nach und ging dann zum Tisch mit dem Gästebuch. Er beugte sich schnell hinab und trug den Namen seiner Mutter ein. Die junge Frau protestierte, daß er sich schon eingetragen habe.

»Das ist für jemand anders«, erwiderte er.

Er gab Hollywood Boulevard und Vista Street als Adresse an. Die Spalte für die Telefonnummer ließ er frei.

Mit den Augen überflog er wieder die Menschen, entdeckte aber weder Mittel noch die Frau, der er das Briefchen gegeben hatte. Kurz darauf aber sah er Mittel mit dem Papier in der Hand in den Raum hinter den Verandatüren treten. Er ging langsam und las.

Bosch sah an seinen Augen, daß er die Anmerkung unter dem Artikel studierte. Es kam Bosch vor, als ob Mittel unter seiner Kunstbräune erbleichte.

Bosch trat in eine Nische zurück und beobachtete Mittel weiterhin. Er fühlte, wie sein Herz schneller schlug. Es war, als ob er heimlich ein Drama auf einer Bühne verfolgte.

Mittels Gesicht zeigte jetzt verblüffte Wut. Bosch sah, wie er dem vierschrötigen Mann auf der Couch die Seite reichte. Dann wandte sich Mittel zu den Glastüren und starrte nach draußen zu den Menschen unter dem Zelt. Er sagte etwas, und Bosch glaubte von seinen Lippen lesen zu können.

»Schweinehund.«

Dann sprach er schneller, bellte Befehle. Der Mann erhob sich von der Couch, und Bosch wußte instinktiv , daß es Zeit war, zu verschwinden. Er ging schnell zur Auffahrt und gab einem der Männer in den roten Westen seinen Parkzettel und einen Zehner. In Spanisch sagte er, daß er in Eile sei.

Trotzdem schien es eine Ewigkeit zu dauern. Während er wartete, schaute er immer wieder nervös zum Haus und hielt nach Mittels Gorilla Ausschau. Er hatte gesehen, in welche Richtung der Mann mit dem Parkzettel gegangen war, und würde ihm nachrennen, falls nötig. Seine Waffe begann ihm zu fehlen. Ob er sie wirklich brauchen würde, spielte keine Rolle. Sie gab ihm aber ein Gefühl der Sicherheit, ohne welches er sich nackt fühlte.

Der Surfer im Anzug erschien oben an der Auffahrt und lief auf Bosch zu. Im gleichen Moment sah Bosch seinen Mustang kommen. Er trat auf die Straße, um ihn zu übernehmen.

Aber der Surfer war schneller.

»He, warte mal einen Mo...«

Bosch drehte sich um und schlug ihm auf die Kinnlade.

Der Surfer fiel rückwärts auf die Auffahrt. Er stöhnte und rollte sich auf die Seite. Dabei hielt er seinen Unterkiefer mit beiden Händen fest. Bosch war sich sicher, daß der Kiefer ausgerenkt oder sogar gebrochen war. Er schüttelte den Schmerz aus seiner Hand, als der Mustang quietschend zum Stehen kam.

Der Mann in der roten Weste ließ sich Zeit beim Aussteigen. Bosch zog ihn von der geöffneten Tür weg und sprang hinein. Als er hinter dem Steuer saß, kam bereits Mittels Gorilla die Auffahrt herunter. Als er den Surfer am Boden liegen sah, begann er zu rennen. Er hatte jedoch Schwierigkeiten, auf der steilen Auffahrt das Gleichgewicht zu halten. Bosch sah, wie seine mächtigen Beine den Hosenstoff dehnten, und plötzlich rutschte er aus und fiel. Zwei der Parkwächter wollten ihm helfen, aber er stieß sie wütend weg.

Bosch trat heftig aufs Gaspedal und raste davon. Er fuhr zum Mulholland Drive hinauf und dann Richtung Osten nach Hause. Adrenalin schoß durch seine Adern. Er war entkommen, und es war offensichtlich, daß er einen Nerv getroffen hatte. Mittel sollte erst einmal darüber nachdenken und schwitzen. Dann schrie er laut auf, obwohl es niemand außer ihm hören konnte.

»Das hat dich ganz schön erschreckt, nicht wahr, du Wichser!«

## 19

Wieder träumte er vom Coyoten. Das Tier lief über einen Bergpfad, wo es keine Häuser, keine Autos, keine Menschen gab. Es bewegte sich schnell durch die Dunkelheit, als ob es fliehen wollte. Der Pfad und das Land gehörten jedoch zu seinem Reich. Er kannte es und wußte, er würde entkommen. Wovor er floh, war nicht klar. Aber es war da, hinter ihm in der Dunkelheit. Und der Coyote wußte instinktiv, daß er flüchten mußte.

Das Läuten des Telefons drang wie ein Messer in seinen Traum. Bosch zog das Kissen vom Kopf und rollte nach rechts. Seine Augen wurden sofort vom Morgenlicht geblendet. Die Jalousien waren nicht geschlossen. Er griff nach dem Telefon auf dem Fußboden.

»Moment«, sagte er.

Er stellte das Telefon aufs Bett und rieb sich die Augen mit den Händen. Er blinzelte zur Uhr. Es war zehn nach sieben. Er hustete und räusperte sich. Dann griff er wieder nach dem Hörer.

»Ja?«

»Detective Bosch?«

»Ja.«

»Brad Hirsch. Entschuldigen Sie, daß ich so früh anrufe.«

Bosch mußte einen Moment nachdenken. Brad Hirsch? Er hatte keine Ahnung, wer das war.

»Macht nichts«, sagte er, während er weiter sein Gedächtnis nach dem Namen durchforschte.

Schweigen folgte.

»Ich bin der … Fingerabdrücke. Erinnern Sie sich? Sie …«

»Hirsch? Natürlich Hirsch! Ich erinnere mich. Was ist los?«

»Ich wollte Ihnen sagen, daß ich die AFIS-Suche für Sie durchgeführt habe. Ich habe heute früh angefangen und es zusammen mit einem Auftrag fürs Devonshire-Revier gemacht. Niemand wird etwas merken.«

Bosch stellte seine Füße auf den Boden, öffnete eine Schublade im Nachttisch und nahm einen Block und einen Bleistift heraus. Er sah, daß der Block vom Surf-and-Sand-Hotel in Laguna Beach war. Voriges Jahr hatte er dort ein paar Tage mit Sylvia verbracht.

»Sie haben's durch den Computer laufen lassen? Was haben Sie bekommen?«

»Nun, das ist es ja. Es tut mir leid, aber es kam nichts raus dabei.«

Bosch warf den Block in die offene Schublade und ließ sich aufs Bett zurückfallen.

»Keine Treffer?«

»Nun, der Computer fand zwei mögliche Kandidaten. Ich habe sie dann visuell verglichen. Sie stimmten nicht überein. Es tut mir leid. Ich weiß, dieser Fall bedeutet ...«

Er brach ab.

»Sie haben es mit allen Datenbanken verglichen?«

»Mit jeder einzelnen im Netzwerk.«

»Ich habe eine Frage. Schließen diese Datenbanken auch Angestellte der Staatsanwaltschaft und der Polizei ein?«

Schweigen. Hirsch überlegte wahrscheinlich, was die Frage bedeuten könnte.

»Sind Sie noch da, Hirsch?«

»Ja. Die Antwort ist ja.«

»Wie weit reichen sie zurück? Sie wissen, was ich meine. Seit wann haben die Datenbanken Abdrücke gespeichert?«

»Nun, jede anders. Die Datenbank der Polizei reicht weit zurück. Wir haben wahrscheinlich die Abdrücke von jedem, der hier seit dem Zweiten Weltkrieg gearbeitet hat.«

Das entlastete also Irving und alle anderen Cops. Aber das störte ihn nicht. Er hatte jemand anders im Visier.

»Wie steht es mit der Staatsanwaltschaft?«

»Bei der Staatsanwaltschaft sieht es anders aus«, sagte Hirsch. »Ich glaube, sie haben die Fingerabdrücke der Angestellten erst Mitte der sechziger Jahre registriert.«

Conklin war zu der Zeit dort gewesen. Aber er war da schon District Attorney. Wahrscheinlich hatte er seine Fingerabdrücke nicht abnehmen lassen, besonders wenn er wußte, daß es Abdrücke in einer Mordakte gab, die man dann als seine identifizieren konnte.

Bosch dachte an Mittel. Er war schon nicht mehr bei der Staatsanwaltschaft gewesen, als man begann, die Abdrücke aller Angestellten zu sammeln.

»Und die Bundesdatenbank?« fragte er. »Falls jemand für den Präsidenten arbeitet und die Berechtigung erhält, ins Weiße Haus zu gehen: Sind solche Abdrücke gespeichert?«

»Ja, doppelt. Einmal in der Datenbank für Bundesangestellte und einmal in der FBI-Datenbank. Sie bewahren die Abdrücke von allen Personen auf, deren Leben unter die

Lupe genommen wurde. Aber nicht jeder, der den Präsidenten besucht, muß sich Fingerabdrücke abnehmen lassen.«

Mittel bleibt also noch im Spiel, dachte Bosch. Aber nur gerade noch.

»Abgesehen davon, ob die Datenbanken seit 1961 komplett sind oder nicht, heißt das also«, sagte Bosch, »daß von der Person, deren Abdrücke auf der Karte sind, keine Fingerabdrücke mit Namen archiviert wurden.«

»Nicht hundertprozentig, aber so gut wie. Dieser Person wurden wahrscheinlich für uns nie Fingerabdrücke abgenommen – zumindest nicht von einer Institution, die die Daten ins Netz einspeist. Unsere Reichweite ist jedoch begrenzt. Wir können die Fingerabdrücke von jeder fünfzigsten Person in diesem Land abrufen. Diesmal hat es nichts gebracht. Tut mir leid.«

»Ist schon in Ordnung, Hirsch, Sie haben's versucht.«

»Nun, ich werde mich wieder an die Arbeit machen. Was soll ich mit der Karte tun?«

Bosch dachte einen Moment nach. Er überlegte, ob es noch andere Möglichkeiten gab.

»Könnten Sie sie aufbewahren? Ich komme vorbei und hole sie ab, sobald ich kann. Wahrscheinlich heute im Laufe des Tages.«

»Okay, ich stecke sie dann in einen Umschlag für Sie, falls ich nicht da sein sollte. Good bye.«

»He, Hirsch?«

»Ja?«

»Es ist ein gutes Gefühl, oder?«

»Was?«

»Sie haben das moralisch Richtige getan. Sie haben keinen Treffer gehabt, aber Sie haben das Richtige getan.«

»Ja, kann sein.«

Er tat so, als verstünde er nicht ganz. Weil es ihm peinlich war. Aber er verstand.

»Okay. Bis dann, Hirsch.«

Nachdem er aufgelegt hatte, blieb Bosch auf der Bettkante sitzen und steckte sich eine Zigarette an. Er dachte darüber nach, was er mit dem Tag anfangen sollte. Hirschs Ergebnis war nicht gut, jedoch auch nicht entmutigend. Es entlastete jedenfalls nicht Arno Conklin und Gordon Mittel vielleicht auch nicht. Bosch war sich nicht sicher, ob bei Mittels Tätigkeiten für Präsidenten und Senatoren eine Überprüfung der Fingerabdrücke obligatorisch war. Er entschied, daß seine Ermittlungen noch nicht Schiffbruch erlitten hatten und er den Kurs deshalb nicht ändern würde.

Er dachte an den Abend zuvor und an das Risiko, das er eingegangen war, indem er Mittel konfrontiert hatte. Er lächelte über seinen Leichtsinn und fragte sich, was Hinojos davon halten würde. Sicher, daß es ein Symptom seiner Probleme sei. Sie würde es nicht so sehen, daß er auf dezente Weise auf den Busch geklopft hatte …

Er stand auf und schaltete die Kaffeemaschine ein. Dann duschte er, rasierte sich und zog sich an. Er nahm den Kaffee und die Schachtel Corn-flakes aus dem Kühlschrank mit auf die Veranda. Die Schiebetür ließ er offen, damit er die Radionachrichten hören konnte.

Die Luft war kühl und frisch, aber es war vorauszusehen, daß es später warm werden würde. Eichelhäher flogen im ausgetrockneten Bachbett unter dem Haus hin und her, und er sah daumendicke, schwarze Bienen, die die Blüten des gelben Jasmins melkten.

Die Nachrichten berichteten von einer Baufirma, die einen Bonus von vierzehn Millionen Dollar erhielt, weil sie mit dem Wiederaufbau des Freeways drei Monate früher fertig geworden war. Die versammelten Offiziellen verglichen den eingestürzten Freeway mit der Stadt. So wie dieser jetzt repariert war, so war auch die Stadt wieder hergestellt. Sie haben noch eine Menge zu lernen, dachte Bosch.

Nach dem Frühstück ging er hinein, schnappte sich die Gelben Seiten und setzte sich in der Küche ans Telefon. Er rief alle großen Fluglinien an und verglich die Preise für Florida-Flüge. Der billigste Flug, den er kurzfristig bekommen konnte, kostete immer noch siebenhundert Dollar – für ihn ein schockierender Betrag. Er bezahlte mit seiner Kreditkarte, damit er es abstottern konnte. Außerdem reservierte er einen Wagen am Flughafen in Tampa.

Nachdem er das erledigt hatte, trat er wieder auf die Veranda und überlegte, wie er sein nächstes Projekt angehen sollte:

Er brauchte eine Polizeimarke.

Bosch blieb lange im Liegestuhl sitzen und wägte ab, ob er sie wirklich für sein Vorhaben brauchte oder nur, um sich sicher zu fühlen. Er wußte, wie nackt und verwundbar er sich in dieser Woche ohne Waffe und Dienstmarke gefühlt hatte. Sie waren quasi Körperteile, mit denen er seit zwanzig Jahren verwachsen war. Er hatte es jedoch vermieden, seine Zweitwaffe zu tragen, die im Wandschrank neben der Vordertür lag. Das hatte er gekonnt. Aber mit der Polizeimarke war es anders. Mehr noch als der Revolver war sie ein Symbol seiner Identität. Sie öffnete besser als jeder Schlüssel Türen, verlieh ihm mehr Autorität als Worte und Waffen. Er kam zu dem Schluß, daß sie notwendig war. Wenn er nach Florida ging, um McKittrick etwas vorzugaukeln, mußte es offiziell aussehen. Dazu brauchte er die Dienstmarke.

Wahrscheinlich lag sie in einer Schublade im Büro von Assistant Chief Irvin S. Irving. Es war unmöglich, sie unbemerkt herauszunehmen. Aber er wußte, wo sich eine andere befand, die den gleichen Zweck erfüllen würde.

Bosch sah auf die Uhr. Es war Viertel nach neun, noch fünfundvierzig Minuten bis zur täglichen Lagebesprechung im Hollywood-Revier. Er hatte noch viel Zeit.

## *20*

Um fünf nach zehn fuhr Bosch auf den Parkplatz hinter dem Revier. Er war sicher, daß sich Pounds, der in allem pünktlich war, schon mit den Berichtsblättern der letzten Nacht durch den vorderen Flur zum Büro des Captains begeben hatte. An der Besprechung, die jeden Morgen stattfand, nahmen der Commanding Officer, der Captain des Streifendienstes, der wachhabende Lieutenant und Pounds als Detective Commander teil. Es war eine Routineangelegenheit, die nie mehr als zwanzig Minuten in Anspruch nahm. Die leitenden Offiziere des Reviers tranken Kaffee und sprachen über die neuen Berichte, über momentane Probleme, Beschwerden und besondere Ermittlungen.

Bosch betrat das Gebäude durch die Hintertür neben den Ausnüchterungszellen und ging dann nach oben zum Detektivbüro. Anscheinend war an diesem Morgen schon viel Arbeit geleistet worden. Vier Männer waren mit Handschellen an die Bänke im Flur gekettet. Ein Junkie bat ihn um eine Zigarette. Bosch hatte ihn schon öfter auf dem Revier gesehen und benutzte ihn manchmal als Informanten – auch wenn er als Quelle nicht sehr verläßlich war. Es war verboten, in einem städtischen Gebäude zu rauchen, aber Bosch zündete trotzdem eine an und steckte sie dem Mann in den Mund, da seine vom Heroinspritzen zerstochenen Arme hinter seinem Rücken gefesselt waren.

»Was ist es diesmal, Harley?« fragte Bosch.

»Scheiße. Wenn ein Typ seine Garage offen läßt, dann ist das doch wie eine Einladung reinzugehen, oder nicht?«

»Erzähl das dem Richter.«

Als Bosch weiterging, rief einer der anderen Inhaftierten ihm nach:

»Und was ist mit mir, Mann? Ich brauch' auch 'ne Kippe.«

»Hab' keine mehr«, sagte Bosch.

»Fuck you.«

»Du nimmst mir das Wort aus dem Mund.«

Er betrat das Büro durch die Hintertür. Als erstes versicherte sich Bosch, daß Pounds' Glaskasten leer war. Er war also bei der Besprechung. Dann schaute er nach vorne zur Garderobe und sah, daß er Glück hatte. Während er auf dem Gang zwischen den Schreibtischen nach vorne ging, nickte er einigen der anderen Detectives zu.

Edgar saß am Mord-Tisch. Seinem neuen Partner gegenüber, der auf Boschs altem Stuhl hockte. Edgar hörte, wie jemand »Hallo, Harry« sagte, und drehte sich um.

»Harry, was is los?«

»Hallo. Ich komm' nur vorbei, um ein paar Sachen abzuholen. Puh ... ist das heiß draußen.«

Bosch ging nach vorne, wo Henry vom Schnarchdezernat hinter dem Schalter saß. Er war mit einem Kreuzworträtsel beschäftigt, und Bosch sah, daß das Blatt von Bleistiftspuren verschmiert war.

»Henry, wie geht's? Kommst du voran?«

»Detective Bosch.«

Bosch zog sein Sportjackett aus und hängte es an einen Haken neben einer grau gemusterten Jacke. Sie hing auf einem Bügel, und Bosch wußte, daß sie Pounds gehörte. Beim Aufhängen drehte er Henry und dem Raum den Rücken zu und fuhr eilig mit der linken Hand in die Innentasche von Pounds' Jacke. Dann zog er das Etui mit der Dienstmarke heraus. Er hatte gewußt, daß es dort sein würde. Pounds war ein Gewohnheitstier, und Bosch hatte das Etui schon oft in der Anzugsjacke gesehen. Er steckte es in seine Hosentasche und drehte sich zu Henry um, der immer noch sprach. Bosch hatte nur einen Augenblick vor diesem schwerwiegenden Schritt gezögert. Es war ein Verbrechen. Er sah es jedoch unter dem Aspekt, daß Pounds verantwortlich dafür war, daß er nicht seine eigene Marke hatte. Nach seinem moralischen Gefühl wog Pounds' Vergehen ebensoschwer.

»Der Lieutenant ist drüben bei einer Besprechung«, sagte Henry.

»Ich will den Lieutenant nicht sehen, Henry. Am besten, du sagst ihm gar nicht, daß ich hier war. Sonst steigt sein Blutdruck wieder. Ich hole nur ein paar Sachen ab und verschwinde dann. Okay?«

»Abgemacht. Ich will nicht, daß er schlechte Laune bekommt.«

Bosch brauchte nicht zu befürchten, daß jemand anders im Büro es Pounds sagen würde. Er gab Henry im Vorbeigehen einen freundschaftlichen Klaps auf die Schulter und besiegelte so den Pakt. Als er sich dem Mord-Tisch näherte, stand Burns von seinem alten Platz auf.

»Mußt du an den Tisch, Harry?« fragte er.

Bosch glaubte die Nervosität in seiner Stimme zu hören. Er verstand seine Lage und hatte nicht vor, eine Szene zu machen.

»Ja, wenn du nichts dagegen hast«, sagte er. »Ich denke, ich nehme meine persönlichen Sachen mit, damit du richtig einziehen kannst.«

Bosch ging um den Tisch herum und öffnete seine Schublade. Zwei Schachteln Pfefferminzbonbons lagen auf uraltem Papierkram.

»Oh, das sind meine«, sagte Burns.

Er nahm die beiden Schachteln heraus und stand dann mit seinen Süßigkeiten neben dem Tisch wie ein großes Kind im Anzug, während Bosch die Papiere durchsah.

Es war alles nur Show. Er steckte ein paar Blätter in einen großen Umschlag und signalisierte Burns mit dem Finger, daß er seine Süßigkeiten wieder in die Schublade legen konnte.

»Sei vorsichtig, Bob.«

»Mein Vorname ist Bill. Vorsichtig weswegen?«

»Ameisen.«

Bosch ging zu den Karteischränken, die neben dem Tisch an der Wand standen, und öffnete die Schublade, auf der seine Geschäftskarte klebte. Sie befand sich in Hüfthöhe und war fast leer. Er zog das Etui mit dem Rücken zum Tisch aus der Tasche und legte es in die Schublade. Dortdrin öffnete er es und holte die goldene Dienstmarke heraus. Er steckte sie in die eine Tasche und das Etui in die andere. Zur Tarnung holte er eine Akte aus der Schublade und schloß sie wieder.

Er drehte sich um und schaute Jerry Edgar an.

»Okay, das ist alles. Nur persönlicher Kram, den ich vielleicht brauche. Irgendwas los?«

»Nein, alles ruhig.«

An der Garderobe griff Bosch mit einer Hand nach seinem Jackett und mit der anderen steckte er das Etui wieder in Pounds' Jacke. Nachdem er das Jackett angezogen hatte, verabschiedete er sich von Henry und ging noch einmal zum Mord-Tisch hinüber.

»Ich gehe«, sagte er zu Edgar und Burns, während er zwei Akten an sich nahm, die er herausgesucht hatte. »Ich will nicht, daß Achtundneunzig einen Anfall bekommt. Macht's gut, Jungs.«

Auf dem Weg nach draußen hielt Bosch an und gab dem Junkie noch eine Zigarette. Der andere Inhaftierte, der sich beschwert hatte, war nicht mehr da. Sonst hätte Bosch ihm auch eine geschenkt.

Er warf die Akten auf den Rücksitz des Mustangs, holte sein Etui aus der Tasche und steckte Pounds' Dienstmarke neben seinen Ausweis. Solange niemand näher hinsah, würde es gehen. Auf der Dienstmarke stand LIEUTENANT und auf seinem Ausweis DETECTIVE. Eine kleine Diskrepanz, aber nicht so tragisch. Es war gut möglich, daß Pounds den Verlust nicht so bald bemerken würde. Er verließ fast nie das Revier, um Tatorte zu aufzusuchen, und mußte daher selten seine Dienstmarke vorzeigen. Es war sogar möglich, daß das Verschwinden gänzlich unbemerkt blieb. Er mußte sie nur zurückbringen, wenn er sie nicht mehr brauchte.

## 21

Bosch kam diesmal zu früh zur Sitzung mit Carmen Hinojos. Er wartete, bis es genau halb vier war, und klopfte dann an ihre Tür. Als er eintrat, lächelte sie. Ihm fiel auf, daß die Spätnachmittagssonne durchs Fenster kam und den Schreibtisch mit Licht überflutete. Zuerst steuerte er auf seinen gewohnten Platz zu, dann stoppte er jedoch und setzte sich auf den linken Stuhl. Sie beobachtete ihn und runzelte die Stirn, als sei er ein Schuljunge.

»Falls Sie denken, es macht mir was aus, auf welchem Stuhl Sie sitzen, irren Sie sich.«

»Wirklich? Okay.«

Er stand auf und setzte sich auf den anderen Stuhl. Ihm gefiel es am Fenster besser.

»Eventuell kann ich Montag nicht kommen«, sagte er, nachdem er Platz genommen hatte.

»Warum nicht?«

»Ich fahre weg. Ich versuche aber, rechtzeitig zurück zu sein.«

»Weg? Und Ihre Ermittlungen?«

»Zum Teil. Ich fliege nach Florida, um einen der Detectives aufzuspüren, die damals den Fall bearbeitet haben. Einer ist tot, der andere lebt jetzt in Florida. Also muß ich zu ihm.«

»Könnten Sie nicht einfach anrufen?«

»Ich möchte nicht anrufen. Ich möchte ihm keine Chance geben, mich abzuwimmeln »

Sie nickte.

»Wann fliegen Sie?«

»Heute abend. Ich nehme einen Nachtflug nach Tampa.«

»Harry, sehen Sie sich an. Sie sehen aus wie eine wandelnde Leiche. Warum schlafen Sie nicht und fliegen morgen früh?«

»Ich muß da sein, bevor die Post ankommt.«

»Was meinen Sie damit?«

»Nichts, es ist eine lange Geschichte. – Ich brauche Ihre Hilfe, ich wollte Sie etwas fragen.«

Sie dachte ein paar Sekunden nach. Wahrscheinlich überlegte sie, wie weit sie sich hinauswagen sollte, ohne zu wissen, wie tief das Wasser war.

»Was wollen Sie wissen?«

»Haben Sie jemals bei Ermittlungen mitgearbeitet?«

Sie zog die Augen zusammen, schien nicht zu erkennen, worauf es hinauslief.

»Ab und zu. Manchmal werde ich um Rat gefragt, oder man bittet mich, ein Täterprofil zu schreiben. Aber die Polizei beauftragt meistens freiberufliche Gutachter. Kriminalpsychologen, die Erfahrung haben.«

»Aber Sie waren an Tatorten?«

»Eigentlich nein. Ich habe nur auf der Grundlage von Fotos gearbeitet.«

»Großartig.«

Bosch hob seine Aktentasche auf die Knie und öffnete sie. Er nahm den Umschlag mit den Fotos vom Fundort der Leiche und der Autopsie heraus und legte ihn vorsichtig auf ihren Schreibtisch.

»Die sind von dem Fall. Ich möchte sie nicht ansehen. Ich kann sie nicht ansehen. Aber jemand muß es für mich tun und mir sagen, was drauf ist. Wahrscheinlich nichts Entscheidendes, aber jemand sollte sie sich noch mal ansehen. Die zuständigen Detectives haben ... im Grunde, haben sie fast nichts getan.«

»Ach Harry.« Sie schüttelte ihren Kopf. »Ich weiß nicht, ob das eine gute Idee ist. Warum ich?«

»Weil Sie wissen, was ich mache. Und weil ich Ihnen traue. Ich glaube nicht, daß ich sonst jemandem trauen kann.«

»Würden Sie mir trauen, wenn unsere Gespräche nicht unter die Schweigepflicht fallen würden?«

Bosch studierte ihr Gesicht.

»Ich weiß es nicht«, sagte er schließlich.

»Das dachte ich mir.«

Sie schob den Umschlag zur Seite.

»Lassen wir das mal einen Moment liegen und fangen wir mit unserer Sitzung an. Ich muß es mir noch überlegen.«

»Okay, Sie können sie behalten. Aber geben Sie mir Bescheid, ja? Ich möchte gern wissen, was Sie davon halten – als Psychiaterin und Frau.«

»Wir werden sehen.«

»Worüber sollen wir sprechen?«

»Wie laufen die Ermittlungen?«

»Ist das eine berufliche Frage, Dr. Hinojos? Oder interessieren Sie sich für den Fall?«

»Nein, ich interessiere mich für Sie. Und ich mache mir Sorgen. Ich bin immer noch nicht überzeugt, daß die Sache ungefährlich ist – weder psychisch noch physisch. Sie stochern in dem Leben mächtiger Leute herum. Und ich gerate dazwischen. Ich weiß, was Sie tun, kann Sie aber nicht aufhalten. Ich fürchte, Sie haben mich hinters Licht geführt.«

»Wieso?«

»Sie haben mich hineingezogen. Ich wette, Sie hatten vor, mir diese Bilder zu zeigen, seitdem Sie mir sagten, was Sie tun.«

»Sie haben recht. Aber es war keine List. Ich denke, hier kann ich über alles sprechen. Haben Sie das nicht gesagt?«

»Okay, Sie haben mich nicht überlistet, sondern nur manipuliert. Ich hätte es kommen sehen sollen. Machen wir weiter. Ich möchte über den emotionalen Aspekt der Sache sprechen. Warum ist es für Sie nach so vielen Jahren wichtig, daß Sie den Mörder finden?«

»Das sollte offensichtlich sein.«

»Machen Sie es noch offensichtlicher für mich.«

»Ich kann es nicht. Nicht in Worten. Ich weiß nur, daß sich mein ganzes Leben durch ihren Tod änderte. Ich weiß nicht, was gewesen wäre, wenn sie nicht gestorben wäre, aber ... alles änderte sich.«

»Verstehen Sie, was Sie sagen und was es bedeutet? Sie sehen Ihr Leben zweigeteilt. Der erste Teil mit ihr, den Sie mit einem Gefühl von Glück ausstatten, das sicher nicht immer vorhanden war. Und der zweite Teil, von dem Sie zugeben, daß er nicht Ihren Erwartungen entspricht. Ich glaube, daß Sie seit langem unglücklich sind, eventuell schon immer. Ihre letzte Beziehung war vielleicht so etwas wie ein Lichtblick. Ich glaube jedoch, daß Sie trotzdem – und immer schon – ein unglücklicher Mensch waren.«

Sie machte eine Pause, aber Bosch sagte nichts. Er wußte, daß Sie noch nicht fertig war.

»Vielleicht haben Sie wegen der Ereignisse der letzten Jahre, die für Sie und die Polizei traumatisch waren, Bilanz gezogen. Und ich fürchte, Sie glauben – bewußt oder unbewußt daß Sie Ihr Leben wieder auf die rechte Bahn bringen, indem Sie zurückgehen und Ihrer Mutter Gerechtigkeit widerfahren lassen. Und darin besteht das Problem. Egal, wie Ihre Ermittlungen ausgehen werden, es wird nichts ändern. Es kann nichts ändern.«

»Sie meinen, daß ich dem, was damals passiert ist, nicht die Schuld dafür geben kann, was aus mir geworden ist?«

»Nein, hören Sie mir zu, Harry. Ich meine damit, daß Sie

aus vielen Teilen zusammengesetzt sind, nicht nur aus einem. Es ist wie beim Dominospiel. Viele Steine müssen zusammenpassen, damit man ans Ende kommt, zu dem Punkt, an dem Sie sich befinden. Man kann nicht vom ersten zum letzten Stein springen.«

»Also soll ich es aufgeben? Es sein lassen?«

»Das sage ich nicht. Aber ich habe Schwierigkeiten, den emotionalen Nutzen, die Heilwirkung zu sehen. Es ist sogar gut möglich, daß Sie sich mehr schaden als heilen. Wäre das sinnvoll?«

Bosch stand auf und ging ans Fenster. Er schaute hinaus, nahm aber nicht auf, was er sah. Er fühlte, wie die Sonne ihn wärmte. Ohne sie anzusehen, antwortete er.

»Ich bin mir nicht sicher, ob es sinnvoll ist. Aber es *scheint* in jeder Hinsicht sinnvoll zu sein, daß ich es tue. Tatsächlich ... ich weiß nicht welches Wort ich benutzen soll ... schäme ich mich sogar, daß ich es nicht schon lange vorher getan habe. Viele Jahre sind vergangen, habe ich verstreichen lassen. Ich empfinde es so, als ob ich sie – und mich – im Stich gelassen habe.«

»Das ist verständ...«

»Erinnern Sie sich an das, was ich am ersten Tag gesagt habe? Jeder zählt, oder niemand zählt. Nun, lange Zeit hat sie nicht gezählt. Nicht für die Polizei, nicht für die Gesellschaft, nicht einmal für mich. Das muß ich mir eingestehen: nicht einmal für mich. Dann habe ich diese Akte aufgeschlagen und gesehen, daß ihr Fall einfach abgelegt wurde. Im Archiv vergraben, so wie ich sie vergraben habe. Es war ein abgekartetes Spiel, weil sie nicht zählte, weil sie es deshalb tun konnten. Und wenn ich daran denke, wie lange ich nichts ... dann möchte ich ... ich weiß nicht ... am liebsten im Erdboden versinken.«

Unfähig, in Worte zu fassen, was er sagen wollte, brach er ab. Er schaute hinunter und sah, daß keine Enten mehr im Fenster der Metzgerei hingen.

»Wissen Sie«, sagte er, »sie war, was sie war. Aber manchmal glaube ich, daß ich noch nicht einmal so eine Mutter verdiente ... Ich sollte mich also nicht beklagen.«

Er blieb am Fenster und schaute sie nicht an. Es dauerte einige Augenblicke, bis Hinojos sprach.

»Ich schätze, das ist der Moment, wo ich sagen sollte, daß Sie zu hart über sich urteilen. Aber ich bezweifle, daß es viel helfen würde.«

»Nein, es würde nichts helfen.«

»Könnten Sie zurückkommen und sich hinsetzen? Bitte?«

Bosch tat wie ihm geheißen. Als er saß, trafen sich ihre Augen endlich. Sie sprach zuerst.

»Ich wollte nur sagen, daß Sie alles durcheinanderbringen. Sie spannen den Wagen vor das Pferd. Sie können sich nicht die Schuld daran geben, daß der Fall eventuell vertuscht wurde. Erstens hatten Sie nichts damit zu tun, und zweitens wußten Sie erst davon, als Sie diese Woche die Akte lasen.«

»Begreifen Sie doch! Warum habe ich sie mir nicht vorher angesehen? Ich bin nicht neu hier, sondern schon seit zwanzig Jahren Cop. Ich hätte schon eher ins Archiv gehen sollen. Es spielt doch keine Rolle, daß ich die Details nicht kannte. Ich wußte, sie wurde umgebracht und nichts wurde unternommen. Das hätte ausreichen sollen.«

»Harry, überlegen Sie es sich gut. Heute nacht auf dem Flug, okay? Ihr Vorhaben ist ehrbar, aber Sie müssen aufpassen, daß Sie sich nicht selbst schaden. Das ist es letztendlich nicht wert. Es ist den Preis nicht wert, den Sie vielleicht dafür bezahlen müssen.«

»Nicht wert? Der Mörder läuft frei herum. Er glaubt, er ist davongekommen. Seit Jahren, Jahrzehnten denkt er das. Aber ich werde das ändern.«

»Sie verstehen nicht, was ich sage. Ich will nicht, daß eine schuldige Person davonkommt, besonders nicht bei Mord. Aber ich spreche von *Ihnen*. Nur Sie interessieren mich hier. Es gibt ein grundlegendes Naturgesetz: Kein Lebewesen opfert oder verletzt sich unnötig. Das ist Überlebensinstinkt, und ich glaube, Ihre Lebensumstände haben ihn abgestumpft. Sie werfen alle Vorsicht über Bord, weil es Ihnen egal ist, was psychisch und physisch mit Ihnen bei dieser

Jagd passiert. Ich will aber nicht, daß Sie zu Schaden kommen.«

Sie machte eine Pause, um durchzuatmen. Er sagte nichts.

»Ich muß Ihnen sagen«, fuhr sie fort, »diese Angelegenheit beunruhigt mich. Mit so einer Situation war ich noch nie konfrontiert, und ich habe wahrhaftig viele Polizisten in meinen neun Jahren hier therapiert.«

»Dann habe ich schlechte Nachrichten für Sie.« Er lächelte. »Ich habe mich gestern abend bei einer von Mittels Parties reingeschmuggelt und ihm einen Schrecken eingejagt – und mir.«

»Scheiße.«

»Ist das ein neuer psychiatrischer Begriff? Ich kenne ihn nicht.«

»Das ist nicht witzig. Warum haben Sie das getan?«

Bosch dachte einen Moment nach.

»Ich weiß es nicht. Es war spontan. Ich fuhr an seinem Haus vorbei, und eine Party war im Gange. Es hat mich irgendwie ... wütend gemacht. Daß er eine Party gab und meine Mutter ...«

»Haben Sie mit ihm über den Fall gesprochen?«

»Nein, ich habe ihm noch nicht einmal meinen Namen gesagt. Wir haben uns nur gegenseitig abgetastet. Aber ich habe ihm etwas überbringen lassen. Erinnern Sie sich an den Artikel, den ich Ihnen Mittwoch zeigte? Ich beobachtete, wie er ihn las. Ich glaube, ich habe einen Nerv getroffen.«

Sie atmete laut aus.

»Okay. Schlüpfen Sie mal aus Ihrer Haut und beurteilen Sie als Unbeteiligter, was Sie getan haben. War das klug, einfach da aufzukreuzen?«

»Ich habe schon darüber nachgedacht. Nein, es war nicht klug. Es war ein Fehler. Wahrscheinlich warnt er Conklin. Sie wissen jetzt, daß es jemanden gibt, der hinter ihnen her ist. Sie werden auf Schulterschluß gehen.«

»Sie beweisen gerade, wie recht ich habe. Ich möchte, daß Sie mir versprechen, keine Dummheiten mehr zu machen.«

»Das kann ich nicht.«

»In dem Fall muß ich Ihnen mitteilen, daß das Arzt-Patienten-Verhältnis gebrochen werden kann, wenn der Therapeut glaubt, daß der Patient sich oder andere in Gefahr bringt. Ich habe gesagt, daß ich machtlos bin, Sie aufzuhalten. Das stimmt nicht ganz.«

»Sie würden zu Irving gehen?«

»Wenn ich glaube, daß Sie sich oder andere gefährden, ja.«

Bosch wurde wütend, als er merkte, daß sie ihn letztendlich in der Hand hatte. Er schluckte seine Wut jedoch runter und hielt seine Hände hoch, um sich zu ergeben.

»Okay, ich werde nicht mehr ungeladen auf Partys erscheinen.«

»Nein, das reicht nicht. Ich will, daß Sie sich von den Leuten fernhalten, die Sie verdächtigen.«

»Ich verspreche Ihnen, daß ich sie erst dann aufsuche, wenn ich die Lösung im Sack habe.«

»Ich meine es ernst.«

»Ich auch.«

»Das hoffe ich.«

Danach schwiegen sie fast eine Minute – zur Abkühlung. Hinojos wandte sich etwas zur Seite und schaute ihn nicht an. Wahrscheinlich überlegte sie, was sie als nächstes sagen sollte.

»Machen wir weiter«, sagte sie endlich. »Sie verstehen, daß diese Sache, diese Jagd nach dem Mörder, den eigentlichen Zweck dieser Sitzung überschattet?«

»Ich weiß.«

»Mein Gutachten wird also weiter aufgeschoben.«

»Das stört mich nicht mehr so sehr. Ich brauche die freie Zeit für meine Ermittlungen.«

»Nun, solange es Sie glücklich macht«, sagte sie sarkastisch. »Also, ich möchte auf den Vorfall zurückkommen, weswegen Sie hier sind. Die letzten Male haben Sie nur sehr allgemein und kurz darüber gesprochen. Ich weiß warum. Zuerst haben wir uns nur abgetastet. Wir sind jetzt jedoch weiter. Ich möchte eine vollständigere Schilderung.

Sie sagten, daß Lieutenant Pounds die Sache ins Rollen brachte.«

»Das ist richtig.«

»Wie?«

»Zuerst einmal: Er ist Commander der Detectives, ohne selbst je Detective gewesen zu sein. Genauer gesagt, er hat mal ein paar Monate irgendwo an einem Mord-Tisch gesessen, aber nur, um es auf seinen Lebenslauf setzen zu können. Im Grunde ist er ein Verwaltungsmensch. Er hat keine Ahnung, wie man Fälle löst, nur wie man sie auf der Liste in seinem Büro abhakt. Der Unterschied zwischen Befragen und Verhören ist ihm schleierhaft. Das macht aber nichts, bei der Polizei wimmelt es von solchen Leuten. Sie sollen ihre Arbeit tun, und ich tu' meine. Das Problem ist, daß er nicht erkennt, was er kann und was nicht. Deswegen hat es schon vorher Schwierigkeiten gegeben – Konfrontationen. Schließlich kam es zu dem *Vorfall,* wie Sie es nennen.«

»Was hat er getan?«

»Er hat meinen Verdächtigen angequatscht.«

»Was meinen Sie damit?«

»Wenn man einen Fall hat und einen Verdächtigen festnimmt, dann ist er sozusagen persönliches Eigentum. Niemand nähert sich ihm. Ein falsches Wort, eine falsche Frage können den Fall vermasseln. Man mischt sich nicht ein, ohne die Detectives zu fragen, die ihn verhaftet haben – egal, ob man Lieutenant oder Chief ist. Das ist eine eiserne Regel.«

»Also, was ist passiert?«

»Wie ich neulich erzählte, mein Partner Edgar und ich bringen den Verdächtigen aufs Revier. Eine Frau war umgebracht worden. Eine von denen, die in Sex-Blättern inserieren. Sie erhält einen Anruf, in eine dieser schmutzigen Absteigen am Sunset Strip zu kommen, hat Sex mit dem Typen und wird erstochen. Das ist die kurze Version. Die Stichwunde befindet sich oben auf der rechten Brust. Der Freier ist ganz cool. Er ruft die Cops an und sagt, daß es ihr Messer sei und daß sie ihn berauben wollte. Dann habe er ihr die Hand mit dem Messer umgedreht und sie erstochen. Selbstverteidigung. Edgar und ich, wir sehen gleich, daß ein paar Sachen nicht mit der Story übereinstimmen.«

»Was zum Beispiel?«

»Erstens ist sie viel kleiner als er. Ich kann mir nicht vorstellen, daß sie ihn angreifen würde. Dann das Messer: ein Steakmesser mit Sägeschliff, fast zwanzig Zentimeter lang, und sie hatte so ein kleines Täschchen ohne Riemen.«

»Eine Unterarmtasche.«

»Ja, so was. Auf alle Fälle hätte das Messer nie reingepaßt. Wie hätte sie's also mitbringen können? Wie man auf dem Strich sagt, ihr Fummel war enger als die Gummis in ihrem Täschchen. Also konnte sie es auch nicht am Körper getragen haben. Wenn sie den Typen berauben wollte, warum dann zuerst der Fick? Warum zieht sie nicht das Messer, nimmt sein Geld und haut ab? Aber so ist es nicht passiert. Er sagte, daß sie es zuerst gemacht hätten und dann hätte sie ihn angegriffen. Das erklärt, warum sie noch nackt war, wirft aber die Frage auf, warum beraubt sie ihn, wenn sie nackt ist? Wie könnte sie so flüchten?«

»Der Typ hat gelogen.«

»Offensichtlich. Wir fanden noch etwas anderes. In ihrer Tasche war ein Zettel mit dem Motelnamen und der Zimmernummer. Sie hatte mit der rechten Hand geschrieben. Die Stichwunde war aber auf der rechten Seite, und das paßt nicht ins Bild. Wenn sie ihn angreifen will, hält sie doch das Messer in der rechten Hand! Wenn der Freier es dann umdrehen würde, wäre die Wunde links auf ihrer Brust, nicht rechts.«

Bosch führte seine rechte Hand zur Brust und machte vor, wie schwierig es wäre, sich rechts in die Brust zu stechen.

»Es gab alle möglichen Indizien, die nicht zu seiner Geschichte paßten. Der Einstich ging nach unten. Hätte *sie* das Messer gehabt, wäre er nach oben gegangen.«

Hinojos nickte, daß sie verstand.

»Das Problem war, daß wir kein Beweisstück hatten, das seine Geschichte widerlegte. Nichts. Nur unser Gefühl, daß sie so nicht stimmte. Stelle und Richtung der Wunde reichten nicht. Für seine Version sprach das Messer. Es lag auf dem Bett, und wir konnten Fingerabdrücke im Blut sehen. Ich bezweifelte nicht, daß es ihre waren. Das kann man leicht nachholen, wenn jemand tot ist. Daß mich das nicht beeindruckte, spielte keine Rolle. Es kommt drauf an, was der Staatsanwalt und was die Jury denkt. ›Berechtigter Zweifel‹ ist ein schwarzes Loch, das schon viele Fälle wie diesen verschluckt hat. Wir brauchten mehr.«

»Was ist dann passiert?«

»Wir nennen so was ›Er-sagt-sie-sagt‹. Ein Wort gegen das andere. Nur in diesem Fall ist die andere Person tot, was es noch schwerer macht. Wir hatten nur seine Version. In so einem Fall bringt man den Typen ins Schwitzen. Man holt ein Geständnis aus ihm heraus. Es gibt viele Methoden, aber im Grunde muß man ihn im Raum brechen. Wir ...«

»Im Raum?«

»Im Verhörraum. Auf dem Revier. Wir haben den Typen in ein Zimmer gebracht. Als Zeugen. Formell war er nicht verhaftet. Wir hatten ihn gefragt, ob er aufs Revier kommen könnte. Es gäbe noch ein paar Sachen zu klären. Und er willigte ein, Mr. Kooperativ. Ganz die Ruhe. Wir haben ihn in einen Raum gesteckt und dann sind Edgar und ich runter zum Wachbüro, um guten Kaffee zu holen. Sie haben guten Kaffee dort unten. Ein Restaurant, das vom Erbeben zerstört wurde, hatte eine dieser großen Maschinen gespendet. Jeder holt sich den Kaffee dort. Nun, wir lassen uns Zeit und besprechen, wie wir vorgehen wollen. Wer anfängt und so weiter. In der Zwischenzeit sieht Pounds, dieses Arschloch – entschuldigen Sie –, den Typen durch das kleine Fenster im Raum sitzen und belehrt ihn. Und ...«

»Was meinen Sie mit ›belehrt ihn‹?«

»Er belehrt ihn über seine Rechte. Es ist unser verdammte Zeuge, und Pounds, der nicht weiß, was er anrichtet, denkt, er muß reingehen und diese Nummer abziehen. Als ob wir es vergessen hätten.«

Bosch war aufs neue aufgebracht und sah sie an. Er merkte aber gleich, daß sie nicht verstand.

»War das nicht die korrekte Vorgehensweise?« fragte sie. »Sind Sie nicht gesetzlich verpflichtet, die Leute über ihre Rechte zu belehren?«

Bosch bemühte sich, seine Wut zu kontrollieren, indem er sich sagte, daß Hinojos zwar für die Polizei arbeitete, aber eine Außenseiterin war. Sie bezog ihre Vorstellungen von Polizeiarbeit wahrscheinlich mehr aus dem Fernsehen als aus der Realität.

»Am besten, ich gebe Ihnen einen Schnellkurs über Theorie und Praxis. Wir – die Cops – haben die schlechteren Karten. Das Miranda-Präzedenzurteil und all die anderen Vorschriften laufen darauf hinaus, daß wir zu einem Typen, von dem wir wissen – oder zumindest glauben –, daß er der Täter ist, sagen: ›Paß auf, wir glauben, du warst es. Allerdings würde dir der Höchste Gerichtshof und jeder Rechtsanwalt auf diesem Planeten raten, nicht mit uns zu reden. Also, hast du Lust, mit uns zu sprechen?‹ – Es geht einfach nicht. Man muß es mit List und Tücke umgehen, man muß bluffen – und man muß geschickt sein. Die Gesetzesvorschriften sind wie ein Drahtseil, auf dem man balanciert. Man muß sehr vorsichtig sein, dann besteht die Chance, daß man es zur anderen Seite schafft. Wenn also so ein Idiot, der nicht einmal weiß, wo sich sein eigenes Arschloch befindet, reinspaziert und den Verdächtigen belehrt, kann das einem den ganzen Tag ruinieren – vom Fall ganz zu schweigen.«

Er hielt inne und sah sie an. Ihr Gesichtsausdruck war immer noch skeptisch. Ihm war jetzt klar, daß sie sich wie jeder andere Bürger vor Furcht in die Hosen machen würde, falls sie wüßte, wie es wirklich da draußen zuging.

»Sowie jemand belehrt wird, ist alles zu spät«, sagte er. »Edgar und ich kamen zurück von der Wache, und der Freier verlangt sofort einen Anwalt. Ich sagte, ›Was für einen Anwalt? Sie sind ein Zeuge, kein Verdächtiger.‹ Und er antwortet nur, daß der Lieutenant ihm gerade seine Rechte vorgelesen hat. Ich weiß nicht, wen ich in dem Moment mehr gehaßt habe, Pounds, der es vermasselt hat, oder diesen Typen, der das Mädchen umgebracht hat.«

»Okay, erzählen Sie mir, was passiert wäre, wenn Pounds sich nicht eingemischt hätte.«

»Wir hätten es auf die freundliche Tour versucht, hätten ihn nach allen möglichen Details gefragt und gehofft, daß sich Widersprüche zu seiner ersten Aussage ergeben. Dann hätten wir gesagt: ›Ihre widersprüchlichen Aussagen machen Sie verdächtig.‹ Dann hätten wir ihn belehrt und ihn hoffentlich mit Hilfe der Widersprüche und den anderen Indizien durch die Mangel gedreht. Wir hätten es versucht und vielleicht geschafft, ein Geständnis herauszuquetschen. Meistens bringen wir die Leute nur zum Reden. Es ist nicht wie im Fernsehen. Es ist hundertmal schwerer und dreckiger. Aber wie Sie bringen wir Leuten zum Reden ... Das ist wenigstens meine Ansicht. Wir werden es diesmal jedoch wegen Pounds nie erfahren.«

»Und was passierte, als Sie erfuhren, daß er belehrt worden war?«

»Ich bin raus und direkt zu Pounds Büro. Er wußte, daß etwas schiefgelaufen war, denn er stand auf. Daran erinnere ich mich. Ich fragte ihn, ob er dem Typen seine Rechte vorgelesen habe, und er sagte ja. Dann ging's los. Wir schrien beide ... Ich erinnere mich nicht, was dann passierte. Nicht, daß ich etwas leugnen will. Ich erinnere mich einfach nicht an Einzelheiten. Ich muß ihn gepackt und dann gestoßen haben. Er flog mit dem Gesicht durchs Glas.«

»Was taten Sie, als das passiert war?«

»Nun, ein paar Kollegen kamen hereingerannt und zogen mich raus. Der Commander des Reviers schickte mich nach Hause. Pounds mußte ins Krankenhaus, um seine Nase verarzten zu lassen. Ein interner Ermittler hat seine Aussage aufgenommen, und ich wurde vom Dienst suspendiert. Irving hat sich dann persönlich eingemischt und Zwangsbeurlaubung wegen Streßüberlastung angeordnet. Und jetzt bin ich hier.«

»Was passierte mit dem Fall?«

»Der Freier hat nicht mehr ausgesagt. Er nahm sich einen Anwalt und wartete ab. Edgar ging mit dem, was wir hatten, letzten Freitag zur Staatsanwaltschaft, und sie warfen es in den Papierkorb. Sie sagten, sie würden nicht mit ein paar nebensächlichen Ungereimtheiten und ohne Zeugen vor Gericht gehen. Die Fingerabdrücke der Prostituierten seien schließlich auf dem Messer ... Letztendlich zählte sie nicht. Wenigstens nicht genug, um das Risiko einzugehen, den Prozeß zu verlieren.«

Eine Weile lang sagten sie beide nichts. Bosch nahm an, daß sie den Fall mit dem Mord an seiner Mutter verglich.

»Der Mörder«, fuhr er schließlich fort, »läuft frei herum. Der Typ, der ihn laufenließ, sitzt wieder an seinem Schreibtisch – und die Glasscheibe wurde ersetzt. Alles geht wieder seinen Gang. Das ist unser System. Weil ich deswegen ausgerastet bin, bin ich zwangsbeurlaubt und verliere eventuell meinen Job.«

Sie räusperte sich, bevor sie mit ihrer Interpretation seiner Geschichte begann.

»So wie Sie die Umstände dargelegt haben, kann man Ihre Wut leicht verstehen, jedoch nicht die Tätlichkeiten. Kennen Sie die Bezeichnung ›Aussetzer‹?«

Bosch schüttelte den Kopf.

»Man beschreibt damit einen Gewaltausbruch, der mehrere Streßursachen hat. Der Druck, unter dem die Person steht, wächst, bis er in einem kurzen Moment entweicht – meistens gewalttätig und oft gegen eine Person gerichtet, die nicht ausschließlich verantwortlich für den Streß ist.«

»Erwarten Sie nicht von mir, daß ich Pounds als unschuldiges Opfer ansehe!«

»Das ist auch nicht nötig. Sie sollen nur diese Situation betrachten und wie es dazu kommen konnte.«

»Ich weiß nicht. So was Beschissenes passiert halt.«

»Wenn Sie jemanden körperlich angreifen, fühlen Sie dann nicht, daß Sie sich auf das Niveau des Mannes begeben, der laufengelassen wurde?«

»Nicht im geringsten, Doktor. Sie können mein ganzes Leben unter die Lupe nehmen. Sie können auch Erdbeben, Feuer, Überschwemmungen und sogar Vietnam mit in Betracht ziehen. Aber als ich mit Pounds in dem Glaskasten war, war das alles irrelevant. Nennen Sie es einen ›Aussetzer‹, oder wie Sie wollen. Manchmal spielt nur der Moment eine Rolle, und in jenem Moment tat ich das Richtige. Falls es der Zweck dieser Sitzungen ist, einzusehen, daß ich falsch gehandelt habe, können wir das Ganze vergessen. Irving hat mich vor kurzem im Parker Center festgehalten und gesagt, ich solle über eine Entschuldigung nachdenken. Scheiß drauf. Ich hab' richtig gehandelt.«

Sie nickte und setzte sich anders hin. Sie sah jetzt verstörter aus als während seines langen Ausbruchs zuvor. Dann schaute sie auf ihre Uhr und er auf die seine. Die Sitzung war zu Ende.

»Ich schätze«, sagte er, »ich habe die Psychotherapie um hundert Jahre zurückgeworfen.«

»Nein, überhaupt nicht. Je mehr man eine Person und seine Geschichte kennt, desto mehr versteht man, warum bestimmte Sachen passieren. Das gefällt mir an meinem Job.«

»Mir auch.«

»Haben Sie seit dem Vorfall mit Lieutenant Pounds gesprochen?«

»Ich habe ihn gesehen, als ich die Schlüssel für meinen Wagen abgegeben haben. Er hat ihn mir weggenommen. Ich bin in sein Büro, und er wurde fast hysterisch. Er ist klein, und ich glaube, er ist sich dessen bewußt.«

»Das ist oft so.«

Bosch beugte sich vor und wollte aufstehen, als er den Umschlag bemerkte, den sie zur Seite geschoben hatte.

»Was ist mit den Fotos?«

»Ich wußte, daß Sie noch mal darauf zu sprechen kommen würden.«

Sie betrachtete den Umschlag und runzelte die Stirn.

»Ich muß drüber nachdenken. In mehr als einer Hinsicht. Kann ich sie behalten, solange Sie in Florida sind, oder brauchen Sie sie?«

»Sie können sie behalten.«

# 22

Um vier Uhr vierzig kalifornischer Zeit landete das Flugzeug in Tampa. Bosch hing verschlafen am Fenster und erlebte seinen ersten Sonnenaufgang in Florida. Während das Flugzeug ausrollte, nahm er seine Uhr ab und stellte sie drei Stunden vor. Die Idee, im nächstmöglichen Motel richtig zu schlafen, war verlockend, aber er hatte keine Zeit. Nach der Karte des Autoclubs waren es mindestens zwei Stunden Fahrt bis Venice.

»Es ist schön, blauen Himmel zu sehen.«

Es war die Frau, die neben ihm saß. Sie lehnte sich herüber und schaute auch aus dem Fenster. Sie war Mitte vierzig, ihr Haar vorzeitig ergraut, fast weiß. Zu Beginn des Fluges hatten sie sich eine Weile unterhalten, und Bosch wußte, daß sie nach Florida zurückzog. Sie hatte L.A. fünf Jahre ihres Lebens gegeben, und jetzt hatte sie die Nase voll. Sie kehrte nach Hause zurück. Bosch hatte sie nicht gefragt, wer oder was sie zu Hause erwartete, fragte sich jedoch, ob ihre Haare schon bei ihrer Ankunft vor fünf Jahren in L.A. weiß gewesen waren.

»Ja«, erwiderte er, »diese Nachtflüge dauern ewig.«

»Nein, ich meinte den Smog. Hier gibt es keinen.«

Bosch schaute sie an und dann aus dem Fenster und betrachtete den Himmel.

»Noch nicht.«

Aber sie hatte recht. Der Himmel hatte einen Blauton, den man in L.A. selten sah. Die Farbe von Swimmingpools. Dicke, weiße Kumuluswolken schwebten wie Träume hoch oben.

Das Flugzeug rollte langsam aus. Bosch wartete bis zum Ende und stand dann auf. Er bewegte seinen verspannten Rücken, um sich zu lockern. Die Wirbel in seinem Rückgrat knackten wie umfallende Dominosteine. Er nahm seine Reisetasche aus dem Gepäckfach und ging zum Ausgang.

Sowie er aus dem Flugzeug in die Gangway trat, schlug ihm die Luftfeuchtigkeit wie ein aufgewärmtes, nasses Handtuch ins Gesicht. Er schleppte sich in den kühlen Terminal und beschloß, seinen Plan, ein Kabrio zu mieten, fallenzulassen.

Eine halbe Stunde später überquerte er auf der 275 die Bucht von Tampa in einem neuen Mustang. Er hatte die Fenster geschlossen und die Klimaanlage angeschaltet, aber sein Körper hatte sich immer noch nicht akklimatisiert und schwitzte.

Am meisten fiel ihm bei seiner ersten Fahrt durch Florida auf, wie flach das Land war. Er war fünfundvierzig Minuten gefahren, ohne den kleinsten Hügel zu sehen, als er einen Berg aus Stahl und Beton erreichte, die Skyway Bridge. Bosch wußte, daß die steil ansteigende Brücke an der Mündung der Bucht eine andere ersetzte, die eingestürzt war, fuhr aber furchtlos und schneller als erlaubt hinüber. Schließlich kam er aus Los Angeles, das gerade ein Erdbeben hinter sich hatte und wo die inoffizielle Richtgeschwindigkeit *unter* Brücken und Überführungen weit rechts auf dem Tachometer angesiedelt war.

Nach der Brücke mündete der Freeway in die 75. Er erreichte Venice zwei Stunden nach der Landung. Die kleinen Motels am Tamiami Trail in ihren Pastelltönen sahen in seinen ermüdeten Augen einladend aus, aber er fuhr weiter und suchte nach einem Geschenkartikelladen und einem Münztelefon.

Er fand beides im Coral-Reef-Einkaufszentrum. Der Laden machte erst um zehn auf. Er hatte noch fünf Minuten Zeit. Also ging er zum Münztelefon an der Außenwand des sandfarbenen Einkaufszentrums und schaute im Telefonbuch nach der Adresse des Postamts. Da zwei aufgelistet waren, holte Bosch sein Notizbuch heraus und sah Jake McKittricks Postleitzahl nach. Er rief eines der Postämter an und erfuhr, daß das andere für diese Postleitzahl zuständig war. Bosch dankte dem Beamten für die Auskunft und legte auf.

Als das Geschenkartikelgeschäft aufmachte, suchte Bosch den Gang für Karten und fand dort eine Geburtstagskarte mit einem knallroten Kuvert. Er ging damit nach vorne, ohne die Innen- oder Außenseite der Karte gelesen zu haben, und nahm sich noch einen Stadtplan aus dem Ständer neben der Kasse.

»Das ist eine schöne Karte«, sagte die alte Frau an der Kasse und tippte den Preis ein. »Sie wird ihr sicher gefallen.«

Sie bewegte sich langsam, wie unter Wasser, und Bosch hätte am liebsten über die Theke gegriffen und selbst die Kasse betätigt, damit es schneller ginge.

Im Mustang steckte Bosch die Karte in den Umschlag, ohne zu unterschreiben, klebte ihn zu und adressierte ihn mit McKittricks Namen und Postfach. Dann ließ er den Motor an und fuhr los.

Es dauerte fünfzehn Minuten, um mit Hilfe des Plans das Postamt an der West Venice Avenue zu finden. Drinnen war kaum etwas los. Ein alter Mann stand an einem Tisch und schrieb langsam eine Adresse auf ein Kuvert. Zwei ältere Frauen warteten auf einen freien Schalter. Als Bosch sich hinter sie stellte, wurde ihm bewußt, daß er in den paar Stunden schon viele Rentner gesehen hatte. Es bestätigte sein Klischeebild von Florida.

Bosch sah sich um und erblickte eine Videokamera an der Wand hinter den Schaltern. Sie war so angebracht, daß sie die Kunden und mögliche Räuber erfaßte – nicht so sehr die Beamten, obwohl deren Arbeitsplätze auch voll sichtbar waren. Es schreckte ihn nicht ab. Er zog einen Zehn-Dollar-Schein aus der Tasche, faltete ihn sorgfältig und hielt ihn mit dem roten Umschlag fest. Dann sah er sein Wechselgeld durch und zählte den genauen Betrag ab. Die Frauen schienen den Beamten fürchterlich lange in Anspruch zu nehmen.

»Der Nächste.«

Bosch war an der Reihe und trat an den Schalter, wo der Beamte wartete. Er war ungefähr sechzig, korpulent und hatte einen schneeweißen Bart. Seine Haut war stark gerötet, als sei er wütend.

»Ich brauche eine Briefmarke hierfür.«

Bosch legte das Kleingeld und das Kuvert auf den Schalter, der Zehner lag gefaltet obenauf. Der Beamte tat, als sehe er ihn nicht.

»Ich habe eine Frage. Ist die Post von heute schon in den Postfächern?«

»Sie wird gerade einsortiert.«

Er gab Bosch eine Briefmarke und strich das Kleingeld ein, ohne das Kuvert oder den Zehner anzurühren.

»Ach, wirklich?«

Bosch nahm den Umschlag, leckte die Briefmarke und klebte sie auf. Dann legte er das Kuvert auf den Zehner. Er war sich sicher, daß der Beamte es beobachtet hatte.

»Ach, äh ... ich wollte, daß mein Onkel das heute noch bekommt. Heute ist sein Geburtstag. Könnten Sie es nach hinten bringen lassen, damit er es noch erhält? Ich würde es ihm ja persönlich bringen, aber ich muß jetzt zur Arbeit.«

Bosch schob den Umschlag mit dem Geldschein darunter über den Schalter zu dem Weißbärtigen.

»Nun«, sagte er, »ich werde sehen, was sich machen läßt.«

Der Beamte drehte seinen Körper nach rechts, um den Vorgang von der Kamera abzuschirmen. Er schob den Zehner schnell in die andere Hand und steckte ihn dann in die Tasche.

»Bin gleich zurück«, sagte er zu den Leuten in der Schlange.

Im Eingangsbereich fand Bosch Postfach 313 und sah durch die kleine Glasscheibe. Das rote Kuvert lag da mit zwei anderen, weißen Briefen. Der eine stand auf dem Kopf, und die Absenderadresse war teilweise sichtbar.

Stadt
Poliz
Postf
Los A
90021

Bosch war sich ziemlich sicher, daß der Umschlag McKittricks Rente enthielt. Er hatte das Wettrennen gewonnen. Er verließ das Postamt und holte sich nebenan zwei Becher Kaffee sowie eine Schachtel Doughnuts. Dann ging er zu seinem Mustang zurück, um in der steigenden Hitze zu warten. Es war noch nicht einmal Mai. Er konnte sich nicht vorstellen, wie es hier im Sommer wäre.

Nach einer Stunde langweilte es ihn, das Postamt zu beobachten, und er schaltete das Radio an. Es war auf einen christlich fundamentalistischen Sender eingestellt. Erst nach ein paar Sekunden merkte Harry, daß das Thema der Predigt das Erdbeben in Los Angeles war. Er entschied sich, den Sender nicht zu wechseln.

»Und ich frage euch, ist es Zufall, daß sich die Erde auftat und die Stadt erschütterte, die die gesamte Nation mit dreckiger Pornographie verseucht? Ich glaube nicht! Ich glaube der HERR hat die Ungläubigen geschlagen, die diese Milliarden-Dollar-Industrie betreiben, als er die Mauern der Stadt einstürzen ließ. Es ist ein Zeichen des HERRN, meine Freunde, ein Zeichen für das, was kommen wird. Ein Zeichen, daß nicht alles ...«

Bosch schaltete aus. Eine Frau, die ein rotes Kuvert und andere Briefe in der Hand hielt, war gerade aus der Post gekommen. Er beobachtete, wie sie zu einem silbernen Lincoln Town Car ging, und schrieb instinktiv die Wagennummer auf, obwohl er keinerlei Beziehungen zu Polizisten in Florida hatte, die die Nummer überprüfen könnten. Die Frau war Mitte Sechzig, schätzte Bosch. Er hatte mit einem Mann gerechnet, aber ihr Alter paßte. Er startete den Mustang und wartete, daß sie abfuhr.

Sie fuhr nördlich auf der Hauptverbindungsstraße nach Sarasota. Der Verkehr bewegte sich langsam. Nach fünfzehn Minuten und vielleicht zwei Meilen bog sie links auf die Vamo Road ab und fuhr danach sofort rechts auf eine Privatstraße, die zwischen hohen Bäumen und grüner Vegetation verborgen war. Bosch war nur Sekunden hinter ihr. Als er die Zufahrt erreichte, fuhr er langsamer, bog jedoch nicht ein. Zwischen den Bäumen sah er ein Schild.

Willkommen in
Pelican Cove
Eigentumswohnungen, Bootsanlegestellen

Der Town Car passierte ein Wachhäuschen mit einer rotweißen Schranke.

»Scheiße.«

Bosch hatte nicht mit einer eingezäunten Privatsiedlung gerechnet. Er hatte angenommen, daß so etwas außerhalb von Los Angeles selten war. Er schaute abermals das Schild an. Dann wendete er und fuhr zurück zur Hauptstraße. Kurz bevor sie abgebogen waren, hatte er dort ein Einkaufszentrum gesehen.

Im Anzeigenteil der *Sarasota Herald-Tribune* waren acht Eigentumswohnungen in Pelican Cove zum Verkauf angeboten, aber nur drei waren direkt von den Eigentümern inseriert worden. Bosch ging zu einem Münztelefon und wählte die erste Nummer. Ein Anrufbeantworter meldete sich. Unter der zweiten Nummer meldete sich eine Frau. Sie sagte, daß ihr Mann heute Golf spiele und sie ihm nicht gern allein die Wohnung zeigen würde. Beim dritten Anruf lud ihn eine Frau ein, sofort zu kommen, und erwähnte sogar, daß sie frische Limonade gemacht hätte.

Bosch hatte einen Moment lang Gewissensbisse, weil er eine Fremde ausnutzte, die ihre Wohnung verkaufen wollte. Aber sie vergingen schnell, weil er sich dachte, daß die Frau es nie erfahren würde und es sonst keine Möglichkeit gab, zu McKittrick zu gelangen.

Nachdem man ihn am Tor durchgelassen und ihm auf einem Plan die Wohnung der Frau eingezeichnet hatte, fuhr Bosch durch einen dichtbewaldeten Komplex und suchte nach dem silbernen Town Car. Er merkte bald, daß die meisten Anwohner Rentner waren. Sie fuhren mit dem Auto oder gingen zu Fuß, und fast alle hatten weißes Haar und braune Haut. Er fand den Town Car bald und orientierte sich auf dem Plan, um der Limonaden-Frau einen kurzen Besuch abzustatten, damit er keinen Verdacht erregte. Dann sah er jedoch noch einen silbernen Town Car. Anscheinend war er bei Rentnern sehr beliebt. Er holte sein Notizbuch heraus und kontrollierte die Nummer. Keiner der Wagen war der richtige.

Er fuhr weiter und fand schließlich den richtigen Wagen

an einer abgelegenen Stelle am äußersten Rand des Siedlungskomplexes. Er stand vor einem zweistöckigen Gebäude, das mit dunklem Holz verkleidet und von Eichen umgeben war. Anscheinend gab es sechs Wohnungen in dem Haus. Es sollte nicht schwierig sein, McKittrick zu finden. Er zog die Karte zu Rate und machte sich auf den Weg zur Limonaden-Frau.

»Sie sind noch so jung«, sagte sie erstaunt, als sie öffnete.

Bosch wollte das gleiche sagen, biß sich aber auf die Zunge. Sie war Mitte bis Ende Dreißig und damit drei Jahrzehnte jünger als jeder, den Bosch bisher hier gesehen hatte. Ihr Gesicht war attraktiv, von ebenmäßiger Bräune und eingerahmt von braunem schulterlangem Haar. Sie trug Blue Jeans, ein blaues Oxford-Hemd und eine schwarze Weste mit einem farbigen Muster. Es gefiel Bosch, daß sie nur wenig Make-up benutzte. Und sie sah ihn mit ernsten grünen Augen an, wogegen er ebenfalls nichts hatte.

»Ich bin Jasmine. Sind Sie Mr. Bosch?«

»Ja, Harry. Ich habe eben angerufen.«

»Das ging aber schnell.«

»Ich war in der Nähe.«

Sie bat ihn hereinzukommen und begann ihm die Wohnung zu zeigen.

»Drei Schlafzimmer, wie es in der Anzeige steht. Das große Schlafzimmer hat ein eigenes Bad. Das zweite Badezimmer geht vom Flur ab. Die Aussicht ist allerdings das Besondere an der Wohnung.«

Sie zeigte auf das Panoramafenster mit Schiebetüren, hinter dem man eine weite Wasserfläche sah, übersät von Mangroveninseln. Hunderte Vögel saßen auf den ansonst unberührten Inseln. Sie hatte recht, die Aussicht war herrlich.

»Was ist das?« fragte Bosch. »Das Wasser?«

»Das … Ach, Sie sind nicht von hier? Das ist Little Sarasota Bay.«

Bosch nickte, während er den Fehler verarbeitete, den er mit seiner spontanen Frage gemacht hatte.

»Nein, ich bin nicht von hier. Aber ich habe vor, hierherzuziehen.«

»Woher kommen Sie?«

»Los Angeles.«

»Ach ja, viele Leute packen jetzt ihre Sachen dort. Weil die Erde nicht aufhört zu beben.«

»So könnte man's sagen.«

Sie führte ihn den Flur entlang zum großen Schlafzimmer. Bosch fiel sofort auf, daß der Raum nicht zu der Frau paßte. Alles war dunkel, alt und schwer. Eine Mahagoni-Kommode, die aussah, als wöge sie eine Tonne, zwei Nachttische mit überladenen Lampen und Brokatschirmen. Das Zimmer roch nach Alter. Er konnte sich nicht vorstellen, daß sie hier schlief.

Er drehte sich um und bemerkte an der Wand neben der Tür ein Ölporträt der Frau, die neben ihm stand. Auf dem Bild war sie jünger, ihr Gesicht schmaler und strenger. Bosch fragte sich gerade, was für eine Person ein Porträt von sich im Schlafzimmer aufhängen würde, als er sah, daß das Gemälde signiert war. Der Name des Künstlers war Jazz.

»Jazz. Sind Sie das?«

»Ja. Mein Vater bestand darauf, es hier aufzuhängen. Ich hätte es eigentlich abnehmen sollen.«

Sie ging zur Wand und hob das Gemälde an.

»Ihr Vater?«

Er ging auf die andere Seite, um ihr zu helfen.

»Ja, ich habe es ihm vor langer Zeit geschenkt. Damals war ich dankbar, daß er es nicht ins Wohnzimmer hängte, wo seine Freunde es sehen würden. Aber selbst hier wirkte es ein bißchen aufdringlich.«

Sie drehte das Bild um und lehnte es an die Wand. Bosch dachte über das Gesagte nach.

»Das ist die Wohnung Ihres Vaters?«

»Natürlich. Ich wohne nur hier, solange die Anzeige in der Zeitung ist. Wollen Sie das große Badezimmer sehen? Es hat einen Whirlpool. Das stand nicht in der Anzeige.«

Als er an ihr vorbei zum Badezimmer ging, roch er ihr Parfüm. Jasmin – wie ihr Name. Er schaute instinktiv auf ihre Hände und sah keine Ringe. Irgendwie zog sie ihn an.

Er wußte jedoch nicht, ob sein Gefühl verläßlich war oder ob ihn nur der Kitzel reizte, jemandem etwas vorzuspielen. Er kam zu dem Schluß, daß er erschöpft war. Seine Abwehrmechanismen waren geschwächt. Er guckte sich kurz im Badezimmer um und ging wieder hinaus.

»Schön. Hat er allein gelebt?«

»Mein Vater? Ja. Meine Mutter starb, als ich klein war. Mein Vater verschied letzte Weihnachten.«

»Mein Beleid.«

»Danke. Was möchten Sie noch wissen?«

»Nichts. Ich war nur neugierig, wer hier gewohnt hat.«

»Nein, ich meine, was kann ich Ihnen über die Wohnung erzählen?«

»Oh, ich … nichts. Es ist sehr schön. Aber ich wollte mich erst mal nur umsehen. Ich bin mir noch nicht sicher, was ich tue. Ich …«

»Was tun Sie eigentlich wirklich?«

»Wie bitte?«

»Was tun Sie hier, Mr. Bosch? Sie suchen nicht nach einer Wohnung. Sie sehen sich diese Wohnung doch gar nicht richtig an.«

Sie klang nicht zornig. Ihre Stimme war von der Selbstsicherheit erfüllt, verborgene Gedanken lesen zu können. Bosch merkte, wie er rot wurde. Er war ertappt.

»Ich bin nur … Ich wollte mich nur mal umsehen.«

Es war eine schwache Replik, und er wußte es. Aber es fiel ihm nichts anderes ein. Sie spürte seine mißliche Lage und bohrte nicht weiter.

»Entschuldigen Sie, ich wollte Sie nicht in Verlegenheit bringen. Möchten Sie den Rest der Wohnung sehen?«

»Ja … hm, sagten Sie, es sind drei Schlafzimmer? Das ist eigentlich zu groß für mich.«

»Ja, drei. Aber das stand auch in der Zeitung.«

Glücklicherweise konnte Bosch nicht noch mehr erröten.

»Oh«, sagte er, »das habe ich übersehen. Hm, trotzdem danke für die Führung. Die Wohnung ist wunderschön.«

Er ging schnell durch das Wohnzimmer zur Tür. Während er sie öffnete, drehte er sich um. Sie sprach, bevor er etwas sagen konnte.

»Irgendwie habe ich das Gefühl, daß es eine interessante Geschichte ist.«

»Wovon sprechen Sie?«

»Was immer Sie tun. Falls Sie es mir jemals erzählen wollen, die Nummer steht in der Zeitung. Aber das wissen Sie ja schon.«

Bosch nickte. Es hatte ihm die Sprache verschlagen. Er trat durch die Tür und schloß sie hinter sich.

## 23

Als Bosch das Haus erreichte, vor dem der Lincoln Town Car gestanden hatte, hatte sein Gesicht wieder eine normale Farbe angenommen. Es war ihm mehr als peinlich gewesen, daß die Frau ihn so in die Enge getrieben hatte. Er versuchte, nicht mehr daran zu denken und sich auf seine Aufgabe zu konzentrieren. Er parkte, ging auf die nächste Tür im Erdgeschoß zu und klopfte. Nach einer Weile öffnete eine alte Frau. Sie sah ihn mit verschreckten Augen an. Mit einer Hand schob sie eine kleine, zweirädrige Karre, auf der eine Sauerstoffflasche befestigt war. Zwei durchsichtige Plastikkanülen wanden sich über ihre Ohren und beide Wangen in die Nasenlöcher.

»Entschuldigen Sie die Störung«, sagte er schnell. »Ich suche die McKittricks.«

Sie hob ihre zerbrechliche Hand, machte eine Faust und deutete mit dem Daumen an die Decke. Auch ihre Augen richteten sich nach oben.

»Oben?«

Sie nickte. Er bedankte sich und ging zur Treppe.

Die Frau, die das rote Kuvert abgeholt hatte, öffnete im Stockwerk drüber die Tür. Bosch atmete aus, als hätte er sein Leben lang nach ihr gesucht. Es kam ihm auch fast so vor.

»Mrs. McKittrick?«

»Ja?«

Bosch holte das Etui heraus und öffnete es.

Er hielt es so, daß zwei Finger das Wort LIEUTENANT verdeckten.

»Mein Name ist Harry Bosch. Ich bin Detective bei der Polizei in Los Angeles. Ist Ihr Mann zu Hause? Ich würde gern mit ihm sprechen.«

Sofort bewölkte sich ihr Gesicht.

»Los Angeles? Er ist schon zwanzig Jahre nicht mehr dort!«

»Es handelt sich um einen alten Fall. Man hat mich hierhergeschickt.«

»Sie hätten doch anrufen können.«

»Wir hatten keine Telefonnummer. Ist er hier?«

»Nein, er ist auf dem Boot. Er will angeln.«

»Wo ist es? Vielleicht finde ich ihn da.«

»Er mag eigentlich keine Überraschungen.«

»Nun, es wird so oder so eine Überraschung sein. Ob Sie es ihm sagen oder ich. Das macht keinen Unterschied. Ich muß nur mit ihm sprechen, Mrs. McKittrick.«

Vielleicht war sie den energischen Ton, in den Polizisten automatisch verfielen, gewohnt. Sie gab nach.

»Gehen Sie hier um das Haus herum und dann an den drei nächsten Gebäuden vorbei. Dann links, danach sehen Sie die Anlegestellen schon.«

»Wo ist sein Boot?«

»Platz sechs. Es heißt TROPHY. Der Name steht in großen Lettern an der Seite. Sie können es nicht verfehlen. Er ist bestimmt noch nicht weg. Ich soll ihm noch sein Lunch bringen.«

»Danke.«

Er war schon auf dem Weg zur Treppe, als sie ihm nachrief:

»Detective Bosch? Bleiben Sie länger? Soll ich Ihnen auch ein Sandwich machen?«

»Ich weiß nicht, wie lange es dauern wird, aber das wäre nett von Ihnen.«

Während er zum Hafen ging, fiel ihm ein, daß die Frau mit dem Namen Jasmine ihm nicht wie versprochen Limonade angeboten hatte.

# 24

Es dauerte fünfzehn Minuten, bis Bosch die kleine Bucht mit den Anlegestellen gefunden hatte. McKittrick selbst war leichter zu entdecken. Ungefähr vierzig Boote ankerten hier, aber nur auf einem Boot war jemand zu sehen. Ein Mann mit dunkelbrauner Haut und weißen Haaren beugte sich am Heck über den Außenbordmotor. Bosch studierte ihn beim Näherkommen, aber er erkannte ihn nicht wieder. Er entsprach nicht der Erinnerung, die Bosch von dem Mann hatte, der ihn vor langer Zeit aus dem Schwimmbekken gezogen hatte.

Die Abdeckung vom Motor war fortgenommen worden, und der Mann hantierte mit einem Schraubenzieher. Er trug Khaki-Shorts und ein weißes Golfhemd, das zu alt und flekkig fürs Golfspielen war, aber noch gut genug zum Angeln. Das Boot war circa sieben Meter lang und hatte eine kleine Kabine auf dem Vorderdeck, wo sich das Steuer befand. An den Seiten standen Angelruten in Halterungen, je zwei an Back- und Steuerbord.

Bosch blieb mit Absicht am Bug des Boots stehen. Er wollte auf Distanz bleiben, wenn er die Dienstmarke vorzeigte. Er lächelte.

»Ich hätte nie gedacht, daß ich jemandem vom Mord-Tisch in Hollywood so weit weg von zu Hause finde«, sagte er.

McKittrick schaute auf. Sein Gesicht zeigte jedoch keine Überraschung, verriet nichts.

»Sie irren sich. *Hier* ist mein Zuhause. Als ich dort war, war ich weit weg.«

Bosch widersprach nicht und nickte. Dann holte er die Dienstmarke heraus und hielt sie abermals halb verdeckt.

»Harry Bosch, Hollywood Mord-Tisch.«

»Ja, das habe ich gehört.«

Nun sah allerdings Bosch überrascht aus. Er konnte sich nicht denken, wer in L.A. McKittrick sein Kommen hätte ankündigen können. Niemand wußte davon. Er hatte es nur Hinojos erzählt und konnte sich nicht vorstellen, daß sie ihn verraten würde.

McKittrick befreite ihn von dieser Sorge, indem er auf das Handy auf dem Armaturenbrett zeigte.

»Meine Frau hat angerufen. Worum geht's, Detective Bosch? Als ich noch im Dienst war, hatten wir immer einen Partner. War sicherer so. Sind Sie so unterbesetzt, daß Sie jetzt alleine arbeiten?«

»Eigentlich nicht. Mein Partner ermittelt in einem anderen alten Fall. Die Chancen zur Aufklärung sind so gering, daß man nicht Geld für zwei Flugkarten verschwendet.«

»Das müssen Sie mir näher erklären.«

»Gern. Kann ich aufs Boot kommen?«

»Wie Sie wollen. Sobald meine Frau mit dem Essen kommt, lege ich ab.«

Bosch lief über einen schmalen Steg an die Seite von McKittricks Boot und ging an Bord. Das Boot schwankte leicht, stabilisierte sich dann aber wieder. McKittrick legte die Abdeckung auf den Motor und befestigte sie. Bosch fühlte sich fehl am Platze. Er trug Straßenschuhe, schwarze Jeans, ein armeegrünes T-Shirt und eine leichte, schwarze Sportjacke. Und ihm war immer noch heiß. Er zog die Jacke aus und legte sie gefaltet auf einen der beiden Stühle am Steuer.

»Wonach angeln Sie?«

»Was anbeißt. Wonach angeln Sie?«

Er sah Bosch direkt an, als er fragte. Seine Augen hatten die Farbe von dunkelbraunen Bierflaschen.

»Nun, Sie haben sicher von dem Erdbeben gehört, nicht wahr?«

»Natürlich, wer nicht. Ich habe Erdbeben und Hurrikans mitgemacht. Wenn Sie mich fragen, können Sie die Erdbeben behalten. Einen Hurrikan kann man voraussehen. Zum Beispiel Andrew, der hat ziemlich viel zerstört. Aber stellen

Sie sich mal vor, wieviel mehr es gewesen wäre, wenn niemand gewußt hätte, daß er kommt. Das ist das Problem mit Erdbeben.«

Es dauerte ein paar Augenblicke, bis Bosch sich an den Hurrikan Andrew erinnern konnte, der vor ein paar Jahren die Küste von South Florida verwüstet hatte. Es war schwer, sich an alle Naturkatastrophen in der Welt zu erinnern. Es gab schon genug davon in L.A. Er sah auf die Bucht hinaus. Ein Fisch sprang aus dem Wasser, und als er wieder untertauchte, schoß der Rest des Fischschwarms aus dem Wasser. Bosch schaute zu McKittrick und wollte ihn gerade darauf aufmerksam machen, als ihm klarwurde, daß McKittrick so etwas wohl jeden Tag sah.

»Wann sind Sie weg aus L.A.?«

»Vor einundzwanzig Jahren. Meine zwanzig Dienstjahre waren um, und weg war ich. Sie können L.A. behalten, Bosch. Mann, ich war beim Sylmar-Erdbeben im Dienst, einundsiebzig. Ein Krankenhaus und einige Freeways sind eingestürzt. Damals haben wir in Tujunga gelebt, ein paar Meilen vom Epizentrum. Das werde ich nie vergessen. Es war wie ein Kampf zwischen Gott und Teufel, und man selbst war der Ringrichter. Verdammte Scheiße ... Was hat das Erdbeben damit zu tun, daß Sie hier sind?«

»Es ist ein eigenartiges Phänomen, aber die Zahl der Morde ist gesunken. Die Menschen sind im Augenblick wohl netter zueinander. Wir ...«

»Vielleicht gibt es nichts mehr, was einen Mord lohnt.«

»Vielleicht. – Normalerweise haben wir siebzig, achtzig Morde pro Jahr im Revier. Ich weiß nicht, wie es zu Ihrer ...«

»Weniger als die Hälfte.«

»Nun, wir liegen dieses Jahr unterm Durchschnitt. Das läßt uns Zeit, einige alte Fälle durchzusehen. Jeder hat ein paar übernommen. Auf einem von meinen steht Ihr Name. Sie wissen sicher, daß Ihr ehemaliger Partner tot ist, und ...«

»Eno ist tot? Verdammt, das wußte ich nicht. Warum habe ich nichts davon gehört? Nicht, daß es eine große Rolle gespielt hätte ...«

»Ja, er ist tot. Seine Frau erhält die Pension. Tut mir leid, daß Sie es nicht wußten.«

»Das ist okay. Eno und ich ... wir waren Partner. Aber damit hatte es sich auch.«

»Nun, ich bin hier, weil Sie leben und er nicht.«

»Welcher Fall?«

»Marjorie Lowe.« Bosch wartete einen Moment auf eine Reaktion, aber vergeblich. »Erinnern Sie sich? Man fand sie in einem Müllcontainer in einer Gasse zwischen ...«

»Vista Street, hinterm Hollywood Boulevard – zwischen Vista und Gower Street. Ich erinnere mich an alle Fälle, Bosch. Gelöste und ungelöste. Ich habe keinen vergessen.«

Aber Sie erinnern sich nicht an mich, dachte Bosch, sagte jedoch nichts.

»Ja, der. Zwischen Vista und Gower.«

»Und was ist damit?«

»Er wurde nie aufgeklärt.«

»Das weiß ich«, sagte McKittrick. Seine Stimme erhob sich. »Ich habe dreiundsechzig Fälle in sieben Jahren am Mord-Tisch bearbeitet. Hollywood, Wilshire und dann Raub-Mord in der Zentrale. Sechsundfünfzig habe ich aufgeklärt. Das soll mal einer besser machen. Heutzutage haben Sie Glück, wenn Sie die Hälfte lösen. Ich wette, meine Zahlen sind besser als Ihre.«

»Sie sind Sieger. Das ist eine gute Quote. Es geht nicht um Sie, Jake. Es geht um den Fall.«

»Nennen Sie mich nicht Jake. Ich kenne Sie nicht, hab' Sie noch nie im Leben gesehen. Ich ... warten Sie mal.«

Bosch starrte ihn an, erstaunt, daß er sich jetzt doch an die Begegnung am Schwimmbecken erinnerte. Dann merkte er jedoch, daß McKittrick wegen der Ankunft seiner Frau unterbrochen hatte. Sie kam den Bootssteg entlang und trug eine Kühlbox aus Plastik. McKittrick wartete schweigend, bis sie den Kasten abgesetzt hatte, und hob ihn dann an Bord.

»Detective Bosch, in den Sachen wird es Ihnen zu heiß werden«, sagte Mrs. McKittrick. »Wollen Sie nicht mitkommen und sich Shorts und ein weißes T-Shirt von Jake leihen?«

Bosch schaute McKittrick an und dann sie.
»Nein danke, Ma'am, es geht schon.«
»Sie gehen mit zum Angeln, oder nicht?«
»Nun, ich wurde nicht direkt eingeladen und ...«
»Oh, Jake, lade ihn doch ein! Du wünschst dir doch immer, daß jemand mitkommt. Außerdem hörst du dann endlich mal wieder deine geliebten Mord-und-Totschlag-Geschichten aus Hollywood.«
McKittrick schaute zu ihr hoch. Bosch sah, wie schwer es ihm fiel, seine Wut zu zügeln. Kurz darauf hatte er sich jedoch wieder unter Kontrolle.
»Vielen Dank für die Sandwiches, Mary«, sagte er ruhig. »Würdest du uns jetzt bitte allein lassen?«
Sie runzelte die Stirn und schüttelte den Kopf, als sei er ein verzogener Junge. Sie ging, ohne noch ein Wort zu sagen. Die beiden Männer ließen etwas Zeit verstreichen, bis Bosch endlich sprach, um die Situation zu retten.
»Hören Sie, ich bin nur hier, um Ihnen ein paar Fragen über den Fall zu stellen. Ich unterstelle Ihnen nicht, daß die Ermittlungen nicht korrekt waren. Ich sehe ihn mir nur noch einmal an. Das ist alles.«
»Sie haben etwas vergessen.«
»Was?«
»Sie wollen mich verarschen.«
Jetzt war Bosch nahe daran aufzubrausen. Er war wütend, daß McKittrick seine Motive in Frage stellte, obwohl er ein Recht dazu hatte. Er war versucht, die höfliche Tour fallen zu lassen und ihm seine Meinung zu sagen. Er spürte jedoch, daß McKittrick einen Grund für sein Verhalten haben mußte. Der alte Fall war wie ein Stein im Schuh. Er war irgendwo hingerutscht, wo er nicht drückte, aber er war noch da. Bosch mußte ihn dazu bringen, daß er ihn herausnehmen wollte. Er schluckte seine Wut hinunter und versuchte ruhig zu bleiben.
»Warum glauben Sie, daß ich Sie verarschen will?« fragte er.
McKittrick hatte ihm den Rücken zugedreht und griff unter das Armaturenbrett. Bosch konnte nicht sehen, was

er tat, nahm jedoch an, er suchte nach irgendeinem Schlüssel.

»Ich sage Ihnen warum«, antwortete McKittrick, als er sich umdrehte. »Weil Sie hierherkommen und mit Ihrer Scheißdienstmarke herumfuchteln, wo wir doch beide wissen, daß Sie keine haben.«

Er richtete eine Beretta Zweiundzwanzig auf Bosch. Sie war klein, würde aber auf diese Distanz ihren Dienst tun. Es war anzunehmen, daß McKittrick damit umzugehen verstand.

»Mann, machen Sie sich doch keine Schwierigkeiten.«

»Ich hatte keine Schwierigkeiten, bis Sie hier aufkreuzten.«

Bosch hob seine Hände mit einer besänftigenden Geste.

»Immer mit der Ruhe!«

»Das gleiche rate ich Ihnen. Nehmen Sie die verdammten Hände runter. Ich möchte die Marke noch mal sehen. Holen Sie sie raus und werfen Sie sie hierher. Langsam.«

Bosch tat wie ihm geheißen und versuchte sich im Hafen umzusehen, ohne den Kopf mehr als ein paar Zentimeter zu bewegen. Es war niemand zu sehen. Er war allein – und unbewaffnet.

»Gehen Sie jetzt um die Brücke zum Bug hin. Stellen Sie sich an die Reling, wo ich Sie sehen kann. Ich wußte, daß eines Tages jemand kommt und mich ficken will. Aber Sie haben den falschen Mann und den falschen Tag erwischt.«

Bosch ging zum Bug. Er hielt sich an der Reling fest und drehte sich um. Ohne Bosch aus den Augen zu lassen, bückte sich McKittrick und hob das Etui auf. Dann ging er in die Steuerkabine und legte die Pistole auf das Armaturenbrett. Falls Bosch versuchen würde, sie an sich zu nehmen, wäre McKittrick schneller.

»Was tun Sie, McKittrick?«

»Oh, jetzt nennen Sie mich McKittrick. Was ist mit dem vertraulichen ›Jake‹? – Nun, wir gehen angeln. Sie wollten doch mitangeln. Also los. Falls Sie von Bord springen, erschieße ich Sie im Wasser. Ich habe keine Skrupel.«

»Immer mit der Ruhe. Ich habe nicht die Absicht.«

»Nehmen Sie die Klampe und machen Sie die Leine los. Werfen Sie sie auf den Steg.«

Bosch gehorchte. McKittrick nahm die Waffe und ging zum Heck. Er löste die andere Leine und stieß sich von einem Pfosten ab. Dann ging er ans Steuer und legte den Rückwärtsgang ein. Als das Boot aus dem Anlegeplatz heraus war, schaltete McKittrick zum Vorwärtsgang um. Sie bewegten sich auf die Mündung der Bucht zu. Bosch fühlte, wie die warme, salzige Brise den Schweiß auf seiner Haut trocknete. Er beschloß zu springen, sobald sie auf offenem Wasser waren oder anderen Booten mit Menschen begegneten.

»Erstaunt mich eigentlich, daß Sie unbewaffnet sind. Was ist das für einer, der behauptet, er sei Cop, aber keine Knarre trägt?«

»Ich bin Polizist, McKittrick. Lassen Sie es mich erklären.«

»Müssen Sie nicht. Ich weiß schon alles über Sie.«

McKittrick klappte das Etui auf und Bosch beobachtete, wie er den Ausweis und die Dienstmarke des Lieutenants studierte.

»Was wissen Sie über mich, McKittrick?«

»Keine Sorge, ich hab' noch ein paar Zähne, Bosch. Und ich habe noch Freunde bei der Polizei. Nachdem meine Frau anrief, habe ich telefoniert. Einer meiner Kumpels weiß alles über Sie. Sie sind beurlaubt, Bosch. Zwangsbeurlaubt. Ich kauf' Ihnen also diesen Scheiß mit den Erdbeben nicht ab. Mir scheint eher, Sie erledigen während Ihrer Suspendierung Privataufträge«

»Sie liegen falsch.«

»Nun, wir werden sehen. Sobald wir auf offenem Wasser sind, erzählen Sie mir, wer Sie geschickt hat, oder Sie enden als Fischfutter. Ist mir ganz egal.«

»Niemand hat mich geschickt. Ich habe mich selbst geschickt.«

McKittrick schlug mit der Handfläche gegen die rote Kugel auf dem Gashebel, und das Boot schoß vorwärts. Der Bug bäumte sich auf, und Bosch hielt sich an der Reling fest.

»Quatsch!« McKittrick schrie, um den Motor zu übertönen. »Sie sind ein Lügner. Vorhin haben Sie gelogen und jetzt lügen Sie wieder.«

»Hören Sie mir zu«, schrie Bosch. »Sie sagen, daß Sie sich an jeden Fall erinnern.«

»Jawohl, verdammt noch mal. Ich kann sie nicht vergessen.«

»Fahren Sie langsamer!«

McKittrick zog den Gashebel zurück. Das Boot legte sich wieder gerade ins Wasser, und der Lärm verringerte sich.

»Im Marjorie-Lowe-Fall mußten Sie die Drecksarbeit machen. Erinnern Sie sich? Wissen Sie noch, was ›Drecksarbeit‹ bedeutet? Sie mußten den nächsten Angehörigen verständigen. Das Kind. Im McClaren.«

»Das war Vorschrift, Bosch. Also ...«

Er brach ab und starrte Bosch lange an. Dann öffnete er das Etui und las den Namen. Schließlich schaute er wieder Bosch an.

»Ich erinnere mich an seinen Namen. Das Schwimmbekken. Sie sind der Junge.«

»Ich bin der Junge.«

## 25

McKittrick ließ das Boot im flachen Wasser der Little Sarasota Bay treiben, während Bosch seine Geschichte erzählte. Er stellte keine Fragen, er hörte einfach zu. Als Bosch einmal eine Pause machte, öffnete er die Kühlbox und holte zwei Bierdosen heraus. Eine gab er Bosch. Sie fühlte sich in seiner Hand eiskalt an.

Bosch öffnete sie erst, als er geendet hatte. Er hatte McKittrick alles erzählt, sogar die irrelevante Auseinandersetzung mit Pounds. McKittricks Wut und sein merkwürdiges Verhalten ließen ihn vermuten, daß er sich über den alten Cop getäuscht hatte. Er war in der Annahme hierher gekommen, daß er entweder einen korrupten oder einen dummen Polizisten antreffen würde, und konnte nicht sagen, was er mehr verabscheut hätte. Aber inzwischen glaubte er, daß McKittrick von seinen Erinnerungen, von Fehlentscheidungen heimgesucht wurde. Bosch nahm an, daß seine eigene Ehrlichkeit die beste Methode war, den quälenden Stein aus dem Schuh zu entfernen.

»Also, das ist meine Geschichte«, endete er. »Ich hoffe, Ihre Frau hat nicht nur zwei davon eingepackt.«

Er öffnete die Dose und trank fast ein Drittel des Inhalts in einem Zug. Es war ein wunderbares Gefühl, als das Bier in der Nachmittagssonne seine Kehle hinunterrann.

»Oh, es sind noch mehr in der Kiste«, antwortete McKittrick. »Wollen Sie ein Sandwich?«

»Noch nicht.«

»Ich weiß, Sie wollen meine Story hören.«

»Deswegen bin ich hier.«

»Okay, dann fahren wir mal raus zu den Fischen.«

Er ließ den Motor wieder an und sie folgten den Bojen, die die Fahrrinne durch die Bay markierten, nach Süden. Bosch fiel ein, daß seine Sonnenbrille in der Jackentasche steckte, und er setzte sie auf.

Der Wind kam aus allen möglichen Richtungen, und manchmal strich eine kühle Brise über das Wasser. Es war schon lange her, daß er in einem Boot gesessen hatte. Er fühlte sich ganz wohl, wenn man berücksichtigte, daß noch vor zwanzig Minuten eine Waffe auf ihn gerichtet gewesen war.

Als die Bay in einen Kanal auslief, zog McKittrick den Gashebel zurück und sie fuhren langsamer. Er winkte einem Mann auf der Brücke einer riesigen Jacht zu, die vor einem Restaurant am Ufer vertäut war. Bosch war sich nicht sicher, ob er den Mann kannte oder ob es nur eine freundliche Geste war.

»Halten Sie auf die Laterne auf der Brücke zu«, sagte McKittrick.

»Was?«

»Übernehmen Sie das Ruder.«

McKittrick verließ seinen Posten und ging zum Heck.

Bosch trat schnell hinters Steuer, sichtete die rote Signallampe, die eine halbe Meile entfernt mittig unter einer Zugbrükke hing, und drehte das Boot in diese Richtung. Als er nach hinten schaute, sah er, daß McKittrick einen Plastikbeutel mit kleinen, toten Fischen aus einem Fach nahm.

»Mal sehen, wer heute da ist«, sagte er.

McKittrick lehnte sich über den Bootsrand und klopfte mit der Handfläche auf die Außenwand. Er richtete sich auf und beobachtete zehn Sekunden lang die Wasseroberfläche. Dann wiederholte er das Klopfen.

»Was ist los?« fragte Bosch.

Im gleichen Moment schoß ein Delphin aus dem Wasser und tauchte nur zwei Meter von McKittrick entfernt wieder unter. Bosch war verblüfft. Er hatte nur einen grauen Strahl wahrgenommen. Dann tauchte der Delphin neben dem Boot auf und ließ seinen Mund auf- und zuklappen. Es klang wie Lachen. McKittrick warf ihm zwei Fische in den offenen Schlund.

»Das ist Sergeant, sehen Sie die Streifen?«

Bosch schaute sich schnell zur Brücke um, um sich zu vergewissern, daß sie noch auf Kurs waren, und ging dann zum Heck. Der Delphin war noch da. McKittrick deutete ins Wasser unter der Rückenflosse. Drei weiße Streifen zogen sich über den glatten grauen Körper.

»Er ist zu nah an einen Bootspropeller gekommen und wurde verletzt. Die Leute von Mote Marine haben sich um ihn gekümmert. Aber er hat diese Sergeantenstreifen davongetragen.«

Bosch nickte, und McKittrick fütterte den Delphin abermals. Ohne nachzusehen, ob sie auf Kurs waren, sagte McKittrick: »Gehen Sie besser wieder ans Steuer.«

Bosch drehte sich um und sah, daß sie abgedriftet waren. Er ging nach vorne und korrigierte den Kurs. Dann blieb er da, während McKittrick dem Delphin Fische zuwarf, bis sie unter der Brücke durchfuhren. Bosch beschloß, abzuwarten. Ob es auf der Hin- oder Herfahrt geschah, spielte keine Rolle. Er würde die Geschichte aus ihm herausbekommen. Ohne sie würde er nicht gehen.

Zehn Minuten, nachdem sie die Brücke passiert hatten, erreichten sie einen Kanal, der sie zum Golf von Mexiko brachte. McKittrick warf den Angelhaken mit zwei Ködern ins Wasser und ließ circa dreißig Meter Schnur von der Trommel. Dann übernahm er wieder das Steuer und schrie gegen den Wind und den Motor an.

»Ich will raus zu den Riffs. Bis dahin ziehen wir die Köder hinter uns her. Wenn wir dort sind, lassen wir sie im flachen Wasser treiben. Dann reden wir.«

»Abgemacht«, schrie Bosch zurück.

Nichts biß an. Als sie zwei Meilen von der Küste entfernt waren, schaltete McKittrick den Motor aus und bat Bosch, die eine Angelschnur aufzurollen, während er sich um die andere kümmerte. Es dauerte etwas, bis Bosch als Linkshänder mit der Rolle für Rechtshänder zurechtkam, aber dann zog sich ein Lächeln über sein Gesicht.

»Ich glaube, ich habe das nicht mehr getan, seit ich Kind war. Im McClaren haben sie uns ab und zu mit einem Bus zum Malibu Pier gebracht.«

»O Gott, gibt es den eigentlich noch.«

»Ja.«

»Inzwischen muß das eine Jauchegrube sein.«

»Wahrscheinlich.«

McKittrick lachte und schüttelte den Kopf.

»Warum bleiben Sie noch da, Bosch? Hört sich nicht so an, als ob man Sie dort mag.«

Bosch überlegte einen Moment, bevor er antwortete. Es war eine treffende Bemerkung. Es fragte sich nur, ob sie von McKittrick oder seiner Quelle kam.

»Wen haben Sie in L.A. angerufen?«

»Das werde ich Ihnen nicht verraten. Das war seine Bedingung.«

Bosch nickte. Er würde nicht nachhaken.

»Sie haben recht«, sagte er. »Ich glaube nicht, daß man mich zurückhaben will. Aber ich weiß nicht ... Je mehr sie in die eine Richtung drücken, drücke ich in die andere. Falls sie es aufgäben, mich loswerden zu wollen, würde ich wahrscheinlich freiwillig gehen.«

»Ich glaube, ich verstehe, was Sie meinen.«

McKittrick verstaute die beiden Angelruten, die sie benutzt hatten, und begann damit, die zwei anderen mit Haken und Bleigewichten zu versehen.

»Wir nehmen Meeräsche als Köder.«

Bosch nickte. Er verstand überhaupt nichts vom Fischen, aber er sah genau zu. Es war vielleicht der richtige Zeitpunkt, damit anzufangen.

»Sie haben also nach zwanzig Jahren in L.A. Ihren Hut genommen. Was haben Sie danach getan?«

»Sie sehen es. Ich bin hierher zurückgezogen – ich komme ursprünglich aus Palmetto, oberhalb von hier. Ich habe mir ein Boot gekauft und Angeltouren angeboten. Das habe ich noch mal zwanzig Jahre gemacht und dann habe ich mich zur Ruhe gesetzt. Jetzt angle ich zum Privatvergnügen.«

Bosch lächelte.

»Palmetto? Heißen die Riesenkakerlaken nicht so?«

»Nein. Das heißt ja. Aber es ist auch der Name einer Strauchpalme. Daher hat die Stadt den Namen, nicht von der Kakerlake.«

Bosch nickte und beobachtete, wie McKittrick einen Beutel öffnete und Fischstücke auf die Haken spießte. Nachdem Sie zwei neue Bierdosen geöffnet hatten, warfen Sie die Angeln auf beiden Seiten aus, setzten sich auf die Planken am Bootsrand – und warteten.

»Wie sind Sie denn in L.A. gelandet?« fragte Bosch.

»Wie heißt es noch: ›Geh nach Westen, junger Mann‹? Nun, nachdem Japan kapituliert hatte, kam ich auf der Heimfahrt durch L.A. und sah die Berge, die vom Meer bis in den Himmel stiegen ... Am ersten Abend in der Stadt habe ich im Derby gespeist. Ich wollte meine Brieftasche platthauen. Nun raten Sie mal, wer mich dort in Uniform sieht und meine Rechnung bezahlt? Clark Gable, verdammt noch mal! Ich nehme Sie nicht auf den Arm. Ich hab' mich in die Stadt verliebt, und es dauerte fast dreißig Jahre, bis mir die Augen aufgingen ... Wissen Sie, Mary ist aus L.A. Dort geboren und aufgewachsen. Aber ihr gefällt es jetzt hier.«

Er nickte, wie um die Richtigkeit seiner Entscheidung zu bestätigen. Bosch wartete ein paar Augenblicke. McKittrick hing seinen alten Erinnerungen nach.

»Er war ein netter Typ.«

»Wer?«

»Clark Gable.«

Bosch zerdrückte die leere Bierdose in seiner Hand und holte sich eine neue.

»Erzählen Sie mir von dem Fall«, sagte er, nachdem er die Dose geöffnet hatte. »Was ist passiert?«

»Sie wissen, was passiert ist, wenn Sie die Akte gelesen haben. Es steht alles drin. Der Fall landete im Papierkorb. An einem Tag ermitteln wir noch ernsthaft und am nächsten schreiben wir in den Bericht: ›Momentan keine Spuren.‹ Es war ein Witz. Deshalb erinnere ich mich so gut an den Fall. Die hätten das nicht tun sollen.«

»Wer ›die‹?«

»Sie wissen schon, die Obermacker.«

»Was haben sie getan?«

»Sie haben uns den Fall entzogen. Eno ließ es zu. Er hat sich kaufen lassen. Verdammt ...«

Er schüttelte bitter seinen Kopf.

»Jake«, begann Bosch. Diesmal protestierte der andere nicht wegen der Anrede. »Warum fängst du nicht vorne an. Ich muß alles wissen, was du mir erzählen kannst.«

McKittrick schwieg, während er die Schnur aufrollte. Der Köder war nicht angerührt worden. Er warf ihn wieder aus und steckte die Angel in eine der Halterungen am Bootsrand. Nachdem er sich ein neues Bier genommen und eine Baseballmütze aufgesetzt hatte, lehnte er sich gegen die Bootswand und schaute Bosch an.

»Okay, Junge. Hör zu, ich hatte nichts gegen deine Mutter. Ich erzähle nur, wie es war. Okay?«

»Mehr verlang' ich nicht.«

»Willst du eine Kappe? Du bekommst sonst einen Sonnenbrand?«

»Es geht schon.«

McKittrick nickte und begann endlich.

»Okay, man rief uns zu Hause an. Ein Cop, der Streife ging, hatte sie gefunden. Sie war nicht in der Gasse umgebracht worden. Soviel war klar. Man hatte sie dort hingeschafft. Als ich von Tujunga ankam, war die Spurensicherung schon im vollen Gange. Mein Partner war ebenfalls dort. Eno war der Dienstältere, er war zuerst da. Er leitete die Ermittlungen.«

Bosch steckte seine Angelrute in eine Halterung und ging zu seiner Jacke.

»Hast du etwas dagegen, wenn ich mir Notizen mache?«

»Nein, meinetwegen. Vielleicht habe ich die ganze Zeit darauf gewartet, daß sich jemand für den Fall interessiert.«

»Erzähl weiter. Eno war für den Fall verantwortlich.«

»Genau. Du mußt etwas wissen. Zu der Zeit waren wir seit drei, vier Monaten Partner. Wir waren nicht dicke Freunde. Und nach *dem* Fall war Freundschaft nicht mehr drin. Ich habe mich nach einem Jahr versetzen lassen. Im Wilshire-Revier war ich dann am Mord-Tisch. Danach hatten wir kaum noch miteinander zu tun.«

»Okay, was geschah mit den Ermittlungen?«

»Es lief zuerst wie üblich. Alles Routine. Wir hatten eine Liste der KPs – die meisten haben wir von der Sitte bekommen – und arbeiteten sie durch.«

»Waren auch Kunden unter den Kontaktpersonen aufgeführt? In der Mordakte gab es keine Liste.«

»Ich glaube, sie enthielt ein paar Kunden. Aber sie wurde nicht abgeheftet, weil Eno es so wollte. Und er war zuständig.«

»Okay. Johnny Fox – war er auf der Liste?«

»Ja, er stand ganz oben. Er war ihr … äh, Manager und …«

»Ihr Zuhälter, meinst du.«

McKittrick sah ihn an.

»Ja, das war er. Ich war mir nicht sicher, was du, hm …«

»Ist schon gut. Erzähl weiter.«

»Ja, Johnny Fox war auf der Liste. Wir haben fast mit jedem gesprochen, der sie kannte, und er wurde von allen als brutaler Typ beschrieben. Er war der Polizei bekannt.«

Bosch erinnerte sich an Meredith Romans Aussage, daß er sie geschlagen habe.

»Wir hörten, daß sie ihn hatte verlassen wollen. Entweder um sich selbständig zu machen oder auf den Pfad der Tugend zurückzukehren. Wer weiß? Wir hörten …«

»Sie wollte eine normale, ehrbare Mitbürgerin werden«, unterbrach Bosch. »Damit sie mich aus dem Heim holen konnte.«

Er kam sich naiv vor. Seine Behauptung klang nicht überzeugend.

»Was auch immer«, sagte McKittrick. »Auf alle Fälle war Fox nicht sehr glücklich darüber. Deshalb stand er auf unserer Liste ganz oben.«

»Aber ihr konntet ihn nicht finden. Im Logbuch steht, daß ihr seine Wohnung observiert habt.«

»Ja, wir wollten ihn sprechen. Auf dem Gürtel – der Mordwaffe – waren Fingerabdrücke, uns fehlten jedoch Abdrücke von ihm zum Vergleich. Johnny war ein paarmal aufs Revier gebracht worden, aber nie formell verhaftet.«

»Was hast du daraus geschlossen, daß man ihn aufs Revier brachte, aber nie ein Haftbefehl ausgestellt wurde?«

»Ehrlich gesagt, es fiel mir damals gar nicht auf. Jetzt ist es natürlich offensichtlich. Er hatte einen Schutzengel.«

»Wer?«

»Nun, eines Tages, als wir die Wohnung von Fox observierten, um zu sehen, ob er auftauchte, bekamen wir über Funk die Nachricht, daß wir Arno Conklin anrufen sollten. Er wollte über den Fall sprechen. So bald wie möglich. Das war wie ein Blitz aus heiterem Himmel. Und zwar aus zwei Gründen. Erstens war Arno dabei politische Karriere zu machen. Er leitete die Sonderkommission für Prostitution, Rauschgift und Glücksspiel zu der Zeit und hatte die kommende Wahl zum District Attorney schon so gut wie gewonnen. Zweitens hatten wir den Fall erst ein paar Tage und noch nichts an die Staatsanwaltschaft weitergereicht. Und auf einmal will uns der Obermacker dort sehen. Ich dachte … Eigentlich weiß ich nicht, was ich dachte. Ich wußte einfach … He, du hast einen an der Angel!«

Bosch schaute zu seiner Angelrute und sah, wie sie sich nach einem plötzlichen, kräftigen Ruck bog. Der Fisch zog, und die Schnur rollte sich ab. Bosch griff nach der Angel und hielt dagegen. Der Haken saß fest. Er begann die Schnur aufzurollen, aber der Fisch kämpfte mit aller Kraft dagegen an und wickelte mehr ab, als Bosch aufrollen konnte. McKittrick kam herüber und schraubte den Widerstand der Rolle fester. Sofort begann sich die Rute stärker durchzubiegen.

»Halt die Rute hoch, halt sie hoch«, rief McKittrick.

Bosch folgte seinen Anweisungen und kämpfte fünf Minuten mit dem Fisch. Seine Arme begannen zu schmerzen, und irgend etwas hatte sich unten an seinem Rücken verrenkt. McKittrick zog sich Handschuhe an, und als der Fisch endlich aufgegeben hatte und neben dem Boot schwamm, steckte er seine Finger unter die Kiemen und hob ihn an Bord. Es war ein blauschwarz schimmernder Fisch, der wunderschön in der Sonne glänzte.

»Wahoo«, sagte McKittrick.

»Was?«

McKittrick hielt den Fisch waagerecht.

»Wahoo. Ich glaube, in den schicken Lokalen von L.A. heißt er Ono. Wir nennen ihn hier Wahoo. Sein Fleisch wird beim Garen so weiß wie Heilbutt. Willst du ihn behalten?«

»Nein, wirf ihn zurück. Er ist schön.«

McKittrick zog den Haken aus dem geöffneten Mund und hielt Bosch den Fisch hin.

»Möchtest du ihn mal halten? Muß zwölf, dreizehn Pfund schwer sein.«

»Nee, ist nicht nötig.«

Bosch trat näher und fuhr mit dem Finger über die glitschige Haut des Fisches. In den Schuppen konnte er beinahe sein Spiegelbild erkennen. Er nickte McKittrick zu, und der Fisch wurde ins Wasser zurückgeworfen. Ein paar Sekunden lag er bewegungslos einen halben Meter unter der Oberfläche. Posttraumatisches Streßsyndrom, dachte Bosch. Schließlich schien der Fisch zu sich zu kommen und schoß in die Tiefe. Bosch hängte den Haken an einem der

Ringe seiner Angelrute auf und steckte sie in die Halterung. Er wollte nicht mehr angeln und holte sich ein neues Bier aus der Kühlbox.

»Wenn du ein Sandwich willst, nimm dir eins«, sagte McKittrick.

»Nein, danke.«

Bosch wünschte, der Fisch hätte sie nicht unterbrochen.

»Du hast gesagt, ihr hättet einen Anruf von Conklin bekommen.«

»Ja, von Arno. Allerdings hatte ich mich geirrt. Die Einladung galt nur für Claude, nicht für mich. Eno ging allein.«

»Warum nur Eno?«

»Ich wußte es nicht, und er tat so, als wisse er es auch nicht. Ich nahm an, daß sie sich von früher her kannten.«

»Aber du weißt nicht, warum.«

»Nein. Claude Eno war zehn Jahre älter als ich. Er war schon viel herumgekommen.«

»Also, was passierte dann?«

»Ich kann dir nicht sagen, was passiert ist. Nur was er mir gesagt hat. Verstehst du?«

Er deutete damit an, daß er seinem eigenen Partner nicht traute. Bosch kannte das Gefühl und nickte.

»Erzähl weiter.«

»Er kam von dem Treffen zurück und sagte, Conklin habe ihn gebeten, Fox in Ruhe zu lassen. Fox habe nichts mit dem Fall zu tun und arbeite als Informant für seine Sonderkommission. Fox sei für ihn wichtig, und er wolle ihn nicht verlieren. Wir sollten ihn nicht zu hart anfassen, besonders nicht wegen eines Verbrechens, das er nicht begangen habe.«

»Wieso war Conklin sich so sicher?«

»Ich weiß nicht. Aber Eno erzählte mir, daß er Conklin gesagt habe, daß stellvertretende Staatsanwälte – ganz egal, wer sie seien – nicht für die Polizei entscheiden könnten, wer entlastet sei. Wir würden keine Ruhe geben, bis wir selbst mit Fox gesprochen hätten. Daraufhin soll Conklin eingewilligt haben, daß wir Fox verhören und seine Fingerabdrücke abnehmen könnten. Allerdings nur, wenn wir zu ihm kämen.«

»Wohin?«

»In sein Büro im alten Gerichtsgebäude. Das steht jetzt nicht mehr. Kurz bevor ich wegzog, haben sie diesen häßlichen, viereckigen Kasten dahin gesetzt.«

»Was geschah in dem Büro? Warst du dabei?«

»Ja, ich war da, aber es passierte nichts. Wir verhörten ihn. Fox war mit Conklin da, und außerdem dieser Nazi.«

»Der Nazi?«

»Conklins Bulldogge, Gordon Mittel.«

»Er war auch da?«

»Jawohl. Ich nehme an, er hat auf Conklin aufgepaßt, während Conklin auf Fox aufgepaßt hat.«

An Boschs Gesicht war keine Überraschung abzulesen.

»Okay, was hat Fox gesagt?«

»Wie ich schon sagte, nicht viel. Deshalb erinnere ich mich an alles. Er gab uns ein Alibi und die Namen der Leute, die es bestätigen konnten. Ich nahm seine Fingerabdrükke ab.«

»Was sagte er über das Opfer?«

»Ungefähr das, was wir schon von ihrer Freundin gehört hatten.«

»Meredith Roman?«

»Ja, ich glaube, so hieß sie. Er sagte, sie hätte einen Typen zu einer Party begleitet. Sie war sozusagen aus dekorativen Gründen für den Abend eingestellt worden. Irgendwo in Hancock Park. Er wisse die Adresse nicht und habe nichts mit der Sache zu tun gehabt. Das machte eigentlich keinen Sinn: Ein Zuhälter, der nicht weiß, wo seine ... eines seiner Mädchen ist. Es war der einzige Ansatzpunkt. Als wir ihn deswegen unter Druck setzten, ging Conklin sofort dazwischen.«

»Er wollte nicht, daß ihr ihn in die Mangel nehmt?«

»Das war das Verrückteste, was ich je erlebt habe. Da hast du den kommenden District Attorney – jeder wußte, daß er kandidieren würde –, und er macht sich für diesen Bastard stark ... Entschuldige das Wort Bastard.«

»Vergiß es.«

»Conklin versuchte es so hinzustellen, als hätten wir kein

Recht zu fragen. Und dieses Stück Dreck, Fox, saß grinsend da, mit einem Zahnstocher im Mundwinkel. Das ist jetzt mehr als dreißig Jahre her, und ich erinnere mich immer noch an den Zahnstocher. Mir kam die Galle hoch. Um es kurz zu machen, wir konnten ihn nicht in die Mangel nehmen, um zu erfahren, wie die Verabredung für den Abend arrangiert wurde.«

Das Boot schaukelte über eine hohe Welle. Bosch schaute sich um, sah aber kein anderes Schiff. Seltsam. Er sah weit hinaus aufs Wasser und bemerkte zum erstenmal, wie sehr es sich vom Pazifik unterschied. Das Blau des Pazifiks wirkte kalt und bedrohlich, der Golf war grün und sah warm und einladend aus.

»Wir gingen dann wieder«, fuhr McKittrick fort. »Ich hoffte, wir könnten ihn uns noch mal vornehmen. Also haben wir sein Alibi überprüft. Es war in Ordnung. Und zwar nicht, weil seine Zeugen es bestätigten. Wir haben ordentliche Arbeit getan und andere Leute befragt. Leute, die nicht zu seinem Bekanntenkreis gehörten. Das Alibi war wasserdicht.«

»Erinnerst du dich, wo er gewesen ist?«

»Am Abend war er zuerst in einer Bar auf der Ivar Avenue, einer Stammkneipe für Zuhälter. Den Namen habe ich vergessen. Später fuhr er nach Ventura raus zu einem Spielsaloon und spielte den Rest der Nacht Karten, bis er einen Anruf bekam. Dann haute er ab. Aber es hatte nicht den Anschein, als sei das Alibi für diese Nacht inszeniert worden. Das war seine Routine. Er war in den Lokalen bekannt.«

»Was für ein Anruf war das?«

»Wir haben es nie erfahren. Erst als wir sein Alibi überprüften und jemand den Anruf erwähnte, wußten wir überhaupt davon. Wir hatten nie die Gelegenheit, Fox darüber zu befragen. Zu dem Zeitpunkt interessierte es uns ehrlich gesagt auch nicht. Sein Alibi war wasserdicht, und er bekam den Anruf erst in den Morgenstunden. Vier oder fünf Uhr. Das Op… deine Mutter war da schon lange tot. Sie war um Mitternacht gestorben. Der Anruf spielte keine Rolle.«

Bosch nickte. Wenn er die Ermittlungen geführt hätte,

wäre er diesem Detail dennoch nachgegangen. Es war sonderbar. Wer ruft so früh morgens in einem Pokersaloon an? Was für eine Nachricht hatte Fox veranlaßt, den Spieltisch zu verlassen?

»Was war mit den Abdrücken?«

»Ich habe sie trotz allem überprüfen lassen. Sie stimmten nicht mit denen auf dem Gürtel überein. Er war sauber. Das Schwein war sauber.«

Bosch fiel etwas ein.

»Du hast die Abdrücke auf dem Gürtel mit denen des Opfers verglichen, nicht wahr?«

»Bosch, ich weiß, ihr denkt heutzutage, daß ihr die Größten seid, aber wir waren damals auch nicht auf den Kopf gefallen.«

»Tschuldigung.«

»Auf dem Gürtel gab es einige Abdrücke, die vom Opfer stammten. Aber die anderen gehörten eindeutig dem Mörder. Das ging zweifelsfrei aus den Abdrücken hervor. Wir haben vollständige Abdrücke sowie Teilabdrücke an zwei anderen Stellen sichergestellt, die klar zeigen, daß jemand den Gürtel mit der ganzen Hand gehalten hat. Das tut man nicht, wenn man einen Gürtel anzieht. Das tut man nur, wenn man ihn jemandem um den Hals legt.«

Danach schwiegen beide. Bosch konnte mit dem, was McKittrick ihm erzählte, nichts anfangen. Er war enttäuscht. Er hatte gedacht, wenn er McKittrick dazu bringen könnte, offen mit ihm zu sprechen, würde er mit dem Finger auf Fox oder Conklin oder sonst jemanden zeigen. Aber er tat nichts dergleichen. Er half Bosch überhaupt nicht.

»Warum erinnerst du dich an so viele Details, Jake? Es ist schon lange her.«

»Ich hatte viel Zeit, darüber nachzudenken. Du wirst sehen, wenn du mal aufhörst, Bosch, dann wird es auch so einen Fall geben. Einen Fall schleppst du immer mit dir herum. Das hier ist meiner.«

»Was ist dein abschließendes Urteil über diesen Fall?«

»Mein abschließendes Urteil? Nun, ich habe nie das Treffen in Conklins Büro vergessen können. Du hättest dabei sein sollen. Es ... irgendwie schien es, daß Fox die Fäden in der Hand hatte und den Ablauf bestimmte.«

Bosch nickte. Er sah, daß McKittrick sich anstrengte, seine Gefühle zu erklären.

»Hast du jemals einen Verdächtigen verhört, wenn dessen Rechtsanwalt ständig unterbricht?« fragte McKittrick. »›Beantworten Sie dies nicht, beantworten Sie das nicht.‹ Und ähnliche Mätzchen.«

»Andauernd.«

»Genauso war's. Als ob Conklin, der kommende District Attorney, ein Winkeladvokat wäre, der gegen alle Fragen Einspruch erhebt. Wenn du nicht gewußt hättest, wer er war, hättest du gedacht, er arbeitet für Fox. Beide. Mittel auch. Ich war mir ziemlich sicher, daß Fox Arno in der Hand hatte. Irgendwie. Und ich hatte recht. Die Bestätigung kam später.«

»Du meinst, als Fox starb?«

»Ja. Als er für Conklins Wahlkampagne arbeitete, wurde er von einem Auto überfahren, dessen Fahrer flüchtete. Ich erinnere mich, daß der Zeitungsartikel seine Vergangenheit als Zuhälter und Schläger in Hollywood nicht erwähnte. Er war nur ein Unfallopfer. Johnny Unschuldslamm. Die Story muß Arno ein paar Dollar gekostet und einen Reporter etwas reicher gemacht haben.«

Bosch merkte, daß noch mehr kommen würde, und sagte nichts.

»Ich war inzwischen schon beim Wilshire-Revier«, fuhr McKittrick fort. »Als ich davon hörte, war ich neugierig. Also rief ich in Hollywood an, um zu sehen, wer zuständig war. Eno! Große Überraschung: Er fand nie einen Verdächtigen. Das bestätigte nur meine Meinung über ihn.«

McKittrick starrte über das Wasser auf die Stelle, wo sich die Sonne allmählich dem Horizont näherte. Er warf seine leere Bierdose und verfehlte den Abfalleimer. Sie prallte ab und fiel über Bord ins Wasser.

»Scheiße«, sagte er. »Ich glaube, wir sollten zurückfahren.«

Er begann die Angelschnur aufzurollen.

»Was, glaubst du, sprang für Eno dabei heraus?«

»Das weiß ich nicht. Vielleicht hatte er nur einen Gefallen gut oder so was. Ich behaupte nicht, daß er reich wurde. Aber irgendwie zahlte es sich für ihn aus. Er hätte es nicht ohne Gegenleistung getan. Ich weiß nur nicht, was es war.«

McKittrick nahm die Angelruten aus den Halterungen und legte sie auf Haken an den Seitenwänden des Hecks.

»1972 hast du die Akte aus dem Archiv entliehen. Wieso?«

McKittrick sah ihn fragend an.

»Ich habe die Leihkarte vor ein paar Tagen unterschrieben«, erklärte Bosch. »Dein Name stand noch drauf.«

McKittrick nickte.

»Das war kurz nachdem ich meinen Abschied einreichte. Ich sah meine Akten durch. Die Karte mit den Fingerabdrücken vom Gürtel und den Gürtel hatte ich behalten.«

»Warum?«

»Du weißt warum. Ich fürchtete, sie wären im Archiv oder in der Asservatenkammer nicht sicher. Nicht solange Conklin Deputy Attorney und Eno ihm zu Diensten war. Also behielt ich das Zeug. Ein paar Jahre vergingen und es lag noch da, als ich nach Florida gehen wollte und meinen Kram ausräumte. Kurz bevor ich meine Dienstmarke abgab, heftete ich die Karte mit den Abdrücken in der Akte ab und legte den Gürtel zu den anderen Beweisstücken. Eno war schon in Vegas, pensioniert. Conklin war ausgebrannt und abgestürzt. Der Fall war seit langem vergessen. Ich legte das Zeug dahin, wo es hingehörte – wahrscheinlich in der Hoffnung, daß jemand wie du es sich eines Tages ansieht.«

»Und du? Hast du dir die Akte angesehen, als du die Karte zurückgelegt hast?«

»Ja. Und ich stellte fest, daß ich richtig gehandelt hatte. Jemand hatte Seiten entfernt. Die Vernehmung von Fox fehlte. Wahrscheinlich war es Eno.«

»Als zweiter Mann mußtest du den Papierkram erledigen, nicht wahr?«

»Das war meine Aufgabe. Größtenteils.«

»Was stand in der Zusammenfassung von Fox' Vernehmung, das Eno veranlaßt haben könnte, sie rauszureißen?«

»Ich kann mich an nichts Besonderes erinnern. Nur daß ich die Ansicht vertrat, daß Fox log und Conklin sich nicht korrekt verhielt. Irgend so was.«

»Fiel dir noch etwas ein, das fehlte?«

»Nein, nur das. Ich glaube, er wollte nur Conklins Namen heraushalten.«

»Nun, er hat was übersehen. Du hast den ersten Anruf in der Chronologie vermerkt. Daher wußte ich davon.«

»Hab' ich das? Gar nicht so dumm von mir. Und dadurch bist du jetzt hier.«

»Ja.«

»Okay, laß uns zurückfahren. Schade, daß sie heute nicht anbeißen wollten.«

»Ich kann mich nicht beklagen. Ich hatte meinen Fisch.«

McKittrick trat hinter das Steuer und wollte den Motor anlassen, als ihm noch etwas einfiel.

Er ging zur Kühlbox und öffnete sie. »Ich will Mary nicht enttäuschen.«

Er nahm die Plastikbeutel mit den Sandwiches heraus.

»Bist du hungrig?«

»Eigentlich nicht.«

»Ich auch nicht.«

Er öffnete die Beutel und warf die Sandwiches ins Wasser. Bosch beobachtete ihn.

»Was hast du geglaubt, wer ich bin, als du die Pistole zogst, Jake?«

McKittrick sagte nichts, während er die Beutel ordentlich faltete. Als er sich aufrichtete, sah er Bosch an.

»Ich weiß nicht. Ich fürchtete nur, daß ich dich eventuell beseitigen und dann über Bord werfen müßte, wie das hier. Anscheinend habe ich mich die ganze Zeit versteckt und darauf gewartet, daß sie jemanden schicken.«

»Glaubst du, sie würden sich nach dieser langen Zeit noch solche Mühe machen?«

»Keine Ahnung. Je mehr Zeit verstreicht, desto mehr bezweifle ich es. Aber alte Gewohnheiten wird man nicht so leicht los. Ich habe immer eine Waffe in der Nähe. Es spielt keine Rolle, daß ich mich kaum noch an den Grund erinnere.«

Mit heulendem Motor fuhren sie zur Küste zurück. Die Gischt spritzte ihnen ins Gesicht. Sie redeten nicht. Es gab nichts mehr zu besprechen. Manchmal schaute Bosch zu McKittrick hinüber. Der Schatten des Mützenschirms fiel auf sein altes Gesicht. Aber Bosch konnte seine Augen sehen. Sie betrachteten etwas, was vor langer Zeit passiert und nicht mehr zu ändern war.

## 26

Nach der Bootsfahrt merkte Bosch, daß er von dem vielen Bier und der Sonne allmählich Kopfschmerzen bekam. Er schlug McKittricks Einladung zum Abendessen mit der Entschuldigung aus, daß er müde sei. Im Wagen nahm er ein paar Kopfschmerzkapseln aus seiner Reisetasche, schluckte sie ohne Wasser herunter und hoffte, daß sie helfen würden. Dann schlug er sein Notizbuch auf und überflog noch einmal, was er von McKittricks Geschichte aufgeschrieben hatte.

Er mochte den alten Cop. Vielleicht erkannte er Züge von sich in ihm wieder. McKittrick wurde von Erinnerungen an den Fall heimgesucht, weil er damals aufgesteckt hatte. Er hatte versäumt, das Rechte zu tun. Bosch war des gleichen Versäumnisses schuldig. Er hatte den Fall, der auf ihn wartete, all die Jahre verdrängt. Jetzt versuchte er es wieder gutzumachen – und McKittrick ebenfalls, indem er mit ihm sprach. Aber sie wußten beide, daß es womöglich zu spät war.

Bosch war sich nicht sicher, was er in Los Angeles als nächstes tun sollte. Es blieb ihm wohl nichts anderes übrig, als Conklin aufzusuchen. Es widerstrebte ihm jedoch, weil er nur Verdachtsmomente und keinerlei Beweise hatte. Conklin würde bei der Konfrontation die Oberhand behalten.

Ein Gefühl der Verzweiflung überkam ihn. Er wollte nicht, daß es so endete. Conklin hatte sich fast fünfunddreißig Jahre lang nicht verraten. Er würde jetzt, da Bosch hinter ihm her war, keinen Fehler machen. Harry wußte, er brauchte etwas Handfestes. Aber er hatte nichts.

Er startete den Motor, ließ aber die Automatik auf Parken stehen und drehte die Klimaanlage voll auf. Dann gab er McKittricks Zutaten in den Eintopf seiner Kenntnisse und begann eine Theorie zu formulieren. Für Bosch war dies einer der wichtigsten Schritte im Verlauf von Ermittlungen. Man nehme die Fakten und konstruiere daraus eine Hypothese. Entscheidend war, daß man sich nicht an eine bestimmte Theorie klammerte. Theorien änderten sich, man mußte also flexibel bleiben.

Aus McKittricks Informationen schien klar hervorzugehen, daß Fox Conklin in der Hand hatte. Wieso? Nun, Fox handelte mit Frauen. Das führte zu der Hypothese, daß Fox mittels einer oder mehrerer Frauen Druck auf Conklin ausüben konnte. Die Zeitungsartikel jener Zeit berichteten, daß Conklin Junggeselle war. Die damalige Moral hätte diktiert, daß er als Gesetzesvertreter und Kandidat für das Amt des District Attorneys zwar nicht enthaltsam sein mußte, aber doch zumindest nicht privat die Sünden begehen durfte, die er öffentlich verfolgte. Wenn er dabei ertappt worden wäre, hätte er seine politische Karriere in den Wind schreiben können. Ganz zu schweigen von seiner Position als Leiter der Sonderkommission. Falls das also Conklins Schwachstelle war und Fox die Rendezvous einfädelte, dann konnte Fox von Conklin verlangen, was er wollte. Das würde die eigenartigen Umstände des Verhörs erklären.

Bosch erkannte, daß die Theorie noch mehr Gewicht bekäme, falls Conklin nicht bloß der Fleischeslust gefrönt, sondern Marjorie Lowe – die Frau, die Fox ihm vermittelt hatte – sogar getötet hätte. Erstens würde es erklären, wieso Conklin wußte, daß Fox in dem Mordfall unschuldig war. Zweitens würde es begreiflich machen, warum Conklin die Ermittlungen gegen Fox durchkreuzte und warum er ihn später als Wahlkampfhelfer anstellte. Falls also

Conklin der Killer war, dann hatte Fox' Haken tief gesessen. Er hätte Conklin fest an der Angel gehabt, so wie Bosch heute den Wahoo. Ein Prachtfang, der nicht mehr entkommen konnte.

Es sei denn, der Mann am anderen Ende der Angel würde irgendwie aus dem Spiel scheiden. Bosch dachte über Fox' Tod nach, und wie er sich in die Theorie einfügte. Conklin ließ nach dem ersten Mord etwas Zeit verstreichen spielte den Fisch, der am Haken hing. Er kam sogar Fox' Forderung nach, ihm ehrliche Arbeit zu geben. Als jedoch der richtige Zeitpunkt gekommen war, wurde Fox überfahren. Vielleicht mußte noch ein Journalist bestochen werden, damit er die Vergangenheit des Opfers nicht erwähnte – falls der Reporter überhaupt davon wußte. Und ein paar Monate später wurde Conklin dann zum neuen District Attorney gekürt.

Bosch fragte sich, wie Mittel ins Bild paßte. Es war unwahrscheinlich, daß dies alles in einem Vakuum abgelaufen war. Mittel hatte als rechte Hand und Mann fürs Grobe vermutlich alles gewußt, was Conklin wußte.

Seine Theorie gefiel ihm, sie machte ihn gleichzeitig jedoch wütend. Hauptsächlich, weil es nur eine Theorie war. Er schüttelte den Kopf, als er merkte, daß er wieder am Anfangspunkt war. Alles reine Theorie und keine Beweise.

Er hatte keine Lust, noch länger darüber nachzudenken, und beschloß, das Thema eine Weile beiseite zu schieben. Er stellte die Klimaanlage niedriger, weil die Luft für seinen Sonnenbrand zu kühl war, und fuhr los. Während er langsam durch Pelican Cove zum Eingangstor kutschierte, kehrten seine Gedanken zu der Frau zurück, die das Apartment ihres Vater verkaufen wollte. Sie hatte ihr Selbstporträt mit dem Namen Jazz signiert. Das gefiel ihm.

Er wendete den Wagen und fuhr zurück zu ihrer Wohnung. Es war noch hell, und hinter den Fenstern des Gebäudes leuchteten noch keine Lichter. Er konnte nicht erkennen, ob sie da war oder nicht. Bosch parkte in der Nähe und beobachtete das Haus ein paar Minuten. Er überlegte sich, was er tun sollte – falls er überhaupt etwas tun sollte.

Fünfzehn Minuten später hatte er sich immer noch nicht entschieden und erstarrte, als sie aus der Tür trat.

Er stand einige Meter entfernt zwischen zwei anderen Wagen. Sein Lähmung ließ etwas nach, und er rutschte auf seinem Sitz nach unten, um nicht bemerkt zu werden. Sie kam auf den Parkplatz und ging die Reihe hinter Boschs Mietwagen lang. Er drehte sich nicht um. Er lauschte und wartete auf das Anlaßgeräusch eines Autos. Und dann? Was sollte er dann tun? Ihr folgen?

Er fuhr hoch, als er ein lautes Klopfen am Seitenfenster hörte. Sie. Er war gerade noch in der Lage, den Schlüssel umzudrehen, so daß er das Fenster herunterlassen konnte.

»Ja?«

»Mr. Bosch! Was tun Sie hier?«

»Was meinen Sie?«

»Sie haben hier im Wagen gesessen. Ich habe Sie gesehen.«

»Ich ...«

Er war völlig gedemütigt.

»Ich frage mich, ob ich nicht besser den Wachdienst anrufen sollte.«

»Nein, tun Sie das nicht. Ich wollte gerade ... ich wollte zu Ihnen. Um mich zu entschuldigen.«

»Entschuldigen? Weshalb?«

»Für heute. Für heute morgen. Ich ... Sie hatten recht. Ich wollte die Wohnung nicht kaufen.«

»Was wollten Sie in Wahrheit?«

Bosch öffnete die Tür und stieg aus. Er fühlte sich im Nachteil, wenn sie auf ihn herabsah.

»Ich bin Polizist«, sagte er. »Ich mußte in den Komplex gelangen, um jemanden aufzusuchen. Ich habe Sie benutzt. Es tut mir leid – wirklich. Ich hatte keine Ahnung von Ihrem Vater und all dem.«

Sie lächelte und schüttelte den Kopf.

»Das ist die dümmste Geschichte, die ich je gehört habe. Was ist mit L.A., war das auch Teil der Story?«

»Nein, ich komme wirklich aus L.A. Ich bin dort Polizist.«

»Ich weiß nicht, ob ich das zugeben würde, wenn ich Sie wäre. Sie haben ein paar Image-Probleme.«

»Ja, ich weiß. Also ...« Er fühlte, daß seine Sicherheit zurückkehrte. Morgen früh würde er abfliegen. Es spielte also keine Rolle, was noch passierte, weil er weder sie noch diesen Staat je wiedersehen würde. »Sie sprachen heute morgen von Limonade. Dabei habe ich keine bekommen. Ich dachte, ich könnte Ihnen die Geschichte erzählen, mich entschuldigen und mit Ihnen Limonade oder etwas anderes trinken.«

Er schaute hinüber zur Haustür.

»Ihr Polizisten aus L.A. geht ganz schön ran«, sagte sie lächelnd. »Ich hoffe, daß Ihre Geschichte es wert ist. Ein Glas und dann müssen wir beide gehen. Ich fahre heute abend nach Tampa.«

Sie gingen nebeneinander zur Tür, und Bosch bemerkte, wie ein Lächeln über sein Gesicht ging.

»Was ist in Tampa?«

»Ich lebe dort und ich vermisse es. Seitdem die Wohnung zum Verkauf steht, bin ich mehr hier als da. Ich will den Sonntag zu Hause verbringen, in meinem Studio.«

»Ach richtig. Sie sind Malerin.«

»Ich versuch's.«

Sie öffnete die Tür und ließ ihn zuerst eintreten.

»Nun, so ein Zufall. Ich muß auch irgendwann heute abend nach Tampa. Ich fliege morgen zurück.«

Während er ab und zu an einem großen Glas Limonade nippte, erzählte Bosch ausführlich, wie er sie dazu benutzt hatte, am Tor durchgelassen zu werden. Sie schien es ihm nicht übelzunehmen. Im Gegenteil, sie schien seine Raffiniertheit zu bewundern. Bosch erzählte ihr nicht, wie sein Plan nach hinten losgegangen war, als McKittrick seine Waffe zog. Er beschrieb ihr vage den Fall, ohne seine persönliche Beziehung zu erwähnen. Das Vorhaben, einen Fall nach dreiunddreißig Jahren zu lösen, faszinierte sie anscheinend.

Aus einem Glas Limonade wurden vier, und die letzten zwei waren mit einem ordentlichen Schuß Wodka versehen. Das heilte Bosch gänzlich von seinen Kopfschmerzen, und er sah alles in rosigem Licht. Zwischen dem dritten und vierten Glas, fragte sie ihn, ob sie rauchen dürfte, und er steckte für sie beide Zigaretten an. Als sich der Himmel draußen über den Mangroven verdunkelte, brachte er das Gespräch auf sie. Bosch hatte das Gefühl, daß sie einsam war und irgendein Geheimnis hatte. Hinter dem schönen Gesicht befanden sich Narben. Unsichtbare Narben.

Sie hieß Jasmine Corian, ihre Freunde nannten sie jedoch Jazz. Sie erzählte ihm, daß sie in Florida aufgewachsen war und nie hatte weggehen wollen. Sie war einmal verheiratet gewesen, aber das war schon lange her. Jetzt lebte sie allein und hatte sich daran gewöhnt. Sie konzentrierte sich auf ihre Kunst, und Bosch verstand auf seine Weise, was sie meinte. Seine Kunst – auch wenn kaum jemand es so nennen würde – beanspruchte ebenfalls den größten Teil seines Lebens.

»Was malen Sie?«

»Porträts.«

»Von wem?«

»Leute, die ich kenne. Vielleicht male ich Sie auch mal, Bosch. Irgendwann.«

Er wußte nicht, was er sagen sollte, und wechselte unbeholfen zu einem weniger verfänglichen Thema.

»Warum lassen Sie die Wohnung nicht von einem Makler verkaufen? Auf diese Weise könnten Sie in Tampa bleiben und malen.«

»Ich habe die Abwechslung genossen, außerdem wollte ich nicht fünf Prozent an einen Makler zahlen. Das ist ein schöner Apartmentkomplex. Die Wohnungen verkaufen sich auch ohne Makler ganz gut. Es gibt viele Kanadier, die hier investieren. Ich glaube, daß ich es verkaufen kann. Die Anzeige läuft erst eine Woche.«

Bosch nickte und wünschte, er hätte das Gespräch nicht von ihren Porträts abgelenkt. Es schien jetzt zu stocken.

»Ich wollte fragen … Möchten Sie essen gehen?«

Sie betrachtete ihn ernst, als ob seine Bitte und ihre Antwort weitreichende Konsequenzen hätten. Wahrscheinlich war es so. Wenigstens glaubte er das.

»Wo sollten wir hingehen?«

Sie zögerte die Entscheidung hinaus, aber er spielte mit.

»Ich weiß nicht. Ich kenne mich hier nicht aus. Sie können bestimmen. Entweder hier in der Gegend oder auf dem Weg nach Tampa. Das ist mir egal. Ich würde jedoch gerne mit Ihnen essen, Jazz. Falls Sie wollen.«

»Wie lange ist es her, daß Sie mit einer Frau zusammen waren? Ich meine, daß Sie ausgegangen sind?«

»Ausgegangen? Ich weiß nicht. Ein paar Monate, schätze ich. Aber das hat nichts zu sagen. Ich bin halt allein hier und ich dachte, daß wir vielleicht ...«

»Schon gut, Harry. Gehen wir.«

»Essen?«

»Ja, essen. Ich kenne ein Restaurant auf dem Weg nach Tampa. Oberhalb von Longboat. Fahren Sie mir nach.«

Er lächelte und nickte.

Sie hatte einen VW-Käfer. Es war ein taubenblaues Cabrio mit einer roten Stoßstange. Selbst in einem Gewitter würde er sie nicht verlieren, erst recht nicht auf den langsam dahinfließenden Highways in Florida.

Bosch zählte zwei Zugbrücken, bei denen sie halten mußten, bevor sie Longboat Key erreichten. Dann fuhren sie über die Insel und über eine weitere Brücke nach Anna Maria Island. Schließlich stoppten sie vor einem Lokal namens Sandbar. Sie durchquerten die Bar und setzten sich auf eine Terrasse, vor der sich der Golf ausbreitete. Es war kühl, und sie aßen Krabben und Austern und spülten alles mit mexikanischem Bier hinunter. Bosch war glücklich.

Sie redeten nicht viel, aber das war auch nicht nötig. Gerade in den Momenten des Schweigens hatte sich Bosch bei den Frauen, mit denen er zusammen gewesen war, am wohlsten gefühlt. Er fühlte die Wirkung von Wodka und Bier. Der Alkohol schliff alle scharfen Kanten ihres Zusammenseins ab und erwärmte ihn für sie. Er spürte, wie sein Verlangen wuchs und an ihm zerrte. McKittrick und der Fall waren in die dunklen Regionen seines Bewußtseins verdrängt worden.

»Das war gut«, sagte er und lehnte sich satt und zufrieden zurück. »Wirklich gut.«

»Ja, sie wissen hier, wie man es zubereiten muß. Darf ich Ihnen etwas sagen, Bosch?«

»Schießen Sie los.«

»Es war nur ein Scherz, was ich über die Polizei von L.A. gesagt habe. Aber ich habe Polizisten gekannt ... Sie scheinen anders zu sein. Ich weiß nicht genau, wie. Es ist, als hätten Sie zuviel von Ihrer Identität bewahrt. Verstehen Sie?«

»Ich glaube.« Er nickte. »Danke. Falls das ein Kompliment ist.«

Sie lachten beide, und dann beugte sie sich zögernd zu ihm herüber und küßte ihn leicht auf die Lippen. Es war schön und er lächelte. Er schmeckte Knoblauch.

»Gut, daß Sie schon einen Sonnenbrand haben, sonst würden Sie jetzt rot.«

»Nein, das würde ich nicht. Ich meine, es war nett, daß Sie das gesagt haben.«

»Wollen Sie mit zu mir kommen, Bosch?«

Er zögerte. Nicht um zu überlegen, er wollte ihr die Chance geben, ihr Angebot zurückzuziehen, falls sie übereilt gesprochen hatte. Nach einem Augenblick des Schweigens jedoch lächelte er und nickte.

»Ja, das würde ich gerne.«

Sie fuhren zurück aufs Festland zum Freeway. Während Bosch ihrem Käfer folgte, fragte er sich, ob sie, allein in ihrem Wagen, ihre Meinung ändern würde. Er erhielt die Antwort an der Skyway Bridge, als er am Kassenhäuschen die Maut bezahlen wollte. Der Kassierer schüttelte den Kopf und winkte ab.

»Die Dame in dem Käfer hat schon für Sie bezahlt.«

»Ach.«

»Ja. Kennen Sie sie?«

»Noch nicht.«

»Ich glaube, das wird sich ändern. Viel Glück.«

»Danke.«

# 27

Jetzt hätte Bosch sie nicht einmal mehr in einem Blizzard verloren. Je länger die Fahrt dauerte, desto mehr wuchs seine beinahe jugendliche Euphorie und Vorfreude. Ihre direkte Art fesselte ihn, und er fragte sich, wie es wohl sein würde, mit ihr Liebe zu machen.

Sie kamen nach Tampa und fuhren in ein Viertel, das Hyde Park hieß und an der Bay lag. Alte Holzhäuser mit breiten Veranden säumten die Straßen. Ihr Apartment befand sich über einer Garage für drei Wagen, die hinter einem grün verzierten, grauen viktorianischen Haus stand.

Als sie die Treppe erklommen hatten und sie den Schlüssel ins Schloß steckte, fiel Bosch etwas ein. Er zögerte. Sie öffnete die Tür und sah ihn an.

»Was ist?«

»Nichts. Ich dachte nur, vielleicht sollte ich zu einer Drogerie gehen …«

»Mach dir keine Sorgen. Ich habe, was wir brauchen. Aber könntest du einen Moment hier warten? Ich laufe schnell rein und räume auf.«

Er sah sie an.

»Ach, das ist nicht so wichtig.«

»Bitte!«

»Okay. Laß dir Zeit.«

Er wartete ungefähr drei Minuten. Dann öffnete sie die Tür und zog ihn herein. Falls sie aufgeräumt hatte, mußte sie es im Dunkeln getan haben. Das einzige Licht, das Bosch sehen konnte, kam von der Küche. Sie nahm seine Hand und führte ihn durch einen dunklen Flur zu ihrem Schlafzimmer. Dort schaltete sie das Licht an, und ein spärlich möblierter Raum wurde sichtbar. Hauptstück war ein schmiedeeisernes Bett mit Baldachin. Außerdem gab es einen Nachttisch aus ungebeiztem Holz, eine dazu passende Kommode und einen alten Singer-Nähmaschinentisch, auf dem eine blaue Vase mit verwelkten Blumen stand. Nichts hing an den Wänden, allerdings sah Bosch, daß über der Vase ein Nagel in der Wand steckte. Jasmine bemerkte die Blumen, nahm die Vase vom Tisch und ging zur Tür.

»Die müssen raus. Ich war eine Woche nicht hier und habe vergessen, sie wegzuwerfen.«

Die Blumen gaben einen leichten Fäulnisgeruch von sich. Während sie fort war, betrachte Bosch den Nagel und glaubte, den Schatten eines Vierecks auf der Wand zu erkennen. Irgend etwas mußte da gehangen haben. Sie war nicht vorgegangen, um aufzuräumen. In dem Fall hätte sie die Blumen entfernt. Sie war hineingegangen, um ein Gemälde von der Wand zu nehmen.

Als sie zurückkam, stellte sie die leere Vase auf den Tisch.

»Möchtest du noch ein Bier? Oder Wein?«

Bosch trat auf sie zu. Ihre Geheimnisse machten sie noch faszinierender.

»Nein, danke.«

Ohne jedes weitere Wort umarmten sie sich. Er schmeckte Bier, Knoblauch und Zigarettenrauch, als er sie küßte. Aber es machte ihm nichts aus. Sie würde das gleiche schmecken. Als er seine Wange an ihre preßte, kam er mit der Nase an die Stelle, auf die sie Parfüm getupft hatte. Nachtblühender Jasmin.

Sie ließen sich auf das Bett nieder und zogen sich zwischen langen Küssen aus. Ihr Körper war schön. Man konnte deutlich erkennen, wo die Haut von der Sonne gebräunt worden war – und wo nicht. Er küßte ihre hübschen kleinen Brüste und schob sie sanft aufs Bett. Sie bat ihn zu warten und rollte zur Seite. Aus der Schublade des Nachttisches holte sie einen Streifen mit drei Präservativen und gab sie ihm.«

»Da ist wohl der Wunsch der Vater des Gedankens«, sagte er.

Sie prusteten lachend los und fühlten sich noch wohler. »Ich weiß nicht«, sagte sie. »Wir werden sehen.«

Sex war für Bosch eine Frage des richtigen Zeitpunkts. Sexuelle Begierde nahm bei zwei Menschen einen unterschiedlichen Verlauf. Und neben den körperlichen Bedürfnissen gab es emotionale. Manchmal stimmte jedoch alles und harmonisierte genau mit den Bedürfnissen des anderen. Bei Boschs Zusammentreffen mit Jasmine Corian war es so. Sie liebten sich, schufen eine Welt für sich, die so lebendig und intensiv war, daß es eine Stunde oder auch nur fünf Minuten hätte dauern können, ohne daß er den Unterschied bemerkt hätte. Als sie zum Höhepunkt kamen, lag er auf ihr und sah in ihre offenen Augen. Sie umklammerte seine Oberarme, als ginge es um ihr Leben. Ihre Körper zuckten im gleichen Takt, und dann blieb er reglos in ihren Armen liegen und schöpfte Atem aus der Vertiefung zwischen ihrem Hals und ihrer Schulter. Er fühlte sich so großartig, daß er den Drang verspürte, laut aufzulachen. Er bezweifelte jedoch, daß sie es verstehen würde, und er erstickte das Lachen, so daß es wie gedämpftes Husten klang.

»Alles in Ordnung?« fragte sie leise.

»Ich habe mich nie besser gefühlt.«

Schließlich richtete er sich auf. Er küßte ihre Brüste und setzte sich dann zwischen ihre Beine. Mit dem Rücken zu ihr zog er das Kondom ab.

Er stand auf und ging zu der Tür, von der er hoffte, daß sie zum Bad führte. Es war jedoch ein Wandschrank. Hinter der nächsten Tür befand sich das Badezimmer. Er spülte das Präservativ im Klo hinunter. Aus irgendeinem Grund ging ihm die Frage durch den Kopf, ob es irgendwo in der Bucht von Tampa auftauchen würde.

Als er aus dem Bad kam, saß sie aufrecht auf dem Bett und hatte das Laken um ihre Hüften geschlungen. Er fand seine Jacke auf dem Boden und nahm seine Zigaretten heraus. Er gab ihr eine und steckte sie an. Dann beugte er sich hinunter und küßte abermals ihre Brüste. Ihr Lachen war ansteckend, und er lächelte.

»Weißt du, es gefällt mir, daß du nicht ausgerüstet warst.«

»Ausgerüstet? Was meinst du?«

»Nun, daß du zur Drogerie gehen wolltest. Das zeigt, was für ein Mann du bist.«

»Was soll das heißen?«

»Wenn du von L.A. mit einem Präservativ in der Brieftasche hierhergekommen wärst, dann hätte das so … ich weiß nicht … geplant ausgesehen. Als hättest du eine Frau aufreißen wollen. Das Ganze wäre nicht spontan gewesen. Ich bin froh, daß du nicht so ein Typ bist, Harry Bosch. Das ist alles.«

Er nickte und versuchte ihrem Gedankengang zu folgen. Er war sich nicht sicher, ob er sie verstand. Und er wußte nicht, was er davon halten sollte, daß *sie* ausgerüstet war. Schließlich schüttelte er das Thema ab und steckte sich eine Zigarette an.

»Wie hast du deine Hand verletzt?«

Sie hatte die Flecken an seinen Fingern bemerkt. Bosch hatte die Pflaster während des Flugs entfernt. Die Verbrennungen waren so weit verheilt, daß sie wie rote Striemen aussahen.

»Mit einer Zigarette. Ich schlief ein.«

Er fühlte, er konnte ihr die Wahrheit über sich erzählen.

»O Gott, das würde mir einen wahnsinnigen Schreck einjagen.«

»Ja. Ich glaube nicht, daß es mir noch einmal passiert.«

»Willst du heute nacht bei mir bleiben?«

Er rückte näher zu ihr und küßte sie auf den Hals.

»Ja«, flüsterte er.

Sie streckte ihre Hand aus und berührte die Narbe auf seiner linken Schulter. Alle Frauen, mit denen er schlief, taten das. Es war eine häßliche Narbe, die wie ein Reißverschluß aussah, und er verstand nicht, was daran so anziehend war.

»Ist das eine Schußwunde?«

»Ja.«

»Das würde mir noch mehr Angst machen.«

Er zuckte mit den Schultern. Es war vorbei, und er dachte eigentlich nie mehr daran.

»Weißt du noch, was ich vorhin gesagt habe? Daß du nicht so wie andere Cops bist, die ich kennengelernt habe? Du hast dir zuviel von deiner Menschlichkeit bewahrt. Wie ist das geschehen?«

Er zuckte wieder die Schultern, als wisse er es nicht.

»Ist alles in Ordnung, Bosch?«

Er drückte seine Zigarette aus.

»Ja, ich bin okay. Warum?«

»Ich weiß nicht. Erinnerst du dich an Marvin Gayes Hit ›Sexual Healing‹? Bevor er von seinem Vater erschossen wurde? Er sang, daß Sex die Seele heilen kann – oder so etwas. Ich glaube, es stimmt. Was meinst du?«

»Wahrscheinlich.«

»Ich glaube, dein Leben muß geheilt werden. Es macht wenigstens den Eindruck auf mich, Bosch.«

»Möchtest du jetzt schlafen?«

Sie legte sich wieder hin und zog das Laken hoch. Er ging nackt im Zimmer umher und schaltete die Lampen aus. Als er wieder unter das Laken kroch, drehte sie ihm ihren Rücken zu und bat ihn, den Arm um sie zu legen. Er rückte eng an sie ran und umarmte sie. Ihm gefiel, wie sie roch.

»Wieso nennt man dich Jazz?«

»Ich weiß nicht. Einfach so. Es liegt wohl an meinem Namen.«

Nach ein paar Sekunden wollte sie wissen, warum er gefragt hatte.

»Weil du wie beide Namen riechst. Wie die Blume und wie die Musik.«

»Wie riecht Jazz?«

»Dunkel und rauchig.«

Danach schwiegen sie beide, und nach einer Weile glaubte Bosch, daß sie schlief. Aber er war noch nicht so weit. Er lag mit offenen Augen da und betrachtete die Schatten im Zimmer. Da fragte sie ihn leise:

»Bosch, was ist das Schlimmste, was du dir je angetan hast?«

»Was meinst du damit?«

»Du weißt, was ich meine. Was war das Schlimmste? Was läßt dich nachts nicht einschlafen, wenn du intensiv darüber nachdenkst?«

Er überlegte ein paar Augenblicke, bevor er antwortete.

»Ich weiß nicht.« Er lachte gezwungen auf. »Wahrscheinlich habe ich viel Schlimmes getan. Und das meiste habe ich mir wohl selbst angetan. Wenigstens denke ich viel darüber nach ...«

»Sag mir ein Beispiel. Du kannst es mir erzählen.«

Er fühlte, daß er ihr alles erzählen konnte und daß sie ihn nicht verurteilen würde.

»Ich wuchs die meiste Zeit in einem Heim auf ... eine Art Waisenheim. Als ich dort neu war, nahm mir einer der älteren Jungen die Turnschuhe weg. Sie paßten ihm nicht. Er nahm sie mir weg, weil er es konnte. Er war einer der Anführer im Heim. Ich wehrte mich nicht dagegen, und es tat mir weh.«

»Aber du hast nichts *getan*. Das ist nicht das, was ich ...«

»Warte, ich bin noch nicht fertig. Ich habe es dir nur erzählt, damit du die Vorgeschichte kennst. Als ich älter war und zu der herrschenden Clique gehörte, tat ich das gleiche. Ich nahm einem Neuen die Schuhe weg. Er war kleiner, und ich konnte die Schuhe nicht einmal anziehen. Aber ich nahm sie und ich ... warf sie weg – ich weiß es nicht mehr genau. Ich nahm sie ihm fort, weil ich konnte. Ich tat das gleiche, was man mir angetan hatte ... Manchmal denke ich daran und fühle mich schlecht.«

Sie drückte seine Hand. Sie schien ihn trösten zu wollen, aber er sagte nichts.

»War das die Art Geschichte, die du hören wolltest?«

Sie drückte seine Hand noch einmal. Nach einer Weile sprach er weiter.

»Am meisten bereue ich aber wohl, daß ich eine Frau gehen ließ.«

»Was meinst du, eine Verbrecherin?«

»Nein. Wir lebten ... wir hatten eine Beziehung, und als sie gehen wollte, tat ich eigentlich ... überhaupt nichts. Ich habe nicht um sie gekämpft. Wenn ich darüber nachdenke, glaube ich manchmal, daß sie vielleicht ihren Entschluß geändert hätte ... Ich weiß nicht.«

»Hat sie gesagt, warum sie dich verließ?«

»Sie sagte nur, daß sie mich zu gut kenne. Ich gebe ihr keine Schuld. Ich hab' ziemlich viel emotionales Gepäck. Es ist schwer, mit mir auszukommen. Ich habe den größten Teil meines Lebens allein gelebt.«

Abermals breitete sich Schweigen aus, und er wartete. Er spürte, daß es etwas gab, das sie sagen oder gefragt werden wollte. Als sie jedoch sprach, wußte er nicht, ob sie ihn oder sich meinte.

»Man sagt, daß eine bösartige Katze, die jeden kratzt und anfaucht – sogar wenn sie jemand streicheln will –, als kleines Kätzchen nicht genug auf dem Arm gehalten wurde.«

»Das habe ich noch nicht gehört.«

»Ich glaube, es ist wahr.«

Er schwieg einen Moment und bewegte seine Hand nach oben, so daß sie ihre Brüste berührte.

»Ist das deine Geschichte?« fragte er. »Du wurdest nicht genug im Arm gehalten?«

»Wer weiß?«

»Was war das Schlimmste, was du dir je angetan hast, Jasmine? Ich glaube, du willst es erzählen.«

Er spürte, daß sie gefragt werden wollte. Sie wollte ihm ihre Geschichte anvertrauen, und er begann zu glauben, daß sie diesen Moment den ganzen Abend über angesteuert hatte.

»Du hast jemanden nicht zurückgehalten, den du hättest zurückhalten sollen«, sagte sie. »Ich habe mich an jemanden geklammert und hätte es nicht tun sollen. Ich konnte nicht loslassen. Im Innersten wußte ich, worauf es hinauslief. Es war, als stände ich auf den Schienen und sähe den Zug kommen, aber ich war von dem Anblick zu hypnotisiert, um mich bewegen zu können.

Seine Augen waren immer noch geöffnet. Die Umrisse ihrer Schultern und ihrer Wange waren schwach zu erkennen. Er rückte näher, küßte ihren Hals und flüsterte ihr ins Ohr: »Aber du bist aus der Situation rausgekommen. Das ist es, was zählt.«

»Ja, ich bin da rausgekommen«, sagte sie schwermütig.

Sie schwieg eine Weile. Dann griff sie unter das Laken und berührte seine Hand, die auf ihrer Brust lag. Sie legte ihre Hand darüber.

»Gute Nacht, Harry.«

Er wartete, bis er sie regelmäßig atmen hörte. Sie schlief. Da konnte auch er endlich einschlafen. In dieser Nacht gab es keine Träume, nur Wärme und Dunkelheit.

## *28*

Am Morgen erwachte Bosch als erster. Er duschte und borgte sich Jasmines Zahnbürste, ohne zu fragen. Dann zog er an, was er am Tag zuvor getragen hatte, und ging nach draußen, um seine Reisetasche aus dem Wagen zu holen. In frischen Sachen betrat er die Küche, um Kaffee zu machen. Alles, was er jedoch fand, war eine Schachtel mit Teebeuteln.

Er gab seinen Plan auf und sah sich im Apartment um. Unter seinen Schritten knarrten die alten Holzdielen. Das Wohnzimmer war ebenso spärlich eingerichtet wie das Schlafzimmer. Ein Sofa mit einer elfenbeinfarbenen Decke, ein Couchtisch, eine alte Stereoanlage mit einem Kassettenrecorder, aber ohne CD-Spieler. Kein Fernsehen. Auch hier hing nichts an den Wänden, aber er entdeckte zwei Nägel, die nicht verrostet oder übermalt worden waren. Sie steckten noch nicht lange in der Wand.

Durch zwei Verandatüren kam man vom Wohnzimmer in einen Wintergarten. Hier standen Rattanmöbel und mehrere Topfpflanzen, einschließlich eines Zwergorangenbaums mit einer Frucht, deren Duft den ganzen Raum erfüllte. Bosch trat nahe an die Fenster und schaute die Hintergasse entlang in Richtung Süden. Er konnte die Bucht sehen, die strahlend weiß in der Morgensonne glitzerte.

Bosch kehrte ins Wohnzimmer zurück, wo sich noch eine Tür an der gegenüberliegenden Wand befand. Als er sie öffnete, stach ihm der scharfe Geruch von Öl und Terpentin in die Nase. Hier malte sie also. Er zögerte nur einen Moment, dann trat er ein.

Das erste, was er bemerkte, war das Fenster, von dem aus man hinter Gärten und den Garagen von drei oder vier Häusern die Bucht sehen konnte. Es war eine herrliche Aussicht, und er wußte sofort, warum sie in diesem Raum ihr Studio hatte. In der Mitte stand auf einem farbbefleckten Abdecktuch eine Staffelei, aber kein Hocker. Sie malte im Stehen. Er entdeckte weder eine Deckenlampe noch sonst eine künstliche Lichtquelle. Sie malte bei natürlichem Licht.

Er ging um die Staffelei herum und sah, daß die Leinwand noch unberührt war. An einer Seitenwand stand eine hohe Werkbank. Verschiedene Farbtuben sowie Paletten lagen dort neben Kaffeedosen mit Pinseln. Am Ende der Werkbank befand sich ein großes Becken, das früher wohl zum Spülen gedient hatte.

Bosch entdeckte mehrere Leinwände, die unter der Werkbank gegen die Wand gelehnt waren. Sie waren umgedreht und sahen unbenutzt aus, wie die auf der Staffelei, schienen sie darauf zu warten, bemalt zu werden. Die leeren Nägel in den anderen Räumen erweckten in ihm jedoch einen Verdacht. Er griff unter die Ablage und zog einige heraus. Dabei kam es ihm vor, als ob er ein Geheimnis lüftete und einen Fall löste.

Die drei Porträts waren in dunklen Tönen gehalten. Keines war signiert, aber es war klar, daß sie von einer Hand stammten. Von Jasmine. Bosch erkannte ihren Stil von dem Gemälde in der Wohnung ihres Vaters wieder. Markante Linien und dunkle Farben. Das erste war ein Akt einer Frau, deren Gesicht vom Betrachter abgewandt und ins Dunkle gerichtet war. Bosch hatte weniger das Gefühl, daß die Frau sich ins Dunkle abwandte, sondern eher, daß die Dunkelheit die Frau aufnahm. Ihr Mund verschwand im Schatten, so als sei sie stumm. Er wußte, daß die Frau Jasmine sein mußte.

Das zweite Gemälde schien Teil der gleichen Studie zu sein. Es war die gleiche Frau im Schatten. Nur diesmal sah sie den Betrachter an. Bosch stellte fest, daß Jasmine sich auf dem Bild vollere Brüste gegeben hatte, und fragte sich, ob es Absicht war und etwas zu bedeuten hatte. Unter der Grauschicht des Schattens nahm Bosch rote Farbtupfer auf dem Gesicht der Frau wahr. Als Kunstwerk konnte er es schlecht beurteilen, aber ihm war klar, daß dies ein düsteres Selbstbildnis war.

Bosch schaute sich das dritte Bild an, das er herausgezogen hatte, und bemerkte, daß es nicht mit den beiden anderen zusammenhing – außer, daß es ebenfalls ein Aktporträt von Jasmine war. Er sah jedoch sogleich, daß es eine Variation von Edvard Munchs ›Der Schrei‹ war, einem Gemälde, das ihn schon immer fasziniert hatte und das er bisher nur aus Büchern kannte. Auf dem Gemälde vor ihm war es Jasmine, die vor Angst schrie. Die Szene war von Munchs entsetzlicher, wirbelnder Traumlandschaft auf die Skyway Bridge verlegt worden. Bosch erkannte deutlich die leuchtendgelben Streifen der Brückenaufhängung.

»Was tust du?«

Er fuhr zusammen, als hätte ihm jemand in den Rücken gestochen. Es war Jasmine. Sie stand an der Studiotür in einem seidenen Bademantel, den sie mit den Armen vorne zusammenhielt. Ihre Augen waren verquollen. Sie war gerade erst aufgewacht.

»Ich sehe mir deine Arbeiten an. Darf ich?«

»Die Tür war verschlossen.«

»Nein, das war sie nicht.«

Sie ergriff den Türknauf und drehte ihn, als ob sie damit seine Behauptung widerlegen könnte.

»Sie war nicht verschlossen, Jazz. Es tut mir leid, ich wußte nicht, daß ich nicht rein durfte.«

»Könntest du die Bilder bitte wieder wegstellen?«

»Klar. Aber warum hast du sie von den Wänden genommen?«

»Das habe ich nicht getan.«

»Weil es Aktbilder sind, oder wegen ihrer Bedeutung?«

»Bitte frag mich nicht. Stell sie zurück.«

Sie verschwand aus dem Türrahmen, und er stellte die

Gemälde an ihren vorherigen Platz. Dann verließ er das Studio und fand sie in der Küche, wo sie Wasser in den Kessel laufen ließ. Sie stand mit dem Rücken zu ihm, und er berührte sie leicht. Trotzdem fuhr sie unter seiner Berührung zusammen.

»Jazz, hör zu, es tut mir leid. Ich bin Cop und werde schnell neugierig.«

»Ist schon okay.«

»Bist du sicher?«

»Ja, wirklich. Willst du Tee?«

Sie hatte den Hahn abgedreht, wandte sich aber nicht um und stellte auch nicht den Kessel auf den Herd.

»Nein. Ich wollte dich zum Frühstück einladen.«

»Wann gehst du? Du hast doch gesagt, dein Flug geht heute morgen.«

»Ich weiß. Ich könnte aber auch noch einen Tag bleiben und erst morgen fliegen, wenn du willst. Ich meine, falls du mich hier haben willst. Ich würde gern bleiben.«

Sie drehte sich um und sah ihn an.

»Ich möchte auch, daß du bleibst.«

Sie umarmten und küßten sich, aber sie entzog sich ihm schnell wieder.

»Das ist nicht fair, du hast dir die Zähne geputzt, und ich habe fürchterlichen Mundgeruch.«

»Ja, aber ich habe deine Zahnbürste benutzt. Es gleicht sich also aus.«

»Ekelhaft. Jetzt muß ich mir eine neue kaufen.«

»Genau.«

Sie lächelten, und sie schlang ihre Arme um seinen Hals. Sein Vergehen im Studio war anscheinend vergessen.

»Du rufst die Fluggesellschaft an, und ich mache mich fertig. Ich weiß, wo wir hingehen können.«

Als sie sich losmachen wollte, hielt er sie fest. Er mußte es noch einmal ansprechen. Er konnte nicht anders.

»Ich möchte dich etwas fragen.«

»Was?«

»Wieso sind diese Bilder nicht signiert?«

»Sie sind noch nicht fertig.«

»Das bei deinem Vater war signiert.«

»Das war für ihn, deshalb habe ich es signiert. Diese hier sind für mich.«

»Die Frau auf der Brücke. Wird sie springen?«

Sie sah ihn lange an, bevor sie antwortete.

»Ich weiß nicht. Manchmal, wenn ich es ansehe, glaube ich es. Ich glaube, sie denkt daran. Aber man weiß nie.«

»Es darf nicht dazu kommen, Jazz.«

»Warum nicht?«

»Weil es nicht sein darf.«

»Ich mach' mich fertig.«

Sie befreite sich aus seiner Umarmung und verließ die Küche.

Er ging zum Telefon, das neben dem Kühlschrank an der Wand hing, und rief die Fluggesellschaft an. Während er einen Flug für Montag morgen buchte, entschloß er sich spontan, zu fragen, ob es möglich sei, über Las Vegas nach Los Angeles zu fliegen. Die Angestellte antwortete, daß er dann mehr als drei Stunden Aufenthalt hätte. Er buchte dennoch diesen Flug. Zusätzlich zu den siebenhundert Dollar, die sie schon von ihm bekommen hatten, mußte er für die Änderungen noch einmal fünfzig Dollar entrichten. Er bezahlte mit seiner Kreditkarte.

Er dachte über Vegas nach, als er aufhängte. Claude Eno war vielleicht tot, aber seine Witwe kassierte immer noch seine Pension. Sie war möglichweise den Fünfzig-Dollar-Aufenthalt wert.

»Fertig?«

Jasmin rief ihn vom Wohnzimmer aus. Bosch verließ die Küche. Sie war bereits fertig angezogen, mit abgeschnittenen Jeans, einem Trägerhemd und einem offenen weißen Hemd, das sie vorne zusammengeknotet hatte. Sie hatte eine Sonnenbrille aufgesetzt.

Sie gingen in ein Lokal, wo man Brötchen mit Honig bekam und die Eier mit Maisgrieß und Butter serviert wurden. Bosch hatte seit seiner Grundausbildung in Fort Benning nicht mehr Maisgrieß gegessen. Das Essen schmeckte köstlich. Sie sprachen beide nicht sehr viel. Auch die Gemälde und das Gespräch, das sie vor dem Schlafengehen gehabt hatten, wurden nicht erwähnt. Es schien, als sei es besser, das Gesagte im Schattenreich der Nacht zu belassen – und ihre Bilder wohl ebenfalls.

Als sie mit dem Frühstück fertig waren, bestand sie darauf, zu bezahlen. Er übernahm das Trinkgeld. Sie verbrachten den Nachmittag damit, im offenen Kabrio herumzufahren. Jasmine zeigte ihm alles Mögliche, von Ybor City bis nach St. Petersburg Beach. Sie verbrauchten eine ganze Tankfüllung und zwei Schachteln Zigaretten. Am späten Nachmittag waren sie in Indian Rocks Beach, um den Sonnenuntergang über dem Golf zu beobachten.

»Ich habe schon viele Sonnenuntergänge gesehen«, sagte Jasmin. »Aber das Licht gefällt mir hier am besten.«

»Warst du schon mal in Kalifornien?«

»Nein, noch nicht.«

»Manchmal sieht es abends aus, als ob Lava auf die Stadt herabfließen würde.«

»Das muß schön sein.«

»Man kann dann viel vergeben, viel vergessen ... Das ist charakteristisch für Los Angeles. Vieles ist kaputt. Aber das, was noch funktioniert, ist wunderbar.«

»Ich glaube, ich verstehe, was du meinst.«

»Etwas macht mich neugierig.«

»Schon wieder. Und was?«

»Wie verdienst du Geld, wenn du deine Bilder niemandem zeigst?«

Die Frage kam ohne Vorbereitung, er hatte jedoch den ganzen Tag darüber nachgedacht.

»Ich habe Geld von meinem Vater bekommen. Schon bevor er starb. Es ist nicht viel, aber ich brauche auch nicht viel. Wenn ich nicht den Zwang verspüre, meine Arbeiten zu verkaufen, muß ich beim Malen keine Kompromisse eingehen. Die Bilder bleiben als Kunst rein.«

Ihre Erklärung klang für Bosch nach einer Ausflucht, mit der sie ihre Ängste vom Tisch wischte. Er hakte nicht nach. Aber sie tat es.

»Bist du ständig Polizist? Stellst du immer Fragen?«

»Nein. Nur wenn mir jemand wichtig ist.«

Sie küßte ihn schnell und ging zurück zum Auto.

Nachdem sie bei ihr vorbeigefahren waren, um sich umzuziehen, aßen sie in einem Steakhaus in Tampa zu Abend, wo die Weinkarte so dick war, daß sie eigens auf einem kleinen Pult lag. Die Innendekoration des Restaurants schien von einem leicht verrückten italienischen Designer zu stammen. Eine Mischung von vergoldetem Rokoko, knallrotem Samt und klassischen Statuen und Gemälden. Er fand, daß es zu ihr paßte, so ein Restaurant zu wählen. Sie erzählte ihm, daß dieser Rindfleischpalast einem Vegetarier gehörte.

»Hört sich an, als käme er aus Kalifornien.«

Sie lächelte und schwieg eine Weile. Seine Gedanken schweiften ab. Er hatte den ganzen Tag nicht an den Fall gedacht. Jetzt bekam er Gewissensbisse. Es war fast, als würde er seine Mutter beiseite schieben, um Jasmines Gesellschaft zu genießen. Jasmine schien seine Gedanken lesen zu können und zu wissen, daß er sich innerlich mit etwas auseinandersetzte.

»Kannst du nicht noch einen Tag bleiben, Harry?«

Er lächelte, aber schüttelte seinen Kopf.

»Leider nicht. Ich muß zurück. Aber ich komme wieder her, sobald ich kann.«

Bosch bezahlte das Abendessen mit seiner Kreditkarte und schätzte, daß er sich damit dem Limit näherte. Dann fuhren sie zurück zu ihrem Apartment. Sie wußten, daß ihnen nicht mehr viel Zeit blieb, und so gingen sie sofort ins Bett, um sich zu lieben.

Sie roch, schmeckte wunderbar, fühlte sich wunderbar an. Bosch wünschte, daß dieser Augenblick nicht enden würde. Auch andere Frauen hatten ihn vom ersten Moment an fasziniert und ihn aktiv werden lassen. Aber keine Frau hatte ihn je so mit ihrem ganzen Wesen angezogen. Wahrscheinlich lag das an ihren Geheimnissen. Das war der Widerhaken. Sie war mysteriös. Körperlich hätten sie sich nicht näher sein können, aber es gab so viel Verborgenes, Unerforschtes in ihrer Seele. Sie liebten sich in einem sanften Rhythmus und vereinten sich am Ende mit einem langen, tiefen Kuß.

Später lag er auf der Seite und legte seinen Arm über ihren flachen Bauch. Sie fuhr ihm mit der Hand durchs Haar. Der Zeitpunkt für persönliche Beichten war gekommen.

»Weißt du Harry, ich habe nicht mit vielen Männern geschlafen.«

Er wußte nicht, was er darauf antworten sollte, und sagte nichts. Die sexuellen Erfahrungen einer Frau interessierten ihn nur noch aus Gesundheitsgründen.

»Und du?«

Er konnte der Versuchung nicht widerstehen.

»Ich habe ebenfalls nicht mit vielen Männern geschlafen. Eigentlich mit keinem, soweit ich mich erinnere.«

Sie schlug ihm auf die Schulter.

»Du weißt, was ich meine.«

»Nein, ich habe nicht mit vielen Frauen geschlafen. Es hätten mehr sein können.«

»Die meisten Männer, mit denen ich zusammen war, wollten irgend etwas von mir, das ich nicht hatte. Ich weiß nicht, was sie wollten, und ich konnte es ihnen nicht geben. So verließ ich sie entweder zu früh oder blieb zu lange.«

Er stützte sich auf seinen Ellbogen und schaute sie an.

»Manchmal denke ich, daß ich Fremde besser kenne als andere Leute – mich selbst eingeschlossen. Bei meiner Arbeit habe ich immer wieder viel über fremde Menschen erfahren. Manchmal denke ich, ich habe kein eigenes Leben. Ich habe nur das Leben anderer … Ach, ich weiß nicht, was ich rede.«

»Ich glaube doch. Ich verstehe dich. Vielleicht geht es jedem so.«

»Ich weiß nicht. Ich glaube nicht.«

Sie schwiegen eine Weile. Bosch beugte sich hinab und küßte ihre Brüste. Er hielt eine Brustwarze für einen langen Moment zwischen seinen Lippen. Sie hob ihre Hände und hielt seinen Kopf gegen ihre Brust. Er roch den Jasminduft.

»Harry, hast du je deine Waffe benutzt?«

Er hob seinen Kopf. Die Frage schien deplaziert. In der Dunkelheit konnte er jedoch ihre Augen sehen, die ihn beobachteten und auf eine Antwort warteten.

»Ja.«

»Du hast jemanden getötet.«

Es war keine Frage.

»Ja.«

Sie sagte nichts mehr.

»Was ist, Jazz?«

»Nichts. Ich frage mich nur, wie das ist. Wie man weiterlebt?«

»Ich kann dir nur sagen, daß es Schmerzen verursacht. Auch wenn man keine Wahl hatte und sie sterben mußten. Es tut weh. Und man muß einfach weitermachen.«

Sie schwieg. Er hoffte, daß sie gehört hatte, was immer sie hatte hören wollen. Bosch war verwirrt. Er begriff nicht, warum sie diese Fragen gestellt hatte, fragte sich, ob sie ihn testen wollte. Er legte seinen Kopf aufs Kissen und wartete darauf, einschlafen zu können, aber seine Gedanken hinderten ihn daran. Nach einer Weile drehte sie sich zu ihm um und legte ihren Arm um ihn.

»Ich glaube, du bist ein guter Mann«, flüsterte sie ihm ins Ohr.

»Bin ich das?« flüsterte er zurück.

»Und du wirst wiederkommen, nicht wahr?«

»Ja, ich werde wiederkommen.«

## *29*

Bosch klapperte alle Autoverleihfirmen im McCarran International Airport in Las Vegas ab, aber es waren keine Mietwagen mehr zu haben. Innerlich verfluchte er sich, daß er nichts reserviert hatte, und trat aus dem Terminal in die trockene, frische Luft, um sich ein Taxi zu nehmen. Als Bosch der Fahrerin die Adresse auf dem Lone Mountain Drive gab, konnte er im Rückspiegel deutlich ihre Enttäuschung sehen. Da das Ziel kein Hotel war, würde sie dort keinen neuen Fahrgast finden.

»Machen Sie sich keine Sorgen«, sagte Bosch, der ihr Problem verstand. »Wenn Sie auf mich warten, können Sie mich wieder zum Flughafen bringen.«

»Wie lange wollen Sie dort bleiben? Lone Mountain ist nämlich weit draußen bei den Sandgruben.«

»Vielleicht fünf Minuten, vielleicht weniger. Oder auch eine halbe Stunde. Auf alle Fälle nicht länger.«

»Soll ich in der Zeit den Zähler laufen lassen?«

»Das, oder nennen Sie mir einen Preis. Wie Sie wollen.«

Sie dachte einen Moment nach und fuhr dann los.

»Wo sind eigentlich die ganzen Mietwagen?«

»Es ist gerade eine große Tagung hier. Elektronik oder so was.«

Die Fahrt in die Wüste nordwestlich vom Zentrum dauerte fünfunddreißig Minuten. Die Neon- und Glaspaläste verschwanden allmählich, und sie fuhren durch Wohnviertel, bis auch diese spärlicher wurden. Das Land war von einem ungleichmäßigen Braun überzogen. Hier und da wuchs Strauchwerk. Bosch wußte, daß die Wurzeln der Pflanzen sich weit unter der Erde ausdehnten und ihr den letzten Tropfen Wasser aussaugten. Dementsprechend sah die Landschaft tot und trostlos aus.

Auch Häuser gab es nur vereinzelt – wie Vorposten im Niemandsland. Die Straßen verliefen bereits im Rechteckschema und waren geteert, aber Las Vegas hatte sich noch nicht bis hierher ausgedehnt. Es würde aber nicht mehr lange dauern. Die Stadt breitete sich aus wie ein Ölteppich.

Die Straße stieg jetzt an und zog sich einen Berg hinauf, der die Farbe von Kakaopulver hatte. Das Taxi wurde hin- und hergerüttelt als ein Konvoi riesiger Trucks mit Anhängern vorbeidonnerte. Sie transportierten Sand aus den Gruben, von denen die Fahrerin gesprochen hatte. Kurz darauf endete der Asphalt und ging in Schotter über. Das Taxi zog eine Staubwolke hinter sich her. Bosch begann zu glauben, daß die fette Rathausangestellte ihm eine falsche Adresse gegeben hatte. Aber dann waren sie da.

Die Adresse, an die jeden Monat Claude Enos Pension geschickt wurde, gehörte zu einem Haus im Ranchstil, das rosa verputzt und mit staubigen weißen Dachziegeln bedeckt war. Bosch stellte fest, daß sogar die Behelfsstraße hier aufhörte. Hier war Endstation. Niemand hatte je zurückgezogener gelebt als Claude Eno.

»Ich weiß nicht«, sagte die Fahrerin. »Hier soll ich warten? In dieser gottverdammten Mondlandschaft?«

Sie parkte in der Auffahrt hinter einem Oldsmobile aus den siebziger Jahren. Unter einem überdachten Abstellplatz stand ein anderer Wagen. Er war mit einer blauen Plane abgedeckt, die an den Rändern von der Sonne weiß gebleicht war.

Bosch holte sein Portemonnaie heraus und gab der Fahrerin fünfunddreißig Dollar für die Herfahrt. Dann nahm er zwei Zwanziger, riß sie in der Mitte entzwei und gab ihr je eine Hälfte.

»Wenn Sie warten, bekommen Sie die anderen Hälften.«

»Und das Geld für die Rückfahrt zum Flughafen.«

»Das auch.«

Bosch stieg aus. Falls niemand an die Tür kam, war das der schnellste Verlust von vierzig Dollar in Las Vegas. Aber er hatte Glück. Eine Frau, Ende Sechzig, öffnete die Tür, bevor er klopfen konnte. Warum auch nicht, dachte er. In diesem Haus sah man Besucher meilenweit.

Bosch fühlte die kalte Luft der Klimaanlage, die aus dem Haus strömte.

»Mrs. Eno?«

»Nein.«

Bosch zog sein Notizbuch heraus und verglich die Adresse mit der schwarzen Hausnummer neben der Tür. Sie stimmten überein.

»Olive Eno wohnt nicht hier?«

»Das haben Sie nicht gefragt. *Ich* bin nicht Mrs. Eno.«

»Könnte ich dann bitte mit Mrs. Eno sprechen?« Verärgert über ihre Pedanterie zeigte er ihr die Dienstmarke, die McKittrick ihm zurückgegeben hatte. »Es handelt sich um eine polizeiliche Angelegenheit.«

»Nun, Sie können's versuchen. Sie hat seit drei Jahren mit niemandem gesprochen. Außer in ihrer Einbildung.«

Sie wies mit der Hand ins Haus und Bosch trat ein.

»Ich bin ihre Schwester. Ich pflege sie. Sie ist in der Küche. Wir waren gerade beim Mittagessen, als ich die Staubwolke sah und hörte, wie Sie ankamen.«

Bosch folgte ihr einen mit Fliesen ausgelegten Flur entlang zur Küche. Das Haus roch nach Alter, Staub, Schimmel und Urin. In der Küche saß eine gnomenhafte Frau mit weißen Haaren in einem Rollstuhl. Sie füllte den Sitz nur zur Hälfte aus. Vor ihr war ein Tablett angebracht, auf dem ihre verknoteten, perlweißen Hände gefaltet lagen. Beide Augen hatten grauen Star und schauten leblos in die Welt. Bosch bemerkte eine Schüssel mit Apfelmus auf dem nahen Tisch. Es dauerte nur ein paar Sekunden, dann begriff er.

»Sie wird im August neunzig«, sagte die Schwester. »Wenn sie es schafft.«

»Wie lange ist sie schon in diesem Zustand?«

»Schon lange. Ich pflege sie jetzt seit drei Jahren.« Sie beugte sich hinunter zu dem gnomenhaften Gesicht und sagte laut: »Nicht wahr, Olive?«

Die laute Frage schien einen Schalter zu betätigen. Olive Enos Unterkiefer begann sich zu bewegen, aber kein verständlicher Laut kam heraus. Nach einer Weile gab sie auf und die Schwester richtete sich wieder auf.

»Ist schon gut, Olive. Ich weiß, daß du mich liebst.«

Sie sprach diesen Satz nicht so laut aus. Vielleicht befürchtete sie, daß Olive ihr widersprechen könnte.

»Wie heißen Sie?« fragte Bosch.

»Elizabeth Shivone. Worum geht es? Auf Ihrer Dienstmarke steht Los Angeles, nicht Las Vegas. Sind Sie hier nicht etwas außerhalb Ihres Reviers?«

»Wie man's nimmt. Es geht um ihren Mann. Einen seiner alten Fälle.«

»Claude ist jetzt schon bald fünf Jahre tot.«

»Wie ist er gestorben?«

»Einfach so. Sein Herz versagte. Er lag hier auf dem Boden. Ungefähr da, wo Sie stehen.«

Sie sahen beide auf den Boden, als läge sein Körper noch dort.

»Ich bin gekommen, um seine Sachen durchzusehen«, sagte Bosch.

»Was für Sachen?«

»Ich weiß nicht. Vielleicht hat er Polizeiakten behalten.«

»Sagen Sie mir bitte genau, worum es sich handelt. Das kommt mir alles komisch vor.«

»Ich untersuche einen Fall, den er 1961 bearbeitet hat. Er wurde nie gelöst. Teile der Akte fehlen. Ich vermute, daß er sie genommen hat. Vielleicht war etwas Wichtiges dabei, das er behalten hat. Ich weiß nicht, was. Irgendwas. Ich nehme an, es ist einen Versuch wert.«

Er konnte sehen, daß sie darüber nachdachte. Plötzlich erstarrten ihre Augen für eine Sekunde, als hätte sie sich an etwas erinnert.

»Es gibt etwas, nicht wahr?« sagte er.

»Nein. Ich glaube, Sie sollten gehen.«

»Es ist ein großes Haus. Hatte er hier ein Büro?«

»Claude ist vor dreißig Jahren aus dem Polizeidienst geschieden. Er hat sich ein Haus hier in der Wüste gebaut, um nichts mehr damit zu tun zu haben.«

»Was hat er getan, nachdem er hierherzog?«

»Er war Sicherheitskraft im Casino. Zuerst ein paar Jahre im Sands, dann im Flamingo. Er bekam zwei Renten und hat sich gut um Olive gekümmert.«

»Da Sie die Rente erwähnen, wer unterschreibt jetzt eigentlich die Überweisungsschecks?«

Bosch schaute zu Olive Eno, um seine Frage zu unterstreichen. Die Frau schwieg einen Moment und ging dann in die Offensive.

»Hören Sie, ich könnte eine Vollmacht bekommen. Sehen Sie sie an. Das würde kein Problem sein. Ich pflege sie, Mister.«

»Ja, Sie speisen sie mit Apfelmus ab.«

»Ich habe nichts zu verbergen.«

»Wollen Sie, daß jemand das näher untersucht, oder sollen wir es vergessen? Mir ist egal, was Sie hier tun oder ob Sie wirklich ihre Schwester sind. Ich würde wetten, Sie sind's nicht. Aber das ist mir wirklich egal. Ich hab' genug anderes zu tun. Ich will nur Enos Sachen durchsehen.«

Er hörte auf zu sprechen und ließ sie über seinen Vorschlag nachdenken. Er sah auf die Uhr.

»Sie haben also keinen Durchsuchungsbefehl, oder?«

»Nein, aber ich habe ein Taxi, das auf mich wartet. Wenn ich mir erst einen Durchsuchungsbefehl besorgen muß, werde ich nicht mehr so charmant sein.«

Sie musterte ihn von oben bis unten, als wollte sie abschätzen, wie charmant oder ungalant er sein konnte.

»Zum Büro geht es da lang.«

Sie spuckte die Worte aus, als wären es Reißzwecken. Dann führte sie ihn links den Flur entlang zu einem Arbeitszimmer, in dem ein Metallschreibtisch, zwei Karteischränke sowie zwei Stühle standen. Das war beinahe das ganze Inventar.

»Nachdem er gestorben war, haben Olive und ich alles in die Karteischränke gelegt und sie seitdem nicht mehr geöffnet.«

»Sie sind alle voll?«

»Alle acht Schubladen. Sehen Sie nach.«

Bosch griff in seine Tasche und zog einen weiteren Zwanziger heraus. Er riß ihn in der Mitte durch und gab Shivone eine Hälfte.

»Geben Sie das der Taxifahrerin. Sagen Sie ihr, es wird etwas länger dauern.«

Sie atmete laut aus, riß ihm die Hälfte aus der Hand und ging. Nachdem sie weg war, öffnete Bosch zunächst die Schubladen des Schreibtisches. Die ersten beiden waren leer. Die nächste enthielt Schreibpapier und Büromaterial. In der vierten fand er ein Scheckbuch, das er schnell durchblätterte. Es war ein Privatkonto für Haushaltsausgaben. Außerdem lag dort ein Hefter mit Quittungen neueren Datums und Dokumenten. Die letzte Schublade war verschlossen.

Er begann mit den untersten Schubläden der Karteischränke und arbeitete sich nach oben durch. In den ersten gab es nichts, was im entferntesten mit dem Fall zu tun hatte. Er fand Akten zu einzelnen Casinos und solche über bekannte Spielbetrüger. Eno hatte alle möglichen Informationen für ein Privatarchiv gesammelt. Inzwischen war Shivone zurückgekommen und hatte sich auf der anderen Seite des Schreibtisches auf den Stuhl gesetzt.

»Was hat Claude denn für die Casinos getan?«

»Er war Spürhund.«

»Was ist das?«

»So etwas wie ein Zivilfahnder. Er hat vom Casino Spielmarken bekommen und sich unter die Leute gemischt. Er hatte eine Nase für Betrüger und ihre Methoden.«

»Ja, manchmal sollte man den Bock zum Gärtner machen.«

»Was soll das heißen? Er hat gute Arbeit geleistet.«

»Das glaub' ich. Haben Sie ihn dabei kennengelernt?«

»Ich beantworte keine Ihrer Fragen mehr.«

»Ich habe nichts dagegen.«

Es waren nur noch zwei Schubladen übrig. Er öffnete eine und stellte fest, daß sie keine Akten enthielt. Nur ein altes verstaubtes Filofax und andere Gegenstände, die ehemals wohl auf dem Schreibtisch gestanden hatten: ein Aschenbecher, eine Uhr, eine hölzerne Schale für Stifte, in die Enos Name geschnitzt war. Bosch nahm das Filofax und stellte es auf den Karteischrank. Nachdem er den Staub weggeblasen hatte, drehte er daran, bis er zum Buchstaben C kam. Er sah die Karten durch, fand aber keine mit Conklins Namen. Bei Gordon Mittel hatte er ebenfalls keinen Erfolg.

»Wollen Sie etwa das ganze Ding durchsehen?« fragte Shivone beunruhigt.

»Nein, ich werde es mitnehmen.«

»Oh nein! Sie können nicht so einfach hier reinkommen ...«

»Ich nehm's mit. Wenn Sie sich beschweren wollen, bitte schön. Ich werde dann eine Beschwerde über Sie einreichen.«

Danach war sie still. Bosch öffnete die letzte Schublade und fand ungefähr ein Dutzend Akten alter Fälle, die sich in den fünfziger und frühen sechziger Jahren in L.A. ereignet hatten. Wieder studierte er nur die aufgeklebten Etiketten. Keines trug die Aufschrift Marjorie Lowe. Hier und da öffnete er eine Akte und kam zu dem Schluß, daß Eno Kopien von einigen Akten gemacht hatte, bevor er aus dem Dienst geschieden war. Die Akten, die er aufschlug, betrafen alle Morde, einschließlich zweier an Prostituierten. Nur einer der Fälle war gelöst worden.

»Holen Sie mir einen Karton oder eine Tüte für diese Akten«, sagte Bosch über die Schulter. Als er merkte, daß die Frau sich nicht bewegte, bellte er: »Nun machen sie schon!«

Sie stand auf und ging. Bosch betrachtete die Akten und dachte nach. Er hatte keine Ahnung, ob sie wichtig waren oder nicht. Was ihre Bedeutung war. Er wußte nur, daß er sie mitnehmen sollte. Daß sie sich als wichtig herausstellen konnten. Was ihn jedoch noch mehr beschäftigte, war das Gefühl, daß etwas fehlte. Er vertraute McKittrick, der gesagt hatte, daß sein ehemaliger Partner etwas gegen Conklin in der Hand gehabt oder zumindest einen Deal mit ihm gemacht hatte. Falls Eno Belastungsmaterial gehabt hatte, mußte es noch hier sein. Er hatte alte Polizeiakten aufgehoben und hätte so etwas ebenfalls behalten. Und zwar an einem sicheren Ort. Nur wo?

Die Frau kam zurück und ließ einen Pappkarton, der einmal Bierflaschen enthalten hatte, auf den Boden fallen. Bosch legte den circa dreißig Zentimeter dicken Stapel und das Filofax hinein.

»Wollen Sie eine Quittung?« fragte er.

»Nein, ich will nichts von Ihnen.«

»Aber ich brauche noch etwas von Ihnen.«

»Das hört wohl nie auf.«

»Doch, das hoffe ich sehr.«

»Was wollen Sie?«

»Als Eno starb, haben Sie da der alten Frau ... hm, Ihrer Schwester geholfen, das Bankschließfach zu leeren?«

»Woher ...«

Sie verstummte, aber zu spät.

»Woher ich das weiß? Weil es offensichtlich ist. Er hätte das, wonach ich suche, an einem sicheren Ort aufbewahrt. Was haben Sie damit getan?«

»Wir haben alles weggeworfen. Es war wertlos. Nur ein paar alte Akten und Kontoauszüge. Er wußte nicht, was er tat. Auch er war alt.«

Bosch sah auf die Uhr. Ihm blieb nicht mehr viel Zeit, wenn er das Flugzeug nicht verpassen wollte.

»Holen Sie den Schlüssel für die Schreibtischschublade.«

Sie rührte sich nicht.

»Machen Sie! Ich habe nicht mehr viel Zeit. Entweder sie öffnen Sie die Schublade oder ich. Wenn ich es tue, wird sie hinterher nicht mehr viel wert sein.«

Sie griff in die Tasche ihres Kittels und zog die Hausschlüssel heraus. Dann beugte sie sich hinab, öffnete die Schublade und trat beiseite.

»Wir wußten nicht, was es war oder was es bedeutete.«

»Schon gut.«

Bosch sah hinein. In der Schublade lagen zwei dünne Aktendeckel und zwei Bündel Briefe, die mit Gummibändern zusammengehalten wurden. Der erste Aktendeckel enthielt Enos Geburtsurkunde, Paß, Heiratsurkunde und andere persönliche Dokumente. Er legte ihn in die Schublade zurück. Der zweite enthielt Polizeiformulare, und Bosch erkannte schnell, daß es sich um die Seiten und Berichte handelte, die aus Marjorie Lowes Akte entfernt worden waren. Er hatte keine Zeit, sie sofort zu lesen, und legte alles zu den anderen Sachen in den Pappkarton.

Das Gummiband des ersten Briefbündels riß, als er es abziehen wollte, und er mußte an das Gummiband denken, welches die blaue Mordakte zusammengehalten hatte. Bei diesem Fall schien alles alt und brüchig zu sein.

Die Briefe stammten von einer Zweigstelle der Wells Fargo Bank in Sherman Oaks, und jeder enthielt einen Auszug für ein Sparkonto unter dem Namen McCage Inc. Die Adresse der Firma war ein Postfach, ebenfalls in Sherman Oaks. Bosch zog an verschiedenen Stellen Umschläge heraus und studierte sie. Obwohl sie aus einem längeren Zeitraum Ende der sechziger Jahre stammten, waren die Buchungen fast identisch. Am zehnten jeden Monats wurden auf das Konto eintausend Dollar eingezahlt, welche dann am fünfzehnten auf ein Konto bei der Nevada Savings and Loan in Las Vegas überwiesen wurden.

Bosch kam zu dem Schluß, daß die Kontoauszüge illegale Zahlungen betrafen, die Eno erhielt. Er sah die Poststempel durch und stellte fest, daß der letzte Brief Ende der achtziger Jahre gekommen war.

»Diese Briefe – wann hat er den letzten bekommen?«

»Das sind alle. Ich habe keine Ahnung, was sie bedeuten, und Olive wußte auch nichts davon, als sie das Schließfach aufbrachen.«

»Aufbrachen?«

»Ja, nach seinem Tod. Olive hatte keine Vollmacht für das Schließfach. Nur er. Wir konnten den Schlüssel nicht finden, also ließen wir es aufbrechen.«

»Da war auch Geld, nicht wahr?«

Sie zögerte einen Moment, wahrscheinlich überlegte sie, ob er auch das verlangen würde.

»Etwas. Aber Sie kommen zu spät. Es ist schon ausgegeben.«

»Das interessiert mich nicht. Wieviel war es?«

Sie kniff ihre Lippen zusammen, als ob sie sich bemühte, sich zu erinnern. Sie war eine miserable Schauspielerin.

»Hören Sie, ich will nicht das Geld und ich bin auch nicht vom Finanzamt.«

»Ungefähr achtzehntausend.«

Bosch hörte Hupen von draußen. Die Taxifahrerin wurde unruhig. Bosch sah auf die Uhr. Es wurde Zeit. Er warf die Umschläge in den Karton.

»Was ist mit dem Konto bei der Nevada Savings and Loan? Wieviel war drauf?«

Die Frage war hinterlistig, auf seinen Verdacht gegründet, daß das Konto, auf das die Gelder aus Sherman Oaks überwiesen worden waren, Eno gehört hatte. Shivone zögerte wieder. Das Schweigen wurde von einem erneuten Hupen unterbrochen.

»Ungefähr fünfzig. Aber das meiste ist weg. Ich muß mich um Olive kümmern, verstehen Sie?«

»Ja, und wie. Das muß ganz schön schwer sein mit dem Sparkonto und zwei Renten«, erwiderte Bosch so sarkastisch wie möglich. »Ich wette, Ihre eigenen Konten sind nicht gerade leer.«

»Hören Sie zu, ich weiß nicht, wer Sie sind, aber ich bin der einzige Mensch, den sie auf der Welt hat und der sich um sie kümmert. Das sollte etwas wert sein.«

»Nur schade, daß sie nicht entscheiden kann, was es wert ist. Beantworten Sie mir noch eine Frage, dann verschwinde ich, und Sie können weitermachen, bis Sie ihr den letzten Cent abgeknöpft haben. – Sie sind nicht ihre Schwester. Wer sind Sie?«

»Das geht sie nichts an.«

»Das stimmt. Aber ich könnte dafür sorgen, daß es mich etwas angeht.«

Ihre Miene verriet Bosch, daß er ihr zu nahegetreten war. Dann jedoch gewann sie ihr Selbstbewußtsein zurück. Wer auch immer sie war, sie war stolz darauf.

»Sie wollen wissen, wer ich bin? Ich war die beste Frau, die er je hatte. Wir waren lange zusammen. Sie hatte seinen Ehering, aber ich hatte sein Herz. Zuletzt, als beide alt waren und es keine Rolle mehr spielte, ließen wir das Versteckspiel sein, und er brachte mich hierher. Um mit ihnen zu leben. Um mich um sie zu kümmern. Wagen Sie es also nicht, mir zu sagen, ich hätte kein Recht auf meinen Anteil.«

Bosch nickte bloß. Es klang nach Erniedrigung, aber er zollte ihr Respekt, daß sie ihm die Wahrheit gesagt hatte. Er war sich sicher, daß es die Wahrheit war.

»Wann haben Sie sich kennengelernt?«

»Sie sagten ›*eine* Frage‹.«

»Wann haben Sie sich kennengelernt?«

»Als er im Flamingo arbeitete. Ich habe als Kartengeberin gearbeitet, und er war Hausdetektiv.«

»Hat er Ihnen je von L.A. erzählt, von Fällen oder Leuten dort?«

»Nein, nie. Er sagte immer, das Kapitel wäre abgeschlossen.«

Bosch deutete auf die Briefumschläge im Karton.

»Sagt Ihnen der Name McCage etwas?«

»Überhaupt nichts.«

»Was ist mit den Kontoauszügen?«

»Ich habe sie erst gesehen, als das Bankschließfach geöffnet wurde. Ich wußte nicht einmal von dem Konto bei Nevada Savings. Claude hatte Geheimnisse. Sogar vor mir.«

## *30*

Am Flughafen bezahlte Bosch die Taxifahrerin und schleppte den Pappkarton sowie seine Reisetasche in den Hauptterminal. In einem der Geschäfte kaufte er sich eine billige Segeltuchtasche und packte das Material aus Enos Büro um. Die Tasche war klein genug, so daß er sie nicht einchecken mußte. An der Seite war eine Aufschrift, LAS VEGAS – STADT DER SONNE UND DES GLÜCKS, sowie die Abbildung einer Sonne, die hinter zwei Würfeln unterging.

Er hatte noch eine halbe Stunde Zeit, bevor er an Bord konnte, und so suchte er sich eine Ecke mit leeren Stühlen – so weit wie möglich von den Spielautomaten entfernt, die in der Mitte des kreisförmigen Flughafengebäudes standen.

Er begann die Akten in der Tasche durchzusehen. Am meisten interessierten ihn natürlich die entwendeten Seiten aus der Marjorie-Lowe-Akte. Er schaute sie sich an, fand jedoch nichts Ungewöhnliches oder Unerwartetes.

Die Zusammenfassung des Verhörs von Johnny Fox, bei dem Arno Conklin und Gordon Mittel anwesend gewesen waren, befand sich auch darunter, und Bosch konnte herauslesen, wie sehr McKittrick seine Empörung über die Situation unterdrückt hatte. Im letzten Absatz hielt er sie nicht länger zurück.

*Der Unterzeichnende ist der Meinung, daß die Vernehmung des Verdächtigen infolge der ständigen Interventionen seitens A. Conklin und G. Mittel ergebnislos blieb. Beide ›Anklagevertreter‹ gestatteten ›ihrem‹ Zeugen nicht, Fragen vollständig oder m. E. wahrheitsgemäß zu beantworten. J. Fox bleibt bis zur Überprüfung seines Alibis und der Analyse der Fingerabdrücke weiterhin tatverdächtig.*

Sonst war auf den Seiten nichts bemerkenswert, und Bosch schloß, daß sie wahrscheinlich nur wegen der Erwähnung von Conklins Namen entfernt worden waren. Eno hatte für Conklin die Spuren verwischt. Die Frage nach Enos Motiv führte sogleich zu den Kontoauszügen, die mit den gestohlenen Akten im Bankschließfach gelegen hatten. Sie dokumentierten den Deal.

Bosch holte die Briefe hervor und ordnete sie mit Hilfe der Poststempel chronologisch. Der früheste war im November 1962 an McCage Inc. geschickt worden. Das war ein Jahr nach Marjorie Lowes Tod und zwei Monate nach dem Tod von Johnny Fox. Eno war für den Lowe-Fall zuständig gewesen und hatte dann, laut McKittrick, auch die Ermittlungen beim Foxfall geführt.

Bosch fühlte, daß er recht hatte. Eno hatte Conklin erpreßt. Eventuell auch Mittel. Irgendwie wußte er – im Gegensatz zu McKittrick –, daß Conklin eine Affäre mit Marjorie Lowe gehabt hatte. Vielleicht wußte er sogar, daß Conklin sie getötet hatte. Er hatte genug in der Hand gehabt, um von Conklin jeden Monat tausend Dollar zu bekommen. Es war nicht viel. Eno war nicht gierig. Obwohl tausend Dollar pro Monat in den frühen sechziger Jahren wahrscheinlich sein Gehalt überstiegen hatte. Der Betrag interessierte Bosch nicht, sondern die Zahlungen. Es war praktisch ein Schuldgeständnis. Wenn er sie zu Conklin zurückverfolgen konnte, war es Beweismaterial. Bosch merkte, daß er aufgeregt wurde. Diese Unterlagen, aufbewahrt von einem vor fünf Jahren verstorbenen Polizisten, waren vielleicht alles, was er brauchte, um Conklin zu konfrontieren.

Ihm fiel etwas ein, und er schaute sich nach Telefonen um, die normalerweise in irgendeiner Ecke angebracht waren. Er sah auf die Uhr und dann zum Gate. Die Passagiere gingen auf und ab und warteten ungeduldig darauf, an Bord zu gehen. Bosch steckte die Akten und die Briefe wieder in die Tasche und trug sein Gepäck zum Telefon.

Mit seiner Telefonkarte rief er die Auskunft in Sacramento an, dann das Wirtschaftsministerium und ließ sich mit dem Handelsregister verbinden. Innerhalb von drei Minuten fand er heraus, daß McCage keine kalifornische Firma war und nie als solche eingetragen worden war – wenigstens nicht seit 1971. Er legte auf und versuchte das gleiche noch einmal. Diesmal für den Staat Nevada.

Die Beamtin in Carson City teilte ihm mit, daß McCage Inc. als Gesellschaft aus dem Register gelöscht worden sei, und fragte ihn, ob er sich trotzdem für die vorhandene Information interessiere. Als Bosch aufgeregt ja sagte, erklärte die Beamtin, sie müsse es auf Microfiche nachsehen, was ein paar Minuten dauern würde. Während er wartete, holte er sein Notizbuch heraus, um mitschreiben zu können. Er sah, wie sich die Tür am Gate öffnete und die Passagiere an Bord gingen. Falls nötig würde er seinen Flug verpassen. Es war ihm egal. Er war zu aufgeregt, um sich vom Telefon loszureißen.

Bosch nahm die Spielautomaten in der Mitte des Terminals in Augenschein. Sie waren dicht besetzt mit Leuten, die entweder ein letztesmal ihr Glück versuchen wollten oder gerade erst von irgendwoher eingetroffen waren. Gegen eine Maschine zu spielen, hatte Bosch nie interessiert. Er verstand den Reiz nicht.

Es war leicht zu erkennen, wer gewann und wer nicht. Man mußte nicht Detective sein, um es ihnen vom Gesicht abzulesen.

Er entdeckte eine Frau mit einem Teddybär unter dem Arm. Sie spielte an zwei Automaten gleichzeitig, und Bosch sah, daß sie doppelt verlor. Links von ihr stand ein Mann mit einem schwarzen Cowboyhut, der Münzen einwarf und den Hebel so schnell wie möglich herunterzog. Er spielte an einem Dollarautomaten und setzte jedesmal das Maximum von fünf Dollar ein. Bosch schätzte, daß der Mann in den paar Minuten, in denen er zugeguckt hatte, sechzig Dollar verloren hatte. Aber wenigstens hatte er kein Stofftier bei sich.

Bosch drehte sich wieder zum Gate um. Die Schlange der Passagiere war bis auf ein paar Nachzügler zusammengeschrumpft.

Er würde den Flug verpassen. Es machte nichts. Er blieb am Telefon und bewahrte die Ruhe.

Plötzlich hörte er einen Schrei und drehte sich erneut um. Der Mann wedelte mit seinem Cowboyhut, während die Maschine einen Hauptgewinn ausspuckte. Die Frau mit dem Teddybär wandte sich von ihren Automaten ab und schaute mit ernster Miene zu. Jede Münze, die in die Metallschale schepperte, mußte in ihrem Kopf dröhnen und sie an ihre Verluste erinnern.

»Da schau her!« rief der Cowboy.

Der Ausruf schien nicht an eine bestimmte Person gerichtet zu sein. Er beugte sich vor und begann die Münzen in seinen Hut zu scheffeln. Die Frau mit dem Teddybär ging zurück an ihre Spielautomaten.

Gerade als der Gang zum Flugzeug geschlossen wurde, meldete sich die Beamtin wieder. Sie informierte Bosch, daß McCage nach den momentan greifbaren Daten im November 1962 gegründet und achtundzwanzig Jahre später vom Staat aufgelöst worden war, nachdem ein Jahr lang weder Erneuerungsgebühren noch Steuern bezahlt worden waren. Bosch wußte, daß dies an Enos Tod lag.

»Interessiert Sie die Geschäftsführung?« fragte sie.

»Ja, bitte.«

»Okay, Präsident und geschäftsführender Direktor ist Claude Eno. Ich buchstabiere: E-N-O. Vizepräsident ist Gordon Mittel mit zwei T. Finanzchef ist Arno Conklin. Ich buchsta…«

»Danke, ich hab's schon.«

Bosch hängte auf, nahm seine Reisetasche und die Segeltuchtasche und rannte zum Gate.

»Gerade noch rechtzeitig«, sagte die Frau an der Tür leicht verärgert. »Sie konnten sich wohl nicht von den einarmigen Banditen losreißen, was?«

»Genau«, sagte Bosch abwesend.

Er ging an Bord. Das Flugzeug war nur zur Hälfte besetzt. Er ignorierte seine Platzreservierung und fand eine leere Reihe. Während er seine Sachen in dem Hängefach verstaute, fiel ihm etwas ein. Als er saß, holte er sein Notizbuch heraus und schlug es auf der Seite auf, wo er sich gerade Notizen gemacht hatte. Er betrachtete die abgekürzten Notierungen.

Präs., gfD – C.E.
VP – G.M.
Finanz. – A.C.

Dann schrieb er die Initialen nebeneinander.

CE GM AC

Er starrte eine Weile auf die Buchstaben, dann lächelte er. Er hatte das Anagramm entdeckt und schrieb es darunter.

MC CAGE

Bosch fühlte, wie das Blut durch seinen Körper raste. Es war das Gefühl, der Lösung nahe zu sein. Er war in Fahrt, und jeder Wurf glückte. Die Leute an den Spielautomaten und in all den Casinos dieser Wüste würden nie solch ein Glücksgefühl erleben, ganz egal, wieviel Siebenen sie würfelten oder wie oft sie beim Black Jack gewannen. Bosch war einem Mörder auf die Spur gekommen, und das Jagdfieber hatte ihn voll gepackt.

## 31

Eine Stunde später verließ Bosch in seinem Mustang den Flughafenparkplatz in Los Angeles. Er hatte die Fenster heruntergedreht und ließ sich die kühle trockene Luft um die Ohren blasen. Als er den Wind durch den Eukalyptushain am Flughafen wehen hörte, fühlte er sich wieder zu

Hause. Irgendwie gab es ihm ein Gefühl der Sicherheit. Es war eins der Dinge, die er an dieser Stadt liebgewonnen hatte. Er war froh, daß es ihn immer wieder begrüßte, wenn er von einer Reise zurückkehrte.

Am Sepulveda Boulevard mußte er an der Ampel halten und benutzte die Zeit, um seine Uhr umzustellen. Es war fünf nach zwei. Er hatte noch genug Zeit, um nach Hause zu fahren, frische Sachen anzuziehen und etwas zu essen, bevor er zum Parker Center zu Carmen Hinojos mußte.

Er fuhr unter der 405 hindurch und dann auf die bogenförmige Auffahrt, die auf den Freeway führte. Als er in die Kurve lenkte, merkte er, daß die Muskeln seiner Oberarme schmerzten. Er war sich nicht sicher, ob es von seinem Kampf mit dem Fisch herrührte oder von Jasmine, die seine Arme umklammert hatte, als sie sich liebten. Er dachte ein paar Minuten an sie und beschloß, sie von zu Hause aus anzurufen, bevor er nach Downtown fuhr. Ihr Abschied am Morgen schien schon so lange her zu sein. Sie hatten sich gegenseitig versprochen, sich so bald wie möglich wiederzusehen, und Bosch hoffte, daß das Versprechen gehalten würde.

Die 10 sollte erst am nächsten Tag wieder für den Verkehr freigegeben werden. Bosch fuhr an der Abzweigung vorbei und blieb auf der 405, bis sie die Santa Monica Mountains überquerte und ins Valley hinunterführte. Er machte einen Umweg, weil er glaubte, daß es so schneller ging – und weil er ein Postfach in Studio City hatte, seitdem die Post nicht mehr in Abrißgebäude zugestellt wurde.

Er wechselte auf die 101 und stand kurz darauf im Stau. Der Verkehr auf den sechs Fahrbahnen bewegte sich im Schneckentempo. Nach einer Weile riß ihm die Geduld, und er fuhr am Coldwater Canyon Boulevard ab. Auf der Moorpark Road kam er an mehreren Gebäuden vorbei, die noch nicht abgerissen oder schon wieder instandgesetzt worden waren. Die Sonne hatte die roten Aufkleber und gelben Absperrbänder inzwischen weiß gebleicht. Viele der zum Abriß freigegebenen Häuser trugen immer noch Schilder wie **$500 Miete!** und **Frisch renoviert.** Auf einem der Gebäude mit den charakteristischen Zickzackrissen hatte jemand einen Spruch gesprüht, den viele Bewohner der Stadt nach dem Erdbeben als Grabinschrift verstanden.

**Der Film ist gerissen**
**Vorhang zu**

An manchen Tagen war es schwer, es nicht zu glauben. Aber Bosch versuchte, nicht das Vertrauen zu verlieren. Jemand mußte so denken. In der Zeitung stand, daß mehr Leute wegzogen als herkamen. Egal was passiert, dachte Bosch, ich bleibe.

Er bog auf den Ventura Boulevard ab und hielt bei dem Büro mit den Mietbriefkästen. In seinem Fach waren nur Rechnungen und Reklamesendungen. In der Cafeteria nebenan kaufte er sich ein Sandwich zum Mitnehmen. Putenfleisch auf Vollkornbrot mit Avocado und Bohnensprossen. Danach fuhr er auf dem Ventura Boulevard weiter, bis er in den Cahuenga Boulevard überging, und bog dann auf den Woodrow Wilson Drive ab, der den Hügel hinaufführte. In der ersten Kurve mußte er auf der engen Straße abstoppen, weil ihm ein Streifenwagen entgegenkam. Er winkte, wußte jedoch, daß sie ihn nicht kennen würden, da sie vom North-Hollywood-Revier waren. Sie winkten nicht zurück.

Wie üblich parkte er einen halben Block von seinem Haus entfernt. Er beschloß die Segeltuchtasche im Kofferraum zu lassen, weil er die Akten eventuell im Parker Center brauchte. Mit seiner Reisetasche in der einen und der Sandwichtüte in der anderen Hand ging er auf sein Haus zu.

Als er den überdachten Abstellplatz für sein Auto erreichte, sah er abermals einen Streifenwagen kommen. Er schaute genauer hin und stellte fest, daß es dieselben Polizisten wie zuvor waren. Sie mußten aus irgendeinem Grund gewendet haben. Er wartete am Straßenrand, um zu sehen, ob er ihnen irgendwie helfen konnte oder ob sie wissen wollten, warum er gewinkt hatte. Auch war ihm nicht recht, daß sie sahen, wie er in sein abbruchreifes Haus ging. Der Wagen fuhr jedoch vorbei, ohne daß die Polizisten ihn ansahen. Der Fahrer schaute auf die Straße und sein Partner sprach ins Funkmikrofon. Sie waren vermutlich im Einsatz. Bosch wartete, bis der Wagen hinter der nächsten Kurve verschwunden war, und ging dann zum Seiteneingang.

Er öffnete die Tür, trat ein und merkte sofort, daß etwas nicht stimmte. Er machte noch zwei Schritte, bevor er es identifizieren konnte. Im Haus, oder zumindest in der Küche, war ein fremdartiger Geruch. Parfüm. Nein, eher Eau de Cologne. Ein Mann, der Eau de Cologne benutzte, war vor kurzem hier gewesen – oder er war noch da.

Bosch stellte seine Reisetasche und die Sandwichtüte leise auf den Boden und griff an seine Hüfte. Alte Gewohnheiten wird man schwer los. Er trug immer noch keine Pistole, und seine Zweitwaffe lag auf der Ablage im Wandschrank an der Vordertür. Einen Moment lang überlegte er, ob er dem Streifenwagen auf der Straße nachlaufen sollte. Doch der war vermutlich schon zu weit weg.

Statt dessen öffnete er eine Schublade und nahm leise ein kleines Schälmesser heraus. Zwar lagen dort auch längere Messer, aber es war leichter mit einem kleinen Messer umzugehen. Er bewegte sich auf den Türbogen zu, der zum Eingangsflur führte. Immer noch in Deckung, stoppte er an der Schwelle und senkte seinen Kopf, um zu lauschen. Er vernahm das leise Rauschen des Freeways unterhalb des Hauses. Im Haus selbst herrschte jedoch Stille. Eine Minute verging. Er wollte gerade durch den Türbogen treten, als er ein Geräusch hörte. Das leise Rascheln von Stoff. So als ob jemand die Beine übereinanderlegte. Er war sich sicher, jemand war im Wohnzimmer. Und jetzt wußte er auch, daß sie wußten, daß er es wußte.

»Detective Bosch«, durchbrach eine Stimme die Stille im Haus. »Es besteht keine Gefahr. Sie können herauskommen.«

Bosch kannte die Stimme, aber er war so angespannt, daß er nicht sofort wußte, wo er sie hinstecken sollte. Er wußte nur, daß er sie schon einmal gehört hatte.

»Detective Bosch, hier ist Assistant Chief Irving«, sagte die Stimme. »Kommen Sie bitte heraus. Auf die Weise wird niemand verletzt.«

Ja, das war die Stimme. Seine Anspannung ließ nach. Bosch legte das Messer auf die Arbeitsfläche, stellte die Tüte mit dem Sandwich in den Kühlschrank und trat aus der Küche. Irving saß im Wohnzimmer in einem Sessel. Zwei Männer in Anzügen, die Bosch nicht erkannte, saßen auf der Couch. Mit einem Blick in die Runde entdeckte er seine Schachtel mit den Briefen und Karten auf dem Couchtisch. Die Mordakte, die er auf dem Eßtisch hatte liegen lassen, lag auf dem Schoß von einem der Männer. Sie hatten sein Haus durchsucht und seine persönlichen Sachen durchgesehen.

Bosch begriff plötzlich, was sich gerade draußen abgespielt hatte.

»Ich hab' Ihren Vorposten gesehen. Kann mir mal jemand sagen, was hier abläuft?«

»Wo waren Sie, Bosch?« fragte einer der Anzüge.

Bosch sah ihn an. Er war ihm total unbekannt.

»Welches Arschloch sind Sie?«

Er bückte sich und nahm die Schachtel mit seiner Korrespondenz vom Couchtisch, wo sie vor einem der Männer gestanden hatte.

»Detective«, sagte Irving. »Das ist Lieutenant Angel Brockman und das ist Earl Sizemore.«

Bosch nickte. Er erkannte einen der Namen.

»Ich hab' von Ihnen gehört«, sagte er zu Brockman. »Sie haben Bill Connors zum Wandschrank geschickt. Ich wette, Sie sind danach im DIE zum Spieler des Monats gewählt worden.«

Der Sarkasmus in seiner Stimme war unüberhörbar. Die meisten Cops bewahrten ihre Waffen nach dem Dienst im Wandschrank auf. ›Zum Wandschrank gehen‹ war Polizeislang für Selbstmord. Connors war ein alter Polizist im Hollywood-Revier gewesen. Er hatte sich im vorigen Jahr umgebracht, nachdem er vom Dezernat für Interne Ermittlungen untersucht worden war, weil er angeblich Trebegängerinnen für Sex kleine Mengen Heroin gegeben hatte. Nach seinem Tod hatten die Mädchen zugegeben, ihn fälschlicherweise beschuldigt zu haben, weil er ständig versuchte, sie aus seinem Revier zu vertreiben. Er war ein aufrechter Mann, glaubte aber, schlechte Karten zu haben. Also hatte er sich erschossen.

»Das war sein freier Entschluß, Bosch. Und Sie haben jetzt die Wahl, ob Sie uns sagen wollen, wo Sie in den letzten vierundzwanzig Stunden gewesen sind«.

»Wollen Sie mir nicht erst sagen, was hier abläuft?«

Er hörte ein dumpfes Geräusch, das vom Schlafzimmer kam.

»Was zum Teufel?« Er ging zur Tür und entdeckte einen anderen Anzug in seinem Schlafzimmer, der sich über eine geöffnete Nachttischschublade beugte. »He, du Arsch! Raus hier! Raus!«

Bosch ging ins Schlafzimmer und knallte die Schublade mit dem Fuß zu. Der Mann machte einen Schritt zurück, hob seine Hände wie ein Gefangener und ging ins Wohnzimmer.

»Und das ist Jerry Toliver«, erklärte Irving. »Er ist vom DIE und gehört zu Lieutenant Brockman. Detective Sizemore arbeitet für Raub-Mord.«

»Fantastisch«, sagte Bosch. »Jetzt kennen wir uns also alle. Was geht hier vor?«

Er sah Irving dabei an. Wenn er von jemandem eine klare Antwort bekommen würde, dann von ihm. Irving hatte bisher nie versucht, ihn hinters Licht zu führen.

»De ... Harry, wir müssen Ihnen einige Fragen stellen«, sagte Irving. »Es ist am besten, wenn wir alles andere hinterher erklären.«

Bosch spürte, daß die Angelegenheit ernst war.

»Haben Sie einen Durchsuchungsbefehl?«

»Zeigen wir Ihnen später«, sagte Brockman. »Gehen wir.«

»Wohin?«

»Downtown.«

Bosch hatte oft genug Schwierigkeiten mit dem DIE gehabt, um zu erkennen, daß hier nicht die übliche Routine abgezogen wurde. Schon allein der Umstand, daß Irving, die Nummer Zwei der Polizeiführung, anwesend war, war ein Indiz für den Ernst der Lage. Er schätzte, daß es um mehr als um seine Privatrecherchen ging. Sonst wäre Irving nicht hier. Etwas mußte passiert sein. Etwas Fürchterliches.

»Okay«, sagte Bosch. »Wer ist tot?«

Alle sahen ihn mit steinernem Gesicht an und bestätigten so seine Vermutung. Bosch fühlte, wie sich seine Brust zusammenzog, und erst jetzt bekam er Angst. Die Namen und Gesichter der Leute, die er hineingezogen hatte, schossen ihm durch den Kopf. Meredith Roman, Jake McKittrick, Keisha Russel, die zwei Frauen in Las Vegas. Wer noch? Jazz? Hatte er sie in irgendeiner Weise der Gefahr ausgesetzt? Dann wurde es ihm klar: Keisha Russel. Die Reporterin hatte wahrscheinlich getan, was er ihr untersagt hatte. Sie hatte Conklin oder Mittel aufgesucht und ihnen Fragen zu dem alten Zeitungsartikel gestellt. Sie war ahnungslos zu ihnen gegangen und hatte ihren Fehler mit dem Tod bezahlt.

»Keisha Russel?« fragte er.

Er bekam keine Antwort. Irving stand auf und die anderen folgten. Sizemore hielt immer noch die Mordakte in der Hand. Er würde sie mitnehmen. Brockman ging in die Küche, holte die Reisetasche und ging damit zur Tür.

»Wie wär's, wenn Sie mit Earl und mir fahren, Harry?« sagte Irving.

»Wie wär's, wenn wir uns in Downtown treffen?«

»Sie fahren mit mir.«

Sein Ton war bestimmt und ließ keine Widerrede zu. Bosch hob die Hände zum Zeichen, daß er keine Wahl habe, und ging zur Tür.

Bosch saß hinten in Sizemores LTD, direkt hinter Irving. Er schaute aus dem Fenster, während sie bergab fuhren, und dachte an das Gesicht der jungen Reporterin. Ihr Übereifer hatte sie umgebracht, aber er war mitschuldig. Er hatte ihre Neugier mit mysteriösen Andeutungen geweckt und sie hatte nicht widerstehen können.

»Wo hat man sie gefunden?« fragte er.

Seine Frage stieß auf Schweigen. Er verstand nicht, warum sie nichts sagten, besonders Irving nicht. Der Assistant Chief hatte ihm zuletzt immer das Gefühl gegeben, daß sie sich verstanden, vielleicht sogar respektierten.

»Ich habe ihr gesagt, daß sie nichts unternehmen soll«, sagte er. »Sie sollte die Story in der Schublade liegen lassen.«

Irving drehte sich um, so daß er Bosch teilweise sehen konnte.

»Detective, ich habe keine Ahnung von wem oder wovon Sie reden.«

»Keisha Russel.«

»Kenn' ich nicht.«

Er drehte sich wieder nach vorne. Bosch war verwirrt. Die Namen und Gesichter gingen ihm wieder durch den Kopf. Er nahm Jasmine hinzu und schloß sie dann wieder aus. Sie wußte nichts über den Fall.

»McKittrick?«

»Detective«, sagte Irving und mühte sich wieder, Bosch anzusehen. »Wir ermitteln im Mordfall Harvey Pounds. Diese anderen Namen haben damit nichts zu tun. Falls Sie glauben, daß diese Leute benachrichtigt werden sollten, sagen Sie es mir bitte.«

Bosch war wie vor den Kopf geschlagen. Harvey Pounds? Das machte keinen Sinn. Er hatte nichts mit dem Fall zu tun, wußte noch nicht einmal davon. Pounds verließ nie sein Büro. Wie konnte er sich in Gefahr gebracht haben? Dann schlug die Welle eiskalt über ihm zusammen. Er begriff. Es machte Sinn. Und in dem Moment, als er es erkannte, erkannte er auch seine Verantwortung und seine verteufelte Lage.

»Bin ich ...«

Er brachte den Satz nicht zu Ende.

»Ja«, sagte Irving. »Wir verdächtigen Sie der Tat. Sagen Sie jetzt bitte nichts mehr. Wir werden ein formelles Verhör durchführen.«

Bosch lehnte seinen Kopf gegen das Fenster und schloß die Augen.

»O Gott ...«

In dem Moment begriff er, daß er nicht viel besser war als Brockman, der einen Polizisten zum Wandschrank geschickt hatte. Bosch wußte tief in seinem Herzen, daß er verantwortlich war. Er wußte nicht, wie oder was passiert war. Aber *das* wußte er.

Er war für Harvey Pounds' Tod verantwortlich. Und er trug Pounds' Dienstmarke in der Tasche.

## 32

Bosch war wie betäubt und nahm kaum wahr, was um ihn herum vorging. Als sie im Parker Center angekommen waren, brachte man ihn zu Irvings Büro im fünften Stock und setzte ihn dann auf einen Stuhl im angrenzenden Konferenzraum. Er wartete eine halbe Stunde allein, bis Brockman und Toliver kamen. Brockman setzte sich Bosch direkt gegenüber, Toliver an seine rechte Seite. Der Umstand, daß das Verhör hier und nicht in einem Raum des DIEs stattfand, machte deutlich, daß Irving direkte Kontrolle über die Angelegenheit haben wollte. Falls es darauf hinausliefe, daß ein Polizist von einem Polizisten umgebracht worden war, würde er soviel Kontrolle wie möglich brauchen, um den Schaden einzudämmen. Der Skandal würde dem Rodney-King-Fall gleichkommen.

Allmählich drang durch Boschs Benommenheit und den Schock über Pounds' Tod ein Gedanke: Er selbst steckte tief in Schwierigkeiten. Er konnte sich nicht in sein Schneckenhaus zurückziehen. Er mußte auf der Hut sein. Nichts würde dem Mann auf der anderen Seite des Tisches eine größere Freude machen, als wenn er ihm einen Mord anhängen könnte. Jedes Mittel würde ihm recht sein. Es reichte nicht aus, daß Bosch wußte, daß er Pounds nicht getötet hatte – wenigstens nicht im herkömmlichen Sinn. Er mußte sich verteidigen. Also beschloß er, Brockman gegenüber nichts herauszulassen. Er würde knallhart sein, wie jeder hier im Zimmer. Er räusperte sich und begann, bevor Brockman etwas sagen konnte.

»Wann ist es passiert?«

»Ich stelle die Fragen.«

»Ich kann Ihnen Zeit ersparen, Brockman. Sagen Sie mir, wann es passiert ist, und ich sage Ihnen, wo ich war. Bringen wir's hinter uns. Ich verstehe, warum ich verdächtigt werde, und nehme Ihnen das nicht übel. Sie verschwenden jedoch Ihre Zeit.«

»Bosch, haben Sie überhaupt keine Gefühle? Ein Mann ist tot. Und sie haben mit ihm gearbeitet.«

Bosch starrte ihn lange an, bevor er mit beherrschter Stimme antwortete.

»Meine Gefühle spielen keine Rolle. Niemand verdient zu sterben. Aber ich werde ihn nicht vermissen, und ich werde es sicher nicht vermissen, für ihn zu arbeiten.«

»Gott«, Brockman schüttelte seinen Kopf. »Der Mann hatte eine Frau. Einen Jungen, der aufs College geht.«

»Vielleicht werden sie ihn auch nicht vermissen. Man weiß nie. Der Typ war bei der Arbeit ein Arschloch. Warum sollte er zu Hause ein anderer Mensch gewesen sein? Was hält Ihre Frau von Ihnen, Brockman?«

»Geben Sie's auf, Bosch. Ich werde nicht auf …«

»Glauben Sie an Gott, Dreckmann?«

Bosch benutzte Brockmans Spitznamen, den man ihm gegeben hatte, weil er jeden durch den Dreck zog. Wie zum Beispiel den verstorbenen Bill Connors.

»Es geht hier nicht um mich oder was ich glaube. Wir sprechen über Sie.«

»Richtig, wir sprechen über mich. Ich werde Ihnen sagen, was ich denke. Ich bin mir nicht sicher, was ich glaube. Mein Leben ist schon halb vorbei, und ich weiß es immer noch nicht. Ich tendiere jedoch zu der Theorie, daß jeder auf diesem Planeten eine bestimmte Energie hat, die ihn zu dem macht, was er ist. Und wenn man stirbt, geht die Energie woandershin. Und Pounds? Er war mit negativer Energie geladen, und jetzt ist diese Energie woandershin entwichen. Um Ihre Frage zu beantworten, es tut mir nicht leid, daß er tot ist. Aber ich möchte gerne wissen, auf wen sich seine Energie übertragen hat. Ich hoffe, daß Sie nichts davon abbekommen haben, Dreckmann. Sie haben sowieso schon zuviel negative Energie.«

Bosch zwinkerte Brockman zu und erkannte momentane Verwirrung auf dessen Gesicht, während er versuchte, die Bemerkung zu verstehen. Brockman schien es jedoch einfach wegzustecken und machte weiter.

»Lassen Sie den Quatsch. Warum haben Sie Lieutenant Pounds am Donnerstag in seinem Büro aufgesucht? Sie wußten doch, daß Sie während Ihrer Suspendierung nicht dorthin gehen durften.«

»Das stimmt. Aber dann rief mich Pounds, mein Vorgesetzter, an und befahl mir, meinen Wagen abzugeben. Da war wieder diese schlechte Energie am Werke. Ich war schon suspendiert, aber es reichte ihm nicht. Er mußte mir auch noch meinen Dienstwagen wegnehmen. Also brachte ich ihm die Schlüssel. Er war mein Vorgesetzter, und es war ein Befehl. Hingehen verletzte einen Befehl und Nichthingehen hätte auch einen Befehl verletzt.«

»Warum haben Sie ihn bedroht?«

»Hab' ich nicht.«

»Er hat einen Nachtrag zu der ursprünglichen Beschwerde wegen Ihres tätlichen Angriffs eingereicht.«

»Es ist mir egal, was er eingereicht hat. Ich habe ihn nicht bedroht. Der Typ war ein Feigling. Wahrscheinlich fühlte er sich bedroht. Aber es gab keine Drohung. Das ist ein Unterschied.«

Bosch schaute zu dem anderen Anzug, Toliver. Es sah so aus, als würde er die ganze Zeit schweigen. Das war seine Rolle. Er starrte Bosch an, als sei er ein Bildschirm.

Bosch sah sich im Zimmer um und bemerkte zum erstenmal das Telefon auf der Anrichte links vom Tisch. Das grüne Licht signalisierte eine Konferenzschaltung. Das Verhör wurde wahrscheinlich von Irving im nächsten Raum mitgehört und von einem Tonband mitgeschnitten.

»Es gibt einen Zeugen«, sagte Brockman.

»Wofür?«

»Die Drohung.«

»Hören Sie, Lieutenant, warum sagen Sie mir nicht, worin die Drohung exakt bestanden haben soll, damit ich weiß, worüber wir sprechen? Falls Sie wirklich glauben, daß ich etwas Falsches gesagt habe, was spricht dagegen, daß ich erfahre, was ich gesagt haben soll?«

Brockman dachte darüber nach, bevor er antwortete.

»Die Drohung war einfach wie die meisten. Sie sagten, falls er Sie noch einmal ficke, würden Sie ihn umbringen. Nicht sehr originell.«

»Aber verdammt belastend, nicht? Fuck you, Brockman. Das habe ich nie gesagt. Ich bezweifle nicht, daß dieses Arschloch sich so etwas aus den Finger gesaugt und in einen Bericht geschrieben hat. Und wer auch immer dieser Zeuge ist, er stinkt.«

»Kennen Sie Henry Korchmar?«

»Henry Korchmar?«

Bosch hatte keine Ahnung, von wem er redete. Dann begriff er, daß Brockman den alten Henry vom Schnarchdezernat meinte.

Bosch kannte nur seinen Vornamen, und deshalb hatte er nicht gleich geschaltet.

»Der alte Knacker? Er war nicht im Raum. Er kann kein Zeuge sein. Ich habe ihm gesagt, er soll rausgehen, und das hat er getan. Er wollte wahrscheinlich Pounds die Stange halten, weil er Angst hatte. Aber er war nicht da. Wenn Sie es auf diese Tour versuchen wollen, Brockman, dann kann ich zwölf Detectives als Zeugen aufrufen, die das Ganze durch die Glasfenster beobachtet haben. Und sie werden bezeugen, daß Henry nicht im Büro war, daß Pounds ein Lügner ist und jeder es wußte. Also, was ist mit der Drohung?«

Brockman sagte nichts, also fuhr Bosch fort.

»Sehen Sie, Sie haben Ihre Hausaufgaben nicht gemacht. Ich nehme an, daß Sie wissen, daß jeder in der Abteilung Sie für die Aasgeier der Polizei hält. Die haben mehr Respekt für die Verbrecher, die sie ins Gefängnis stecken. Deshalb hatten Sie Schiß, mit ihnen zu sprechen, Dreckmann. Statt dessen stützen Sie sich auf die Aussage eines alten Mannes, der wahrscheinlich nicht einmal wußte, daß Pounds tot war, als Sie mit ihm sprachen.«

Bosch sah an der Art, wie Brockman seinem Blick auswich, daß er ins Schwarze getroffen hatte. Gestärkt durch seinen Erfolg stand er auf und ging zur Tür.

»Wohin gehen Sie?«

»Wasser trinken.«

»Jerry, geh mit.«

Bosch blieb an der Tür stehen und schaute sich um.

»Was, Sie haben Angst, daß ich abhaue? Wenn Sie das glauben, dann kennen Sie mich überhaupt nicht. Wenn Sie das glauben, dann haben Sie sich nicht auf das Verhör vorbereitet. Kommen Sie doch irgendwann mal nach Hollywood. Ich werde Ihnen zeigen, wie man Mordverdächtige verhört. Gratis.«

Bosch ging hinaus und Toliver folgte. Am Trinkbrunnen nahm Bosch einen großen Schluck und wischte sich den Mund ab. Er war nervös und fahrig. Wie lange würde es dauern, bis Brockman seine Scharade durchschaute?

Als er zurückging, blieb Toliver schweigend drei Schritte hinter ihm.

»Sie sind noch jung«, sagte Bosch über die Schulter. »Bei Ihnen besteht vielleicht noch eine Chance, Toliver.«

Bosch betrat das Konferenzzimmer, als Brockman gerade durch die Tür am anderen Ende des Raums kam. Bosch wußte, daß sie direkt in Irvings Büro führte. Er hatte einmal bei einer Fahndung nach einem Serienmörder mitgearbeitet, und sie hatten hier unter der direkten Aufsicht Irvings ihre Zentrale gehabt.

Die Männer setzten sich wieder einander gegenüber.

»Also dann«, begann Brockman. »Ich werde Ihnen Ihre Rechte vorlesen, Detective Bosch.«

Er zog eine kleine Karte aus seiner Brieftasche und begann, Bosch die Miranda-Warnung vorzulesen. Bosch war sich jetzt sicher, daß die Telefonleitung zu einem Tonband ging. Das war etwas, was sie auf Band haben wollten.

»Nun«, sagte Brockman, als er fertig war. »Verzichten Sie auf Ihre Rechte und willigen Sie ein, mit uns über die Situation zu sprechen?«

»Ach, ist es eine Situation? Ich dachte, es wäre Mord. Ja, ich verzichte.«

»Jerry, hol ein Verzichtformular, ich habe keins hier.«

Jerry stand auf und ging hinaus. Bosch hörte seine eiligen Schritte auf dem Linoleum des Korridors, dann öffnete sich eine Tür. Er nahm die Treppe hinunter zum DIE im vierten Stock.

»Hm, fangen wir an mit …«

»Wollen Sie nicht warten, bis Ihr Zeuge zurück ist? Oder wird dies heimlich und ohne mein Wissen aufgezeichnet?«

Die Bemerkung brachte Brockman sofort aus dem Konzept.

»Ja, Bosch, es wird ge… es wird aufgenommen, aber nicht heimlich. Bevor wir anfingen, haben wir Ihnen gesagt, daß dies aufgezeichnet wird.«

»Tolle Parade, Lieutenant. Der letzte Satz war echt gut. Den muß ich mir merken.«

»Also, fangen wir jetzt an mit …«

Die Tür ging auf, und Toliver kam mit einem Blatt herein. Er reichte es Brockman, der es einen Moment studierte, um sich zu vergewissern, daß es das richtige Formular war, und schob es dann zu Bosch hinüber. Harry nahm es und kritzelte schnell eine Unterschrift an der vorgeschriebenen Stelle. Er kannte das Formular. Er schob es zurück und Brockman legte es zur Seite, ohne es anzusehen. Daher merkte er nicht, daß Bosch mit ›Fuck You‹ signiert hatte.

»Okay, fangen wir an, Bosch. Wo waren Sie in den letzten zweiundsiebzig Stunden?«

»Was, keine Leibesvisitation zum Anfang? Wie steht's mit Ihnen, Jerry?«

Bosch stand auf und öffnete seine Jacke, damit sie sehen konnten, daß er nicht bewaffnet war. Er hoffte, wenn er sie so provozierte, würden sie genau das Gegenteil tun und ihn nicht durchsuchen. Pounds' Dienstmarke würde ihm als Beweisstück den Hals brechen.

»Setzen, Bosch!« bellte Brockman. »Wir werden Sie nicht durchsuchen. Wir versuchen, ohne vorgefaßte Meinung an die Sache ranzugehen, aber Sie machen es uns verdammt schwer.«

Bosch setzte sich erleichtert.

»Also, sagen Sie uns, wo Sie waren. Wir haben nicht den ganzen Tag Zeit.«

Bosch dachte nach. Er war über die Zeitspanne erstaunt. Zweiundsiebzig Stunden. Was war mit Pounds passiert, und warum hatten sie den Todeszeitpunkt nicht genauer bestimmen können?

»Vor zweiundsiebzig Stunden? Das war Freitag nachmittag. Da war ich in Chinatown, im Einundfünfzig-Fünfzig. Dabei fällt mir ein, daß ich in zehn Minuten dort sein muß. Also, wenn Sie mich bitte entschuldigen ...«

Er stand auf.

»Setzen, Bosch. Das wurde schon erledigt. Setzen Sie sich.«

Bosch setzte sich und sagte nichts. Er merkte jedoch, daß er tatsächlich enttäuscht war, seine Sitzung mit Carmen Hinojos zu verpassen.

»Also Bosch, wo waren Sie danach?«

»Ich erinnere mich nicht an alle Einzelheiten. Ich aß im Red Wind zu Abend und hatte dann noch ein paar Drinks im Epicentre. Dann bin ich zum Flughafen gefahren und habe einen Nachtflug nach Florida genommen, nach Tampa. Dort habe ich das Wochenende verbracht und bin anderthalb Stunden, bevor ich sie als illegale Eindringlinge in meinem Haus fand, zurückgekehrt.«

»Es war nicht illegal. Wir hatten einen Durchsuchungsbefehl.«

»Hat mir niemand gezeigt.«

»Halten wir uns damit nicht auf. Was soll das heißen, Sie waren in Florida?«

»Das soll heißen, ich war in Florida. Was glauben Sie, daß es bedeutet?«

»Können Sie das beweisen?«

Bosch griff in seine Tasche, zog sein Flugscheinheft mit der Quittung heraus und schob es über den Tisch.

»Zum ersten habe ich hier die Quittung für mein Ticket. Ich glaube, eine Quittung für den Mietwagen liegt auch dabei.«

Brockman öffnete das Heft und begann zu lesen.

»Was haben Sie dort gemacht?« fragte er, ohne aufzusehen.

»Dr. Hinojos – das ist die Therapeutin der Polizei – riet mir wegzufahren. Und ich dachte mir, wie wär's mit Florida? Ich war noch nie da, aber ich habe schon immer Orangensaft gemocht. Also dachte ich, warum nicht.«

Brockman hatte abermals seinen Faden verloren. Bosch merkte, daß er so etwas nicht erwartet hatte. Die meisten Cops begriffen nie, wie wichtig die erste Vernehmung eines Verdächtigen oder Zeugen für die Untersuchung waren. Alle weiteren Vernehmungen und sogar die Aussagen vor Gericht wurden davon geprägt. Man mußte vorbereitet sein. Wie ein Rechtsanwalt mußte man die meisten Antworten kennen, bevor man seine Fragen stellte. Das DIE verließ sich so sehr darauf, Leute einschüchtern zu können, daß die meisten Detectives in diesem Dezernat sich nie wirklich auf Vernehmungen vorbereiten mußten. Und wenn sie dann gegen eine Wand anrannten, wußten sie nicht, was sie tun sollten.

»Okay, Bosch, hm, was haben Sie in Florida getan?«

»Haben Sie je diesen Marvin-Gaye-Hit gehört? Der kurz vor seinem Tod veröffentlicht wurde? Er heißt ...«

»Wovon reden Sie?«

»... ›Sexual Healing‹. Er meinte, es sei gut für die Seele.«

»Ich kenn' ihn«, meldete sich Toliver.

Brockman und Bosch sahen ihn beide an.

»Entschuldigung«, sagte Toliver.

»Also, noch mal«, sagte Brockman. »Wovon reden Sie?«

»Ich rede davon, daß ich die meiste Zeit mit einer Frau zusammen war. Die übrige Zeit habe ich zum größten Teil auf einem Boot im Golf von Mexiko verbracht. Mit einem Mann, der Angeltouren anbietet. Ich war fast jede Minute mit anderen Menschen zusammen. Die Zeit, die ich alleine war, hätte nie ausgereicht, um hierher zurückzufliegen und Pounds zu töten. Ich weiß noch nicht einmal, wann er umgebracht wurde. Aber ich sage Ihnen hier und jetzt, daß Sie mir nichts anhängen können. Sie sind auf dem Holzweg, Brockman.«

Bosch hatte seine Antwort sorgfältig formuliert. Er war sich nicht sicher, was sie von seinen Privatermittlungen wußten. Falls sie überhaupt etwas wußten. Wenn es sich vermeiden ließ, würde er nichts davon erzählen. Sie hatten die Akte und die Schachtel mit den Beweisstücken, aber er glaubte, sich eine harmlose Erklärung dafür ausdenken zu können. Sie hatten außerdem sein Notizbuch, weil er es am Flughafen in die Reisetasche gesteckt hatte. Darin standen die Namen und Adressen von Jasmine und McKittrick, die Adresse von Enos Haus in Vegas sowie andere Notizen über den Fall. Aber eventuell würden sie sich nicht zusammenreimen können, was es bedeutete. Nicht, wenn er Glück hatte.

Brockman zog Notizbuch und Stift aus der Innentasche seiner Jacke.

»Okay, Bosch, geben Sie mir die Namen von der Frau und dem Bootseigner. Ich brauche auch ihre Telefonnummern, alles.«

»Das werde ich nicht.«

Brockmans Augen weiteten sich.

»Es ist mir egal, was Sie denken. Geben Sie mir die Namen.«

Bosch sagte nichts, sondern starrte nur vor sich auf den Tisch.

»Bosch, Sie haben uns gesagt, wo Sie waren. Das muß jetzt überprüft werden.«

»Ich weiß, wo ich war. Das reicht.«

»Wenn Sie ein Alibi haben, wie Sie behaupten, überprüfen wir es, entlasten Sie und gehen dann anderen Spuren nach.«

»Sie haben Quittungen für das Ticket und den Mietwagen. Fangen Sie damit an. Ich ziehe Leute nicht unnötig in so etwas hinein. Es sind gute Menschen und – im Gegensatz zu Ihnen – mögen sie mich. Das lasse ich mir auch nicht von Ihnen und Ihrer Holzhammermethode vorschreiben.«

»Sie haben keine Wahl, Bosch.«

»Doch, das hab' ich. Ich habe jetzt die Wahl. Wenn Sie ein

Strafverfahren gegen mich einleiten wollen, tun Sie's. Wenn's soweit ist, rufe ich diese Leute als Zeugen, und Sie stehen wie der letzte Idiot da. Wenn Sie glauben, Sie haben irgendwelche Imageprobleme, weil Sie Bill Connors in den Selbstmord getrieben haben, dann warten Sie ab. Nach diesem Fall wird Ihr Image noch schlechter sein als das von Nixon. Ich gebe Ihnen die Namen. Wenn Sie etwas in Ihr Notizbuch schreiben wollen, notieren Sie einfach, ich hätte ›Fuck you‹ gesagt. Das sollte eine treffende Zusammenfassung sein.«

Rote Flecken breiteten sich auf Brockmans Gesicht aus. Er schwieg einen Moment, bevor er sprach.

»Wissen Sie, was ich glaube? Ich glaube immer noch, daß Sie es waren. Sie haben jemanden beauftragt und sind dann nach Florida abgedüst, damit Sie nicht in der Nähe waren. Eine Angeltour. Wenn das nicht ein selbstgebasteltes Alibi ist, dann weiß ich nicht, was eins sein soll. Und die Frau? Was war sie? Eine Nutte, die Sie in einer Bar aufgegabelt haben? Ein Fünfzig-Dollar-Alibi? Oder haben Sie hundert gezahlt?«

In einer einzigen, explodierenden Bewegung stieß Bosch den Tisch gegen Brockman und überrumpelte ihn völlig. Die Tischplatte schob sich unter seine Arme, krachte vor seine Brust. Sein Stuhl kippte nach hinten gegen die Wand. Bosch drückte weiter. Dann schob er seinen eigenen Stuhl an die Wand hinter sich und stemmte sich mit dem durchgedrückten linken Bein gegen den Tisch. Die Flecken auf Brockmans Gesicht wurden dunkler, ihm ging die Luft aus. Seine Augen traten hervor. Er konnte sich jedoch nirgendwo abdrücken und den Tisch wegschieben.

Toliver reagierte nicht sofort. Wie gelähmt sah er Brockman an und schien auf einen Befehl zu warten, bevor er aufsprang und sich auf Bosch zubewegte. Bosch war in der Lage, seinen ersten Angriff abzuwehren, indem er den jüngeren Mann in eine Zimmerpalme in der Ecke stieß. Im gleichen Moment sah er aus den Augenwinkeln, daß eine Gestalt den Raum durch die andere Tür betrat.

Dann wurde sein Stuhl abrupt umgestoßen, und er lag

auf dem Boden unter einer schweren Last. Als er seinen Kopf mühsam umdrehte, sah er, daß es Irving war.

»Keine Bewegung, Bosch!« schrie Irving in sein Ohr. »Reißen Sie sich zusammen! Sofort!«

Bosch entspannte seine Muskeln zum Zeichen seines Gehorsams und Irving ließ ihn los. Bosch blieb einen Moment liegen und zog sich dann mit einer Hand am Tisch hoch. Als er stand, konnte er Brockman sehen. Dieser keuchte und versuchte Luft in seine Lungen zu pressen, indem er mit beiden Händen gegen den Brustkorb drückte. Irving hielt eine Hand gegen Boschs Brust, um ihn zu beruhigen und ihn davon abzuhalten, noch einmal auf Brockman loszugehen. Mit der anderen Hand zeigte er auf Toliver, der sich bemühte, die Zimmerpalme wieder aufzurichten. Sie war entwurzelt worden und fiel immer wieder um. Schließlich lehnte er sie gegen die Wand.

»Sie«, fuhr Irving ihn an, »raus!«

»Aber, Sir, die ...«

»Raus!«

Toliver verließ schnell den Raum, und Brockman fand endlich seine Stimme wieder.

»Bo... Bosch, du Schweinehund, du ... dafür gehst du ins Gefängnis. Du ...«

»Niemand geht ins Gefängnis«, sagte Irving energisch. »Niemand.«

Irving brach ab, um tief Luft zu holen. Bosch merkte, daß der Assistant Chief genauso außer Puste war wie die anderen.

»Dieser Vorfall wird zu keiner Anzeige führen«, sprach Irving endlich weiter. »Lieutenant, Sie haben ihn provoziert und den Preis dafür bezahlt.«

Irvings Ton ließ keine Widerworte zu. Brockman, dessen Brustkorb sich immer noch heftig hob und senkte, stützte seine Ellbogen auf den Tisch und fuhr sich mit den Fingern durchs Haar. Er bemühte sich, so zu tun, als hätte er seine Haltung nicht verloren, aber er war ein geschlagener Mann. Irving wandte sich an Bosch. Seine Kinnlade war vor Zorn gespannt.

»Bosch, ich weiß nicht, wie ich Ihnen helfen soll. Sie sind ein lebendes Pulverfaß. Sie wußten, was er tat. Sie haben so was selbst oft genug getan. Aber Sie waren nicht in der Lage, ruhig sitzen zu bleiben und es wegzustecken. Was sind Sie nur für ein Mensch?«

Bosch sagte nichts. Er bezweifelte, daß Irving eine Antwort erwartete. Brockman begann zu husten und Irving schaute zu ihm hin.

»Sind Sie in Ordnung?«

»Ich glaube ja.«

»Gehen Sie rüber und lassen sich von den Sanitätern untersuchen.«

»Nein, ich bin okay.«

»Gut, dann gehen Sie in Ihr Büro und machen Sie Pause. Ich möchte, daß jemand anders mit Bosch spricht.«

»Ich möchte mit der Ver...«

»Die Vernehmung ist zu Ende, Lieutenant. Sie haben es versaut.« Dann schaute er Bosch an und fügte hinzu: »Sie beide.«

## 33

Irving ließ Bosch allein. Ein paar Augenblicke später trat Carmen Hinojos ins Konferenzzimmer. Sie setzte sich auf Brockmans Platz und betrachtete ihn mit einem Ausdruck, in dem sich Zorn und Enttäuschung mischten. Aber Bosch hielt ihrem Blick stand.

»Harry, ich kann nicht glauben ...«

Er hielt einen Finger vor den Mund, um sie zum Schweigen zu bringen.

»Was ist?«

»Sind unsere Sitzungen immer noch vertraulich?«

»Natürlich.«

»Auch hier?«

»Ja. Was ist?«

Bosch stand auf und ging zum Telefon auf der Anrichte.

Er drückte auf den Knopf für Konferenzschaltung. Dann setzte er sich wieder hin. »Ich hoffe, es ist nicht mit Absicht eingeschaltet geblieben. Ich werde mit Chief Irving darüber sprechen.«

»Wahrscheinlich sprechen Sie jetzt gerade zu ihm. Das Telefon war zu offensichtlich. Er hat vermutlich hier überall Wanzen.«

»Was soll das, Harry, das ist hier nicht der CIA.«

»Nein, das ist es nicht. Manchmal ist sogar schlimmer. Ich will nur sagen, daß Irving und das DIE eventuell zuhören. Passen Sie auf, was Sie sagen.«

Carmen Hinojos schien die Geduld mit ihm zu verlieren.

»Ich bin nicht paranoid, Doktor. Ich weiß das aus Erfahrung.«

»Okay, es spielt keine Rolle. Es ist mir egal, ob sie mithören oder nicht. Ich kann nicht verstehen, daß Sie so etwas tun. Ihr Verhalten macht mich traurig, Sie enttäuschen mich. Was war denn der Zweck unserer Sitzungen? Nichts? Ich sitze dort und höre, wie Sie in das gleiche gewalttätige Verhaltensschema verfallen, wegen dem Sie zu mir gekommen sind. Harry, das ist kein Gesellschaftsspiel. Das ist die Wirklichkeit. Und ich werde eine Entscheidung fällen müssen, die Ihre Zukunft entscheiden könnte. Ihr Verhalten heute macht es um so schwerer.«

Er wartete, bis er sicher war, daß sie ausgeredet hatte.

»Sie waren die ganze Zeit mit Irving da drinnen?«

»Ja, er rief mich an und erklärte die Situation. Er bat mich zu kommen und zuzuhören. Ich muß sagen …«

»Ein Moment! Bevor wir weiterreden: Haben Sie mit ihm gesprochen und ihm von unseren Sitzungen erzählt?«

»Nein, natürlich nicht.«

»Okay, ich möchte formell erklären, daß ich als Patient mein Recht auf Vertraulichkeit in keiner Weise aufgebe. Sind wir uns darüber einig?«

Zum erstenmal wandte sie ihren Blick ab. Er sah, wie sich ihr Gesicht vor Zorn dunkel färbte.

»Ist Ihnen klar, wie beleidigend das ist? Denken Sie etwa,

ich würde ihm von den Sitzungen berichten, nur weil er versucht, es mir zu befehlen?«

»Hat er das?«

»Sie vertrauen mir wohl gar nicht, was?«

»Hat er?«

»Nein.«

»Gut.«

»Es geht nicht nur um mich. Sie vertrauen niemandem.«

Bosch begriff, daß er zu weit gegangen war. An ihrem Gesicht war jedoch abzulesen, daß sie eher verletzt als wütend war.

»Es tut mir leid, Sie haben recht. Ich hätte das nicht sagen sollen. Ich bin einfach ... ich weiß nicht, ich fühle mich in die Enge getrieben, Doktor. Und wenn das passiert, vergesse ich manchmal, wer auf meiner Seite steht und wer nicht.«

»Ja, und dann werden Sie automatisch gewalttätig gegen die Leute, die Sie als Feinde betrachten. Das ist kein gutes Zeichen. Es ist sehr, sehr enttäuschend.«

Er wandte seinen Blick von ihr ab und schaute auf die Topfpflanze. Bevor er den Raum verlassen hatte, hatte Irving sie wieder eingepflanzt und sich dabei die Hände von der schwarzen Erde schmutzig gemacht. Sie stand immer noch leicht schief.

»Also, was tun Sie hier?« fragte er. »Was will Irving?«

»Er wollte, daß ich in seinem Büro sitze und über die Konferenzschaltung mithöre. Er sagte, er sei daran interessiert, wie ich Ihre Antworten bewerte. Ob ich es für möglich hielte, daß Sie für den Tod von Lieutenant Pounds verantwortlich seien. Dank Ihres tätlichen Angriffs braucht er wohl kein Gutachten mehr von mir. Es ist jetzt wohl endgültig klar, daß Sie dazu neigen, gegen Kollegen gewalttätig zu werden.«

»Das ist Schwachsinn, verdammt noch mal. Und Sie wissen es. Was ich dem Clown, der sich für einen Polizisten hält, angetan habe, ist etwas ganz anderes als Mord. Das ist ein himmelweiter Unterschied. Wenn Sie das nicht begreifen, dann haben Sie den falschen Beruf.«

»Ich bin mir nicht so sicher.«

»Haben Sie je einen Menschen getötet, Doktor?«

Als er es aussprach, erinnerte er sich an Jasmines Frage.

»Natürlich nicht.«

»Aber ich. Und Sie können mir glauben, das ist etwas anderes, als einem arroganten Sesselfurzer eine Abreibung zu geben. Ganz anders. Falls Sie oder Irving und Konsorten glauben, daß man von dem einen auf das andere schließen kann, dann haben Sie noch viel zu lernen.«

Sie schwiegen beide eine Weile und ließen ihre Wut verrauchen.

»Okay«, sagte er endlich. »Was passiert jetzt?«

»Ich weiß nicht. Chief Irving bat mich nur, Ihnen Gesellschaft zu leisten und Sie zu beruhigen. Wahrscheinlich überlegt er sich den nächsten Schritt. Ich fürchte, ich hatte nicht viel Erfolg mit meinen Bemühungen, Sie zu beruhigen.«

»Was sagte er, als er Sie bat, hierherzukommen und zuzuhören?«

»Er rief an und erklärte, was passiert war. Er wollte meine Meinung zu der Vernehmung. Trotz der Probleme, die Sie mit Autoritätspersonen haben, sollten Sie begreifen, daß er meines Erachtens auf Ihrer Seite ist. Ich glaube nicht, daß er wirklich der Ansicht ist, daß Sie etwas mit dem Tod Ihres Lieutenants zu tun haben – wenigstens nicht direkt. Aber er sieht ein, daß Sie eine mögliche Verdachtsperson sind, die verhört werden muß. Ich glaube, wenn Sie während der Vernehmung die Ruhe bewahrt hätten, hätten Sie bald alles hinter sich gehabt. Man hätte Ihre Aussage in Florida überprüft, und damit wäre die Sache erledigt gewesen. Ich habe denen sogar erzählt, daß Sie mir gesagt hatten, Sie würden nach Florida fliegen.«

»Ich will nicht, daß sie meine Geschichte überprüfen. Ich will nicht, daß sie sich einmischen.«

»Dafür ist es zu spät. Er weiß, daß Sie an etwas arbeiten.«

»Wie?«

»Als er anrief, erwähnte er die Akte zum Fall Ihrer Mutter. Er sagte, sie hätten sie bei Ihnen zu Hause gefunden. Und die Schachtel mit den Beweisstücken …«

»Und?«

»Und er fragte mich, ob ich wisse, was Sie damit vorhatten.«

»Er hat Sie also nach unseren Sitzungen gefragt.«

»Indirekt.«

»Scheint mir sehr direkt zu sein. Hat er explizit erwähnt, daß es sich um den Mord an meiner Mutter handelte?«

»Ja.«

»Was haben Sie ihm gesagt?«

»Ich habe ihm erklärt, daß es mir nicht gestattet ist, den Inhalt von Therapiegesprächen zu diskutieren. Er war nicht sehr erfreut.«

»Das überrascht mich nicht.«

Wieder breitete sich Schweigen zwischen ihnen aus. Ihr Blick wanderte im Raum umher. Seine Augen blieben auf sie gerichtet.

»Was wissen Sie über Pounds' Tod?«

»Sehr wenig.«

»Irving muß Ihnen etwas gesagt haben. Sie müssen gefragt haben.«

»Er sagte, daß Pounds am Sonntagabend im Kofferraum seines Wagens gefunden wurde. Ich nehme an, daß er schon eine Weile da drin lag. Vielleicht einen Tag. Irving sagte, er ... der Körper trüge Zeichen von Folter. Genauer gesagt, sadistische Verstümmelungen. Er hat keine Details erwähnt. Es wäre geschehen, bevor Pounds starb. Soviel wissen sie. Er sagte, er hätte sehr gelitten. Er wollte wissen, ob Sie zu so was fähig wären.«

Bosch sagte nichts. Er stellte sich den Tatort vor. Seine Schuldgefühle begannen ihm die Luft abzuschnüren. Einen Moment lang glaubte er, er müsse sich übergeben.

»Falls es Sie noch interessiert, ich habe nein gesagt.«

»Was?«

»Ich habe ihnen gesagt, daß Sie so etwas nicht getan haben können.«

Bosch nickte. In Gedanken war er jedoch schon weiter. Allmählich begriff er Pounds' Schicksal. Er selbst hatte den Stein ins Rollen gebracht und trug die Schuld daran. Auch wenn er vor dem Gesetz unschuldig war, so war er doch moralisch dafür verantwortlich. Er hatte Pounds verachtet, ihn weniger respektiert als einige der Mörder, mit denen er zu tun gehabt hatte. Jetzt erdrückte ihn jedoch die Last seiner Schuld. Mit den Händen fuhr er sich übers Gesicht und durch die Haare. Ein Zucken lief durch seinen Körper.

»Sind Sie okay?« fragte Hinojos.

»Ja, ja.«

Bosch holte seine Zigaretten heraus und begann sich eine anzustecken.

»Harry, lassen Sie das lieber. Wir sind hier nicht in meinem Büro.«

»Das ist mir scheißegal. Wo hat man ihn gefunden?«

»Was?«

»Pounds! Wo hat man ihn gefunden?«

»Ich weiß nicht. Sie meinen, wo sein Auto war? Keine Ahnung. Ich habe nicht gefragt.«

Sie betrachtete ihn, und er merkte, daß seine Hand mit der Zigarette zitterte.

»Okay, Harry. Mir reicht's. Was ist los?«

Bosch sah sie lange an und nickte dann.

»Okay, wollen Sie's wissen? Ich war's. Ich habe ihn getötet.«

Sofort verzog sich ihr Gesicht, als würde sie unmittelbar Zeugin des Mords, als würde Blut auf sie spritzen. Auf ihrem Gesicht spiegelte sich Grauen und Ekel. Sie rutschte auf ihrem Stuhl zurück, als wolle sie wenigstens ein paar Zentimeter mehr Distanz zu ihm haben.

»Sie ... Sie meinen, diese Geschichte von Florida war ...«

»Nein. Ich habe ihn nicht getötet – nicht mit meinen Händen. Ich meine, was ich getan habe, hat seinen Tod verursacht. Ich bin schuld an seinem Tod.«

»Wie können Sie das wissen? Sie können sich nicht mit Bestimmtheit ...«

»Ich weiß es. Glauben Sie mir, ich weiß es.«

Er schaute weg. Auf ein Gemälde, das über der Anrichte hing und eine Strandszene zeigte. Dann sah er sie wieder an.

»Es ist komisch ...«, begann er. Dann brach er ab und schüttelte den Kopf.

»Was?«

Er stand auf und drückte die Zigarettenkippe in die dunkle Erde der Topfpflanze.

»Was ist komisch, Harry?«

Er setzte sich wieder und sah sie an.

»Die kultivierten Menschen der Welt, die, die ihr wahres Gesicht hinter Kultur, Kunst, Politik ... und sogar hinter den Gesetzen verbergen, sind diejenigen, vor denen man sich in acht nehmen muß. Sie sind perfekt getarnt. Aber sie sind am brutalsten. Am gefährlichsten.«

## *34*

Es kam Bosch vor, als würde der Tag nie enden, als bliebe er für immer im Konferenzzimmer. Nachdem Hinojos gegangen war, war Irving an der Reihe. Er kam schweigend herein, setzte sich auf Brockmans Platz, faltete die Hände auf dem Tisch und sagte nichts. Er sah verärgert aus. Bosch dachte, daß er vielleicht den Rauch bemerkte. Es war ihm egal, ob Irving wütend war, aber er fand die Stille bedrükkend.

»Was ist mit Brockman?«

»Er ist gegangen. Sie haben gehört, was ich gesagt habe. Er hat die Sache versaut. Sie auch.«

»Wieso?«

»Sie hätten sich entlasten können. Er hätte Ihre Geschichte überprüft und Sie wären aus dem Schneider. Aber Sie mußten sich noch einen Feind machen. Sie mußten Harry Bosch sein.«

»Da bin ich anderer Ansicht, Chief. Sie sollten Ihr Büro verlassen und mal wieder Streife gehen. Ich habe ihn mir nicht zum Feind gemacht. Brockman war mein Feind, bevor ich ihn überhaupt kennengelernt habe. Wie jeder im DIE. Ich bin es allmählich leid, daß jeder mich analysiert und seine Nase in meinen Arsch steckt. Ich hab's satt!«

»Jemand muß es tun.«

»Sie haben keine Ahnung, wovon ich rede.«

Irving fertigte Boschs lahme Antwort mit einer Handbewegung ab, als sei sie Zigarettenqualm.

»Was jetzt?« fuhr Bosch fort. »Warum sitzen Sie hier? Wollen Sie Löcher in meinem Alibi finden? Sind Sie deshalb hier? Brockman geht und Sie kommen?«

»Das ist nicht nötig. Wir haben es schon überprüft und es ist anscheinend wasserdicht. Brockman und seine Leute haben bereits Anweisung, andere Fährten zu verfolgen.«

»Was soll das heißen, es wurde schon überprüft?«

»Wir sind nicht auf den Kopf gefallen, Bosch. Die Namen stehen in Ihrem Notizbuch.«

Er griff in seine Jacke und zog es hervor. Dann warf er es Bosch über den Tisch zu.

»Die Frau, mit der Sie dort zusammen waren, erzählte mir genug Details, daß ich ihr glauben konnte. Sie sollten sie allerdings selbst anrufen. Mein Anruf schien sie verwirrt zu haben. Ich habe ihr den Grund dafür nur angedeutet.«

»Vielen Dank. Also, kann ich dann gehen?«

Bosch stand auf.

»Im Prinzip ja.«

»Aber«

»Setzen Sie sich einen Moment, Detective.«

Bosch hob seine Hände. Er war schon so lange hier, da konnte er sich auch das noch anhören. Er protestierte nur schwach und setzte sich wieder hin.

»Ich bekomm' schon Schwielen am Arsch vom ganzen Sitzen.«

»Ich kannte Jake McKittrick«, sagte Irving. »Kannte ihn sehr gut. Wir haben vor vielen Jahren in Hollywood zusammengearbeitet. Wenn es auch schön ist, mal wieder mit einem alten Kollegen zu sprechen, so kann ich doch nicht behaupten, daß mein Gespräch mit ihm mir sehr viel Freude bereitet hätte.«

»Sie haben ihn auch angerufen?«

»Während Sie hier mit Dr. Hinojos sprachen.«

»Was wollen Sie dann noch von mir? Sie haben die Story von ihm. Das war's dann wohl.«

Irving trommelte mit den Fingern auf dem Tisch.

»Was ich will? Ich will, daß Sie mir versichern, daß Ihre Aktivitäten in keiner Weise etwas mit dem Schicksal von Lieutenant Pounds zu tun haben.«

»Das kann ich nicht, Chief. Ich weiß nicht, was mit ihm passiert ist, außer daß er tot ist.«

Irving studierte Bosch lange und überlegte sich anscheinend, ob er Bosch als gleichberechtigt behandeln und ihm die ganze Geschichte erzählen sollte.

»Ich hatte erwartet, daß Sie es sofort von sich weisen würden. Ihre Antwort zeigt, daß Sie glauben, es gibt einen Zusammenhang. Ich kann Ihnen nicht sagen, wie sehr mich das beunruhigt.«

»Alles ist möglich, Chief. Darf ich eine Frage stellen? Sie sagten, Brockman und seine Leute gehen anderen Hinweisen nach – Sie sagten, glaube ich, Fährten. Sind diese Fährten erfolgversprechend? Ich meine, führte Pounds ein Doppelleben, oder jagen sie nur ihrem eigenen Schwanz nach?«

»Es gibt nichts Aufsehenerregendes. Leider waren Sie unsere beste Fährte. Brockman ist immer noch der Ansicht. Er will die Theorie weiterverfolgen, daß Sie einen Killer angeheuert haben und dann nach Florida geflogen sind, um ein Alibi zu haben.«

»Das kann er seiner Großmutter erzählen.«

»Es ist nicht sehr glaubhaft. Ich habe ihm gesagt, er soll es fallenlassen. Für den Augenblick. Und ich rate Ihnen, Ihre Aktivitäten einzustellen. Diese Frau in Florida hört sich nett an. Sie sollten zurückfliegen und ein paar Wochen bei ihr bleiben. Wenn Sie wieder hier sind, können wir uns über Ihren Job am Mord-Tisch in Hollywood unterhalten.«

Bosch war sich nicht sicher, ob in Irvings Vorschlag eine Drohung verborgen war. Oder wenn keine Drohung, dann vielleicht eine Bestechung.

»Und wenn ich das nicht tue?«

»Wenn Sie das nicht tun, sind Sie dumm. Dann verdienen Sie die Konsequenzen.«

»Was glauben Sie, tue ich, Chief?«

»Ich *glaube* nicht, ich *weiß*, was Sie tun. Es ist offensichtlich. Sie haben die Akte zum Mord an Ihrer Mutter ausgeliehen. Warum Sie es gerade jetzt tun, weiß ich nicht. Aber Sie führen privat Ermittlungen durch, und das stellt ein Problem für uns dar. Sie müssen aufhören, Harry. Oder ich stoppe Sie. Ich ziehe Sie aus dem Verkehr. Für immer.«

»Wen schützen Sie?«

Irvings Gesicht lief vor Wut dunkelrot an. Seine Augen verdunkelten sich.

»Unterstellen Sie mir nie wieder so etwas. Ich habe mein ganzes Leben in den Dienst ...«

»Es geht um Ihre eigene Haut, nicht wahr? Sie kannten sie. Sie haben sie gefunden. Sie haben Angst, in die ganze Sache hineingezogen zu werden, wenn ich den Fall löse. Ich wette, daß Sie schon vorher alles wußten, was McKittrick Ihnen sagte.«

»Das ist lächerlich. Ich ...«

»Wirklich? Ich glaube nicht. Ich habe schon mit einer Zeugin gesprochen, die Sie in der Zeit kannte, als Sie auf dem Boulevard Streife gingen.«

»Welche Zeugin?«

»Sie sagte, sie kannte Sie. Sie weiß, daß meine Mutter Sie auch kannte.«

»Die einzige Person, die ich hier schütze, sind Sie, Bosch. Können Sie das nicht einsehen? Ich befehle Ihnen, Ihre Ermittlungen einzustellen.«

»Das können Sie nicht. Ich arbeite nicht mehr für Sie. Haben Sie vergessen, daß ich suspendiert bin? Ich bin jetzt ein normaler Bürger und kann tun, was ich will – solange es legal ist.«

»Ich könnte Sie wegen Besitzes gestohlener Dokumente anzeigen. Sie haben die Mordakte.«

»Sie ist nicht gestohlen. Und wenn ich beim Ausleihen nicht ganz ehrlich war, was heißt das schon? Eine Ordnungswidrigkeit? Die lachen Sie aus in der städtischen Rechtsabteilung.«

»Aber Sie würden Ihren Job verlieren. Das wär' das Ende.«

»Damit kommen Sie ein bißchen spät, Chief. Vor einer

Woche wäre das für mich noch eine ernstzunehmende Drohung gewesen. Jetzt nicht mehr. Ich habe mich von diesem ganzen Scheiß befreit. Mich interessiert nur noch dieser Fall, und ich werde alles tun, was zur Aufklärung nötig ist.«

Irving schwieg, und Bosch nahm an, daß der Assistant Chief begriff, daß er Bosch nicht mehr kontrollieren konnte. In der Vergangenheit hatte Irving über seinen Job Druck auf ihn ausüben können. Aber Bosch hatte sich jetzt davon frei gemacht. Er fuhr mit ruhiger Stimme fort:

»Könnten Sie die Sache fallenlassen, wenn Sie an meiner Stelle wären, Chief? Meine Arbeit bei der Polizei hat keinen Sinn, wenn ich das nicht für sie … und für mich tun kann.«

Er stand auf und steckte sein Notizbuch in die Tasche.

»Ich gehe. Wo sind meine anderen Sachen?«

»Nein.«

Bosch zögerte. Irving sah auf, und Bosch erkannte, daß die Wut verflogen war.

»Ich habe nichts falsch gemacht«, sagte Irving leise.

»Doch, das haben Sie«, sagte Bosch genauso leise. Er beugte sich über den Tisch, bis er nur noch einen halben Meter von Irvings Gesicht entfernt war. »Wie wir alle. Wir haben uns nicht um den Fall gekümmert. Das war unser Verbrechen. Aber das ist vorbei. Wenigstens, was mich angeht. Wenn Sie helfen wollen, wissen Sie, wie Sie mich erreichen können.«

Er ging zur Tür.

»Was wollen Sie?«

Bosch schaute zurück.

»Erzählen Sie mir von Pounds. Ich muß wissen, was passiert ist. Nur so kann ich wissen, ob es eine Verbindung gibt.«

»Dann setzen Sie sich.«

Bosch setzte sich auf den Stuhl an der Tür. Sie beruhigten sich beide erst einmal. Schließlich begann Irving.

»Wir haben Samstag abend angefangen, ihn zu suchen. Sonntag mittag haben wir seinen Wagen im Griffith Park gefunden. In einem der Tunnel, die nach dem Erdbeben gesperrt wurden. Als ob sie gewußt hätten, daß wir von der Luft aus suchen würden.«

»Warum wurde die Suche begonnen, bevor man wußte, daß er tot ist?«

»Seine Frau rief Samstag morgen an. Sie sagte, er habe Freitag abend einen Anruf bekommen. Von wem, wußte sie nicht. Dem Anrufer gelang es jedoch, Pounds zu überreden, das Haus zu verlassen und sich mit ihm zu treffen. Pounds sagte seiner Frau nicht, worum es sich handelte, nur daß er in ein oder zwei Stunden zurück sein würde. Er ging und kam nicht wieder. Am Morgen rief sie uns an.«

»Ich nehme an, Pounds Nummer steht nicht im Telefonbuch.«

»Richtig. Das legt die Vermutung nahe, daß es jemand von der Polizei gewesen ist.«

Bosch dachte darüber nach.

»Nicht unbedingt. Es muß nur jemand sein, der Beziehungen hatte. Jemand, der nur den Hörer abzunehmen brauchte, um die Nummer zu erfahren. Sie sollten bekanntgeben, daß Sie die Person, die die Nummer herausgegeben hat, nicht bestrafen, falls sie sich freiwillig meldet. Amnestie im Tausch für den Namen der Person, die die Nummer wissen wollte. Das ist die Person, die Sie suchen. Wahrscheinlich wußte derjenige, der die Nummer herausgegeben hat, nicht, was passieren würde.«

Irving nickte.

»Das ist eine Idee. Bei der Polizei gibt es Hunderte, die seine Nummer herausbekommen könnten. Das ist wahrscheinlich die einzige Möglichkeit.«

»Erzählen Sie mir mehr über Pounds.«

»Wir haben im Tunnel sofort mit den Ermittlungen begonnen. Am Sonntag hatten die Medien es spitzbekommen, daß wir ihn suchen. In der Hinsicht war der Ort von Vorteil. Keine Helikopter, die uns störten. Wir mußten nur den Tunnel beleuchten.

»Er war im Auto?«

Bosch tat so, als wüßte er nichts. Wenn er von Hinojos erwartete, daß sie den Inhalt ihrer Gespräche vertraulich behandelte, mußte er das gleiche tun.

»Ja, er war im Kofferraum. Mein Gott, es war schlimm.

Man … man hatte ihn ausgezogen und geschlagen. Und … es war zu sehen, daß man ihn gefoltert hatte.«

Bosch wartete, aber Irving schwieg.

»Was? Was haben sie getan?«

»Verbrennungen. An den Genitalien, Brustwarzen, Fingern … o Gott.«

Irving fuhr sich mit der Hand über seinen rasierten Schädel und schloß die Augen. Bosch sah, daß er die Bilder nicht loswerden konnte. Bosch hatte ebenfalls Probleme. Seine Schuld lastete wie ein schwerer Stein auf seiner Brust.

»Es sah aus, als hätten sie etwas aus ihm herausbekommen wollen«, sagte Irving, »aber er wußte es nicht … und sie hörten nicht auf.«

Plötzlich spürte Bosch ein leichtes Erdbeben und griff nach dem Tisch, um sich festzuhalten. Er schaute Irving an und begriff dann, daß es kein Beben war. Es war sein Körper, der zitterte.

»Warten Sie einen Augenblick.«

Der Raum neigte sich leicht und nahm dann wieder seine normale Lage ein.

»Was ist?«

»Warten Sie einen Moment.«

Ohne ein weiteres Wort stand Bosch auf und ging zur Tür hinaus. Er eilte den Korridor hinunter zu der Herrentoilette am Trinkbrunnen. Jemand stand vor einem der Waschbecken und rasierte sich, Bosch hatte jedoch keine Zeit ihn anzusehen. Er stieß eine Tür auf und kotzte in die Kloschüssel – gerade noch rechtzeitig.

Er betätigte die Spülung. Aber das Würgen kam wieder und wieder, bis sein Magen leer war – bis er nichts mehr in sich hatte, als Pounds' Bild: nackt, tot, gefoltert.

»Alles in Ordnung, Kollege?« fragte eine Stimme von draußen.

»Laß mich in Ruhe.«

»Tschuldigung, wollte nur fragen.«

Bosch lehnte sich gegen die Wand der Kabine und blieb noch ein paar Minuten. Schließlich wischte er sich den Mund mit Toilettenpapier und spülte es runter. Als er auf wackligen Beinen zu den Waschbecken ging, stand der andere Mann immer noch da und band sich eine Krawatte um. Bosch sah ihn im Spiegel an, erkannte ihn jedoch nicht. Er beugte sich über das Becken und wusch sich Gesicht und Mund mit kaltem Wasser. Dann trocknete er sich mit Papierhandtüchern ab. Während der ganzen Zeit schaute er sich nicht einmal im Spiegel an.

»Vielen Dank fürs Fragen«, sagte er beim Rausgehen.

Es sah aus, als hätte Irving sich nicht bewegt, seitdem Bosch gegangen war.

»Ist alles in Ordnung mit Ihnen?«

Bosch setzte sich und holte seine Zigaretten heraus.

»Entschuldigen Sie, aber ich muß rauchen.«

»Das haben Sie doch vorhin schon.«

Bosch zündete eine Zigarette an und atmete tief ein. Dann stand er auf und ging zu einem Abfalleimer in der Ecke. Er nahm einen alten Kaffeebecher heraus, um ihn als Aschenbecher zu benutzen.

»Nur eine«, sagte er. »Danach können Sie die Tür öffnen und lüften.«

»Das ist eine schlechte Angewohnheit.«

»Atmen in dieser Stadt ist das auch. Wie ist er gestorben? Was war die Todesursache?«

»Die Autopsie war heute morgen. Herzversagen. Es war einfach zuviel für sein Herz.«

Bosch machte eine Pause. Er spürte seine Kraft zurückkehren.

»Erzählen Sie mir den Rest.«

»Das ist schon alles. Es gab nichts. Keine Beweisstücke am Körper. Oder im Auto. Alles ist abgewischt worden. Wir haben nichts gefunden.«

»Was ist mit seinen Kleidern geschehen?«

»Sie waren im Kofferraum. Das half aber nicht weiter. Der Killer hat allerdings etwas behalten.«

»Was?«

»Seine Dienstmarke. Das brutale Schwein hat sie mitgenommen.«

Bosch nickte nur und wandte seine Augen ab. Sie

schwiegen beide lange. Bosch konnte die Bilder nicht loswerden und er nahm an, Irving hatte das gleiche Problem.

»Also«, sagte Bosch, »nachdem Sie sahen, was man mit ihm gemacht hatte, die Folter und all das, haben Sie sofort an mich gedacht. Das ist wirklich ein Vertrauensbeweis.«

»Hören Sie zu, Bosch, Sie haben zwei Wochen vorher sein Gesicht durch eine Glasscheibe gedrückt. Außerdem hatten wir einen nachträglichen Bericht von ihm, daß Sie ihn bedroht haben. Was ...«

»Ich habe ihn nicht bedroht. Er ...«

»Das ist mir egal. Er hat den Bericht geschrieben. Darum geht's. Ob es stimmt oder nicht, auf alle Fälle fühlte er sich bedroht von Ihnen. Was hätten wir tun sollen? Es ignorieren? Einfach sagen: ›Harry Bosch? O nein, unser Harry Bosch kann das unmöglich getan haben.‹ Und damit hat's sich. Machen Sie keine Witze.«

»Okay, Sie haben recht. Vergessen Sie's. Hat er zu seiner Frau nichts gesagt, bevor er ging?«

»Nur daß jemand angerufen habe und er eine Stunde weg müsse. Zu einem Treffen mit einer sehr wichtigen Person. Er erwähnte keinen Namen. Der Anruf kam Freitag um neun Uhr abends.«

»War das der genaue Wortlaut?«

»Ich glaube ja. Warum?«

»Wenn er es so ausgedrückt hat, hört es sich an, als ob zwei Leute mit der Sache zu tun hatten.«

»Wieso?«

»Es hört sich an, als ob eine Person ihn angerufen hätte, um das Treffen mit einer zweiten Person, der VIP, zu vereinbaren. Wenn die VIP selbst angerufen hätte, hätte er sicher seiner Frau erzählt, daß Soundso, dieses hohe Tier, ihn gerade angerufen habe und ihn jetzt treffen wolle. Verstehen Sie?«

»Ja. Aber der Anrufer hätte den Namen einer bekannten Person ohne deren Wissen als Köder benutzen können.«

»Das stimmt. Aber ich glaube, was gesagt wurde, muß überzeugend genug gewesen sein, um Pounds abends allein aus dem Haus zu locken.«

»Vielleicht war es jemand, den er kannte.«

»Vielleicht. Aber dann hätte er seiner Frau den Namen gesagt.«

»Richtig.«

»Hat er irgend etwas mitgenommen? Aktentasche, Papiere, irgend etwas?«

»Das wissen wir nicht. Seine Frau war im Fernsehzimmer. Sie sah ihn nicht weggehen. Wir sind das alles mit ihr durchgegangen und haben das ganze Haus durchsucht. Ohne Ergebnis. Seine Aktentasche war in seinem Büro auf dem Revier. Er hat sie nicht einmal mit nach Hause genommen. Wir haben nichts, was uns weiterführt. Ehrlich gesagt, Sie waren unser bester Kandidat und jetzt sind Sie entlastet. Das führt zu meiner Ausgangsfrage zurück. Könnten Ihre Privatermittlungen etwas mit seinem Tod zu tun haben?«

Bosch konnte sich nicht überwinden, Irving zu sagen, was seinem Gefühl nach mit Pounds geschehen war. Es waren nicht die Schuldgefühle, die ihn zurückhielten, sondern der Wunsch, seine Mission für sich zu behalten. In diesem Moment begriff er, daß Rache etwas für Einzelkämpfer war, etwas, was man nicht laut aussprach.

»Ich weiß es nicht«, sagte er. »Ich habe Pounds nichts gesagt. Er wollte, daß ich gefeuert werde. Das wissen Sie. Der Typ ist tot, aber er war ein Arschloch, und er wollte mich kleinkriegen. Also hat er seine Ohren offengehalten. Ein paar Leute haben mich letzte Woche gesehen. Vielleicht hat er so von meinen Aktivitäten gehört und ist dann in etwas hineingestolpert. Er war kein guter Detective. Vielleicht hat er einen Fehler gemacht. Ich weiß es nicht.«

Irving sah ihn mit reglosen Augen an. Bosch konnte sich denken, daß er überlegte, wieviel daran wahr war und wieviel erlogen. Bosch sprach zuerst.

»Er sagte, er würde eine sehr wichtige Person treffen.«

»Ja.«

»Chief, ich weiß nicht, was McKittrick Ihnen über unser Gespräch gesagt hat, aber Sie wissen sicher, daß einige wichtige Leute damals … Umgang mit meiner Mutter hatten. Sie haben ihre Leiche gefunden.«

»Das stimmt. Aber ich hatte nichts mit den Ermittlungen zu tun. Nur ganz am Anfang.«

»Hat McKittrick Ihnen von Arno Conklin erzählt?«

»Nicht heute. Aber damals. Ich fragte ihn einmal, wie die Ermittlungen liefen, und er antwortete mir, ich solle Arno fragen. Arno schirme jemanden ab.«

»Arno Conklin war zum Beispiel eine wichtige Person.«

»Aber jetzt? Er ist ein alter Mann, falls er noch lebt.«

»Er lebt noch. Und etwas sollten Sie nicht vergessen, Chief, wichtige Personen umgeben sich mit wichtigen Personen. Sie sind nie allein. Conklin mag alt sein, aber es gibt vielleicht jemand, der es nicht ist.«

»Was versuchen Sie mir zu sagen, Bosch?«

»Daß Sie mich in Ruhe lassen sollen. Ich muß weitermachen. Ich bin der einzige, der es kann. Halten Sie mir Brockman und Konsorten vom Leibe.«

Irving schaute ihn lange an und Bosch sah, daß er nicht wußte, was er tun sollte. Bosch stand auf.

»Ich werde mit Ihnen in Verbindung bleiben.«

»Sie erzählen mir nicht alles.«

»Es ist besser so.«

Als er durch die Tür auf den Korridor trat, fiel ihm etwas ein. Er ging zurück in den Konferenzraum.

»Wie komme ich nach Hause? Sie haben mich mit hierher genommen.«

Irving griff zum Telefon.

## 35

Bosch öffnete die Tür zum Dezernat für Interne Ermittlungen im vierten Stock und sah niemand hinter dem Schalter. Er wartete ein paar Momente, ob Toliver erscheinen würde. Irving hatte ihm den Auftrag gegeben, Bosch nach Hause zu fahren. Der junge Detective ließ sich jedoch nicht blicken. Wahrscheinlich war es wieder eines ihrer Spielchen. Bosch wollte nicht um den Schalter herumgehen und nach Toliver suchen. Also rief er laut seinen Namen. Hinter dem Schalter befand sich eine Tür, die einen Spalt offenstand, und er war sich ziemlich sicher, daß Toliver den Ruf hören konnte.

Aber derjenige, der dann durch die Tür trat, war Brockman. Er starrte Bosch lange an, ohne etwas zu sagen.

»Toliver soll mich nach Hause fahren«, sagte Bosch. »Mit Ihnen will ich nichts mehr zu tun haben.«

»Oh, das ist zu schade.«

»Holen Sie Toliver.«

»Nehmen Sie sich in acht vor mir, Bosch.«

»Jaja, ich halt' die Augen auf.«

»Möglich, aber Sie werden nichts merken.«

Bosch nickte und schaute an ihm vorbei zur Tür, durch die Toliver jeden Moment kommen mußte. Er wollte die Situation entschärfen und nach Hause. Einen Moment lang überlegte er, ob er ein Taxi nehmen sollte. Im Berufsverkehr würde es ihn jedoch fünfzig Dollar kosten. So viel hatte er nicht bei sich. Außerdem gefiel ihm die Vorstellung, von einem DIE-Typen nach Hause chauffiert zu werden.

»He, Killer.«

Bosch schaute zu Brockman. Allmählich hatte er es satt.

»Wie ist das, mit einem anderen Killer zu ficken? Muß was Besonderes sein, wenn Sie deswegen extra nach Florida fliegen.«

Bosch versuchte die Ruhe zu bewahren, aber sein Gesicht verriet ihn. Er begriff plötzlich, von wem Brockman sprach.

»Wovon reden Sie?«

Brockmans Gesicht leuchtete schadenfroh auf, als er Boschs überraschten Blick sah.

»Oh, oh! Sie hat es Ihnen nicht gesagt? Na, so was.«

»Was gesagt?«

Bosch hätte am liebsten über den Schalter gegriffen und Brockman rübergezogen, aber er konnte – wenigstens äußerlich – die Ruhe bewahren.

»Ich sag' Ihnen was. Meiner Ansicht nach stinkt Ihre Geschichte und ich werde es beweisen. Dann kann Sie auch Meister Proper oben nicht mehr beschützen.«

»Er sagte, daß Sie mich in Ruhe lassen sollen und ich sei entlastet.«

»Ich scheiß' auf ihn und auf Sie. Wenn ich Ihr Alibi durchlöchert habe, wird er sich nicht mehr vor Sie stellen.«

Toliver trat durch die Tür hinter dem Schalter. In der Hand hatte er ein Bund Autoschlüssel. Er blieb schweigend und mit niedergeschlagenen Augen hinter Brockman stehen.

»Ich hab' ihren Namen sofort in den Computer eingegeben«, sagte Brockman. »Sie ist vorbestraft, Bosch. Wußten Sie das nicht? Sie ist eine Mörderin, wie Sie. Gleich und gleich gesellt sich gern. Ein schönes Paar.«

Bosch hatte tausend Fragen, aber keine, die er diesem Mann stellen konnte. Eine innere Leere tat sich in ihm auf, während er sich emotional von Jazz abkapselte. Er begriff, daß sie genug Andeutungen gemacht hatte, er sie aber nicht verstanden hatte. Trotzdem fühlte er sich verraten.

Bosch ignorierte Brockman ostentativ und schaute Toliver an.

»Also, Junge, fährst du mich jetzt nach Hause, oder was?«

Toliver kam um den Schalter herum, ohne zu antworten.

»Bosch, ich kann Sie schon wegen dem Umgang festnageln«, sagte Brockman. »Aber das reicht mir noch nicht.«

Bosch ging zur Korridortür und öffnete sie. Es verstieß gegen die Dienstvorschriften, mit Personen, die als Verbrecher bekannt waren, zu verkehren. Ob Brockman damit Erfolg hätte, war allerdings die geringste seiner Sorgen. Er ging hinaus und Toliver folgte ihm. Bevor die Tür wieder zuging, rief Brockman ihm nach:

»Geben Sie ihr einen Kuß von mir, Killer.«

## *36*

Auf der Fahrt nach Hause saß Bosch anfangs schweigend neben Jerry Toliver. Die Gedanken überstürzten sich nur so in seinem Kopf, und er beschloß, den jungen Detective zu ignorieren. Toliver hatte das Funkgerät angeschaltet, und die sporadischen Funksprüche waren die einzige Konversation im Auto. Sie waren mitten in den stärksten Berufsverkehr geraten und krochen fürchterlich langsam auf den Cahuenga Pass zu.

Eine Stunde nachdem er sich übergeben hatte, schmerzte sein Magen immer noch, und er kreuzte seine Arme vor dem Bauch, als hielte er ein Baby. Ihm war klar, daß er seine Gedanken unter Kontrolle bringen mußte. Im Moment konnte er sich nicht mit Jasmine beschäftigen, ganz egal wie sehr Brockmans Anspielungen ihn verwirrt und seine Neugier geweckt hatten. Pounds – und was man ihm angetan hatte – war wichtiger.

Er versuchte den Ablauf der Ereignisse zu rekonstruieren und kam zur offensichtlichen Schlußfolgerung. Mit seinem Aufkreuzen bei Mittels Party und dem Übersenden des Zeitungsartikels hatte er eine Kettenreaktion ausgelöst, die mit dem Mord an Harvey Pounds endete, dessen Namen er benutzt hatte.

Obwohl er Mittel auf der Party nur den Namen genannt hatte, hatte man irgendwie die Spur zu dem richtigen Pounds zurückverfolgt, der dann gefoltert und ermordet worden war.

Bosch schätzte, daß die Anrufe beim Kfz-Amt Pounds' Schicksal besiegelt hatten. Sofort nachdem Mittel den bedrohlichen Zeitungsausschnitt von einem Mann bekommen hatte, der sich Harvey Pounds nannte, hatte er sicher seine weitreichenden Beziehungen spielen lassen, um herauszufinden, wer dieser Mann war und was er wollte. Seine Kontakte reichten von L.A. über Sacramento bis nach Washington. Er würde schnell herausgefunden haben, daß Harvey Pounds Polizist war. Viele Abgeordnete in Sacramento verdankten ihren Sitz seiner Hilfe beim Sammeln von Wahlkampfspenden. Er hatte sicher genug Beziehungen dort, um herauszufinden, ob jemand nach seiner Adresse gefragt hatte. Falls er das getan hatte, hätte er auch erfahren, daß Lieutenant Harvey Pounds aus Los Angeles sich außerdem nach vier anderen Männer erkundigt hatte, die auch für ihn von

Interesse waren. Arno Conklin, Johnny Fox, Jake McKittrick und Claude Eno.

Zwar stimmte es, daß *alle* Namen an einem Fall und einer Konspiration beteiligt waren, die fast fünfunddreißig Jahre alt war. Aber Mittel stand im Zentrum der Verschwörung, und Pounds' Herumschnüffeln reichte für einen Mann von seiner Position aus, um nachzuforschen, was Pounds tat.

Die Art und Weise, wie der vorgebliche Pounds mit ihm auf der Party Kontakt aufgenommen hatte, ließ ihn zu dem Schluß kommen, daß er erpreßt werden sollte. Und er wußte, wie man dieses Problem aus der Welt schaffte. Genauso wie man Johnny Fox eliminiert hatte.

Aus diesem Grund war Pounds gefoltert worden. Um sicher zu sein, daß nur Pounds hinter der Sache steckte, mußte Mittel ihn zum Sprechen bringen. Das Problem war, daß Pounds selbst nichts wußte. Er konnte nichts verraten. Er wurde gefoltert, bis sein Herz aufgab.

Eine Frage konnte Bosch sich allerdings nicht beantworten. Was wußte Arno Conklin von all dem? Bosch hatte ihn noch nicht aufgesucht. Hatte er von dem Mann gehört, der an Mittel herangetreten war? Hatte er Pounds' Ermordung angeordnet, oder war das allein Mittels Entscheidung gewesen?

Dann entdeckte Bosch ein Problem bei seiner Theorie. Mittel hatte ihn von Angesicht zu Angesicht gesehen, als er sich als Harvey Pounds ausgegeben hatte. Der Umstand, daß Pounds gefoltert wurde, bevor er starb, ließ darauf schließen, daß Mittel nicht dabei war. Sonst hätte er gesehen, daß es der falsche Mann war. Bosch fragte sich, ob sie inzwischen wußten, daß sie den falschen Mann getötet hatten, und ob sie jetzt nach dem richtigen suchten.

Er dachte darüber nach, warum Mittel nicht dabeigewesen war, und kam zu dem Schluß, daß es ins Bild paßte. Mittel war nicht der Typ, der sich die Hände dreckig machen würde. Es fiel ihm wahrscheinlich nicht schwer, den Auftrag zu einem Mord zu geben, solange er nicht anwesend sein mußte. Bosch erinnerte sich, daß auch der

Surfer im Anzug ihn genau gesehen hatte und daher nicht direkt am Mord beteiligt sein konnte. Blieb nur noch der Mann, den er durch die Terrassentüren gesehen hatte. Der vierschrötige Mann mit dem massiven Hals. Mittel hatte ihm den Zeitungsausschnitt gezeigt. Plötzlich wurde ihm bewußt, daß er nicht einschätzen konnte, ob und wann ihn das gleiche Schicksal ereilen würde wie Pounds. Er griff in seine Jackentasche und holte Zigaretten und Feuerzeug heraus.

»Würde es Ihnen etwas ausmachen, nicht zu rauchen?« fragte Toliver. Es waren seine ersten Worte seit dreißig Minuten.

»Ja, es würde mir etwas ausmachen.«

Bosch zündete die Zigarette an und steckte sein Bic weg. Dann ließ er das Fenster herunter. »So, ist das jetzt besser? Die Abgase sind schlimmer als der Rauch.«

»Das ist ein Nichtraucherauto.«

Toliver klopfte mit dem Finger auf einen Plastikmagneten, der außen auf dem Aschenbecher angebracht war. Sie waren verteilt worden, als die Stadt eine Verordnung gegen das Rauchen in öffentlichen Gebäuden verabschiedet hatte, und die Hälfte der Wagen im Polizeifuhrpark zu Nichtraucherautos erklärt worden waren. Auf dem Magnet war eine Zigarette in der Mitte eines roten Kreises abgebildet, durch die ein Querstrich ging. Unter dem Kreis stand: VIELEN DANK FÜRS NICHTRAUCHEN. Bosch griff zum Aschenbecher, entfernte den Magneten und warf ihn aus dem Fenster. Er sah, wie er vom Asphalt wieder hochsprang und dann an der Tür eines Autos in der nächsten Fahrbahn klebenblieb.

»Nicht mehr. Jetzt ist es ein Raucherauto.«

»Sie sind wirklich ein kaputter Typ, Bosch.«

»Okay, schreiben Sie eine Beschwerde. Die können Sie dann zusammen mit dem Verfahren wegen Umgangs mit Kriminellen, das Ihr Boß einleiten will, einreichen. Ist mir scheißegal.«

Sie schwiegen einige Momente, der Wagen rollte langsam weiter.

»Er blufft, Bosch. Ich dachte, Sie wüßten das.«

»Wieso?«

Er war überrascht, daß Toliver seinen Boß verriet.

»Er blufft. Das ist alles. Er ist wütend wegen der Sache mit dem Tisch. Aber er weiß, daß er Ihnen nichts anhängen kann. Es ist ein alter Fall. Totschlag. Ein Streit zwischen Mann und Frau. Sie hat fünf Jahre auf Bewährung erhalten. Sie müssen nur sagen, Sie wußten es nicht, und es landet im Papierkorb.«

Bosch konnte sich denken, worum es gegangen war. Während ihrer Beichtstunde hatte sie es ihm im Grunde erzählt. Sie war zu lange mit jemandem zusammengeblieben. Das war es, was sie gesagt hatte. Er erinnerte sich an die Gemälde in ihrem Studio. Das graue Porträt mit den roten Flecken, die wie Blut aussahen. Er versuchte, seine Gedanken davon zu lösen.

»Warum erzählen Sie mir das, Toliver? Warum stellen Sie sich gegen Ihren eigenen Verein?«

»Weil es nicht mein Verein ist. Weil ich wissen will, was Sie damit meinten, was Sie mir auf dem Korridor gesagt haben.«

Bosch konnte sich nicht einmal erinnern, was er gesagt hatte.

»Sie sagten, es wäre noch nicht zu spät. Wofür nicht zu spät?«

»Nicht zu spät, um da rauszukommen«, sagte Bosch, der sich jetzt an seine höhnische Bemerkung erinnerte. »Sie sind noch jung. Verlassen Sie das DIE, bevor es zu spät ist. Wenn Sie zu lange bleiben, schaffen Sie es nie. Oder wollen Sie Ihr Leben damit verbringen, Cops hochgehen zu lassen, die Tauschgeschäfte mit Nutten machen?«

»Ich möchte im Parker Center arbeiten und wollte nicht wie alle anderen zehn Jahre darauf warten. Wenn man weiß ist, ist das der schnellste und leichteste Weg.«

»Es lohnt sich nicht. Glauben Sie mir. Wenn man mehr als zwei, drei Jahre im DIE bleibt, bedeutet das lebenslänglich, weil einen niemand mehr will, weil einem niemand traut. Man ist ein Aussätziger. Sie sollten sich das überlegen. Das Parker Center ist nicht der einzige Platz, wo man arbeiten kann.«

Ein paar Momente vergingen schweigend, während Toliver versuchte, Argumente zu seiner Verteidigung zu finden.

»Jemand muß die Polizei kontrollieren. Viele Leute scheinen das nicht zu begreifen.«

»Das ist richtig. Aber in diesem Polizeiapparat kontrolliert niemand die Leute, die die Polizisten kontrollieren. Denken Sie mal darüber nach.«

Das Gespräch wurde von einem schrillen Geräusch unterbrochen. Es war sein Handy. Auf dem Rücksitz lagen die Sachen, die man aus seinem Haus mitgenommen hatte. Irving hatte angeordnet, ihm alles zurückzugeben. Das Telefon befand sich in seiner Aktentasche. Er griff nach hinten, öffnete die Tasche und nahm das Telefon in die Hand.

»Ja, hier Bosch.«

»Bosch, hier ist Russel.«

»He, ich kann Ihnen noch nichts erzählen, Keisha. Ich arbeite noch daran.«

»*Ich* will Ihnen etwas erzählen. Wo sind Sie?«

»Im Stau. Auf der 101, Nähe Barham, meine Ausfahrt.«

»Ich muß mit Ihnen sprechen, Bosch. Ich schreibe einen Artikel für morgen. Sie werden sicher einen Kommentar dazu abgeben wollen – schon allein zu Ihrer Verteidigung.«

»Meiner Verteidigung?«

Ein dumpfer Schlag traf ihn. Am liebsten hätte er gefragt: »Was noch?« Aber er verkniff es sich.

»Wovon reden Sie?«

»Haben Sie meinen Artikel heute gelesen?«

»Nein, ich hatte keine Zeit. Was …«

»Über den Tod von Harvey Pounds. Gerade schreibe ich an einem zweiten. Er betrifft Sie, Bosch.«

O Gott, dachte er. Aber er versuchte die Ruhe zu bewahren. Wenn sie Panik aus seiner Stimme heraushören würde, würde es sie nur noch mehr bestärken, den Artikel zu schreiben. Er mußte sie überzeugen, daß ihre Information nichts taugte. Er mußte ihre Selbstsicherheit untergraben.

Dann wurde ihm bewußt, daß Toliver neben ihm saß und alles mithören würde.

»Ich kann jetzt nicht mit Ihnen sprechen. Wann müssen Sie den Artikel fertig haben?«

»Jetzt. Wir müssen jetzt sprechen.«

Bosch sah auf die Uhr. Es war fünf nach halb sechs.

»Sie haben bis sechs Zeit, nicht wahr?«

Er hatte schon häufig mit Reportern zusammengearbeitet und wußte, daß das der Redaktionsschluß für die Frühausgabe der *Times* war.

»Nein, ich kann nicht bis sechs warten. Wenn Sie etwas sagen wollen, sagen Sie es jetzt.«

»Ich kann nicht. Geben Sie mir fünfzehn Minuten, ich rufe Sie zurück. Ich kann jetzt nicht sprechen.«

Nach einer kurzen Pause sagte sie: »Bosch, ich kann es nicht viel länger hinausziehen. Ich hoffe, daß Sie gleich anrufen.«

Sie waren jetzt an der Ausfahrt Barham Avenue und würden in zehn Minuten bei ihm zu Hause sein.

»Machen Sie sich keine Sorgen. In der Zwischenzeit warnen Sie den Chefredakteur, daß Sie den Artikel eventuell zurückziehen.«

»Das werde ich nicht.«

»Hören Sie zu, Keisha, ich weiß, wonach Sie mich fragen wollen. Aber die Information ist falsch und manipuliert. Glauben Sie mir. Ich erkläre ihnen gleich alles.«

»Woher wissen Sie, daß Sie falsch ist?«

»Ich weiß es. Es kommt von Angel Brockman.«

Er klappte das Handy zu und schaute Toliver an.

»Haben Sie das mitgekriegt? Ist es das, was Sie in Ihrem Beruf tun wollen, was Sie mit Ihrem Leben anfangen wollen?«

Toliver sagte nichts.

»Wenn Sie wieder im Parker Center sind, sagen Sie Ihrem Boß, daß er sich die *Times* in den Arsch stecken kann. Es wird keinen Artikel geben. Wie Sie sehen, trauen noch nicht mal Reporter dem DIE. Ich mußte nur Brockmans Namen erwähnen. Wenn ich ihr sage, was gespielt wird, wird sie die Finger von der Sache lassen. Niemand traut dem DIE, Jerry. Lassen Sie sich versetzen.«

»Ach, und *jeder* vertraut Ihnen, Bosch?«

»Nicht jeder. Aber ich kann nachts schlafen, und ich bin schon zwanzig Jahre im Dienst. Glauben Sie, Sie werden das auch können? Wie lange sind Sie schon dabei? Fünf, sechs Jahre? Nach zehn Jahren sind Sie draußen, Jerry. Mehr gebe ich Ihnen nicht. Sie werden dann aussehen, als hätten Sie dreißig Jahre Dienst hinter sich.«

Seine Prophezeiung stieß auf eisernes Schweigen. Bosch wußte nicht einmal, warum er sich überhaupt bemühte. Toliver gehörte zu den Leuten, die ihn fertigmachen wollten. Aber irgend etwas an dem jugendlichen Gesicht des Detectives ließ ihn sein Vorurteil in Frage stellen.

Sie bogen um die letzte Kurve auf dem Woodrow Wilson Drive, und Bosch konnte sein Haus sehen. Außerdem sah er vor dem Haus einen weißen Wagen mit einem gelben Nummernschild sowie einen Mann mit einem gelben Schutzhelm und einem Werkzeugkasten. Bauinspektor Gowdy.

»Verdammte Scheiße«, sagte Bosch. »Ist das noch einer dieser gemeinen DIE-Tricks?«

»Ich ... Wenn das so ist, weiß ich nichts davon.«

»Klar.«

Ohne ein weiteres Wort stoppte Toliver vor dem Haus, und Bosch stieg mit seinen Sachen aus. Gowdy erkannte ihn sofort und kam auf ihn zu, als Toliver wegfuhr.

»Hören Sie, Sie wohnen doch nicht etwa noch hier?« fragte Gowdy. »Das Haus muß abgerissen werden. Wir haben einen Anruf bekommen. Jemand hat illegal das Stromnetz angezapft.«

»Ich habe auch einen Anruf bekommen. Haben Sie schon jemanden gesehen? Ich wollte gerade nachschauen.«

»Erzählen Sie keine Märchen, Mr. Bosch. Sie haben Reparaturen durchgeführt. Begreifen Sie endlich, daß Sie das Haus nicht reparieren können, Sie dürfen nicht einmal hineingehen. Es besteht eine Abrißanordnung, die überfällig ist. Ich werde einen Auftrag erteilen und ihn von einem Unternehmen durchführen lassen. Die Rechnung geht an Sie. Warten hat keinen Sinn mehr. Sie gehen jetzt am besten, denn ich werde den Strom abstellen und Schlösser an den Türen anbringen.«

Er stellte den Werkzeugkasten auf den Boden, öffnete ihn und nahm mehrere Verschlußspangen aus Stahl und Vorhängeschlösser für die Türen heraus.

»Hören Sie, ich habe einen Anwalt«, sagte Bosch. »Er will die Sache mit Ihrem Amt besprechen.«

»Es gibt nichts zu besprechen. Es tut mir leid. Wenn Sie noch einmal hineingehen, können Sie verhaftet werden. Wenn Sie diese Schlösser anrühren, können Sie ebenfalls verhaftet werden. Ich werde dann sofort das Revier in North Hollywood anrufen. Ich mein's ernst.«

Zum erstenmal kam Bosch der Gedanke, daß das Ganze ein Trick sein konnte. Daß Gowdy Geld wollte. Wahrscheinlich wußte er nicht einmal, daß Bosch Polizist war. Die meisten Cops konnten es sich nicht leisten, hier oben zu wohnen. Bosch war nur dazu in der Lage, weil er einen Batzen Geld gemacht hatte, indem er die Filmrechte an einem seiner Fälle verkauft hatte.

»Okay, Gowdy«, sagte er. »Was wollen Sie? Ich bin manchmal schwer von Begriff. Sagen Sie mir, was Sie wollen, und Sie bekommen es. Ich will nur das Haus retten. Das ist alles, was mich interessiert.«

Gowdy schaute ihn lange an, und Bosch merkte, daß er sich geirrt hatte. Er konnte die Entrüstung in Gowdys Augen sehen.

»Wenn Sie so weiterreden, landen Sie noch im Gefängnis. Ich sag' Ihnen, was ich machen werde. Ich werde vergessen, was Sie gesagt haben, und ...«

»Hören Sie, es tut mir leid.« Bosch schaute zum Haus. »Es ist nur ... ich weiß nicht. Das Haus ist das einzige, was ich habe.«

»Sie haben viel mehr. Sie haben nur nicht darüber nachgedacht. Ich werde noch mal ein Auge zudrücken und Sie fünf Minuten ins Haus lassen, damit Sie herausholen können, was Sie brauchen. Danach bringe ich die Schlösser an.

Es tut mir leid, aber es geht nicht anders. Wenn das Haus beim nächsten Erdbeben den Hang runterrutscht, werden Sie mir vielleicht danken.«

Bosch nickte.

»Gehen Sie rein. Fünf Minuten.«

Bosch ging ins Haus und holte einen Koffer aus dem Wandschrank im Flur. Zuerst legte er seine Waffe hinein und dann soviel Kleidung aus dem Schlafzimmer wie möglich. Er schleppte den vollen Koffer nach draußen und ging noch einmal für eine zweite Ladung zurück. Er öffnete die Schubladen der Kommode und warf alles aufs Bett. Dann verschnürte er es in der Bettwäsche und trug es ebenfalls nach draußen.

Er überzog die fünf Minuten, aber Gowdy ließ ihn in Ruhe. Bosch konnte hören, daß er an der Vordertür mit dem Hammer tätig war.

Nach zehn Minuten hatte er einen großen Stapel mit seinen Sachen auf dem überdachten Parkplatz errichtet. Darunter befand sich seine Schachtel, in der er Fotos und Erinnerungsstücke aufbewahrte, eine feuerfeste Kassette mit seinen finanziellen und persönlichen Dokumenten, ein Stapel ungeöffneter Post und unbezahlter Rechnungen, die Stereoanlage, zwei Kisten mit seiner Sammlung von Jazz- und Bluesplatten sowie CDs. Beim Anblick seiner Habseligkeiten überkam ihn ein Gefühl der Trostlosigkeit. Es war eine ganze Menge, wenn man es in einen Mustang laden wollte, aber nicht viel für fünfundvierzig Jahre auf diesem Planeten.

»Ist das alles?«

Bosch drehte sich um. Es war Gowdy. In der einen Hand hielt er einen Hammer, in der anderen eine Verschlußspange. Ein Vorhängeschloß mit Schlüssel hing von einer Gürtelschnalle herab.

»Ja«, sagte Bosch. »Tun Sie Ihre Pflicht.«

Er trat zurück, und Gowdy machte sich an die Arbeit. Der Inspektor hatte gerade mit dem Hämmern begonnen, als sich Boschs Telefon meldete. Er hatte Keisha Russel ganz vergessen.

Das Handy steckte diesmal in seiner Jackentasche. Er nahm es heraus und klappte es auf.

»Ja, hier Bosch.«

»Detective, hier ist Dr. Hinojos.«

»Oh ... Hallo.«

»Ist etwas nicht in Ordnung?«

»Nein, das heißt, ich habe jemand anders erwartet. Ich muß die Leitung freihalten. Kann ich Sie zurückrufen?«

Bosch sah auf die Uhr. Es war fünf vor sechs.

»Ja«, sagte Hinojos. »Ich bin bis halb sieben in meinem Büro. Ich wollte mit Ihnen über etwas sprechen und hören, wie es Ihnen seit vorhin noch ergangen ist.«

»Es ist alles in Ordnung. Aber ich werde Sie zurückrufen.«

Sowie er das Telefon zuklappte, klingelte es wieder.

»Bosch.«

»Bosch, die Uhr läuft. Ich habe keine Zeit für fromme Reden.« Es war Russel. Anscheinend hatte sie auch keine Zeit, ihren Namen zu nennen. »Im Artikel wird stehen, daß die Ermittler im Fall Harvey Pounds eine polizeiinterne Spur verfolgen und daß Detectives heute mehrere Stunden mit Ihnen gesprochen hätten. Ihr Haus sei durchsucht worden, und man betrachte Sie als Hauptverdächtigen.«

»Hauptverdächtiger? Kein Detective verwendet diesen Begriff, Keisha. Jetzt *weiß* ich, daß Sie mit einem dieser scheelen Typen vom DIE gesprochen haben. Selbst wenn ein Täter denen in den abgewetzten Hosenboden beißen würde, würden sie ihn nicht fangen.«

»Versuchen Sie nicht das Thema zu wechseln. Meine Frage ist einfach. Haben Sie einen Kommentar zu diesem Artikel für morgen, oder nicht? Wenn Sie etwas sagen wollen, habe ich gerade noch genug Zeit, um es in die Frühausgabe zu bringen.«

»Offiziell: kein Kommentar.«

»Und inoffiziell?«

»Inoffiziell und ohne Erlaubnis, das in irgendeiner Weise zu drucken, kann ich Ihnen mitteilen, daß Sie nur Scheiße im Kopf haben, Keisha. Die Story ist falsch. Ganz und gar falsch. Wenn Sie sie so bringen, wie Sie sie zusammengefaßt haben, dann werden Sie morgen einen Widerruf verfassen müssen, in dem steht, daß ich in keiner Weise tatverdächtig bin. Und danach werden Sie sich nach einem anderen Ressort umsehen müssen.«

»Und weshalb?« fragte sie hochnäsig.

»Weil das Ganze eine Verleumdungskampagne ist. Lanciert und fabriziert vom DIE. Jeder Cop in dieser Stadt, der das morgen lesen wird, weiß das, und er weiß auch, daß Sie darauf reingefallen sind. Man wird Sie für Brockmans Sprachrohr halten. Niemand, der für Sie als Informationsquelle wichtig ist, wird mit Ihnen noch etwas zu tun haben wollen. Mich eingeschlossen. Danach dürfen Sie nur noch über die Polizeikommission berichten und Presseerklärungen umschreiben. Und, natürlich, wann immer Brockman jemanden durch den Dreck ziehen will, braucht er nur zum Telefon zu greifen und Sie anzurufen.«

An beiden Enden der Leitung war es still. Bosch schaute zum Himmel und sah, wie er sich mit dem beginnenden Sonnenuntergang rosa färbte. Er sah auf die Uhr. Vor einer Minute war Redaktionsschluß gewesen.

»Sind Sie da, Keisha?«

»Bosch, Sie machen mir angst.«

»Sie sollten Angst haben. Sie haben eine Minute, um eine sehr wichtige Entscheidung zu treffen.«

»Eine Frage. Haben Sie Pounds vor zwei Wochen angegriffen und durch eine Glasscheibe gestoßen?«

»Offiziell oder inoffiziell?«

»Das ist egal. Ich brauche eine Antwort. Schnell!«

»Inoffiziell: Ja, das ist mehr oder weniger korrekt.«

»Nun, das sollte Sie doch zu einem Verdächtigen in diesem Fall machen. Ich sehe nicht ...«

»Keisha, ich war drei Tage lang nicht in Kalifornien. Ich bin heute zurückgekommen. Brockman hat mich ins Parker Center gebracht und noch nicht einmal eine Stunde mit mir gesprochen. Mein Alibi stimmte, und ich konnte gehen. Im Moment stehe ich vor meinem Haus. Hören Sie das Hämmern? Das ist mein Haus. Ich habe einen Handwerker hier. Dürfen Hauptverdächtige abends nach Hause gehen?«

»Wie kann ich das nachprüfen?«

»Heute sicher nicht. Sie müssen entscheiden, wem Sie glauben wollen. Morgen können Sie Assistant Chief Irving anrufen, wenn er mit Ihnen sprechen will.«

»Verdammt, Bosch! Ich kann's nicht glauben. Wenn ich jetzt zum Chefredakteur gehe und ihm sage, daß die Story, die in der Drei-Uhr-Besprechung für die erste Seite ausgewählt wurde, Makulatur ist, dann muß ich mir nicht nur ein anderes Ressort suchen, sondern auch eine andere Zeitung.«

»Es gibt andere Nachrichten in der Welt, Keisha. Sie werden Ersatz für die erste Seite finden. Langfristig wird sich das für Sie auszahlen. Ich werde dafür sorgen, daß sich das rumspricht.«

Eine kurze Pause trat ein, während sie ihre Entscheidung traf.

»Ich muß Schluß machen. Ich muß jetzt in die Redaktion und mit ihm sprechen. Good bye, Bosch. Hoffentlich habe ich diesen Job noch, wenn wir das nächstemal miteinander sprechen.«

Sie hatte aufgelegt, bevor er sich verabschieden konnte.

Er ging die Straße hinauf zu seinem Mustang und fuhr ihn vors Haus. Gowdy hatte inzwischen die Spangen an beiden Türen angebracht und mit Schlössern versehen. Er stand jetzt an seinem Auto und benutzte die Motorhaube als Unterlage für sein Klemmbrett. Wahrscheinlich ließ er sich Zeit, um sicherzugehen, daß Bosch das Grundstück verließ. Ohne zu wissen, wohin er fahren würde, begann Bosch seine Sachen in den Mustang zu laden.

Statt weiter über seine Obdachlosigkeit nachzubrüten, dachte er an Keisha Russel. Er fragte sich, ob sie den Artikel so spät noch hatte aufhalten können. Wahrscheinlich hatte die Story ein Eigenleben entwickelt – wie ein Monster im Zeitungscomputer –, das sie als Dr. Frankenstein nicht mehr stoppen konnte.

Als er alles in den Mustang gepackt hatte, winkte er

Gowdy zum Abschied zu und fuhr den Hügel hinunter. Er erreichte den Cahuenga Boulevard und wußte immer noch nicht, wohin er fahren sollte. Rechts ging es nach Hollywood, links ins Valley. Dann fiel ihm das Mark Twain ein. Es war ein altes Hotel auf der Wilcox Avenue, nur ein paar Blocks vom Revier entfernt, und hatte Einzimmerapartments, die generell sauber und in gutem Zustand waren – anders als die Umgebung. Bosch war dies bekannt, weil er manchmal Zeugen hier versteckte. Er wußte auch, daß es einige Zweizimmerwohnungen mit eigenem Bad gab, und entschloß sich, eine zu mieten. Als er nach rechts abbog, klingelte sein Telefon. Es war Keisha Russel.

»Sie stehen tief in meiner Schuld. Ich habe die Story zurückgezogen.«

Er war zugleich erleichtert und verärgert. Ihre Denkweise war typisch für Reporter.

»Was reden Sie da?« konterte er. »Sie schulden *mir* einen Gefallen, schließlich habe ich Ihren Arsch gerettet.«

»Wir werden sehen. Ich habe immer noch vor, es morgen nachzuprüfen. Wenn es so ist, wie Sie sagen, werde ich mich bei Irving über Brockman beschweren. Ich werde ihn als Informanten preisgeben.«

»Das haben Sie gerade getan.«

Sie begriff, daß sie Brockman als Quelle identifiziert hatte, und lachte beklommen.

»Was hat Ihr Redakteur gesagt?«

»Er hält mich für eine Idiotin. Aber ich habe ihm gesagt, es gibt noch andere Nachrichten in der Welt.«

»Guter Spruch.«

»Ja, ich werde ihn im Computer speichern. Also, was ist los? Was ist mit den Zeitungsausschnitten, die ich Ihnen besorgt habe?«

»Das muß noch etwas kochen. Ich kann im Moment noch nicht darüber sprechen.«

»Das dachte ich mir. Ich weiß nicht, warum ich Ihnen weiter helfe, Bosch, aber ich sag' Ihnen trotzdem was. Erinnern Sie sich an Monte Kim? Er hat den ersten Artikel, den ich Ihnen gab, geschrieben.«

»Ja. Monte Kim.«

»Ich hab' mich umgehört, und einer von den alten Typen in der Schlußredaktion erzählte mir, daß er noch lebt. Nachdem er die *Times* verlassen hat, hat er eine Weile für den District Attorney gearbeitet. Ich weiß nicht, was er jetzt tut, aber ich habe Adresse und Telefonnummer. Er wohnt im Valley.«

»Können Sie sie mir geben?«

»Ich denke schon, schließlich steht er im Telefonbuch.«

»Verdammt, daran habe ich nie gedacht.«

»Sie sind vielleicht ein guter Detective, Bosch. Aber aus Ihnen wäre nie ein Reporter geworden.«

Sie gab ihm die Information und sagte, sie würde sich wieder melden. Dann hängte sie auf. Bosch legte das Telefon auf den Beifahrersitz und dachte auf dem Weg nach Hollywood über diese letzte Neuigkeit nach. Monte Kim hatte für den District Attorney gearbeitet. Bosch konnte sich denken, für welchen.

## 37

Der Angestellte an der Rezeption des Mark Twains schien Bosch nicht zu erkennen, obwohl Harry sich ziemlich sicher war, daß er schon vorher mit ihm zu tun gehabt hatte, wenn er Zimmer für Zeugen mietete. Der Mann war groß und schlank und hatte die Schultern hochgezogen, als trüge er eine schwere Last. Er sah aus, als säße er seit der Eisenhower-Ära am Empfang.

»Erinnern Sie sich an mich? Ich war beruflich schon öfter hier.«

»Ja, ich erinnere mich. Ich habe nichts gesagt, weil ich nicht wußte, ob Sie eine verdeckte Fahndung durchführen.«

»Nein, nichts dergleichen. Ich wollte wissen, ob Sie eines der großen Apartments hinten frei haben. Eins mit Telefon.«

»Brauchen Sie eins?«

»Deshalb frage ich.«

»Wen wollen Sie diesmal unterbringen? Ich will keine Gangmitglieder mehr. Beim letztenmal haben …«

»Nein, keine Gangmitglieder. Ich will das Apartment für mich.«

»*Sie* wollen das Apartment?«

»Richtig. Und ich werde nicht die Wände besprühen. Wieviel?«

Der Mann schien verblüfft zu sein, daß Bosch selber hier wohnen wollte. Schließlich fing er sich wieder und erklärte Bosch, daß er die Wahl habe: dreißig Dollar pro Tag, zweihundert Dollar pro Woche oder fünfhundert pro Monat. Jeweils im voraus. Bosch bezahlte mit seiner Kreditkarte für eine Woche und wartete nervös, während der Mann überprüfte, ob die Karte nicht überzogen war.

»Wieviel kostet der Parkplatz vor dem Eingang?«

»Den Platz können Sie nicht mieten. Dort ist nur Be- und Entladen gestattet.«

»Ich möchte vorne parken, damit Ihre Mieter nicht so leicht mein Auto klauen können.«

Bosch holte sein Geld raus und schob ihm fünfzig Dollar über den Schalter.

»Wenn die Politessen kommen, sagen Sie ihnen, es ist in Ordnung.«

»Ja.«

»Sind Sie der Manager?«

»Und Besitzer. Seit siebenundzwanzig Jahren.«

»Mein Beileid.«

Bosch ging nach draußen, um seine Sachen zu holen. Er mußte dreimal hin- und hergehen, bis er alles ins Zimmer 214 geschafft hatte. Das Apartment lag hinten im Haus, und seine zwei Fenster schauten auf eine Gasse hinter einem einstöckigen Gebäude, in dem sich zwei Bars und ein Pornoladen befanden. Aber Bosch hatte gewußt, daß er keine Parkaussicht haben würde. Hier hing kein Frotteebademantel im Wandschrank, und abends lag kein Betthupferl auf dem Kissen. Das Hotel war nur etwas besser als die Absteigen, wo sich die Rezeption hinter kugelsicherem Glas befand und man sein Geld durch einen Schlitz schob.

In einem Zimmer standen eine Kommode und ein Bett, dessen Tagesdecke zwei Brandlöcher von Zigaretten schmückten, sowie ein Fernseher, der durch einen Stahlrahmen mit der Wand verschraubt war. Kein Kabel, keine Fernbedienung, keine Gratisprogrammzeitschrift. In dem anderen Zimmer befand sich eine abgewetzte, grüne Couch, ein kleiner Tisch für zwei Personen und eine Kochnische mit einem kleinen Kühlschrank, einem Mikrowellenherd, ebenfalls festgeschraubt, und einem Elektroherd mit zwei Platten. Das Badezimmer ging von dem Flur ab, der die beiden Zimmer verband, und hatte ehemals weiße Kacheln, die inzwischen so gelb wie alte Zähne waren.

Trotz der tristen Umgebung und der Hoffnung, hier nur kurz bleiben zu müssen, tat Bosch sein Bestes, um sich heimisch zu fühlen. Er hing ein paar Sachen in den Wandschrank, legte seine Zahnbürste und sein Rasierzeug ins Badezimmer und verband den Anrufbeantworter mit dem Telefon – obwohl niemand seine Nummer hier kannte. Er beschloß, am Morgen bei der Telefongesellschaft für seinen alten Anschluß eine automatische Ansage mit der neuen Nummer zu bestellen.

Als nächstes stellte er seine Stereoanlage auf die Kommode und die Lautsprecher auf den Boden daneben. Dann kramte er in der Kiste mit seinen CDs und fand eine Aufnahme von Tom Waits mit dem Titel ›Blue Valentine‹. Er hatte sie schon seit Jahren nicht mehr gehört und legte sie auf.

Schließlich setzte er sich neben das Telefon aufs Bett, hörte der Musik zu und überlegte eine Weile, ob er Jazz in Florida anrufen sollte. Aber er war sich nicht sicher, was er sagen oder fragen sollte. So entschied er, es für den Moment zu lassen, steckte sich eine Zigarette an und ging zum Fenster. In der Gasse rührte sich nichts. Über die Hausdächer hinweg konnte er den prunkvollen Turm des Hollywood Athletic Clubs sehen. Es war ein prächtiges Gebäude, eines der letzten in Hollywood.

Dann schloß er die Vorhänge, drehte sich um und betrachtete sein neues Heim. Nach einer Weile zog er die Dekke zusammen mit den Laken vom Bett und machte es neu mit seiner eigenen Bettwäsche. Es war nur ein kleines Stück Kontinuität, aber er fühlte sich nicht mehr so einsam. Es gab ihm zudem das Gefühl, daß er wußte, was er mit seinem Leben anfing, und ließ ihn für ein paar Momente Harvey Pounds vergessen.

Bosch setzte sich auf das frisch gemachte Bett, lehnte sich gegen die Kissen am Kopfteil und steckte sich noch eine Zigarette an. Er studierte die Wunden an seinen Fingern und sah, daß rosa Haut den Schorf ersetzt hatte. Sie verheilten gut. Er hoffte, der Rest von ihm würde ebensolche Fortschritte machen. Allerdings bezweifelte er es. Er wußte, daß er verantwortlich war. Und daß er dafür bezahlen müßte. Irgendwie.

Ganz in Gedanken nahm er das Telefon vom Nachttisch und stellte es sich auf die Brust. Es war alt und hatte noch eine Wählscheibe. Bosch hob den Hörer und sah auf die Zahlen. Wen sollte er anrufen? Was würde er sagen? Er legte den Hörer wieder ab und setzte sich auf. Er kam zu dem Schluß, daß er rausgehen mußte.

## *38*

Monte Kim wohnte auf der Willis Avenue in Sherman Oaks, inmitten einer Geisterstadt von Apartmentgebäuden, die seit dem Erdbeben nicht mehr bewohnbar waren. Kims Apartment befand sich in einem grau-weißen Haus im Cape-Cod-Stil, das zwischen zwei unbewohnten Gebäuden stand. Zumindest sollten sie unbewohnt sein. Als sich Bosch mit seinem Wagen näherte, sah er, wie in einem der Häuser Lichter ausgingen. Wahrscheinlich Hausbesetzer. Wie Bosch waren sie immer auf der Hut vor dem Bauinspektor.

Kims Gebäude sah aus, als wäre es vom Erdbeben verschont geblieben oder wieder instand gesetzt worden. Bosch bezweifelte das letztere. Das Gebäude war entweder

Zeugnis der willkürlichen Naturgewalt oder das Werk eines Unternehmens, das keine Bauvorschriften umgangen hatte.

Es war ein normales, viereckiges Gebäude mit Wohnungstüren auf beiden Seiten. Um zu dem Haus zu gelangen, mußte man jedoch erst durch ein fast zwei Meter hohes Tor, das elektronisch geöffnet wurde. Polizisten wußten, daß solche Tore den Bewohnern nur ein *Gefühl* von Sicherheit verschafften, in Wirklichkeit aber wertlos waren. Sie errichteten nur eine Barriere für ehrliche Besucher. Die anderen kletterten einfach hinüber. Als sich Kim durch die Sprechanlage meldete, sagte Bosch nur, daß er von der Polizei sei, und das Tor öffnete sich. Auf dem Weg zu Apartment 8 holte er das Etui mit der Dienstmarke heraus. Kim öffnete die Tür einen Spalt, und Bosch hielt ihm das geöffnete Etui hastig vors Gesicht – dabei verdeckte er mit dem Finger die Inschrift LIEUTENANT. Dann zog er seine Hand schnell wieder zurück und steckte die Dienstmarke weg.

»Entschuldigen Sie, ich habe den Namen nicht lesen können«, sagte Kim.

»Hieronymus Bosch. Aber man nennt mich Harry.«

»Sie wurden nach dem Maler benannt.«

»Manchmal fühle ich mich so alt, daß ich denke, er wurde nach mir benannt. Heute ist so ein Tag. Kann ich reinkommen? Es sollte nicht lange dauern.«

Kim machte einen überraschten Eindruck und führte ihn ins Wohnzimmer. Der Raum war ausreichend groß und aufgeräumt. Eine Couch, zwei Sessel und ein Fernseher neben einem Kamin, der mit Gas betrieben wurde. Bosch setzte sich an ein Ende der Couch. Neben Kims Sessel lag ein weißer Pudel und schlief. Kim war korpulent und hatte ein breites, gerötetes Gesicht. Die Bügel seiner Brille drückten sich an seinen Schläfen ein, und die spärlichen Reste seines Haars waren braun gefärbt. Er trug eine rote Strickjacke über einem weißen Hemd und alte Khaki-Hosen. Bosch schätzte, daß er noch nicht sechzig war. Er hatte einen älteren Mann erwartet.

»An dieser Stelle sollte ich wohl fragen, worum es sich handelt.«

»Ja, und ich sollte es Ihnen erklären. Das Problem ist, ich weiß nicht, wo ich anfangen soll. Ich untersuche eine Reihe von Morden, und Sie können wahrscheinlich helfen. Könnten wir es so handhaben, daß ich Ihnen erst Fragen über ein paar alte Fälle stelle, und danach erkläre ich Ihnen, worum es geht?«

»Ein bißchen ungewöhnlich aber ...«

Kim winkte mit der Hand ab. Er hatte keine Probleme mit dem Vorschlag. Er rückte sich in seinem Sessel zurecht, um bequemer zu sitzen, und schaute nach dem Hund. Dann kniff er die Augen zusammen, als helfe ihm das beim Verstehen und Beantworten der Fragen. Bosch bemerkte, daß sich eine Schweißschicht auf seiner fast kahlen Kopfhaut bildete.

»Sie waren Reporter für die *Times*. Wie lange?«

»Ach Gott, nur ein paar Jahre, Anfang der Sechziger. Woher wissen Sie das?«

»Mr. Kim, lassen Sie mich zuerst die Fragen stellen. Was war Ihr Ressort?«

»Damals nannte man uns Frischlinge. Ich habe Polizeiberichte geschrieben.«

»Was tun Sie jetzt?«

»Public Relations. Im Moment arbeite ich von zu Hause aus. Ich habe ein Büro oben. Früher hatte ich eins in Reseda, aber das Gebäude mußte abgerissen werden. Man konnte durch die Risse nach draußen sehen.«

Wie die meisten Menschen in L.A. erwähnte er nicht extra, daß er von Erdbebenschäden sprach. Das verstand sich von selbst.

»Ich habe einige kleine Aufträge«, fuhr er fort. »Ich war für das GM-Werk in Van Nuys in der Öffentlichkeitsarbeit tätig, bis es geschlossen wurde. Dann habe ich mich selbständig gemacht.«

»Warum haben Sie damals bei der *Times* gekündigt?«

»Ich ... Verdächtigen Sie mich wegen irgend etwas?«

»In keiner Weise, Mr. Kim. Ich möchte Sie nur etwas näher kennenlernen. Tun Sie mir den Gefallen. Ich werde dann zur Sache kommen. Sie wollten gerade sagen, warum Sie kündigten.«

»Nun, ich bekam eine bessere Stelle. Man bot mir den Posten des Pressesprechers für den damaligen District Attorney, Arno Conklin, an. Ich habe angenommen. Mehr Geld, interessantere Arbeit und eine glänzende Zukunft.«

»Was meinen Sie mit ›glänzender Zukunft‹?«

»Nun, da hatte ich mich getäuscht. Als ich das Angebot annahm, dachte ich, daß ich mit Arno Karriere machen würde. Er war gut. Ich dachte, daß ich irgendwann – falls ich weiter für ihn arbeitete – mit ihm in den Gouverneurspalast einziehen oder in Washington im Senat landen würde. Aber es ging anders aus. Endstation war ein Büro in Reseda mit Rissen, durch die der Wind pfiff. Ich verstehe nicht, weshalb sich die Polizei dafür interessieren …«

»Warum ging es so aus? Was passierte mit Conklin?«

»Da müssen Sie jemand anders fragen. Ich weiß nur, daß er achtundsechzig für das Amt des Generalstaatsanwalts von Kalifornien kandidieren wollte und keinen ernsthaften Konkurrenten hatte. Und dann … stieg er aus dem Rennen. Er verließ die Politik und arbeitete als Rechtsanwalt. Und zwar nicht, um dicke Honorare von der Wirtschaft einzustekken, wie das die meisten ehemaligen District Attorneys tun. Nein, er machte eine Ein-Mann-Anwaltspraxis auf. Ich bewunderte ihn. Soviel ich weiß, war mindestens sechzig Prozent seiner Tätigkeit pro bono, für die er kein Honorar nahm.«

»So als würde er Buße tun?«

»Ich weiß nicht. Kann sein.«

»Warum stieg er aus dem Rennen?«

»Ich weiß nicht.«

»Gehörten Sie nicht zum engeren Kreis?«

»Nein. Er hatte keinen Kreis. Er hatte einen Mann.«

»Gordon Mittel.«

»Richtig. Wenn Sie wissen wollen, warum er ausstieg, fragen Sie Gordon.« Dann erst ging ihm auf, daß Bosch den Namen Gordon Mittel ins Gespräch eingeführt hatte. »Geht es um Gordon Mittel?«

»Lassen Sie mich noch ein paar Fragen stellen. Warum glauben Sie, wollte Conklin nicht mehr kandidieren? Sie müssen irgendeine Vermutung haben.«

»Nun, seine Kandidatur war noch nicht offiziell. Daher mußte er keine öffentliche Erklärung abgeben, als er ausschied. Er hat einfach nicht kandidiert. Allerdings gab es eine Menge Gerüchte.«

»Was zum Beispiel?«

»Alles mögliche. Daß er schwul war und anderes. Finanzielle Schwierigkeiten. Eine Drohung von der Mafia, daß sie ihn umbringen würden, falls er gewänne. Und ähnliche Sachen. Das meiste war nicht mehr als Stammtischgerede.«

»War er je verheiratet?«

»Nicht daß ich wüßte. Aber ich glaube nicht, daß er schwul war. Dafür habe ich keine Anzeichen gesehen.«

Bosch stellte fest, daß Kims Schädel inzwischen schweißbedeckt war. Es war warm in dem Zimmer, aber er behielt die Strickjacke an. Bosch wechselte abrupt das Thema.

»Okay, erzählen Sie mir, wie Johnny Fox umkam.«

Bosch sah, wie sich Kims Augen hinter den Gläsern weiteten, als er den Namen hörte. Nur für den Bruchteil einer Sekunde, aber es reichte.

»Johnny Fox, wer ist das?«

»Ach Monte, das sind doch alte Geschichten, und niemand wird Ihnen deshalb etwas anhaben wollen. Ich will nur die Story hinter der Story hören. Deshalb bin ich hier.«

»Sie meinen aus der Zeit, als ich Reporter war? Ich habe viele Artikel geschrieben. Das war vor fünfunddreißig Jahren. Damals war ich jung. Ich kann mich nicht mehr an alles erinnern.«

»Aber Sie erinnern sich an Johnny Fox. Ihre Fahrkarte zu einer glänzenden Zukunft. Die dann nicht eingetroffen ist.«

»Hören Sie, was wollen Sie hier? Sie sind kein Polizist. Hat Gordon Sie geschickt? Glaubt man, daß ich nach all den Jahren …«

Er brach ab.

»Ich bin Cop, Monte. Und Sie haben Glück, daß ich vor Gordon hier aufgekreuzt bin. Das Kartenhaus fällt zusammen. Die Geister kehren zurück. Haben Sie heute in der Zeitung gelesen, daß man einen Polizisten im Griffith Park im Kofferraum seines Wagens gefunden hat?«

»Ich habe es in den Nachrichten gesehen. Es war ein Lieutenant.«

»Ja, mein Lieutenant. Er untersuchte ein paar alte Fälle. Johnny Fox war einer. Dann fand man ihn in seinem Kofferraum. Entschuldigen Sie also, wenn ich etwas nervös bin und nicht viel Geduld habe, aber ich will alles über Johnny Fox erfahren. Sie haben den Artikel geschrieben, der ihn posthum zum Engel machte. Danach wurden Sie in Conklins Mannschaft aufgenommen. Mir ist egal, was Sie getan haben, aber ich will es wissen.«

»Bin ich in Gefahr?«

Bosch zuckte mit den Schultern in seiner besten ›Werweiß-schon-und-was-soll's-Geste‹.

»Wenn Sie es sind, können wir Sie beschützen. Wenn Sie uns nicht helfen, können wir Ihnen nicht helfen. Sie wissen, wie der Hase läuft.«

»O mein Gott! Ich wußte, daß ... Welche anderen Fälle?«

»Eines von Johnnys Mädchen, Marjorie Lowe. Sie wurde ein Jahr vor ihm getötet.«

Kim schüttelte den Kopf. Der Name sagte ihm nichts. Er fuhr sich mit der Hand über den Schädel und wischte den Schweiß in die restlichen Haare. Bosch erkannte, daß er den dicken Mann weichgekocht hatte.

»Also, wie war die Sache mit Fox?« fragte Bosch. »Ich habe nicht die ganze Nacht Zeit.«

»Hören Sie, ich weiß nichts. Ich habe nur einen Gefallen getan und wurde dafür belohnt.«

»Erzählen Sie.«

Es dauerte eine Weile, bis Kim wieder etwas an Fassung gewann und sprach.

»Wissen Sie, wer Jack Ruby war?«

»Der in Dallas?«

»Ja, der Typ, der Oswald umgebracht hat. Johnny Fox war der Jack Ruby von L.A. Gleiche Ära, gleicher Typ. Fox war Zuhälter und Spieler. Er wußte, welche Cops bestechlich waren und schmierte sie, wenn nötig. Das bewahrte ihn vor dem Gefängnis. Er war ein klassischer Hollywood-Ganove. Als sein Name auf der Totenliste des Hollywood-Reviers auftauchte, interessierte ich mich nicht näher dafür. Er gehörte zum Abschaum der Gesellschaft und war normalerweise kein Thema für uns. Aber dann hörte ich aus einer Quelle bei der Polizei, daß Johnny auf Conklins Gehaltsliste stand.«

»Damit wurde sein Tod zur Nachricht.«

»Richtig. Also rief ich Mittel an, Conklins Wahlkampfleiter, und wollte wissen, was er zu der Geschichte zu sagen hatte. Ich weiß nicht, wieviel Sie über diese Zeit wissen, aber Conklin hatte ein Saubermann-Image. Er bekämpfte den moralischen Verfall der Stadt und hatte gleichzeitig einen Zuhälter und Spieler auf der Gehaltsliste. Es war eine tolle Geschichte. Fox war zwar nicht vorbestraft, aber ich bin mir sicher, daß es Fahndungsberichte über ihn gab. Ich hätte Zugang dazu gehabt. Die Story hätte Conklin geschadet, und Mittel wußte es.«

Er brach ab, bevor er zum eigentlichen Teil der Geschichte kam. Er brauchte noch einen Schubs, um ins kalte Wasser zu springen.

»Mittel wußte es«, sagte Bosch. »Also bot er Ihnen ein Geschäft an. Wenn Sie die Geschichte etwas retuschierten, würden Sie Pressesprecher werden.«

»Es war nicht ganz so.«

»Wie war es dann. Was war Ihr Preis?«

»Ich bin sicher, daß alles inzwischen verjährt ist …«

»Machen Sie sich keine Sorgen deswegen. Sagen Sie es mir. Niemand außer uns und Ihrem Hund wird es wissen.«

Kim atmete tief ein und fuhr fort.

»Der Wahlkampf war schon voll im Gange, und Conklin hatte bereits einen Pressesprecher. Mittel bot mir an, mich nach der Wahl zum stellvertretenden Pressesprecher zu machen. Ich würde ein Büro im Gericht von Van Nuys bekommen und fürs Valley zuständig sein.«

»Falls Conklin gewann.«

»Ja, aber das stand schon fest. Nur die Fox-Story hätte ein Problem werden können. Aber ich nahm nicht an und machte etwas Druck. Entweder würde ich nach der Wahl Hauptpressesprecher, oder aus dem Geschäft wurde nichts. Mittel rief mich dann später noch einmal an und willigte ein.«

»Nachdem er mit Conklin gesprochen hatte.«

»Wahrscheinlich. Nun, ich schrieb die Geschichte und erwähnte keine Einzelheiten über die Vergangenheit von Fox.«

»Ich hab' den Artikel gelesen.«

»Das ist alles, was ich getan habe. Ich bekam den Job, und die Sache wurde nie mehr erwähnt.«

Bosch versuchte ihn einzuschätzen. Kim hatte einen schwachen Charakter. Er begriff nicht, daß der Beruf eines Reporters – wie der eines Polizisten – eine Berufung darstellte. Man leistete sich selbst einen Eid. Kim hatte anscheinend keine Schwierigkeiten gehabt, ihn zu brechen. Bosch konnte sich nicht vorstellen, daß Keisha Russel so gehandelt hätte. Er bemühte sich, seine Abscheu zu verbergen, und fuhr fort.

»Erinnern Sie sich an damals. Es ist wichtig. Als Sie Mittel zum erstenmal anriefen und ihm von Fox' Vergangenheit erzählten, hatten Sie da den Eindruck, daß er schon davon wußte?«

»Ja, er wußte es. Ich weiß nicht, ob die Polizisten es ihm an dem Tag gesagt hatten oder ob er es schon immer wußte. Aber er wußte, daß Fox tot war und was er zu Lebzeiten getan hatte. Ich glaube, er war dann etwas überrascht, daß ich Bescheid wußte, und er wollte einen Deal machen, damit es nicht in die Zeitung kam ... Es war das erstemal, daß ich so etwas tat. Ich wünschte, ich hätte es nicht gemacht.«

Kim schaute nach unten auf den Hund und den beigefarbenen Teppich, und Bosch ahnte, daß er vor sich eine Leinwand sah, die ihm zeigte, wie sein Leben damals abrupt die Richtung änderte und schließlich hier endete.

»Ihr Artikel nannte keine Polizisten beim Namen«, sagte Bosch. »Erinnern Sie sich, wer zuständig war?«

»Nein, es ist so lange her. Es werden wohl Detectives vom Mord-Tisch in Hollywood gewesen sein. Sie waren damals für tödliche Unfälle zuständig. Jetzt gibt es dafür eine eigene Abteilung.«

»Claude Eno?«

»Eno? Ich erinnere mich an ihn. Kann sein. Ich glaube … Ja, er war's. Jetzt erinnere ich mich. Er hat den Fall allein bearbeitet. Sein Partner hatte sich versetzen lassen oder war pensioniert worden oder so was, und er arbeitete allein, bis er einen neuen Partner bekam. Also gaben sie ihm die Verkehrsfälle. Die waren ziemlich leicht, was die Ermittlungen betraf.«

»Wieso können Sie sich an so viel erinnern?«

Kim schürzte seine Lippen und suchte nach einer Antwort.

»Ich schätze … Wie ich schon sagte, ich wünschte, ich hätte es nie getan. Deshalb denke ich wohl oft daran.«

Bosch nickte. Er hatte keine Fragen mehr und versuchte bereits, Kims Informationen für seinen Fall auszuwerten. Eno hatte in beiden Fällen, Lowe und Fox, ermittelt. Er hatte eine Briefkastenfirma gegründet, die Conklins und Mittels Namen trug und über fünfundzwanzig Jahre monatlich tausend Dollar eingenommen hatte. Später hatte er sich pensionieren lassen. Verglichen mit Eno hatte Kim sich zu billig verkauft. Bosch wollte gerade aufstehen, als ihm etwas einfiel.

»Sie sagten, Mittel hätte nie mehr über die Abmachung oder Fox gesprochen.«

»Richtig.«

»Hat Conklin je ein Wort über die beiden Themen fallenlassen?«

»Nein, er hat ebenfalls nichts gesagt.«

»Wie war Ihre Beziehung? Hat er Sie wie einen Erpresser behandelt?«

»Nein, weil ich keiner war«, protestierte Kim mit geheuchelter Entrüstung. »Ich habe gute Arbeit für ihn geleistet. Er war immer sehr nett zu mir.«

»Sie haben ihn in dem Artikel über Fox erwähnt. Ich habe

ihn nicht dabei, aber es steht da, daß er Fox nie persönlich kennengelernt habe.«

»Ja, das war gelogen. Das war meine Idee.«

Bosch war verwirrt.

»Was meinen Sie? Daß die Lüge Ihre Idee war?«

»Für den Fall, daß sie die Abmachung brechen würden, habe ich geschrieben, Conklin habe behauptet, er kenne Fox nicht. Ich hatte nämlich Beweise für das Gegenteil, und sie wußten das. Wenn sie sich nach der Wahl nicht an unsere Vereinbarung gehalten hätten, hätte ich die Geschichte wieder aufgewärmt und geschrieben, daß Conklin fälschlicherweise behauptet habe, Fox nicht zu kennen, und den Schluß gezogen, daß er wohl auch dessen Vorgeschichte gekannt habe. Es hätte keinen großen Effekt mehr gehabt, weil er dann schon gewählt gewesen wäre, aber es hätte seinem Ruf geschadet. Es war meine kleine Versicherung. Verstehen Sie?«

Bosch nickte.

»Was für Beweise hatten Sie, daß Conklin Fox kannte?«

»Ich hatte Fotos.«

»Was für Fotos?«

»Sie wurden von dem Fotografen für die Gesellschaftsseite der *Times* beim St.-Patricks-Ball der Freimaurerloge von Hollywood aufgenommen. Ein paar Jahre vor der Wahl. Conklin und Fox sitzen an einem Tisch. Zwei Fotos. Ausschuß. Eines Tages …«

»Was meinen Sie mit Ausschuß?«

»Sie wurden nicht veröffentlicht. Aber ich sah mir die alten Gesellschaftsfotos im Fotolabor an, um die High Society in L. A. näher kennenzulernen, mit wem sie verkehrten und so weiter. Ich habe viel dabei gelernt. Auf einem dieser Fotos entdeckte ich Conklin und einen Typen, der mir bekannt vorkam. Ich kam jedoch nicht auf seinen Namen, weil er nicht in diese Gesellschaft paßte. Als Fox dann starb und ich hörte, daß er für Conklin gearbeitet hatte, erinnerte ich mich an die Fotos und wußte, wer der andere Mann war. Fox. Ich ging ins Labor und suchte mir die Fotos wieder heraus.«

»Sie saßen bei diesem Ball zusammen?«

»Auf den Fotos. Ja. Und sie lächelten. Man sah, daß sie sich kannten. Sie posierten nicht extra. Deshalb wurden die Bilder auch nicht veröffentlicht. Sie waren nicht gut genug für die Gesellschaftsseite.«

»Saßen andere Personen dabei?«

»Ein paar Frauen, sonst niemand.«

»Okay, holen Sie die Fotos.«

»Ach, ich hab' sie nicht mehr. Ich habe sie weggeworfen, als ich sie nicht mehr brauchte.«

»Verarschen Sie mich nicht, okay? Sie haben die Fotos die ganze Zeit gebraucht. Sie sind wahrscheinlich der Grund, warum Sie noch leben. Also holen Sie sie, oder ich loche Sie wegen Unterschlagung von Beweismaterial ein. Danach komme ich mit einem Durchsuchungsbefehl zurück und nehm' die Wohnung auseinander.«

»Okay! Gott! Warten Sie. Ich hab' eins hier.«

Er stand auf und ging nach oben. Bosch betrachtete den Hund. Der Pudel trug einen Pullover im Partnerlook mit seinem Herrchen. Oben wurde die Schiebetür eines Wandschranks geöffnet, und dann hörte Bosch Gepolter. Wahrscheinlich war ein Karton vom Regal gefallen. Nach ein paar Momenten waren Kims schwere Schritte auf der Treppe zu vernehmen. Als er an der Couch vorbeikam, gab er Bosch ein Schwarzweißfoto im Format zwanzig mal fünfundzwanzig, das an den Rändern vergilbt war. Bosch starrte es lange an.

»Das andere habe ich in einem Bankschließfach«, sagte Kim. »Die Aufnahme ist schärfer. Man kann sehen, daß es Fox ist.«

Bosch sagte nichts. Er sah immer noch das Foto an. Es war mit Blitzlicht gemacht worden. Die Gesichter waren alle schneeweiß. Conklin saß einem Mann gegenüber, von dem er annahm, daß es Fox war. Sechs Gläser standen auf dem Tisch. Conklin lächelte und hatte die Augen nicht ganz offen. Fox saß etwas abgewandt, seine Gesichtszüge waren kaum erkennbar. Wahrscheinlich mußte man ihn kennen, um ihn identifizieren zu können. Beide schienen den Fotografen nicht zu bemerken. Wahrscheinlich leuchtete andauernd irgendwo ein Blitzlicht auf.

Aber mehr als die Männer studierte Bosch die zwei Frauen auf dem Foto. Neben Fox beugte sich eine Frau in einem dunklen, engen Kleid zu ihm hinunter und flüsterte ihm etwas ins Ohr. Ihre Haare waren oben auf dem Kopf zusammengeknotet. Es war Meredith Roman. Und auf der anderen Seite neben Conklin und von ihm halb verdeckt – saß Marjorie Lowe. Bosch nahm an, daß man sie nicht erkennen würde, wenn man sie nicht kannte. Conklin rauchte und hielt eine Hand hoch. Sein Arm verdeckte halb das Gesicht von Boschs Mutter. Es sah fast so aus, als schaute sie um eine Ecke in die Kamera.

Bosch drehte das Foto um. Auf der Rückseite befand sich ein Stempel: *Times*-**Foto von Boris Lugavere.** Das Datum war der 17. März 1961, sieben Monate vor dem Tod seiner Mutter.

»Haben Sie das Foto je Conklin oder Mittel gezeigt?« fragte Bosch endlich.

»Ja. Als ich ihn überzeugen wollte, mich zum Hauptpressesprecher zu machen. Ich gab Gordon eine Kopie. Er sah, daß es bewies, daß Conklin Fox kannte.«

Mittel mußte auch erkannt haben, daß es bewies, daß Conklin mit einem Mordopfer bekannt gewesen war. Kim wußte nicht, was er in der Hand hatte. Es war nicht erstaunlich, daß er den gewünschten Posten bekam. Du hast Glück, daß du noch lebst, dachte Bosch, sagte jedoch nichts.

»Wußte Mittel, daß es nur eine Kopie war?«

»O ja, das habe ich ihm klargemacht. Ich war nicht dumm.«

»Hat Conklin je das Foto erwähnt?«

»Nicht mir gegenüber. Aber ich nehme an, Mittel hat ihm davon erzählt. Ich sagte Ihnen doch, daß er wegen des Jobs zurückrufen mußte. Mit wem hätte er es sonst noch abklären müssen, schließlich leitete er den Wahlkampf! Also muß er mit Conklin gesprochen haben.«

»Ich werde es behalten.«

Bosch hielt das Foto hoch.

»Ich hab' noch das andere.«

»Haben Sie immer noch Kontakt mit Arno Conklin?«

»Nein, ich habe mit ihm seit – ich weiß nicht – zwanzig Jahren nicht mehr gesprochen.«

»Ich will, daß Sie ihn jetzt anrufen und ...«

»Ich weiß nicht einmal, wo er lebt.«

»Aber ich. Rufen Sie ihn an und sagen Sie ihm, daß Sie ihn heute abend sehen wollen. Es müsse noch heute abend sein. Es gehe um Johnny Fox und Marjorie Lowe. Aber er solle niemandem sagen, daß Sie kämen.«

»Das kann ich nicht tun.«

»Und wie Sie das können. Wo ist das Telefon? Ich helfe Ihnen.«

»Nein, ich meine, ich werde ihn heute abend nicht besuchen. Sie können mich nicht zwingen ...«

»Sie brauchen nicht zu ihm zu gehen, Monte. Ich werde Sie vertreten. Also, wo ist das Telefon?«

## 39

Bosch parkte seinen Mustang vor dem Pflegeheim auf einem Parkplatz für Besucher und stieg aus. Das Gebäude war dunkel, nur ein paar Fenster in den oberen Stockwerken waren beleuchtet. Er schaute auf die Uhr. Es war zehn vor zehn.

Er hatte einen Kloß im Hals, als er auf die Glastür der Eingangshalle zuschritt. Tief in seinem Innern hatte er beim Lesen der Mordakte gewußt, daß er Conklin im Visier hatte und daß es zu dieser Begegnung kommen würde. Er würde in ein paar Minuten dem Mann gegenüberstehen, von dem er glaubte, daß er seine Mutter getötet und dann seine Position und seine Helfer dazu benutzt hatte, seiner Strafe zu entgehen. Conklin stand für all das, was er in seinem Leben hatte entbehren müssen. Macht, ein Zuhause, Glück und Zufriedenheit. Es spielte keine Rolle, daß ihm so viele Leute im Laufe der Ermittlungen versichert hatten, was für ein guter Mensch er sei. Bosch kannte das Geheimnis hinter der Fassade. Seine Wut wuchs mit jedem Schritt.

Drinnen saß ein uniformierter Wachmann hinter einem Schreibtisch und löste ein Kreuzworträtsel, das er aus dem *Times Sunday Magazine* herausgerissen hatte. Vielleicht arbeitete er schon seit Sonntag daran. Er schaute Bosch an, als hätte er ihn erwartet.

»Monte Kim«, sagte Bosch. »Einer Ihrer Mieter erwartet mich. Arno Conklin.«

»Ja, er hat angerufen.« Der Wachmann schaute auf dem Klappbrett nach und schob es dann über den Tisch. Er gab Bosch einen Stift. »Schon lange her, daß er Besuch hatte. Unterschreiben Sie bitte hier. Er wohnt in 907.«

Bosch unterschrieb und legte den Stift auf das Klappbrett.

»Es ist schon spät«, sagte der Wachmann. »Normalerweise ist die Besuchszeit um neun vorbei.«

»Was soll das heißen? Wollen Sie, daß ich gehe? Okay.« Er hielt seine Aktentasche hoch. »Mr. Conklin kann dann mit seinem Rollstuhl morgen zu meinem Büro kommen und dieses Material abholen. Ich bin derjenige, der extra für ihn hergefahren ist. Ob Sie mich rauflassen oder nicht, mir ist das egal. Aber ihm nicht.«

»He, he, immer mit der Ruhe, Kollege. Ich hab' nur gesagt, daß es spät ist. Sie haben mich nicht ausreden lassen. Ich lasse Sie rauf. Kein Problem. Mr. Conklin hat darum gebeten, und das ist hier schließlich kein Gefängnis. Ich wollte nur erwähnen, daß alle anderen Besucher schon gegangen sind. Okay? Die meisten Bewohner schlafen. Also seien Sie nicht so laut. Mehr verlange ich nicht. Kein Grund, an die Decke zu gehen.«

»907, sagten Sie?«

»Richtig. Ich rufe ihn an und sage, daß Sie kommen.«

»Danke.«

Bosch ging an ihm vorbei zu den Fahrstühlen und hatte den Wachmann im nächsten Moment schon wieder vergessen. Nur noch eine Sache, eine Person erfüllte jetzt sein Bewußtsein.

Der Aufzug bewegte sich so langsam wie die Bewohner des Pflegeheims. Als er im achten Stock ausstieg, kam er an einem Schwesternzimmer vorbei, das jedoch leer war. Wahrscheinlich kümmerte die Schwester sich gerade um einen der Patienten. Bosch ging zuerst in die falsche Richtung, erkannte seinen Fehler und kehrte um. Anstrich und Linoleum des Korridors waren neu, aber selbst in diesem Luxusheim konnte man anscheinend den Geruch von Urin und Desinfizierungsmittel nicht vollständig beseitigen. Man spürte förmlich, wie die Menschen hinter den verschlossenen Türen mit ihrem Leben abgeschlossen hatten. Er erreichte Zimmer 907 und klopfte einmal. Eine schwache Stimme bat ihn einzutreten. Es war mehr ein Wimmern als ein Flüstern.

Bosch war nicht vorbereitet auf das, was er sah, als er die Tür öffnete. Eine einzige Lampe, eine Leselampe, brannte neben dem Bett. Der übrige Raum lag im Dunkeln. Ein alter Mann saß im Bett. Er hatte drei Kissen im Rücken und hielt in seinen zerbrechlichen Händen ein Buch. Auf seiner Nase saß eine Bifokalbrille. Was die Szene so unheimlich machte, war der Umstand, daß die Bettdecke, die sich um seine Hüften aufbauschte, unten glatt auf dem Bett lag. Er hatte keine Beine. Der Rollstuhl, der rechts neben dem Bett stand, verstärkte den Schock. Auf dem Sitz lag eine karierte Decke, unter der zwei Beine in schwarzen Hosen und Slippern zum Vorschein kamen. Sie ruhten auf den Fußstützen. Es sah aus, als sitze der Mann zur Hälfte im Bett und zur Hälfte im Rollstuhl. Seine Verblüffung stand Bosch anscheinend im Gesicht geschrieben.

»Prothesen«, sagte eine rasselnde Stimme vom Bett. »Ich habe meine Beine verloren … Zucker. Es ist fast nichts mehr von mir übrig. Nur meine Eitelkeit. Ich hab' mir die Beine für öffentliche Auftritte machen lassen.«

Bosch trat näher ans Licht. Die Haut des Mannes sah aus wie die Rückseite von abgezogenen Tapeten. Gelb und bleich. Seine Augen saßen tief in den Höhlen des skeletthaften Gesichts. Vom Haar waren nur noch ein paar Strähnen um die Ohren übriggeblieben. Blaue Adern, so dick wie fette Regenwürmer, zogen sich unter seiner fleckigen Haut über die Hände. Er sah aus wie der Tod, dachte Bosch. Seine Lebenskraft hatte ihn verlassen, und der Tod ergriff schrittweise Besitz von ihm.

Conklin legte das Buch auf den Tisch neben die Lampe. Es sah aus, als sei das schwere Arbeit für ihn. Bosch las den Titel: *Neonregen.*

»Ein Krimi«, sagte Conklin und lachte meckernd. »Ich vergnüge mich mit Krimis. Ich habe ein Faible dafür entwikkelt. Hatte ich früher nie. Ich hatte keine Zeit. Komm rein, Monte. Du brauchst keine Angst zu haben. Ich bin ein harmloser alter Mann.«

Bosch trat noch näher, bis das Licht auf sein Gesicht fiel. Er sah, wie Conklins wäßrige Augen ihn studierten und dann zu dem Schluß kamen, daß er nicht Monte Kim war. Es war viel Zeit vergangen, aber Conklin schien sich sicher zu sein.

»Ich bin an Montes Stelle gekommen«, flüsterte Bosch.

Conklin drehte seinen Kopf leicht zur Seite und Bosch sah, daß seine Augen auf den Notknopf am Nachttisch gerichtet waren. Anscheinend kam er zu dem Schluß, daß er keine Chance und keine Kraft hatte, den Knopf zu betätigen. Er wandte sich wieder Bosch zu.

»Wer sind Sie dann?«

»Ich beschäftige mich sozusagen auch mit einem Krimi.«

»Ein Detective?«

»Ja. Mein Name ist Harry Bosch und ich wollte Sie …«

Er brach ab. Eine Veränderung ging in Conklins Gesicht vor. Bosch wußte nicht, ob es Furcht war oder ob er ihn erkannte.

Aber etwas hatte sich verändert. Conklin richtete seine Augen nach oben, und Bosch begriff, daß der alte Mann lächelte.

»Hieronymus Bosch«, flüsterte er. »Wie der Maler.«

Bosch nickte langsam. Er merkte, daß er genauso geschockt war wie der Alte.

»Woher wissen Sie das?«

»Weil ich von Ihnen gehört habe.«

»Wie?«

»Von Ihrer Mutter. Sie hat mir von Ihnen und Ihrem besonderen Namen erzählt. Ich habe Ihre Mutter geliebt.«

Es war, als schlüge Bosch ein Sandsack gegen die Brust. Es preßte ihm die Luft ab, und er stützte sich mit einer Hand auf das Bett.

»Setzen Sie sich. Bitte.«

Conklin streckte eine zittrige Hand aus und deutete auf das Bett. Er nickte, als Bosch sich setzte.

»Nein«, sagte Bosch rauh und stand gleich wieder auf. »Sie haben sie benutzt und getötet. Dann haben Sie Schweigegeld bezahlt, damit nichts ans Licht kommt. Deshalb bin ich hier. Ich will die Wahrheit von Ihnen hören und kein Gelaber, daß Sie sie geliebt hätten. Sie sind ein Lügner.«

Conklin hatte einen flehenden Ausdruck in seinen Augen. Er wandte sich ab, zur dunklen Seite des Zimmers.

»Die Wahrheit kenne ich nicht.« Seine Stimme rasselte wie dürres Laub. »Ich übernehme für alles die Verantwortung, und deshalb könnte man sagen, daß ich sie getötet habe. Aber ich habe sie geliebt. Sie können mich einen Lügner nennen, aber das ist die Wahrheit. Sie würden einem alten Mann Trost spenden, wenn Sie es glauben würden.«

Bosch verstand nicht ganz, was vor sich ging, was gesagt wurde.

»Sie war mit Ihnen zusammen, an dem Abend. In Hancock Park.«

»Ja.«

»Was ist passiert? Was haben Sie getan?«

»Ich habe sie umgebracht … mit meinen Worten, meinen Taten. Es hat lange gedauert, bis ich das begriffen habe.«

Bosch trat ganz nah an den alten Mann heran. Er hätte ihn am liebsten gepackt und geschüttelt, um ihn zur Besinnung zu bringen. Arno Conklin war jedoch zu zerbrechlich. Er hätte ihn in Stücke gerissen.

»Wovon reden Sie? Sehen Sie mich an. Wovon reden Sie?«

Conklin drehte seinen Kopf auf einem Hals, der nicht dicker war als ein Wasserglas. Er sah Bosch an und nickte ernst.

»Sie müssen wissen, wir hatten an dem Abend Pläne gemacht – Marjorie und ich. Ich hatte alle Vernunft in den Wind geschlagen und mich in sie verliebt. Wir hatten beschlossen zu heiraten und wollten dich aus dem Heim holen. An dem Abend machten wir viele Pläne. Wir waren so glücklich, daß wir weinten. Der nächste Tag war ein Samstag. Ich wollte mit ihr nach Las Vegas. Mit dem Auto die Nacht durchfahren, bevor wir unsere Meinung ändern konnten, oder jemand anders uns unsere Pläne ausreden würde. Sie stimmte zu und ging nach Hause, um ein paar Sachen zu packen ... Sie kam nie zurück.«

»*Das* ist Ihre Geschichte? Erwarten Sie ...«

»Nachdem Sie ging, machte ich einen Anruf. Und das besiegelte ihr Schicksal. Ich rief meinen besten Freund an, um ihm die gute Nachricht mitzuteilen, und bat ihn, mein Trauzeuge zu sein. Er sollte mit uns nach Las Vegas kommen. Wissen Sie, was er sagte? Er lehnte es ab. Er sagte, falls ich diese ... Frau heiratete, wäre ich erledigt. Er sagte, er würde das nicht zulassen. Er hätte große Pläne für mich.«

»Gordon Mittel.«

Conklin nickte traurig.

»Sie sagen also, Mittel brachte sie um? Sie wußten es nicht?«

»Ich wußte es nicht.«

Er schaute auf seine zerbrechlichen Hände und ballte sie auf der Decke zu winzigen Fäusten zusammen. Sie wirkten kraftlos. Bosch betrachtete ihn stumm.

»Ich bin viele Jahre lang nicht darauf gekommen. Ich konnte mir einfach nicht vorstellen, daß er es getan hatte. Und ich muß zugeben, daß ich damals an mich dachte. Ich war ein Feigling. Mir ging es nur darum, nicht hineingezogen zu werden.«

Bosch konnte ihm nicht ganz folgen. Conklin schien jedoch gar nicht mit ihm zu sprechen. In Wirklichkeit erzählte er sich selbst die Geschichte. Plötzlich riß er sich jedoch von seinen Erinnerungen los und sah Bosch an.

»Ich wußte, daß Sie eines Tages kommen würden.«

»Wieso?«

»Weil ich wußte, daß es Ihnen am Herzen liegen mußte. Vielleicht sonst niemandem, aber Ihnen. Sie waren ihr Sohn.«

»Erzählen Sie mir, was an dem Abend passierte. Alles.«

»Ich brauche etwas Wasser für meine Kehle. Auf der Kommode steht ein Glas. Der Trinkbrunnen ist auf dem Korridor. Lassen Sie das Wasser nicht so lange laufen. Es wird kalt, und meine Zähne tun dann weh.«

Bosch schaute zum Glas und dann wieder zu Conklin. Auf einmal hatte er Angst, daß der alte Mann sterben und seine Geschichte mit ins Grab nehmen könnte, wenn er das Zimmer auch nur für eine Minute verlassen würde.

»Gehen Sie. Ich bin in Ordnung. Ich werde Ihnen sicher nicht weglaufen.«

Bosch warf einen Blick auf den Notknopf. Wieder erriet Conklin seine Gedanken.

»Nach dem, was ich getan habe, bin ich der Hölle näher als dem Himmel. Weil ich geschwiegen habe. Ich muß es endlich jemandem erzählen. Ich glaube, Sie sind ein besserer Beichtvater als irgendein Priester.«

Als Bosch mit dem Glas auf den Korridor trat, sah er einen Mann um die Ecke des Flurs verschwinden. Er glaubte, daß der Mann einen Anzug getragen hatte. Der Wachmann war es nicht gewesen. Er fand den Trinkbrunnen und füllte das Glas. Conklin lächelte schwach, als er es ihm brachte, und murmelte ein Dankeschön, bevor er trank. Bosch nahm das Glas wieder an und stellte es auf den Nachttisch.

»Okay«, sagte Bosch. »Sie sagten, sie ging in der Nacht und kam nicht wieder zurück. Wie fanden Sie heraus, was passiert war?«

»Am nächsten Morgen fürchtete ich, daß etwas passiert war. Schließlich rief ich mein Büro an und ließ mir die Polizeiberichte der vorhergehenden Nacht durchgeben. Unter anderem war ein Mord in Hollywood geschehen. Man kannte den Namen des Opfers. Es war ihr Name. Das war der schrecklichste Tag in meinem Leben.«

»Was passierte als Nächstes?«

Conklin rieb sich die Stirn mit einer Hand und fuhr fort.

»Ich erfuhr, daß man sie morgens gefunden hatte. Sie … Es war ein Schock für mich. Ich konnte nicht glauben, was passiert war. Mittel hörte sich für mich um, aber es kam nichts dabei heraus. Dann rief der Mann, der mir Marjorie … vorgestellt hatte, an.«

»Johnny Fox.«

»Ja. Er rief an und sagte, er habe gehört, daß die Polizei nach ihm suche. Er sei unschuldig. Er drohte mir. Wenn ich ihn nicht beschützen würde, würde er der Polizei sagen, daß Marjorie mit mir an dem Abend zusammengewesen war. Das sei dann das Ende meiner Karriere.«

»Also beschützten Sie ihn.«

»Ich hab' die Sache Gordon übergeben. Er überprüfte Fox' Alibi. Ich weiß nicht mehr die Einzelheiten, aber es wurde bestätigt. Er hatte Karten gespielt oder etwas Ähnliches. Es gab viele Zeugen dafür. Da ich sicher war, daß Fox nichts damit zu tun hatte, rief ich die zuständigen Detectives an und arrangierte eine Vernehmung. Um Fox – und mich – zu schützen, erfanden Gordon und ich eine Geschichte. Wir erzählten, Fox sei Zeuge in einem wichtigen Fall. Unser Plan funktionierte. Die Detectives konzentrierten sich auf andere Spuren. Danach sprach ich mit einem der Ermittler, und er sagte mir, daß Marjorie wahrscheinlich einem Sexualverbrechen zum Opfer gefallen sei. So etwas passierte damals noch nicht so häufig. Ich fürchte, ich habe nie … Gordon verdächtigt. So etwas Fürchterliches einem unschuldigen Menschen anzutun! Die Fakten starrten mir ins Gesicht, aber ich kam nicht drauf. Ich war ein Narr, eine Marionette.«

»Sie behaupten, weder Sie noch Fox hätten es getan, sondern Mittel hätte meine Mutter als Bedrohung für Ihre politische Karriere aus dem Weg geräumt? Und er hätte es Ihnen nicht gesagt? Es war allein seine Idee, und er hat sie ausgeführt?«

»Ja, das meine ich. An dem Abend, als ich ihn anrief, sagte ich ihm, daß sie mir mehr bedeute als all die Pläne, die er und ich hätten. Er erklärte, das würde das Ende meiner Karriere bedeuten, und ich akzeptierte es. Ich akzeptierte es, solange ich mit ihr ein neues Leben beginnen konnte. Ich verspürte nie in meinem Leben ein solches Gefühl des inneren Friedens wie in jenen Minuten. Ich war verliebt und ich stand zu ihr.«

Er schlug mit der Faust schwach auf die Decke – ein Zeichen seiner Ohnmacht.

»Ich sagte Mittel, es sei mir egal, ob meine Karriere Schaden erleiden würde. Wir würden wegziehen. La Jolla, San Diego, ich nannte ein paar Städte. Ich wußte nicht, wohin wir gehen würden, aber ich provozierte ihn. Ich war wütend, weil er sich nicht mit uns freute. Jetzt weiß ich, daß ich damit den Mord an Ihrer Mutter herausforderte.«

Bosch betrachtete ihn lange. Seine Qual schien echt zu sein. Conklins Augenhöhlen waren Ruinen, die von Alpträumen und Gespenstern heimgesucht wurden. Schwarz und leer.

»Hat Mittel es je zugegeben?«

»Nein, aber ich wußte es. Vielleicht nur im Unterbewußtsein. Aber Jahre später sagte er etwas, wodurch es mir vollends bewußt wurde. Es bestätigte meinen Verdacht, und das war das Ende unserer Beziehung.«

»Was sagte er, und wann?«

»Einige Jahre später. Zu der Zeit bereitete ich mich auf den Wahlkampf für das Amt des Generalstaatsanwalts vor. Halten Sie so eine Heuchelei für möglich? Ich, der Lügner, Feigling, Mitverschwörer sollte für das Amt des obersten Anklägers in Kalifornien aufgebaut werden. Eines Tages kam Mittel zu mir und sagte mir ganz unverblümt, daß ich mir vor dem Wahljahr eine Ehefrau nehmen sollte. Es gebe Gerüchte, die mich Stimmen kosten könnten. Ich sagte ihm, das sei absurd, ich würde nicht heiraten, um irgendwelche Spießer in Palmdale zu beschwichtigen. Als er mein Büro verließ, machte er dann eine schnodderige Bemerkung.«

Er brach ab, um nach dem Glas zu greifen. Bosch half ihm, und Conklin trank langsam. Sein Körper strömte Arzneigeruch aus. Es roch fürchterlich. Es erinnerte Bosch an die Toten in der Leichenhalle. Als Conklin getrunken hatte, nahm Bosch das Glas und stellte es weg.

»Was sagte er?«

»Beim Rausgehen sagte er – und ich erinnere mich wörtlich daran –: ›Manchmal wünsche ich, ich hätte dich nicht vor dem Skandal wegen dieser Hure bewahrt. Vielleicht hätten wir dann jetzt nicht das Problem. Die Leute wüßten, daß du keine Tunte bist.‹«

Bosch starrte ihn einen Moment an.

»Vielleicht war es nur so dahergesagt. Vielleicht meinte er, er hätte Sie vor dem Skandal bewahrt, indem er die Angelegenheit vertuschte. Das beweist nicht, daß er sie umbrachte oder umbringen ließ. Sie waren Staatsanwalt, Sie wissen, daß das nicht ausreicht. Es ist kein direkter Beweis. Haben Sie ihn je direkt mit Ihrem Verdacht konfrontiert?«

»Nein. Nie. Ich hatte zuviel Angst vor ihm. Gordon war ein mächtiger Mann geworden – mächtiger als ich. Also sagte ich nichts. Ich blies den Wahlkampf einfach ab und nahm meinen Hut. Ich schied aus dem öffentlichen Leben und habe seitdem nicht mehr mit Gordon Mittel gesprochen. Seit über fünfundzwanzig Jahren.«

»Sie haben sich als Rechtsanwalt niedergelassen.«

»Ja, ich habe viel kostenlose Rechtshilfe als selbstauferlegte Buße geleistet. Ich wünschte, ich könnte sagen, daß ich meine seelischen Wunden heilen konnte. Aber es gelang mir nicht. Ich bin ein hilfloser Mann, Hieronymus. Sind Sie hier, um mich zu töten? Lassen Sie sich von meiner Geschichte nicht davon abbringen. Ich verdiene es.«

Die Worte verschlugen Bosch die Sprache. Schließlich schüttelte er den Kopf und fragte:

»Was ist mit Johnny Fox? Er hatte Sie nach der Nacht in der Hand.«

»Ja, das stimmt. Er war für einen Erpresser sehr geschickt.«

»Was geschah mit ihm?«

»Ich war gezwungen, ihn als Wahlkampfhelfer anzustellen. Er bekam fünfhundert Dollar die Woche für nichts. Sehen Sie, zu was für einer Farce mein Leben geworden war? Bevor er seinen ersten Lohn bekam, starb er bei einem Autounfall – der Fahrer flüchtete.«

»Mittel?«

»Ich nehme an, daß er auch dafür verantwortlich ist. Allerdings muß ich zugeben, daß er ein bequemer Sündenbock für all meine schlechten Taten ist.«

»Sie dachten damals nicht, daß sein Tod zu gelegen kam, um Zufall zu sein?«

»Hinterher sieht man das klarer.« Er schüttelte traurig den Kopf. »Damals habe ich mich über so viel Glück gefreut. Er war der Dorn in meinem Fleische, und ich wurde ihn durch einen Zufall los. Sie dürfen nicht vergessen, daß ich damals keine Ahnung hatte, daß Marjories Tod in irgendeiner Weise etwas mit meiner Person zu tun hatte. Ich dachte, Fox hätte nur eine günstige Gelegenheit ausgenutzt. Als er bei dem Autounfall getötet wurde, war ich glücklich. Wir trafen eine Vereinbarung mit dem Reporter, damit er Fox' Vergangenheit nicht erwähnte, und alles war in Ordnung. Aber natürlich war es das nicht. Das war es nie. Gordon ist ein Genie. Trotzdem rechnete er nicht damit, daß ich nicht über Marjorie hinwegkommen würde. Bis heute nicht.«

»Wie lief die Sache mit McCage?«

»Wer?«

»McCage Inc. Die Erpressungsgelder, die an den Detective gingen. Claude Eno.«

Conklin schwieg einen Moment, während er die Antwort überlegte.

»Ja, ich kannte Claude Eno. Ich mochte ihn nie. Und ich habe keinen Pfennig an ihn gezahlt.«

»McCage war im Handelsregister von Nevada eingetragen. Es war Enos Firma. Sie und Mittel waren als Mitglieder der Geschäftsführung aufgelistet. Eine Briefkastenfirma für Erpressungsgelder. Eno bekam tausend Dollar im Monat. Von Ihnen und Mittel.«

»Nein!« Conklin sprach so resolut, wie es ihm möglich war. Es war nicht viel lauter als ein Husten. »Von McCage weiß ich nichts. Gordon hat das vielleicht arrangiert, möglicherweise sogar für mich unterschrieben oder mich unterzeichnen lassen. Er war meine rechte Hand, als ich District

Attorney war. Ich unterschrieb, wenn er mir etwas vorlegte.«

Während er es sagte, schaute er Bosch direkt an, und Harry glaubte ihm. Conklin hat viel Schlimmeres zugegeben. Warum sollte er leugnen, an Eno Schweigegeld bezahlt zu haben?

»Was sagte Mittel, als Sie Ihren Hut nahmen?«

»Damals hatte er schon viel Macht und politischen Einfluß. Seine Anwaltskanzlei vertrat die Oberschicht der Stadt, und seine Ambitionen wuchsen. Aber ich war immer noch sein bestes Pferd im Stall. Die Marschroute führte über das Amt des Generalstaatsanwalts zum Gouverneurspalast. Und danach ... Wer weiß? Also war Gordon ... er war nicht glücklich darüber. Ich weigerte mich, ihn zu sehen, aber wir telefonierten miteinander. Als er mich nicht überreden konnte, meine Meinung zu ändern, drohte er mir.«

»Wie?«

»Er sagte, falls ich jemals seinen Ruf in den Schmutz ziehen würde, würde er dafür sorgen, daß man mich wegen Marjories Tod anklagt. Ich bezweifelte nicht, daß er es hätte tun können.«

»Vom Trauzeugen zum Todfeind. Wie sind Sie eigentlich an ihn geraten?«

»Er hat sich in mein Leben geschlichen, als ich gerade nicht aufpaßte. Ich habe sein wahres Gesicht erst erkannt, als es zu spät war ... In meinem ganzen Leben habe ich nie wieder so einen verschlagenen Menschen getroffen wie Gordon. Er war ... ist ... gefährlich. Ich bin dafür verantwortlich, daß er Ihre Mutter als Hindernis für seine Pläne ansah. Es tut mir leid.«

Bosch nickte. Er hatte keine Fragen mehr und wußte nicht, was er noch sagen konnte. Ein paar Augenblicke lang hing Conklin seinen Gedanken nach, dann sprach er wieder.

»Junger Mann, ich glaube, daß man nur einmal im Leben eine Person trifft, die perfekt zu einem paßt. Wenn Sie diese Frau einmal finden, lassen Sie sie nur ja nicht los. Egal was sie in der Vergangenheit getan hat. Lassen Sie sie nicht gehen.«

Bosch nickte wieder. Etwas anderes fiel ihm nicht ein.

»Wo haben Sie sie kennengelernt?«

»Bei einem Ball. Sie wurde mir vorgestellt, und da sie jünger war, dachte ich natürlich nicht, daß sie an mir interessiert wäre. Aber ich hatte mich getäuscht ... wir tanzten. Wir gingen aus. Und ich verliebte mich in sie.«

»Sie wußten nichts über ihre Vergangenheit?«

»Anfangs nicht. Später erzählte sie es mir. Aber da war es mir schon egal.«

»Was für eine Rolle spielte Fox?«

»Er machte uns miteinander bekannt. Ich kannte ihn ebenfalls nicht. Er sagte, er sei Geschäftsmann. Für ihn war es ein taktischer Zug: Stell dem Staatsanwalt eine Frau vor und warte ab, was sich daraus entwickelt. Ich habe sie nie bezahlt, und sie hat nie Geld verlangt. Während wir uns ineinander verliebten, muß sich Fox überlegt haben, wie er Kapital daraus schlagen könnte.«

Bosch überlegte, ob er das Foto aus seiner Aktentasche holen und Conklin zeigen sollte. Er entschied sich jedoch, die Erinnerungen des alten Mannes nicht mit der Realität eines Fotos zu konfrontieren. Während er noch nachdachte, sprach Conklin wieder.

»Ich bin jetzt müde, und Sie haben meine Frage noch nicht beantwortet.«

»Welche Frage?«

»Sind Sie hier, um mich zu töten?«

Bosch betrachtete sein Gesicht und seine hilflosen Hände und merkte, daß er so etwas wie Mitleid fühlte.

»Ich war mir nicht sicher, was ich tun würde. Ich wußte nur, daß ich hierherkommen wollte.«

»Wollen Sie etwas über sie hören?«

»Über meine Mutter?«

»Ja.«

Bosch überlegte einen Moment. Seine eigenen Erinnerungen verblaßten mehr und mehr, und er hatte von anderen nicht viel über sie erfahren.

»Wie war sie?«

Conklin dachte kurz nach.

»Es ist schwer, sie zu beschreiben. Sie übte eine große Anziehungskraft auf mich aus ... das etwas schiefe Lächeln ... Ich wußte, daß sie Geheimnisse hatte – wie alle Leute. Aber ihre waren tiefer verborgen. Und trotz allem steckte sie voller Leben. Im Gegensatz zu mir. Sie schenkte mir Lebendigkeit.«

Er trank das Glas aus. Bosch bot an, es wieder zu füllen. Conklin winkte jedoch ab.

»Ich hatte Beziehungen mit anderen Frauen, aber sie wollten mich nur vorzeigen wie eine Trophäe«, sagte er. »Ihre Mutter war anders. Sie blieb lieber zu Hause oder ging mit einem Picknickkorb in den Griffith Park als in einen der Clubs am Sunset Strip.«

»Wie fanden Sie heraus, was ... was sie tat?«

»Sie erzählte es mir. An dem Abend, als sie mir von Ihnen erzählte. Sie sagte, sie müsse die Wahrheit sagen, weil sie meine Hilfe brauche. Ich muß zugeben, es war ... ein Schock. Zuerst dachte ich nur an mich. Wie ich meinen Ruf schützen könnte. Aber ich bewunderte ihren Mut und war zu dem Zeitpunk schon sehr verliebt. Ich konnte sie nicht verlassen.«

»Woher wußte Mittel Bescheid?«

»Ich sagte es ihm. Das bedaure ich bis heute.«

»Wenn sie ... Wenn sie so war, wie Sie sie beschreiben, warum hat sie so ... einen Beruf gehabt? Das habe ich nie verstanden.«

»Ich auch nicht. Sie hatte ihre Geheimnisse. Sie offenbarte mir nicht alle.«

Bosch schaute weg, zum Fenster hinaus. Die Sicht ging nach Norden. Er konnte die Lichter in den Hügeln von Hollywood erkennen. Wie sie hinter den Nebelschleiern aufleuchteten, die aus den Canyons aufstiegen.

»Sie erzählte mir, daß Sie sich nicht so leicht unterkriegen lassen«, sagte Conklin hinter ihm. Seine Stimme war jetzt fast heiser. Wahrscheinlich hatte er seit Monaten nicht so viel geredet. »Sie sagte einmal, daß es keine Rolle spiele, was aus ihr werde, weil Sie hart genug seien, um sich durchzuschlagen.«

Bosch sagte nichts. Er schaute weiter aus dem Fenster.

»Hatte sie recht?« fragte der alte Mann.

Boschs Augen wanderten die Hügelkette entlang nach Norden. Irgendwo dort glühten die Lichter von Mittels Raumschiff. Irgendwo dort wartete er auf Bosch. Harry schaute wieder zurück zu Conklin, der immer noch auf die Antwort wartete.

»Ich denke, das Urteil steht noch aus.«

## 40

Bosch lehnte an der Edelstahlwand des Aufzugs, der nach unten fuhr. Er bemerkte, wie sehr sich seine Gefühle geändert hatten. Beim Hochfahren war er von Haß erfüllt gewesen. Obwohl er das Objekt seines Hasses nicht einmal gekannt hatte. Inzwischen hatte es sich als ein bemitleidenswerter Mensch entpuppt. Ein halber Mann, der seine zerbrechlichen Hände gefaltet hatte und auf den Tod wartete – vielleicht sogar auf ihn hoffte.

Bosch glaubte Conklin. Seine Geschichte und sein Schmerz schienen zu echt zu sein, um als Schauspielerei abgetan zu werden. Conklin hatte das nicht mehr nötig. Er konnte bereits in sein Grab sehen. Er hatte gesagt, er sei ein Feigling und eine Marionette. Bosch konnte sich keine härteren Worte vorstellen, die sich ein Mensch auf den Grabstein setzte.

Jetzt wußte Bosch, daß er dem wirklichen Feind schon von Angesicht zu Angesicht gegenübergestanden hatte. Gordon Mittel. Der Stratege. Der Macher. Der Mörder. Der Mann, der die Fäden in der Hand hielt. Nun würden sie sich abermals gegenübertreten. Diesmal würde jedoch Bosch die Umstände bestimmen.

Er drückte wieder auf den Knopf für das Erdgeschoß, ungeduldig. Es war eine nutzlose Geste, aber er tat es noch einmal.

Endlich hielt der Aufzug, und Bosch trat in die leere und

sterile Eingangshalle. Der Wachmann saß hinterm Schreibtisch und arbeitete immer noch an seinem Kreuzworträtsel. Man hörte nicht einmal einen Fernseher von irgendwoher. Nur die Stille, die das Leben alter Menschen beherrschte. Er fragte, ob er sich austragen müsse, aber der Wachmann winkte ab.

»Hören Sie, ich möchte mich entschuldigen. Ich habe mich vorhin wie ein Arschloch benommen«, sagte Bosch.

»Ist schon gut, Kollege«, erwiderte der Wachmann. »Manchmal bringt es uns alle auf die Palme.«

Bosch fragte sich, was er mit ›es‹ meinte, sagte aber nichts. Statt dessen nickte er ernst, als sei der Wachmann ein weiser Guru. Er stieß die Glastüren auf und ging die Stufen zum Parkplatz hinunter. Es war kühl geworden, und er schlug den Kragen seiner Jacke hoch. Der Himmel war klar, und die Mondsichel trat scharf hervor. Als er sich dem Mustang näherte, sah er, daß der Kofferraum des nächsten Autos geöffnet war. Ein Mann war dabei, einen Wagenheber unter der hinteren Stoßstange anzubringen. Bosch beschleunigte seine Schritte und hoffte, daß er nicht um Hilfe gebeten würde. Es war zu kalt, und er hatte keine Lust mehr, mit Fremden zu sprechen.

Er ging an dem gebückten Mann vorbei und suchte dann nach dem richtigen Schlüssel für die Tür des Mustangs – er kannte sich immer noch nicht aus mit den Schlüsseln des Mietwagens. Als er gerade den Schlüssel ins Schloß steckte, hörte er hinter sich einen Schuh über den Asphalt schlurfen, und eine Stimme sagte: »Entschuldigen Sie.«

Bosch drehte sich um und überlegte schon an einer Ausrede, warum er dem Mann nicht helfen könne. Er sah nur noch schemenhaft, wie der Arm des anderen auf ihn niederfuhr und alles blutrot explodierte.

Dann wurde es schwarz.

## 41

Bosch folgte wieder dem Coyoten. Aber diesmal führte ihn das Tier nicht durch das Strauchwerk den Hügel hinauf. Der Coyote befand sich nicht in seiner gewohnten Umgebung, er hatte sein Reich verlassen. Es ging eine steile Straße hinauf. Bosch sah sich um und entdeckte, daß er auf einer hohen Brücke stand, die sich über eine riesige, bis zum Horizont reichende Wasserfläche spannte. Bosch geriet in Panik, als sich der Vorsprung des Coyoten vergrößerte. Er rannte hinter dem Tier her, aber es erreichte den höchsten Punkt der Brücke und verschwand. Die Brücke war jetzt leer, nur Bosch war noch da. Er kam oben an und sah sich um. Der Himmel war blutrot und pulsierte wie ein schlagendes Herz.

Bosch schaute in alle Richtungen, aber der Coyote war verschwunden. Es war niemand zu sehen.

Plötzlich war er jedoch nicht mehr allein. Hände ergriffen ihn von hinten und schoben ihn auf das Geländer zu. Bosch wehrte sich. Er stieß wild mit den Ellbogen um sich und stemmte sich mit seinen Hacken dagegen. Er versuchte zu sprechen, um Hilfe zu rufen, aber er brachte nichts heraus. Unter ihm schimmerte das Wasser wie silberne Schuppen in der Sonne.

Dann waren die Hände genauso plötzlich wieder verschwunden, und er war wieder allein. Er fuhr herum, und niemand war da. Hinter ihm knallte eine Tür zu. Wieder fuhr er herum, und wieder war niemand da – und nirgendwo war eine Tür.

## 42

Es war dunkel und er hatte Schmerzen. Ein gedämpftes Geräusch von erregten Stimmen hatte ihn aufgeweckt. Er lag auf einer harten Unterlage, und anfangs kostete es ihn große Mühe, sich überhaupt zu bewegen. Schließlich fuhr er mit der Hand über den Boden und stellte fest, daß er auf einem Teppich lag. Er lag auf einem Fußboden und befand sich in einem Gebäude. Auf der anderen Seite des dunklen Raums konnte Bosch einen Streifen schwachen Lichts ausmachen. Er starrte eine Weile dorthin und versuchte seine Augen darauf einzustellen, bis er merkte, daß es Licht war, was unter einer Tür in den Raum drang.

Er stemmte sich in eine Sitzposition hoch. Durch die Bewegung kam seine innere Welt ins Rutschen und begann zu schmelzen wie ein Dalí-Gemälde – ihm wurde übel. Er schloß die Augen und wartete ein paar Sekunden, bis sich sein Gleichgewichtsgefühl wiederhergestellt hatte. Mit der Hand faßte er sich an die Seite seines Kopfes, woher der Schmerz kam, und stellte fest, daß das Haar von einer Flüssigkeit verklebt war. Am Geruch erkannte er, daß es Blut war. Er folgte mit den Fingern der Spur des Bluts zu einer fünf Zentimeter langen Platzwunde auf seinem Schädel und berührte sie vorsichtig. Das Blut war geronnen und die Wunde blutete nicht mehr.

Er glaubte nicht, daß er in der Lage sein würde, zu stehen, und kroch zu dem Lichtstreifen. Der Traum vom Coyoten drang in sein Bewußtsein und verschwand wieder in einem roten Feuerball von Schmerz.

Er fand die Türklinke, aber sie war verschlossen. Das überraschte ihn nicht. Die Anstrengung hatte ihn jedoch erschöpft. Er lehnte sich gegen die Wand und schloß die Augen. In seinem Inneren kämpfte der Instinkt, nach einem Fluchtweg zu suchen, mit dem Wunsch, sich hinzulegen und zu genesen. Seine Gedanken wurden davon unterbrochen, daß die Stimmen wieder zu vernehmen waren. Bosch konnte hören, daß sie nicht aus dem nächsten Raum kamen. Sie waren weiter weg, jedoch nah genug, um verstanden zu werden.

»Verdammter Idiot!«

»Also, Sie ham nix gesagt von einer Aktentasche. Sie …«

»Aber es muß eine da gewesen sein. Gebrauch doch mal dein Hirn.«

»Sie haben gesagt, ich soll den Mann herbringen. Ich hab'

den Mann hergebracht. Wenn Sie wollen, fahre ich zurück und suche beim Auto nach der Aktentasche. Aber Sie ham nix von ...«

»Du kannst nicht zurückfahren, du Idiot! Dort wird es jetzt von Polizisten wimmeln. Sie haben wahrscheinlich schon sein Auto und seine Aktentasche.«

»Ich hab' keine Aktentasche gesehn. Vielleicht hatte er keine dabei.«

»Und vielleicht hätte ich jemand anders beauftragen sollen.«

Bosch begriff, daß sie über ihn sprachen. Er erkannte auch Gordon Mittels Stimme. Es war der knappe und arrogante Ton des Mannes, den er auf der Party getroffen hatte. Die andere Stimme erkannte Bosch nicht. Er konnte sich aber gut denken, wem sie gehörte. Auch wenn der Mann sich im Moment unterwürfig verteidigte, so war die Brutalität in seiner schroffen Stimme doch nicht zu überhören. Wahrscheinlich war er der Mann, der ihn niedergeschlagen hatte. Und vermutlich auch der Mann, den er bei der Party mit Mittel im Haus gesehen hatte.

Es dauerte ein paar Minuten, bis Bosch begriff, worüber sie sich stritten. Eine Aktentasche. *Seine* Aktentasche. Sie war nicht im Auto gewesen. Das wußte er. Dann dämmerte ihm, daß er sie in Conklins Zimmer vergessen haben mußte. Er hatte sie mit nach oben genommen, um ihm Monte Kims Foto zu zeigen und Enos Kontoauszüge. Um damit die Lügen des alten Mannes zu widerlegen. Aber der alte Mann hatte nicht gelogen. Er hatte Boschs Mutter nicht verleugnet, und das Foto und die Kontoauszüge wurden nicht gebraucht. Die Aktentasche lag am Fußende des Betts – vergessen.

Dann dachte er über den letzten Wortwechsel nach. Mittel hatte dem anderen Mann gesagt, er könne nicht zurückfahren, weil die Polizei da wäre. Das ergab keinen Sinn. Außer, daß jemand den Überfall gesehen hatte. Vielleicht der Wachmann. Er schöpfte Hoffnung und verwarf die Möglichkeit wieder, als ihm etwas anderes einfiel. Mittel kümmerte sich um alle losen Fäden, und Conklin war einer gewesen. Bosch ließ sich gegen die Wand fallen. Er war jetzt der letzte, der Mittel Schwierigkeiten bereiten konnte. Er saß in der Stille des Raums, bis er wieder Mittels Stimme hörte.

»Los, hol ihn. Bring ihn nach draußen.«

So schnell er konnte und ohne einen Plan, kroch Bosch zu der Stelle zurück, wo er aufgewacht war. Dabei er rammte einen schweren Gegenstand, fuhr mit der Hand darüber und stellte fest, daß es ein Billardtisch war. Er fand schnell eine Ecke, die Tasche, und griff hinein. Seine Hand ertastete eine Billardkugel. Er überlegte hastig, wie er sie verstecken konnte. Schließlich ließ er sie in den Ärmel seiner Jacke hinunterrollen, wo sie in der Armbeuge zu liegen kam. Dort war mehr als genug Platz. Bosch hatte eine Vorliebe für weite Jacken, weil sie ihm ausreichend Bewegungsfreiheit gaben, nach seiner Waffe zu greifen.

Als er einen Schlüssel im Schloß hörte, kroch er nach rechts und legte sich flach auf den Teppich. Er schloß die Augen und wartete. Er hoffte, daß er an der gleichen Stelle lag, an der ihn seine Entführer hingelegt hatten, oder zumindest in der Nähe. Nach ein paar Momenten hörte er die Tür aufgehen, und dann drang Licht durch seine Augenlider. Nichts weiter. Kein Geräusch, keine Bewegung. Er wartete.

»Das kannst du vergessen, Bosch«, sagte die Stimme. »So was funktioniert nur im Film.«

Bosch bewegte sich nicht.

»Hier, dein Blut ist überall. Sogar an der Türklinke.«

Bosch begriff, daß er eine Spur hinterlassen haben mußte.

Sein unausgegorener Plan, seinen Entführer zu überraschen und zu überwältigen, hatte keine Chance mehr. Er öffnete die Augen. Direkt über ihm befand sich eine Lampe an der Decke.

»Okay«, sagte er. »Was wollen Sie?«

»Steh auf. Los.«

Bosch richtete sich langsam auf. Es kostete ihn viel Anstrengung, aber er legte noch einen drauf und zog eine richtige Show ab. Als er stand, sah er Blut auf dem grünen Filz des Billardtisches. Er stolperte sofort und griff auf die befleckte Stelle, um sich abzustützen. Hoffentlich hatte der Mann nicht gesehen, daß der Blutfleck schon vorher da gewesen war.

»Weg da, verdammt noch mal. Der Tisch hat fünftausend Dollar gekostet. Guck, das Blut … Scheiße.«

»Tut mir leid. Ich werde es bezahlen.«

»Das wirst du nicht mehr können. Los.«

Bosch erkannte ihn. Es war der Mann, den er erwartet hatte. Mittels Gesprächspartner auf der Party. Seine Visage paßte zu seiner Stimme. Grob und brutal. Er sah aus, als könnte er Türen aufbrechen. Kleine, braune Augen starrten aus dem geröteten Gesicht.

Heute trug er keinen Anzug. Wenigstens konnte Bosch ihn nicht sehen. Er hatte einen unförmigen, blauen Overall an, der brandneu war. Bosch wußte, daß professionelle Killer oft solche Overalls benutzten. Es gab keine Probleme mit der Reinigung, und man machte sich nicht den Anzug schmutzig. Man zog hinterher einfach den Reißverschluß auf, warf den Overall weg und verschwand von der Bildfläche.

Bosch ließ den Tisch los und machte einen Schritt. Sofort krümmte er sich zusammen und kreuzte die Arme über seinem Bauch. Dies war vermutlich die beste Methode, die Billardkugel zu verbergen.

»Sie haben mir ganz schön einen über den Schädel gezogen. Mein Gleichgewichtsgefühl ist im Eimer. Ich glaub', mir wird übel.«

»Wenn du kotzt, wirst du es mit der Zunge wieder auflecken. Wie eine verdammte Katze.«

»In diesem Fall wird mir wohl nicht übel werden.«

»Du bist ein echter Witzbold.«

Der Mann trat von der Tür zurück und gab Bosch ein Zeichen, hinauszugehen. Zum erstenmal sah Bosch, daß er eine Waffe hatte. Es schien eine Beretta Zweiundzwanzig zu sein. Arm und Waffe hingen nach unten.

»Ich weiß, was du denkst«, sagte er. »Nur eine Zweiundzwanziger. Du glaubst, du könntest zwei, drei Kugeln auffangen und mich trotzdem noch überwältigen. Großer Irrtum. Da sind Hohlspitzgeschosse drin. Ich leg' dich mit einem Schuß um. Am Rücken hast du dann ein Loch so groß wie eine Suppentasse. Vergiß das nicht. Du gehst voran.«

Er verhielt sich clever, merkte Bosch. Obwohl er die Waffe hatte, kam er ihm nicht näher als anderthalb Meter. Sowie Bosch durch die Tür ging, gab der Mann ihm Anweisungen. Sie gingen einen Flur entlang, durch ein Wohnzimmer und dann durch ein zweites. Bosch erkannte an den Türen und Fenstern, daß es der Raum war, den er bei der Party auf Mittels Olymp von der Terrasse aus gesehen hatte.

»Geh raus. Er wartet dort auf dich.«

»Womit haben Sie mir den Schädel eingeschlagen?«

»Mit einem Moniereisen. Ich hoffe, daß dir ein paar Splitter ins Gehirn gegangen sind. Wenn nicht, ist es auch nicht schlimm.«

»Nun, ich glaube, Sie hatten Erfolg. Ich gratuliere.«

Bosch blieb vor einer der Terrassentüren stehen, als erwartete er, daß sie geöffnet wurde. Das Partyzelt stand nicht mehr draußen. Am Rand des steilen Abhangs stand Mittel mit dem Rücken zum Haus. Die dunkle Gestalt wurde von den Lichtern der Stadt unten eingerahmt, die sich bis zum Horizont erstreckten.

»Mach die Tür auf.«

»Entschuldigung, ich dachte ... ist egal.«

»Ja, ist egal. Geh raus. Wir haben nicht die ganze Nacht Zeit.«

Draußen auf dem Rasen drehte Mittel sich um. Bosch konnte sehen, daß er das Etui mit dem Ausweis in der einen Hand und die Lieutenant-Dienstmarke in der anderen Hand hielt. Mittels Gorilla legte Bosch die Hand auf die Schulter und hielt ihn an. Dann ging er wieder auf Distanz.

»Also Bosch ist Ihr wirklicher Name.«

Bosch sah Mittel an. Der ehemalige Staatsanwalt, der jetzt die Fäden der Politik aus dem Hintergrund zog, lächelte.

»Ja, das ist mein wirklicher Name.«

»Wie geht es Ihnen, Mr. Bosch?«

»Detective Bosch.«

»Ach ja, Detective. Wissen Sie, ich dachte gerade darüber nach. Das steht nämlich auf Ihrem Ausweis, aber auf der Dienstmarke steht etwas anderes. Lieutenant. Und das ist interessant. War das nicht ein Lieutenant, über den die Zeitungen berichteten? Den man tot und ohne Dienstmarke auffand? Ja, ich bin mir sicher. Sein Name lautete Harvey Pounds, nicht wahr? Der Name, den Sie benutzten, als Sie hier neulich aufkreuzten? Ich glaube, ja. Aber falls ich mich irre, korrigieren Sie mich, Detective Bosch.«

»Das ist eine lange Geschichte, Mittel. Aber ich bin Polizist. Hier in L.A. Wenn Sie sich ein paar Jahre Gefängnis ersparen wollen, dann kommandieren Sie diesen alten Scheißer mit der Knarre zurück und rufen mir einen Krankenwagen. Ich habe eine Gehirnerschütterung. Vielleicht sogar etwas Schlimmeres.«

Bevor er sprach, steckte Mittel die Dienstmarke in eine Jackentasche und den Ausweis in die andere.

»Ich glaube nicht, daß wir für Sie Anrufe tätigen werden. Für humanitäre Rettungsaktionen ist es etwas zu spät. Da wir übrigens von Menschenleben sprechen: Es ist eine Schande, daß Ihre Maskerade einem unschuldigen Menschen das Leben gekostet hat.«

»Nein, es ist ein verdammtes Verbrechen, daß Sie einen unschuldigen Menschen getötet haben.«

»Nun, ich sehe es eher so, daß *Sie* ihn umgebracht haben. Ich meine, letztendlich waren Sie dafür verantwortlich.«

»Typisch Rechtsverdreher, die Schuld auf andere zu schieben. Sie hätten sich nicht aufs politische Parkett begeben sollen, Gordie. Wenn Sie Anwalt geblieben wären, würden Ihre Werbespots wahrscheinlich inzwischen im Fernsehen laufen.«

Mittel lächelte.

»Und das hier hätte ich alles aufgeben sollen?«

Er breitete seine Arme aus und umfaßte das Haus und die herrliche Aussicht. Bosch folgte mit seinen Augen der Geste. Tatsächlich wollte er jedoch feststellen, wo der Mann mit der Pistole war. Er stand anderthalb Meter hinter ihm – mit der Waffe an der Hosennaht. Bosch war noch zu weit entfernt, um eine Aktion zu riskieren. Besonders in seinem Zustand. Er bewegte den Arm leicht und spürte, wie die Kugel in seiner Armbeuge rollte. Das Gefühl beruhigte ihn etwas. Es war alles, was er hatte.

»Das Gesetz ist etwas für Dummköpfe, Detective Bosch. Aber ich muß Sie korrigieren, ich halte mich nicht für einen Politiker. Ich bin ein Macher. Jemand, der alle möglichen Probleme für alle möglichen Leute löst. Politische Probleme sind einfach mein Spezialgebiet. Aber jetzt muß ich ein Problem lösen, das nicht politisch ist. Dieses Problem ist mein eigenes und nicht ein fremdes.«

Er zog seine Augenbrauen hoch, als könne er es selbst kaum glauben.

»Und deswegen habe ich Sie hierher eingeladen. Deshalb hat Jonathan Sie auf meinen Wunsch hergebracht. Ich vermutete nämlich schon, daß wir unseren mysteriösen Partygast wiedersehen würden, wenn wir nur Arno Conklins Wohnung observierten. Und ich wurde nicht enttäuscht.«

»Sie sind wirklich clever, Mittel.«

Bosch drehte seinen Kopf ein bißchen, um festzustellen, ob er Jonathan am Rande seines Gesichtsfeldes sehen konnte. Er war immer noch außer Reichweite. Er mußte ihn dazu bringen, näher zu kommen.

»Immer mit der Ruhe, Jonathan«, sagte Mittel. »Mr. Bosch stellt keine Gefahr dar, nur ein kleines Problem.«

Bosch schaute wieder Mittel an.

»Wie Marjorie Lowe, nicht wahr? Sie war auch nur ein kleines Problem. Jemand, der nicht zählte.«

»Es ist interessant, daß Sie den Namen erwähnen. Geht es um *sie*, Detective Bosch?«

Bosch starrte ihn an. Er konnte vor Wut nicht sprechen.

»Nun, das einzige, was ich gestehen kann, ist, daß ich ihren Tod zu meinem Vorteil genutzt habe. Man könnte sagen, ich habe ihn als Chance betrachtet.«

»Ich weiß alles, Mittel. Sie haben sie benutzt, um Conklin zu kontrollieren. Aber schließlich hat er Ihre Lügen durchschaut. Ihre Zeit ist abgelaufen. Es ist egal, was Sie mir antun. Meine Leute werden kommen. Darauf können Sie rechnen.«

»Ich falle nicht auf diesen alten Hände-hoch-ihr-seid-umzingelt-Trick rein. Die Sache mit der Dienstmarke … Irgendwie habe ich das Gefühl, daß Sie Ihre Kompetenzen überschritten haben. Ich glaube nicht, daß Ihre Ermittlungen offiziellen Charakter haben, und der Umstand, daß Sie einen falschen Namen benutzt haben und die Dienstmarke eines Toten bei sich tragen, scheint mir recht zu geben … Ich glaube also kaum, daß jemand kommt. Stimmt's?«

Bosch dachte fieberhaft nach, aber ihm fiel nichts ein und er schwieg.

»Meiner Ansicht nach sind Sie ein mieser kleiner Erpresser, der irgendwie auf etwas gestoßen ist und jetzt Schweigegeld kassieren will. Nun, ich bin sicher, Sie werden schweigen, Detective Bosch.«

»Es gibt Leute, die wissen, was ich weiß, Mittel«, stieß Bosch hervor. »Was haben Sie vor, wollen Sie alle umbringen?«

»Ich werde über Ihren Rat nachdenken.«

»Was ist mit Arno Conklin? Er kennt die ganze Geschichte. Wenn mir etwas passiert, wird er sofort zur Polizei gehen.«

»Arno Conklin ist – sozusagen – in der Tat in diesem Moment bei der Polizei. Aber ich glaube nicht, daß er viel sagen wird.«

Bosch ließ seinen Kopf hängen und sank in sich zusammen. Er hatte angenommen, daß Conklin tot sei. Und gleichzeitig gehofft, daß er sich irre. Er fühlte, wie sich die Billardkugel im Ärmel bewegte, und beugte den Arm wieder stärker.

»Anscheinend hat sich der ehemalige District Attorney nach Ihrem Besuch aus dem Fenster gestürzt.«

Mittel trat zur Seite und deutete auf die Lichter unten. In der Ferne konnte Bosch die Lichter von Park La Brea ausmachen. Am Fuße eines der Hochhäuser blinkten blaue und rote Lichter. Es war Conklins Pflegeheim.

»Es muß ein traumatischer Schock für ihn gewesen sein«, fuhr Mittel fort. »Er hat es vorgezogen, sich umzubringen, statt sich erpressen zu lassen. Ein Mann mit Prinzipien bis zum bitteren Ende.«

»Er war ein alter Mann!« schrie Bosch wütend. »Warum, verdammt noch mal?«

»Detective Bosch, nicht zu laut! Oder Jonathan wird Ihnen die Luft abdrehen.«

»Diesmal werden Sie nicht davonkommen«, sagte Bosch mit beherrschter und leiserer Stimme.

»Oh, was Conklin angeht, denke ich, wird man es für Selbstmord halten. Sie müssen wissen, er war sehr krank.«

»Genau. Ein Mann ohne Beine geht zum Fenster und stürzt sich hinaus.«

»Falls die Polizei das nicht glauben sollte, entwickeln sie vielleicht eine andere Hypothese, wenn man Ihre Fingerabdrücke in dem Zimmer findet. Ich bin sicher, Sie haben uns den Gefallen getan und ein paar zurückgelassen.«

»Zusammen mit meiner Aktentasche.«

Mittel reagierte, als hätte man ihm ins Gesicht geschlagen.

»Sie haben richtig gehört. Ich habe sie dagelassen. Mit genug Material, um die Polizei hierher zu locken. Sie werden Sie festnehmen, Mittel!«

Bosch schrie den letzten Satz, um ihn auf die Probe zu stellen.

»Jon!« bellte Mittel.

Mittel hatte den Namen noch nicht ganz ausgesprochen, als ein Schlag von hinten Bosch auf die rechte Seite seines Halses traf. Er fiel auf die Knie. Dabei paßte er jedoch auf, daß sein Arm gebeugt blieb und die schwere Kugel sich nicht bewegte. Langsam – langsamer als nötig – stand er wieder auf. Da der Schlag ihn rechts getroffen hatte, nahm er an, daß Jonathan ihn mit der Waffe geschlagen hatte.

»Sie haben mir gerade eine meiner wichtigsten Fragen beantwortet, nämlich, wo sich die Tasche befindet«, sagte Mittel. »Mich interessiert außerdem, was sie enthält, und inwiefern der Inhalt meine Person tangiert. Ohne die Aktentasche – oder die Möglichkeit, sie zu beschaffen – kann ich natürlich nicht überprüfen, ob Sie die Wahrheit sagen.«

»Ich würde sagen, Sie sind in den Arsch gefickt.«

»Ich glaube, das beschreibt eher *Ihre* Lage, Detective. Ich habe aber noch eine Frage, bevor Sie von uns gehen. Warum belästigen Sie mich mit einer so alten und unwichtigen Geschichte, Bosch?«

Bosch sah ihn lange an, bevor er antwortete.

»*Weil jeder zählt,* Mittel. Jeder.«

Bosch sah, wie Mittel Jonathan zunickte. Das Gespräch war vorbei. Er mußte handeln.

»*Hilfe!*«

Bosch schrie so laut er konnte. Er wußte, daß der Gorilla sofort reagieren würde, und kam dem Schlag mit der Pistole zuvor, indem er sich nach rechts drehte und seinen linken Arm lang machte. Die Kugel rollte aus dem Ärmel in seine Hand. Er drehte sich weiter und schwang seinen Arm nach oben. Jonathan stand direkt hinter ihm. Seine Hand mit der Beretta senkte sich zum Schlag. Bosch sah seine Verblüffung, daß der Schlag ins Leere gehen würde. Der Schwung seiner Bewegung ließ keine Korrektur mehr zu.

Als Jonathans Schlag vorbeiging und er für einen Moment wehrlos war, führte Bosch seinen Arm mit Wucht nach unten. In der letzten Sekunde versuchte Jonathan noch zur Seite zu springen, aber die Billardkugel traf ihn noch auf der rechten Seite seines Schädels. Es gab ein Geräusch, als platze eine Glühbirne. Sein Körper folgte der Bewegung seines Arms, er fiel mit dem Gesicht ins Gras und begrub die Waffe unter sich.

Schon im nächsten Moment versuchte er wieder aufzustehen, aber Bosch versetzte ihm einen brutalen Tritt in die Rippen. Jonathan rollte zur Seite, und Bosch ließ sich mit den Knien auf ihn fallen. Dann schlug er ihm mit der Faust zwei-, dreimal auf den Kopf und in den Nacken, bevor er merkte, daß er noch immer die Billardkugel in der Hand hielt und den Mann wahrscheinlich schlimm genug zugerichtet hatte.

Schwer atmend, als tauche er gerade aus dem Wasser

auf, blickte Bosch sich um und entdeckte die Pistole. Er ergriff sie schnell und schaute sich nach Mittel um. Aber er war weg.

Bosch vernahm schwach das Geräusch von Schritten auf dem Gras. Er folgte dem Geräusch mit den Augen und sah gerade noch, wie Mittel im dunklen Strauchwerk des Hügels verschwand.

»Mittel!«

Bosch sprang auf und rannte hinterher. An der Stelle, wo er Mittel zuletzt gesehen hatte, entdeckte er einen Trampelpfad, der sich durch die Büsche wand. Es war eine alte Coyotenfährte, nach und nach von menschlichen Füßen verbreitert. Er rannte den Weg entlang – nur einen halben Meter entfernt vom gähnenden Abgrund rechts, zu dessen Fuß die Stadt lag.

Von Mittel war keine Spur zu sehen, und er folgte dem Pfad, bis das Haus hinter ihm nicht mehr zu sehen war. Schließlich hielt er inne. Es gab kein Anzeichen, daß Mittel in der Nähe war oder diesen Weg genommen hatte.

Seine Kopfwunde pochte wie wild und er atmete schwer, als er einen Felsen erreichte, der sich neben dem Pfad erhob. Ringsum lagen alte Bierflaschen und anderer Abfall. Die Stelle schien ein beliebter Aussichtspunkt zu sein. Er steckte die Waffe in den Hosenbund, um freie Hände zu haben, und kletterte den drei Meter hohen Felsen hoch. Oben drehte er sich einmal um seine Achse, sah jedoch nichts. Er lauschte, aber das Rauschen des Verkehrs überdeckte jedes mögliche Rascheln in den Büschen. Er entschloß sich, die Suche aufzugeben und zum Haus zurückzukehren. Von dort würde er einen Helikopter anfordern, bevor Mittel ganz und gar entkommen konnte. Mit dem Suchscheinwerfer würden sie ihn finden, falls sie schnell genug kämen.

Während er vorsichtig den Felsvorsprung hinunterrutschte, sprang Mittel ihn plötzlich von rechts aus der Dunkelheit an. Er hatte sich hinter dichtem Strauchwerk und spanischen Schwertlilien versteckt. Mittel traf seinen Bauch und warf ihn um. Sie kamen auf dem Pfad zu liegen. Bosch lag unten und fühlte, wie Mittel mit den Händen nach der Pistole griff. Aber Bosch war jünger und stärker. Der Überraschungsangriff war Mittels letzte Karte gewesen. Bosch schlang seine Arme um ihn und rollte nach links. Plötzlich war er von Mittels Gewicht befreit und Mittel war verschwunden.

Bosch setzte sich auf und blickte um sich. Dann rutschte er an den Rand. Er zog seine Waffe aus dem Hosenbund und beugte sich über den Abgrund. Der Steilhang unter ihm war dunkel. Fünfzig Meter tiefer sah er die viereckigen Dächer von Häusern, die die Serpentinen säumten, die sich vom Hollywood Boulevard und der Fairfax Avenue hochzogen. Er drehte sich noch einmal um und sah dann erneut hinunter. Mittel war nirgendwo zu sehen.

Er ließ seinen Blick über die Szenerie unten wandern, bis seine Augen wahrnahmen, wie hinter einem der Häuser Licht anging. Ein Mann trat aus dem Haus und trug etwas, das wie ein Gewehr aussah. Mit angelegter Waffe näherte er sich dem Whirlpool. Am Rand des Beckens blieb er stehen und bückte sich zu einem Schaltungskasten.

Die Beleuchtung im Becken ging an und bildete im blauen Kreis die dunkle Silhouette eines Mannes ab, der im Wasser lag. Dann hörte Bosch die Stimme des Mannes mit dem Gewehr.

»Linda, komm nicht raus! Ruf die Polizei an. Sag ihnen, wir haben eine Leiche im Whirlpool.«

Dann schaute der Mann den Steilhang hinauf, und Bosch rutschte hastig zurück. Sogleich fragte er sich, warum er die instinktive Reaktion gehabt hatte, sich zu verbergen.

Er stand auf und ging langsam auf dem Pfad zu Mittels Haus zurück. Unterwegs betrachtete er die funkelnden Lichter der nächtlichen Stadt und ließ sich für einen Moment von dem Anblick verzaubern. Er dachte an Conklin und Pounds und verscheuchte dann seine Gewissensbisse, indem er seine Gedanken auf Mittel richtete. Sein Tod schloß nach langen Jahren endlich den Kreis. Er vergegenwärtigte sich das Bild seiner Mutter, wie Monte Kims Foto es zeigte. Wie sie schüchtern an Conklins Arm vorbeigeschaut hatte. Nun wartete er auf das Gefühl der Befriedigung und des Triumphs. Es sollte sich doch einstellen, jetzt, da er seine Mutter gerächt hatte. Aber es blieb aus. Er fühlte sich leer und müde.

Als er auf den perfekt gepflegten Rasen hinter dem großartigen Haus zurückkehrte, war Jonathan verschwunden.

## 43

Assistant Chief Irvin S. Irving stand in der offenen Tür des Untersuchungszimmers. Bosch saß auf einem gepolsterten Tisch und hielt sich einen Eisbeutel an den Kopf, den der Arzt ihm gegeben hatte, nachdem er seine Wunde vernäht hatte. Als er sich den Beutel in der Hand zurechtlegte, bemerkte er Irving.

»Wie fühlen Sie sich?«

»Ich werd's überleben, denke ich. Wenigstens sagt man mir das.«

»Nun, dann hatten Sie mehr Glück als Mittel. Der hat eine Bruchlandung gemacht.«

»Hm. Was ist mit dem anderen?«

»Keine Spur. Wir haben allerdings seinen Namen. Sie sagten der Streife, daß Mittel ihn Jonathan nannte. Das bedeutet, es ist wahrscheinlich Jonathan Vaughn. Er arbeitet schon lange für Mittel. Die Fahndung läuft. Wir überwachen alle Krankenhäuser. Sie müssen ihn ganz schön zugerichtet haben. Vielleicht taucht er also auf.«

»Vaughn?«

»Wir versuchen, etwas über seine Person herauszufinden. Bisher haben wir nicht viel. Er ist nicht vorbestraft.«

»Wie lange war er bei Mittel?«

»Das wissen wir nicht genau. Wir haben mit Mittels Leuten in der Anwaltskanzlei gesprochen. Sie sind nicht gerade kooperativ. Aber sie haben uns gesagt, daß Vaughn schon seit ewigen Zeiten für Mittel arbeitet. Er sei eine Art Faktotum.«

Bosch nickte und speicherte die Information.

»Es gibt auch einen Fahrer. Wir haben ihn festgenommen, aber er redet nicht viel. So ein kleiner Surfer-Rotzbengel. Er könnte nicht sprechen, selbst wenn er wollte.«

»Wie meinen Sie das?«

»Sein Unterkiefer ist gebrochen und mit einer Drahtnaht festgeschnürt. Darüber will er uns auch nichts erzählen.«

Bosch nickte wieder und sah Irving an. Die Bemerkung schien keine versteckte Anspielung zu enthalten.

»Der Doktor sagte, daß Sie eine schwere Gehirnerschütterung haben, aber keinen Schädelbruch. Nur eine Platzwunde.«

»Schwer zu glauben. Mein Kopf fühlt sich an wie ein Zeppelin mit einem Riesenloch.«

»Wieviel Fäden?«

»Ich glaube achtzehn.«

»Der Arzt meinte, Sie werden noch ein paar Tage Kopfschmerzen und Blutergüsse unter den Augen haben. Es sieht aber schlimmer aus als es ist.«

»Gut, daß er wenigstens irgend jemandem sagt, was los ist. Mit mir hat er noch nicht gesprochen. Nur die Krankenschwestern.«

»Er wird gleich da sein. Wahrscheinlich hat er darauf gewartet, daß Sie wieder bei vollem Bewußtsein sind.«

»Was soll das heißen?«

»Sie waren etwas benommen, als wir Sie fanden. Sind Sie sicher, daß Sie jetzt darüber sprechen wollen, Harry? Es kann warten. Sie sind verletzt und sollten …«

»Ich bin okay. Ich will darüber sprechen. Waren Sie in Park La Brea am Tatort?«

»Ja. Ich fuhr hin, als wir den Anruf von Mount Olympus bekamen. Ich habe übrigens Ihre Aktentasche im Auto. Sie haben sie dort vergessen, nicht wahr? Bei Conklin?«

Bosch begann zu nicken, hielt jedoch inne, als sich alles zu drehen begann.

»Gut«, sagte er. »Darin ist etwas, was ich behalten möchte.«

»Das Foto?«

»Sie haben die Aktentasche aufgemacht?«

»Bosch! Sie müssen wirklich noch nicht ganz da sein. Die Tasche wurde am *Tatort* gefunden!«

»Ja, richtig. Entschuldigung.«

Er winkte ab, er hatte keine Lust mehr, sich zu streiten.

»Also ... das Team, das den Tatort oben auf dem Hügel untersucht, hat mir schon erzählt, was passiert ist. Wenigstens die vorläufige Version, basierend auf den Spuren. Ich verstehe aber nicht, warum Sie dort oben waren. Wie paßt das alles zusammen? Können Sie mir das erklären, oder wollen Sie lieber bis morgen warten?«

Bosch nickte und wartete einen Moment, bis sein Kopf klarer wurde. Er hatte bisher nicht versucht, seine Geschichte in ein zusammenhängendes Ganzes zu bringen, und dachte eine Weile darüber nach. Schließlich entschloß er sich, es zu probieren.

»Ich bin bereit.«

»Okay, zuerst muß ich Ihnen Ihre Rechte vorlesen.«

»Was, schon wieder?«

»Es ist nur eine Formalität, damit es nicht so aussieht, als würden Polizisten Sonderbehandlung genießen. Vergessen Sie nicht, daß Sie heute abend an zwei Orten waren, wo sich jeweils eine Person zu Tode stürzte. Das sieht nicht gut aus.«

»Ich habe Conklin nicht getötet.«

»Das weiß ich, und wir haben die Aussage des Wachmanns. Er sagt, Sie gingen, bevor Conklin aus dem Fenster fiel. Es wird Ihnen also nichts passieren. Sie sind entlastet, aber ich muß mich an die Vorschriften halten. Also, wollen Sie immer noch reden?«

»Ich verzichte auf meine Rechte.«

Irving las sie ihm trotzdem von einem Kärtchen vor, und Bosch verzichtete noch einmal darauf, seine Rechte wahrzunehmen.

»Okay, gut. Ich habe kein Verzichtsformular. Sie werden dann später eins unterschreiben müssen.«

»Wollen Sie, daß ich die Geschichte erzähle?«

»Ja, das möchte ich.«

»Dann hören Sie zu.«

Aber dann zögerte er, als er es in Worte fassen wollte.

»Harry?«

»Okay, fangen wir an. 1961 traf Arno Conklin Marjorie Lowe. Er wurde ihr von dem Schwein Fox vorgestellt, der mit Kuppelei sein Geld verdiente. Das erste Treffen zwischen ihnen fand auf dem St.-Patricks-Ball in der Freimaurerloge am Cahuenga Boulevard statt.«

»Das ist das Foto in der Aktentasche, richtig?«

»Richtig. Arno erzählte mir – und ich glaube ihm –, er wußte beim ersten Treffen nicht, daß Marjorie Profi und Fox Zuhälter war. Fox erkannte seine Chance und fädelte die Sache mit Blick auf die Zukunft ein. Wenn Conklin gewußt hätte, daß das Vergnügen nicht umsonst war, hätte er sich nicht darauf eingelassen. Er war Leiter der Sonderkommission für Sittlichkeitsverbrechen.«

»Also wußte er auch nicht, wer Fox war?« fragte Irving.

»Genau. Er sagte, er wäre unschuldig hineingeschlittert. Falls das schwer zu glauben ist, die Alternative ist noch unglaubhafter. Es ist kaum anzunehmen, daß dieser Staatsanwalt wissentlich mit solchen Leuten in der Öffentlichkeit verkehren würde. Also glaube ich seine Version. Er hatte keine Ahnung.«

»Okay, er wußte nicht, daß sein Ruf auf dem Spiel stand. Was wollten Fox und … Ihre Mutter aus der Sache herausschlagen?«

»*Sein* Motiv ist leicht zu erklären. Fox hatte Conklin in dem Moment, als er seine Affäre mit Marjorie begann, in der Hand. Falls er ihn brauchte, mußte er nur an der Leine ziehen. Bei Marjorie ist es anders. Ich habe viel darüber nachgedacht, aber mir ist es immer noch nicht klar. Sicher, die meisten Frauen in ihrer Situation suchen nach einem Ausweg. Vielleicht hatte sie einen eigenen Plan und ist deshalb auf Fox' Idee eingegangen.«

Irving nickte und baute die Hypothese aus.

»Sie hatte einen Jungen im Heim und wollte ihn rausholen. Die Affäre mit Arno konnte ihr dabei nützlich sein.«

»Richtig. Aber keiner der drei rechnete mit folgender Entwicklung: Arno und Marjorie verliebten sich ineinander.

Zumindest Arno verliebte sich. Und er glaubte, daß sie sich auch in ihn verliebt hatte.«

Irving setzte sich auf einen Stuhl in der Ecke, kreuzte die Beine und betrachtete Bosch nachdenklich. Er sagte nichts. Aber seine Haltung schien auszudrücken, daß die Geschichte ihn fesselte und er sie Wort für Wort glaubte. Boschs Arm wurde müde, den Eisbeutel auf den Kopf zu drücken. Er wünschte, er könnte sich irgendwo hinlegen. Aber es gab nur diesen Tisch im Untersuchungszimmer. Er fuhr fort.

»Sie verliebten sich also und blieben zusammen, und eines Tages erzählte sie es ihm. Oder Mittel hat Nachforschungen angestellt und es ihm gesagt. Egal … Wichtig ist, daß Conklin irgendwann die Wahrheit wußte. Und wieder überrascht er alle.«

»Wie?«

»Am 27. Oktober 1961 hält er um ihre Hand …«

»Das hat er Ihnen erzählt? Arno hat Ihnen *das* erzählt?«

»Heute abend. Er wollte sie heiraten. Sie wollte ihn heiraten. An dem Abend entschloß er sich endgültig, alles hinzuwerfen, alles zu riskieren, um das zu erringen, was er am meisten wollte.«

Bosch griff in seine Jacke auf dem Tisch und holte seine Zigaretten heraus. Irving räusperte sich.

»Ich glaube nicht, daß hier … ach nichts, schon gut.«

Bosch steckte sich eine Zigarette mit dem Feuerzeug an.

»Es war das Mutigste, was er je in seinem Leben gemacht hat. Begreifen Sie das? Er war gewillt, alles zu riskieren … Aber er machte einen Fehler.«

»Was?«

»Er rief seinen Freund Gordon Mittel an, um ihn zu bitten, als Trauzeuge mit ihnen nach Vegas zu fahren. Mittel lehnte ab. Er wußte, es wäre das Ende von Conklins vielversprechender politischer Laufbahn, vielleicht sogar seiner eigenen Karriere. Aber er lehnte nicht nur ab, Trauzeuge zu sein, er ging noch weiter. Conklin war sein Schimmel, der ihn ins Märchenschloß bringen würde. Er hatte große Pläne für sich und Conklin geschmiedet und er wollte nicht einfach zuschauen, wie irgendeine … Hollywood-Hure alles kaputtmachte. Von Conklin wußte er, daß sie nach Hause gegangen war, um zu packen. Also fuhr er dorthin und fing sie ab. Vielleicht sagte er ihr, daß Conklin ihn geschickt habe. Ich weiß nicht.«

»Er tötete sie.«

Bosch nickte, und diesmal wurde ihm nicht schwindelig.

»Ich weiß nicht, wo – eventuell in seinem Wagen. Er arrangierte alles so, daß es wie ein Sexualverbrechen aussah, indem er ihr den Gürtel um den Hals zog und die Kleider zerriß. Das Sperma … es war da, weil sie mit Conklin zusammengewesen war … Als sie tot war, fuhr Mittel in das Gäßchen in der Nähe des Boulevards und warf die Leiche in den Müllcontainer. Das Verbrechen und seine Umstände wurden nicht aufgedeckt.«

»Bis Sie den Fall wieder aufrollten.«

Bosch antwortete nicht. Er genoß seine Zigarette und die Erleichterung, den Fall hinter sich zu haben.

»Was ist mit Fox?« fragte Irving.

»Wie ich schon sagte: Fox wußte über Marjorie und Arno Bescheid. Und er wußte, daß sie den Abend, bevor Marjorie tot aufgefunden wurde, zusammen verbracht hatten. Damit hatte er einen wichtigen Mann in der Hand, selbst wenn dieser wichtige Mann unschuldig war. Fox schlug daraus Kapital. Wer weiß, was er alles dafür bekam. Innerhalb eines Jahres stand er auf der Gehaltsliste von Arnos Wahlkampfteam. Er saugte ihn aus wie ein Blutegel. Also beseitigte Mittel schließlich auch das Problem. Fox wurde von einem Auto überfahren, als er angeblich Flugblätter für den Wahlkampf verteilte, und der Fahrer flüchtete. Das war leicht so zu inszenieren, daß es wie ein Unfall aussah. Hinzu kommt, daß der Detective, der den Marjorie-Lowe-Fall bearbeitete, auch bei dem Autounfall ermittelte. Gleiches Resultat. Niemand wurde je verhaftet.«

»McKittrick?«

»Nein. Claude Eno. Er ist gestorben und hat seine Geheimnisse mit ins Grab genommen. Aber Mittel hat ihm fünfundzwanzig Jahre lang Geld überwiesen.«

»Die Kontoauszüge?«

»Ja. Die in der Aktentasche. Wenn Sie der Sache nachgehen, finden Sie sicher irgendeine Verbindung zu Mittel. Conklin sagte, er wisse nichts davon, und ich glaube ihm … Jemand sollte mal alle Wahlkampagnen untersuchen, an denen Mittel beteiligt war. Man wird sicher herausfinden, daß er genauso hinterfotzig war wie Nixons Spezialtruppe.«

Bosch drückte seine Zigarette am Abfalleimer aus, der neben dem Tisch stand, und warf die Kippe hinein. Ihm wurde kalt, und er zog seine Jacke an. Sie war blut- und dreckverschmiert.

»Die Jacke ist total verdreckt, Harry«, sagte Irving. »Warum …«

»Mir ist kalt.«

»Okay.«

»Wissen Sie, er hat nicht einmal geschrien.«

»Was?«

»Mittel. Er hat nicht einmal geschrien, als er hinunterstürzte. Ich kann das nicht verstehen.«

»Das ist auch nicht nötig. Es ist halt so eine …«

»Und ich habe ihn nicht gestoßen. Er sprang mich von den Büschen her an, und als wir auf den Pfad rollten, stürzte er ab. Er hat nicht einmal geschrien.«

»Ich verstehe. Niemand behauptet …«

»Alles, was ich getan habe, war, endlich Fragen über ihren Tod zu stellen … und Menschen begannen zu sterben.«

Bosch starrte eine Lesetafel für Augenuntersuchungen an, die an der Wand hing. Er konnte sich nicht denken, warum man so etwas in der Notaufnahme hatte.

»Gott … Pounds … ich …«

»Hören Sie, ich weiß, was passiert ist«, unterbrach ihn Irving.

Bosch schaute ihn an.

»Sie wissen es?«

»Wir haben mit jedem Detective in Hollywood gesprochen. Edgar sagte mir, er hätte für Sie auf dem Computer nachgesehen, ob es Daten über Fox gibt. Ich kann daraus nur schließen, daß Pounds etwas gehört oder sonst irgendwie etwas mitgekriegt haben muß. Meines Erachtens hat er überwacht, was Ihre Kollegen taten, nachdem Sie suspendiert wurden. Dann muß er der Sache auf eigene Faust nachgegangen und an Mittel und Vaughn geraten sein. Er hat beim Kfz-Amt Erkundigungen über die Hauptbeteiligten eingezogen. Mittel muß Wind davon bekommen haben. Er kannte genug Leute an den richtigen Stellen, die ihn warnen würden.«

Bosch schwieg. Er fragte sich, ob Irving wirklich diese Erklärung glaubte. Oder wollte er Bosch signalisieren, daß er nichts unternehmen würde, obwohl er wußte, was wirklich passiert war? Ob Irving ihm die Schuld gab und ein Dienstverfahren gegen ihn einleitete oder nicht, spielte jedoch keine Rolle. Mit seinen Gewissensbissen leben zu müssen, würde das Schlimmste sein.

»O Gott«, sagte er. »Er starb an meiner Stelle.«

Sein ganzer Körper begann sich zu schütteln, als hätten die Worte einen Exorzismus ausgelöst. Er warf den Eisbeutel in den Abfalleimer und schlang die Arme um seinen Leib. Aber das Schütteln hörte nicht auf. Er glaubte, es würde ihm nie wieder warm werden. Als sei der Schüttelfrost nicht etwas Vorübergehendes, sondern Teil seiner Existenz. Sein Mund wurde von einem warmen, salzigen Geschmack erfüllt. Er merkte, daß er weinte. Er wandte sein Gesicht von Irving ab und versuchte ihm zu sagen, daß er gehen solle, brachte aber nichts heraus. Sein Unterkiefer war zugepreßt.

»Harry?« hörte er Irving sagen. »Harry, sind Sie okay?«

Bosch gelang es zu nicken. Er verstand nicht, daß Irving nicht mitbekam, wie sein Körper geschüttelt wurde. Als er seine Hände in die Taschen steckte, um die Jacke enger zusammenzuziehen, fühlte er etwas in der linken Tasche und zog es geistesabwesend heraus.

»Hören Sie«, sagte Irving, »der Arzt sagte, daß Sie sich nicht aufregen sollen. Wenn man so einen Schlag auf den Kopf bekommt … manchmal passieren ganz eigenartige Sachen. Machen Sie sich … Harry, sind Sie sicher, daß Sie okay sind? Sie werden blau im Gesicht. Ich werde … ich hole den Arzt. Ich …«

Er brach ab, als Bosch den Gegenstand aus der Tasche zog. Er hob seine zitternde Hand. In ihr hielt er die schwarze Achter-Kugel. Sie war blutverschmiert. Als Irving sie ihm wegnahm, mußte er fast Boschs Finger aufbrechen.

»Ich hole jemanden«, sagte er nur noch.

Dann war Bosch allein im Zimmer. Er wartete, daß jemand kam, und der Dämon aus ihm herausfahren würde.

## 44

Infolge der Gehirnerschütterung waren seine Pupillen ungleichmäßig weit geöffnet, und unter den Augen hatten sich Blutergüsse gebildet. Er hatte Fieber, und außerdem plagten ihn fürchterliche Kopfschmerzen. Zur Vorsorge hatte der Notarzt angeordnet, daß er im Krankenhaus unter Beobachtung bleiben sollte und daß man ihn vor vier Uhr morgens nicht einschlafen lassen sollte. Er versuchte sich die Zeit mit Talk-Shows zu vertreiben, aber das schien die Schmerzen nur noch schlimmer zu machen. Schließlich starrte er die Wand an, bis endlich jemand hereinkam, nach ihm sah und ihm mitteilte, er könne jetzt schlafen. Danach kamen ständig Schwestern vorbei, die ihn alle zwei Stunden aufweckten. Sie überprüften Augen und Temperatur und fragten ihn, ob er okay sei. Sie gaben ihm nichts gegen seine Kopfschmerzen und sagten jedesmal, er solle wieder einschlafen. Falls er von dem Coyoten oder von etwas anderem in diesen kurzen Schlafintervallen träumte, erinnerte er sich nicht daran.

Mittags stand er schließlich auf. Anfangs war er noch etwas wackelig auf den Beinen, aber dann kehrte sein Gleichgewichtsgefühl zurück. Er gelangte ins Badezimmer und studierte sein Spiegelbild. Er mußte laut lachen, obwohl es eigentlich nicht besonders komisch war. Bosch hatte das Gefühl, als könnte er jeden Moment über etwas lachen oder weinen oder beides gleichzeitig tun.

Auf seinem Kopf befand sich eine rasierte Stelle mit einer

L-förmigen Narbe, die vernäht war. Wenn er die Wunde berührte, schmerzte es. Aber auch das brachte ihn zum Lachen. Es gelang ihm, mit der Hand Haare über die Stelle zu kämmen und die Wunde zu verbergen.

An seinen Augen konnte er nichts ändern. Die Pupillen waren immer noch ungleichmäßig und blutunterlaufen. Er sah aus, als hätte er eine zweiwöchige Sauftour hinter sich. Unter den Augen befanden sich zwei Veilchen. Dunkelrote Dreiecke, die auf seine Augenwinkel zuliefen. Bosch konnte sich nicht erinnern, überhaupt jemals eins gehabt zu haben.

Als er in sein Zimmer zurückkehrte, sah er, daß Irving seine Aktentasche neben den Nachttisch gestellt hatte. Er beugte sich hinunter, um sie aufzuheben, und verlor dabei beinahe das Gleichgewicht. Im letzten Moment konnte er sich noch am Nachttisch festhalten. Mit der Tasche setzte er sich wieder aufs Bett und begann ihren Inhalt durchzusehen. Er suchte nicht nach etwas Bestimmtem, er wollte sich nur beschäftigen.

Als er sein Notizbuch durchlas, fiel es ihm schwer, sich auf die Wörter zu konzentrieren. Dann las er die fünf Jahre alte Weihnachtskarte von Meredith Roman, jetzige Katherine Register. Er begriff, daß er sie anrufen mußte, um ihr zu erzählen, was passiert war, bevor sie es in der Zeitung las oder in den Nachrichten hörte. Ihre Nummer stand in seinem Notizbuch, und er wählte sie sogleich auf dem Telefon in seinem Zimmer. Als sich der Anrufbeantworter meldete, hinterließ er eine Nachricht.

»Meredith, äh, Katherine ... hier Harry Bosch. Ich muß mit dir heute sprechen, wenn du Zeit hast. Inzwischen ist einiges passiert und ich glaube, äh, du wirst in bezug auf einige Sachen erleichtert sein. Also, ruf mich an.«

Bosch hinterließ mehrere Nummern auf dem Band – von seinem Handy, vom Mark Twain und von seinem Krankenhauszimmer – und legte auf.

Er öffnete ein Innenfach in der Aktentasche und zog das Foto heraus, das Monte Kim ihm gegeben hatte. Er betrachtete lange das Gesicht seiner Mutter, bis eine Frage in ihm aufstieg. Bosch zweifelte nicht an Conklins Versicherung, daß er sie geliebt hatte. Aber er fragte sich, ob sie seine Liebe erwidert hatte. Bosch erinnerte sich an einen ihrer Besuche im McClaren, bei dem sie ihm versprochen hatte, ihn herauszuholen. Zu der Zeit machten ihre Versuche, das Sorgerecht zurückzubekommen, keine rechten Fortschritte, und Bosch wußte, daß sie nicht viel von den Gerichten hielt. Als sie ihm das Versprechen gab, ahnte er, daß sie nicht an den Rechtsweg dachte, sondern an Möglichkeiten, wie man ihn umgehen oder manipulieren konnte. Und er hatte immer daran geglaubt, daß sie einen Ausweg gefunden hätte, wäre ihre Zeit nicht vorher abgelaufen gewesen.

Beim Betrachten des Fotos begriff er, daß Conklin Teil ihres Plans, Teil ihrer Strategie gewesen war. Durch eine Heirat mit Conklin hätte sie Harry aus dem Heim holen können. Aus einer unverheirateten Mutter mit Vorstrafenregister hätte sie sich in die Ehefrau einer wichtigen Persönlichkeit verwandelt. Bosch erwog jetzt, daß die Beziehung für sie nichts mit Liebe zu tun gehabt hatte. Sie war möglicherweise nur als ein Ausweg erschienen. Bei ihren Besuchen im McClaren hatte sie nie Conklin oder irgendeinen anderen Mann erwähnt. Wenn sie wirklich verliebt gewesen wäre, hätte sie es ihm dann nicht gesagt?

Während er sich die Frage durch den Kopf gehen ließ, begriff Bosch plötzlich, daß seine Mutter letztendlich gestorben war, weil sie versucht hatte, ihn zu retten.

»Mr. Bosch, alles in Ordnung?«

Die Krankenschwester kam eilenden Schrittes ins Zimmer und stellte das Essenstablett klirrend auf den Tisch. Bosch antwortete nicht, er nahm sie kaum wahr. Sie nahm die Serviette vom Tablett und wischte ihm damit die Tränen von den Wangen.

»Das macht nichts«, beruhigte sie ihn. »Es ist normal.«

»Wirklich?«

»Das ist die Verletzung. Sie brauchen sich nicht zu schämen. Kopfverletzungen wirbeln die Gefühle durcheinander. In der einen Minute weint man, in der nächsten lacht man. Wir werden die Vorhänge aufziehen. Vielleicht bringt Sie das in bessere Stimmung.«

»Ich glaube, ich will bloß allein sein.«

Sie ignorierte ihn und öffnete die Vorhänge. Jetzt konnte Bosch sieben Meter weiter ein anderes Hochhaus sehen. Seine Stimmung verbesserte sich jedoch tatsächlich. Die Aussicht war so mies, daß er lachen mußte. Er erkannte das Gebäude. Es war im Cedars Hospital.

Die Krankenschwester schloß seine Aktentasche, damit sie die Tischfläche über das Bett fahren konnte. Auf dem Tablett stand ein Teller mit Hacksteak, Kartoffeln und Karotten. Daneben lagen ein Brötchen, das so hart aussah wie die Billardkugel, die er gestern in seiner Tasche gefunden hatte, und eine rote Nachspeise, die in Plastik verpackt war. Das Tablett und der Essensgeruch riefen bei ihm Übelkeit hervor.

»Ich mag das nicht essen. Haben Sie Corn-flakes?«

»Sie müssen eine richtige Mahlzeit essen.«

»Ich bin gerade erst aufgewacht. Man hat mich die ganze Nacht nicht schlafen lassen. Ich kann das nicht essen. Davon wird mir übel.«

Sie nahm das Tablett sofort weg und ging zur Tür.

»Ich werde sehen, was ich tun kann – wegen der Cornflakes.«

Sie schaute zu ihm zurück und lächelte, bevor sie rausging.

»Kopf hoch.«

»Ja, das wird sicher helfen.«

Bosch wußte nicht, was er mit sich anfangen sollte, und ließ die Zeit verstreichen. Er begann über sein Gespräch mit Mittel nachzudenken – was gesagt wurde, was gemeint war. Es gab irgend etwas, das ihm keine Ruhe ließ.

Seine Gedanken wurden von einem piepsenden Geräusch unterbrochen, das von einer Seite des Betts kam. Er entdeckte, daß es das Telefon war.

»Hallo?«

»Harry?«

»Ja.«

»Hier Jazz. Geht es dir gut?«

Bosch schwieg. Er war sich nicht sicher, ob er bereit war,

mit ihr zu sprechen. Aber es ließ sich jetzt nicht mehr vermeiden.

»Harry?«

»Ja, es geht mir gut. Wie hast du mich gefunden?«

»Der Mann, der mich gestern angerufen hat. Irving oder so. Er ...«

»Chief Irving.«

»Ja. Er rief mich an und sagte mir, daß du verletzt bist. Von ihm habe ich die Nummer.«

Bosch war nicht gerade erfreut darüber, ließ es sich jedoch nicht anmerken.

»Mir geht's gut, aber ich mag eigentlich nicht darüber sprechen.«

»Was ist passiert?«

»Es ist eine lange Geschichte, und im Augenblick habe ich keine Lust, sie noch mal durchzukauen.«

Jetzt schwieg sie. Es war eine dieser Situationen, wo beide Gesprächspartner versuchen, das Schweigen zu interpretieren und herauszubekommen, was mit dem Nichtgesagten gemeint ist.

»Du weißt es, nicht wahr?«

»Warum hast du es mir nicht gesagt?«

»Ich ...«

Wieder Schweigen.

»Willst du, daß ich es dir jetzt erzähle?«

»Ich weiß nicht ...«

»Was hat er dir gesagt?«

»Wer?«

»Irving.«

»Er war es nicht. Er weiß nichts. Es war jemand anders. Jemand, der mir weh tun wollte.«

»Es ist lange her, Harry. Ich möchte dir erzählen, was passiert ist ... aber nicht am Telefon.«

Er schloß die Augen und dachte eine Minute nach. Ihre Stimme erinnerte ihn daran, wie stark die Anziehung zwischen ihnen war. Er fragte sich jedoch, ob er sich darauf einlassen wollte.

»Ich weiß nicht, Jazz. Ich muß darüber nachdenken.«

»Was hätte ich denn tun sollen? Ein Schild um den Hals tragen, um dich gleich zu warnen? Wann wäre denn der richtige Zeitpunkt gewesen? Nach der ersten Limonade? Hätte ich sagen sollen: ›Ach übrigens, vor sechs Jahren habe ich den Mann umgebracht, mit dem ich zusammenlebte, nachdem er mich zum zweitenmal in einer Nacht vergewaltigen wollte.‹?«

»Jazz, bitte …«

»Bitte was? Die Cops haben mir damals nicht geglaubt, warum hättest du mir glauben sollen?«

Er merkte, daß sie weinte. Obwohl sie es unterdrückte, damit er nichts hörte. Aber es war an ihrer Stimme zu hören, die voller Einsamkeit und Schmerz war.

»Du hast mir Sachen gesagt«, sagte sie. »Ich dachte …«

»Jazz, wir haben ein Wochenende miteinander verbracht. Du machst zuviel …«

»Tu das nur ja nicht! Sag mir nicht, es hätte dir nichts bedeutet.«

»Du hast recht. Entschuldige … Hör zu, jetzt ist nicht der richtige Augenblick. Ich habe zuviel um die Ohren. Am besten ich rufe zurück …«

Sie sagte nichts.

»Okay?«

»Okay, Harry. Ruf mich an.«

»Okay. Good bye, Jazz.«

Er legte auf und schloß eine Weile die Augen. Seine Hoffnungen waren enttäuscht worden, und er fühlte sich taub und gefühllos. Er fragte sich, ob er je wieder mit ihr sprechen würde. Beim Analysieren seiner Gedanken merkte er, wie ähnlich sie sich zu sein schienen. Seine Furcht hatte nichts mit dem zu tun, was sie getan hatte – wie immer es auch genau gewesen sein mochte. Er fürchtete sich davor, sie anzurufen und sich an eine Person zu binden, die noch mehr seelisches Gepäck mit sich herumschleppte als er.

Er öffnete die Augen und versuchte seine Gedanken zu verscheuchen. Aber sie kehrten zu ihr zurück. Er wunderte sich über den Zufall ihres Zusammentreffens. Eine Immobilienanzeige. Genausogut hätte es eine Kontaktanzeige sein können: Ledig, weiß, weiblicher Killer, sucht männliches Gegenstück. Er mußte laut lachen, aber es war nicht wirklich komisch.

Er stellte das Fernsehen an, um sich abzulenken. Es gab eine Talk-Show. Der Moderator interviewte Frauen, die ihrer besten Freundin den Mann ausgespannt hatten. Die Freundinnen waren ebenfalls anwesend, und jede Frage provozierte hysterischen Streit. Bosch stellte den Ton ab und beobachtete zehn Minuten lang, wie sich die Gesichter der Frauen vor Wut verzerrten.

Nach einer Weile schaltete er den Fernseher wieder aus und rief im Schwesternzimmer an, um sich nach seinen Corn-flakes zu erkundigen. Die Krankenschwester, mit der er sprach, wußte nichts von seiner Bitte. Er versuchte wieder, Meredith Roman zu erreichen und legte auf, als sich der Anrufbeantworter meldete.

Gerade als sein Hunger so stark war, daß er in Versuchung geriet, das Hacksteak zurückkommen zu lassen, kam eine Krankenschwester mit einem anderen Essenstablett, auf dem sich eine Banane, ein Glas Orangensaft, eine Plastikschale mit einer kleinen Schachtel Frosted Flakes und eine kleine Tüte Milch befanden. Er dankte ihr und begann die Corn-flakes aus der Schachtel zu essen. Das andere Zeug wollte er nicht.

Er griff nach dem Telefon, wählte die Hauptnummer vom Parker Center und ließ sich das Büro von Assistant Chief Irving geben. Die Sekretärin, die sich schließlich meldete, teilte ihm mit, daß Irving in einer Besprechung mit dem Police Chief sei und nicht gestört werden könne. Bosch hinterließ seine Nummer.

Als nächstes rief er Keisha Russel in der Redaktion an.

»Hier Bosch.«

»Bosch, wo haben Sie gesteckt? Haben Sie Ihr Telefon abgestellt?«

Bosch griff in die Aktentasche und holte sein Telefon heraus. Er überprüfte die Batterie.

»Entschuldigung, die Batterie ist alle.«

»Großartig. Sie sind wirklich eine große Hilfe. Die zwei bekanntesten Leute aus dem Zeitungsartikel, den ich Ihnen gab, werden gestern abend tot aufgefunden, und Sie rufen nicht einmal an. Eine schöne Abmachung.«

»He, ich bin am Apparat, oder nicht?«

»Also, was haben Sie für mich?«

»Was wissen Sie schon? Was sagt die Polizei?«

»Die lassen nichts Interessantes raus. Ich hab' auf Sie gewartet.«

»Was sagen die denn?«

»Nichts. Beide Todesfälle würden untersucht und es gebe keine eindeutige Verbindung. Sie versuchen es als großen Zufall hinzustellen.«

»Was ist mit dem anderen Mann? Haben Sie Vaughn gefunden?«

»Wer ist Vaughn?«

Bosch konnte nicht verstehen, was da vorging. Warum wurden Sachen unter den Teppich gekehrt? Er wußte, daß es besser wäre, zu warten, bis er von Irving hörte – aber er begann vor Wut zu kochen.

»Bosch? Sind Sie noch da? Was für ein anderer Mann?«

»Was sagen sie über mich?«

»Sie? Gar nichts.«

»Der andere Mann heißt Jonathan Vaughn. Er war ebenfalls dort. Bei Mittel gestern abend.«

»Woher wissen Sie das?«

»Ich war auch da.«

»*Sie waren da,* Bosch?«

Bosch schloß die Augen, aber es gelang ihm nicht, durch den Schleier zu dringen, den die Polizei über die Ermittlungen geworfen hatten. Er verstand es absolut nicht.

»Harry, wir hatten eine Abmachung. Erzählen Sie mir die Story.«

Er stellte fest, daß sie vorher noch nie seinen Vornamen benutzt hatte. Während er ein paar nichtssagende Sachen von sich gab, versuchte er zu verstehen, was ablief, und erwog die Konsequenzen, falls er ihr alles erzählte.

»Bosch?«

Sie kehrte wieder zur alten Anrede zurück.

»Okay. Haben Sie einen Bleistift? Ich nenne Ihnen ein paar Ansatzpunkte. Den Rest müssen Sie sich bei Irving besorgen.«

»Ich habe den ganzen Tag über versucht, ihn anzurufen. Ich werde nicht durchgestellt.«

»Das werden Sie, wenn er weiß, daß Sie die Story haben. Er kann dann nicht anders.«

Als er seine Geschichte beendet hatte, war er müde und sein Kopf schmerzte wieder. Er brauchte Schlaf, wußte aber nicht, ob es ihm gelingen würde einzuschlafen. Schlafen und alles vergessen, das war es, was er wollte.

»Das ist eine unglaubliche Story«, sagte sie, als er fertig war. »Es tut mir leid wegen Ihrer Mutter, Bosch.«

»Danke.«

»Was ist mit Pounds?«

»Was soll mit ihm sein?«

»Hat sein Tod etwas damit zu tun? Irving hat die Ermittlungen zur Chefsache gemacht. Jetzt reißt er sich auch noch diese Fälle unter den Nagel.«

»Da müssen Sie ihn fragen.«

»Falls er an den Apparat geht.«

»Wenn Sie anrufen, sagen Sie dem Adjutanten, er solle Irving ausrichten, Sie riefen im Namen von Marjorie Lowe an. Er wird Sie zurückrufen, sobald er die Nachricht erhält. Garantiert.«

»Okay, noch eins. Kann ich Sie namentlich als Quelle nennen?«

Bosch überlegte, aber nur kurz.

»Ja. Ich weiß zwar nicht, was mein Name noch wert ist, aber Sie können ihn benutzen.«

»Danke. Also bis dann. Sie sind ein echter Kumpel.«

»Ja, ich bin ein Kumpel.«

Er legte auf und schloß die Augen. Er nickte ein, wußte aber nicht, für wie lange. Das Telephon weckte ihn wieder. Es war Irving und er war wütend.

»Was haben Sie getan?«

»Was meinen Sie?«

»Ich habe eine Nachricht von einer Reporterin erhalten. Sie sagt, sie ruft wegen Marjorie Lowe an. Haben Sie mit Reportern darüber gesprochen?«

»Mit einer.«

»Was haben Sie ihr erzählt?«

»Genug, daß Sie die Angelegenheit nicht einfach vertuschen können.«

»Bosch ...«

Er beendete seinen Satz nicht. Endlich brach Bosch das lange Schweigen.

»Sie wollten die Sache vertuschen, oder nicht? Auf den Müll werfen – wie ihre Leiche. Nach allem, was passiert ist, zählt sie immer noch nicht, stimmt's?«

»Sie wissen nicht, wovon Sie reden.«

Bosch setzte sich auf. Er war jetzt wütend. Sofort begann sich sein Kopf zu drehen. Er schloß die Augen, bis es vorbei war.

»Nun, warum erzählen Sie mir nicht, was ich nicht weiß? Okay, Chief? Sie sind derjenige, der nicht weiß, wovon er redet. Ich hab' erfahren, was Sie der Presse erzählen. Daß es nicht unbedingt eine Verbindung zwischen Conklin und Mittel gibt. Was für ... Bilden Sie sich etwa ein, daß ich das so einfach durchgehen lasse? Und Vaughn. Sein Name wird nicht einmal erwähnt. Ein Gorilla im Overall, der zuerst Conklin aus dem Fenster wirft und dann bereit ist, mich in den Boden zu rammen. Er hat Pounds umgebracht, und er wird nicht einmal erwähnt. Also Chief, warum erklären Sie mir nicht, was ich nicht weiß?«

»Bosch, hören Sie. *Hören Sie mir zu.* Für wen hat Mittel gearbeitet?«

»Weiß ich nicht. Schert mich auch einen Dreck.«

»Er war für sehr mächtige Leute tätig. Einige der mächtigsten Persönlichkeiten in diesem Staat, in diesem Land. Und ...«

»Ist mir scheißegal.«

»... für die meisten Mitglieder des Stadtrats.«

»Und? Was wollen Sie damit sagen? Der Stadtrat, der Gouverneur, Senatoren und alle möglichen Leute mischen sich jetzt auch ein? Und Sie passen auf, daß Sie nichts auf die weiße Weste bekommen?«

»Bosch, beruhigen Sie sich bitte und werden Sie vernünftig. Natürlich sage ich das nicht. Ich versuche Ihnen nur zu erklären, wenn Sie Mittels Ruf ruinieren, dann ruinieren Sie gleichzeitig den Ruf mächtiger Persönlichkeiten, die mit ihm bekannt waren oder seine Dienste in Anspruch nahmen. Und das kann für die Polizei, für Sie und für mich Konsequenzen unabsehbaren Ausmaßes haben.«

Bosch verstand. Irving, der Pragmatiker, hatte – wahrscheinlich zusammen mit dem Police Chief – entschieden, daß das Wohl der Polizei und die eigenen Karrieren wichtiger waren als die Wahrheit. Die ganze Angelegenheit stank zum Himmel. Bosch fühlte, wie eine Welle der Erschöpfung über ihm zusammenschlug. Er ertrank. Es war alles zuviel.

»Und indem Sie es vertuschen, helfen Sie denen in unübersehbarem Ausmaße, nicht wahr? Ich bin sicher, daß Sie und der Chief den ganzen Morgen damit verbracht haben, die Großen und Mächtigen davon zu unterrichten. Jetzt stehen sie bei Ihnen und der Polizei dick in der Kreide. Ein Wahnsinns-Deal. Ich schätze, es spielt keine Rolle, daß die Wahrheit dabei unter die Räder kam.«

»Bosch, ich möchte, daß Sie die Reporterin wieder anrufen. Sagen Sie ihr, daß Sie eine Gehirnerschütterung haben und ...«

»Nein! Ich rufe niemanden an. Es ist zu spät. Ich habe ihr die Story erzählt.«

»Aber nicht die ganze. Die ganze Wahrheit könnte auch Ihnen schaden, nicht wahr?«

Es war heraus. Irving wußte Bescheid. Zumindest hatte er kombiniert, daß Bosch Pounds' Namen benutzt hatte und so letztendlich für dessen Tod verantwortlich war. Dieses Wissen war nun seine Trumpfkarte.

»Wenn ich die Kontrolle über die Angelegenheit verliere«, fügte Irving hinzu, »werde ich eventuell gegen Sie vorgehen müssen.«

»Das ist mir egal«, sagte Bosch ruhig. »Tun Sie, was Sie

wollen, Chief. Aber die Story wird veröffentlicht. Die Wahrheit.«

»Aber ist es wirklich die Wahrheit? Die ganze Wahrheit? Ich bezweifle es, und tief im Innern weiß ich, daß Sie es auch bezweifeln. Wir werden nie die ganze Wahrheit wissen.«

Schweigen folgte. Bosch wartete darauf, daß Irving mehr sagte. Als das Schweigen andauerte, legte er auf. Dann zog er den Stecker aus der Dose und schlief endlich ein.

## *45*

Bosch wachte am nächsten Morgen um sechs auf und erinnerte sich schwach, daß sein Schlaf durch ein fürchterliches Abendessen sowie durch die Krankenschwestern mehrmals unterbrochen worden war. Sein Kopf fühlte sich geschwollen an. Er berührte vorsichtig die Wunde und stellte fest, daß sie noch genauso empfindlich war wie am Vortag. Danach stand er auf und ging ein wenig im Zimmer auf und ab. Sein Gleichgewichtsgefühl schien wieder in Ordnung zu sein. Im Badezimmer sah er, daß seine Augen immer noch in allen Regenbogenfarben schillerten. Aber die Pupillen waren jetzt gleich groß. Es war Zeit zu gehen. Er zog sich an und verließ das Zimmer. Seine Aktentasche trug er in der Hand, und die ruinierte Jacke hatte er über den Arm gelegt.

Neben dem Schwesternzimmer drückte er auf den Knopf für den Aufzug. Er bemerkte, daß eine der Schwestern hinterm Schalter ihn beobachtete. Anscheinend erkannte sie ihn nicht sofort in seiner Straßenkleidung.

»Entschuldigen Sie, kann ich Ihnen helfen?«

»Nein, danke.«

»Sind Sie Patient?«

»Ich war. Jetzt gehe ich. Zimmer 419. Bosch.«

»Einen Augenblick. Was haben Sie vor?«

»Ich gehe. Nach Hause.«

»Was?«

»Schicken Sie mir die Rechnung.«

Der Aufzug öffnete sich, und er stieg ein.
»Das können Sie nicht tun«, rief die Krankenschwester. »Lassen Sie mich den Arzt holen.«
Bosch hob seine Hand und winkte zum Abschied.
»Warten Sie!«
Die Tür schloß sich.
In der Eingangshalle kaufte er sich eine Zeitung und stieg dann in ein Taxi. Er bat den Fahrer, ihn nach Park La Brea zu fahren. Unterwegs las er Keisha Russels Artikel. Er stand auf der ersten Seite und brachte in gekürzter Form, was er ihr gestern erzählt hatte. Alles wurde unter dem Vorbehalt berichtet, daß die Ermittlungen noch liefen – trotzdem war es eine erstklassige Story.
Bosch wurde im Artikel namentlich als Quelle und Hauptakteur erwähnt. Irving wurde ebenfalls mit seinem Namen als Quelle identifiziert. Der Assistant Chief mußte sich am Ende entschieden haben, die Wahrheit – oder eine Version davon – zu erzählen, da Bosch nun einmal die Katze aus dem Sack gelassen hatte. Es war die pragmatischste Lösung. So erweckte er den Anschein, er hätte den Überblick. In dem Artikel repräsentierte Irving die Stimme der Vernunft. Auf Zitate von Bosch folgte meist etwas vom Assistant Chief, der einschränkte, daß die Ermittlungen gerade erst begonnen hätten und man noch keine endgültigen Schlüsse ziehen könne.
Am besten gefielen Bosch die Erklärungen von einigen bekannten Persönlichkeiten, darunter die meisten Mitglieder des Stadtrats. Sie gaben ihrem Schock darüber Ausdruck, daß Mittel und Conklin umgekommen und in einen Mord, beziehungsweise dessen Vertuschung verwickelt waren. Außerdem wurde berichtet, daß die Polizei nach Jonathan Vaughn, einem Angestellten Mittels, als Mordverdächtigem fahnde.
Am ungenauesten war der Artikel in bezug auf Pounds. Es wurde nicht erwähnt, daß Bosch verdächtigt oder bezichtigt wurde, Pounds' Namen benutzt zu haben. Daß man ihm vorwarf, seinen Tod dadurch verschuldet zu haben. Irving erklärte nur, daß der Fall noch untersucht werde und

daß es so aussehe, als sei Pounds auf die gleiche Spur wie Bosch gestoßen.

Irving hatte Russel nicht alles erzählt, obwohl er damit gedroht hatte. Wahrscheinlich hatte der Assistant Chief doch kein Interesse, die schmutzige Wäsche der Polizei in aller Öffentlichkeit zu waschen. Die Wahrheit würde Bosch schaden, aber auch der Polizei insgesamt. Falls Irving etwas gegen ihn unternahm, dann wohl eher intern und hinter verschlossenen Türen.

Sein Mietwagen stand noch auf dem Parkplatz des Pflegeheims. Er hatte Glück. Der Schlüssel war noch im Schloß, wo er ihn gerade hineingesteckt hatte, als er von Vaughn niedergeschlagen worden war. Er bezahlte den Taxifahrer und ging zum Mustang.

Bosch beschloß, Mount Olympus einen Besuch abzustatten, bevor er zum Mark Twain fuhr. Er steckte das Kabel seines Handys zum Aufladen in den Zigarettenanzünder und fuhr den Laurel Canyon Boulevard hoch.

Auf dem Hercules Drive stoppte er vor der Auffahrt zu Mittels Raumschiff. Das Tor war geschlossen. Ein gelbes Absperrband der Polizei hing herunter. Bosch entdeckte keine Wagen auf der Auffahrt. Alles war ruhig und friedlich. Bald würde hier ein Schild ›Zu verkaufen‹ aufgestellt werden, und dann würde der nächste Größenwahnsinnige einziehen und sich für den Herrscher der Stadt unten halten.

Bosch fuhr weiter. Es war nicht Mittels Haus, was ihn hier hinaufgeführt hatte.

Fünfzehn Minuten später bog Bosch um die wohlbekannte Kurve auf dem Woodrow Wilson Drive, und auf einmal war nichts mehr wohlbekannt. Sein Haus stand nicht mehr da. Wie ein fehlender Zahn klaffte eine Lücke in der Landschaft.

Am Straßenrand vor seinem Grundstück standen zwei riesige Container für Abbruchmüll, randvoll mit Holzstükken, verbogenem Metall und Glasscherben, den Trümmern seines Hauses. Ein Umzugscontainer stand daneben, und Bosch nahm an – beziehungsweise hoffte –, daß er seine restliche Habe aus dem Haus enthielt.

Er parkte und ging hinüber zu dem gepflasterten Weg, der ehemals zur Vordertür geführt hatte. Als er zu Boden schaute, sah er nur die sechs Stützpfeiler, die aus dem Abhang wie Grabsäulen aufragten. Er konnte noch einmal ein Haus auf ihnen errichten – falls er wollte.

Etwas bewegte sich unter den Akazien in der Nähe der Pfeiler. Bosch sah einen braunen Schatten und dann den Kopf eines Coyoten, der durch das Strauchwerk trottete. Er hatte Bosch nicht gehört und schaute nicht nach oben. Kurz darauf verschwand er in den Büschen und Bosch sah ihn nicht mehr.

Er blieb noch zehn Minuten, rauchte eine Zigarette und wartete. Aber der Coyote ließ sich nicht mehr blicken. Dann verabschiedete er sich still von seinem Flecken Erde. Er hatte das Gefühl, er würde nicht zurückkehren.

# *46*

Als Bosch wieder in seinem Apartment im Mark Twain war, begann die Stadt gerade ihren Tag. Er hörte, wie ein Müllwagen hinten in der Gasse den Abfall einer Woche abholte. Es erinnerte ihn an sein Haus, dessen Bestandteile in zwei Bauschutt-Container gepaßt hatten.

Glücklicherweise lenkte ihn eine Sirene ab. Es war ein Streifenwagen, nicht die Feuerwehr. Das Revier war nur ein paar Blocks von hier, und er würde oft dieses Geräusch hören. Nachdem er eine Weile ruhelos zwischen den beiden Zimmern hin und her gegangen war, machte er sich Kaffee mit der Maschine, die er aus seinem Haus gerettet hatte, was den Effekt hatte, daß er noch nervöser wurde.

Er nahm sich noch einmal die Zeitung. Aber außer dem Artikel auf der ersten Seite gab es nichts, was ihn interessierte. Er blätterte durch den Lokalteil und entdeckte einen Bericht, daß die Verwaltung des Countys mit kugelsicheren Schreibunterlagen ausgerüstet wurde, die die Angestellten des Countys als Schutzschild benützen konnten, falls ein

Amokläufer hereinkäme und um sich schießen würde. Er legte den Lokalteil weg und nahm sich wieder die ersten Seiten.

Bosch las den Artikel über seine Ermittlungen noch einmal durch und konnte das Gefühl nicht loswerden, daß irgend etwas nicht stimmte, daß irgend etwas fehlte. Keisha Russels Bericht war okay. Daran lag es nicht. Das Problem war, die Story gedruckt zu sehen. Alles klang nicht so überzeugend, wie er es ihr oder Irving oder sich selbst dargestellt hatte.

Er legte die Zeitung beiseite, lehnte sich zurück und schloß die Augen. In Gedanken ging er den Ablauf der Ereignisse noch einmal durch und kam schließlich darauf, daß das Problem nichts mit dem Zeitungsbericht zu tun hatte, sondern mit etwas Bestimmtem, das Mittel gesagt hatte. Bosch versuchte sich das Gespräch auf dem Rasen hinter dem protzigen Palast noch einmal ins Gedächtnis zu rufen. Was war gesagt worden? Was hatte Mittel zugegeben?

In jenem Moment hatte Mittel sich unbesiegbar gefühlt. Er hatte Bosch gekidnappt und zusammenschlagen lassen – und war gewillt, seinen Tod anzuordnen. Sein Killer, Vaughn, stand mit der Waffe in der Hand hinter Bosch. In dieser Situation, so glaubte Bosch, hatte es für einen Mann mit Mittels Ego keinen Grund gegeben, etwas für sich zu behalten. Und das hatte Mittel auch nicht getan. Er brüstete sich sogar mit seiner Macht über Conklin und andere. Indirekt, aber freiwillig, hatte er sogar zugegeben, daß er Conklin und Pounds hatte töten lassen. All das hatte er zugegeben – aber nicht die Verantwortung für die Ermordung von Marjorie Lowe.

Bosch versuchte aus der Erinnerung die genauen Worte zusammenzustückeln, es gelang ihm jedoch nicht ganz. Visuell konnte er sich gut erinnern. Mittel stand vor dem Lichterteppich der Stadt unten. Aber die Worte entzogen sich ihm. Mittel bewegte die Lippen, aber Bosch verstand nichts. Nachdem er sich eine Weile den Kopf zermartert hatte, wußte er es plötzlich wieder. Mittel hatte ihren Tod eine Chance genannt. War das ein Schuldgeständnis gewesen?

Meinte er damit, daß er sie umgebracht hatte – direkt oder indirekt? Oder gab er nur zu, daß ihr Tod ihm eine Chance geboten hatte, die er dann ausgenutzt hatte?

Bosch wußte es nicht, und das bedrückte ihn. Er versuchte, nicht daran zu denken, und begann einzudösen. Die Geräusche der Stadt draußen, sogar die Sirenen, beruhigten ihn. Er trieb auf den erlösenden Schlaf zu, als er plötzlich die Augen öffnete.

»Die Fingerabdrücke«, sagte er laut.

Dreißig Minuten später hatte er geduscht, sich rasiert, frische Sachen angezogen und war auf dem Weg nach Downtown. Er trug seine Sonnenbrille und betrachtete sich im Spiegel. Die Blutergüsse unter den Augen waren nicht zu sehen. Mit der Zunge befeuchtete er seine Finger und drückte sein lockiges Haar nach unten, um die rasierte Stelle und die vernähte Wunde besser zu verbergen.

Hinter dem County-USC Medical Center fuhr er ans Ende des Parkplatzes und parkte so nah wie möglich an der Garage der Gerichtsmedizin. Er ging durch eine der offenen Garagentüren und winkte einem Wachmann zu, der ihn vom Sehen kannte und zurückwinkte. Eigentlich war es nicht gestattet, das Gebäude auf diesem Weg zu betreten, aber Bosch hatte es seit Jahren getan. Er würde nur damit aufhören, falls jemand eine Staatsaffäre daraus machte. Aber von dem Leichtlohn-Sheriff drohte keine Gefahr.

Er begab sich in den Aufenthaltsraum im ersten Stock und hoffte, daß er dort einen Assistenten finden würde – und zwar jemanden, den er nicht irgendwann einmal vor den Kopf gestoßen hatte.

Als er die Tür öffnete, umfing ihn das Aroma von frischem Kaffee. Ansonsten war der Raum eine Enttäuschung. Nur Larry Sakai saß an einem Tisch, auf dem Zeitungen aufgeschlagen lagen. Er war ein gerichtsmedizinischer Assistent, den Bosch nie recht hatte leiden können. Das Gefühl beruhte auf Gegenseitigkeit.

»Harry Bosch«, sagte Sakai, nachdem er von der Zeitung aufgesehen hatte. »Wenn man vom Teufel spricht ... Ich lese gerade von dir. Hier steht, du bist im Krankenhaus.«

»Ich bin hier. Siehst du mich, Sakai? Wo sind Hounchell und Lynch? Ist einer von ihnen da?«

Hounchell und Lynch waren zwei Assistenten, die Bosch kannte und die ihm einen Gefallen getan hätten, ohne groß zu überlegen. Sie waren beide in Ordnung.

»Nee, die sind unterwegs beim Einsacken. Viel los heute morgen. Anscheinend geht's wieder aufwärts mit der Statistik.«

Bosch hatte nach dem Erdbeben Gerüchte gehört, daß Sakai beim Bergen von Leichen aus eingestürzten Wohnhäusern Fotos gemacht und unter falschem Namen an Boulevardblätter verkauft hatte. Sie zeigten Menschen, die im Bett von heruntergestürzten Decken erschlagen worden waren. Auch wenn es nur ein Gerücht war, es charakterisierte ihn treffend.

»Sonst noch jemand hier?«

»Nein, nur ich. Was willst du, Bosch?«

»Nichts.«

Bosch drehte sich zur Tür um und zögerte dann. Er mußte die Fingerabdrücke vergleichen und wollte nicht warten. Er wandte sich wieder Sakai zu.

»Sakai, könntest du etwas für mich tun? Einen Gefallen? Du hast dann was gut bei mir.«

Sakai beugte sich nach vorne. Bosch konnte die Spitze eines Zahnstochers zwischen seinen Lippen sehen.

»Ich weiß nicht, Bosch. Das ist ungefähr genausoviel wert, als wenn mir eine alte Nutte mit Aids sagt, ich würde eine Freikarte bekommen – wenn ich fürs erstemal bezahle.«

Sakai lachte über seinen Vergleich.

»Okay, ist schon gut.«

Bosch drehte sich um, unterdrückte seine Wut und stieß die Tür auf. Er hatte erst zwei Schritte auf dem Korridor gemacht, als Sakai ihn zurückrief. Wie er gehofft hatte. Er atmete tief durch und ging zurück.

»Bosch, stell dich nicht so an. Ich hab' nicht gesagt, ich würde dir nicht helfen. Schließlich habe ich gerade deine Story gelesen, ich kann mir vorstellen, was du durchmachst.«

Klar, dachte Bosch sarkastisch, sagte aber statt dessen: »Okay.«

»Was brauchst du?«

»Fingerabdrücke von einem deiner Kunden im Kühlschrank.«

»Von wem?«

»Mittel.«

Sakai nickte in die Richtung der Zeitung, die er auf den Tisch geworfen hatte.

»Der Mittel?«

»Das ist der einzige, den ich kenne.«

Sakai schwieg, während er über die Bitte nachdachte.

»Du weißt, daß wir den Detectives, die in Mordfällen ermitteln, Fingerabdrücke jederzeit geben.«

»Laß den Scheiß, Sakai. Du weißt, daß mir das bekannt ist, und wenn du die Zeitung gelesen hast, weißt du auch, daß ich nicht der zuständige Detective bin. Aber ich brauche trotzdem die Fingerabdrücke. Besorgst du mir sie, oder verschwende ich hier nur meine Zeit?«

Sakai stand auf. Ihnen beiden war bewußt, wenn er die Bitte jetzt abschlug – nachdem er sie zunächst bereitwillig erfüllen wollte –, würde er in der geheimen Hackordnung der Männerwelt Bosch unterlegen sein. Wenn Sakai sein Versprechen einlöste, wäre das Verhältnis jedoch umgekehrt.

»Reg dich ab, Bosch. Ich mach' es. Gieß dir einen Kaffee ein und setz dich. Wirf einen Vierteldollar in den Kasten.«

Bosch gefiel es überhaupt nicht, Sakai etwas schuldig zu sein, aber die Fingerabdrücke waren es wert. Mit ihnen konnte er den Fall schließen. Oder noch mal aufrollen.

Bosch nahm sich einen Becher Kaffee und wartete eine Viertelstunde. Als Sakai zurückkam, wedelte er die Karte mit den Abdrücken hin und her, um die Tinte zu trocknen. Er gab sie Bosch und holte sich neuen Kaffee.

»Die sind von Gordon Mittel?«

»Richtig. Das stand auf dem Etikett am großen Zeh. Mann, der Sturz hat ihn ziemlich zugerichtet.«

»Freut mich zu hören.«

»Weißt du, ich glaube nicht, daß der Fall so eindeutig ist, wie die Polizei in der Zeitung behauptet, wenn du dich hier einschleichst, um dir Fingerabdrücke zu besorgen.«

»Mach dir keine Sorgen, Sakai, an dem Fall gibt es nichts zu rütteln. Und falls ich irgendwelche Anrufe von Reportern bekomme, die mich nach Fingerabdrücken fragen, komm' ich zurück.«

»Mach dir nicht in die Hose, Bosch. Nimm die Karte und zisch ab. Ich hab' noch nie jemanden getroffen, der Leuten, die ihm einen Gefallen tun, so vor den Kopf stößt.«

Bosch warf seinen Becher in den Papierkorb und ging. An der Tür blieb er stehen.

»Danke.«

Er sagte es nur widerwillig. Sakai war ein Arschloch.

»Nicht vergessen, Bosch, du schuldest mir was.«

Bosch drehte sich zu ihm um. Sakai goß Milch in seinen Kaffee. Bosch ging zurück und griff in die Tasche. Er holte einen Vierteldollar heraus und steckte ihn in den Schlitz des Metallkastens, der als Kaffeekasse diente.

»Das ist für dich«, sagte Bosch. »Jetzt sind wir quitt.«

Draußen auf dem Korridor hörte er, wie Sakai »Arschloch« hinter ihm herrief. Ein Zeichen, daß die Welt wieder in Ordnung war. Seine Welt zumindest.

Als Bosch fünfzehn Minuten später das Parker Center erreichte, fiel ihm ein, daß es ein Problem gab. Irving hatte ihm noch nicht seinen Dienstausweis zurückgegeben, der als Beweisstück mit Mittels Jacke im Whirlpool sichergestellt worden war. Also wartete er eine Weile vor dem Eingang, bis eine Gruppe Detectives und Bürohengste vom Rathaus herüberkam. Als die Gruppe hineinging, schloß er sich ihnen an und passierte ohne Schwierigkeiten den Beamten am Schalter.

Bosch fand Hirsch vor seinem Computer in der Abteilung für Fingerabdrücke und fragte ihn, ob er noch die Karte mit den Fingerabdrücken vom Gürtel habe.

»Ja, ich hab gewartet, daß Sie sie abholen.«

»Gut, ich habe hier Abdrücke. Ob Sie die wohl miteinander vergleichen könnten?«

Hirsch sah ihn kurz an, zögerte aber nur einen Moment.
»Lassen Sie mich sehen.«

Bosch holte die Karte, die Sakai ihm gegeben hatte, aus der Aktentasche. Hirsch sah sie kurz an und drehte sie etwas, um besseres Licht zu haben.

»Die sind ziemlich sauber. Sie wollen nicht, daß ich sie durch den Scanner schicke, nicht wahr? Sie wollen nur, daß ich sie mit den anderen vergleiche?«

»Genau.«

»Okay, ich kann sie unter die Lupe nehmen, falls Sie warten wollen.«

»Ich habe Zeit.«

Hirsch holte die Karte mit den Abdrücken vom Gürtel aus der Schublade und brachte sie und die Abdrücke aus der Gerichtsmedizin zu einem Labortisch, wo er sie unter eine Vergrößerungslampe legte. Bosch beobachtete, wie seine Augen zwischen den beiden Karten hin- und hergingen, als ob er ein Tennisspiel verfolgte.

Während er Hirsch bei der Arbeit zusah, wurde ihm klar, wie sehr er sich danach sehnte zu hören, daß die Abdrücke auf den beiden Karten übereinstimmten. Er wünschte sich, daß der Fall abgeschlossen war. Er wollte die Sache hinter sich haben.

Nach fünf Minuten war das Tennismatch vorbei. Hirsch schaute auf und teilte ihm das Ergebnis mit.

## 47

Als Carmen Hinojos ihre Tür zum Wartezimmer öffnete, schien sie freudig überrascht zu sein, Bosch auf der Couch vorzufinden.

»Harry! Sind Sie okay? Ich habe nicht erwartet, Sie heute hier zu sehen.«

»Warum nicht? Ich habe einen Termin, nicht wahr?«

»Ja, aber ich habe in der Zeitung gelesen, daß Sie im Cedars Hospital sind.«

»Ich habe mich sozusagen selbst entlassen.«

»Sind Sie sicher, daß das eine gute Idee war? Sie sehen ...«

»... fürchterlich aus?«

»Das wollte ich nicht sagen. Kommen Sie rein.«

Sie ließ ihn hineingehen, und sie setzten sich auf ihre gewohnten Plätze.

»Ehrlich gesagt sehe ich besser aus, als ich mich fühle.«

»Warum? Aus welchem Grund?«

»Weil alles umsonst war.«

Sein Satz schien sie zu verwirren.

»Was meinen Sie? Ich habe den Artikel gelesen. Sie haben die Morde, einschließlich den an Ihrer Mutter, gelöst. Ich hätte erwartet, daß Sie sich anders fühlen würden.«

»Glauben Sie nicht alles, was in der Zeitung steht, Doktor. Lassen Sie es mich erklären. Das Resultat meiner sogenannten Mission war, daß zwei Männer umgebracht wurden und ein Dritter von mir getötet wurde. Gelöst ... einen Moment ... gelöst habe ich ... eins, zwei, drei Morde. Das ist gut. Aber ich habe nicht den Mord aufgeklärt, den ich aufklären wollte. Mit anderen Worten, ich habe mich im Kreis gedreht und dabei den Tod mehrerer Menschen verursacht. Was hatten Sie denn erwartet, wie ich mich heute bei unserer Sitzung fühlen würde?«

»Haben Sie getrunken?«

»Ein paar Bier während des Mittagessens. Es war ein langes Mittagessen, und ich bin der Ansicht, daß ich nach all dem mindestens zwei Bier nötig hatte. Ich bin jedoch nicht betrunken, falls Sie das wissen wollen. Und im Moment arbeite ich nicht. Also, was soll's?«

»Ich dachte, wir hätten uns geeinigt, daß Sie weniger ...«

»Scheiß drauf. Wir befinden uns hier in der Realität. Haben Sie es nicht so ausgedrückt? Seitdem wir das letztemal gesprochen haben, habe ich einen Menschen umgebracht, Doc. Und Sie wollen, daß ich weniger trinke. Als ob das noch etwas bedeuten würde.«

Bosch holte seine Zigaretten heraus und steckte sich

eine an. Er ließ die Packung und sein Bic auf der Lehne liegen. Carmen Hinojos betrachtete ihn lange, bevor sie sprach.

»Sie haben recht. Entschuldigung. Sprechen wir über das, von dem ich glaube, daß es der Kern Ihres Problems ist. Sie sagten, sie haben nicht den Mord aufgeklärt, den Sie aufklären wollten. Das ist natürlich die Ermordung Ihrer Mutter. Ich weiß nur, was in der *Times* gestanden hat. Daß Gordon Mittel der Mörder war. Wollen Sie jetzt sagen, Sie wüßten, daß das unbestreitbar falsch ist?«

»Ja, das weiß ich in der Tat.«

»Wie?«

»Einfach. Fingerabdrücke. Ich bin heute zur Leichenhalle, habe mir Mittels Fingerabdrücke besorgt und sie dann mit denen auf dem Gürtel, der Mordwaffe, vergleichen lassen. Sie stimmen nicht überein. Er hat es nicht getan. Er war nicht dort. Bekommen Sie jedoch jetzt keinen falschen Eindruck. Wegen ihm habe ich keine Gewissensbisse. Er hat die Ermordung von Menschen angeordnet. Einfach so. In mindestens zwei Fällen. Und mich wollte er ebenfalls umbringen lassen. Also spucke ich auf sein Grab. Er hat seine verdiente Strafe bekommen. Aber ich werde Pounds und Conklin lange mit mir herumschleppen. Vielleicht für immer. So oder so werde ich dafür bezahlen. Es wäre leichter zu ertragen, wenn es einen Grund dafür geben würde. Irgendeinen Grund. Verstehen Sie, was ich meine? Aber es gibt keinen guten Grund dafür. Nicht mehr.«

»Ich verstehe. Ich weiß nicht ... wie wir vorgehen sollen. Wollen Sie über Ihre Gefühle in bezug auf Pounds und Conklin sprechen?«

»Eigentlich nicht. Ich habe schon genug darüber nachgedacht. Sie waren beide keine Unschuldslämmer. Aber sie verdienten es nicht zu sterben. Besonders Pounds nicht. Gott ... Ich kann nicht darüber sprechen. Ich kann nicht einmal darüber nachdenken.«

»Wie werden Sie dann weitermachen?«

»Ich weiß nicht. Wie ich schon sagte, ich werde dafür bezahlen.«

»Was wird die Polizei unternehmen? Haben Sie irgendeine Ahnung?«

»Ich weiß es nicht. Es ist mir egal. Das liegt nicht mehr in der Entscheidungsgewalt der Polizei. Das wird jetzt weiter oben verhandelt. Aber ich muß mir meine Buße überlegen.«

»Was meinen Sie damit? Sie machen mir angst.«

»Keine Angst, ich gehe nicht zum Wandschrank. Ich bin nicht der Typ.«

»Zum Wandschrank?«

»Ich stecke mir keinen Revolver in den Mund.«

»Ihren Worten entnehme ich, daß Sie die Verantwortung für den Tod der beiden Männer übernehmen. Sie stellen sich der Sache und flüchten nicht vor der Realität. Das ist ein Grundstein, auf dem man aufbauen kann. Was mir Sorgen macht, sind Ihre Bemerkungen über Buße. Sie müssen die Sache überwinden, Harry. Ganz egal, was Sie sich antun wollen, Sie machen sie nicht wieder lebendig. Sie müssen weiterleben.«

Er sagte nichts. Auf einmal war er alle ihre Ratschläge leid. Er hatte es satt, wie sie sich in sein Leben einmischte.

»Hätten Sie etwas dagegen, wenn wir heute eher Schluß machen?« fragte er. »Ich fühle mich nicht besonders gut.«

»Ich verstehe. Kein Problem. Aber ich möchte, daß Sie mir etwas versprechen. Versprechen Sie mir, keine Entscheidung zu treffen, bevor wir wieder miteinander gesprochen haben.«

»Sprechen Sie von meiner Buße?«

»Ja, Harry.«

»Okay, ich spreche vorher mit Ihnen.«

Er stand auf und versuchte zu lächeln. Es sah jedoch eher wie Stirnrunzeln aus. Dann fiel ihm etwas ein.

»Ach, ich wollte mich noch entschuldigen, daß ich gestern abend nicht zurückgerufen habe. Ich erwartete einen Anruf und konnte nicht sprechen – und dann habe ich es wohl vergessen. Hoffentlich wollten Sie nur hören, wie es mir geht.«

»Ist schon gut. Ich habe es selbst vergessen. Ich wollte hören, wie Sie den Rest des Nachmittags mit Chief Irving überstanden hatten. Außerdem wollte ich wissen, ob Sie über die Fotos sprechen wollten. Es spielt keine Rolle mehr.«

»Sie haben sie angesehen?«

»Ja, ich hatte ein paar Kommentare, aber ...«

»Lassen Sie hören.«

Bosch setzte sich wieder. Sie sah ihn an und erwog seinen Vorschlag. Dann entschied sie sich, darauf einzugehen.

»Ich habe sie hier.«

Sie beugte sich nach unten, um sie aus einer der unteren Schubladen zu holen, und verschwand dabei fast aus seiner Sicht. Dann tauchte sie wieder auf und legte den Umschlag auf den Schreibtisch.

»Sie sollten sie wieder mitnehmen.«

»Irving hat die Akte und die Schachtel mit den Beweisstücken. Alle, außer diesen hier.«

»Das hört sich an, als ob Sie nicht sehr glücklich darüber wären oder ihm nicht trauen würden. Das ist neu.«

»Hatten Sie nicht festgestellt, daß ich niemandem traue?«

»Warum trauen Sie ihm nicht?«

»Ich weiß nicht. Gordon Mittel ist entlastet und ich muß wieder von vorne anfangen. Ich dachte an den Prozentsatz ...«

»Und?«

»Ich weiß nicht die exakte Zahl, aber viele Morde werden von den Mördern gemeldet. Zum Beispiel der Ehemann, der weinend anruft und seine Frau als vermißt meldet. Sehr oft spielt einer Theater. Er hat sie umgebracht und denkt, wenn er die Polizei anruft, glaubt jeder, er sei unschuldig. Denken Sie an die Menendez-Brüder. Einer von ihnen ruft heulend die Cops an, daß Mami und Papi tot sind. Dann stellt sich raus, er und sein Bruder haben sie mit der Schrotflinte ins Jenseits befördert. Vor einigen Jahren gab es einen Fall in den Hügeln. Ein kleines Mädchen wurde im Laurel Canyon vermißt. Stand in allen Zeitungen. War im Fernsehen. Also haben die Leute dort oben Suchtrupps organisiert. Nach ein paar Tagen hat einer von ihnen, ein Teenager und Nachbar des Mädchens, ihre Leiche unter einem Baumstamm in der Nähe des Lookout Mountains gefunden. Er war der Mörder. Innerhalb von fünfzehn Minuten hatte ich ihn soweit, daß er die Tat gestand. Während der ganzen Zeit, als nach dem Mädchen gesucht wurde, habe ich nur darauf gewartet, wer sie finden würde. Diese Statistik hilft einem. Ich verdächtigte ihn, bevor ich überhaupt wußte, wer es war.«

»Irving hat die Leiche Ihrer Mutter gefunden.«

»Ja. Und er kannte sie vorher. Er hat es mir einmal gesagt.«

»Hört sich aber unwahrscheinlich an.«

»Ja. Wahrscheinlich dachten die meisten Leute auch so über Mittel. Bis man seine Leiche aus dem Whirlpool zog.«

»Gibt es nicht eine Alternative? Ist es nicht möglich, daß die Annahme der ursprünglichen Ermittler richtig war? Daß es ein Sexualmörder war, den man nicht finden konnte?«

»Es gibt immer alternative Hypothesen.«

»Aber Sie scheinen dazu zu tendieren, immer eine Autoritätsfigur, jemanden mit Macht, zu beschuldigen. Vielleicht irren Sie sich jedoch in diesem Fall. Eventuell hat das etwas damit zu tun, daß Sie der Gesellschaft die Schuld dafür geben, was man Ihrer Mutter … und Ihnen angetan hat.«

Bosch schüttelte den Kopf. Er wollte es nicht hören.

»Wissen Sie, dieser ganze Psycho-Quatsch … ich … Warum beschränken wir uns nicht einfach auf die Fotos?«

»Entschuldigung.«

Sie fixierte den Umschlag, als könne sie hineinsehen und die Fotos studieren.

»Es ist mir schwergefallen, sie anzusehen. Kriminalpsychologisch geben sie nicht viel her. Die Fotos zeigen einen Mord, mit dem jemand etwas ausdrücken wollte. Der Gürtel war noch um den Hals gewunden. Das scheint darauf hinzuweisen, daß der Mörder die Polizei wissen lassen wollte, was er getan hatte, daß es mit Absicht geschah und daß er die Situation unter Kontrolle hatte. Meines Erachtens ist der Ort, wo die Leiche lag, ebenfalls signifikant. Der Container hatte keinen Deckel, er war offen. Man kann annehmen, daß der Mörder die Leiche nicht verstecken wollte. Es sollte vielleicht auch …«

»Er wollte damit ausdrücken, daß sie Dreck war.«

»Richtig. Auch das paßt dazu, daß der Mörder mit den Details des Mordes etwas ausdrücken wollte. Wenn er nur die Leiche loswerden wollte, hätte er sie irgendwo in dem Gäßchen liegen lassen können. Er wählte jedoch den Abfallcontainer. Unbewußt oder nicht, er drückte damit seine Meinung über sie aus. Also mußte er sie irgendwie kennen. Von ihr gehört haben. Gewußt haben, daß sie Prostituierte war, genug, um sie zu verurteilen.«

Bosch mußte wieder an Irving denken, erwähnte es aber nicht.

»Könnte es nicht sein«, sagte er statt dessen, »daß er damit etwas über Frauen im allgemeinen ausdrücken wollte? Könnte es irgendein perverses Arschloch – 'ntschuldigung –, ein Verrückter gewesen sein, der alle Frauen haßt und sie für Dreck hält? In dem Fall müßte er sie nicht einmal gekannt haben. Vielleicht wollte er nur eine Prostituierte umbringen – irgendeine.«

»Ja, das ist möglich. Aber wie Sie stütze ich mich gern auf die Statistik. Diese Art perverses Arschloch – die Bezeichnung im Psychojargon dafür ist Soziopath –, von der Sie sprechen, ist viel seltener als jemand, der sich bestimmte Opfer, bestimmte Frauen aussucht.« Bosch schüttelte den Kopf und schaute aus dem Fenster. »Was ist?«

»Es ist frustrierend, das ist alles. Nach der Mordakte zu urteilen haben sich die Ermittler Bekannte, Nachbarn und so weiter nicht näher angesehen. Heute ist das nicht mehr möglich. Es sieht ziemlich hoffnungslos aus.«

Er dachte an Meredith Roman. Er könnte zu ihr gehen und sie über die Bekannten und Kunden seiner Mutter befragen. Aber er wußte nicht, ob er ein Recht hätte, alte Erinnerungen zu wecken.

»Sie dürfen nicht vergessen«, sagte Hinojos, »1961 schienen möglicherweise die Aussichten auf Erfolg gering. Wahrscheinlich wußten sie nicht einmal, wo sie anfangen sollten. Solche Fälle gab es damals noch nicht so oft.«

»Solche Fälle sind auch heute kaum aufzuklären.«

Sie schwiegen ein paar Augenblicke. Bosch erwägte die Möglichkeit, daß der Mörder jemand war, der sich seine Opfer spontan auswählte und dann weiterzog. Ein Serienmörder, der in der Dunkelheit der Vergangenheit verschwunden war. Wenn das der Fall war, bedeutete es das Ende seiner Privatuntersuchung. Ein glatter Mißerfolg.

»Ist Ihnen noch etwas zu den Fotos eingefallen?«

»Das war alles, was ... Nein, einen Moment! Da war noch was. Vielleicht haben Sie es auch schon bemerkt.«

Sie nahm den Umschlag, öffnete ihn, griff hinein und zog ein Foto heraus.

»Ich will es nicht ansehen«, sagte Bosch schnell.

»Es ist kein Foto von ihr, sondern von ihrer Kleidung ausgebreitet auf einem Tisch. Können Sie das anschauen?«

Sie machte eine Pause und ließ das Foto noch halb im Umschlag stecken. Bosch machte eine Handbewegung, daß sie es ihm zeigen könne.

»Ich habe die Kleider schon gesehen.«

»Dann haben Sie die Sache wahrscheinlich schon in Betracht gezogen.«

Sie schob das Foto zu ihm hinüber, und Bosch beugte sich vor, um es zu betrachten. Ein Farbfoto, das mit der Zeit vergilbt war – sogar im Umschlag. Die gleichen Kleidungsstücke, die in der Schachtel gewesen waren, waren auf einem Tisch so ausgebreitet, wie sie getragen worden waren. Oder wie eine Frau sie auf dem Bett ausbreiten würde, bevor sie sie anzog. Bosch mußte an Ausschneidebögen denken. Sogar der Gürtel mit der Muschelschnalle war da. Jedoch lag er zwischen der Bluse und dem schwarzen Rock – nicht um den imaginären Hals.

»Nun«, sagte sie, »was ich eigenartig fand, war der Gürtel.«

»Die Mordwaffe.«

»Ja. Er hat diese große silberne Muschel als Schnalle, mit kleineren Muscheln als Verzierungen. Er ist ziemlich auffällig.«

»Richtig.«

»Aber die Knöpfe an der Bluse sind golden. Außerdem zeigen die Fotos der Leiche, daß sie goldene Ohrringe trug und eine goldene Halskette. Und ein Armband.«

»Ja, das weiß ich. Das lag alles in der Schachtel.«

Bosch verstand nicht, worauf sie hinauswollte.

»Harry, es ist kein allgemeines Naturgesetz, deshalb zögere ich, es zu erwähnen. Aber man – das heißt Frauen – trägt normalerweise nicht Gold *und* Silber. Und es scheint, daß Ihre Mutter an jenem Abend elegant angezogen war. Daß sie Schmuck trug, der zu ihren Blusenknöpfen paßte. Sie hatte Stil und wählte ihre Garderobe bewußt aus. Ich glaube nicht, daß sie diesen Gürtel mit den anderen Sachen getragen hätte. Er war silbern und nicht gerade dezent.«

Bosch sagte nichts. In seinem Bewußtsein war ein Gedanke aufgetaucht, der ihn verstörte.

»Außerdem kann man den Rock an der Hüfte zuknöpfen. Solche Röcke gibt es heute noch, ich habe sogar selbst einen. Praktisch ist, daß man den Rock wegen des weiten Bunds mit oder ohne Gürtel tragen kann. Der Rock hat keine Schlaufen.«

Bosch starrte auf das Foto.

»Keine Schlaufen.«

»Richtig.«

»Sie meinen also ...«

»Eventuell war das nicht ihr Gürtel. Es kann ...«

»Aber es *war* ihr Gürtel. Ich erinnere mich daran. Der Muschelgürtel. Ich habe ihn ihr zum Geburtstag geschenkt. Ich habe ihn identifiziert – als McKittrick kam, um mir mitzuteilen, daß sie tot war.«

»Nun ... damit lassen Sie die Luft aus meiner Theorie. Dann muß der Täter wohl schon in ihrem Apartment auf sie gewartet haben.«

»Nein, es passierte nicht dort. Man hat den Tatort nie herausgefunden ... Aber was für eine Theorie hatten Sie überhaupt?«

»Ach, ich weiß nicht. Ich dachte nur, daß er eventuell einer anderen Frau gehört hat, die der Auslöser für die Tat des Mörders war. Man nennt so etwas Aggressionsübertragung. In diesem Fall macht es keinen Sinn mehr. Es gibt jedoch Beispiele, wo ein Mann eine Frau mit den Strümpfen seiner Ex-Freundin erwürgt. Dabei stellt er sich vor, er bringt seine Freundin um. Meine Theorie war, daß der Gürtel diese Funktion hatte.«

Bosch hörte schon nicht mehr zu. Er wandte sich ab und schaute aus dem Fenster, ohne wirklich etwas zu sehen. In seinem Kopf fügten sich die Teile zusammen. Silber und Gold. Der Gürtel mit zwei ausgeweiteten Löchern. Zwei Freundinnen, die wie Schwestern waren. Eine für beide, beide für eine.

Aber dann wollte die eine ein neues Leben anfangen. Sie hatte ihren Märchenprinzen gefunden.

Und die andere würde zurückbleiben.

»Harry, alles in Ordnung?«

Er schaute wieder zu Hinojos.

»Das ist es.«

»Das ist was?«

Er griff in die Aktentasche und zog das Foto heraus, das vor mehr als dreißig Jahren beim St.-Patricks-Ball aufgenommen worden war. Die Wahrscheinlichkeit war gering, aber er mußte nachsehen. Diesmal betrachtete er nicht seine Mutter. Er sah Meredith Roman an, die hinter dem sitzenden Johnny Fox stand. Und zum erstenmal sah er, daß sie den Gürtel mit den silbernen Muscheln trug. Sie hatte ihn sich ausgeliehen.

Dann dämmerte es ihm. Sie hatte Harry geholfen, den Gürtel auszusuchen. Sie hatte ihn beeinflußt. Diesen Gürtel hatte sie nicht ausgewählt, weil er seiner Mutter gefallen würde, sondern weil er ihr gefiel und weil sie wußte, daß sie ihn ausleihen könnte. Zwei Freundinnen, die alles teilten.

Bosch steckte das Foto wieder in die Tasche und schloß sie. Er stand auf.

»Ich muß gehen.«

# 48

Bosch benutzte den gleichen Trick wie vorher, um ins Parker Center zu kommen. Als er im dritten Stock aus dem Aufzug trat, stieß er beinahe mit Hirsch zusammen, der nach unten fahren wollte. Er hielt ihn am Arm fest und die Aufzugstüren schlossen sich wieder.

»Sie gehen nach Hause?«

»Das war meine Absicht.«

»Sie müssen mir noch einen Gefallen tun. Ich lade Sie zum Mittagessen ein. Oder Abendessen. Was Sie wollen. Tun Sie mir nur noch den einen Gefallen. Es ist wichtig und dauert nicht lange.«

Hirsch schaute ihn an. Bosch konnte sehen, daß er allmählich wünschte, sich nie mit ihm eingelassen zu haben.

»Wie heißt es so schön, Hirsch? Wenn man jemandem den kleinen Finger gibt, nimmt er gleich die ganze Hand. Also, was ist?«

»Hab' ich noch nie gehört.«

»Aber ich.«

»Ich bin zum Abendessen mit meiner Freundin verabredet und …«

»Wunderbar. Es wird nicht lange dauern. Sie werden Ihr Abendessen nicht verpassen.«

»Okay, was wollen Sie?«

»Hirsch, Sie sind mein Retter. Wissen Sie das?«

Bosch bezweifelte, daß er überhaupt eine Freundin hatte.

Sie gingen zum Labor. Es war niemand mehr da, da es schon fast fünf Uhr war und heute anscheinend Flaute herrschte. Bosch stellte seine Tasche auf einen Schreibtisch und öffnete sie. Er fand die Weihnachtskarte, holte sie mit den Fingerspitzen heraus und hielt sie Hirsch zum Anschauen hin.

»Das kam vor fünf Jahren mit der Post. Meinen Sie, Sie können Fingerabdrücke finden? Vom Absender? Ich bin sicher, Sie werden meine ebenfalls finden.«

Hirsch runzelte die Stirn und betrachtete die Karte. Seine

Unterlippe schob sich vor, während er über das Problem nachdachte.

»Ich kann's versuchen. Abdrücke auf Papier sind relativ dauerhaft. Die Öle bleiben lange erhalten. Selbst wenn sie verdunsten, hinterlassen sie Linien auf dem Papier. Ist die Karte im Kuvert geblieben?«

»Ja, fünf Jahre lang. Bis letzte Woche.«

»Das hilft.«

Hirsch nahm Bosch die Karte vorsichtig ab und ging zu einem Arbeitstisch, wo er sie öffnete und auf einem Klemmbrett befestigte.

»Ich werde es auf der Innenseite versuchen. Da ist es immer besser. Die Chance ist geringer, daß Sie die Karte dort angefaßt haben. Aber beim Schreiben berührt man sie immer. Ist es schlimm, wenn die Karte etwas schmutzig wird?«

»Tun Sie, was nötig ist.«

Hirsch studierte die Karte unter einem Vergrößerungsglas und blies dann sacht über die Oberfläche. Er griff zu einem Regal mit Spraydosen über dem Arbeitstisch und nahm eine mit dem Etikett NINHYDRIN. Er sprühte einen feinen Nebel auf die Karte, und nach ein paar Minuten begann sie sich an den Rändern violett zu färben. Dann kristallisierten sich Formen und Linien heraus – die Fingerabdrücke.

»Ich muß das noch etwas schärfer herausholen«, sagte Hirsch, mehr zu sich als zu Bosch.

Hirsch schaute auf und suchte das Regal ab, bis er das Reagenzmittel gefunden hatte, das er brauchte. Eine Sprühdose mit der Aufschrift ZINKCHLORID.

»Jetzt kommen die Regenwolken.«

Die Abdrücke färbten sich dunkler – wie Gewitterwolken. Als nächstes nahm Hirsch eine Dose mit der Aufschrift ENTWICKLER. Die Abdrücke färbten sich anthrazitgrau und wurden markanter. Hirsch betrachtete sie wieder unter dem Vergrößerungsglas.

»Ich glaube, sie sind gut genug. Wir werden das Lasergerät nicht brauchen. Sehen Sie sich das hier an, Detective.«

Hirsch deutete auf einen Abdruck, der anscheinend von einem Daumen stammte und sich links von Meredith Romans Unterschrift befand, sowie auf zwei kleinere Abdrükke von Fingern.

»Die sehen so aus, als hätte sie derjenige hinterlassen, der die Karte beim Schreiben festhielt. Ist es möglich, daß sie von Ihnen sind?«

Hirsch hielt seine Finger drei Zentimeter über dem Papier, um es zu demonstrieren. Bosch schüttelte den Kopf.

»Ich habe sie nur geöffnet und gelesen. Ich glaube, das sind die Abdrücke, die wir suchen.«

»Okay. Was nun?«

Bosch ging zu seiner Tasche und holte die Karten heraus, die Hirsch ihm zuvor gegeben hatte. Er fand die Karte mit den Fingerabdrücken vom Muschelgürtel.

»Hier«, sagte er. »Vergleichen Sie die bitte mit denen von der Weihnachtskarte.«

»Wird gemacht.«

Bosch versuchte sich vorzustellen, was passiert war. Marjorie Lowe wollte mit Arno Conklin nach Las Vegas, um zu heiraten. Es war eine wunderbare, verrückte Idee. Sie ging nach Hause, um zu packen. Sie hatten vor, noch in der Nacht zu fahren. Wenn Arno Conklin einen Trauzeugen mitbringen wollte, dann Marjorie vielleicht auch. Vielleicht war sie nach oben gegangen, um Meredith zu fragen. Oder sie wollte den Gürtel, den ihr Sohn ihr gegeben hatte, wieder holen. Vielleicht wollte sie sich auch nur verabschieden.

Aber dann war etwas passiert, als sie bei ihr war. An ihrem glücklichsten Abend war sie von Meredith umgebracht worden.

Bosch dachte an die Vernehmungsberichte in der Akte. Meredith hatte Eno und McKittrick erzählt, daß Marjories Verabredung von Fox arrangiert worden war. Sie selbst sei nicht zu der Party gegangen, weil Fox sie an dem Abend geschlagen habe und sie sich so nicht in der Öffentlichkeit zeigen konnte. Im Bericht war vermerkt worden, daß sie einen Bluterguß im Gesicht hatte und ihre Lippe gespalten war.

Warum hatten sie es nicht gemerkt, fragte sich Bosch. Meredith hatte sich die Verletzungen zugezogen, als sie Marjorie umgebracht hatte. Der Bluttropfen auf Marjories Bluse stammte von ihr.

Aber Bosch wußte, warum sie nicht darauf gekommen waren. Sie hatten jeglichen Verdacht verworfen – falls sie überhaupt einen hatten –, weil sie eine Frau war. Und weil Fox ihre Geschichte bestätigte. Er hatte zugegeben, sie geschlagen zu haben.

Bosch glaubte jetzt zu wissen, wie es sich abgespielt hatte. Meredith tötete Marjorie und rief Stunden später Fox beim Kartenspiel an und erzählte ihm alles. Sie bat ihn, ihr zu helfen, die Leiche zu beseitigen und sie zu decken.

Fox mußte sich sofort einverstanden erklärt haben und sogar willig gewesen sein anzugeben, sie geschlagen zu haben. Er begriff die Situation in allen Konsequenzen. Zwar hatte er eine Einnahmequelle verloren, aber das wurde dadurch ausgeglichen, daß der Mord ihm mehr Macht über Conklin und Mittel gab. Um so besser also, wenn der Mord nicht aufgeklärt wurde. Er würde immer eine Bedrohung für sie darstellen. Er konnte jederzeit auf einem Polizeirevier erscheinen, erzählen, was er wußte, und Conklin den Mord anhängen.

Allerdings begriff Fox nicht, daß Mittel genauso verschlagen und heimtückisch war. Das mußte er dann ein Jahr später auf dem La Brea Boulevard erfahren.

Fox' Motiv war klar. Was Meredith betraf, war Bosch sich nicht sicher. Mochte sie es aus den Gründen getan haben, die Bosch rekonstruiert hatte? Hatte die Aussicht, von ihrer Freundin verlassen zu werden, sie rasend gemacht? Er hatte das Gefühl, daß ihm noch ein letztes Stück vom Puzzle fehlte. Meredith Roman bewahrte das letzte Geheimnis, und er würde zu ihr gehen müssen.

Ein eigenartiger Gedanke tauchte hinter all diesen Fragen auf. Marjorie Lowe war um Mitternacht umgebracht worden. Fox erhielt den Anruf im Spielsalon ungefähr vier Stunden später. Bosch nahm an, daß Merediths Apartment der Tatort war. Was hatte sie dort vier Stunden lang getan?

In einem Raum mit der Leiche ihrer besten Freundin, die sie gerade umgebracht hatte?

»Detective?«

Bosch verscheuchte seine Gedanken und wandte seine Aufmerksamkeit Hirsch zu, der am Tisch saß und nickte.

»Haben Sie etwas?«

»Volltreffer.«

Bosch nickte nur.

Die Bestätigung betraf nicht nur die Fingerabdrücke. Sie zeigte auch, daß alles, was er im Leben für wahr erachtet hatte, genauso falsch sein konnte wie Meredith Roman.

## *49*

Der Himmel hatte die Farbe von Ninhydrinfluten auf weißem Papier. Keine Wolke war zu sehen, und das düstere Violett verfinsterte sich immer mehr mit der hereinbrechenden Nacht. Bosch dachte an die Sonnenuntergänge, von denen er Jazz erzählt hatte, und stellte fest, daß sogar das eine Lüge gewesen war. Alles war eine Lüge.

Er parkte den Mustang vor Katherine Registers Haus. Noch eine Lüge. Die Frau, die hier lebte, war Meredith Roman. Der Namenswechsel hatte ihre Tat nicht ungeschehen gemacht, hatte sie nicht reingewaschen.

Von der Straße aus waren keine Lichter, kein Lebenszeichen zu sehen. Er war darauf eingestellt zu warten, aber er wollte nicht mit seinen quälenden Gedanken allein im Wagen sitzen. Er stieg aus, ging über den Rasen zur Veranda und klopfte an.

Während er wartete, nahm er eine Zigarette aus der Pakkung und wollte sie gerade anstecken, als er innehielt. Ihm war schlagartig aufgegangen, daß es sein Reflex war, an Tatorten zu rauchen, wo Leichen schon stark verwest waren. Er hatte instinktiv reagiert, bevor er den Geruch, der aus dem Haus kam, bewußt wahrgenommen hatte. Draußen vor der Tür war er kaum bemerkbar, aber er war da. Er schaute auf die Straße und sah niemanden. Er wandte sich wieder um und drehte am Türknopf. Er bewegte sich. Als er die Tür öffnete, strömte ihm kalte Luft und der Leichengeruch entgegen.

Im Haus herrschte Stille, das einzige Geräusch kam aus dem Schlafzimmer, wo die Klimaanlage brummte. Dort fand er sie. Er sah gleich, daß Meredith Roman schon mehrere Tage tot war. Ihre Leiche lag im Bett. Die Laken waren bis unters Kinn gezogen. Nur ihr Gesicht war sichtbar – das, was noch davon übrig war. Bosch wandte seine Augen schnell ab. Die Verwesung war weit fortgeschritten, und er schätzte, daß sie seit dem Tag tot war, an dem er sie besucht hatte.

Auf dem Nachttisch neben dem Bett standen zwei leere Gläser, eine halbleere Wodkaflasche und eine leere Dose Tabletten. Bosch beugte sich hinunter, um das Etikett zu lesen. Es waren Schlaftabletten, die für Katherine Register verschrieben worden waren. Jeweils eine vor dem Schlafengehen.

Meredith hatte sich ihrer Vergangenheit gestellt und sich ihre Buße auferlegt. Sie war in den dunklen Nachen des Todes gestiegen. Es war nicht seine Aufgabe, die Todesart festzustellen, aber es sah nach Selbstmord aus. Er wandte sich zur Kommode, weil er sich an die Papiertaschentücher erinnerte – er mußte seine Spuren verwischen. Neben den Fotos in Goldrahmen entdeckte er ein Kuvert, auf dem sein Name stand.

Er nahm es, steckte sich ein paar Papiertaschentücher ein und verließ das Zimmer. Im Wohnzimmer drehte er das Kuvert um, um es zu öffnen, und stellte fest, daß es schon aufgerissen worden war. Er nahm an, daß Meredith es vielleicht geöffnet hatte, um noch einmal zu lesen, was sie geschrieben hatte. Vielleicht waren ihr auch Zweifel gekommen, ob sie ihr Vorhaben durchführen sollte. Er dachte nicht weiter darüber nach und zog den Brief heraus. Er war eine Woche vorher datiert worden. Mittwoch. Sie hatte ihn einen Tag nach seinem Besuch geschrieben.

*Lieber Harry,*
*wenn Du den Brief liest, waren meine Befürchtungen nicht grundlos, und Du hast die Wahrheit herausgefunden. Wenn Du dies liest, dann war die Entscheidung, die ich heute abend getroffen habe, die richtige, und ich bedauere nichts. Ich stelle mich lieber einem Urteil im Jenseits als Dir gegenüberzutreten, wenn Du alles weißt.*

*Ich weiß, was ich Dir weggenommen habe. Ich habe es mein ganzes Leben gewußt. Es nützt nichts, es zu erklären oder zu sagen, daß es mir leid tut. Aber es erstaunt mich immer noch, wie sehr man sein Leben in einem kurzen Moment der Raserei für immer verändern kann. Ich wurde wütend, als Marjorie in jener Nacht voller Hoffnung und Glück zu mir kam. Sie wollte mich verlassen. Um mit Dir und ihm zu leben. Ein Leben, das uns nur im Traum möglich erschienen war.*

*Neid ist nur ein Ausdruck des eigenen Versagens. Ich war neidisch und wütend und schlug ihr den Schädel ein. Danach legte ich eine falsche Spur mit dem Gürtel. Es tut mir leid, Harry. Ich habe Dir jegliche Chance in Deinem Leben genommen, indem ich Dir Deine Mutter nahm. Ich habe die Schuld mit mir herumgetragen, und ich nehme sie auch jetzt mit mir. Ich hätte vor langer Zeit für meine Sünde zahlen sollen, aber jemand redete es mir aus und half mir, meiner Strafe zu entgehen. Jetzt ist niemand mehr da, der mich von meinem Vorhaben abhalten könnte.*

*Ich bitte Dich nicht um Vergebung, Harry. Damit würde ich Dich beleidigen. Wahrscheinlich will ich nur, daß Du weißt, daß ich es bereue, und daß manchmal Täter, die nicht gefaßt werden, nur scheinbar entkommen. Damals und heute. Good bye,*

*Meredith*

Bosch las den Brief noch einmal und dachte dann lange darüber nach. Schließlich faltete er ihn wieder zusammen und steckte ihn zurück ins Kuvert. Er ging zum Kamin, steckte den Brief mit seinem Feuerzeug an und warf ihn auf den Feuerrost. Das Papier verbog sich und brannte, bis es als schwarze Rose aufblühte und erlosch.

Er ging in die Küche, nahm den Telefonhörer mit einem Papiertaschentuch ab und wählte die Notrufnummer. Dann legte er den Hörer auf die Arbeitsfläche und hörte schwach, wie sich die Polizei von Santa Monica meldete. Eine Stimme wollte wissen, wer spreche und was der Grund des Anrufs sei.

Er verschloß die Haustür nicht und wischte außen den Türknopf ab. Hinter ihm erklang eine Stimme.

»Sie kann gut Briefe schreiben, nich?«

Bosch drehte sich um. Vaughn saß auf der Rattan-Couch auf der Veranda. In der Hand hielt er eine neue Zweiundzwanziger. Anscheinend wieder eine Beretta. Es war nicht zu erkennen, daß er verletzt war. Er hatte weder blaue Augen wie Bosch noch eine vernähte Wunde.

»Vaughn.«

Etwas anderes fiel ihm nicht ein. Er konnte sich nicht vorstellen, wie er ihn gefunden hatte. War er so verwegen, daß er vor dem Parker Center gewartet hatte und Bosch von dort gefolgt war? Bosch schaute auf die Straße und fragte sich, wie lange es dauern würde, bis die Einsatzzentrale einen Streifenwagen zu der Adresse schickte, die der Computer ausspucken würde. Auch wenn er nichts gesagt hatte, würden sie irgendwann einen Wagen vorbeischicken, um nachzusehen. Er hatte angerufen, damit sie Meredith fänden. Falls sie sich Zeit ließen, würden sie ihn ebenfalls tot auffinden. Er mußte Vaughn so lang wie möglich hinhalten.

»Ja, schöner Brief«, sagte der Mann mit der Pistole. »Aber sie hat was ausgelassen, nicht wahr?«

»Was?«

Vaughn schien ihn nicht zu hören.

»Es ist komisch«, sagte er. »Ich wußte, daß deine Mutter einen Sohn hatte. Aber ich habe dich nie gesehen. Sie hat dich von mir ferngehalten. Wahrscheinlich war ich ihr nicht gut genug.«

Bosch starrte ihn an, das Puzzle war so gut wie vollendet.

»Johnny Fox.«

»In Person.«

»Ich verstehe nicht. Mittel ...«

»Mittel ließ mich umbringen? Nicht wirklich. Man könnte sagen, ich habe mich selbst umgebracht. Ich habe den Artikel heute in der Zeitung gelesen. Sie liegen mit den meisten Sachen falsch.«

Bosch nickte. Er begriff jetzt.

»Meredith hat deine Mutter umgebracht, Sohn. Tut mir leid. Ich habe ihr erst hinterher geholfen.«

»Und dann haben Sie ihren Tod ausgenutzt, um Conklin unter Druck zu setzen.«

Bosch brauchte keine Bestätigung von Fox. Er wollte nur Zeit gewinnen.

»Ja, das war mein Plan. Funktionierte auch ganz gut. Ich kam aus der Gosse heraus. Allerdings merkte ich schnell, daß Mittel die Zügel in der Hand hielt. Ich sah gleich, daß von den beiden Mittel das bessere Stehvermögen hatte. Also schlug ich mich auf seine Seite. Er wollte Conklin noch mehr in der Hand haben. Er brauchte eine Trumpfkarte im Ärmel. Ich half ihm.«

»Indem Sie sich töteten? Das versteh' ich nicht.«

»Mittel sagte, man hat erst dann eine Person wirklich in der Hand, wenn sie es erst in dem Moment merkt, wo man seine Trumpfkarte auf den Tisch legt. Mittel glaubte nämlich immer, daß Conklin deine Mutter umgebracht hatte.«

Bosch nickte. Er sah, worauf die Geschichte hinauslief.

»Und Sie haben Mittel nie erzählt, daß Conklin nicht der Mörder war.«

»Stimmt. Ich hatte ihm nie von Meredith erzählt. Und jetzt sieh es von Mittels Seite. Wenn Conklin glaubte, daß ich tot war, mußte er denken, daß ihm nichts mehr passieren konnte. Ich war die einzige Person, die eine Verbindung zu dem Mord darstellte. Mittel wollte, daß Conklin glaubte, ihm könne nichts mehr passieren. Er wollte, daß Conklin sich unbeschwert fühlte. Er wollte nicht, daß er seinen Antrieb und seine Ambitionen verlor. Conklin war auf dem Weg nach oben, und Mittel wollte, daß es stetig aufwärts ging. Aber Mittel brauchte auch etwas, falls Conklin nicht mehr parieren wollte. Mich. Ich war seine Trumpfkarte. Also haben wir einen Unfall arrangiert. Mittel mußte sein As jedoch nie aus dem Ärmel ziehen. Er konnte die Früchte von Conklins Position jahrelang ernten. Als Conklin dann seine Kandidatur für das Amt das Generalstaatsanwalts zurückzog, hatte Mittel schon seine Finger in anderen Töpfen. Zu seinen Klienten zählten ein Kongreßabgeordneter, ein Senator sowie ein Viertel der Lokalpolitiker. Er war auf Arnos Schultern weit nach oben geklettert und brauchte ihn nicht mehr.«

Bosch nickte wieder und ließ sich das Gesagte durch den Kopf gehen. All die Jahre hatte Conklin geglaubt, Mittel habe sie umgebracht, und Mittel hatte gedacht, Conklin sei es gewesen. Tatsächlich hatte keiner von ihnen sie getötet.

»Wer wurde dann überfahren?«

»Ach, irgend jemand. Spielt keine Rolle. Ein Freiwilliger sozusagen. Ich habe ihn auf der Mission Street aufgelesen. Er dachte, er würde nur Flugblätter austeilen. Mein Führerschein steckte in der Tasche, die ich ihm gab. Er starb ahnungslos.«

»Wieso merkte niemand etwas?« fragte Bosch, obwohl er glaubte die Antwort zu wissen.

»Mittel hatte Eno gekauft. Wir haben es so gedeichselt, daß er zur Zeit des Unfalls Bereitschaft hatte. Er hat alles erledigt, und Mittel hat ihn bezahlt.«

Bosch erkannte, daß Fox dadurch etwas gegen Mittel in der Hand gehabt hatte. Und er war an seiner Seite geblieben. Etwas plastische Chirurgie, bessere Kleidung, und er war Jonathan Vaughn, Helfer im Hintergrund der grauen Eminenz.

»Wie wußten Sie, daß ich hier auftauchen würde?«

»Ich habe sie nie aus den Augen verloren. Ich wußte, daß sie hier war. Allein. Nach unserer Auseinandersetzung vorige Nacht bin ich hierhergekommen, um mich zu verstekken und zu schlafen. Du hast mir ganz schöne Kopfschmerzen bereitet. Womit hast du mich geschlagen?«

»Mit der Achter-Kugel.«

»Daran hätte ich denken müssen, als ich dich in den Raum steckte ... Egal. Ich habe sie im Bett gefunden und den Brief gelesen. Da wußte ich, wer du warst. Ich dachte, daß du zurückkommen würdest. Besonders nachdem du gestern die Nachricht auf dem Anrufbeantworter hinterlassen hast.«

»Sie waren die ganze Zeit mit ...«

»Man gewöhnt sich dran. Ich hab' die Klimaanlage voll aufgedreht und die Tür zugemacht.«

Bosch versuchte es sich vorzustellen. Manchmal glaubte er, er habe sich an den Geruch gewöhnt, aber er wußte, das stimmte nicht.

»*Was* hat sie in ihrem Brief ausgelassen, Fox?«

»Daß sie Conklin für sich haben wollte. Ich habe sie nämlich zuerst auf ihn angesetzt. Ohne Erfolg. Dann brachte ich ihn mit Marjorie zusammen, und der Funke sprang über. Allerdings hätte niemand gedacht, daß er ihr am Ende einen Heiratsantrag machen würde. Am wenigsten Meredith. Der Märchenprinz hatte nur Platz für eine Schöne auf seinem Pferd. Und das war Marjorie. Meredith kam nicht darüber hinweg. Die müssen sich wie Katzen gefetzt haben.«

Bosch sagte nichts. Aber sein Gesicht brannte vor Scham. Das war das Ende seiner Mutter gewesen, ein Ringkampf zwischen zwei Huren.

»Gehen wir zu deinem Wagen«, sagte Fox.

»Warum?«

»Wir müssen zu dir fahren.«

»Weshalb?«

Fox antwortete nicht. Gerade als Bosch die zweite Frage stellte, hielt ein Streifenwagen vor dem Haus. Zwei Polizisten stiegen aus.

»Immer mit der Ruhe, Bosch«, sagte Fox leise, »wenn du noch etwas länger leben willst.«

Bosch sah, wie Fox seine Waffe auf die herankommenden Polizisten richtete. Sie konnten sie durch die dichten Bougainvilleazweige nicht sehen, die vor der Veranda hingen. Einer von ihnen begann zu sprechen.

»Hat hier jemand die ...«

Bosch machte zwei Schritte und warf sich über das Geländer auf den Rasen. Im Flug schrie er noch eine Warnung.

*»Er ist bewaffnet!«*

Er hörte, wie Fox über die Holzbretter der Veranda lief.

Wahrscheinlich zur Haustür. Dann knallte der erste Schuß. Er war sich sicher, daß er von hinten kam, von Fox. Danach starteten die Cops ein Feuerwerk wie am Nationalfeiertag. Bosch konnte die Schüsse nicht zählen. Er blieb mit ausgebreiteten Armen und erhobenen Händen auf dem Gras liegen und hoffte, daß sie nicht auf ihn zielten.

Nach acht Sekunden war alles vorbei. Als die Echos verhallt waren und Stille eingekehrt war, schrie Bosch wieder.

*»Ich bin unbewaffnet! Ich bin Polizist! Ich bedrohe Sie nicht! Ich bin ein unbewaffneter Polizist!«*

Er fühlte, wie die heiße Mündung eines Revolvers auf seinen Hals gedrückt wurde.

»Wo ist der Ausweis?«

»Rechte Innentasche.«

Dann fiel ihm ein, daß er ihn immer noch nicht zurück hatte. Die Hände des Polizisten ergriffen ihn an der Schulter.

»Ich werde Sie umdrehen.«

»Ein Moment. Ich habe ihn nicht.«

»Was soll das? Drehen Sie sich um.«

Bosch befolgte die Anweisung.

»Ich hab' ihn nicht bei mir. Aber ich habe einen anderen Ausweis. Linke Innentasche.«

Der Polizist durchsuchte seine Jacke. Bosch hatte Angst.

»Ich werde keine falsche Bewegung machen.«

»Seien Sie still.«

Der Cop zog Boschs Geldbörse heraus und sah sich seinen Führerschein an, der hinter einem Klarsichtfenster steckte.

»Was ist, Jimmy?« rief der andere Polizist. Bosch konnte ihn nicht sehen. »Sagt er die Wahrheit?«

»Er behauptet, er ist Polizist, hat aber keine Dienstmarke. Nur einen Führerschein.«

Dann beugte er sich wieder über Bosch und klopfte seinen Körper ab, um nach Waffen zu suchen.

»Ich bin sauber.«

»Okay, drehen Sie sich wieder um.«

Bosch tat wie ihm geheißen, und seine Hände wurden auf

dem Rücken in Handschellen gelegt. Dann hörte er, wie der Polizist Verstärkung und einen Krankenwagen anforderte.

»Okay, aufstehen.«

Bosch erhob sich und konnte jetzt auf die Veranda sehen, wo der andere Polizist stand. Er hatte seine Waffe auf Fox gerichtet, der vor der Haustür zusammengebrochen war. Der Polizist führte Bosch die Verandastufen hinauf. Fox lebte noch. Seine Brust hob und senkte sich. Er war in den Beinen und im Bauch getroffen worden, und es schien, daß eine Kugel durch beide Wangen gegangen war. Seine Kinnlade hing herunter. Aber seine Augen waren weit aufgerissen, als sähe er den Tod, der ihn holen kam.

»Ich wußte, du würdest schießen, du Arschloch«, sagte Bosch. »Jetzt kannst du krepieren.«

»Ruhe«, sagte der Cop, der Jimmy hieß. »Sofort.«

Der andere Polizist zog ihn von der Tür weg. Bosch konnte sehen, wie sich Leute aus der Nachbarschaft auf der Straße versammelten oder das Schauspiel von ihrer eigenen Veranda aus beobachteten. Nichts brachte die Menschen in Vororten so zusammen wie Schüsse, dachte er. Besser als jedes Straßenfest.

Der junge Polizist stand ganz nahe vor ihm. Harry erkannte, daß sein Namensschild ihn als D. Sparks identifizierte.

»Okay, was geht hier verdammt noch mal vor? Wenn Sie Polizist sind, dann erzählen Sie uns, was hier los ist.«

»Sie sind zwei Helden, das ist los.«

»Ich hab' keine Zeit für Komplimente. Was geht hier vor?«

Bosch hörte Sirenen näher kommen.

»Ich heiße Bosch. Los Angeles Police Department. Der Mann, auf den Sie geschossen haben, wird verdächtigt, Arno Conklin, den ehemaligen District Attorney, und Lieutenant Harvey Pounds aus Hollywood umgebracht zu haben. Ich bin sicher, daß Sie davon gehört haben.«

»Jim, was sagst du dazu?« Er wandte sich wieder zu Bosch. »Wo ist Ihre Dienstmarke?«

»Wurde gestohlen. Ich gebe Ihnen eine Telefonnummer.

Assistant Chief Irvin Irving. Er kann Ihnen Auskunft geben.«

»Jetzt nicht. Was macht er hier?«

Er deutete auf Fox.

»Er hat gesagt, er hätte sich hier versteckt. Heute früh habe ich einen Anruf bekommen, zu dieser Adresse zu kommen. Er lag hier im Hinterhalt und wartete. Er mußte mich beseitigen, weil ich ihn identifizieren konnte.«

Der Polizist schaute auf Fox hinunter und überlegte, ob er so eine phantastische Geschichte glauben sollte.

»Sie sind gerade noch rechtzeitig gekommen«, sagte Bosch. »Er wollte mich umbringen.«

D. Sparks nickte. Die Story begann ihm zu gefallen. Dann runzelte er die Stirn.

»Wer hat den Notruf gemacht?« fragte er.

»Ich«, sagte Bosch. »Ich kam hier an und fand die Tür offen. Dann ging ich hinein. Ich rief gerade 911 an, als er mich angriff. Ich ließ den Hörer einfach fallen, weil ich wußte, daß Sie kommen würden.«

»Warum haben Sie 911 angerufen, wenn er Sie noch nicht angegriffen hatte?«

»Ich habe hinten im Schlafzimmer etwas entdeckt.«

»Was?«

»Eine Frau. Sieht so aus, als sei sie schon eine Weile tot.«

»Wer ist sie?«

Bosch schaute dem jungen Polizisten ins Gesicht.

»Ich weiß nicht.«

## *50*

»Warum haben Sie es für sich behalten, daß sie die Mörderin Ihrer Mutter war? Warum haben Sie gelogen?«

»Ich weiß nicht. Ich werde selbst nicht schlau aus mir. Aber was sie geschrieben hat und was sie dann am Ende getan hat, hat mich irgendwie … ich weiß nicht. Ich dachte einfach, es sei genug. Ich wollte einfach nichts mehr damit zu tun haben.«

Carmen Hinojos nickte, als verstünde sie Bosch. Er war sich jedoch nicht sicher, ob er es selbst tat.

»Ich glaube, das war eine gute Entscheidung, Harry.«

»Glauben Sie? Ich fürchte, sonst ist niemand dieser Meinung.«

»Ich meine es nicht im juristischen Sinn, sondern auf der menschlichen Ebene. Meines Erachtens haben Sie das Richtige getan. Für sich.«

»Wahrscheinlich ...«

»Fühlen Sie sich jetzt gut?«

»Eigentlich nicht ... Sie hatten wohl recht.«

»Ja? In welcher Hinsicht?«

»Was Ihrer Ansicht nach passieren könnte, falls ich den Mörder fände. Sie hatten mich gewarnt, daß es mehr Schaden anrichten als Gutes tun könnte. Das war untertrieben ... Ich hatte mir eine schöne Mission ausgesucht, nicht wahr?«

»Es tut mir leid, wenn ich recht hatte. Aber wie ich bei unserer letzten Sitzung sagte, der Tod dieser Männer kann nicht ...«

»Ich spreche nicht mehr von ihnen. Ich meine etwas anderes. Verstehen Sie, ich weiß jetzt, daß meine Mutter mich aus dem Heim holen wollte. Wie sie es so oft versprochen hatte. Egal ob sie Conklin liebte oder nicht, sie dachte an mich. Sie wollte mich aus dem Heim holen, und er bot ihr die Chance. Also starb sie letztendlich wegen mir.«

»Bitte, reden Sie sich das nicht ein, Harry. Das ist lächerlich.«

Bosch erkannte, daß der Zorn in ihrer Stimme echt war.

»Wenn Sie so argumentieren«, fuhr sie fort, »können Sie alle möglichen Gründe für ihren Tod finden. Sie können behaupten, daß Ihre Geburt eine Kettenreaktion auslöste, die zu ihrem Tod führte. Verstehen Sie, wie albern das ist?«

»Nicht genau.«

»Es ist der gleiche Fehler, den Sie neulich anprangerten. Daß einige Menschen keine Verantwortung übernehmen wollen. Die Kehrseite ist ebenso falsch. Zuviel Verantwortung zu übernehmen. So wie Sie. Tun Sie sich das nicht an. Lassen Sie jemand anders Verantwortung für bestimmte Sachen übernehmen. Auch wenn dieser Jemand tot ist. Der Tod spricht einen nicht von allem frei.«

Ihr strikter Ton schüchterte ihn ein. Er schaute sie lange an. Er begriff, daß ihr Ausbruch das Ende einer Phase signalisierte. Die Diskussion um seine Schuld war beendet. Sie hatte sie mit ihren Instruktionen abgeschlossen.

»Entschuldigen Sie, daß ich meine Stimme erhoben habe.«

»Schon gut.«

»Was haben Sie von der Polizei gehört, Harry?«

»Nichts. Ich warte ab, was Irving unternehmen wird.«

»Was meinen Sie damit?«

»Er hat meine … disziplinarrechtlichen Verfehlungen gegenüber den Zeitungen verschwiegen. Jetzt ist er am Zug. Er kann die Angelegenheit vom DIE untersuchen lassen – daß ich mich für Pounds ausgegeben habe – oder das Ganze fallenlassen. Ich schätze, er wird nichts unternehmen.«

»Warum?«

»Die Polizei von Los Angeles hat noch nie Interesse an Selbstgeißelung gehabt. Der Fall ist in der Öffentlichkeit bekannt, und falls sie etwas gegen mich unternehmen, besteht immer die Gefahr, daß etwas nach draußen dringt. Das würde ein blaues Auge für sie bedeuten. Irving sieht sich als Beschützer des Images der Polizei. Das ist ihm wichtiger als ein mögliches Dienstverfahren gegen mich. Außerdem hat er jetzt etwas gegen mich in der Hand. Wenigstens glaubt er das.«

»Sie scheinen Irving und den Polizeiapparat gut zu kennen.«

»Warum?«

»Chief Irving hat mich heute morgen angerufen und mich gebeten, ihm so bald wie möglich ein positives Gutachten zu schicken, damit Sie Ihren Dienst wiederaufnehmen können.«

»Das hat er gesagt? Er will ein positives Gutachten?«

»Ja, das waren seine Worte. Glauben Sie, Sie sind soweit?«

Er dachte einen Augenblick nach, antwortete jedoch nicht auf die Frage.

»Hat er das vorher schon mal getan? Ihnen gesagt, wie Sie jemanden bewerten sollten?«

»Nein, das ist das erstemal und es gefällt mir nicht. Es untergräbt meine Stellung hier, falls ich einfach seine Wünsche erfülle. Es ist ein Dilemma, weil ich nicht will, daß Sie dazwischengeraten.«

»Wie wäre Ihre Meinung, wenn er Ihnen nicht sagen würde, welches Gutachten er haben will? Positiv oder negativ?«

Sie spielte ein paar Momente mit dem Bleistift auf dem Schreibtisch, während sie überlegte.

»Sie sind fast soweit, Harry. Aber ich glaube, Sie brauchen noch etwas Zeit.«

»Dann schreiben Sie das Gutachten nicht.«

»Das ist ein ziemlicher Wandel. Vor einer Woche wollten Sie noch nichts dringender, als wieder an Ihren Arbeitsplatz zurückzukehren.«

»Das war vor einer Woche.«

Trauer klang in seiner Stimme mit.

»Machen Sie sich nicht fertig mit der ganzen Geschichte«, sagte sie. »Die Vergangenheit ist wie eine Keule. Wenn Sie sich damit auf den Kopf schlagen, dann tragen Sie früher oder später permanenten Schaden davon. Und ich fürchte, Sie sind nahe dran. Ich weiß nicht, ob Sie etwas auf meine Meinung geben, aber ich glaube, Sie sind ein guter und letztendlich gütiger Mensch. Tun Sie sich das nicht an. Zerstören Sie nicht, was Sie haben, was Sie sind.«

Er nickte, als ob er verstünde, aber er schob ihre Ratschläge beiseite, sowie er sie hörte.

»Ich habe in den letzten Tagen viel nachgedacht.«

»Worüber?«

»Über alles.«

»Und haben Sie irgendwelche Entscheidungen getroffen?«

»Fast. Ich glaube, ich werde meinen Hut nehmen und aus dem Dienst scheiden.«

Carmen Hinojos beugte sich vor und faltete ihre Arme auf dem Schreibtisch. Sie zog ihre Augenbrauen zusammen und sah ihn ernst an.

»Was reden Sie da, Harry? Das paßt nicht zu Ihnen. Ihre Arbeit und Ihr Leben sind identisch. Es ist sicher gut, beide Teile ein bißchen auf Distanz zu bringen, aber Sie sollten Ihren Job nicht total aufgeben. Ich ...« Sie brach ab, als ihr etwas einzufallen schien. »Soll das Ihre Buße sein? Sühne für das, was passiert ist?«

»Ich weiß nicht ... Ich ... Ich muß für das bezahlen, was ich getan habe. Das ist alles. Irving wird nichts tun. Aber ich.«

»Harry, Sie haben einen Fehler gemacht. Sogar einen schweren Fehler. Und jetzt wollen Sie Ihren Beruf aufgeben? Wo Sie selbst sagen, daß Sie gute Arbeit leisten? Sie wollen das alles wegwerfen?«

Er nickte.

»Haben Sie schon Ihren Abschied eingereicht?«

»Noch nicht.«

»Tun Sie's nicht.«

»Warum nicht? Ich kann nicht mehr so weitermachen. Es ist, als würde ich herumlaufen und Gespenster an einer Kette hinter mir herziehen.«

Er schüttelte den Kopf. Sie kauten die gleichen Argumente durch, die ihm in den letzten zwei Tagen, seit dem Vorfall in Meredith Romans Haus, durch den Kopf gegangen waren.

»Entscheiden Sie nichts übereilt«, sagte Hinojos. »Überlegen Sie es sich. Sie haben jetzt bezahlten Urlaub. Nutzen Sie ihn. Ich werde Irving sagen, daß ich ihm noch kein Gutachten geben kann. In der Zwischenzeit denken Sie darüber nach. Fahren Sie irgendwohin und legen Sie sich an den Strand. Überlegen Sie es sich gut, bevor Sie kündigen.«

Bosch hob seine Hände, er ergab sich.

»Bitte, Harry. Ich möchte, daß Sie mir zustimmen.«

»Okay, ich werde darüber nachdenken.«

»Danke.«

Sie unterstrich sein Versprechen, indem sie einen Moment schweigend vergehen ließ.

»Erinnern Sie sich, was Sie über den Coyoten sagten, den Sie letzte Woche auf der Straße gesehen haben?« fragte sie dann ruhig. »Daß es der letzte gewesen sein könnte.«

»Ich erinnere mich.«

»Ich glaube, ich weiß, was Sie gefühlt haben. Ich hoffe auch, daß ich den Coyoten nicht zum letztenmal gesehen habe.«

## *51*

Vom Flughafen fuhr Bosch auf dem Freeway bis zur Armenia-Avenue-Ausfahrt und dann südlich bis zum Swann Boulevard. Er stellte fest, er brauchte nicht einmal die Karte des Autoverleihs. Er fuhr Richtung Osten, bis er nach Hyde Park kam, und bog dann auf die South Street zu ihrer Wohnung ab. Am Ende der Straße sah er das Wasser der Bucht im Sonnenlicht schillern.

Oben stand die Wohnungstür offen, aber die Fliegengittertür war zu. Bosch klopfte.

»Kommen Sie rein. Es ist offen.«

Es war ihre Stimme. Bosch stieß das Fliegengitter auf und trat ins Wohnzimmer. Sie war nicht dort. Das erste, was er bemerkte, war ein Gemälde, da, wo vorher nur ein Nagel gewesen war. Es war das Porträt eines Mannes im Schatten. Er saß allein an einem Tisch und stützte einen Ellbogen auf. Die Hand, die an der Wange lag, verdeckte das Gesicht und lenkte die Aufmerksamkeit auf die tiefliegenden Augen. Bosch starrte das Bild einen Moment an, bevor sie wieder nach ihm rief.

»Hallo? Ich bin hier.«

Er sah, daß die Tür zu ihrem Studio einen Spalt offenstand. Er ging hinüber und drückte sie auf. Sie stand vor der Staffelei. Auf ihrer Palette waren dunkle Erdtöne. Auf ihrer rechten Wange hatte sie einen Strich Ockerfarbe. Sie lächelte sofort.

»Harry!«

»Hallo, Jasmine.«

Er trat näher und ging um die Staffelei herum. Das Porträt war noch im Anfangsstadium. Sie hatte mit den Augen begonnen. Es waren die gleichen Augen wie auf dem Gemälde im Wohnzimmer. Die gleichen Augen, die er im Spiegel sah.

Sie ging zögernd auf ihn zu. Sie schien nicht im geringsten verlegen oder unsicher zu sein.

»Ich dachte, wenn ich dich male, würdest du zurückkommen.«

Sie stellte ihren Pinsel in eine alte Kaffeedose, die an der Staffelei befestigt war, und kam noch näher. Sie umarmte ihn, und sie küßten sich zärtlich. Zuerst hielten sie sich behutsam und vorsichtig, dann legte er seine Hand auf ihren Rücken und preßte sie an sich, als könnte sie seine blutenden Wunden stillen. Nach einer Weile befreite sie sich und hielt sein Gesicht in ihren Händen.

»Laß mich sehen, ob ich die Augen richtig hinbekommen habe.«

Sie nahm seine Sonnenbrille ab. Er lächelte. Die Blutergüsse waren fast verschwunden, aber seine Augen hatten immer noch rote Ränder und waren blutunterlaufen.

»O Gott. Du hast die Nacht durchgemacht!«

»Es ist eine lange Geschichte. Ich erzähl' sie dir später.«

»Setz sie bloß wieder auf.«

Sie setzte ihm die Sonnenbrille auf die Nase und lachte.

»So lustig ist es auch wieder nicht. Es hat weh getan.«

»Nicht deswegen. Ich hab' Farbe auf dein Gesicht geschmiert.«

»Ich bin nicht der einzige mit Farbe im Gesicht.«

Mit dem Finger fuhr er über den Farbstrich auf ihrer Wange. Sie umarmten sich wieder. Bosch wußte, sie würden später reden. Im Moment aber hielt er sie nur in den Armen, sog ihren Duft ein und sah über ihre Schulter auf die Bucht, die blau in der Sonne glänzte. Ihm fiel etwas ein, was der alte Mann gesagt hatte. ›Wenn du eine Frau findest, die zu dir paßt, dann halt sie fest.‹ Bosch wußte nicht, ob sie diejenige war, aber er hielt sie fest, mit all seiner Kraft.